# L'Homme de la rivière

Roman

© **Les éditions JCL inc., 1999**
930, rue Jacques-Cartier Est, CHICOUTIMI (Québec) G7H 7K9 Canada
Tél.: (418) 696-0536 – Téléc.: (418) 696-3132 – www.jcl.qc.ca
ISBN 2-89431-193-1

# JANINE TESSIER

# L'Homme de la rivière

LES ÉDITIONS JCL

**Illustration de la page couverture:**
Louizel Coulombe
*L'heure de la messe*
Aquarelle (33 x 55 cm)
Collection particulière

*Nous reconnaissons l'aide financière du gouvernement du Canada par l'entremise du Programme d'Aide au Développement de l'Industrie de l'Édition (PADIÉ) pour nos activités d'édition. Nous bénéficions également du soutien de la SODEC et, enfin, nous tenons à remercier le Conseil des Arts du Canada pour l'aide accordée à notre programme de publication.*

The Canada Council | Le Conseil des Arts
for the arts | du Canada

*À mes enfants,*
*Bernard et Pierre.*

## NOTE DE L'AUTEUR

*Bien que ce roman m'ait été inspiré par un personnage réel,
il n'en demeure pas moins une œuvre fictive.
Les anecdotes s'y rapportant ont été reprises à ma façon et
abondamment romancées, de même que l'histoire et les êtres qui
l'entourent, qui ne sont que le produit de mon imagination.*

# 1

Léon-Marie leva la tête, mit sa main en visière et plissa les yeux. Le soleil était encore haut dans le ciel. «Il doit approcher trois heures et demie», se dit-il. Il émit une petite toux sèche et se redressa sur ses jambes. Il jugeait que c'en était assez pour cet après-midi-là. Il était impatient de retourner au moulin. Henriette, qui avait quitté la maison avec les enfants juste après la grand-messe pour aller visiter sa mère aux Aboiteaux, devait être rentrée maintenant.

Dans un geste précautionneux et lent, il replia sa canne à pêche et considéra sa nasse: il y avait là une belle grosse truite et deux petites.

— Dire que Jérémie Dufour clame à tout venant qu'il n'y a plus un seul poisson qui frétille dans la rivière aux Loutres, marmonna-t-il avec une petite moue ironique. À croire qu'il veut les garder pour lui tout seul.

Son panier de paille en équilibre au bout de ses doigts, sa gaule fermement appuyée sur son épaule, il jeta un dernier regard vers la petite rivière qui roucoulait doucement, puis s'enfonça dans le bois jusqu'à l'étroit sentier cerné de vieux arbres.

L'air était tiède, lourd des parfums subtils de la forêt, appesanti encore par les relents humides du grand fleuve tout en bas.

Il marchait lentement, traînant délibérément le pas, reluquant à droite et à gauche les arbres centenaires dressés très haut comme des géants aux mille yeux lumineux; les hêtres aux troncs argentés, les érables, les peupliers au feuillage doux.

Plus loin, la flore se modifiait. Autour de lui, les broussailles, composées de jeunes feuillus efflanqués, de résineux malingres et de coudriers chargés d'akènes vertes, poussaient dru.

À grandes foulées, il traversa une clairière lumineuse tapissée de prêles, puis, de nouveau, s'enfonça dans un petit chemin qui tortillait entre les épinettes, les cèdres et les jeunes trembles qui y croissaient à l'abandon.

— Ça vaudrait la peine que je nettoie cette forêt-là, un de ces jours, se dit-il.

Il ralentit encore son allure. De temps à autre, le soleil perçait les ombres et éclatait dans une trouée. Il frôla un arbrisseau chétif, arracha à la volée une poignée de bleuets tout juste mûrs et les goba d'un trait. Sans s'arrêter, à tout propos, il se courbait vers le sol, ramassait quelques broutilles sèches qui obstruaient le sentier, et de sa main libre les alignait machinalement au pied d'un arbre.

Léon-Marie Savoie était un méticuleux. Il était né comme ça. Organisé, méthodique, ne souffrant pas le désordre, on disait de lui qu'il préférait l'élémentaire à l'extravagance. L'œil brillant, d'allure plutôt sévère, il jugeait vite et tranchait aussi vite. À peine âgé de trente-huit ans, il avait si souvent marqué sa désapprobation que, déjà, malgré la texture de sa peau qui trahissait sa jeunesse, une longue ride verticale barrait son front jusqu'à la rencontre de ses sourcils qu'il avait épais, noirs et broussailleux.

— Je suis un cartésien, avait-il l'habitude de dire pour justifier ses exigences.

Venant de lui, cette expression aurait pu paraître exagérée, car il n'était pas un homme instruit. De sa vie, il n'avait probablement jamais entendu parler philosophie et encore moins de ce lointain phénomène appelé Descartes. Mais depuis ce fameux jour où le notaire Beaumier lui avait alloué ce qualificatif, il en avait apprécié le terme, l'avait retenu et se l'était approprié.

Cordonnier de son état, il venait tout juste d'acquérir le vieux moulin à farine qui se greffait à la rivière aux Loutres entre le mont Pelé et le boisé de la Cédrière. L'idée lui était venue pendant son sommeil, affirmait-il, et il s'était exécuté le même jour. L'intention lui tournait bien dans la tête depuis quelque temps, mais il persistait à affirmer que la décision finale s'était imposée à lui, comme ça, d'un seul coup.

C'était un matin du mois de mai. Éveillé avec le soleil, il était demeuré un long moment étendu dans son lit, les yeux grands ouverts, avant de se tourner vers son Henriette qui bâillait en étirant les bras jusqu'aux barreaux de métal.

— Ouais, mon ti-boss, attends-moi pas de bonne heure avant-midi, parce que je risque d'être pas mal occupé.

— Je voudrais bien savoir ce qui te mijote encore derrière la tête, s'était exclamée Henriette.

Il s'était tourné vers elle et, pendant un long moment, ses prunelles s'étaient animées d'une petite flamme malicieuse.

— J'te trouve pas mal curieuse, ma belle Henriette. Si j'ai idée de te faire une surprise, me semble que tu pourrais patienter jusqu'à l'angélus de midi.

Elle l'avait regardé sans parler et, les lèvres tirées dans un sourire, avait fermé les yeux. Elle faisait confiance à son homme.

Depuis les seize ans qu'ils étaient mariés, il s'était toujours comporté avec bon sens et il n'avait jamais fait que de bonnes affaires.

Il s'était habillé à la hâte avant de tendre les bras et de coller, dans un grand geste d'appartenance, le bout de son nez contre celui de son Henriette, son ti-boss, ainsi qu'il la surnommait dans ses élans de tendresse.

Puis très vite, il était parti. Comme s'il craignait qu'un quelconque hurluberlu ne lui dérobe son idée, il avait couru jusqu'à la porte du notaire Beaumier et avait manifesté sa présence d'un vigoureux tour de sonnette.

La vieille servante était aussitôt venue lui ouvrir. L'air ennuyé, elle l'avait dévisagé en même temps qu'elle essuyait ses mains avec le coin de son tablier.

— T'es pas un peu trop de bonne heure à matin, Léon? Monsieur le notaire a même pas entamé son petit déjeuner.

— Qu'il prenne son temps, je peux attendre.

Sans requérir l'invitation de la vieille femme, il avait pénétré à sa gauche, dans la pièce exiguë qui jouxtait l'entrée, et s'était assis sur une chaise dure. Les bras croisés sur la poitrine, il s'était préparé à une attente patiente, la tête haute, humant l'air de la petite salle encore imprégnée de l'odeur des cigares et des pipes de tabac canadien, malgré les cendriers luisants de propreté et la fenêtre grande ouverte.

Le notaire était apparu dans la porte presque tout de suite. Les deux mains occupées à boutonner le col de sa chemise, il avait pris un air affairé.

— Qu'est-ce que je peux faire pour toi de si bonne heure, mon Léon-Marie?

Il s'était levé rapidement.

— Je suis venu vous dire, notaire, que j'ai décidé d'acheter le moulin.

— Tu as décidé quoi?

— C'est ben ce que vous avez entendu. J'ai décidé d'acheter le moulin à farine du défunt Philozor Grandbois.

— Acheter le moulin à farine du défunt Philozor? s'était écrié le notaire. Allons donc, Léon-Marie, as-tu pensé à ton affaire? Qu'est-ce que tu pourrais bien faire d'une meunerie? Tu n'es pas meunier que je sache, ton métier c'est cordonnier et surtout que tu es un excellent cordonnier. Il me semble que ce serait dommage de diversifier ton talent et risquer de part et d'autre de donner un mauvais service à ta clientèle.

— Je voudrais pas vous obstiner, notaire, avait-il repris en hochant la tête, mais je suis pas de votre avis. Il y a des lunes que je jongle à faire autre chose en plus de mon métier de cordonnier. J'ai pas peur de l'ouvrage, pis je pense que je suis amplement capable de faire deux métiers. C'est pour ça qu'avec la mort du vieux Philozor, pis la meunerie qui tourne pus pour personne, je me suis dit que je pourrais faire quelque chose avec cette bâtisse-là. Et puis je suis pas tout seul, j'ai mon Henriette, mes cinq enfants aussi. Ensemble on peut faire de la grosse besogne. Ça va peut-être vous surprendre, mais l'idée que je pourrais acheter le moulin à farine m'est rentrée dans la tête petit à petit l'automne dernier, sitôt que j'ai entendu le curé Darveau annoncer du haut de la chaire la mort du vieux Philozor. J'ai eu rien qu'à attendre qu'elle fasse son chemin. À matin en me réveillant, ça m'est venu d'un coup, comme ça, ça fait que je suis là.

Il avait fixé le notaire de ses petits yeux vifs, très noirs, l'air serein, sûr de lui. Le métier de meunier ne lui était pas étranger. Il avait bien connu le vieux Philozor Grandbois et il l'avait souvent vu à l'œuvre. Originaire du rang Croche, un peu à l'ouest de la Cédrière et du chemin de Relais, il avait passé toute son enfance près du moulin à eau. Combien de fois il était monté jusqu'à la meunerie et avait observé le vieil homme dans ses vêtements fripés, avec la peau de ses joues blafarde de farine, sa pipe de plâtre éternellement éteinte et éternellement rivée à ses dents.

Il le revoyait encore, les muscles de ses bras tendus jusqu'à l'éclatement, tandis qu'il dégageait la grande roue hydraulique. Il entendait encore comme le bruit d'un seau qu'on renverse, les godets de bois qui se chargeaient d'eau. Il percevait le grincement de l'arbre de transmission et le petit cri aigu du rouet qui actionnait ses dents métalliques et mordait le pignon.

Tant de fois il avait suivi les gestes du vieux Philozor, tandis qu'il versait les poches de céréales dans la trémie. Et quand les premiers grains moulus commençaient à envahir le blutoir, combien, l'œil arrondi, silencieux et fébrile, il avait attendu qu'il s'approche. Traînant le pas, dans une sorte de rituel, il le revoyait encore prendre appui sur l'auge, lentement lever la main gauche et retirer sa pipe. Sa main droite creusée en cuiller devant le tamis, la langue tirée, d'un claquement rapide, il jaugeait une pincée de farine pour aussitôt la cracher derrière lui dans un grand filet de salive. Puis hochant la tête, il marmonnait sur un ton satisfait, comme une redite: «Ouais! la farine est de qualité cet'année, faut dire qu'on a eu une bonne saison.» Il n'était qu'un enfant, mais il comprenait. Content lui aussi, il courait dehors et allait se vautrer dans les hautes herbes autour de la meunerie.

Combien de fois, pendant les chaudes journées d'été, sous l'œil bienveillant du vieux meunier, avait-il pataugé près de la chute, dans le bief de la rivière jusqu'à la vanne? Combien de fois avait-il grimpé sur les poches d'avoine et, comme un lézard, s'était-il gorgé de soleil...

Philozor Grandbois était un vieux garçon, c'était connu, et n'avait aucun héritier direct. Sa famille ayant émigré aux États-Unis, il était demeuré seul au pays et personne dans le village ne lui connaissait le plus petit lien de parenté avec quiconque.

Les seuls parents qu'il possédât, trois neveux, résidaient au Massachusetts. Ils avaient bien été avisés de la mort de leur oncle, mais aucun n'avait daigné se déplacer jusqu'au Canada pour les funérailles. Léon-Marie, de même que les autres villageois, avait remarqué leur absence et jugé de leur indifférence.

— Mon idée, c'est que plus vite ils vont être débarrassés de cette cabane-là, plus vite ils vont être contents, avait-il prononcé à l'adresse du notaire.

— Pour ça, tu as probablement raison.

Accentuant encore la ride profonde qui séparait ses sourcils, il avait relevé la tête. Il pensait qu'avec un peu d'astuce, il pourrait réaliser une bonne affaire.

Lentement, à petits coups, il s'était raclé la gorge.

— Je suis prêt à payer...

— Wow! Léon-Marie, s'était tout de suite opposé le notaire. Ça ne se fait pas comme ça, j'ai reçu des instructions, il y a un prix de fixé pour...

— C'est combien?

— Les héritiers demandent cinq cents piastres comptant. C'est pas cher pour un grand domaine comme celui-là. Ça comprend une maison solide, en pierre des champs, une grande terre à bois, sans oublier la roue encore en excellent état et l'accès à la rivière.

Léon-Marie s'était gratté longuement la tête avant d'avancer sur un ton incisif:

— J'offre... trois cents piastres, pas une cenne de plus.

— Trois cents piastres! s'était écrié le notaire. Mais t'es pas sérieux, Léon-Marie, ils n'accepteront jamais une aussi petite somme, tu coupes les prix un peu beaucoup, il me semble.

Léon-Marie s'était levé de son siège et s'était dirigé lentement vers la sortie.

— S'ils aiment mieux laisser rouiller le moulin encore un autre hiver, c'est leur affaire. De mon côté, c'est mon dernier prix.

Le notaire s'était avancé vers lui.

— Je vois, Léon, avait-il acquiescé, mais tu comprendras que ce n'est pas à moi d'en décider. Je vais leur faire part de ton offre.

— Dites-leur bien que j'offre trois cents piastres, pas plus. Pis que s'ils laissent passer les froidures avant de se décider, il est pas dit que je baisserai pas encore mon offre le printemps prochain. Le froid puis le gel, ça détériore toujours les bâtisses quand elles sont pas chauffées l'hiver.

Il n'avait pas eu à insister. À peine deux semaines plus tard, les neveux avaient donné leur accord. Le même jour, il passait avec le notaire Beaumier un contrat en bonne et due forme, faisant de lui le propriétaire du moulin de pierre qui surplombait la petite rivière aux Loutres. Il avait aussi acquis, en plus de la maison et l'usage du cours d'eau, une partie du boisé qui longeait la rivière, soit huit arpents sur autant de profondeur.

D'un simple trait de plume, Léon-Marie Savoie, cordonnier au village, était devenu cordonnier-meunier, propriétaire de la Cédrière. Il savait qu'il avait fait une bonne affaire. Le torse bombé de contentement, il s'était empressé de rentrer à la maison pour annoncer la nouvelle à sa femme Henriette.

Le même après-midi, il avait attelé son cheval à la charrette de son voisin, le menuisier Ignace Gagnon, et avait transporté sa boutique de cordonnier au rez-de-chaussée du moulin, dans un grand espace perdu, derrière l'escalier qui menait à l'étage.

Dans les jours qui suivirent, chaque matin, il avait quitté son petit logement sis à côté de l'église, qu'il partageait avec sa famille, et tandis que, armée de boîtes en carton, Henriette vidait les armoires et préparait le déménagement, il avait emprunté à pied la route communale et gravi la côte du chemin de Relais jusqu'à la meunerie.

Assis derrière son établi dans la soupente, avec les fils d'araignée qui pendaient au-dessus de sa tête, tout le long de la journée, il avait continué à clouer des semelles et, patiemment, à fixer des fers sur les talons de bois.

Henriette venait le retrouver en milieu d'après-midi avec le cheval et le boghei. Aussitôt arrivée, elle montait au grenier de l'étage et s'employait à y aménager leur futur logis. L'heure venue, il fermait la cordonnerie et grimpait la rejoindre. Ensemble ils travaillaient ferme à récurer, peinturer et débarrasser l'espace des morceaux de ferraille ainsi que des objets disparates entreposés là avec les ans par le vieux Philozor.

En peu de temps, l'étage avait été partagé en chambres spacieuses, et toute la famille s'y était installée. Depuis cette période, chaque soir, le cœur rempli d'une douce béatitude, il s'endormait au bruit joyeux de l'eau qui dégringolait de la montagne, traversait dans toute sa largeur le rez-de-chaussée de leur demeure, avant de retrouver son lit et s'enfuir vers le grand fleuve.

— Wow là! Ti-On Savoie, regarde un peu où c'est que tu marches, tu viens de m'écraser les deux pieds.

Il sursauta. Il était si profondément perdu dans ses rêves qu'il avait oublié qu'il déambulait au milieu de son boisé, par un beau dimanche après-midi plein de soleil.

Il s'arrêta net. Aussitôt, se composant un air inquisiteur, il planta sa main en visière au-dessous de sa casquette et fronça les sourcils.

— Ah ben! Barnache, si c'est pas le p'tit Baptiste Gervais dans mon chemin de bois, si je m'attendais à ça. Je t'avais pas vu pantoute. Ma grand foi du bon Dieu, plus tu vieillis, plus tu rapetisses.

Grimpé sur ses ergots, Jean-Baptiste fit un bond vers l'avant.

— Aspic! Léon-Marie Savoie, là, t'exagères. Tu sauras que le layon est à tout le monde.

— Peut-être ben que le layon est à tout le monde, mais ça m'empêche pas de pas t'avoir vu pantoute, mon p'tit Baptiste, reprit Léon-Marie sans perdre son air inquisiteur.

— Ça doit être que t'as oublié de peigner ton poil, pis qu'il te bouche les yeux, lança vertement Jean-Baptiste.

Un rictus déforma la bouche de Léon-Marie. Autant Jean-Baptiste Gervais détestait qu'on lui fasse remarquer sa petite taille, autant lui ne supportait pas qu'on lui rappelle sa calvitie précoce.

À vingt-deux ans, à l'âge où il avait connu Henriette, il arborait la plus belle toison du canton. Ses cheveux étaient noirs, laqués, creusés en une large ondulation, encore plus large et plus profonde que celle du grand Valentino qu'il voyait occuper la page couverture des revues hollywoodiennes. Peu de temps après son mariage, comme si le Seigneur avait voulu mater sa vanité et lui faire goûter les parfums de la modération, ses cheveux avaient commencé à se raréfier. Avec désespoir, il les avait vus déserter inexorablement son crâne, les uns après les autres, ourler son peigne pour ne plus jamais repousser, laissant le dessus de sa tête aussi lisse, aussi rond que la montagne pelée qui bloquait l'horizon sud de la Cédrière.

Aujourd'hui, à trente-huit ans, seule une étroite couronne, frisée, noire comme jais, garnissait sa nuque au-dessus de ses oreilles.

Le menton levé, il articula sur un ton bravache:

— En tout cas, moi, si je le voulais, je pourrais toujours m'acheter un toupet, tandis que toi, tu peux pas t'allonger de douze pouces.

— Essaie donc ça pour voir, le défia Jean-Baptiste l'air frondeur. J'aimerais ben ça te voir la face, avec une tarte aux prunes sur la tête.

— Si y en tenait rien qu'à moi, ça serait déjà fait, mais c'est mon Henriette qui veut pas. Elle dit qu'elle aime ça, elle, un homme chauve.

— Mets donc ça sur le dos de ta femme quand t'as rien que peur de faire rire de toi.

— C'est pas moi qui le dis, rétorqua Léon-Marie, imperturbable. Toutes les femmes s'accordent pour dire qu'un homme chauve, ç'a plus de vigueur, que c'est meilleur pour... tu comprends ce que je veux dire... tandis qu'un petit homme...

Le visage de Jean-Baptiste prit une teinte verdâtre.

— T'as pas l'air de remarquer que j'ai trente-huit ans comme toi, pis qu'il y a déjà six enfants autour de ma table.

— C'est pas toute que de faire des enfants, mon petit Baptiste, glissa Léon-Marie sur un ton d'expérience, ce qu'il faut surtout, c'est trouver la manière...

L'air ironique, de sa main libre, il exécutait des spirales et des rondeurs.

— ... la vraie manière pour honorer sa femme.

— Ben j'irai pas rentrer dans les détails de ta chambre à coucher, Léon-Marie Savoie, répliqua Jean-Baptiste avec raideur, mais ce que je peux te garantir, c'est que dans mon cas, ma Georgette est plutôt satisfaite de son homme, même qu'il paraît que je dépasse la moyenne.

— Si ta Georgette s'en satisfait, prononça Léon-Marie, les lèvres avancées en une moue dédaigneuse, il y a ben des femmes qui sont pas difficiles...

— Ah ben aspic, par exemple! tu sauras que je suis deux fois plus endurant que toi, pis je suis prêt à te le prouver dret-là.

— Tu penses ça, mon p'tit Baptiste. Je voudrais ben te voir te mesurer à moi encore une fois, devant tout le village, au concours de force et d'endurance. On verrait qui c'est de nous deux qui est le plus endurant. À ce que je me souvienne, tu m'as pas battu souvent dans ces concours-là.

— Pauvre Léon, plus tu vieillis, plus t'es pareil. Tu penses que tu peux régimenter le monde rien qu'avec tes gros muscles. Pis la tête, y as-tu pensé? Y a-t-y rien qui se brasse dans ta tête?

— Barnache! Ça veut-tu dire que t'as peur de te mesurer à moi?

— Aspic! jamais de la vie, c'est pas ça pantoute que j'ai voulu dire.

Indigné, Jean-Baptiste avait arqué fièrement la nuque.

— Si c'est rien que ça, je suis prêt à me mesurer à toi n'importe quand, pis j'ai pas peur. Dans mon métier de menuisier, j'en lève tous les jours, des poids. As-tu oublié que j'ai déjà soulevé un coin de maison d'un seul coup d'épaule?

— Tout le monde sait que tu l'avais prayé, mais de ça, tu t'en es pas vanté.

— Ah ben! mon aspic, lança Jean-Baptiste, exaspéré, tu devrais avoir honte d'inventer des chétiveries pareilles. Même prayé, essaie donc de faire de même, si t'es capable.

— Ça me dérangerait pas une miette, assura Léon-Marie dans un haussement d'épaules. Si tu veux, je peux t'en soulever demain matin, des coins de maison. Je peux soulever ben d'autres choses, aussi.

Le visage animé, il se pencha vers lui.

— Ça te tenterait pas de t'essayer dimanche prochain dans la cour du collège? On choisirait quelque chose de pesant, à not' force. Viens donc me rejoindre là-bas vers deux heures, avec l'épreuve de ton choix, ben entendu, si t'en sens capable... Même qu'on pourrait inviter une petite assistance, comme pour le concours annuel...

Il ajouta, sur un ton sarcastique:

— À moins que t'aies honte de perdre la face devant tout le monde.

Furieux, Jean-Baptiste se rua vers lui.

— Moé honte, moé perdre la face?

Il s'enflammait.

— Aspic! Certain que je vas être là dimanche prochain, je vas être là comme un seul homme. Pis gêne-toi pas, invite-la, ta petite assistance. Invite toute la paroisse si tu veux, pis les notables avec, si ça te fait plaisir, je suis pas inquiet. Même que je peux aller parsonnellement au presbytère pour inviter le curé Darveau.

— Ben tiens! pourquoi pas les deux petits vicaires, tant qu'à y être.

— Pourquoi pas, hein? renchérit Jean-Baptiste. Aspic! les deux petits vicaires avec, pis le notaire Beaumier, le docteur Gaumont, tant qu'à y être, toute la paroisse.

Un peu étonné, Léon-Marie le considérait sans parler.

— On dirait que t'hésites un brin, railla Jean-Baptiste.

— Moi, hésiter? sursauta Léon-Marie. J'hésite pas pantoute, ben au contraire. On se verra dimanche prochain, mon Baptiste, salut ben.

— C'est ça, mon Léon, dimanche prochain, deux heures tapant.

Un petit air de triomphe dans les yeux, Jean-Baptiste rajusta sa casquette, le croisa et s'empressa vers le village. L'air empesé, Léon-Marie poursuivit sa route vers la Cédrière. Tous deux avaient passé leur chemin, la tête haute, sans un regard, sans une parole, évitant l'un et l'autre de faire encore une fois allusion à leur imperfection respective, de façon à ménager leur amour-propre jusqu'au dimanche suivant.

Léon-Marie était sorti de l'ombre et apparaissait maintenant dans la clarté du jour. Autour de lui, la forêt avait cédé la place à un grand champ en friche, chargé d'herbes folles et de chardons séchés.

Plus loin, juste devant ses yeux, s'élevait la vieille meunerie de pierre grise, cerclée de broussailles, avec tout à côté le potager de son Henriette qui s'étirait largement, de la remise jusqu'à la route.

Pendant un moment, il attarda son regard sur le jardin soigné, avec ses petites buttes en rangs serrés et ses planches très droites, sur lesquelles pointaient les têtes vertes des légumes. Dans un but de commodité, Henriette avait placé les fines herbes et la ciboulette du côté du logis, de même que les plants de tomates proprement attachés et le maïs. Il admira la méticulosité de sa femme, dans cette tâche où elle excellait plus que tout homme n'aurait été capable de faire.

Il était arrivé dans la cour. Partout le fort soleil de juillet musardait, s'incrustait dans la moindre aspérité. L'air était bon. Il se pencha vers le sol et dégagea un caillou; il le sentait brûlant. Devant lui, la porte de la meunerie était ouverte, Henriette était de retour. Derrière, en haut de la chute, il entendait distinctement le babil des quatre derniers qui s'ébattaient dans l'eau en agitant leurs jambes.

Une ombre se profila du côté des dépendances. Antoine, son aîné, sortait du bâtiment. À quatorze ans, c'était un garçon robuste, au teint lisse, avec d'épais cheveux bruns qui bouclaient sur ses oreilles, de beaux yeux vifs, intelligents, bruns comme ses cheveux.

Immobile au milieu de la cour, Léon-Marie l'observa avec orgueil. Une foule de projets, subitement, se bousculaient dans sa tête. Il le ferait instruire celui-là, se disait-il. Il lui donnerait cette chance qu'il n'avait pas eue, de parvenir à un haut degré de connaissances. À son petit gars, il faciliterait la vie, en ferait un notable, comme le notaire Beaumier ou encore comme le docteur Gaumont, le médecin du village. Peut-être même deviendrait-il un grand spécialiste des maladies cardiaques comme son ami Speedy Couture qui s'était installé dans la grande ville de Québec. Malgré la chaleur intense qui roussissait les herbes, il frissonna de tout son être. Il ne manquait pas d'ambition pour ceux qu'il avait engendrés, il n'en manquerait jamais, il se le jura. À ses enfants, en commençant par son aîné, il procurerait abondamment ce que la vie n'avait pu lui offrir.

Un petit rire en cascade parvint à ses oreilles du côté de la meunerie. Debout dans l'embrasure, les bras croisés sur la poitrine, Henriette le considérait, l'air moqueur.

— Je me demande à quoi tu peux bien jongler cette fois. C'est la même chose chaque dimanche quand tu reviens de la pêche; à croire que taquiner la truite te porte à la méditation.

Il se mit à rire à son tour et alla la rejoindre. Son regard était rempli de tendresse.

— Et toi, dit-il en l'embrassant sur les lèvres, quand je reviens de la pêche, tu ne manques pas l'occasion de m'asticoter.

Penché vers elle, il frôla sa joue du bout de ses doigts. Tout son corps frémissait de désir. Après seize années de vie commune, le beau visage de sa femme l'émouvait encore. Malgré tant de temps passé ensemble, il ne pouvait résister à ses grands yeux bleus dans lesquels il lisait tant de candeur et de douce insouciance.

C'était ce même regard qui l'avait conquis, ce jour gorgé de soleil où il l'avait aperçue pour la première fois dans la crique à German.

Elle lui était apparue soudainement, comme une sirène, avait surgi sur le rocher qui émergeait au milieu de la rivière. Il la voyait encore, assise dans une pose langoureuse, balançant une jambe et regardant autour d'elle en agitant son ombrelle. À sa vue, elle avait suspendu son geste et, à son tour, l'avait fixé, longuement, curieusement, avec ces mêmes grands yeux pleins de douceur qui le dévisageaient aujourd'hui.

Elle avait entrouvert les lèvres et il avait perçu comme un murmure. Troublé jusqu'au plus profond de son âme, il n'avait rien pu saisir, mais il avait imaginé un mot tendre. Comme elle était belle! Au comble de l'excitation, il s'était approché et lui avait tendu les bras.

Aujourd'hui, après seize ans de vie heureuse, il revoyait encore en elle la belle sirène qui l'avait charmé sur son rocher. Âgée maintenant de trente-six ans, elle lui apparaissait toujours aussi attirante, avec sa peau fine, d'un ambre léger, ses beaux cheveux blonds, retenus sur sa nuque par un ruban de velours noir, et ses yeux illuminés de ce bleu intense et très pur qui le troublait tant.

Étonnée devant lui, elle le fixait sans parler et se composait, à dessein, un petit air coquet.

Il se racla la gorge. C'est ainsi qu'il cachait son trouble chaque fois que son Henriette le regardait avec pareille insistance.

— Tu m'as pas demandé si la pêche avait été bonne.

Elle ouvrit la bouche sur sa rangée de dents très droites qui brillaient comme des perles.

— Ne me dis pas que tu as pris suffisamment de poisson pour faire un fricot.

— Tu sais bien que non, répondit-il en baissant la tête avec modestie. J'ai pêché seulement trois petites truites, c'est juste assez pour un en-cas.

— As-tu faim? demanda-t-elle en se dirigeant vers la cuisine. Je suppose que comme tous les dimanches tu n'as pas pris la peine de dîner.

Elle éclata encore de sa petite cascade de rire.

— Qu'est-ce que tu ferais sans moi.

— Sans mon ti-boss, je ferais rien pantoute, lança-t-il dans un élan spontané en l'entourant de ses bras. Sans toi, je serais perdu.

S'écartant délicatement de lui, elle prit une chaise et alla la placer au milieu du chemin battu, piqué çà et là de touffes d'herbe et de plantain chétif.

— Prends le temps de te reposer un peu pendant que je monte te préparer une collation. T'as bien dû marcher deux milles de la crique jusqu'ici.

— Bah! Je passe toutes mes semaines assis derrière ma table de cordonnier. J'ai besoin de faire un peu d'exercice.

Excité soudain, il se pencha vers elle.

— Tu sais pas quoi, il m'est venu une idée en traversant le petit bois.

— Comme si c'était nouveau pour toi d'avoir des idées, jeta-t-elle dans un éclat de rire.

La mine curieuse, elle l'examina avec attention.

— Malgré qu'aujourd'hui, je ne sais pas quoi, mais à voir l'étincelle dans tes yeux, ça semble un grand projet que tu as derrière la tête.

— Comment as-tu deviné que j'ai un projet derrière la tête?

— Depuis le temps, je connais mon homme, dit-elle en prenant un petit air coquin. Dis vite, j'ai hâte de savoir par quoi on va commencer.

— Ma belle Henriette, tu me fais confiance chaque fois, prononça-t-il avec reconnaissance. Si tu savais comme ça me stimule. Ça me donne de l'ambition comme tu peux pas t'imaginer.

— Tu me fais languir, mon amour, susurra-t-elle à son oreille, tu le fais exprès, ou cette fois encore, tu veux me réserver la surprise?

— C'est un projet trop important pour que je garde ça pour moi tout seul.

— Un projet important, Léon? reprit-elle prudente tout à coup. J'espère que ce n'est pas trop hasardeux, tu ne dois pas oublier qu'avec nos cinq enfants, nous avons de grandes responsabilités familiales.

Il la rassura tout de suite.

— Ben non. Je veux seulement nettoyer le boisé, l'élaguer un brin, puis faire de la coupe pour l'éclaircir. Comme tu vois, c'est pas si osé. Ça va donner de la vigueur aux arbres qu'on aura choisi de conserver, pis ça va paraître plus propre.

— Toi, je te vois venir, fit-elle, grondeuse. Je suppose que tu t'apprêtes maintenant à me dire ce que tu vas faire de tous ces arbres coupés? Je te rappelle que c'est une meunerie ici, c'est du grain qu'on moud, pas des arbres.

— Une meunerie, observa-t-il avec ménagements, c'est une industrie, saisonnière, qui fonctionne à l'énergie hydraulique. L'énergie hydraulique qui reste là, l'année durant, sans rien faire, je considère que c'est du vrai gaspillage, ça pourrait servir à bien d'autres industries d'un genre différent...

— Essaies-tu de me faire comprendre que tu couperais des arbres dans notre petit bois, que tu les entreposerais ici dans la cour de la meunerie et que tu les scierais en dehors de la saison des moutures? C'est pas sérieux, Léon-Marie, tu as déjà une cordonnerie; dans un mois, tu seras meunier à plein temps et tu parles de bûcher des arbres?

— C'est pourtant simple, tu viens de le dire toi-même: dans un mois, je serai meunier à plein temps. Mais le reste de l'année? Une fois la grosse saison passée, la grande roue à godets s'arrête. Il me semble qu'elle pourrait servir, fournir de l'énergie pour autre chose.

— Je ne connais pas grand-chose à l'industrie du bois, observa Henriette, mais j'ai quand même déjà vu fonctionner une scie mécanisée et je ne pense pas que la grande roue suffirait à elle seule à alimenter tout l'attirail que ça prend pour couper des arbres.

— Je suis ben d'accord avec toi, que quand le débit de la rivière serait au plus faible, on ferait pas des ben grosses journées. Aussi, je me suis dit que quand la patente de Don McGrath sera au point, pour un petit dédommagement, peut-être que je pourrai puiser l'énergie dont j'aurais besoin à même son petit pouvoir électrique, enfin, si ça finit par aboutir, son affaire...

— Si tu penses que Donald McGrath accepterait de te donner un coup de main, lança-t-elle en ponctuant sa remarque d'une moue méprisante, tu le connais mal. Tu sais combien il est chiche pour ses voisins, surtout quand ce sont des Canadiens français.

— S'il refuse, je trouverai un plan pour la copier, sa patente. Moi aussi j'ai une chute dans ma rivière. Son invention, c'est pas la fin du monde. Ça me gênerait pas une miette de m'installer une turbine en bas de ma chute, moi aussi.

— Fais comme tu voudras, émit-elle avec un soupir, d'ailleurs même si je voulais t'en faire changer... toi, quand tu as une idée derrière la tête...

Les yeux brillants, elle éclata encore de sa petite cascade de rire.

— Tu ne m'as pas dit quand est-ce qu'on commençait?

Tendrement, il serra ses mains dans les siennes.

— T'es une femme épatante, mon Henriette, comment ne pas t'aimer. Mais t'inquiète pas, on commencerait doucement, bien doucement.

Il la contemplait en silence, en même temps que son gros index à la peau cornée glissait amoureusement sur son front, sur la courbe de ses joues, sur son menton. Soudain il retira son doigt et se détourna, la mine enjouée.

— Tu peux pas t'imaginer qui j'ai rencontré dans le layon en m'en venant: Baptiste, Baptiste Gervais.

— Je m'en serais doutée un peu, je l'ai vu passer par ici, il y a une demi-heure. Il revenait de chez Évariste Désilets. Comment il va, Jean-Baptiste?

— Il va comme d'habitude. On a commencé par s'asticoter un peu, tu nous connais, pis à la fin, on a décidé d'organiser un concours de force et d'endurance, pour dimanche prochain dans la cour du collège.

— Pas encore! lança Henriette, marquant sa désapprobation. Tu ne te dompteras donc jamais!

Résignée, elle haussa les épaules.

— Bon! J'en profiterai pour amener les enfants aux Aboiteaux. On restera une petite heure de plus auprès de maman, ça va lui faire plaisir.

Il paraissait déçu.

— Tu veux donc pas que j'amène les garçons, même pas Antoine qui est presque un homme? Tu veux pas qu'ils admirent leur père?

— Je ne vois pas ce qu'il y aurait d'édifiant pour eux de voir leur père en compétition avec le petit Baptiste Gervais, prononça-t-elle, les lèvres pincées.

— J'espère que t'as pas peur qu'il me batte au moins?

Elle pouffa de rire.

— Pour ça, jamais de la sainte vie.

— Ça serait pas mauvais pour les garçons de suivre un peu leur père...

— Bien sûr, ce serait pour eux l'occasion d'admirer leur pôpa...

— Laisse-moi amener Antoine, insista-t-il, il a quatorze ans, il a l'âge de participer aux divertissements des adultes.

— Peut-être, mais faudrait d'abord que j'y réfléchisse.

Elle fit une longue pause avant de lancer sur un ton mi-amusé, mi-sévère:

— Bon, je te l'accorde, tu pourras amener Antoine, mais à la condition que tu ne fasses pas ton faraud comme tu as l'habitude. Tu oublies trop souvent que c'est à moi qu'il revient de t'admirer... de te...

D'un mouvement robuste, il entoura sa taille de son bras.

— Hum! toi ce soir, je...

Ils se turent. Marie-Laure, leur grande fille de douze ans, venait d'escalader à quatre pattes le versant de la rivière et courait vers eux.

# 2

La cour du collège retentissait sous les éclats de voix. Presque tous les hommes valides de la paroisse et du village étaient présents, s'étaient déplacés pour venir assister au concours de force et d'endurance organisé par Jean-Baptiste Gervais et Léon-Marie Savoie.

Assemblés sur le préau, ils piétinaient sur place pour bien marquer leur excitation, en même temps qu'ils distribuaient autour d'eux des poignées de main franches, vigoureuses, accompagnées des civilités habituelles, comme s'ils oubliaient qu'ils venaient d'accomplir le même rituel quelques heures plus tôt, à la sortie de la grand-messe.

La journée était chaude. Le soleil brillait de tous ses feux et dardait ses rayons ardents entre les branches des érables qui limitaient tout autour l'espace découvert du vieux collège, jusqu'à l'escarpement du grand fleuve.

Dans la cour de récréation, du côté du champ de baseball, des coups de marteau obstinés se faisaient entendre. Sous l'œil intéressé d'une dizaine de frères, attentifs à ne pas souiller leur belle soutane noire, quelques ouvriers du dimanche finissaient d'installer les échafaudages.

Les portes du collège étaient ouvertes toutes grandes; de l'entrée principale à l'avant, jusqu'à la sortie arrière. On attendait monsieur le curé. De temps à autre, le regard marqué d'impatience, les hommes tiraient le cou vers le parloir et scrutaient les lieux, espérant apercevoir le dignitaire.

Enfin, un bruit confus se fit entendre au bout du long corridor. Il arrivait. D'un même mouvement, les hommes se retournèrent. Escorté de ses deux vicaires, le curé Darveau venait d'apparaître sur le préau.

À sa gauche, se tenait l'abbé Marcel Jourdain, le premier vicaire, jeune colosse au physique robuste, aux joues rouges. Il avançait, les bras ballants de chaque côté de ses hanches, la tête enfoncée dans les épaules, avec ses petits yeux ronds, son cou presque étranglé par son col romain. Ses cheveux d'un brun chaud, constamment indisciplinés, de même que les traits un peu gros de son visage, lui conféraient un air lourdaud, familier, qui le rendait sympathique autant aux hommes qu'aux femmes. Peu loquace mais d'allure complaisante, il était d'un naturel joyeux, bon vivant, ne manquant jamais de participer aux divertissements qu'inventaient chacun leur tour et presque chaque dimanche les loustics de leur agglomération.

Derrière la droite du curé, suivait le deuxième vicaire, l'abbé Léopold Fleury. Petit, court sur pattes, il avait une démarche un peu hésitante qui était son allure ordinaire. Au grand scandale des épouses, goguenards et sans délicatesse, les hommes de la paroisse disaient de lui qu'il marchait «le grain serré». Plutôt ascète, l'air faible et émacié, été comme hiver, son front luisait de sueur. Une raie très droite séparait également ses cheveux qu'il avait noirs et clairsemés. De toutes petites lunettes rondes cerclées de métal chaussaient ses yeux de myope et accentuaient encore l'impression de fragilité qui émanait de toute sa personne.

Le curé paraissait satisfait ainsi encadré. Il déambulait pesamment et, l'air solennel, fendait le petit attroupement à grandes foulées généreuses. Il avait la tête altière, abondamment garnie de beaux cheveux blancs de nacre qui contrastaient avec ses sourcils épais, frisés, encore très noirs malgré son âge vénérable.

Parce que c'était dimanche, il avait endossé sa soutane neuve, mais comme à son habitude, son col romain était d'un blanc douteux sous sa pomme d'Adam. «Faut le comprendre, avaient l'habitude de l'excuser complaisamment les femmes, c'est un vieux garçon», car elles l'aimaient toutes et lui vouaient un culte auquel se mêlait une tendre indulgence qui les amenait à fermer les yeux sur tous ses petits travers.

De stature moyenne, avec ses traits marqués, virils, il avait dû être très beau dans sa jeunesse. Son regard d'un bleu presque gris exprimait une grande force de caractère, et chacun supposait qu'il avait dû faire fondre bien des cœurs de femmes au cours de sa longue vie. Aujourd'hui, à près de soixante ans, il paraissait encore alerte, avait l'œil vif et la répartie facile.

— Comment va ton Eugénie? demanda-t-il au journalier Théophile Groleau venu lui serrer la main. L'enfantement, c'est pour bientôt?

— D'après le docteur Gaumont, ça va ben prendre encore une quinzaine, bégaya Théophile avec sa timidité coutumière.

— Et toi? s'informa-t-il au fermier Évariste Désilets qui se tenait près de Théophile. Ta femme Angélique se remet-elle de sa pneumonie? Tu as une bonne épouse, Évariste, prends-en bien soin.

Il distribua encore affabilités et quelques poignées de main, puis sortit de l'ombre et se tint immobile devant la grande cour de récréation. Pendant un moment, le regard intéressé, il fixa au loin les hommes qui s'affairaient près du champ de baseball.

Jérémie Dufour, le boulanger du village, apparut près de lui dans la clarté du jour. Empressé auprès de son curé auquel il était redevable de l'instruction de son fils Alexis, il faisait de grands gestes à l'adresse des préposés au montage des gradins qui, à son gré, se remuaient avec trop de lenteur.

— Toryable! grouillez-vous, monsieur le curé vient d'arriver, vous voyez pas que vous le faites attendre!

— Il m'semble qu'on fait de not' mieux, pis que c'est difficile d'aller plus vite, cria le jeune Robert Deveault, le fils aîné du fermier Joachim Deveault, promu menuisier pour la circonstance et qui assumait avec grand sérieux son nouveau rôle.

Occupé à dresser une planche de bois brut, Ignace Gagnon arqua la tête et cracha son mépris sur une touffe d'herbe à poux.

— Toé, Mémie Dufour, t'as toujours été ben bon pour donner des ordres, mais rien que des ordres, par exemple. Ça fait que si tu veux pas faire l'ouvrage à not' place, ferme-la donc ta grand mm...

Il se tut brusquement. Le curé Darveau venait de faire un pas devant Jérémie et, les bras croisés sur la poitrine, le fixait, l'œil sévère.

— Qu'est-ce qui te prend, Ignace? Du train que t'es parti là, tu vas aller jusqu'à profaner le saint nom du bon Dieu et tu vas devoir vivre avec ton péché pendant toute la semaine, parce que je n'entends pas en confession avant dimanche prochain.

— Pas de danger, monsieur le curé, répliqua Ignace, c'est rien que je voulais conseiller à Jérémie de farmer sa grand trappe qu'est toujours ouverte, les mouches rentrent dedans, pis c'est malsain.

— Trappe... Ignace? T'es sûr que tu ne voulais pas dire autre chose?

— Jamais de la sainte vie, monsieur le curé, sur la tête de ma vieille mère, jamais.

— Où sont donc nos deux antagonistes? s'enquit soudain le curé en reluquant autour de lui.

— Ils sont allés s'habiller léger, l'informa, la bouche pleine de clous, Oscar Genest le boucher du village.

— Vous me les enverrez quand ils arriveront. Je voudrais leur dire un mot avant que l'épreuve ne commence.

— Avez-vous idée de les bénir pour qu'ils finissent «æquo», monsieur le curé?

Le curé fronça les sourcils à l'adresse de l'adolescent blond qui venait de s'immobiliser devant lui.

— Ex æquo, Alexis, ex æquo. Prononce convenablement ou ne dis rien. Et puis à ton âge, n'essaie pas de faire ton drôle. Apprends ça tout de suite si tu veux faire un bon prêtre qui inspire confiance à ses ouailles, plus tard.

Docile, le jeune garçon baissa les yeux. Fils de Jérémie Dufour, il avait obtenu du curé Darveau l'avantage de poursuivre son cours classique au petit séminaire du Bas-du-Fleuve. Ses éléments latins réussis, à la condition qu'il sache bien se tenir et se dirige vers la prêtrise, le généreux prêtre paierait à l'automne sa deuxième année d'études dans le vénérable établissement.

— C'est parce que c'est les vacances, monsieur le curé, s'excusa-t-il. J'ai un peu oublié.

Le curé acquiesça d'un petit mouvement sec de la tête et se détourna. Au loin, du côté du champ gauche, un vacarme déchirait l'air. Deux chariots, tirés par deux chevaux fringants, arrivaient au grand galop et se talonnaient en soulevant un monticule de poussière. Assis sur le siège avant et tenant fermement les rênes, Léon-Marie Savoie, en pantalon de travail, une camisole couvrant son torse, activait le cheval d'Ignace Gagnon. Suivait derrière Jean-Baptiste Gervais, revêtu de la même façon, tassé sur son banc de bois, les muscles tendus, les mains raidies sur les guides. Tous deux traînaient à l'arrière de leur voiture l'élément qu'ils avaient choisi pour le concours de force et d'endurance, ainsi qu'ils avaient convenu, dans le petit bois de la Cédrière, le dimanche précédent.

— Wow! cria Léon-Marie en tirant les rênes.

— Wow! fit en même temps Jean-Baptiste derrière lui.

Léon-Marie tendit les courroies, les disposa l'une sur l'autre et les roula de plusieurs tours sur un support de son chariot, avant de sauter à bas de la banquette d'un bond agile.

Pendant un moment, courbé vers le sol, il secoua son pantalon gris de poussière, puis, lentement, releva la tête. Soudain, comme frappé de stupeur, il se redressa très droit. L'air ahuri, de son index il montrait le tombereau qu'avait tiré le cheval de Jean-Baptiste.

— T'as pas apporté rien qu'un petit quart de clous? Me prends-tu pour une feluette?

Le regard rempli d'arrogance, Jean-Baptiste avança les lèvres en une grimace acide avant de prononcer sur un ton doucereux:

— C'est deux cents livres, Léon-Marie, deux cents livres ben pesées. Je l'ai rempli moi-même avec des clous de six pouces, pis compte sur moi, que je m'y suis pris à deux fois pour ben les compacter.

— Deux cents livres, c'est rien.

— D'une seule main, Léon, d'une seule main.

Léon-Marie esquissa une moue dédaigneuse.

— Ben! laisse-moi te dire, mon p'tit Baptiste, que quand t'auras levé mon poteau de télégraphe, t'auras pus de main pour le lever, ton petit baril de clous.

— Ton poteau de télégraphe, c'est rien, jeta Jean-Baptiste. T'as l'air d'oublier que c'est mon métier que de lever des grumes pesantes comme des poteaux de télégraphe. J'en lève tous les jours, des poteaux de douze pieds, mais moi, à la différence, j'appelle pas ça des poteaux de télégraphe, j'appelle ça des madriers pis des chevrons.

— Peut-être ben, s'entêta Léon-Marie, mais celui-là, il est pas pareil. C'est un tronc vert, rempli de sève, une belle pruche ben dure, ben saine que j'ai coupée moi-même dans mon petit bois. J'ai pu l'apprécier quand je l'ai tirée de là, pis que je l'ai mis dans le quatre roues d'Ignace pour l'apporter jusqu'icitte.

Près d'eux, Ignace Gagnon avait saisi la bride de son cheval et le menait à l'ombre d'un érable. Les hommes déchargèrent le baril de clous du chariot de Jean-Baptiste, puis de lui-même le cheval du petit homme alla rejoindre l'autre charrette sous le grand arbre.

Les spectateurs, qui avaient attendu sous le préau la fin des préparatifs, s'approchaient en discutant et prenaient place dans les gradins de fortune.

Le curé Darveau et ses deux vicaires s'installèrent dans le premier banc, encadrés d'un côté par le notaire Beaumier et le docteur Gaumont, et, de l'autre, par le maire Joseph Parent, lui-même accompagné de quelques conseillers municipaux. Les résidants du village, Jérémie Dufour en tête, se glissèrent derrière, à côté de Don McGrath le patenteux et Charles-Arthur Savoie, le frère de Léon-Marie, tous deux voisins dans le rang Croche. Le troisième gradin était surtout composé des fermiers du rang Cinq et de ceux de la Cédrière.

Isaïe Lemay, le sourcier, lui aussi habitant du rang Croche, arriva en courant. Essoufflé, il se laissa tomber tout au bout du banc, près de Charles-Arthur Savoie.

— C'est pas commencé, j'espère. J'aurais pas voulu manquer ça pour une terre en bois deboutte.

Les autres, les jeunes hommes surtout, entraînés par Antoine Savoie et Jean-Louis Gervais, les fils des deux opposants, restèrent debout, préférant rôder autour de l'arène afin de mieux suivre les manœuvres des joueurs.

Léon-Marie alla se planter devant les spectateurs. Les jambes écartées, avec ses talons solidement fichés dans le gravier sec, il les considérait de son regard noir. Sa longue ride s'était accentuée sur son front.

— Ça va nous prendre un arbitre pis un juge aussi.

L'air suspicieux, il jeta un coup d'œil furtif derrière son épaule.

— Ça va nous prendre quelqu'un qui a les yeux ben clairs, parce qu'il arrive des fois... qu'on ait des raisons de pas faire tout à faite confiance.

Outragé, Jean-Baptiste bondit près de lui.

— Tu peux ben parler, Léon-Marie Savoie, mon aspic de...

— Ça suffit, vous deux! gronda devant eux le curé Darveau. Allez-vous vous entendre à la fin? Je voudrais aussi que vous vous mettiez dans la tête que ce n'est qu'un jeu, sinon je n'aurais pas autorisé que vous teniez ce concours et surtout je n'aurais pas lancé votre invitation à toute la paroisse dans mon sermon dominical. Toi, Léon-Marie, tu vas me cesser un peu tes sarcasmes et toi, Jean-Baptiste, je te demanderai de pratiquer la vertu de tolérance et d'apprendre à être un peu moins susceptible.

Se renfonçant sur son banc, il ajouta d'une voix autoritaire, comme s'il tançait deux jeunes garçons récalcitrants:

— Vous pouvez continuer, mais à la condition que ce soit dans l'harmonie, sinon je me ferai un devoir de faire cesser ce petit jeu immédiatement.

— Je serais ben prêt à servir d'arbitre, avança Ignace qui avait l'habitude de jouer ce rôle au cours des parties de baseball, en plus d'être l'animateur attitré de toutes les fêtes villageoises.

— C'est ben correct pour moi, dit Léon-Marie.

— C'est ben correct pour moé itou, approuva aussi Jean-Baptiste.

— Qu'est-ce que vous diriez, notaire, de nous servir de juge? proposa Léon-Marie sur un ton aimable. En votre qualité d'homme de loi, vous seriez tout désigné.

Derrière eux, un crissement de gravier se faisait entendre. Aidé du fermier Évariste Désilets, Oscar Genest roulait le lourd baril de clous de Jean-Baptiste jusqu'au carré de sable blond.

— Vas-y, mon Ti-On, glissa Jean-Baptiste à l'oreille de son émule en laissant poindre un petit rire moqueur, c'est le temps de nous montrer de quoi t'es capable.

— Wow là, Baptiste! le retint Ignace. Ça se fait pas de même, ça doit se décider par tirage au sort.

Il sortit de sa poche un gros deux cents noir et se dirigea vers le curé Darveau. Courbant la tête avec déférence, il lui tendit la pièce de monnaie.

— À vous l'honneur, monsieur le curé, dit-il. Ça sera pile pour Baptiste, face pour Léon-Marie.

L'espace d'un instant, les yeux du vieux prêtre s'animèrent de plaisir. Il aimait présider les jeux et, malgré son allure habituellement sévère, marquée d'agacement même parfois devant la frivolité de ses paroissiens, cette considération qu'ils lui portaient, chaque fois, le remplissait d'aise.

Il attrapa le gros sou que lui tendait Ignace, rajusta sa soutane et se leva. D'une pichenette habile, il lança la pièce dans les airs, la fit retomber dans sa paume droite et enfin sur le dos de sa main gauche.

— Face, prononça-t-il d'une voix forte.

Ignace alla se placer devant les spectateurs. Sur un ton puissant, de façon à être entendu de tous, il entreprit d'expliquer en articulant chacun de ses mots:

— Léon-Marie va lever le petit quart de clous, pis le tenir en équilibre dans sa main droite. Je vais compter jusqu'à dix, il devra pas le lâcher avant. C'est ben compris?

Léon-Marie s'avança en frictionnant vigoureusement ses paumes, en même temps qu'il jetait un coup d'œil narquois du côté de Jean-Baptiste. Les jambes largement écartées, il se pencha vers le sol. D'un seul mouvement, il saisit le baril et, tendant les muscles, le souleva dans les airs. Sa main droite s'ouvrit sous les lattes de bois brut, tandis que sa gauche retombait le long de sa hanche.

Ignace sortit sa montre de gousset et se mit à compter en scandant de son index:

— ... huit... neuf... dix.

Léon-Marie plia un genou, et dans un geste délié, faussement gracieux, laissa doucement retomber le baril. Les applaudissements fusèrent.

— À ton tour, Baptiste, l'invita Ignace.

Souple comme un elfe, Jean-Baptiste exécuta quelques pirouettes et sautilla jusqu'au baril. Comme s'il accomplissait ce geste à chaque instant de sa vie, il le saisit d'un coup sec et, d'un «han» énergique, l'éleva au-dessus de sa tête.

Près de lui, Ignace comptait consciencieusement.

— ... neuf... dix.

— Ex æquo, cria Alexis Dufour.

Le curé Darveau, qui applaudissait l'exploit des deux émules, se tourna vers l'adolescent et lui adressa un clin d'œil approbatif. Le jeune séminariste rougit de plaisir.

Ignace entraîna avec lui quelques hommes et alla chercher la grume encore coincée dans son chariot. Ils s'y prirent à quatre pour tirer de la benne le gros tronc de pruche que Léon-Marie avait lui-même retranché de sa forêt. Ils haletaient en le laissant choir brutalement sur le sol.

Léon-Marie jeta un regard jubilant vers Jean-Baptiste.

— Un beau billot de douze pieds, ben vert, tout frais coupé.

— Ce n'est pas un exploit facile que tu proposes là, Léon-Marie, lui fit remarquer le notaire Beaumier.

Imperturbable, Léon-Marie s'approcha de la lourde pièce de bois et, sans difficulté, de ses deux mains, en déplaça un bout vers sa gauche.

— Comme vous voyez, notaire, c'est pas rivé dans le ciment.

— Cesse de faire ton fanfaron, Léon-Marie, tança le curé, c'est peut-être simple de bouger un bout, comme ça, mais de là à soulever toute cette masse, je suis de l'avis du notaire Beaumier, tu aurais pu choisir une épreuve un peu moins difficile. Celle-ci dépasse la capacité d'un homme ordinaire.

Un murmure se fit entendre dans les gradins. Quelques ouvriers à la forte musculature quittèrent leur banc et s'approchèrent de la petite arène improvisée. Chacun leur tour, avec de vigoureux efforts, ils tentèrent de soulever le billot. Un seul homme, Joachim Deveault, fermier-bûcheron aux biceps solides, réussit à le déplacer quelque peu.

Le vicaire Jourdain se leva lui aussi et, sous l'œil approbateur de son curé, le visage animé d'un large sourire, rejoignit les autres. Pendant un moment, du plat de la main, il palpa le gros tronc sombre, en même temps qu'il hochait la tête. D'un mouvement soudain, il fit un ample repli dans sa soutane et la glissa sous son ceinturon. Les doigts infléchis comme des serres d'oiseau de proie, il se pencha, agrippa la pièce de bois en son centre et fit un violent effort. Le billot bougea, se déplaça, puis se souleva un peu, aux grands applaudissements des spectateurs.

— Bravo, Marcel, le complimenta le curé.

Il se pencha vers son deuxième vicaire.

— Tu peux y aller, toi aussi, si tu veux, Léopold.

— Non, merci, monsieur le curé, articula le jeune vicaire en insistant sur sa prononciation roulée, je n'essaierai pas de vous faire croire que ce genre de défi m'intéresse.

À tour de rôle, les hommes défilèrent dans l'arène. À l'exception du notaire Beaumier et du docteur Gaumont, tous tentèrent de soulever le gros tronc.

— Faut être fort, s'exclamaient-ils en retournant à leur place, faut être fort en pas pour rire.

— Astheure que tout le monde y a touché, hurla Ignace en allant se poster devant l'aire sablée, astheure que tout le monde a vu que c'était pas du papier mâché, nous autres, on est prêts. Léon-Marie pis Jean-Baptiste vont s'approcher, pis ils vont prendre connaissance des règlements. C'te fois-citte, c'est au tour de Baptiste à commencer.

Jean-Baptiste s'approcha en balançant les bras comme un matamore. Petit, efflanqué, il paraissait plutôt ridicule, avec ses muscles puissants, son air bravache et soupe au lait. Après avoir jeté un coup d'œil vers la galerie attentive, il cracha dans ses paumes et, les poings plaqués sur les hanches, attendit que Léon-Marie s'approche à son tour.

Pendant un moment, le menton levé, il l'épia derrière ses paupières mi-closes, puis afin de bien montrer son dédain vis-à-vis de son adversaire, délibérément, il tourna son regard vers l'horizon sud, vers une petite épinette rabougrie qui ombrait au loin une crevasse du mont Pelé.

Léon-Marie, qui s'était approché d'Ignace, prit bien soin de se placer du côté opposé à celui de Baptiste. L'air exaspéré, la tête haute, de façon à bien lui manifester son dissentiment, il lui tourna le dos et, les dents serrées, riva ses yeux sur le grand fleuve qui marquait l'horizon nord.

Ignace planta un pieu dans le sol, et à l'aide d'une règle, prit une mesure scrupuleuse.

— Douze pouces, jaugea-t-il.

Dépliant son canif, il marqua l'endroit désigné d'une large entaille, cocha ensuite jusqu'au sol onze autres entailles égales, nettes mais plus filées cette fois.

— Ça fait exactement douze pouces. Douze pouces c'est la hauteur qui a été décidée. V'là ce que ça donne. Si ça fait pas votre affaire, dites-lé, y est encore temps.

Jean-Baptiste tira les lèvres et ébaucha un petit rire sardonique avant d'acquiescer sans rien dire. Léon-Marie haussa les épaules et retourna se poster près des bancs.

Ignace se pencha encore vers le billot. Les doigts recourbés, il creusa sous son centre un espace étroit, juste assez large pour faciliter la prise. Enfin, se redressant, il s'adressa à Jean-Baptiste.

— Tu vas soulever le tronc par le milieu, faut que les deux bouttes lèvent de terre, t'as ben compris? Ton défi, c'est de le lever jusqu'à c'te coche-là, douze pouces. C'est clair?

— C'est ben clair.

Jean-Baptiste prit une inspiration profonde, gonfla les muscles jusqu'à l'éclatement, puis expira avec lenteur. Les jambes écartées, l'air méditatif, il riva un moment ses yeux vers le sol. Enfin, sans hâte, il fléchit la taille, glissa ses doigts dans le trou qu'avait aménagé Ignace et, fermement, avec un petit mouvement sec des épaules, y agrippa ses paumes. Ses bras se tendirent, le billot se déplaça un peu, à peine. Un murmure parcourut l'assistance. Il se redressa, respira profondément, une fois, deux fois, puis bomba le torse. D'un élan vigoureux, il se pencha encore, laissa échapper un «han» énergique et fit un violent effort. Le billot bougea, émit un craquement sourd, tout doucement se dégagea du tertre sablonneux et se souleva.

— Un, deux, trois, quatre, cinq pouces! hurla Ignace en frappant de son poing sur le sol mou.

Épuisé, Jean-Baptiste abandonna le tronc qui s'abattit comme une masse sur le sol. Son visage était luisant de sueur.

— Bravo, Baptiste! l'acclamèrent les hommes.

— Tu as fait un très louable effort, dit aimablement le curé. Ce n'était pas une mince épreuve. Je te félicite, Jean-Baptiste.

— À toi, Léon-Marie, entendait-on de toute part sous le couvert des applaudissements, envoye! Lève-nous ça jusqu'à douze pouces.

— Ouais! railla Jean-Baptiste, ben entendu si t'es capable!

Léon-Marie laissa poindre un rictus rempli d'arrogance. À son tour, il monta sur le petit tertre de sable. Figé devant le gros tronc de pruche, comme avait fait plus tôt son adversaire, les yeux fermés, il s'absorba un moment dans ses pensées. Enfin, il s'arc-bouta sur ses jambes. Redressant la tête, il prit une longue inspiration, expira, puis se courba. D'un seul coup, il planta solidement ses mains dans l'espace aménagé au centre de la pièce de bois et fit un brusque effort. Le tronc résista. Autour de lui, la foule laissa échapper un murmure. Exacerbé, il s'agrippa à nouveau, s'étaya cette fois, avec puissance, sur ses jambes largement écartées. Les muscles gonflés, le visage cramoisi, il tira, souleva de toutes ses forces. Un long chuchotement parcourut l'assistance. Le tronc craqua, se déplaça, lentement s'éleva.

Silencieux, le corps tendu vers l'avant, les hommes attendaient.

— Trois, quatre, cinq, six... comptait Ignace.

— Hé! Ti-On-Marie, que c'est que tu fais là, mais es-tu devenu fou?

Léon-Marie sursauta et du coup échappa la grosse grume. Il vibrait de colère.

— Barnache! Speedy Couture, que c'est qui te prend de venir m'apostropher de même, quand j'étais en train de gagner le concours? À cause de toé, je viens de rater mon coup.

Arrivé par le côté de la cour, l'homme alla le rejoindre.

— Fallait que je t'arrête, Ti-On. Tu risquais de te briser le dos. T'as plus l'âge pour jouer au fier-à-bras de même. Je te regardais faire en m'en venant de la route et, en tant que médecin, je me disais...

Léon-Marie serra les mâchoires. Il était furieux. Tout ami d'enfance qu'il était, il ne reconnaissait pas à Speedy Couture le droit de chambouler sa distraction du dimanche qu'il considérait comme un droit sacré. À cause de son intervention malheureuse, il n'avait réussi à dépasser son émule que par un maigre pouce.

— Retourne donc faire ton frais dans ta grande ville, pis laisse-nous donc nous amuser entre nous autres à notre manière.

— Tu as tort, Léon-Marie, de ne pas écouter les recommandations du docteur Couture, le réprimanda le curé Darveau en se joignant à eux. C'est d'ailleurs l'avertissement que je vous avais donné, à toi et à Jean-Baptiste, avant la compétition. Ça ne devait être qu'un jeu et vous ne deviez d'aucune façon dépasser vos capacités. C'est ton défaut, de tout le temps chercher à abuser de tes forces. Et si tu te blessais sérieusement? Tu te vois paralysé jusqu'à la fin de tes jours à cause d'un simple jeu?

— Je veux ben vous croire, monsieur le curé, protesta Léon-Marie qui prenait ces remontrances plutôt à la légère, faudrait quand même pas dramatiser, ça risque pas de m'arriver pour un petit billot de même.

— Cesse de narguer le destin, s'éleva le curé. Personne ne peut savoir quand ni comment le malheur va s'abattre sur sa tête. Il ne t'est rien arrivé de fâcheux aujourd'hui, mais c'est bien parce que ton ange gardien était là pour te protéger.

Il abaissa à demi les paupières. Subitement, son visage s'était radouci.

— D'autre part, je dois avouer que votre performance m'a étonné. Jean-Baptiste surtout, qui ne tire pas d'apparence avec sa petite taille... Je le savais fort, mais à ce point-là...

Léon-Marie inhala l'air avec suffisance. Autour de lui, les spectateurs s'étaient levés et avaient repris leurs discussions bruyantes. Soudain, son regard se figea. Minuscule au milieu d'un groupe de paroissiens enthousiastes, comme un coq bentley avec sa casquette d'un brun roux sur sa chevelure noire, Jean-Baptiste recueillait de part et d'autre les compliments et les allusions flatteuses.

Blessé dans son orgueil, Léon-Marie se demandait ce qu'ils avaient tous, à congratuler son adversaire, tandis que lui devait se tenir devant le curé, dressé comme un coupable, à écouter ses reproches et ses mises en garde. N'avait-il pas obtenu le meilleur score? Six pouces, c'est plus que cinq pouces.

Comme s'il sentait le regard de Léon-Marie appesanti sur sa nuque, Jean-Baptiste se retourna et, l'espace d'une seconde, le fixa. Enfin, dans un geste délibéré, il haussa les épaules et lui tourna le dos.

Léon-Marie se retint de laisser éclater son exaspération. Se ressaisissant, à dessein, cherchant à minimiser leur exploit, il revint poser ses yeux sur le curé et avança sur un ton neutre:

— N'importe quel homme est capable de faire ce qu'on a fait. Ça demande rien qu'un peu de pratique. Baptiste, par exemple, dans son métier de menuisier, il fait ça tous les jours, tandis que moi, ben, tout le monde sait que je suis fort de nature, parce que c'est pas avec les bottines que je ressemelle, pis les quelques poches de fleur que je lève de temps en temps que je peux me faire du muscle. Je serais prêt à recommencer n'importe quand, dimanche prochain si vous voulez.

— Il ne faudrait pas nous saturer non plus, le retint le curé.

Sur un ton de modération, il lui rappela les autres activités de la paroisse, auxquelles il aurait à participer dans les prochaines semaines: la kermesse du mois d'août, et en septembre, l'épluchette de blé d'Inde qui devait avoir lieu cette année à la ferme de Joachim Deveault du côté de la Cédrière.

Une galopade sur le gravier le fit s'interrompre. Le jeune Alexis Dufour venait de s'immobiliser devant lui, tenant dans sa main son bulletin de fin d'année.

Il abandonna aussitôt sa délibération pour se pencher vers l'adolescent. En donateur prudent, attentif à ce qu'on n'abuse pas de sa générosité, le curé Darveau tenait à contrôler les résultats scolaires d'Alexis.

Il s'empara du petit carnet, de ses doigts étiques tourna lentement les pages, en même temps qu'il marmonnait sur un ton professoral:

— Ce n'est pas tout d'avoir de bons points en grammaire et en arithmétique, j'espère aussi que tu as bien réussi ton examen de catéchisme et que tu as de bonnes notes de conduite.

Devant lui dans l'attente, Léon-Marie avait redressé la tête. Son regard alla rejoindre son fils qui s'amusait avec les garçons de son âge dans le champ de baseball. Son Antoine avait terminé sa septième année en juin à l'école du village et il était lui aussi un bon élève. Il pensa le temps venu pour lui de faire connaître ses intentions au curé.

— Justement, monsieur le curé, avança-t-il brusquement, j'ai l'idée moi aussi d'envoyer mon Antoine au séminaire.

Intéressé soudain, le curé délaissa le jeune Alexis pour se tourner vers lui.

— Es-tu en train de me dire que tu voudrais faire un prêtre de ton Antoine? A-t-il montré des signes? A-t-il la vocation? Tu sais que je n'accepte de payer les études d'un enfant de la paroisse qu'à la condition qu'il devienne prêtre.

— C'est pas ça pantoute que j'ai voulu dire, monsieur le curé, se récusa aussitôt Léon-Marie avec vigueur. Ce que je veux de vous, c'est rien qu'un petit coup de pouce, que vous fassiez pression auprès des autorités du séminaire pour qu'ils acceptent mon Antoine, je vous demande rien de plus.

Il avait relevé dédaigneusement la tête. À l'inverse de Jérémie Dufour, il n'avait pas besoin de l'argent du curé, se disait-il. S'il avait décidé de faire instruire ses fils, c'est qu'il avait les moyens de le faire et c'était pour lui une juste fierté qu'ils ne doivent leur instruction qu'à leur père.

— Et qu'est-ce qu'il veut faire plus tard, ton Antoine? s'enquit encore le curé.

— J'ai pas idée pantoute, il fera ben ce qui lui plaira. Une fois instruit, ça sera son affaire.

— Tel que je te connais, tu dois bien avoir une petite idée derrière la tête, glissa le vieux prêtre.

— Pas la moindre, monsieur le curé, assura Léon-Marie. Ce qui compte pour moi, c'est que mon Antoine rentre au séminaire, pis se fasse instruire.

— Tes intentions m'apparaissent louables, concéda le curé, mais avant de promettre de t'apporter mon aide, j'aimerais pourtant que tu règles un point litigieux. Si tu veux bénéficier des grâces du bon Dieu, tu vas d'abord me dire si dans ton cœur tu as fait la paix avec Jean-Baptiste.

— Bah! fit-il. Vous voulez dire, oublier nos chicaneries?

— Je veux dire davantage, proféra le curé. Je te connais, tu sais, et je devine tes pensées. N'as-tu pas l'intention de te faire concéder la victoire? Ne te reconnais-tu pas une supériorité physique sur ton adversaire parce que tu l'as surpassé par un pouce?

— Vous avez ben dit un pouce, monsieur le curé?

Pince-sans-rire, il prit un air étonné. Une satisfaction orgueilleuse se lisait sur son visage.

— Comme ça, vous pensez que j'ai dépassé Baptiste par un pouce?

Soulevant un coin de sa casquette, il se gratta la tête.

— Je suppose que j'ai dû mal entendre Ignace quand il m'a proclamé vainqueur. Enfin si c'est vous qui le dites, je vais prendre pour acquis que j'ai gagné, mais c'est ben seulement parce que ça vient de vous, monsieur le curé.

— Tu es rusé, Léon-Marie, mais tu as tort de chercher à m'emberlificoter de pareille façon, s'exaspéra le curé. J'aurais préféré que ton esprit retors te serve à meilleur escient, comme par exemple à te débarrasser de cette humeur compétitive qu'à cause de ton incommensurable orgueil, tu nourris sans cesse. Plus que tout, je tiens à l'harmonie dans la paroisse et tu le sais. Aussi, si tu veux que j'ouvre les portes du petit séminaire à ton Antoine, tu devras d'abord faire la paix avec Jean-Baptiste, tu m'as bien compris?

L'index tendu vers l'avant, il articula avec fermeté:

— La paix avec Jean-Baptiste, sinon, pas de séminaire!

Le curé Darveau n'avait pas l'habitude de plaisanter. Encore une fois, Léon-Marie s'en rendait compte, mais il n'était pas surpris. Il connaissait le curé, il le connaissait depuis une bonne dizaine d'années, depuis ce jour de novembre 1913 où l'évêque l'avait muté à Saint-Germain en remplacement du curé Vaillancourt qui venait de décéder subitement.

Avec les autres hommes venus l'accueillir, il avait grelotté lui aussi dans l'attente, dans la cour du presbytère en cet automne froid qui avait précédé l'année de guerre. Quand enfin il avait serré sa main, il avait senti sa poigne énergique, déterminée, presque dure. «Voilà un homme qui a pas des mains de feluette», s'était-il écrié. Il savait qu'il n'entendrait pas à rire, mais il l'avait quand même apprécié immédiatement. Leur curé possédait cette force de caractère qu'il admirait et qui lui était propre à lui aussi, avec en plus l'autorité et la rigueur que lui conférait son rôle de chef spirituel de leur petite communauté. Mais Léon-Marie l'avait redouté aussi. Il avait compris ce jour-là, et pour toujours, que toute résistance à l'endroit de son pasteur devait être exclue.

— Jean-Baptiste pis moi, on a fait notre petite école ensemble, se justifia-t-il. Speedy, lui pis moi, on se lâchait pas quand on était enfants, vous pensez ben que ça serait difficile de s'en vouloir longtemps, malgré que pour la compétition, si je suis vainqueur, me semble que ça serait rien que juste que ça soit reconnu, faut me comprendre, j'ai mon honneur moi aussi.

— À plus forte raison, vibra le curé. Si tu as ton honneur, tu dois aussi savoir que ta conduite doit être celle d'un gentilhomme.

Tu vas immédiatement oublier ces enfantillages et tu vas aller serrer la main de ton adversaire.

Le curé lui lançait un véritable ultimatum. «La paix avec Jean-Baptiste, sinon...» Mortifié, Léon-Marie considéra son Antoine qui, venu le rejoindre, piétinait d'impatience devant lui, avec sa chevelure embroussaillée, sa balle dure qu'il frappait dans son gant. Léon-Marie laissa échapper un soupir. Avec un pincement dans son amour-propre, il se retourna. Fendant le groupe au milieu duquel flottait littéralement Jean-Baptiste, il alla se placer devant lui.

— Arrive un peu, mon «p'tit» Baptiste, articula-t-il sur un ton délibérément railleur en insistant sur l'épithète. Paraît que faut qu'on se serre la main.

Jean-Baptiste leva vivement le menton. La mine rébarbative, il le toisait de la tête aux pieds.

— Peigne ton poil d'abord, t'as pas l'air propre.

— Holà, vous deux, s'énerva le curé, vous n'allez pas recommencer?

Jean-Baptiste éclata de rire. D'un geste vigoureux, il secoua la main que Léon-Marie lui tendait.

— Vous voyez pas, monsieur le curé, que je suis en train de vous faire étriver? Pas vrai, Léon-Marie?

Autant Jean-Baptiste était prompt à s'emporter, disait-on de lui, autant il avait bon cœur et était prompt à oublier.

— On redevient amis comme avant, pas vrai, Léon? Quant à moi, même si ni l'un ni l'autre a gagné le concours, y a rien de changé.

— Rien de changé! éclata Léon-Marie soudain furieux. Tu peux ben parler à ton aise pis faire ton généreux, Baptiste Gervais. Je t'ai battu par un pouce si tu le sais pas. Un pouce, c'est un pouce, pis ça compte.

Imperturbable, Jean-Baptiste hocha lentement la tête, à droite puis à gauche, en même temps qu'il refermait à demi les paupières. Le menton levé, il ouvrit la bouche et, sûr de lui, appuya chacun de ses mots.

— Si tu prenais le temps de calculer un brin, mon Léon, considérant que je mesure six pouces de moins que toé, donc que mes épaules sont pas mal plus basses que les tiennes, pis que mes bras sont accrochés au boutte en conséquence, je te dirais que je l'ai levée pas mal plus haut que toé, la grume, je dirais même que...

— Allez-vous cesser de couper les cheveux en quatre et finir par agir en adulte? s'impatienta le curé.

— On va dire qu'on a fini égal, accorda Léon-Marie, pis on en parlera pus. Ça fait que, pour mon Antoine...

— Laisse-moi un temps de réflexion, hésitait encore le curé. L'accès au séminaire n'est pas un privilège accordé à tous sans considération, il faut le mériter. J'ai besoin d'attendre un peu afin de tester tes bonnes intentions. Te connaissant, tu es bien capable de reprendre tes empoignades avec Jean-Baptiste, sitôt que j'aurai le dos tourné.

— Ça! ça me surprendrait pas mal, monsieur le curé, même qu'un de ces jours, ça se peut que je fasse une proposition à Baptiste, quelque chose comme une job à plein temps, qui pourrait l'intéresser ben gros.

— Tu perds ton temps si tu penses faire un meunier avec moé, coupa Jean-Baptiste, je te le dis tout de suite, ma Georgette acceptera jamais que je pratique un autre métier que celui de saint Joseph.

— Crains pas, j'ai pas oublié que t'es un bon menuisier, laissa-t-il tomber sans préciser davantage.

Le curé Darveau et Speedy s'interrogèrent du regard et, d'un même mouvement, haussèrent le sourcil. Ils connaissaient Léon-Marie. Ils le savaient travailleur, bouillonnant d'idées, sans cesse à l'affût d'initiatives nouvelles. Ils se doutaient bien que ses métiers de cordonnier et de meunier n'étaient que transitoires, une pause en attendant mieux.

La cour du collège se vidait lentement. Ignace Gagnon les avait quittés depuis un bon moment avec son cheval et sa voiture à quatre roues. À son tour, Jean-Baptiste alla détacher sa bête et les croisa sur son tombereau.

Le soleil était encore haut dans le ciel, mais déjà, il amorçait sa descente vers l'ouest. Léon-Marie consulta sa montre de gousset.

— Henriette est allée voir sa mère aux Aboiteaux, elle doit être rentrée au moulin à l'heure qu'il est.

— Et moi, je m'en vais retrouver la mienne dans le rang Croche, dit Speedy en accordant son pas au sien.

Ils cheminèrent sur la route communale, côte à côte, les mains dans les poches, le nez au vent, humant l'air chargé des parfums chauds de l'achillée et du foin d'odeur. Ils avançaient au milieu de la chaussée, la mine rêveuse, en trébuchant de temps à autre sur les gros cailloux qui émergeaient entre les creux et les buttes de glaise séchée.

— Au printemps, ce chemin-là est plein de ventres-de-bœuf, observa Léon-Marie. Faudrait pourtant qu'un jour la municipalité corrige ça. On brise les essieux de nos voitures, pis nos chevaux risquent de s'estropier. Tu te rappelles quand Henriette a eu les jumeaux, il y a six ans? La misère que j'ai eue à partir du village pour aller te chercher dans le rang Croche. Depuis il y a rien de changé. Ça nous prendrait un maire plus entreprenant.

— Pourquoi que tu te présentes pas contre Joseph Parent, je suis sûr que tu ferais un bon maire.

— Pour faire de la politique, faut au départ avoir du temps à donner pis surtout faut être bon perdant, dit Léon-Marie. Moi, j'ai ni l'un ni l'autre. Je suis tout le temps occupé, pis j'accepte mal la défaite, c'est pas dans mon tempérament.

— L'échec fait partie de la vie, expliqua Speedy. Il faut apprendre à l'assumer si on veut faire valoir ses capacités. Tu es un homme intelligent, Léon-Marie, tu ne manques pas d'idées, tu pourrais apporter beaucoup à la collectivité.

Ils longèrent l'école des Quatre-Chemins, puis tournèrent à leur gauche et empruntèrent le chemin de Relais qui serpentait vers la montagne.

— Il n'y a que celui qui ne fait rien qui ne se trompe pas et il peut bien se permettre de critiquer, celui-là, ajouta sentencieusement Speedy.

— Déjà que mon ti-boss aime pas ça quand je m'attire des critiques, fit remarquer Léon-Marie.

Speedy éclata de rire.

— J'ai toujours trouvé amusant le surnom que tu donnes à Henriette. Aujourd'hui, après seize ans de mariage, tu sembles l'aimer comme au premier jour.

Léon-Marie ne répliqua pas tout de suite. Pendant un moment le noir de ses yeux brilla d'une flamme vive. Autour d'eux, la brise très douce ondulait les herbes hautes dans les champs.

— Mon Henriette, c'est ce que j'ai de plus précieux au monde, je l'aime plus que le bon Dieu, murmura-t-il avec émotion.

Ils s'étaient tus. L'ombre de leurs silhouettes se profilait sur le long ruban gris que formait la route dans son tortillement vers les hauteurs. Ils étaient plongés dans une réflexion intense.

— Et comment va Henriette? interrogea soudain Speedy. Depuis deux ans que je ne l'ai vue, elle n'a pas eu de rechute?

— Rien depuis six ans, depuis que les jumeaux sont au monde, répondit Léon-Marie. Son cœur a l'air solide, à croire qu'elle est guérie miraculeusement.

— Il est possible que cette attaque n'ait été qu'une complication à sa grossesse.

— Faut dire que j'en prends ben soin. Chaque dimanche je lui laisse le cheval pis le boghei pour qu'elle aille voir sa mère aux Aboiteaux avec les enfants, ça lui fait une petite sortie.

— Je suppose qu'elle est toujours aussi belle, glissa Speedy sur un ton mélancolique. Dans le temps, c'était la plus belle fille du canton.

— Même si ça fait deux ans que tu l'as vue, je peux t'assurer qu'elle a pas changé une miette. Tu l'aimais toi aussi, pas vrai? émit-il en lui jetant un regard par en dessous.

— Non, se défendit Speedy, je l'ai toujours trouvée très belle, c'est pas pareil.

— Cherche pas à cacher tes sentiments, je sais que tu l'aimais, comme tous les autres d'ailleurs. J'en connais pas beaucoup au village qui étaient pas amoureux fous d'elle dans le temps. Je me trouve ben chanceux qu'elle m'ait choisi, moi.

Speedy ne répondit pas. Les yeux rivés au rideau de montagnes qui se dépliait devant lui, il semblait perdu dans ses pensées.

— Tu as bien fait d'acheter le moulin, dit-il soudain. La Cédrière est un endroit où j'aurais aimé vivre, moi aussi. C'est peut-être le seul endroit au monde où je me sens complètement rassasié. C'est sauvage et, en même temps, c'est chaleureux et paisible.

— Viens faire un tour à la meunerie, un de ces jours, l'invita Léon-Marie. Je suppose que t'es en visite à Saint-Germain pour un p'tit moment.

— Je ne crois pas avoir le temps, prononça Speedy en hochant la tête, je suis désolé.

Il détourna son regard. Une foule de souvenirs se bousculaient dans sa tête. À quoi bon revenir en arrière. On était en 1924 et la paroisse Saint-Germain était loin derrière lui. Le passé était mort et enterré et c'était mieux ainsi. Il vivait à Québec depuis bientôt cinq ans, il avait acheté une jolie maison près des remparts et il avait trouvé la paix.

— Je dois retourner à Québec dans moins d'une semaine et j'ai ici ma vieille mère, je veux passer un peu de temps auprès d'elle, elle me voit si peu souvent.

— Tu vas décevoir mon ti-boss, elle va me reprocher de pas avoir assez insisté. Depuis que t'as quitté Saint-Germain pour aller ouvrir ton bureau en ville, Henriette s'est pas habituée au docteur Gaumont. Elle va ben le voir de temps en temps pour faire écouter son cœur, mais ça a pas l'air de la rassurer. J'ai l'impression qu'elle est pas capable de lui donner sa confiance. C'est pas comme avec toi. Je me demande ce qu'elle peut bien lui reprocher. Le docteur Gaumont, c'est pourtant pas un mauvais docteur.

Speedy serra les lèvres. Du bout de son pied, comme autrefois quand il était enfant, il buta quelques cailloux qu'il repoussa vers le fossé asséché dans lequel poussaient allègrement les chardons et les quenouilles. Un peu plus haut dans la côte, une touffe de noisetiers croissaient, touffus, désordonnés, cachant à leur vue le rang Croche avec son petit pont de bois qui enjambait la rivière aux Loutres.

Il accéléra son allure.

— C'est ici que je t'abandonne, prononça-t-il comme s'il se délestait d'un poids trop lourd.

Perplexe, Léon-Marie suivit sa haute silhouette qui s'amenuisait vers l'ouest. Il avait du mal à reconnaître, dans cet homme au regard trouble, son ami d'enfance, l'adolescent rieur avec qui il avait vécu tant de jours insouciants, avec qui il avait partagé tant de randonnées joyeuses.

C'était la vie. L'âge, la souffrance, les influences extérieures changent les hommes. Il pressa le pas. Il avait soudain hâte d'aller retrouver son Henriette, son ti-boss.

# 3

Le regard chargé d'incertitude devant le grand miroir de la cuisine, Antoine endossait puis retirait sa redingote de séminariste. Près de lui, agenouillée sur ses talons, sa mère comblait un grand coffre en bois brun aux angles cerclés de métal.

— Arrête un peu de bouger, Antoine, tu es tellement énervé que tu m'étourdis.

— Je peux pas m'en empêcher, maman. J'ai beau me forcer, je pourrai jamais m'habituer à porter ça. Êtes-vous bien sûre qu'il est pas trop grand pour moi?

Les yeux levés vers lui, elle marqua sa lassitude. Antoine n'avait pas cessé de se plaindre tout le temps qu'avaient duré la confection et les essayages de son uniforme de collège. Comment le convaincre que ses vêtements devaient être taillés plus amples que sa taille actuelle, s'ils voulaient qu'ils lui servent au moins jusqu'à la fin de l'année scolaire. Les adolescents grandissent si vite.

Résignée, elle se redressa sur ses jambes.

— Bon, laisse-moi en juger encore une fois.

Le menton appuyé dans sa paume, elle le fit reculer et l'observa avec attention.

C'est vrai qu'il paraissait fagoté, son Antoine, empaqueté qu'il était, dans des laizes et des laizes d'étoffe neuve. Comme elle ne l'avait jamais vu autrement vêtu que de ses vieilles salopettes aux jambes poussiéreuses, évasées comme des tuyaux de poêle, sans cesse trop courtes, elle admettait que l'élégance lui seyait mal. Elle avait peine à le reconnaître ainsi engoncé de pied en cap dans ce costume trop large et trop bien coupé. Elle se représentait le modèle du catalogue, ce beau jeune homme au visage luisant, distingué, sous lequel elle avait imaginé son petit gars: il était évident qu'ils n'avaient rien en commun tous les deux.

— Faut dire aussi qu'on est pas habitués à te voir habillé chic, dit-elle comme pour se rassurer. Approche que j'ajuste tes épaules.

Elle le secoua un peu.

— Et puis redresse-toi, tu te tiens tout croche.

Il la regardait avec ses grands yeux d'épagneul suppliant, ses bras trop longs qui ballaient sur ses hanches, ses mains dissimulées jusqu'à la naissance de ses phalanges sous le tissu sombre. Tout doucement, le regard d'Henriette s'attendrit.

— Tu as peut-être raison, il se pourrait que tes manches soient un petit peu trop longues.

Sitôt dit, elle alla chercher son panier à ouvrage, enfila l'aiguille et commença à coudre à grands coups.

Un genou sur le sol, devant son fils, elle l'observait en même temps que ses doigts habiles piquaient la serge noire sur son poignet tendu. Bien sûr, il dérangeait sa concentration, son petit séminariste, et elle risquait de surfiler de travers, avec ses tournoiements constants et cette nervosité qu'il ne pouvait s'empêcher de manifester. Mais au fond d'elle-même, elle le comprenait. Ce n'est pas tous les jours qu'on fait sa première entrée au collège pour entreprendre son cours classique. Elle se devait d'être indulgente et ne pas porter atteinte à cet instant qui, comme une déchirure, marquait pour son Antoine la fin de son enfance douillette.

Aujourd'hui, pour la première fois de sa vie, il quitterait les siens pour se retrouver, entouré d'étrangers, dans la grande institution de la ville voisine. Elle songea avec tristesse que son aîné parti, la vie au moulin ne serait plus la même. Elle laissa échapper un soupir et se retint de laisser paraître son trouble.

— Tu peux boutonner ta redingote, dit-elle en coupant le fil entre ses dents. Cette fois, je suis certaine que ça va aller.

Marie-Laure et la petite Étiennette, les deux filles de la maison, surgissaient de leur chambre en courant, portant chacune une savonnette et une panoplie de brosses pour tous les usages. Elles allèrent s'arrêter devant la grosse malle et, sans précaution, y laissèrent débouler leur fardeau. Ensemble, elles se tournèrent vers leur frère et aussitôt pressèrent leurs mains sur leurs lèvres. Elles avaient peine à freiner leur fou rire.

— Il est beau pareil comme dans le catalogue de Dupuis Frères, le grand Antoine à maman, s'écrièrent-elles sur un ton complice en s'en retournant au pas de course vers leur chambre.

Inquiet encore une fois, Antoine recommença à tournoyer autour de sa mère.

— M'man! Vous entendez les filles? J'ai peur que les gars rient de moi.

Excédée, Henriette l'attira à elle. D'une main énergique, elle boutonna sa veste jusqu'au col.

— Tes confrères ne riront pas de toi pour la simple raison qu'ils vont tous être vêtus de la même façon.

— N'empêche que ma redingote est trop grande pour ma taille, se plaignit-il en faisant le geste de retirer le vêtement.

— Fallait pas la tailler trop juste non plus, objecta sa mère, tu grandis tellement vite. Au prix que coûte le tissu, faudrait bien qu'elle te serve au moins jusqu'à la fin de l'année. Et puis aussi, tu le fais exprès, une veste pareille, ça se porte avec le ceinturon bien noué autour de la taille.

Le visage grimaçant, Antoine se mit à marcher à grands pas dans la cuisine. Il avait repris son allure désespérée, avec ses basques largement ouvertes qui pendaient jusqu'à ses genoux, ses épaules basses, ses bras ballants.

Il alla s'immobiliser devant la fenêtre. La mine boudeuse, il fixa, au-dessous de lui, la cour du moulin à farine qui avait abrité ses jeux pendant l'été. C'était là son univers, le seul qu'il connaissait.

À sa gauche, accolés en prolongement à la meunerie, se dressaient l'écurie pour le cheval, la remise et, tout au bout, le hangar qui servait à garer le boghei.

Il tourna son regard vers la droite de la large bâtisse, vers la rivière au flot grossi par les pluies du mois d'août. Il distinguait nettement à travers les arbres, sa chute, étroite, profonde, que recueillait un bief rudimentaire sculpté à même un énorme tronc d'arbre qui allait se perdre à l'intérieur de leur logis.

Devant lui, dans un coin de la cour, quelques poches de coton écru et une pile de bouts de bois gisaient sous une touffe d'arbrisseaux sauvages, abandonnés là par les agriculteurs venus faire moudre leur grain.

De l'autre côté du chemin de Relais, les pâturages encore verts s'échelonnaient en pente douce, jusqu'à la route communale en bas, avec ses petites maisons de ferme et leurs bâtiments qui coupaient çà et là la monotonie des grandes étendues tranquilles.

Avec un soupir, il pensa que le temps était venu pour lui de ranger dans ses souvenirs sa jeunesse insouciante. Demain et les autres jours, il serait ailleurs, dans un endroit où la vie ne serait plus la même. Un frémissement parcourut son échine à la pensée de cet inconnu qui s'ouvrait devant lui.

Subitement, des larmes montèrent à ses yeux. Honteux de cet attendrissement qu'il considérait comme une faiblesse, il se secoua de toutes ses forces et se tourna vers la cuisine. L'allure décidée, en claquant du talon, il alla rejoindre sa mère.

— S'il vous plaît, maman, voulez-vous m'aider à nouer mon ceinturon?

— Enfin, tu comprends le bon sens, dit Henriette en se redressant de la malle sur laquelle elle était penchée. Ce n'est pas trop tôt.

À larges mouvements, elle tira à elle la bande de soie verte et la replia pour en faire un nœud coulant.

— Et voilà, s'exclama-t-elle en lui donnant une petite tape sur l'épaule, tu es parfait. Et quoi qu'en pensent tes sœurs, tu es beau comme un cœur. C'est très joli, ce ceinturon vert sur ta redingote noire, tu as l'air d'un vrai petit monsieur.

Pressée soudain, elle revint à son occupation première et alla encore une fois s'agenouiller devant la malle. À gestes précis, elle énumérait les pièces de lingerie et les alignait proprement les unes sur les autres.

— J'ai brodé ton nom sur chacun de tes vêtements, mentionna-t-elle, j'ai même brodé tes mouchoirs.

Repérant un angle vide, elle y glissa une brosse à cirage toute neuve.

— L'instruction n'est pas un droit acquis, observa-t-elle tout en disposant par-dessus une pile de chemises de coton. Souviens-toi que même chez les gens bien nantis, il faut beaucoup de sacrifices pour faire instruire ses enfants. Tu as de la chance d'avoir des parents qui ont du cœur. Quand on a un père comme le tien, qui a pareille ambition pour ses enfants, on se doit de ne jamais lui manquer de reconnaissance.

— Il n'y a pas que papa, dit Antoine, à vous aussi, maman, je dois de la reconnaissance. Depuis un mois, vous avez pas arrêté de travailler pour préparer ma valise, assez que j'ai peur d'avoir l'air chouchouté comme une fille.

Henriette leva vivement la tête. Une lueur de fierté animait son regard.

— Rassure-toi, Antoine, lança-t-elle avec flamme, tu n'auras pas l'air d'une fille, tu vas avoir l'air d'un homme, d'un vrai, comme ton père.

Elle déplia ses genoux avec effort.

— Je pense que tout est prêt maintenant. Il ne nous reste plus qu'à attendre le charretier. Je vais aller chercher ton père, faudrait bien qu'il te voie dans ton bel uniforme, avant que tu partes.

Dans un froufrou léger, elle traversa la cuisine jusqu'à la trappe épaisse, hermétiquement close, qui séparait l'escalier menant à l'étage de leur logis, et en dégagea l'ouverture de ses deux mains. Elle songea que son Léon-Marie avait lui-même installé ce panneau solide, étanche, en bois d'érable, afin de bien isoler leur habitation de l'humidité de la meunerie en plus de freiner l'infiltration des fines particules de farine qui débordaient chaque fois que s'ébranlait l'imposante roue à godets.

Retenant ses jupes dans un mouvement gracieux, la main en porte-voix, elle se pencha au-dessus du petit escalier de bois.

— Léon-Marie!

En bas, au fond de la grande pièce, les mécanismes du moulin à farine étaient au repos. Elle tendit l'oreille. Un bruit de voix se répercutait en écho sous ses pieds. Léon-Marie était dans son échoppe de cordonnier et il n'était pas seul. De temps à autre, un grincement se faisait entendre. Elle identifia la machine à coudre les semelles. Suivaient de vigoureux coups de marteau sur la forme de métal.

Étonnée, elle descendit les marches, contourna l'escalier vers l'arrière et se retrouva devant l'ouverture de bois brut qui isolait la cordonnerie. Deux petites fenêtres embrumées de poussière éclairaient la pièce étroite et longue.

Dans un coin poussiéreux, largement paré de fils d'araignée, se tenait Théophile Groleau, à qui Léon-Marie expliquait avec moult détails les rudiments du métier de savatier. Près d'eux, leur second fils Gabriel trottinait sur les talons de son père et cherchait à se rendre utile en portant dans ses bras quelques vieilles chaussures à réparer.

Debout dans l'encadrement de la porte, les bras croisés sur la poitrine, elle éclata de sa petite cascade de rire.

— Voulez-vous bien me dire ce que vous êtes en train de manigancer là, vous trois?

Léon-Marie abandonna la grande lanière de cuir dans laquelle il taillait et redressa la tête. Lentement, il se gratta le menton avec son tranchet.

— Que-cé que tu nous veux donc, mon ti-boss?

— Je veux simplement savoir ce que vous êtes en train de faire, répéta-t-elle.

Penché à nouveau sur sa table de travail, il prit un air désappointé.

— Barnache! Il y aura donc jamais moyen de te faire une surprise.

— Vous avez pas à avoir peur de nous autres, madame Henriette, bégaya Théophile en reluquant nerveusement autour de lui, Léon pis moé, on fait rien de pas correct, certain.

— Mais je l'espère bien! s'exclama-t-elle dans un grand éclat de rire.

Elle pénétra plus avant dans le petit recoin. Une forte odeur d'amande flottait dans l'air. Léon-Marie avait déposé son outil sur l'établi. Tourné vers le mur du fond, il détaillait une pile de chaussu res luisantes de cire odorante qu'il avait rangées proprement sur la tablette.

— Avec le chômage, pis les journaliers qui trouvent pas d'ouvrage, marmonnait-il en même temps qu'il évaluait l'usure des empeignes de son doigt rêche, j'ai l'impression que le métier de cordonnier a pas fini de rapporter. Quand les familles ont pas d'argent pour s'acheter des bottines neuves, elles ont pas le choix que de faire ressemeler leurs vieilles savates.

— Si je comprends bien, tu penses avoir plus d'ouvrage qu'il t'en faut. C'est pour ça que tu as décidé d'apprendre le métier de cordonnier à Théophile?

— C'est presque ça, mon ti-boss, répondit-il, un éclair de malice animant ses prunelles. Pour le moment en tout cas, mon idée, c'est de voir si Théophile est capable d'apprendre à clouer des semelles, pis à poser des renforts de talons. Quand ça sera faite, on passera à une autre étape.

Elle jeta un regard étonné vers Théophile, effacé dans son coin, et qui se tortillait sans rien dire. Identifié dans le village comme un pauvre hère qui tirait le diable par la queue avec sa femme malade et sa famille qui s'agrandissait chaque année d'un nouveau rejeton, il n'avait jamais connu d'emploi stable. Petit, efflanqué, il était en plus affublé d'un léger bégaiement qui ajoutait encore à sa timidité chaque fois qu'il ouvrait la bouche. Le plus souvent sans ressources, peu débrouillard, il ne parvenait à survivre que grâce à la générosité des membres de la collectivité locale.

Henriette admira son homme de vouloir aider ce malheureux, en lui fournissant la possibilité d'améliorer son sort, lui donner un métier et, surtout, lui assurer un travail permanent, encore qu'elle en doutât. Si Théophile avait eu peu de chance dans la vie, il était notoire qu'il n'avait jamais été doué de la vertu de persévérance. Léon-Marie était de nature généreuse et n'en avait que plus de mérite. Par ce geste, elle le voyait grandir.

— Tu devras laisser ton échoppe à la garde de Théophile pendant un petit moment pour venir contempler ton Antoine, lui dit-elle. Il est tellement beau que je ne peux pas garder ça pour moi toute seule.

Il revint vivement vers elle, il paraissait nerveux soudain.

— Il est pas déjà l'heure de partir pour le collège? Évariste est pas déjà arrivé?

— Non, mais ça ne va pas tarder.

Planté devant elle, il regardait autour de lui, en même temps qu'il labourait la peau de son crâne avec la pulpe dure de ses doigts.

Comme s'il l'avait toujours ignoré, subitement il prenait conscience de la fuite inexorable du temps et des mutations douloureuses qu'entraîne la vie. Pourtant il avait lui-même souhaité cet avenir meilleur pour son fils, avait longuement mûri sa décision et fait les démarches auprès du curé, afin que son enfant accède à un haut degré d'études, supérieur aux siennes et à celles de la plupart de ses concitoyens.

Aujourd'hui, devant l'évidence, il se prenait à regretter les ans qui passaient. Il évoquait les premières années de son union avec Henriette, le vagissement de ses petits dans leurs berceaux, leurs premiers pas, la fraîcheur de leurs frimousses. Aujourd'hui, son plus vieux s'en allait. Il ne reviendrait à la maison que pour les vacances, transformé, mystérieux, drainant avec lui des influences extérieures qui ne manqueraient pas de heurter leurs habitudes tranquilles.

— C'est ben beau mettre des enfants au monde, laissa-t-il tomber, mais quand arrive le temps pour eux autres de voir ailleurs, ça demande ben du renoncement pour les parents.

Henriette s'approcha de lui. Doucement, elle effleura sa nuque de ses doigts.

— À moi aussi, ça me fait de la peine de le voir partir, mais je me fais une raison. Je me dis qu'il va revenir, qu'il va être avec nous pendant les vacances du jour de l'An, à Pâques, pendant l'été.

Théophile, qui avait attendu en silence dans un angle de la pièce, sortit de l'ombre et s'avança en traînant la semelle.

Il bafouilla un long moment avant d'ouvrir la bouche et émettre enfin sur un ton timide:

— C'est not' lot, hein, que de les voir s'en aller. C'est comme Eugénie pis moé, quand not' p'tit Aurèle est mort; il avait cinq ans, y parlait franc comme un p'tit homme. À la différence que vot'Antoine, lui, y va revenir, tandis que not' p'tit Aurèle, lui, y reviendra pus.

— T'as raison, Théophile, se secoua Léon-Marie, j'ai pas de raison de me navrer de même, mon Antoine s'en va rien qu'au collège. C'est pas la même chose que ton petit Aurèle.

— Viens, l'entraîna Henriette.

Il la suivit dans le petit escalier sombre. Au-dessus de la trappe grande ouverte, la clarté était éblouissante. Partout les chauds rayons du soleil jouaient sur les lattes du plancher de bois.

Il mit le pied sur la dernière marche, puis s'immobilisa de surprise. Debout au milieu de la cuisine, son Antoine le regardait, avec ses bras trop longs qui allaient rejoindre ses hanches, ses cheveux embroussaillés, son visage épaté dans un immense sourire.

— Barnache! c'est-tu ben toi, mon gars? On dirait quasiment que t'as grandi de six pouces.

Antoine bomba le torse. Ses prunelles brillaient de plaisir. Il paraissait plutôt gourd dans son uniforme de belle serge noire, boutonné jusqu'aux basques, avec son ceinturon vert ajustant sa taille, et les pans de sa redingote qui laissaient entrevoir le pli très droit de son pantalon.

— Te v'là devenu un homme, s'émut Léon-Marie. Barnache, quand je pense que t'es sur le bord de t'en aller loin de nous autres.

— Je m'en vais pas loin, pôpa, je vais être seulement à une dizaine de milles d'ici. Et pis, les dimanches, vous allez venir me voir au parloir.

— On va être là tous les dimanches, mon gars, assura-t-il en hochant la tête avec vigueur. Ta mère pis tes quatre frères et sœurs.

Ils n'y manqueraient pas, pas un dimanche. Pour ça, il n'hésiterait pas à sacrifier sa petite promenade dominicale du côté de la crique, de même que sa pêche à l'éperlan, qu'il effectuait chaque automne avec Jean-Baptiste Gervais et Joachim Deveault. À Henriette aussi, il demanderait de renoncer à sa visite du dimanche aux Aboiteaux, chez mémère L'Heureux.

— Je vois quelqu'un qui entre dans la cour, dit Marie-Laure qui se tenait devant la fenêtre. Monsieur Évariste Désilets arrive avec son cheval puis sa waguine.

— C'est l'heure, murmura Henriette.

Éplorée soudain, elle se jeta au cou de son fils.

— Prends ton temps, la retint Léon-Marie, Évariste sera pas prêt à repartir tout de suite. Il arrive de sa ferme, pis il a une bonne douzaine de poches d'avoine à décharger dans la meunerie avant d'aller du côté du petit séminaire. Je dois lui moudre pendant qu'il sera parti. C'est l'entente qu'on a pris pour défrayer le coût du voyage. En plus, on va pouvoir profiter de sa waguine chaque fois qu'il va aller vendre ses légumes au marché.

Il lança une vigoureuse bourrade dans le dos de son fils, cherchant à cacher à ses yeux l'émotion qui le gagnait, lui aussi.

— Ça sera une occasion de plus pour aller te voir, mon gars.

Il ajouta, dans un effort pour se raisonner:

— Ça nous fait de la peine de te voir partir, mais t'as quatorze ans. On sait ben que, rendu à cet âge-là, c'est dans l'ordre des choses que t'ailles te faire instruire.

Un bruit de voix ébranlait le rez-de-chaussée. Évariste était entré dans la meunerie et bavardait avec Théophile. De temps à autre, il ponctuait ses phrases d'un grand rire sonore.

— Évariste a l'air de bonne humeur aujourd'hui, remarqua-t-il. J'aime mieux ça pour toi, mon gars, tu vas faire un voyage plus plaisant.

Évariste s'était avancé vers l'escalier et montait lentement les marches. Le menton pointé vers l'avant, il manifestait sa présence.

— Hé! Savoie, que c'est que tu brettes en haut?

— Pas besoin de câler l'orignal. Avec la voix que t'as, je les entends déjà qui galopent de la montagne vers icitte.

— On voit ben que tu t'es jamais entendu parler, rétorqua Évariste. Toé, t'as qu'à ouvrir la bouche pour que les ours crient «ayoille» du bord de la Côte-Nord.

Satisfait de sa riposte, il redescendit les marches et se mit à arpenter la meunerie en reluquant autour de lui avec ses yeux d'un bleu intense, qui brillaient comme l'acier. Il avait une crinière grise, indisciplinée, qui émergeait de sa casquette profondément calée sur sa nuque. Avec son profil buté, fermement découpé, il paraissait un tout jeune homme bien qu'il eût dépassé les quarante-cinq ans.

Il s'immobilisa au milieu de la pièce et regarda Léon-Marie qui venait d'apparaître dans l'escalier.

— Les poches d'avoine sont rentrées, Théophile m'a donné un coup de main. Quand ton gars sera prêt, je suis prêt.

Léon-Marie remonta aussitôt à l'étage.

— C'te fois-là, ç'a ben l'air que c'est l'heure, annonça-t-il à la ronde sur un timbre assourdi.

Nerveuse soudain, Henriette jeta un regard autour d'elle, puis se pencha sur le gros coffre débordant de linge et s'assura qu'elle n'avait rien oublié. Enfin, avec un soupir, elle fit claquer les ferrures.

Léon-Marie s'approcha à son tour et alla soulever un coin de la malle, tandis qu'Antoine prenait l'autre bout. Ensemble, avec précaution, ils descendirent les marches. Lui devant, Antoine derrière, péniblement, faisant buter le bagage sur les degrés de bois. Évariste, qui attendait en bas de l'escalier, s'empressa d'aller pousser la porte de la meunerie et la tint grande ouverte. Ils franchirent le seuil et se retrouvèrent dehors sur le petit perron branlant appuyé à même un amoncellement de terre dure. Les planches étaient usées. Sous leurs pieds, deux gros clous enfoncés dans un madrier à demi décomposé, presque poudreux sous l'effet de la pourriture, bougeaient dangereusement.

— Attention à la planche, prévint Léon-Marie. Faudrait ben, un de ces jours, que je trouve le temps de réparer ça.

Empêtré dans son costume, avec ses chaussures neuves, ses semelles rigides qui dérapaient à chacun de ses pas, Antoine heurtait les unes après les autres toutes les nodosités apparaissant sur le perron. Sans cesse, il trébuchait, chaque fois, risquait d'échapper l'extrémité de la malle qu'il tenait pourtant d'une main ferme.

Évariste accourut et le repoussa d'un geste.

— Cède-moé ta place, ti-gars, c'est trop pésant pour toé.

Aussitôt, avec empressement, il agrippa la poignée d'une main et glissa l'autre sous l'angle de tôle.

À bout de souffle et trop heureux de se libérer de son fardeau encombrant, Antoine ne se fit pas prier. Abandonnant sa charge, il se redressa rapidement et, d'un mouvement brusque, s'écarta sur le côté. Déséquilibré, le coffre émit un sursaut et cogna le sol. Arc-bouté sur ses jambes, Évariste renforça sa prise. Devant lui, sans rien voir, Léon-Marie tirait d'une poigne solide.

— Toryable, Léon-Marie slaque un peu, lança Évariste en même temps qu'il s'accrochait de toutes ses forces à la malle qui lui échappait.

Soudain, avant qu'il n'ait pu s'en rendre compte, entraîné par l'élan, le lourd coffre glissa, à petits bonds rapides dévala les marches de pierre et, rudement, dans un craquement sinistre, alla s'étayer en bas sur une butte.

Emprisonnée sous l'extrémité métallique, la main d'Évariste avait suivi, comme un supplice, chacun des soubresauts du lourd bagage.

Noir de colère, il étouffa un cri de douleur.

— Hostie de tabarnacle! j'me sus quasiment écrasé la main.

— T'exagères pas un peu, se récria Léon-Marie. Barnache! T'es toujours pas une feluette.

— J'suis pas une feluette, maudit câlisse! mais je voudrais ben te voir à ma place.

Léon-Marie dévisagea l'homme. Une sourde exaspération montait en lui. Il ne pouvait s'empêcher de se révolter contre cette habitude qu'avaient certains de ses congénères, chaque fois qu'ils en avaient l'occasion, d'accompagner leurs déboires d'une litanie de blasphèmes. Sans être puritain, il ne tolérait pas qu'on sacre en sa présence. Il en était chaque fois profondément choqué, comme si ces injures qui déboulaient à sa face lui étaient directement adressées. Ulcéré jusqu'au plus profond de son âme, comme un péché mortel, il refusait d'entendre le moindre juron. Il acceptait encore moins, ainsi que venait de le faire Évariste, que de façon aussi cavalière, ils sortent de l'église tous les objets du culte.

Furieux à son tour, il se planta devant le fermier.

— Comme ça tu voudrais ben me voir à ta place, hein? Ben

barnache! tasse-toé de là, pis vite. Je vas te montrer, moé, comment travailler.

Vibrant de colère, il se pencha sur la malle. Promptement, en même temps qu'il exhalait son souffle avec vigueur, il l'attrapa par son centre, d'un geste robuste, l'ajusta sur son épaule et gonfla les muscles. Avant même que les autres ne soient revenus de leur ébahissement, d'une puissante enjambée, il l'avait lancée sur la longue plate-forme du véhicule de ferme.

— Astheure, Évariste Désilets, vitupéra-t-il en se frottant les mains, tiens-toé ben averti. Que je t'entende pus jamais sacrer sur ma propriété, sinon je te sors la tête la première, aussi vite que j'ai faite pour c'te valise-là dans ta waguine, pis tu remets pus jamais les pieds à la meunerie. C'est-y assez clair? Ton grain, tu le feras moudre où tu voudras, moé, je m'en barnache!

Il se tut brusquement et, d'une virevolte rapide, lui tourna le dos.

Estomaqué, Évariste le regardait sans parler. Dans l'après-midi paisible, une longue coulée d'or enveloppait la cour. Plus loin dans un fourré, un oiseau piaulait. Attelé à la waguine, emprisonné entre les brancards, le cheval ébranla son licou.

— Maudit torrieu, s'emporta Évariste après un long moment de silence, on peut pas dire que t'es ben avenant pour la clientèle.

— C'est à prendre ou à laisser, Évariste Désilets, lança Léon-Marie, sur un ton cinglant.

La poitrine frémissante, Évariste considéra la benne de son chariot, avec la grosse malle brune d'Antoine qui trônait au centre. Dans la meunerie, empilées devant la fenêtre grise de poussière, il devinait ses douze poches d'avoine qu'il avait déposées là afin de les faire moudre. Il devait les reprendre en revenant de la ville.

Lui aussi était furieux. N'eût été de sa femme Angélique qui avait insisté pour qu'il rapporte à la maison une poche d'avoine moulue dont elle avait grand besoin pour ses galettes du souper, il aurait débarrassé sa waguine des affaires du jeune Savoie et aurait repris son grain. Du même élan, il aurait poursuivi sa route vers le village de Saint-André où il aurait fait moudre son avoine par le meunier Lepage. «Léon-Marie Savoie n'est pas le seul meunier exerçant le métier dans le Bas-du-Fleuve», pensait-il avec aigreur. Il ne serait pas dit qu'il pourrait se permettre d'être aussi indépendant chaque fois.

Il plissa les yeux dans le soleil. La grande cour flamboyait sous les rayons obliques chargés d'une clarté orange.

— Si y était pas si tard, je te prendrais au mot, Savoie, je traverserais les Fardoches, pis je me gênerais pas pour aller faire moudre mon grain par Louis-Philippe Lepage. Lui au moins, c'est pas un mangeux de balustres.

— Il est jamais trop tard pour ben faire, si tu penses ben faire, articula Léon-Marie sur un ton sentencieux, en écartant les bras dans une large invitation.

Exaspéré, Évariste marcha brusquement vers sa charrette.

— Si c'était pas de nos femmes qui sont grandes amies, c'est moé qui te sacrerais là, Savoie, c'est moé qui mettrais pus jamais les pieds dans ta cour.

Sans un regard, il attrapa les rênes et se laissa tomber lourdement sur le siège de bois.

— Arrive, le jeune, si tu veux rentrer au collège avant la brunante, ronchonna-t-il sans se retourner.

Henriette, qui s'était tenue à l'écart près de la porte, s'élança vers son Antoine et le serra dans ses bras.

— Prends bien soin de toi, mon petit. Et s'il te manque quelque chose avant dimanche prochain, écris-nous. Je trouverai moyen de t'envoyer ce qu'il te faut par quiconque aura affaire en ville.

Les roues du pesant véhicule s'activèrent. Le gravier sec émit une plainte sonore. Lentement, la voiture cahota dans les ornières et s'engagea dans le chemin de Relais.

Les yeux brouillés de larmes, Henriette s'approcha de Léon-Marie et glissa sa main dans la sienne. Serrés l'un contre l'autre, ils suivirent longuement des yeux le véhicule de ferme qui descendait la côte et disparaissait à leur vue, derrière le bosquet de noisetiers. Pendant un long moment encore, leur regard attristé resta rivé à ce buisson tortueux, déjà bruni dans l'été qui exhalait son dernier souffle.

Autour d'eux, les jumeaux gambadaient, s'excitaient avec l'insouciance de leur âge. Étienne alla s'accrocher au bras de son père et l'attira à lui.

— Rentrez avec moi dans le moulin, pôpa, vous avez promis de me montrer à moudre l'avoine.

— Tu vas devoir attendre un brin, mon petit homme, fit-il en caressant la tête blonde. Ton pôpa a quelque chose d'important à faire avant de dégager la grand' roue.

La nuque encore raide, il s'écarta des autres. À grands pas, il se dirigea vers la remise, prit une belle planche d'érable bien lisse et, les lèvres étirées dans une expression caustique, l'apporta dans la meunerie.

Sous le regard intrigué de sa femme et de Théophile qui l'avaient suivi à l'intérieur, il alla décrocher l'égoïne suspendue au milieu des outils, sur le grand mur de la façade, et se glissa derrière son établi. La planche sur la table, un genou replié dessus afin de la bien assujettir, il commença aussitôt à scier, précautionneusement, à petites secousses adroites. De temps à autre, de son poing fermé, il repoussait les sciures, ou encore, les joues gonflées d'air, de toutes ses forces, il soufflait les poussières. Enfin, il leva au niveau de ses yeux le petit panneau qu'il venait de former, le jaugea sous tous ses angles et secoua la tête. Il traversa ensuite dans son échoppe de cordonnier, prit sur une tablette un pot de peinture noire, épaisse, et y plongea un gros pinceau rond, au manche court. Fermement, habilement, il noircit la petite planche de bois.

— «DÉFENSE DE SACRER», lut Henriette derrière son épaule. Oh! Léon-Marie, tu n'auras pas le culot d'afficher ça?

— Pourquoi je me gênerais?

Ainsi qu'il faisait chaque fois qu'il avait à clouer une semelle, il attrapa une poignée de clous, les goba d'un seul trait dans sa bouche et se dirigea vers la sortie. Grimpé sur la pointe de ses bottines au milieu du petit perron de bois, d'un mouvement décidé, il cala son panneau au-dessus de la porte. Pendant d'interminables secondes, le choc courroucé de son marteau résonna à travers la campagne et se répercuta en écho jusque sur le mont Pelé.

— À l'avenir, ça va être clair et net sur ma propriété, dit-il en abaissant ses bras.

— Bon-yenne de bon-yenne, chus mieux d'avoir compris, moé itou, souffla Théophile en s'épongeant le front.

— Qu'on se le tienne pour dit, marmonna encore Léon-Marie en rangeant ses outils, parce que j'ai pas l'intention de faire de passe-droit pour personne.

Relevant la tête avec vigueur, il se tourna vers Étienne.

— Tu viens, mon p'tit homme? Pôpa est prêt astheure à te montrer à moudre le grain.

En sifflant, les mains dans les poches, il le précéda vers la meunerie.

# 4

Henriette prenait son temps. Debout devant la penderie de sa chambre, elle fouillait d'un doigt absent parmi les vêtements soigneusement alignés. On était le dernier samedi de septembre et ce soir il y avait fête à la ferme de Joachim Deveault. C'était le jour choisi pour la traditionnelle épluchette de blé d'Inde et toute la paroisse était conviée.

Comme chaque année, les fermiers arriveraient les uns derrière les autres, grimpés sur leur tombereau chargé de beaux épis enveloppés dans leur pelure ambre, et déverseraient leur charge au milieu de la cour pour gonfler encore le monceau déjà important de maïs. Les invités prendraient ensuite place autour d'une grande table dressée tout près sur un échafaudage de planches et de tréteaux, et dans une humeur joyeuse, tout le monde participerait à la corvée.

Le curé Darveau serait là, lui aussi, avec ses vicaires. Il encourageait ces rencontres et ne manquait jamais de les honorer de sa présence. Arrivé le premier comme il faisait dans ces occasions, il accueillerait ses paroissiens en propriétaire des lieux. «Cette fête des récoltes contribue à plus d'un titre à renforcer l'esprit de solidarité qui, à chaque instant, doit animer notre petite communauté, répéterait-il comme chaque année, dans son allocution d'ouverture. C'est pour chacun un devoir que d'avoir la fierté de son appartenance.»

C'était devenu presque une obligation pour les familles, que de participer à ces réjouissances d'automne, tant il insistait au prône du dimanche précédent et en démontrait l'importance.

Cependant, en bon pasteur, gardien de la foi chrétienne, le petit côté hardi de ces fêtes le préoccupait. Aussi il tenait les yeux bien ouverts et veillait scrupuleusement à ce que chacun respectât la morale. Sans être timoré, il exprimait une certaine méfiance. «L'esprit est prompt et la chair est faible», soulignait-il chaque fois comme une mise en garde, se référant sans doute à son expérience derrière le secret du confessionnal.

Les hommes ne se faisaient pas prier bien longtemps avant de souscrire à son invitation et participer à la soirée. Léon-Marie moins que les autres, songea Henriette avec un sourire entendu.

Reconnu comme un boute-en-train, un gaillard qui avait accumulé avec les ans une panoplie impressionnante de chants folkloriques, recherché dans toutes les occasions empreintes de plaisir, il ne manquait jamais cette fête des moissons, pendant laquelle il oubliait un moment ses préoccupations journalières pour laisser libre cours à l'humour et à la plaisanterie.

Il avait une agréable voix de baryton, puissante, joyeuse, avec en plus un répertoire de chansons anciennes, un peu grivoises, qui faisaient la joie de l'assistance. C'était d'ailleurs le seul moment où, sous le regard pudique de son curé, il se permettait quelque licence.

Pour les adultes, c'était l'occasion de se distraire un peu de la dure réalité de la vie. Pour les jeunes à marier, s'ils avaient le bonheur de décortiquer un épi rouge, c'était l'occasion de se déclarer leur amour.

La fête finie, la vie reprendrait son cours. Demain, c'était dimanche et, comme d'habitude, la famille Savoie, les enfants compris, se rendrait au petit séminaire. Mais cette fois, à cause de la longue nuit, ils risquaient d'y arriver avec un peu de retard.

Il y avait maintenant trois semaines qu'Antoine avait quitté la maison et jusqu'à ce jour, ils lui avaient consacré tous leurs dimanches, sans y manquer. C'était devenu chez eux comme un rituel. Dès leur retour de la grand-messe, pendant que les femmes de la maison s'occupaient de préparer le dîner, Léon-Marie dételait le blond et le laissait paître dans la cour. Le repas terminé, le blond de nouveau attelé, ils montaient tous dans le boghei pour se diriger vers le séminaire.

Ainsi serait leur vie pendant longtemps, soupira Henriette en pensant à ses deux autres fils, qui dans peu d'années, rejoindraient leur frère au collège.

Elle dégagea un cintre de bois sur lequel était proprement plié un vêtement de travail. Avec des gestes tendres, elle l'étala sur le lit. Tantôt, comme tous les autres hommes, son Léon-Marie endosserait une salopette de tous les jours, à la différence qu'elle avait pris soin de presser minutieusement le pli de son pantalon.

Elle choisit pour elle un chemisier bistre à petites fleurs et une longue jupe à frisons de la même teinte.

Un craquement du côté de la porte la fit se retourner. Le visage éclairé d'un large sourire, Léon-Marie venait de pénétrer dans la chambre.

— T'es ben belle à soir, mon ti-boss, ça serait-y que t'as l'intention de faire de l'œil à quelqu'un?

— Penses-tu que je manquerais une occasion pareille? lui répondit-elle avec un petit air coquin. C'est si peu souvent que nous rencontrons du monde. Mais ne compte surtout pas que je vais t'en faire la confidence. Tout ce que je peux te dire, c'est que celui que je reluque a les yeux noirs, qu'il me dépasse d'une demi-tête, qu'il n'a pas beaucoup de cheveux, juste une petite couronne au-dessus des oreilles et que... je l'aime bien gros...

Il l'attira dans ses bras et la serra sur sa poitrine. Avec un grognement de volupté, lentement, goulûment, il l'embrassa sur la bouche.

— Moi aussi, je t'aime ben gros, mon ti-boss, chuchota-t-il en glissant ses doigts dans ses cheveux. Je t'aime pas seulement parce que t'es la plus belle, je t'aime parce que t'es la plus fine aussi.

Son front pressé contre le sien, elle prit un ton faussement indigné en même temps qu'elle le repoussait doucement.

— Comment peux-tu me trouver belle quand un malvat de ton espèce est en train de tout défaire mon chignon.

— Donne-moi un autre petit bec, pis après je promets de te laisser tranquille.

Elle lui tendit aussitôt les bras. En frissonnant de plaisir, pendant un long moment, presque avec violence, elle pressa ses lèvres contre les siennes.

— J'ai décidé d'apporter le flacon de whisky blanc que j'ai acheté au village, mentionna Léon-Marie en se dégageant pour enfiler sa salopette. Le p'tit vin de pissenlit de Philomène me tombe sur le cœur, il est ben trop sucré, du vrai sirop de poteau, c'est pas buvable.

— J'ai déjà essayé de le lui faire remarquer, acquiesça Henriette, mais elle ne veut rien entendre. Au fond, je la comprends un peu de s'entêter, sa recette lui vient de sa mère et elle est transmise dans sa famille depuis des générations.

— De toute façon, faut arriver là avec quelque chose, souligna-t-il encore, c'est pour ça que je me sens pas gêné de faire ma quote-part pour le p'tit boire.

Elle hocha la tête. Il était de tradition que chacun apporte sa contribution pour les agapes, le fermier désigné pour accueillir la paroisse ne pouvant suffire à lui seul à désaltérer et sustenter toute cette horde assoiffée et gourmande.

— Je trouve que tu as fait un bon choix, à la condition de ne pas vous déplacer. Vous êtes tellement faciles à échauffer, vous autres, les hommes. Moi, je me suis entendue avec Philomène, j'apporte un petit plat de sucre à la crème.

Pressée soudain, elle ajusta son chapeau sur sa tête.

— Mon Dieu, je ne me suis pas occupée des enfants, j'espère qu'ils sont prêts.

Léon-Marie descendit à l'étage du moulin et les trouva tous proprement vêtus et sagement assis sur le grand banc qui longeait la fenêtre.

La ferme de Joachim Deveault était située sur le chemin de Relais, à un peu plus d'un mille en bas de la meunerie en allant vers le fleuve. La soirée était belle, ils cheminèrent à pied, tous les six, empiétant largement sur la chaussée de terre battue.

— Hé! Savoie, ça va-t-y nous prendre une traverse à nous autres, les charretiers, pour avoir droit au chemin public?

Léon-Marie se retourna. Le boghei d'Oscar Genest, le boucher du village, faisait crisser les gravillons derrière eux.

— Tiens, si c'est pas l'Oscar qui nous colle au derrière. Que c'est que tu fais du côté du mont Pelé? As-tu fait le tour par les Vingt-Quatre Arpents avec ta Démerise, avant de dénicher la ferme à Joachim Deveault?

— J'espère que c'est pas de moi que tu parles, Léon-Marie Savoie, répliqua la femme d'Oscar sur un ton un peu piqué, parce que, à ce que je sache, mon nom c'est encore Rosanna et j'en suis fière.

— Voyons, Rosanna, observa Henriette à son tour, t'es bien chatouilleuse, tu vois pas que Léon-Marie fait allusion à la bête.

Les hommes éclatèrent de rire. D'un même geste, ils considérèrent la belle jument rousse d'Oscar, avec sa tête altière, son poil lustré comme le fruit du merisier.

Le cheval marchait au pas. Au loin à leur droite se dressait la grande maison de ferme de Joachim Deveault, avec ses bâtiments blanchis à la chaux, chapeautés de bardeaux de cèdre noircis par le temps. Sur le faîte de la grange, juché tout en haut à l'avant-garde, un coq à la crête rouge balançait sa tête dans la direction du vent et servait en même temps de paratonnerre.

Autour d'eux, un bruit comme une clameur les atteignait en écho dans la tombée du jour. Ils devaient être nombreux, les paroissiens déjà arrivés pour la fête.

Ils s'engagèrent ensemble dans l'allée large et mal définie qui s'ouvrait sur la cour de la ferme. Le maître de la maison s'empressa vers eux, et après avoir galamment aidé Rosanna à descendre de la voiture, tout de suite, guida le boghei d'Oscar vers un bosquet de bouleaux près des dépendances. Sans se faire prier, la jument rousse alla rejoindre les autres chevaux, le cou tiré vers le sol et qui broutaient, à grands cliquetis de leur licou, l'herbe tendre du petit parterre ombragé d'arbres.

Tout près de la maison, à même le gazon rabougri, de larges panneaux de bois brut avaient été disposés sur un échafaudage. Dressés en «U» comme pour une kermesse, ils permettaient en leur centre une communication facile pour la distribution des épis de blé d'Inde.

D'épais madriers de pruche posés sur des chaudières renversées faisaient office de bancs. L'ensemble avait été solidement conçu pour permettre à tous les participants de s'asseoir et confectionner les belles tresses que les fermiers rapporteraient chez eux et suspendraient dans leurs greniers, en attendant le retour des semailles.

Sur un feu de bois au milieu de la cour, une grande cuve remplie d'eau bouillante répandait une buée dense à l'arôme sucré des beaux épis que Joachim y avait mis à cuire.

Le curé Darveau se tenait près de la barrière ouverte. Entouré de ses deux vicaires, la tête haute, ainsi qu'il faisait chaque dimanche sous le narthex de son église, il surveillait l'arrivée de ses paroissiens.

Son expression habituellement autoritaire paraissait décontractée. L'œil vif, il regardait autour de lui et, sans s'essouffler, babillait sur un ton enthousiaste et convaincu.

— Tu as eu une bonne idée d'amener tes enfants, dit-il à Léon-Marie venu lui serrer la main. Il est bon qu'ils apprennent très jeunes que vous êtes solidaires les uns des autres dans votre paroisse. Je suppose que tu as des nouvelles de ton Antoine. Il se plaît au séminaire? Comme d'habitude, tu as l'air d'une grande dame, Henriette, et tu sembles heureuse. N'oublie pas de remercier le Seigneur de t'avoir donné un si bon époux.

Il se tourna vers Oscar Genest et sa femme Rosanna.

— Et toi, Oscar, comment se fait-il que tu sois venu seul avec ta femme? Où sont donc tes enfants?

— Les trois petits derniers sont malades, monsieur le curé, expliqua Rosanna. Ils ont attrapé un rhume à l'école, une sorte de faux croup, à ce qu'a dit le docteur Gaumont. Mais on est confiants qu'ils vont s'en remettre bientôt. On leur rapporte du sirop de vinaigrier qu'on est allés chercher chez la veuve Maher au pied du mont Pelé. Paraît que c'est infaillible pour ce genre de mal-là.

— D'abord que ce n'est pas la diphtérie, s'inquiéta le curé. Je vais avoir une pensée spéciale pour eux, demain, à la messe.

— On les a fait garder par nos deux grandes filles, l'informa Oscar à son tour. À seize pis quatorze ans, c'est comme des adultes astheure.

Philomène, l'hôtesse, s'était jointe à eux en se dandinant. Courte et grosse avec des hanches fortes, peu favorisée par la nature, elle avait une figure épatée et un air timide qui lui conféraient une allure plutôt gourde. Constamment hors d'haleine, la peau de son visage était rouge et luisante, et sa poitrine généreuse émettait sans cesse des petits frémissements sous son corsage de coton.

— Mettez-vous ben à votre aise, les invita-t-elle en frottant l'une contre l'autre ses mains potelées.

Elle ajouta, en indiquant les échafaudages:

— Pis vous pouvez aller vous asseoir quand vous voudrez, il y en a déjà qui ont commencé.

Devant eux, quelques fermiers et leurs épouses déversaient des montagnes d'épis de maïs sur les larges panneaux de bois brut.

Ils allèrent se glisser entre les bancs, les hommes d'un côté, les femmes de l'autre. Ils étaient nombreux autour des tables à s'être déplacés pour la corvée annuelle des agriculteurs; les hommes de métier, les résidants du village, les adultes de tous les âges encore célibataires et les jeunes filles aux yeux vifs, reluquées sans vergogne par un petit groupe de garçons entreprenants.

Henriette retrouva avec plaisir son amie Angélique, l'épouse d'Évariste Désilets. C'était une petite femme à la chevelure brune, douce et rieuse comme elle. Toutes les deux originaires des Aboiteaux et âgées de trente-six ans, elles avaient fréquenté l'école du rang ensemble et avaient pris mari la même année. Assises côte à côte, elles se penchèrent aussitôt l'une vers l'autre et se mirent à bavarder de tout et de rien tandis que leur œil vigilant suivait les ébats de leurs jeunes qui couraient autour du poulailler.

— Il paraît que mon Évariste a dit des gros mots chez vous l'autre jour, fit remarquer Angélique.

— Faut l'excuser, répondit Henriette, il s'était fait très mal, il venait de s'écraser les doigts sous la grosse malle de collège de notre Antoine.

— Ce n'était pas une raison. Léon-Marie a bien fait de le mettre au pas. Je le sermonne souvent à ce sujet-là. Je n'arrête pas de lui dire que ses sautes d'humeur sont un mauvais exemple pour les enfants.

Henriette s'empara d'un bel épi blond, et d'un grand mouvement de la main le dégagea jusqu'à son extrémité.

— Tant que ton petit dernier dira pas «nanacle» en poussant sa petite voiture.

Angélique éclata de rire.

— J'espère bien, n'empêche que tu serais surprise d'entendre ce qu'il est capable de retenir à deux ans.

— En tout cas, ce n'est pas près d'arriver chez nous, assura Henriette. Léon-Marie a horreur des jurons. Combien de fois lui ai-je répété que chacun porte ses péchés, que la conscience des autres ne le regarde pas, mais chaque fois, il me répond qu'il est chez lui et que, comme un principe, il n'acceptera jamais qu'on sacre sur sa propriété.

— Je ne lui donne pas tort, les hommes n'ont qu'à bien se tenir. J'ai eu quand même un peu honte, quand j'ai appris que c'est à cause de mon Évariste qu'il avait placardé «DÉFENSE DE SACRER» sur la porte de la meunerie.

Elles prirent chacune un autre épi et, d'une poussée énergique, les dégagèrent jusqu'au bout.

— Ce n'est pas aujourd'hui que je vais distribuer mes baisers à la ronde, soupira Henriette en exhibant un bel épi, doré de la pointe jusqu'au manche.

— Moi non plus, fit Angélique sur le même ton, en montrant le sien. La chance nous sourira peut-être au prochain tour. Qui aimerais-tu embrasser, toi, si tu découvrais un épi rouge?

— Imagine ce que dirait le curé Darveau si j'osais en embrasser un autre que mon mari, s'écria Henriette en accompagnant sa remarque d'un petit coup d'œil malicieux autour d'elle.

— C'est pour le coup qu'il te refuserait la communion.

Elles s'emparèrent d'un autre épi, puis encore d'un autre, jusqu'à ce qu'elles aient dégagé un nombre suffisant de pelures pour enlacer les épis ensemble et en faire une belle tresse qu'elles déposèrent sur le devant de la table.

Groupés dans un angle du large panneau, plutôt inactifs et reluquant sans envie les femmes laborieuses, les hommes se poussaient du coude et proposaient à la ronde une larme de whisky blanc.

— Hé, Léon-Marie, goûte-moé ce p'tit boire-là, dit Jean-Baptiste, tu m'en donneras des nouvelles, j'ai pris la peine d'aller le quérir en ville.

— Le mien est pas mal pantoute non plus, même si je l'ai acheté à l'auberge.

— Y en a-t-y qui voudraient goûter au p'tit vin de pissenlit de ma Philomène? proposa Joachim.

— On est ben corrects de même, assura Évariste, la lèvre molle.

— Si vous voulez boire autre chose, elle a faite aussi du vin de gadelles.

— Ah! Diable!

L'exclamation avait fusé comme un coup de tonnerre. Ils sursautèrent. Dressé aussitôt sur ses jambes, le curé Darveau s'était glissé hors de son banc et, les sourcils froncés, exhibait au bout de son bras un bel épi de maïs aux grains luisants, largement colorés de rouge sombre.

— Diable! je voudrais bien savoir ce que cela veut dire.

Assis non loin de lui, Oscar Genest lança sur un ton gaillard:

— Ça veut dire que vous venez d'éplucher un épi rouge, monsieur le curé. Faites-nous pas accroire que vous avez pas une petite idée de ce que ça veut dire.

— Bien sûr que je le sais, s'impatienta le curé, ce n'est pas la première épluchette de blé d'Inde à laquelle j'assiste. Ce que je me demande, c'est qu'est-ce qu'un vieux prêtre comme moi peut bien faire avec ça.

— Vous vous demandez ce que vous pouvez faire avec ça, monsieur le curé?

Le visage tendu vers lui, les hommes se tordaient de rire en même temps qu'ils ébranlaient la table de leurs poings.

— On le saurait ben, nous autres, émit Isaïe Lemay, vous auriez pas besoin de nous faire un dessin.

Joseph Parent, le maire de la paroisse, se leva. Freinant mal son hilarité, il tentait de garder un ton digne, empreint du cérémonial que lui conférait sa qualité de premier magistrat. Une petite fossette creusant ses joues, avec ses lèvres minces étirées vers les commissures, il hocha sentencieusement la tête.

— Je pense, monsieur le curé, que vous avez pas d'autre choix que de faire face à la musique. Malheureusement, il y a rien dans le code municipal qui nous permet d'amender la loi. C'est vous qui avez trouvé l'épi, c'est à vous qu'il incombe de faire ce qu'il y a à faire. Pis comptez-vous chanceux, parce que trouver un épi rouge, c'est rare chez nous. Il arrive même des fois qu'on n'en trouve pas un seul dans toute notre production pendant des années.

— Je te prierais de m'épargner tes sarcasmes et la futilité de ton discours, Joseph, observa sèchement le curé. Tu sais fort bien que ce n'est pas dans mes attributions que de jouer à Cupidon lors de vos divertissements. Je ne participe à vos fêtes qu'à la seule fin de vous encourager à maintenir cet esprit de solidarité qui doit animer votre paroisse.

— C'est pas dans mes intentions de vous contredire, monsieur le curé, reprit Joseph sur un ton redevenu posé, malgré que je pense que vous avez pas ben ben le choix. C'est la coutume chez nous, quand on a trouvé un épi rouge, de se choisir une dame pis de l'embrasser. Il y a rien qui dit qu'on doit faire exception pour quelqu'un comme vous qui est voué au célibat.

— Essaie donc d'être un peu sérieux, Joseph. Tu sais très bien que si je suis venu ici ce soir, c'est uniquement dans le but de vous supporter dans votre corvée, dans votre bonne action. Je suis votre curé, je ne suis pas un godelureau.

— Qui a dit que notre curé a pas le droit de s'amuser comme nous autres? glissa Isaïe. Donner un p'tit bec sur la joue d'une dame, ç'a jamais été un péché.

— Je vais céder ma place à un de nos jeunes célibataires, par tirage au sort, décida le curé. Je les vois qui me lorgnent là-bas dans leur coin. Je sais qu'ils ne demanderaient pas mieux.

— Monsieur le curé! Vous avez pas honte? Ça serait-y possible que vous auriez idée de tricher?

Hérissés, les hommes heurtaient bruyamment le panneau de bois, parlaient tous ensemble et intervenaient tous à la fois.

Le curé Darveau se mordait les lèvres. Les yeux tournés vers les femmes qui occupaient le grand banc face à leurs époux, il avait pris un petit air confus et hochait la tête. Enfin il se détourna et s'adressa encore au groupe d'hommes hilares.

— J'espère que vous vous rendez compte de la situation délicate dans laquelle vous me mettez. Je ne peux décemment me permettre de choisir d'embrasser une paroissienne en particulier et vous le savez fort bien. Je suis votre pasteur à tous, également, sans distinction.

Ses pouces passés sous son ceinturon, pendant un long moment, il les fit glisser sur son ventre. Il semblait plongé dans une réflexion intense. Autour de lui, le silence était total.

Enfin il entrouvrit les lèvres.

— J'ai décidé...

Redressant le menton, il prononça très vite.

— J'ai décidé que je donnerais un baiser sur la joue de chacune des épouses. Ainsi personne ne fera la différence et vous serez satisfaits.

— Monsieur le curé!

Évariste Désilets en tête, les hommes s'interposèrent avec vigueur.

— Vous avez pas honte de vouloir embrasser toutes les femmes ici présentes à soir, c'est-y possible d'être gourmand de même. Si vous vous rappelez ben votre p'tit catéchisme, ce que vous voulez faire là, ça s'appelle un péché capital de gourmandise pis vous allez devoir vous en confesser, monsieur le curé. Sans compter que c'est un ben mauvais exemple pour nous autres, les hommes, que de vouloir vous approprier toutes les femmes à vous tout seul de même. On croirait entendre le saint roi David qui s'était permis trois cents femmes, mais lui...

— Je vois que vous êtes tous de mauvaise foi, laissa tomber le curé. Vous prenez un malin plaisir à me compliquer l'existence. Enfin...

Lentement, il s'éloigna de son siège. Redressant encore sa tête noble, avec son beau profil énergique, sa soutane qui froufroutait sur ses mollets, comme quand il lisait son bréviaire sur la galerie du presbytère, il se dirigea vers le côté de la table occupé par les épouses.

Les femmes abandonnèrent aussitôt sur la table les épis dorés. Les mains croisées sur le bord du panneau de bois brut, elles se tenaient les yeux pudiquement baissés. Silencieuses, elles suivaient ses gestes sous leurs paupières mi-closes, les unes avec un brin d'appréhension, les autres avec un brin d'attente.

L'index appuyé sous le menton, le curé Darveau arpentait l'allée étroite derrière elles, se rendait jusqu'au bout puis revenait sur ses pas, il hésitait. Soudain son visage s'éclaira. Il s'immobilisa et, tout de suite, retourna vers l'arrière. À grandes enjambées, il marcha jusqu'à l'extrémité du long banc pour s'arrêter à côté de Philomène Deveault.

Il se courba aussitôt vers elle. Son dos émit un petit craquement sec.

— Je pense être équitable en choisissant d'embrasser votre hôtesse.

Du même élan, il approcha ses lèvres de la pauvre Philomène fortement intimidée. Très vite, il déposa un fragile baiser sur sa joue luisante et marquée de couperose.

— J'espère que ce geste que vous m'avez imposé ne constitue pas une mortification pour notre bonne Philomène, articula-t-il en se redressant. Messieurs, ce serait bien votre faute.

— Vous savez ben que non, monsieur le curé, bredouilla Philomène, le visage empourpré.

— Vous voilà satisfaits maintenant, marmonna le curé en s'en retournant à grands pas vers son siège.

Un murmure de contentement parcourut la table des hommes. Les verres de p'tit blanc se remirent à s'entrechoquer et les bouteilles à émettre leurs glouglous. Face à eux, les femmes avaient repris sagement leur tâche et tressaient d'autres belles nattes d'épis blonds.

Soudain, encore une fois, une exclamation s'éleva du côté des prêtres.

— Ah! ça non, par exemple.

— Ah! Diable!

— Pas encore un épi rouge pour monsieur le curé, s'étonnèrent ensemble les femmes.

65

Le vicaire Léopold Fleury avait levé haut les bras et exhibait avec colère un épi de blé d'Inde marbré de bronze et d'orangé.

— Monsieur le curé, veuillez dire à ces hommes que je n'obtempérerai pas à leurs pressions. Je n'ai rien à faire avec leurs coutumes profanes, je suis prêtre, moi.

— Joachim Deveault, tança le curé, là, tu exagères. Je sais que tu l'as fait exprès. Tu as toi-même placé ces épis rouges devant tes prêtres et tu devrais en avoir honte. En voulant amuser tes amis, tu pousses ton clergé vers une tentation diabolique qui ne peut servir que l'œuvre de Satan.

— Je vous jure que j'ai rien à voir dans ça, monsieur le curé, s'énerva Joachim en jetant des regards désemparés autour de lui. Vous devez me croire, c'est un pur hasard.

— Faut croire mon Joachim, monsieur le curé, le défendit Philomène, il dit toujours la vérité. Les blés d'Inde rouges peuvent venir de chez n'importe qui. On est pas tout seuls à avoir du blé d'Inde à éplucher.

Le vicaire Fleury se pencha vers le curé et chuchota à son oreille, en même temps que, la lèvre méprisante, il jetait un coup d'œil vers le coin de table occupé par les jeunes filles.

— Laisse-moi régler ça, Léopold, le calma le curé.

Il se leva. Pendant un moment silencieux, l'air sévère, il cerna le petit groupe d'hommes dont les épaules se soulevaient de rires. Enfin il ouvrit la bouche.

— Vous vous êtes tous bien amusés, maintenant ça suffit, articula-t-il sur un ton sans réplique. À l'avenir, j'exige que vous vous comportiez comme des adultes respectueux de leurs prêtres. Sachez qu'ils n'ont pas les mêmes obligations que vous, de maintenir les traditions et le folklore. Si ce soir mes deux vicaires vous honorent de leur présence, c'est uniquement parce que je leur en ai donné l'ordre. J'espère que vous ne leur ferez pas regretter leur obéissance à leur curé.

Des murmures de mécontentement s'élevèrent parmi les hommes.

— En ce qui concerne le maïs rouge qu'a découvert l'abbé Fleury, poursuivit-il sur un ton raffermi, ne comptez pas jouer encore aux petits malins. Cette fois, vous allez devoir rompre avec la coutume et respecter la soutane qui identifie vos prêtres. Le vicaire Fleury n'accédera pas à votre demande. Il n'y accédera pas pour la simple raison que je ne lui en donne pas l'autorisation.

Une voix s'éleva au-dessus des autres.

— Si le vicaire Fleury refuse de jouer, on peut pas gaspiller ce beau maïs rouge-là. C'est pas souvent qu'on trouve des épis de même dans notre production.

— Pourquoi alors ne pas le faire tirer au sort, comme je l'avais suggéré plus tôt?

— On pourrait le mettre à l'enchère, pis l'argent recueilli pourrait servir aux œuvres de monsieur le curé, suggéra Jérémie Dufour dans sa propension vers le vieux prêtre, à qui il était redevable de l'instruction de son Alexis.

— Je serais prêt à donner cinq cennes pour acheter l'épi de blé d'Inde, entendirent-ils prononcer dans un coin sombre.

Le jeune Robert Deveault, le fils de la maison, s'était levé et fouillait dans ses poches, en même temps qu'il reluquait Marie-Laure, la fille aînée des Savoie.

— Moé, j'en donnerais ben dix, renchérit Jean-Louis Gervais, le fils de Jean-Baptiste, qui lorgnait lui aussi la petite Marie-Laure.

Les offres se succédèrent. On entendit onze cents, douze, quinze, puis, d'un coup, vingt cents. Les voix se turent. Chacun se tourna vers celui qui venait de faire grimper subitement l'enchère. Les avant-bras appuyés sur la barrière, Speedy Couture les regardait et riait de toutes ses dents.

— Veux-tu ben me dire d'où c'est que tu sors, toi? lui demanda Léon-Marie.

— Il y a pus personne chez eux dans la paroisse. À part le notaire, le docteur Gaumont puis les impotents, tout le monde est rendu ici, expliqua-t-il en allant prendre place au bout du banc. Je n'avais pas d'autre choix que de venir faire la fête avec vous autres.

Ignace alla se placer face au groupe. Dans son habitude d'animer les fêtes et les criées à la porte de l'église, il reprenait son rôle de meneur des jeux.

— Y en a-t-y qui seraient prêts à monter l'enchère jusqu'à vingt-cinq cennes?

Les hommes étaient redevenus silencieux et, l'air indécis, tâtaient leurs poches. Vingt-cinq cents, c'était une grosse somme.

Subitement, Léon-Marie se redressa. En même temps qu'il jetait un regard noir vers Speedy Couture, il lança une pièce sur la table.

— Vingt-cinq cennes, j'offre vingt-cinq cennes, pis c'est pas une autre que mon Henriette que je vais aller embrasser.

— Trente cennes.

Léon-Marie fronça les sourcils et considéra avec étonnement Speedy, au bout de la file, qui venait d'émettre cette offre.

— Trente-cinq cennes, articula-t-il en le regardant droit dans les yeux. Trente-cinq cennes pour embrasser mon Henriette.

Speedy lui rendit son regard et pinça les lèvres. L'air décidé, un rictus déformant sa bouche, il se leva et croisa ses bras sur sa poitrine.

Autour de lui, tendus sur leur banc, le visage empreint de curiosité, les hommes attendaient en silence. Aucun d'eux n'avait oublié le passé, le penchant de l'homme pour la belle Henriette L'Heureux des Aboiteaux, la plus belle fille de Saint-Germain.

Au centre de la table, le curé Darveau avait redressé la tête et observait la scène dans une attitude sévère, réprobatrice.

— J'offre... hésitait Speedy, j'offre...

Brusquement, il éclata de rire et se laissa tomber sur son siège.

— Et puis et puis, j'offre rien. Va pour trente-cinq cennes. L'épi rouge est à toi, Léon-Marie, tu peux aller l'embrasser, ton Henriette.

— Barnache, toé! Tu m'as fait peur, marmonna Léon-Marie sans cacher son soulagement.

Les tables étaient vides. On avait fini d'éplucher et tresser les beaux épis dorés. Après un tri méthodique, les fermiers les avaient alignés dans leurs tombereaux. Tantôt, en même temps que le ciel serait strié des lueurs de l'aurore, ils les rapporteraient chez eux où ils les suspendraient dans leur grenier jusqu'au printemps.

Plutôt frileuses, les femmes s'étaient groupées autour du feu dans la cour. Près d'elles, armés chacun d'un pic, Joachim et Philomène distribuaient les épis de maïs qui avaient mijoté toute la soirée dans la grosse marmite de fer. Les invités grugèrent à pleines dents les épis un peu pâteux, en même temps que les hommes avalaient encore, qui une lampée de whisky blanc, qui une gorgée de vin de pissenlit.

Un peu guilleret, Léon-Marie entraîna quelques camarades et leva son verre avant d'entonner de sa voix puissante:

— «C'était une belle fille qui n'avait pas quinze ans...»

Tourné vers les femmes, il fredonnait la turlutaine en balançant le torse.

— «Son voile qui volait, qui volait...»

Près de lui, Joachim activait le tisonnier dans le grand feu de broussailles sèches, faisant jaillir une multitude d'étincelles qui s'élevaient comme un feu d'artifice vers le ciel noir. Sans cesse, il se déplaçait jusqu'à la remise pour l'alimenter.

— Approchez, tout le monde, les invitait-il, venez vous chauffer la couenne. C'est pus l'été, les nuittes commencent à être fraîches.

Les jeunes assis à l'indienne à même le sol, de même que les adultes installés sur des chaises, entourèrent les grands-pères. Dans la nuit sombre, pleine de mystère, l'oreille attentive même s'ils les connaissaient par cœur pour les avoir entendus bien des fois, ils se repaissaient des récits valeureux sortis de l'imagination des vieux, des contes fantastiques et traditionnels dans lesquels se mêlaient le folklore et les revenants.

— «Margoton prend sa faucille pour aller couper des joncs...» chanta Léon-Marie tandis que les vieillards reprenaient leur souffle.

Enfin les chants et les contes se turent. Alors ils rapprochèrent encore leur chaise. Pendant les heures qui suivirent, dans l'obscurité profonde, avant que la clarté de l'aube ne colore l'horizon, ils poursuivirent leur veille en s'entretenant longuement de leur quotidien, de leurs souvenirs, comme s'ils refusaient que prenne fin cette paisible nuit.

Le soleil irradiait des lueurs mauves, loin sur la ligne bleue du fleuve, quand ils réintégrèrent leurs lits.

— Je me suis entendu avec Baptiste Gervais, il doit venir me rencontrer demain après la grand-messe, dit Léon-Marie la bouche ensommeillée, en se glissant près d'Henriette sous la couverture. Ça va nous mettre un peu en retard pour aller voir Antoine, mais c'est une démarche qui commence à presser. Tu te rappelles quand on s'est mesurés dans la cour du collège, je lui avais promis que je lui ferais signe un de ces jours.

Il passa son bras autour de son cou. Avec un frémissement de plaisir, il l'attira à lui.

— Ah! et pis, on rediscutera de ça demain. Pour le moment, je veux juste te donner un autre petit bec, j'ai trouvé que j'en avais pas eu pour mes trente-cinq cennes, tantôt.

— Tu m'as gênée, tu sais, émit-elle avec un petit rire nerveux.

— Pis moi, qu'est-ce que tu penses? J'ai sué sang et eau quand j'ai vu Speedy qui arrêtait pas de faire monter les enchères. Je voulais tellement pas qu'il te vole un bec devant tout le monde.

— Tu sais bien que je ne l'aurais pas laissé faire, et puis, qui te dit que c'est moi qu'il aurait choisie?

— Pour ça, j'en doute pas une miette.

Moqueuse, elle se blottit contre son épaule.

— Se pourrait-il que mon mari soit jaloux?

— Ça se pourrait ben. Quand on aime comme je t'aime, c'est difficile de pas l'être un brin.

— Monsieur le curé dit que la jalousie est un vilain défaut, chuchota-t-elle en enfouissant son visage dans son cou. Je devrais bien te suggérer de t'en accuser à confesse, mais je ne le ferai pas. J'haïs pas ça pantoute, ce petit brin de jalousie-là.

Il passait onze heures trente quand ils revinrent de la messe.

Jean-Baptiste Gervais suivait derrière, dans son boghei. Revêtu de son habit du dimanche, et tenant fermement les rênes, il avait pris un air faraud, avec son chapeau melon bien planté sur sa tête, sa petite veste étroite qui enserrait son torse, son col immaculé et sa cravate mince qui étranglait sa gorge.

Près de lui, gourmée sur le siège capitonné de cuir noir, se tenait Georgette, sa femme. Plus grande que lui, bien en chair, elle portait un manteau de fine laine qu'elle avait pris soin de boutonner jusqu'au cou malgré la chaude journée d'automne. Un petit bibi de paille marine surmonté d'une grosse grappe de cerises rouge vif ornait ses cheveux bruns qu'elle tenait attachés en chignon sur sa nuque. Une voilette sombre s'accrochait à son front et dissimulait en partie son visage.

Pour cette occasion qui revêtait une importance certaine, Jean-Baptiste avait tenu à amener avec lui sa femme. Tous deux connaissaient Léon-Marie Savoie et le savaient retors. Aussi, ils avaient considéré qu'ils ne seraient pas trop de deux pour flairer ses ruses.

D'autre part, même s'il refusait de se l'avouer, Jean-Baptiste ressentait un allégement profond au creux de son cœur, en avançant vers la Cédrière. Cette proposition, qu'il devinait de la part de son ami à l'esprit en constante ébullition, arrivait à point nommé. L'année 1924 n'avait pas été une année particulièrement productive dans l'ensemble du pays, et les travaux de menuiserie n'avaient pas abondé au cours de l'été dans leur petit village. Les résidants de Saint-Germain travaillaient peu et l'argent était rare. Cette offre qu'il supposait de la part de Léon-Marie Savoie lui apparaissait comme un cadeau du ciel, cependant que d'un commun accord avec sa Georgette, ils avaient décidé d'éviter de montrer trop vite un quelconque enthousiasme.

Jean-Baptiste arrêta son boghei près de celui de Léon-Marie et sauta prestement sur le sol. Les lèvres arrondies dans un sifflement marqué délibérément d'un peu d'insolence, il donna une petite tape amicale sur le museau de sa jument grise, puis enroula fermement les rênes autour du poteau de cèdre planté à cet effet près de la meunerie.

Georgette se dégagea à son tour. Prenant appui sur le châssis de bois, elle descendit du véhicule. En balançant ses hanches fortes, elle trottina vers la grande bâtisse et alla rejoindre Henriette qui l'attendait sur le perron, le visage animé d'un aimable sourire.

— J'avais pas encore vu ton chez-vous, dit-elle en reluquant les alentours. Ma chère! c'est-y beau, en monde.

— Il y a encore beaucoup à faire, fit remarquer Henriette, mais avec le temps nous allons y arriver. Ce qui compte, c'est que tout ça est à nous.

Les sourcils relevés de curiosité, Georgette examinait la large construction de pierre grise, avec ses petites fenêtres du rez-de-chaussée embuées de farine, hermétiquement closes, puis celles de l'étage, joyeuses et entrouvertes, coquettement ornées de dentelle fine.

Brusquement, de son index, elle pointa le dessus de la porte. Un petit sourire acide tirait ses lèvres.

— Ah! c'est ça la pancarte, on en a entendu parler au village.

— «DÉFENSE DE SACRER», lut Henriette pour la nième fois. Elle éclata de rire.

— Je ne savais pas que ça faisait tant jaser.

Georgette haussa les épaules.

— Si tu le vois comme ça.

— Léon-Marie ne laissera jamais personne marcher sur ses principes, jeta Henriette sur un ton sec.

Pendant que les deux hommes se rejoignaient du côté de la rivière aux Loutres, ensemble, les deux femmes pénétraient dans le moulin à farine et disparaissaient dans le petit escalier qui menait au logis.

— Y a-t-il du poisson par là? interrogea Jean-Baptiste.

— Peut-être ben que la truite monte jusqu'à la chute, mais je suis certain que c'est meilleur en bas de la crique.

Ils revinrent sur leurs pas. Un vent léger agitait les feuillus qui poussaient à l'abandon tout autour de la cour. Léon-Marie huma une bouffée d'air pur puis, sans un mot, entraîna Jean-Baptiste du côté du petit bois.

Ils dépassèrent le potager d'Henriette et allèrent s'arrêter devant le vaste espace peuplé d'arbres qui dissimulaient à leur vue la campagne environnante.

— Comme tu vois, mon Baptiste, débuta-t-il en écartant largement les bras, j'ai ce boisé-là qui attend sans rien faire, avec les gros arbres qui étouffent les petits.

Jean-Baptiste recula brusquement. Tout son visage disait sa déception.

— Aspic! Léon-Marie, j'espère que t'as ben pensé à ton affaire avant de me demander de venir icitte, j'espère que t'as ben pensé que c'est pas mon métier ce que tu me montres là. Je suis pas un bûcheux, moé, je suis un charpentier, un charpentier comme saint Joseph.

— Je sais tout ça, Baptiste, répliqua l'autre sur un ton agacé. Ça fait assez de fois que tu le répètes. Aussi va pas penser que je t'ai fait venir icitte pour te demander de couper des arbres. Je connais quelqu'un qui est capable de faire ça tout seul, ben mieux que toi pis moi ensemble.

— Ah! bon! se rassura Jean-Baptiste. Je suppose que t'as pensé à Joachim Deveault.

Il prit tout de suite un air sceptique.

— Mais je doute que Joachim accepte, par exemple. Il a l'habitude de monter au chantier tous les hivers. À ce temps-citte, il doit être probablement déjà engagé pour l'hiver qui s'en vient.

— Pauv' Baptiste, s'exaspéra près de lui Léon-Marie. Tu changeras donc jamais. T'iras pas loin dans la vie si tu pars tout le temps perdant. Ben barnache! moi, je suis pas de même. J'ai un esprit positif. Je suis un cartésien, c'est le notaire Beaumier qui l'a dit. Ça fait que j'ai tout prévu. Mon p'tit Baptiste, je t'annonce que l'hiver prochain, Philomène va avoir son Joachim dans son lit pour lui réchauffer les orteils à toutes les nuits.

— Comme ça, c'est une affaire faite.

— C'est une affaire faite depuis hier. C'est simplement ça que j'ai voulu te dire.

— Es-tu en train de me dire que tu m'as fait venir jusqu'icitte rien que pour m'annoncer ça? s'écria Jean-Baptiste sans cacher son mécontentement. Je me demande ben pourquoi tu m'as dérangé dans mon dimanche rien que pour me montrer ça. Si tu voulais un conseil, tu pouvais tout aussi ben me le demander à la porte de l'église.

— Que c'est que tu vas t'imaginer là, jeta Léon-Marie en lui donnant une vigoureuse bourrade dans le dos. J'ai même pas commencé à parler affaires avec toi.

Il l'entraîna de l'autre côté de la meunerie jusqu'à la rivière. Devant eux, les aulnes poussaient en broussailles sur le versant à pic. Plus en aval, ils entendaient le bourdonnement de la chute qui s'égrenait sur les cailloux.

Il s'arrêta au milieu du sol plat. La nuque arquée, il tendit son visage dans le vent. Son regard noir avait perdu son habituelle rigueur et la ride profonde qui marquait son front s'était adoucie. Montrant du doigt cette grande étendue qui était son appartenance, à petites bribes, il dévoila son projet.

— Dans cet espace-là, il y a assez de place pour construire une bâtisse de bonne grandeur qu'on accolerait à la meunerie pour la commodité. On puiserait l'énergie dont on aurait besoin à même la grand' roue, pis advenant le cas où on cesserait de moudre le grain...

— T'as l'intention d'arrêter de moudre le grain? coupa Jean-Baptiste.

— C'est pas ce que j'ai voulu dire, mais j'ai ben peur qu'un de ces jours, le progrès m'y oblige.

— Des fois, Léon-Marie Savoie, je me demande où c'est que tu vas chercher pareilles idées farfelues, s'éleva Jean-Baptiste. Tu sais ben que ça arrivera jamais, une affaire de même. Tant que le monde va manger du pain, on va avoir besoin de meuneries pour moudre le grain.

— J'en suis pas si sûr, rétorqua Léon-Marie. J'ai peut-être fait ma petite école rien que jusqu'à ma sixième année, mais je sais lire. J'ai lu quelque part que des grosses industries ont commencé à installer des machines à cylindres, qu'ils font une belle farine ben plus fine que la nôtre, pis qui se conserve ben plus longtemps aussi. À mon avis, ça va révolutionner le marché du grain, pis plus vite qu'on pense. D'ailleurs quand j'ai acheté le moulin, j'avais déjà dans l'idée de faire autre chose un jour, en plus de la meunerie.

L'air rêveur, il fixait la rivière.

— L'idée d'un moulin à scie m'est venue cet été. Au début, je pensais débiter rien que des planches de bois brut, mais aujourd'hui je vois plus grand. Le jour où la meunerie cessera de fonctionner, je vas y installer un moulin à planer.

— J'ai-tu ben entendu? T'as ben parlé d'un moulin à scie, d'un moulin à planer? Dis-moé pas que t'as idée de faire concurrence à monsieur Atchisson des scieries Saint-Laurent.

— Pas tout à faite. On commencerait par faire juste un peu de bois de charpente. Le moulin à planer, ça serait un projet pour plus tard. Actuellement, la meunerie fonctionne encore pas trop mal. Elle fonctionne peut-être au ralenti en dehors de la saison des récoltes, mais elle fonctionne pareil. J'ai pas l'idée de perdre ce revenu-là.

— Comme ça, tu voudrais scier du bois de charpente, rien que ça, railla Jean-Baptiste. Pis que c'est que t'en ferais de ton bois de charpente? C'est ben beau vouloir couper du bois, mais faut aussi être capable de le vendre. T'as pas l'air d'avoir remarqué que les constructions se font rares dans le village.

— Me penses-tu assez fou pour vouloir limiter mes opérations au village de Saint-Germain? rugit-il. Il se passe rien chez nous. Tu peux être certain que j'irais tâter ailleurs. Je descendrais le Bas-du-Fleuve, j'irais voir du côté de la ville, où c'est qu'il y a de l'argent à faire.

— Aspic! Léon-Marie, tu y penses pas? Tu veux brasser des affaires avec les big shots de la ville. Tu sais ben que t'es pas assez fort pour te mesurer à ces gros hommes d'affaires-là.

— Ça, mon Baptiste, ça va être mon ouvrage. Si tu veux, on va commencer par le commencement. J'ai un petit peu d'argent de côté, j'ai décidé de faire un premier investissement. Je vais acheter une scie verticale.

Des rêves plein les yeux, il faisait de grands gestes, en même temps que, de la pointe de ses chaussures proprement cirées, il traçait de longues stries à même la terre noire, avec son talon qui meurtrissait l'herbe rare.

— On construirait une belle bâtisse d'au moins quarante pieds par vingt. La scie serait installée icitte. Les poulies seraient de ce côté-là pis la courroie passerait par là. Le carriage serait placé au milieu, juste icitte, pis il glisserait sur toute sa longueur jusque-là. Le chariot avance, la scie lève pis redescend et zrinn... zrinn... coupe le bois. On ferait de la planche d'un quart de pouce, des madriers, des deux par huit, pis des deux par quatre.

Perplexe, Jean-Baptiste se grattait le menton.

— Je suis pas sûr pantoute que c'est une bonne idée, ton affaire.

Indigné, Léon-Marie sursauta. Méthodique et convaincu, il admettait mal que Jean-Baptiste s'oppose à son projet de façon aussi expéditive. Cette attitude destructrice de sa part constituait à ses yeux une faiblesse, une forme de défaitisme, contraire à son idéologie. Depuis qu'il était un homme, un homme d'ambition, il avait toujours clamé à tout venant que quiconque décourage un effort, étouffe peut-être dans l'œuf une création de génie.

— Ben barnache! si t'as le culot de me dire que c'est pas une bonne idée, mon affaire, c'est que t'es capable de penser mieux, ça fait que, au lieu de critiquer, crache un peu ce que t'as à proposer.

— T'es ben soupe au lait aujourd'hui, lui reprocha Jean-Baptiste sans perdre contenance, c'est-y notre nuit deboutte qui t'est tombée sur les rognons? Je voulais rien que te proposer d'installer une scie ronde au lieu d'une scie verticale.

— Une scie ronde?

— Ça serait ben plus efficace qu'une scie verticale. La scie ronde tourne tout le temps, tandis que la scie verticale, faut qu'elle monte, pis ça coupe seulement quand ça redescend. T'aurais un ben meilleur rendement avec une scie ronde. Tant qu'à t'équiper, même si tu dois débourser un peu plus d'argent, t'es mieux de choisir quelque chose qui te permettrait de produire le plus possible dans le moins de temps possible.

— Une scie ronde, répéta Léon-Marie, les lèvres entrouvertes, comme ça, c'est ça que tu voulais dire? C'est pas bête pantoute ce que tu proposes là, Baptiste.

Encouragé, Jean-Baptiste poursuivait:

— Tu garderais ton idée de carriage, il avancerait pour couper pis il reculerait entre chaque coupe. Sans compter que ça te prendrait seulement deux hommes pour faire l'ouvrage, un à chaque boutte pour diriger le bois.

— Pis en plus, on serait plus productifs, reconnut Léon-Marie.

Pendant un moment silencieux, il fixa Jean-Baptiste. Pour rien au monde, il n'aurait admis son ignorance; pourtant le regard qu'il adressait à son ami d'enfance en disait long sur l'admiration qu'il lui portait tout à coup.

— Sais-tu que tu peux être de ben bon conseil, des fois?

Inquiet soudain, Jean-Baptiste souleva son chapeau melon et se gratta la tête.

— Ouais, c'est ben beau, donner des conseils, mais moé, j'aimerais ben savoir ce que je viens faire là-dedans.

— Toi, mon Baptiste, je t'ai choisi pour me la construire, c'te bâtisse dont j'ai besoin, lança Léon-Marie. Pis quand tu l'auras finie, si ça fait ton affaire, je t'engagerai comme menuisier pour les travaux extérieurs.

— Pis tu veux être entrepreneur en plus? s'écria Jean-Baptiste. Aspic! Léon-Marie, tu y vas pas avec le dos de la cuiller.

— Tant qu'à faire, je fais toute ou pantoute, c'est comme ça que je suis faite. Ça fait des années que je mijote de partir quelque chose d'important. Aujourd'hui, le temps est venu. On va commencer doucement, on va monter notre affaire graduellement, pis on va s'arrêter seulement quand je serai arrivé au boutte de mes idées.

— As-tu faite ton plan?

— Mon plan, il est là-dedans, répondit-il en toquant durement sa tempe droite. Si t'es prêt demain, je suis prêt demain.

— Pis la cordonnerie dans tout ça?

— De ce côté-là, il y a un bout de temps que c'est organisé, fit-il sans cacher sa fierté. J'ai engagé Théophile Groleau. Depuis deux semaines que je mouds le grain à plein temps, Théophile trône comme un pape dans la cordonnerie.

— Aspic! t'as ben pensé à toute.

Ils entrèrent dans la meunerie. Georgette et Henriette descendaient avec précaution les marches du petit escalier; elles revenaient de l'étage.

— T'as pas peur que ça soit un peu humide l'hiver? disait Georgette. J'espère que t'as pas oublié que la rivière aux Loutres coule juste au-dessous de ta chambre à coucher.

— Je l'ai pas oublié, assura Henriette. On va commencer par passer un premier hiver et on va voir comment ça va aller. S'il y a un problème, je ne suis pas inquiète, mon Léon est là, il va s'en occuper.

# 5

Le petit Gabriel toussait dans la chambre des garçons. Henriette abandonna son tricot, prit une bassine remplie d'eau chaude qui attendait sur un rond de la cuisinière et alla la déposer sur la table près de son lit.

— Ça ne va pas mieux, mon ange? demanda-t-elle en posant sa main sur le front de l'enfant.

Dehors, il neigeait doucement. De gros flocons mous s'écrasaient sur les vitres en émettant un bruit mat.

Le petit garçon tourna son regard du côté de la fenêtre.

— Est-ce que je vais bientôt guérir, maman? Moi aussi, j'aimerais aller jouer dehors avec les jumeaux.

— Demain, mon chéri, murmura-t-elle, demain tu iras. La neige sera encore là et toi tu iras mieux.

Ses yeux se remplirent de tristesse, elle le considéra en silence. Depuis plus d'une semaine, son petit Gabriel luttait contre les poussées de fièvre et l'angine. En proie à une vive inquiétude, elle passait de longues heures à son chevet, répétant les emplâtres à la moutarde et les flanelles chaudes mentholées qu'elle réchauffait au-dessus du poêle à bois, avant de les appliquer sur sa gorge.

La veille, Léon-Marie était allé au village et avait ramené avec lui le docteur Gaumont. Le médecin avait bien déniché dans sa trousse quelques pastilles antiseptiques avec lesquelles il avait recommandé à Gabriel de se gargariser, mais Henriette avait peu confiance. Elle aurait préféré les conseils de Charles Couture, leur ami Speedy, ainsi que le surnommait son mari, mais il habitait la grande ville de Québec et, depuis le mois de septembre, il n'était pas revenu dans le Bas-du-Fleuve.

Elle prit place sur une chaise près du lit et sortit de sa poche son chapelet de bois. Elle n'était pas particulièrement dévote, mais dans pareille circonstance, où l'anxiété la rongeait jusqu'au plus profond de son être, elle osait déranger le ciel et implorer son secours.

La grippe était mauvaise cette année, plus mauvaise que d'habitude. Elle songea avec chagrin à l'enfant d'Oscar Genest, le boucher du village, son petit Fabien qui venait de mourir à l'âge de dix ans, des suites d'une diphtérie.

Le petit Fabien Genest avait l'âge de son Gabriel. Ils partageaient les mêmes jeux et se côtoyaient sur les bancs de l'école. Fabien avait contracté la grippe, son Gabriel aussi...

Une onde douloureuse crispa sa poitrine.

— S'il fallait qu'il arrive malheur à mon petit garçon, je ne m'en remettrais jamais, se dit-elle avec un frisson d'horreur, j'en mourrais moi aussi.

Elle pensa à Rosanna, la femme d'Oscar, à la peine immense qu'elle devait ressentir, et poursuivit ses prières à son intention. Les yeux fermés, de toute son âme, elle demanda à Dieu de lui transmettre cette force divine, ce courage qu'elle-même n'avait pas.

— Les enfants sont si fragiles, déplora-t-elle, la gorge nouée.

Un bruit de pas ébranlait le parquet de la cuisine. Léon-Marie pénétra dans la chambre, avança sur la pointe des pieds et alla s'arrêter près du lit.

— Comment il va, à matin, mon petit cordonnier?

— Maman dit que je vais être guéri demain, pôpa. Demain je vais aller aider monsieur Théophile à cirer des bottes.

— Tu iras plutôt prendre une bonne bouffée d'air pur dehors, lui recommanda sa mère. Ce sera plus sain pour toi.

— Ta mère a raison, mon petit homme, tu cireras des bottes un autre jour. Demain tu iras plutôt jouer dehors.

Il jeta un regard affligé vers Henriette. Approfondissant encore la ride de son front, lentement, il se retourna et quitta la pièce.

Henriette s'attarda encore un moment. Penchée sur son petit malade, elle mouilla un coin de serviette et, délicatement, tamponna son visage brûlant de fièvre. Enfin à son tour elle se leva. Après avoir déposé un baiser sur son front, sans bruit, elle alla rejoindre son mari dans la cuisine.

— J'ai l'intention d'écrire à Charles, dit-elle tout de suite. Je suis sûre qu'il saura mieux nous conseiller que le docteur Gaumont. Je n'ai aucune confiance en notre médecin au village pour soigner Gabriel. Tu as vu ce qui est arrivé au jeune Fabien Genest.

— Faut quand même pas mettre toutes les morts sur le dos du docteur Gaumont, répliqua Léon-Marie. On sait tous qu'il y a des maladies qui pardonnent pas, que même le meilleur docteur y peut rien.

— Si tu savais combien l'inquiétude me ronge depuis que le fils d'Oscar Genest est mort, soupira-t-elle.

— Imagine-toi pas que je suis pas inquiet moi aussi. S'il fallait qu'on perde notre Gabriel, ça me donnerait tout un coup.

— S'il fallait que je perde un seul de mes enfants, lança Henriette dans un sanglot, je ne m'en remettrais jamais.

Bouleversé, il lui tourna le dos. Il n'avait jamais supporté de voir pleurer son Henriette. Dans un effort pour réfréner son émotion, il alla se placer devant la fenêtre et considéra dehors la grande cour de la meunerie qui dissimulait lentement sa laideur sous le blanc manteau de la neige.

À sa droite, s'élevait maintenant le bâtiment tout neuf, devant abriter le moulin à scie. Dressé à hauteur d'un étage et demi, il cachait à leur vue les abords de la rivière. De son poste derrière la vitre, Léon-Marie percevait les coups de marteau de Jean-Baptiste à l'intérieur de la grande bâtisse. Son engagé était à l'ouvrage, ainsi qu'il le faisait chaque jour depuis bientôt trois mois.

Le montage de la charpente était terminé. Le toit avait été recouvert de bardeaux de cèdre, et les murs extérieurs, faits de larges planches de pin blanc achetées d'un producteur de la Haute Mauricie, seraient enduits de chaux, le printemps venu.

En même temps qu'étaient arrivés les premiers jours de froidure, Jean-Baptiste avait finalisé le boisage de l'édifice et s'était enfermé derrière les murs imprégnés de l'arôme frais des résineux. Occupé maintenant aux derniers travaux, il passait ses jours à scier, clouer, dresser des colonnes de bois et consolider les poutres avec des croix de Saint-André.

Du pas de sa meunerie, il avait surveillé l'érection de la bâtisse, et aussi souvent que les obligations du moulin à farine le lui avaient permis, il était allé rejoindre son employé. Ensemble ils avaient allié leurs forces pour soulever la masse impressionnante de pannes et de chevrons qui formaient la charpente du toit.

— Ton billot de pruche de l'été dernier, c'est de la p'tite bière à côté de madriers pareils, raillait chaque fois Jean-Baptiste, tandis qu'ils reprenaient leur souffle et essuyaient leur front moite de sueur.

À la mi-octobre, pendant trois jours, il avait abandonné son Bas-du-Fleuve pour aller explorer le centre de la province à la recherche d'idées nouvelles. C'est à cette occasion qu'il avait déniché les grosses poutres maîtresses de sa bâtisse ainsi que les belles planches de pin blanc qui formaient les murs extérieurs.

Les travaux allaient bon train et, d'après ses calculs, le gros œuvre serait terminé avec le début de l'année 1925. La scie ronde avait été commandée chez un fabricant de Detroit, aux États-Unis, et il comptait la mettre en place au cours du mois de février.

Des cris de joie du côté de la remise lui firent détourner les yeux. Chaudement vêtus de leurs manteaux d'hiver, avec leur foulard sur la bouche, leur visage couvert de givre, les jumeaux Étienne et Étiennette jouaient à se renverser dans la neige.

Plus loin, dépassé le potager d'Henriette, il embrassa du regard le petit bois qu'avait déjà commencé à bûcher Joachim Deveault. Là aussi, les travaux avançaient rapidement. Joachim était un homme habile, un des rares bûcherons qu'il avait rencontrés dans sa vie, capables d'allier en même temps vitesse et efficacité. Avec une sorte d'assouvissement, il considéra la montagne de gros troncs encore enveloppés dans leur écorce, qui comblaient tout le grand champ vague longeant le chemin de Relais.

Avec un geste d'appartenance, il cerna l'ensemble de ses réalisations. Malgré lui, un frisson de plaisir parcourut son échine. Déjà, dans son esprit, il associait ses trois fils à ses projets. Il les voyait, devenus adultes et instruits, chacun menant sa part de la barque, l'un à la direction des opérations forestières, l'autre aux commandes de la scierie, et le troisième, construisant d'ambitieux édifices, en passant par les maisons jusqu'aux églises.

— Tout ce que je fais aujourd'hui, en commençant par le bâtiment que Baptiste est en train de construire, je le fais pour assurer un avenir solide à nos garçons, prononça-t-il à haute voix, poursuivant le cours de sa pensée. Moi tout seul, je me contenterais de la cordonnerie pis de la meunerie.

— Je le sais bien, Léon-Marie, accorda Henriette, il y a longtemps que j'ai lu dans ton cœur. C'est pour ça que je veux tant que nos enfants vivent et aient la santé.

Il se tourna vers elle et, les bras tendus, l'attira contre sa poitrine.

— T'es une femme énergique, ma belle Henriette, pis t'es tellement courageuse aussi.

Elle hocha négativement la tête et tout doucement s'écarta de lui.

— Oh non! Léon-Marie, je ne suis pas courageuse, j'ai, au contraire, très peur.

— Avoir peur, c'est pas un manque de courage, protesta-t-il. C'est normal de s'inquiéter pour ceux qu'on aime. Mais t'en fais pas, il va guérir, notre petit Gabriel. Il est de bonne souche, il est fort.

— C'est pour cette raison que j'ai décidé de mettre toutes les chances de notre côté et d'écrire à Charles, lança-t-elle sur un ton déterminé.

Un tic creusant sa joue, il la regarda en silence. Cette confiance naïve qu'elle manifestait à l'égard de Speedy le troublait. Sans être fataliste, il savait trop, tout excellent médecin qu'il était, que Charles Couture ne pourrait rien faire pour leur petit Gabriel, s'il souffrait d'une de ces affections contagieuses de l'enfance qui décimaient tant de petits garçons et de petites filles chaque année. Il se mordit les lèvres et se détourna. Il ne souhaitait pas lui transmettre ses craintes.

Il marcha vers le fond de la pièce, vers le mur sombre sur lequel s'accrochait la grosse cheminée en pierre avec son âtre béant. Les tisons achevaient de se consumer et le feu ne dégageait plus qu'une faible chaleur. Il empoigna le tisonnier, remua vigoureusement les braises, puis alla chercher trois grosses bûches dans la boîte à bois.

— J'étais venu attiser le feu dans la cheminée. Faut pas que les petits aient froid, pis aussi ça enlève l'humidité. Je trouve qu'il en monte un peu trop à mon goût par l'étage du moulin. Après je vas aller donner un coup de main à Jean-Baptiste.

— Et moi, je vais en profiter pour écrire à Charles, s'entêta Henriette.

Il revint sur ses pas. D'un lent regard, il enveloppa la cuisine.

— As-tu pensé comme le temps passe... Demain c'est la veille de Noël...

***

L'église était remplie à craquer de fidèles de tous les âges. Accompagné de sa fille Marie-Laure, Léon-Marie franchit le porche. Au-dessus de leur tête, le vieux clocher vibrait sous le carillon joyeux.

Ainsi qu'il faisait chaque dimanche avant la grand-messe, le curé Darveau attendait à l'arrière des bancs. Debout près des bénitiers, le menton levé, avec son abondante chevelure blanche proprement lissée sur le côté de la tête, il accueillait ses paroissiens.

Cette nuit, en considération de la fête de Noël, il avait endossé sa belle chasuble rouge à parements dorés et arborait un large sourire en tendant sa main aux derniers arrivants qui s'engouffraient en frissonnant sous le portique.

— Henriette n'est pas avec toi? s'enquit-il à Léon-Marie.

— La grippe est mauvaise cette année. Notre petit Gabriel est malade. Depuis ce matin, les jumeaux ont commencé à tousser eux autres aussi.

— J'ajouterai une prière spéciale à l'intention de ton petit Gabriel. Je prierai aussi pour tes jumeaux.

— Henriette a écrit à Charles Couture, l'informa Léon-Marie. Elle lui a demandé de venir examiner Gabriel. Elle pense qu'il pourrait connaître un meilleur remède que les petites pastilles blanches du docteur Gaumont.

— À ce que m'a dit tantôt sa mère, le docteur Couture ne doit venir visiter sa famille qu'au jour de l'An, fit remarquer le curé en fronçant les sourcils. Le jour de l'An, c'est seulement dans une semaine, Léon-Marie. J'espère que tu n'attendras pas jusque-là pour faire soigner ton enfant.

— Le docteur Gaumont est venu.

Le vieux prêtre parut satisfait.

— Ah! bon, ainsi le docteur Gaumont l'a examiné. C'est bien, Léon-Marie, tu as fait ton devoir.

Les mains croisées sur la poitrine, dans l'attitude qu'il adoptait du haut de la chaire pour inviter ses ouailles à la résignation, il débita sur un ton monocorde:

— Souviens-toi que tu es une créature de Dieu et que tu dois te soumettre à Sa Sainte Volonté. Souviens-toi aussi que les médecins ne font pas de miracles, ils ne sont que des véhicules.

Se redressant brusquement, il détourna le cours de la conversation.

— Et ton Antoine, je suppose qu'il va être avec vous pour les vacances du jour de l'An.

— Je suis censé aller le chercher dans ma sleigh. Avec les petits qui sont malades, j'ai bien peur de devoir y aller tout seul, à moins qu'Évariste ait affaire en ville, pis qu'il nous le ramène.

— Les prêtres du séminaire m'ont donné de ses nouvelles. Ils sont très contents de lui. C'est un élève studieux, toujours dans les premiers de sa classe, et savais-tu qu'il a une voix très juste? Tu me l'amèneras au presbytère un de ces jours. J'aimerais bien aussi, quand il sera dans le village, qu'il n'oublie pas de venir remercier le Seigneur pour ce don qu'Il lui a fait, en venant chanter le grégorien avec le chœur des hommes.

Un puissant accord couvrit la voûte de la petite église. Il était minuit et l'orgue venait de s'ébranler au dernier jubé, celui le plus près du pignon.

— Le petit Jésus ne doit pas attendre, chuchota-t-il en s'engageant à grands pas vers la sacristie par une allée latérale. Nous poursuivrons cette conversation un autre jour.

Léon-Marie prit la main de sa fille et, le cou raide, dans cette attitude un peu frondeuse qu'il arborait devant les autres, s'avança dans l'allée principale vers le banc familial. Derrière son siège, installés dans leurs bancs, Ignace Gagnon et Jérémie Dufour étaient accompagnés de leurs épouses et de quelques-uns de leurs enfants. Il leur adressa un petit signe amical. Devant lui, Oscar Genest occupait sa banquette avec ses deux grandes filles Marguerite et

Lucia. Sa femme Rosanna était demeurée à la maison avec les deux plus jeunes.

Une rangée de chaises avait été disposée au milieu de l'allée centrale en prévision du nombre important de fidèles qui s'amenaient chaque fois à la messe de minuit. Face à lui, se tenait le patenteux Donald McGrath, Irlandais d'origine, grimpé sur ses jambes comme sur des longues échasses et qui dépassait les autres paroissiens d'une tête. La nuque arquée vers l'arrière, avec son air arrogant, sa haute stature, ses mains croisées sur la poitrine, il regardait droit devant lui. Sa femme Grace, petite et boulotte, collait son épaule ronde contre son bras.

Pendant un moment, le regard vague, Léon-Marie attarda ses yeux sur lui. Soudain il se redressa d'un bond. Une idée, brusquement, venait de germer dans son esprit. Dans une irrésistible impulsion, il l'interpella à voix basse. Un éclair très vif faisait briller ses yeux.

— Hé! McGrath, si tu veux t'asseoir avec nous autres, j'aurais une couple de places.

Surpris, l'Irlandais le dévisagea un moment, avec un peu de méfiance, puis haussa les épaules. Enfin, il se pencha vers sa femme et chuchota à son oreille. Aussitôt, tous deux se glissèrent dans le banc des Savoie.

— Anyway, avança-t-il tout de suite en prenant place auprès de lui, tel que je te connais, t'as pas l'habitude de faire rien pour rien. Godless! si t'as de quoi à me demander, dis-lé au plus vite, parce que je tiens à entendre ma messe en paix. Que c'est que tu me veux?

— Mais je te veux rien pantoute, répondit-il avec un petit air en coin. Barnache! où c'est qu'on s'en va si on peut pus montrer de charité chrétienne la nuit que le p'tit Jésus est venu au monde. Je voulais seulement que tu sois assis convenablement comme nous autres. Après toute, même si t'es pas de not' race, c'est Noël pour toé aussi.

«Ça bergers, assemblons-nous», entonnait la chorale composée de belles voix d'hommes. «Laissons là tout le troupeau», reprit en solo Isaïe Lemay, sourcier en même temps que ténor, réputé la voix d'or du village.

Pendant un moment séduits, ils écoutèrent le cantique choisi en guise d'ouverture, en se souvenant combien Isaïe aurait aimé chanter le *Minuit, chrétiens* comme c'était la coutume dans la paroisse voisine de Saint-André. Mais le curé Darveau s'y était opposé. Il avait refusé catégoriquement que ce chant profane s'infiltre dans son église. Cet air français lui apparaissait indécent, disait-il, d'autant qu'on l'attribuait à un impie nommé Adolphe Adam qui traînait ses nuits dans les bistros de France et trouvait là l'inspiration pour composer ses œuvres.

— Dominus vobiscum, prononça l'officiant tourné vers les fidèles.

Don McGrath jeta un regard supérieur vers Léon-Marie, puis, le menton levé, ramena ses yeux sur l'autel devant lequel le célébrant s'était immobilisé. Les épaules larges, l'air dédaigneux, il prenait amplement ses aises. Il avait accepté la place qui lui avait été offerte et, sans proférer le moindre remerciement, l'avait occupée comme un droit acquis, s'était installé avec assurance, si bien qu'un étranger à l'église aurait pu croire sans l'ombre d'un doute qu'il avait lui-même déposé dans la main du curé le bel écu d'argent lui permettant de profiter pendant toute une année du banc numéro neuf de l'allée centrale.

— Si t'as quelque chose à me demander, glissa-t-il encore, t'es mieux de le dire tout de suite pendant la messe, parce que nous autres, on a autre chose à faire. Grace pis moé, on est pressés, on attend de la visite de la ville.

— Que c'est qui te prend? chuchota Léon-Marie avec impatience. Je t'ai rien qu'offert une place dans mon banc. Barnache, laisse-moi faire mes dévotions en paix.

«Les anges dans nos campagnes», modulait la chorale des hommes.

Rouge jusqu'à la racine des cheveux, Grace poussa son homme de son coude.

— Comme d'habitude, tu t'arranges pour faire un fou de toi, tu connais pas encore Léon-Marie Savoie?

— Comme ça, t'aurais besoin d'un conseil, insistait encore McGrath.

— Moi? Je t'ai demandé un conseil? s'étonna Léon-Marie. Je me rappelle pas avoir dit un mot.

«Credo in unum Deum», claironnait le prêtre.

— Je te connais, Savoie. Tu m'as pas invité dans ton banc pour rien.

— Barnache, vas-tu arrêter de me casser les oreilles, t'es un vrai perroquet.

— Godless, je suis loin d'être un perroquet, je le sais que t'as quelque chose derrière la tête, pis j'aime autant le savoir tout de suite.

— Ben tu te trompes, parce que c'te fois, c'est mes prières que j'ai derrière la tête.

«Agnus Dei», psalmodiait le chœur des hommes.

— Si t'as rien à me demander, pourquoi c'est faire d'abord que tu m'as proposé une place dans ton banc? rabâchait le patenteux courbé vers lui.

— Pour te montrer à prier comme un chrétien, lança Léon-Marie le plus sérieusement du monde. T'arrêtes pas de jacasser, une vraie bonne femme.

«Lux fulgebit hodie super nos», récitait l'officiant qui venait d'entonner l'Introït de la deuxième messe.

— Anyway, si c'est vrai que t'as rien à me dire, moé, je m'en vas, prononça Don McGrath. Une messe par nuitte, c'est assez pour moé.

Il entraîna sa femme et, ensemble, ils se dégagèrent du banc.

Léon-Marie fit un signe à sa fille Marie-Laure. À son tour, il se retrouva dehors. Immobile sur le parvis de l'église, avec son chapeau de poil bien enfoncé sur sa tête, il fixait le patenteux avec insolence.

— Moi, si je m'en vais, c'est pas parce que deux messes par nuit c'est trop pour moi. C'est plutôt parce que mon Henriette est toute seule à la maison avec les enfants qui sont malades.

— Ben là tu me désoles, fit l'Irlandais sur un ton faussement compatissant. J'aurais plutôt pensé que tu me suivais dehors pour mieux me tirer les vers du nez à propos de mes inventions.

— Ben oui, s'écria Léon-Marie, pince-sans-rire, t'es un patenteux, barnache, j'avais oublié ça.

Il prit un air consterné.

— Même que j'avais complètement oublié que t'es en train de patenter quelque chose. Pis ça marche-t-y un peu, ton affaire?

— Tu veux parler de ma turbine électrique?

— Bof! si t'appelles ça de même.

— Godless! Fais pas ton innocent. Je te connais. Je sais qu'avec tes plans de nègre, un de ces jours tu vas me demander de te fournir de c't'énergie que je fabrique. Mais je te le dis tout de suite, compte pas sur moé pour t'en prêter, j'en fabrique juste pour mes besoins personnels.

— As-tu remarqué que je t'ai rien demandé non plus, répliqua Léon-Marie.

— Paraît que t'es en train d'essayer de te monter une usine de bois de sciage, reprit le patenteux, changeant subitement le cours de leurs propos. Je trouve que c'est un ben gros projet pour un p'tit homme comme toé.

Léon-Marie sursauta violemment et durcit les yeux. Un flot de colère, brusquement, montait en lui. Il avait peine à freiner son indignation.

Au regard de l'Irlandais issu du peuple vainqueur, les habitants de Saint-Germain n'étaient que des petits hommes. Depuis toujours, une rivalité certaine s'entretenait entre le paroissien à l'accent anglais à peine perceptible et les Canadiens français d'origine qu'il fréquentait. Au propre, il les dépassait d'une tête et, au figuré, il les toisait avec hauteur, ne manquant jamais une occasion de leur rappeler leur indolence et leur manque d'initiative.

De forte stature, planté solidement sur ses jambes, il écrasait l'autre ethnie de sa suffisance et de son extraction sociale. Plus encore, sa taille imposante impressionnait et, à elle seule, commandait l'asservissement et la déférence. Tel un conquérant, sans cesse, il revendiquait de la part de ses concitoyens une domesticité gratuite. Il se croyait au-dessus des autres et, comme un suzerain, édictait mollement ses prétentions. Chacun disait de lui qu'il se prenait pour le roi du Bas-du-Fleuve comme il y avait un roi du Nord et, bien qu'ils l'aient vu venir, chacun leur tour, les habitants de la place s'étaient laissés prendre à lui servir de valet, tant il y mettait d'arrogance et de conviction.

Il habitait la région depuis une bonne vingtaine d'années. Curieusement, il ne s'était pas encore présenté au poste de maire. C'était bien l'unique fonction honorable qu'il n'eût pas revendiquée de plein droit.

À cet égard, Léon-Marie le surveillait de près et même s'il n'avait aucun désir de jouer ce rôle, jurait qu'il se présenterait lui-même et le combattrait, s'il osait seulement envisager l'espoir de diriger un jour la municipalité à majorité canadienne française. Dans tout le village, il se reconnaissait comme le seul homme n'ayant pas encore sombré dans la complaisance vis-à-vis de McGrath.

— Je fais peut-être pas six pieds deux pouces comme toé, mais tu sauras que ça bouillonne là-dedans, proféra-t-il en toquant durement sa tempe droite. Si t'avais le génie de comprendre, tu verrais qu'il y a pas rien que les Anglais qui sont capables d'avoir des idées.

— Ti-coq! T'es seulement pas capable de t'installer une turbine.

— J'ai une roue à godets, ça me suffit pour astheure.

— Une roue à godets comme dans l'ancien temps, jeta l'Irlandais en avançant les lèvres dans une moue dédaigneuse. Encore faudrait-y savoir si elle a plus que seize pieds de diamètre, ta roue à godets. Elle a-t-y un bon cinq pieds de large, ta roue à godets? Pis tes godets, en as-tu rien qu'une trentaine comme dans tous les moulins à farine quand il en faut au moins cinquante pour être productif en énergie électrique? D'où c'est qu'elle part, ton auge? La chute est pas ben haute dans ta rivière aux Loutres pis le débit est pas ben fort non plus. Ta dalle est-y assez haute pour donner une bonne charge? Faut une bonne pesanteur, pour activer une scierie, ça doit dépasser les douze cents livres de charge que ça demande pour moudre du grain. Si tu le sais pas encore, ça demande pas mal plus de force pour actionner une scie que pour actionner une meule. Pis en plus, j'ai entendu dire que t'as l'idée de t'installer une scie ronde? Je trouve que tu y vas pas avec le dos de la cuiller, mon p'tit Savoie.

— T'as beau être un patenteux, rétorqua Léon-Marie, tu sauras qu'à ma manière, je le suis moi aussi. Ma scie ronde va tourner, pis elle va tourner rondement à même ma roue hydraulique. Tu peux me faire confiance.

— C'est ben certain qu'elle va tourner, railla Don McGrath, j'ai jamais dit qu'elle tournerait pas. Ce que je veux te faire comprendre, c'est que tu dois pas espérer que ta production va être ben forte. Je serais surpris que ta grande roue développe plus que vingt-cinq forces. Si c'est le cas, t'auras pas le choix que de te tourner vers une autre forme d'énergie. La seule possibilité qui te reste, c'est la vapeur, parce que si tu reluques du bord de mon électricité, tu perds ton temps, je t'en fournirai pas un watt.

— Que c'est que t'as à tant insister, quand je t'ai rien demandé.

— Ça force, une scie ronde, Savoie, ça force fort. Je veux pas te décourager, mais je serais surpris que, sans barrage, t'aies assez de pouvoir dans ta chute.

— Ça c'est mon affaire, lança rudement Léon-Marie.

Exaspéré, il se détourna avec raideur. D'un brusque mouvement, il grimpa dans son traîneau auprès de sa petite Marie-Laure.

La nuque fortement arquée vers l'arrière, sans un regard du côté de l'Irlandais qui le fixait avec l'air d'un conquérant, il secoua les rênes. Le cheval partit aussitôt au galop. Dans un tintement de clochettes, la petite voiture d'hiver glissa sur la route communale, tourna à gauche dans le chemin de Relais, puis monta la côte, vers le mont Pelé. Don McGrath et sa femme suivaient derrière. Ils empruntèrent à leur tour le chemin de Relais, puis, rapidement, s'engagèrent à leur droite, dans le rang Croche, et poursuivirent leur route vers la rivière aux Ours, sise, elle aussi, au pied du mont Pelé, tout au bout du rang.

— Anyway, il a pas su ce qu'il voulait savoir, observa l'Irlandais à l'adresse de sa femme.

— J'ai plutôt l'impression que c'est toi, Donald, qui t'es fait avoir, répliqua Grace. Léon-Marie Savoie est aussi ratoureux que tu peux l'être. Tu t'es laissé prendre comme un rat dans une souricière et tu lui as dit tout ce qu'il voulait savoir.

— Pas de danger, il voulait que je lui explique le fonctionnement de ma turbine électrique, je me suis ben gardé de lui en souffler un seul mot.

— Fie-toi à mon intuition, Donald, ça l'intéressait pas une miette de savoir comment elle fonctionne, ta turbine électrique.

— Godless! tu penses ça?

D'un mouvement rageur, il activa brusquement son cheval.

La carriole de Léon-Marie gravit la côte de la Cédrière. Il n'eut pas à tendre les guides. De lui-même le beau blond s'orienta vers la petite entrée tortueuse et blanche qui menait au moulin de la Cédrière.

Il sifflotait un cantique.

— Pas mal, mon Léon, t'as su tout ce que tu voulais savoir, en tout cas tout ce que t'avais besoin de savoir pour tout de suite.

***

Assise dans la berceuse, devant le gros foyer de pierre, avec son Gabriel endormi, la tête appuyée sur sa poitrine, Henriette fredonnait une comptine. C'était le jour de l'An. Ce matin, à leur réveil, comme c'était la coutume, Léon-Marie avait donné la bénédiction paternelle aux enfants, puis avait attelé le blond et, en compagnie d'Antoine et de Marie-Laure, ses deux aînés, s'était rendu à l'église pour entendre la grand-messe et communier.

Chaque jour de l'An, plus qu'à la messe de minuit, c'était pour lui comme un rituel. Pour bien commencer l'année, il invitait le bon Dieu dans son cœur. Encore une fois, Henriette n'avait pu l'accompagner. Comme pendant la nuit de Noël, elle était restée à la maison pour prendre soin de ses petits malades. Elle avait dû sacrifier aussi le repas familial du nouvel an qu'ils avaient l'habitude de partager avec ses frères et ses sœurs chez mémère L'Heureux depuis les seize ans qu'ils étaient mariés. Elle en éprouvait du chagrin. Ce premier jour de l'année serait triste puisqu'ils n'auraient aucune visite, aucun bon vœu à distribuer à la ronde ainsi que le voulait cette fête traditionnellement chaleureuse et familiale.

La veille, Léon-Marie s'était rendu à la ville et avait ramené avec lui leur séminariste pour une semaine de vacances. C'était sa seule consolation. Son Antoine serait avec eux jusqu'à la fête des Rois.

Elle l'avait trouvé changé, son grand. Ces quatre mois de séparation l'avaient épanoui. Beaucoup plus attentionné et serviable envers eux tous, il manifestait en plus des connaissances qui allumaient une étincelle de fierté dans le regard de son père. Henriette avait bien remarqué, ce matin, dans l'empressement inhabituel de son homme à partir pour la messe, dans son apparente ferveur sous ses paupières mi-closes, combien il avait hâte d'exhiber son aîné auprès de lui dans son banc d'église.

— «C'est le jour de l'An, la famille entière, au pied de la Croix, s'est mise à genoux...» entendit-elle fredonner de la chambre des garçons.

Antoine apparut dans la cuisine en chantant à pleins poumons. Il avait enfilé sa canadienne et enfoncé sur sa tête sa tuque de laine ornée d'un gros pompon bigarré de rouge et de vert.

— Je suppose que tu t'en vas essayer tes raquettes neuves, lui dit-elle avec un sourire.

Appuyé contre elle, Gabriel s'agita, puis ouvrit les yeux.

— Laissez-moi aller jouer avec lui, maman, j'ai presque plus mal à la gorge.

La mine soucieuse, elle considéra le petit homme, avec son fin visage encore émacié, le grand cerne autour de ses paupières et ses cheveux qui collaient aux tempes par la moiteur de la fièvre. Son Gabriel avait passé deux semaines difficiles, mais ce matin, il s'était éveillé de bonne humeur, il allait mieux, elle avait repris espoir.

— Reste au chaud encore un jour, demain tu iras, je te le promets.

Antoine s'était éloigné dans la cuisine et avait soulevé l'épais panneau de bois d'érable qui isolait le logis familial de la meunerie. Il s'engagea dans l'escalier et remonta aussi vite.

— Il y a monsieur McGrath qui est en bas, il voudrait voir pôpa.

Derrière lui, le dos arqué comme un brocard à l'attaque, Don McGrath s'était élancé dans l'escalier et gravissait les marches quatre à quatre. Les mains en porte-voix, il criait plus qu'il n'articulait:

— Je peux-tu te voir une minute, Léon-Marie? J'ai une petite urgence, j'aurais besoin de faire moudre une couple de livres de sarrasin.

— Léon-Marie n'est pas là, le renseigna Henriette de sa voix douce, il est dans l'écurie, en train de brosser le cheval. Je puis le faire appeler pour vous si vous le désirez, malgré que je serais surprise qu'il vous accommode. Vous l'avez peut-être oublié, mais c'est jour férié aujourd'hui.

Elle connaissait son mari, aussi elle n'avait pas hésité à répondre pour lui. Respectueux des commandements de l'Église, elle savait qu'il considérerait comme un sacrilège cette dérogation à la loi catholique qui interdit le travail les jours du Seigneur.

En bas, la porte venait de s'ouvrir. Léon-Marie pénétrait dans la meunerie en secouant ses bottes.

— À qui c'est, c'te traîneau dans la cour?

Don McGrath dévala rapidement les marches et alla s'arrêter au pied de l'escalier.

— Prends pas le mors aux dents, Savoie, c'est rien que moé. Comme je viens de l'expliquer à ta femme, j'ai une petite urgence. Je me demandais si t'accepterais pas de me moudre une couple de livres de sarrasin.

Outragé, Léon-Marie redressa vivement la tête.

— Quoi? Tu voudrais que je débloque ma grand' roue aujourd'hui? Le premier jour de l'année? Y as-tu ben pensé? Tu sauras, Donald McGrath, qu'aujourd'hui c'est fête. C'est le jour de l'An, même pour les Anglais. Un catholique comme toé devrait aussi savoir que l'Église nous défend de travailler le dimanche pis les jours de fête. Ça fait que t'es venu icitte pour rien. Comptes-y pas, j'actionnerai pas ma grand' roue pour toi.

— Rien qu'une petite poche, insistait l'Irlandais.

— Pas une poche! hurla Léon-Marie. Ton sarrasin, je m'en barnache. J'irai pas brûler en enfer rien que pour avoir obligé un Anglais comme toi, pis le premier jour de l'année à part ça.

— Je te savais pas aussi mangeux de balustres, jeta McGrath.

— C'est pas moi qui fais les lois, c'est un commandement de l'Église.

— Moé, j'ai pas ces scrupules-là, pis j'ai la conscience en paix pareil.

— Toi, tu manigances avec le diable, c'est connu. Mais fais pas trop ton faraud, parce qu'un jour, tu vas avoir à rendre des comptes à ton tour.

— Ben justement, comme c'est moé que ça regarde, mouds mon grain, pis je vas l'prendre à ma charge, ton péché.

— Pas question, lança fermement Léon-Marie. T'oublies que c'est moi qui actionne la meule, c'est moi qui ai à travailler un jour défendu.

— Je te pensais plus adulte que ça, Savoie, c'est rien que des contes de bonnes femmes ce que tu me débites là.

— Barnache! c'est loin d'être des contes de bonnes femmes, c'est plutôt toi qui es pas un bon chrétien, c'est toi qui pratiques pas ta religion comme tu devrais.

Agacé, McGrath se retint de discuter davantage. Lentement, il lui tourna le dos, avança plus avant dans la meunerie et alla s'arrêter devant la fenêtre chargée de givre. La mine pensive, il revint sur ses pas et reluqua autour de lui. Partout dans la grande pièce, l'air était brumeux et imprégné de la forte odeur des graminés. Le front

90

haut, les narines largement écartées, il déambulait sans but, tâtant au passage les poches de blé, effleurant le blutoir blanc de farine, la trémie, l'auget, jusqu'aux meules au repos.

Derrière lui, dans le gouffre profond de la grande roue, la petite rivière étirait son long ruban de cristal en émettant un roucoulement joyeux. Soudain intéressé, il se retourna et rapidement alla se pencher au-dessus du mécanisme.

— C'est donc ça, ta grand' roue.

— Ça t'étonne, hein! qu'elle soit si grosse, s'exclama Léon-Marie, l'œil triomphant, en allant le rejoindre. Ça pèse, ça, mon homme, ça pèse, pis tu serais surpris de voir toute la charge que ça déplace.

— Bah! je mentirais en te disant que ça m'épate, répliqua le patenteux avec une moue d'indifférence. Si tu penses scier du bois avec ça... Je serais surpris que ça soit suffisant pour tes besoins. Ça prendra pas un an, que tu vas venir me voir pour me demander d'alimenter ta scie autrement.

— Te demander?

Léon-Marie ouvrit la bouche de surprise. Une étincelle de méfiance faisait bouger ses yeux.

— Essaies-tu de me dire par là que t'as l'idée de faire des affaires? C'est pourtant pas ce que j'avais cru comprendre autour de la nuit de Noël, ça voudrait-tu dire que t'aurais changé d'idée?

— J'espère que tu connais assez la business, Savoie, pour savoir que le secret de la réussite, c'est de jamais dire un non catégorique à ce qu'on connaît pas. Anyway, l'avenir, je le connais pas, pis j'ai pas idée de ce qui va se passer demain, ça fait que...

— Ça fait que ta patente...

— Ma patente, comme tu dis, ma turbine, elle est pas au point, elle est pas prête. Malgré ce que tu penses de moé, je te dirai que je suis honnête. Si j'offre rien, c'est que j'ai rien à offrir, j'ai pas fini mes expériences.

Léon-Marie le regarda sans répondre. La longue ride qui creusait son front s'était encore approfondie. Immobile devant lui, avec la pulpe de ses doigts qui raclait les poils rugueux de son menton, il paraissait plongé dans une réflexion profonde. Soudain il se redressa, ses prunelles brillaient.

— Viens avec moi, dit-il en posant une main ferme sur son épaule, j'ai quelque chose à te montrer. Je pense que t'es capable de comprendre.

Sans attendre, il le précéda dans le froid du dehors et l'entraîna à sa droite, vers la nouvelle construction, vers une porte rudimentaire, fabriquée à même un «Z» en bois de charpente sur lequel Jean-Baptiste avait cloué une rangée de planches à la verticale.

Il dégagea le petit levier de bois, le fit glisser sur le gros clou qui lui servait d'axe et, d'un coup de genou, dégagea le panneau.

— Viens voir ça.

L'Irlandais passa la tête dans l'ouverture et arrondit les yeux, il ne cachait pas son étonnement.

— Godless, Savoie!

La pièce, silencieuse en ce jour de fête, était de dimensions impressionnantes. Plus longue que large, elle paraissait encore plus vaste, avec son unique chaise près de la porte et tout au fond les échafaudages de Jean-Baptiste qui attendaient à côté d'une pile de planches. Dans un angle, entouré de débris de toutes sortes, gisait son coffre à outils avec, sur son couvercle rabattu, son égoïne, son marteau en travers et sa salopette de travail empoussiérée de bran de scie, ses poches gonflées de clous de toutes les tailles.

Le grand bâtiment était presque terminé. Solidement charpenté, avec ses fenêtres petites et hautes sur le sol de terre battue, il présentait en son centre un espace surélevé, comme une longue tribune faite de gros madriers qui s'étiraient jusqu'à l'ouverture par laquelle devait se faire le transbordage du bois. Cette élévation avait été conçue afin de soutenir la crémaillère, elle-même affectée au transport des troncs sur le chariot jusqu'à l'emplacement désigné pour la coupe.

— Pis que c'est que tu dis de ça, mon Donald?

Avec ses longs doigts comme des serres d'épervier affublées de tics, l'Irlandais se grattait vigoureusement la tête.

— Ouais, tu m'impressionnes, Savoie, tu m'impressionnes pas mal. Jamais j'aurais pensé qu'un p'tit Canadien français comme toé...

— Barnache!

Rouge de colère, Léon-Marie avait écarté brusquement les jambes.

— Barnache de barnache! Recommence-moé pas ça, toé. Des petits, il y en a partout, pis il y en a en masse, dans ta race à toé itou.

— T'es ben choquatif, fit l'Irlandais. Ma foi du bon Dieu, t'es pire que le p'tit Baptiste Gervais. Si on peut pus s'étriver astheure...

Léon-Marie toisa l'homme et prit une inspiration profonde.

— O.K. oublie ça, poursuivit-il sur un ton plus calme. Il y a plus important. Que c'est que tu penses de mon projet?

— Je te l'ai dit, ça m'impressionne, ça m'impressionne pas mal, ton affaire.

L'Irlandais parlait en hochant la tête. Devenu soudain volubile, il s'était avancé au milieu de la pièce, en même temps qu'il discourait avec de grands gestes de connaisseur.

— Je suppose que tu vas placer ta scie ronde de ce bord-citte. Ça va te prendre un support ben solide, mais c'est une amélioration par rapport à une scie de long, parce que t'auras pas besoin de châssis. C'est toute une amanchure que c'te châssis-là, encombrant en diable, pis dangereux à part ça. La strappe, t'as pas le choix, si tu veux t'alimenter en énergie par ta roue hydraulique, faudra qu'elle passe par la meunerie; pour ça tu vas devoir défoncer le mur. Le shaft, tu vas le placer là, je suppose, c'est la meilleure place, pis les courroies passeraient par là. Le bois va rentrer par l'autre boutte. As-tu pensé à t'installer un convoyeur pour récupérer les croûtes, tu pourrais les vendre pour faire du bois de chauffage. Moé-même, je serais intéressé à en acheter.

— Je pensais les garder pour mon usage.

— Tu vas en avoir ben trop pour toé, surtout si tu en viens à produire au maximum, à moins que tu décides de te mettre à la vapeur.

Léon-Marie frappa sa tempe droite du bout de son index.

— Je prends ça ben en note.

L'Irlandais prit un temps de réflexion, avant de lancer avec enthousiasme:

— Sais-tu, Savoie, je te regarde aller, pis je me dis que ça se peut qu'on fasse des affaires ensemble un de ces jours.

— Je suis pas contre, répondit l'autre spontanément. Je vas regarder ça ben comme il faut. Moi non plus j'ai pas l'habitude de dire non au progrès.

— Fais-moé signe quand le temps sera venu pour toé, dit encore l'Irlandais, pis dis-toé ben que je refuse jamais de brasser des affaires, surtout quand le gars est entreprenant pis réveillé comme tu viens de me le démontrer.

Planté devant lui, Léon-Marie bomba brusquement le torse. Les lèvres tirées dans un sourire vague, pendant un long moment, il fixa un point obscur. Il avait peine à cacher sa satisfaction. Soudain, dans une impulsion subite, il se rapprocha du patenteux. Il avait courbé la tête et parlait sur un ton de confidence.

— Dis-lé pas à personne, mais je viens de décider quelqu' chose à mon tour. Je viens de décider que je vas passer par le confessionnal avant la messe de dimanche prochain. Viens avec moi dans la meunerie, je vas te la moudre, ta petite poche de sarrasin.

— T'accepterais de moudre mon grain? répéta l'Irlandais, méfiant tout à coup. Godless! t'es ben sûr que tu me remettras pas ça sur le nez un de ces jours.

— Tu dois me connaître assez pour savoir que je reviens jamais sur mes décisions, rétorqua Léon-Marie.

Il poursuivit avec un petit air futé.

— Pis crains pas, que je vais aller m'en confesser dimanche, au petit matin, pis je vais ben faire ma pénitence. D'un autre côté, comme j'veux en avoir pour mon argent, je me gênerai pas pour me permettre deux ou trois petits péchés de plus pendant la semaine.

En plaisantant, comme deux amis retrouvés, ils rentrèrent dans la meunerie. Sous le regard intéressé de l'Irlandais, Léon-Marie se dirigea vers le trou béant de la grande roue hydraulique. Les muscles tendus, il poussa de toutes ses forces et abaissa le larron. L'eau gicla sur les godets. Aussitôt, tout doucement, en émettant une énorme plainte, la roue gigantesque se mit en branle, puis tour à tour, dans un grincement strident, les engrenages s'enclenchèrent.

Brusquement, un vent froid s'infiltra dans la pièce. Derrière eux, la porte de la meunerie venait de s'ouvrir. Léon-Marie jeta un rapide coup d'œil vers son Antoine, debout sur le seuil, et qui le regardait, le visage épaté, ses raquettes sous le bras.

— On a de la visite, pôpa.

Occupé à vider la poche de sarrasin dans la trémie, il dit sans tourner la tête.

— Ouais, c'est qui?

— Votre ami, le docteur Couture.

— Speedy!

Vivement, il déposa la poche de grain sur le sol et courut vers lui.

— C'est Henriette qui va être contente de te voir, pis soulagée à part ça. Monte la voir; moi, j'ai un peu de mouture à faire, mais ça sera pas long que je vais aller vous rejoindre.

En haut, Henriette avait rapproché des chaises devant l'âtre et regroupé ses petits malades. La trappe craqua, puis alla se rabattre sur le mur. Pendant un moment, attentive, elle écouta les pas et soudain devina. Libérée tout à coup, elle se précipita vers l'ouverture. Les bras tendus, elle éclata d'un rire joyeux, le premier rire décontracté depuis deux longues semaines.

— Charles! tu es venu.

— Henriette, il y a si longtemps...

— Cinq ans maintenant que tu es parti pour la grande ville et, depuis ce temps, à peine nous sommes-nous entrevus deux ou trois fois.

Lentement, elle recula vers le fond de la pièce. Vigilante, elle allait reprendre sa place auprès de ses enfants malades. Tout délicat et frêle au milieu de la bergère, le petit Gabriel sommeillait, la tête inclinée sur sa poitrine. À côté de lui, les jumeaux étaient affalés dans une chaise longue.

— Ma pauvre Henriette, murmura-t-il avec tristesse, tu es une maman bien courageuse.

Il dégagea son lourd manteau d'hiver et le laissa tomber sur une chaise. Avec un petit frisson, en frictionnant ensemble ses mains gelées, il alla s'arrêter devant le poêle à deux ponts qui ronronnait dans un coin et les tendit au-dessus des ronds. Enfin, à pas lents, il se mit à déambuler dans la cuisine.

— Voilà donc le logement du meunier! s'exclama-t-il.

Sans cacher sa curiosité, il cernait la vaste salle. Tout près de lui, la table rectangulaire coquettement recouverte d'une nappe de dentelle trônait sur un grand tapis tressé, ovale, qui allait s'arrêter derrière les chaises. Autour de la carpette et jusqu'aux murs de crépi peint, le plancher de bois grossier, avec ses planches mal jointes, rappelait l'humble vocation de cet étage, autrefois un simple espace de rangement à l'usage du vieux Philozor Grandbois. Deux petites fenêtres, étroites, chargées de givre, s'ouvraient sur la façade, de même qu'une sur le côté, et laissaient pénétrer un timide rayon de soleil.

Tout au bout, il considéra la haute cheminée en pierre des champs, devant laquelle se tenaient Henriette et ses enfants, avec son âtre béant qui devait jeter, quand il était éteint, plus de fraîcheur et d'humidité qu'il n'apportait de chaleur quand il était allumé.

— Je me souviens de ce grenier insalubre du temps du vieux Philozor, prononça-t-il avec nostalgie en se rapprochant d'eux. Tu en as fait un joli home, accueillant, à l'image d'Henriette L'Heureux, la jeune fille romantique et pleine de spontanéité que j'ai connue.

Il se pencha sur la jeune mère, son amie d'enfance, avec ses beaux cheveux blonds bien lissés en chignon sur sa nuque, ses yeux bleus magnifiques qui le fixaient, son teint de nacre, son si agréable sourire.

Soudain, il fronça les sourcils. Il venait de surprendre une ombre chagrine derrière le clair azur de son regard.

— Tu me sembles bien fatiguée, ma pauvre Henriette.

— Avec trois enfants malades, il est difficile de ne pas manquer un peu de sommeil, émit-elle comme une excuse, mais tu ne dois pas t'en faire, c'est mon rôle, c'est celui de toutes les mères.

Il prit le petit Gabriel dans ses bras et, avec précaution, alla le coucher sur la table de la cuisine.

— Nous allons tout de suite examiner ce petit bonhomme.

Incliné vers lui, il le grondait gentiment, avec tendresse.

— Comment un solide garçon comme toi s'est-il permis de faire pareille poussée de fièvre? Ouvre grand la bouche.

La mine grave, il tâta ensuite, de chaque côté de sa gorge, les ganglions volumineux qu'il sentait sous ses doigts. Puis, son oreille appuyée contre sa poitrine, il écouta les bruits de son cœur, de ses bronches, de ses poumons.

— Une belle amygdalite, dit-il en reprenant l'enfant dans ses bras, mais elle est en voie de guérison. Tu as lutté comme un grand et tu es presque guéri, juste quelques petites sécrétions à expectorer et tu pourras aller courir dans la neige.

Revenant vers Henriette, il observa encore:

— La grippe est mauvaise cette année et il y a aussi les maladies contagieuses. Je suppose que tu sais pour le petit Fabien Genest...

Henriette fit un bond vers l'avant et réprima un sanglot.

— Ton Gabriel ne souffre pas de diphtérie, la rassura-t-il sur un ton professoral. Sa gorge est nette, juste un peu rouge, à cause de ses amygdales qui sont encore épaisses, mais dans quelques jours il n'y paraîtra plus. Tu l'as bien soigné.

Il se tourna vers les jumeaux qui reposaient près de leur mère, blottis l'un contre l'autre dans le vieux fauteuil d'osier drapé d'une chaude couverture de laine. Ils avaient fermé les yeux, et leurs petits visages étaient rouges de fièvre. Il examina leur gorge et appuya son oreille sur la base de leurs côtes.

— Même si la fièvre persiste, il n'y a pas d'inquiétude à avoir pour les jumeaux, ils sont de constitution solide.

Il tira une chaise près du foyer et prit place à côté d'elle.

— Laisse-moi t'examiner toi aussi.

Ignorant ses protestations, comme il avait fait pour ses enfants, il posa son oreille contre sa poitrine et, la tête légèrement inclinée, écouta les battements de son cœur, puis s'attarda longuement sur ces inquiétants râles sous-crépitants qu'il percevait à la base de ses poumons. Les sourcils froncés, il prenait conscience de son mal latent, de cette maladie insidieuse et lente qu'était l'insuffisance cardiaque, avec cette hyposystolie vers laquelle elle s'acheminait peu à peu.

— Tes pulsations sont faibles, articula-t-il avec ménagement, ton cœur devrait pomper davantage.

— Mais je me sens très bien.

— Prends soin de toi, Henriette, lui recommanda-t-il doucement, pour l'amour de ceux qui t'aiment, prends soin de toi.

Une étincelle amoureuse, subitement, brilla dans ses yeux. Il contemplait son doux visage.

— Henriette...

Il prit sa main dans la sienne et la serra de toutes ses forces.

Impatiente soudain, elle le repoussa brusquement.

— Je t'en prie, Charles, laisse-moi tranquille.

— Tant de fois, je me suis demandé pourquoi tu en avais choisi un autre, insista-t-il, son visage encore tout près du sien. Il est vrai que j'étais loin, j'étudiais à l'université, peut-être as-tu craint que je ne revienne pas.

— Ton éloignement n'avait rien à voir.

Elle ferma les yeux. Léon-Marie était celui qu'elle attendait, se dit-elle, les autres n'avaient pas d'importance. Elle l'avait compris dès l'instant où elle l'avait aperçu en train de pêcher en bas de la crique à German, ce fameux dimanche de juillet, il y avait seize ans passés. Elle l'avait aimé tout de suite et elle l'aimait toujours. Léon-Marie était comme une force et elle se sentait bien près de lui, tout simplement. Certains disaient à son propos qu'il avait le verbe haut, qu'il argumentait fort? Pourtant, c'était dans ces occasions qu'il lui apparaissait le plus solide, le plus sécurisant. Plutôt insoucieuse, de tempérament bohème, il était son support et jamais elle n'avait à intervenir devant la difficulté. D'autre part, il lui laissait toute liberté pour agir à sa guise et elle en profitait largement. Elle était têtue, reconnaissait-elle volontiers, ce n'était pas pour rien qu'il la surnommait son ti-boss.

— Est-ce que Léon-Marie comprend la chance qu'il a de t'avoir? émit pensivement Charles.

— Moi aussi, j'ai beaucoup de chance de l'avoir, tu sais.

Il se pencha vers elle, sa main frôla son bras.

L'escalier craqua sous un pas lourd. Comme un enfant pris en faute, il se redressa. Très vite, il était redevenu le digne docteur Charles Couture.

— Cré McGrath, éclata Léon-Marie en surgissant en haut des marches, il a réussi à avoir ce qu'il voulait, j'y ai moulu son grain, pis un jour de fête à part ça.

Le visage rieur, il les rejoignit devant l'âtre.

— Pis, Speedy, comment tu trouves ma petite famille?

— Les enfants sont en voie de guérison, c'est plutôt ton Henriette qui me tourmente, je la trouve bien fatiguée.

— Allons, Charles, se défendit Henriette, c'est normal que je paraisse fatiguée, c'est à peine si j'ai dormi quatre heures par nuit depuis deux semaines.

— Elle oublie qu'elle a le cœur malade, observa-t-il encore. Il ne faudrait plus qu'elle se lève la nuit.

— Souventes fois, je lui ai proposé de prendre la relève, indiqua Léon-Marie, mais elle refuse. Elle pense que je suis pas capable de réchauffer une flanelle pis la poser comme il faut autour du cou d'un des petits. Elle a toute une tête dure, elle est pas la fille de Zéphirin L'Heureux pour rien.

Il alla vers l'armoire et en retira une bouteille de whisky.

— Une lampée, Speedy? C'est le jour de l'An.

— C'est pas de refus. Donnes-en donc aussi à Henriette, ça ne lui fera pas de tort de prendre un peu de remontant.

— Je vous en prie, protesta-t-elle avec son petit rire. Vous savez bien que je ne suis pas assez forte pour supporter ça. Vous voulez donc m'entendre débiter des bêtises?

Léon-Marie versa quelques gouttes au fond d'un verre et le lui tendit.

— Deux ou trois petites bêtises, ça va rien que nous rappeler not' jeune temps.

Elle éclata encore de rire, en même temps que, de son index, elle effleurait la joue rude, le menton rasé qui piquait son doigt.

— Tu es un méchant mari, je prends Charles à témoin.

Ils levèrent leur verre et, ensemble, trinquèrent à une florissante nouvelle année 1925. Henriette avala une gorgée et fit la grimace. Dans un geste d'habitude, les deux hommes essuyèrent leurs lèvres du revers de leur main.

— Tu sais, confia Léon-Marie en remplissant encore le verre de son ami, la seule chose qui compte pour moi dans la vie, c'est ma famille. Le bonheur pour moi, c'est d'avoir mon Henriette à côté de moi jusqu'à ce qu'on meure ensemble, ben vieux tous les deux. Le bonheur, c'est aussi d'avoir autour de moi mes petits gars devenus des hommes, solidement préparés, avec l'instruction qui m'a manqué, capables de jouer un rôle important dans mes entreprises. Comme aujourd'hui, je veux avoir tout mon monde autour de moi, mes deux filles, pis mes trois gars. Avec eux autres, je vois grand, ben grand. Regarde-moi aller, Speedy, je peux te jurer que dans pas grand temps, avec tous les projets que je mijote dans ma tête, la Cédrière, même le village de Saint-Germain, vont changer de face.

# 6

— Baque un peu, Baptiste, baque encore un peu.

Jean-Baptiste creusa le sol de ses talons et tendit les muscles.

Armés de barres de fer, les hommes se joignirent à lui, et dans un effort conjugué, robuste, halèrent ensemble. Enfin, en exhalant un grand souffle, ils se redressèrent.

— Ça m'a l'air ben correct de même, prononça Léon-Marie en essuyant son front avec son mouchoir.

La scie ronde était arrivée, tel que prévu, avec le début du mois de février. Ils étaient nombreux dans le grand bâtiment tout neuf à être venus l'accueillir et l'installer.

Ignace Gagnon, en manque de travail pendant l'hiver, était accouru parmi les premiers et avait proposé son aide. Évariste Désilets, Ovila Gagné et Josaphat Bélanger, les voisins d'en face, avaient délaissé momentanément leur ferme et avaient offert leurs bras pour le reste de la journée. Joachim Deveault avait lui aussi déposé sa hache et était sorti du boisé qu'il achevait d'éclaircir pour leur prêter main forte. Il y avait en plus le sourcier Isaïe Lemay avec son fils Paul-Henri, ainsi que Georges Parent, le fils de Joseph. Même Charles-Arthur, son frère aîné, était venu. Parti tôt le matin de la ferme familiale du fin fond du rang Croche, il s'était pressé vers la Cédrière. Il voulait examiner de plus près la dernière fantaisie de son petit frère. Enfin, un peu à l'écart, les mains dans les poches, se tenait Théophile Groleau. Léon-Marie lui avait lui-même demandé d'abandonner un peu son échoppe afin de répondre aux besoins et, s'il y avait lieu, de faire les courses.

La grosse boîte en bois contenant la scie et ses accessoires avait été déposée à la gare dans la matinée de la veille. C'est Évariste qui, s'étant rendu là-bas afin d'y régler des affaires, avait rapporté la nouvelle aux habitants de la Cédrière.

Il avait été convenu que pareil arrivage nécessiterait quatre hommes et peut-être davantage, tant il fallait de robustesse et de précautions pour soulever cette masse impressionnante.

Ils s'étaient groupés dans la cour de la meunerie avec l'aube, sitôt après le petit déjeuner: Jean-Baptiste, Joachim, Évariste et lui-même, un Léon-Marie anxieux, grommelant, qui avait peine à tenir en place.

Évariste avait prêté généreusement son fardier sur lames auquel ils avaient attelé deux chevaux, dont le beau cheval blond de la Cédrière à côté de la jument noire du fermier. Ils avaient jugé que deux bêtes ne seraient pas de trop pour tirer, sur la neige, la lourde et précieuse caisse qui arrivait directement des États-Unis.

Ils étaient partis en fredonnant vers la vieille gare plantée un peu en amont du village, près du fleuve, avec, piquées autour d'elle, comme des champignons dressés sur leur tête rouge, une dizaine de petites maisons d'artisans.

Léon-Marie ne cachait pas sa satisfaction. Le soleil brillait sur la neige et les éblouissait. Cette belle journée apparaissait à ses yeux comme un présage, un gage de succès assuré pour l'avenir de son entreprise.

Ils avaient chantonné encore sur le chemin du retour, l'œil triomphant, étaient rentrés dans la cour de la Cédrière et avaient arrêté les chevaux devant les grandes portes de la nouvelle bâtisse.

Les autres, Charles-Arthur, Ovila, Josaphat, Ignace, Isaïe, Paul-Henri, Georges et Théophile, les attendaient dans le froid pénétrant de février. Debout au milieu de la cour, le nez rougi, ils avaient manifesté leur joie à grandes exclamations bruyantes et frappé dans leurs mains, en même temps qu'une grosse buée blanche sortait de leur bouche.

Peu habitué à pareilles démonstrations, Léon-Marie les avait regardés avec étonnement, ne sachant trop s'il devait s'en réjouir ou en être vexé.

Plutôt chatouilleux de nature, dans la crainte de se méprendre, il avait pris un air rébarbatif et s'était contenté de les observer.

Aussitôt descendu de la voiture, il s'était empressé d'ouvrir les larges panneaux sur le côté du bâtiment et avait dirigé l'attelage vers l'intérieur, jusqu'à une grosse plate-forme en bois brut qu'ils avaient conçue la veille.

C'est à Jean-Baptiste qu'il devait l'idée ingénieuse de cet échafaudage réparti sur billes de bois, qui leur permettrait de glisser sans trop d'efforts l'imposante machine jusqu'à l'endroit prévu.

— C'est le même principe que quand je déplace une maison, avait expliqué Jean-Baptiste, l'air faussement modeste, devant les hommes réunis dans la grande pièce et qui louaient son esprit inventif.

En fin de matinée, Don McGrath était venu en observateur. Entré en coup de vent par la petite porte en «Z» près de la meunerie, traînant avec lui une bouffée d'air glacial, il avait imposé sa haute stature au milieu des ouvriers.

À l'exception de Léon-Marie qui, depuis leur entretien du jour de l'An, le tenait en meilleure estime, les autres étaient demeurés sur la défensive et lui avaient manifesté une froide indifférence. Après avoir fureté à droite et à gauche, puis examiné l'appareil dans tous les sens, il avait hoché la tête et, sans proférer une parole, avait quitté l'endroit.

L'après-midi déclinait et la partie la plus contraignante de l'installation était maintenant terminée. Il restait bien quelques petits ajustements à faire pour parachever l'ouvrage, mais l'arbre secondaire, les grosses courroies et la crémaillère étaient logés à leur place et n'attendaient que le vouloir des hommes pour se mettre en branle.

— Bon, on en a assez faite pour aujourd'hui, décida Léon-Marie en se redressant sur ses jambes.

Les hommes ne se firent pas prier. Aussitôt ils ramassèrent marteaux, leviers, tournevis, clés anglaises et bouts de bois semés ici et là dans la grande pièce et les entassèrent pêle-mêle sur la table de l'établi.

— Approchez de la truie, les invita Léon-Marie en remplissant des petits gobelets jusqu'à ras bord, venez relaxer un brin. Après une journée pareille, vous méritez ben ça.

Dehors, la nuit était tombée. La bise s'était levée et ils entendaient la bourrasque qui allait s'abattre sur les vitres.

Les uns après les autres, ils se serrèrent autour du petit poêle rond qui sifflait, soufflait des flammes joyeuses en répandant une bonne chaleur.

— Tiens! Pour te remonter le moral, Baptiste, disait Léon-Marie, pour toi, Évariste, v'là pour toi, Joachim.

Le geste large, il distribuait les contenants remplis d'alcool du pays que les hommes avalaient d'un trait. Sans cesse, il tournait autour du poêle et s'empressait de remplir les verres à mesure qu'ils se vidaient.

Autour de lui, les regards s'étaient allumés et les grands murs retentissaient sous les éclats joyeux. Devenus turbulents comme des écoliers à l'heure de la récréation, les hommes se tordaient de rire à la moindre boutade.

Un bruit sec, brusquement, fit s'ébranler l'ouverture donnant sur la meunerie. Ils se turent. La petite porte venait de s'ouvrir toute grande, répandant dans la pièce un tourbillon de vent glacial, dans lequel scintillaient une multitude de fines particules de neige.

Chaussé de raquettes, avec son long manteau de flanelle épaisse sur sa soutane noire, l'abbé Fleury, le deuxième vicaire, venait de s'immobiliser dans l'embrasure.

Léon-Marie courut fermer la porte derrière lui.

— Monsieur l'abbé, que c'est qui peut ben vous amener dans notre boutte par un fret pareil?

— Ouais! renchérit Évariste en tendant son verre dans un geste guilleret, avec votre petite constitution, vous devez ben être gelé comme un creton.

Le jeune prêtre le regarda avec hauteur et ne daigna pas répondre. Lentement, il dégagea ses mitaines de laine, en même temps qu'il jetait un regard offensé vers les hommes, en cercle autour du poêle, leur verre de whisky à la main.

Les sourcils froncés, dans l'attitude sévère qu'adoptait le curé Darveau dans ses plus rigoureuses objurgations, il articula sur un ton vibrant, en insistant sur son habituelle prononciation roulée:

— Voilà que j'entre ici comme un voleur et vous surprends à enfreindre les préceptes de notre mère la sainte Église. Avez-vous oublié que nous sommes en plein carême? Que le temps des privations est commencé?

Jean-Baptiste se détacha du groupe. Son verre fermement enserré dans sa main, dans un geste impératif, mais qu'il voulait en même temps empreint de déférence, il s'approcha du vicaire.

— Faut nous comprendre, monsieur l'abbé, se défendit-il. Depuis le p'tit jour, on travaille d'arrache-pied icitte. Ce p'tit remontant-là, c'est pas pour le plaisir, c'est comme un remède. On en avait besoin avant de s'en retourner chez nous dans le gros fret. Vous le savez peut-être pas, mais ç'a été une ben dure journée pour nous autres, les hommes.

— On peut savoir que c'est qui vous amène au mont Pelé, dans le creux de l'hiver? interrogea, à son tour, Léon-Marie avec un peu de raideur.

— Avez-vous oublié que le jeudi est le jour de la communion aux malades de la paroisse? demanda le prêtre sur un ton excédé, comme si les services liés au ministère de leur clergé se devaient d'être connus de tous. Monsieur le curé m'a demandé de m'arrêter chez vous en passant.

— Barnache! s'écria Léon-Marie, soudain inquiet, il serait-y arrivé un malheur dans le village?

Dans un geste d'impatience, tentant par cette attitude d'imiter les façons de son curé, le jeune prêtre souleva les épaules.

— Mais non, rassurez-vous donc.

L'œil sévère, il enchaîna, en même temps qu'il fixait tour à tour les hommes avec leur main refermée sur leur petit gobelet de verre:

— Malgré que vous mériteriez les foudres de Dieu, vous qui, sans

102

vergogne, osez enfreindre le cinquième commandement de l'Église qui édicte: Quatre-Temps, Vigiles jeûneras et le Carême entièrement.

Les hommes se retinrent de répliquer et s'observèrent en silence. Ils ne l'aimaient pas beaucoup, ce petit vicaire Fleury. Malgré leur bonne volonté, ils ne l'avaient jamais trouvé bien sympathique. Son autoritarisme et son constant manque d'humour les agaçaient plus qu'ils ne pouvaient le supporter. Bien sûr, en sa qualité d'homme de Dieu, ils lui témoignaient le respect qui lui était dû, mais ils lui préféraient l'abbé Jourdain, jeune homme à la carrure de paysan, un peu candide, indulgent, toujours de bonne humeur et qui semblait mieux les comprendre. Combien de fois, à mots couverts, avaient-ils suggéré à leur curé de déléguer plutôt le premier vicaire dans ses avis à ses paroissiens.

Un murmure désapprobateur monta du côté du poêle. Les hommes s'agitaient. L'alcool aidant, ils se permettaient quelque irrévérence.

Son verre à la main, Évariste sortit du groupe et prit un petit air caustique.

— Bon ben, c'est ben aimable de vot' part de vous être arrêté icitte juste pour nous faire remarquer qu'on avait oublié not' carême, monsieur le vicaire. Ça fait que vous direz à monsieur le curé qu'il peut compter sur notre bonne volonté, que pour y faire plaisir, on va jeûner en double à soir. Dites-y ben aussi que le temps venu, on oubliera pas de faire nos Pâques.

Le jeune vicaire pinça les lèvres et le fixa un long moment avant d'émettre, sur un ton moralisateur:

— Les sacrifices inhérents à votre religion doivent être faits dans un but autre que celui de plaire à votre curé. Votre attitude doit en être une de foi, de conviction personnelle.

Un tic creusant leur joue, les hommes se jetèrent un coup d'œil. La riposte du petit vicaire les agaçait, leur apparaissait mesquine, comme une leçon bien apprise et bien peu persuasive. Le curé Darveau n'aurait pas réagi avec autant d'âpreté, d'autant plus qu'Évariste avait parlé sans malice. À peine grisé, il n'avait cherché qu'à badiner un peu. Que venait donc leur intimer ce petit blanc-bec qui troublait leur divertissement inoffensif en exhibant sous leur nez les rigueurs de la Religion. Aujourd'hui, en vain ils cherchaient à comprendre les intentions du curé en dépêchant auprès d'eux ce jeune freluquet «au grain serré».

— Pis allez-vous nous dire enfin ce que nous veut monsieur le curé? demanda Léon-Marie, incapable de freiner plus longtemps son irritation.

— C'est à vous, monsieur Savoie, que s'adresse l'ordre dont je suis porteur, déclara-t-il tout de suite. Monsieur le curé m'a chargé de vous rappeler vos devoirs de chef d'entreprise. Il vous rappelle que le premier geste d'un chrétien est d'attirer sur lui les grâces divines en procédant le plus rapidement possible à la bénédiction de votre usine.

— Barnache! s'écria Léon-Marie, vibrant de colère, vous m'apprenez rien là, l'abbé, mais laissez-la arriver, c'te machine-là, elle est rentrée seulement depuis à matin. Qu'est-ce qui lui prend au curé d'être pressé de même? Ç'a toujours été mon intention de faire bénir mon usine, mais faut d'abord finir d'installer la machinerie. Pis faut l'essayer aussi pour voir si ça fonctionne comme il faut.

— Je vous comprends, monsieur Savoie, répliqua le jeune vicaire avec assurance.

Il poursuivit sur un ton impassible:

— Vous aurez tout le temps qu'il vous faut. Nous sommes jeudi. Avec de la bonne volonté, demain et samedi vous suffiront pour essayer votre scie circulaire. Bien entendu, vous devrez le faire sur des matériaux non passibles d'être vendus. Monsieur le curé m'a demandé de vous faire part qu'il souhaite venir bénir votre nouvelle construction dimanche après-midi, après les vêpres.

— Dimanche prochain? Après les vêpres? Barnache!

La tête arquée vers l'arrière, Léon-Marie ne cachait pas sa déception.

— Ça fait pas mon affaire pantoute. J'avais pensé faire ça un peu plus en grand, inviter du monde influent, des gens de la ville, en profiter pour me faire connaître aux alentours. C'est important qu'on sache que j'existe si je veux que la business fonctionne. Que c'est qui le presse tant?

— Comme le baptême chez le nouveau-né, la bénédiction d'une entreprise doit se faire dans les délais les plus brefs, récita le jeune vicaire. Vous commettriez un sacrilège et risqueriez les foudres du ciel si vous opériez votre industrie et encaissiez des profits sans avoir au préalable reçu la bénédiction divine.

— Quand même! Que monsieur le curé nous laisse souffler un peu s'impatienta Léon-Marie. Faut d'abord l'essayer, c'te machine-là. De quoi j'aurais l'air, si ça marchait pas? Je veux pas faire comme Eugène, le frère à Jérémie Dufour avec son rouleau à ramasser l'avoine qui ramassait rien pantoute. Il a eu l'air fou devant tout le monde, tandis que, s'il l'avait essayé un peu, il aurait ben vu ce qui allait pas, pis il aurait rafistolé son machin avant de faire rire de lui. Cette affaire-là l'a tellement humilié qu'il a tout lâché, pis aujourd'hui, il ramasse son avoine à la fourche, tandis que son invention est en train de rouiller dans sa grange.

— C'est une affaire qui vous regarde, vous et votre conscience, dit le vicaire sur un ton détaché. Ce que vous devez comprendre, c'est que monsieur le curé exige que vous fassiez entrer le bon Dieu dans votre maison ce prochain dimanche. À vous d'obéir ou de désobéir à votre chef spirituel avec les conséquences que vous savez.

— Léon-Marie a raison, intervint Jean-Baptiste à son tour. Aspic, c'est pas toute que de faire rentrer le bon Dieu dans la bâtisse, faut que ça nous donne de l'ouvrage à nous autres aussi. Pour ça, faut trouver des moyens pour écouler le produit qu'on va fabriquer. Pis ça, ça se fera pas par l'opération du Saint-Esprit. «Aide-toé pis le ciel t'aidera», que répétait ma défunte mère. Si Léon veut nous faire travailler, faut qu'il profite des bonnes occasions pour se faire connaître. Moé, je suis pour qu'il fasse une intronisation en grand, pis qu'il invite les notables de tout le Bas-du-Fleuve. Pensez-vous que le bon Dieu aura une couple de jobbines à nous offrir, à nous autres, les travailleurs, si not' production se vend pas?

Le jeune prêtre lui jeta un coup d'œil condescendant. Sa pomme d'Adam se déplaça sous son col romain. Sans hâte, il se tourna vers Léon-Marie et, le regardant droit dans les yeux, prononça sur un ton catégorique:

— Règle générale, tout bon chrétien trouve le moyen de se soumettre aux observances de son Église.

Penché vers le sol, il ajouta en rajustant ses raquettes:

— Je vous laisse à votre réflexion. À vous de décider, à la lumière de votre conscience.

Les sourcils froncés, Léon-Marie le considérait sans parler. Pensif tout à coup, il caressait son menton. Dans le pesant silence qui s'était installé, ils entendaient distinctement le frottement de ses doigts rêches sur sa barbe qui pointait.

Soudain, dans un mouvement brusque, il arqua fortement la nuque. Lentement, il ouvrit la bouche. Sa voix basse et forte résonna comme un écho aux quatre coins de la grande pièce.

— V'là ce que j'ai décidé, monsieur l'abbé. Vous ferez le message à monsieur le curé que ça se fera pas dimanche prochain.

Le vicaire avait blêmi.

— Et pourquoi, monsieur Savoie?

— Parce qu'on sera pas prêts, tout simplement.

Une lueur de colère, brusque, furtive, traversa les prunelles du jeune prêtre.

— Ce sera votre décision, lança-t-il comme une menace.

Il ouvrit largement la porte. Autour de lui, une buée blanche s'engouffra dans la salle enrobant sa maigre silhouette noire qui se découpait dans le crépuscule.

Derrière, les hommes étaient silencieux. Groupés autour du petit poêle rond qui pourtant dégageait une intense chaleur, ils fixaient Léon-Marie, figés, frissonnants comme s'ils avaient froid.

— Aspic! Léon-Marie, t'as pas peur que le ciel te tombe sur la tête? s'écria Jean-Baptiste. T'as pas peur que toutes les calamités du monde s'abattent sur ta bâtisse, de résister de même au p'tit vicaire? Il avait l'air en aspic pas pour rire, quand il a passé la porte.

Léon-Marie secoua la tête avec vigueur.

— T'inquiète pas pour moi, Baptiste. Je crois au bon Dieu, même que j'ai l'habitude d'être ben strict là-dessus. Mais quand c'est exagéré, c'est exagéré, pis j'ai pas peur de mettre le holà, même si l'ordre vient d'un p'tit vicaire. Moi c'est avec monsieur le curé que je règle mes comptes.

Il dirigea son pouce vers le sol dans un petit mouvement cassant.

— Les ordres du p'tit vicaire Fleury, v'là ce que j'en fais. Dimanche, après la messe, j'vas aller voir le curé Darveau pis je vas m'arranger avec lui, avec lui tout seul, pis craignez pas, le ciel me tombera pas sur la tête.

— Ben moé, j'aime pas ça pantoute, des affaires de même, observa Joachim, le regard frappé d'effroi. De la manière que ça s'est passé, c'est comme si le p'tit vicaire avait voulu te jeter un sort. Ça porte malheur de tenir tête à un prêtre. Si la malédiction te pend au-dessus du nez, je veux pas que ça rebondisse sur moé. J'ai une grosse famille, pis j'endurerai pas qu'il leur arrive du mal. Si t'as dans l'idée de faire ça souvent, dis-moé-lé tout de suite, moé, je vas te donner ma démission dret-là.

— Barnache! je crois au bon Dieu, mais je crois pas aux sorcières, s'exaspéra Léon-Marie. Pis toé, Joachim Deveault, t'aurais avantage à être moins superstitieux. Le vicaire Fleury, c'est rien qu'un petit pet sec de la ville qui a rien à voir avec nos manières d'agir dans nos campagnes. Moé, quand j'ai quelque chose à décider, c'est avec monsieur le curé que je m'entends, tu m'as ben compris, Joachim? Avec monsieur le curé en personne! Avec personne d'autre!

Un profond silence suivit ses paroles. Autour de lui, les hommes avaient baissé la tête. Leur main rude serrée sur leur petit gobelet vide, les gros muscles de leurs bras gonflés par le dur travail, ne craignant personne sur la terre, ils se surprenaient à s'effrayer devant des puissances occultes dont ils ignoraient les forces. Autour d'eux, la nuit était entièrement tombée. Dans la pièce remplie de mystère, la lueur des flammes qui scintillait à travers les ronds du poêle de fonte dessinait de longs spectres qui s'alignaient sur les murs. Ils laissèrent échapper un frisson.

Jean-Baptiste, le premier, se ressaisit. S'écartant des autres, il s'éloigna vers le fond de la pièce et alla consulter dans l'ombre la petite pendule déjà grise de poussière qui ornait le mur près d'un grand crucifix de bois qu'il avait lui-même accroché là, la veille.

— Ouais, cinq heures, pis le bon Dieu est juste à côté de l'horloge pour nous le rappeler. Il est temps pour moé d'aller retrouver ma Georgette. Si t'as besoin de moé demain pour essayer ta scie circulaire, fais-moé signe, Léon, je suis ton homme.

— Moé aussi faut que j'aille rejoindre mon Angélique, déclara à son tour Évariste.

Il donna une vigoureuse bourrade dans les côtes de Léon-Marie.

— Tenir tête au vicaire, aux yeux du bon Dieu, ça doit pas être pire que de sacrer à longueur de journée, tu penses pas? Comme le ciel m'est pas encore tombé sur la tête... En tout cas j'ai pas l'intention de t'abandonner de même. On l'a pas encore essayée, c'te belle scie-là... Si t'as besoin de moé demain, je serais curieux de voir comment ça marche.

— Comme t'es parti là, Léon-Marie, j'ai idée que tu manqueras pas d'encouragement, renchérit Ignace. M'est avis que moé aussi, je vas être là avec toé pis les autres demain, à l'exception de Joachim, ben entendu, s'il a encore peur de l'apocalypse.

— J'ai jamais dit que je reviendrais pas, se récria Joachim, c'est pas des imaginations, j'avais ben le droit de me poser des questions...

— C'est ça, pose-toé des questions... comme une feluette, coupèrent les hommes dans un grand éclat de rire.

Humilié, Joachim serra les poings. On osait le traiter de feluette, lui, le meilleur bûcheron de Saint-Germain, lui qui depuis des lunes et avec une force d'Hercule passait ses hivers à abattre des arbres centenaires dans les profondeurs des grandes Appalaches, lui qui n'avait eu de but que protéger sa famille contre la vengeance divine.

— Je te ramène avec moé? l'invita Isaïe qui s'en retournait dans le rang Croche. Si t'as peur de marcher tout seul, c'est pas plus de trouble pour moé de descendre un peu plus bas que le p'tit pont, pis te laisser devant ta porte.

— Toryable, que c'est que vous avez toute la gang? Je suis

capable de m'en retourner chez nous à pied. J'ai jamais eu peur de la noirceur, à condition de pas rencontrer le diable.

Furieux subitement, à grandes enjambées il franchit la porte et s'enfonça dans la nuit noire.

Léon-Marie se tourna vers les autres et laissa fuser un petit rire.

— Pour moi aussi, il est temps d'aller retrouver mon Henriette pis je vais espérer que le diable est pas assis sur le perron de la meunerie à m'attendre.

*** 

— Ainsi tu as osé tenir tête au petit vicaire Fleury, s'écria Henriette en déposant sur la table de généreuses assiettées de hachis de porc. Et qu'est-ce que tu ferais si le ciel te tombait sur la tête?

— Tu parles comme Joachim Deveault.

— Je n'ai pas de mérite, c'est ce que nous rabâchent chaque année les prédicateurs de retraites. Le bon Dieu, le Dieu vengeur, ça ne s'accorde pas très bien ensemble. Tu ne crois pas?

— Surtout venant du petit vicaire Fleury, ça fait pas ben ben sérieux.

Il redressa la tête, tout son visage exprimait une profonde déférence.

— Ç'aurait pas été pareil si ç'avait été le curé Darveau.

Elle alla chercher la théière sur le poêle et remplit sa tasse de thé brûlant. Il sentait contre son bras la chaleur de sa hanche. Un petit frisson chatouilla son bas-ventre.

— Paraît que depuis une semaine, c'est carême, penses-tu que je vais pouvoir te donner un petit bec de temps en temps pareil sans faire de péché?

— Comme si tu avais l'habitude de t'en priver.

Redevenu grave, il piqua sa fourchette dans son hachis et considéra autour de lui ses enfants attablés. À sa gauche, le petit Gabriel, encore pâlot, la main sur la bouche, refrénait sa toux. De l'autre côté, les prunelles fiévreuses, les jumeaux sifflaient en respirant. Il n'y avait que Marie-Laure, sa grande fille occupée près de sa mère, qui paraissait robuste et bien portante.

— Cet après-midi, en même temps qu'on installait la scie ronde, j'ai décidé quelqu' chose, lança-t-il brusquement. J'ai décidé de m'accorder mon premier contrat de construction.

Occupée à tourner la sauce dans la grande friteuse, Henriette se retourna. Sa cuiller en bois dans la main, elle se rapprocha de la table et, penchée derrière lui, entoura son cou de ses deux bras. Le grand ustensile dégoulinait sur la nappe.

— Tu t'es accordé quoi?

— Depuis qu'on habite le logement du meunier, tu trouves pas que les enfants sont souvent malades?

Elle se redressa. Subitement, son regard était rempli de tristesse.

— Je le trouve, oui.

— Le moulin est pas sain, poursuivit-il. L'air froid pis l'humidité montent de partout. Faut se loger ailleurs. Astheure que ça va être dans mes compétences, j'ai pensé nous construire une belle grande maison de l'autre côté de la route, juste en face de la meunerie. J'achèterais un lopin de terre d'Ovila Gagné, un lot assez vaste pour avoir une bonne cour pour les enfants, plus un espace pour ton potager, vu que l'été prochain, la cour de la meunerie va être tout le temps pleine de gros billots pis de cages de planches, sans compter qu'avec la scierie, le moulin à farine, pis la cordonnerie dans le même coin, ça va faire un fameux va-et-vient aux alentours, tu risquerais de te faire manger toutes tes tomates.

Plongé dans son rêve, il l'attira dans ses bras:

— Je vais nous construire une maison de bonne grandeur, solide, pis confortable, assez vaste pour avoir un salon, une grande cuisine, une chambre en bas pour nous autres, pis trois chambres à l'étage. Je vais la finir avec du bois ben sec. Ça sera pas humide comme icitte. Dans notre nouvelle maison, il sera plus jamais question de toux pis de mal de gorge. Dans notre nouvelle maison, mon ti-boss, tu vas dormir en paix.

— Je n'aurais jamais osé te l'avouer, prononça Henriette avec émotion, mais posséder une vraie maison à nous, avec des fenêtres tout autour du rez-de-chaussée, des lucarnes à l'étage, c'est un espoir que je caresse depuis que nous sommes mariés.

— Je vais commencer les travaux dans deux mois, aussitôt que le sol sera dégelé.

— Elle va être en bois blanchi à la chaux, dit Henriette, et je veux quatre lucarnes à l'étage, deux à l'avant et deux à l'arrière.

— On va plutôt la recouvrir de bardeaux d'amiante, décida-t-il. C'est à l'épreuve du feu; tu sais combien j'ai toujours eu peur du feu. Il y aura que le toit qui sera recouvert de lattes de cèdre.

— Nous aurons un joli balcon à l'étage, rêva Henriette, et les nuits d'été, par temps chaud, nous irons nous y asseoir pour profiter de la fraîcheur de la nuit. Notre véranda fera le tour du rez-de-chaussée, et le dimanche après-midi, nous nous bercerons du côté de la route en écoutant chanter le vent. Aussi, nous planterons une haie de peupliers tout autour du potager en plus d'une épinette et d'un érable à sucre à l'avant de la maison, comme chez mémère L'Heureux quand j'étais petite fille.

Pressée contre lui, elle éclata de sa petite cascade de rire.

— Ce sera merveilleux, mais avant tout, tu vas aller voir le curé Darveau. Tu vas lui dire que tu es prêt à faire bénir ta scierie, dimanche prochain, tel qu'il te l'a demandé.

L'air polisson, il cligna de l'œil.

— Non, mon ti-boss, c'est pas tout à faite mon idée. Je vais aller voir le curé Darveau dimanche prochain, je vais lui demander de venir bénir ma scierie, mais seulement dimanche en huit, quand ça serait que pour tenir tête au petit vicaire Fleury, le faire étriver un brin.

# 7

La cour de la meunerie se remplissait peu à peu de carrioles. Par ordre d'arrivée, les chevaux étaient dirigés du côté de la nouvelle bâtisse et, le dos recouvert d'une épaisse couverture, allaient ajouter encore à la file déjà longue qui se déployait devant la façade.

Malgré le froid très vif en ce dimanche de la mi-février, Léon-Marie se tenait dehors. Revêtu de son paletot neuf, avec son casque de poil enfoncé jusqu'à ses yeux, il arpentait le devant de la cour. Une grosse buée blanche sortait de sa bouche. De temps à autre, il frappait dans ses mitaines de cuir, tentant par ce geste de freiner l'engourdissement qui menaçait ses doigts.

Les traîneaux se succédaient devant l'entrée et il ne les comptait plus. Partout à travers la campagne, un agréable tintement de clochettes remplissait l'air et se mêlait au bruit des sabots qui martelaient la neige durcie en émettant une suite de claquements mats.

À défaut de rassembler les notables des alentours, il avait cédé aux pressions de son curé et s'était résigné à fêter l'ouverture officielle de sa nouvelle entreprise dans une relative intimité, en n'invitant que les habitants de la paroisse.

— Entrez vous chauffer, disait-il aux nouveaux arrivants en même temps qu'ils s'extrayaient de leur siège. Ma femme est en dedans, elle va vous servir un petit remontant.

Patiemment, il attendait que ses invités descendent de leur traîneau, puis dirigeait lui-même les attelages vers l'espace qu'il leur avait assigné.

Les hommes s'attardaient un peu à bavarder dehors, tandis que les femmes, les mains frileusement enfoncées dans leurs manchons de fourrure, sautillaient vers la grande bâtisse. Elles avaient toutes endossé leur plus épais manteau d'hiver, avec leur chapeau de feutre et un chaud foulard de laine.

Henriette les accueillait dans l'atelier de coupe. Revêtue d'une longue robe de velours sombre, elle avait recouvert ses épaules d'une jolie écharpe d'agneline blanche qu'elle serrait sur sa poitrine chaque fois que s'ouvrait la porte.

— Allez vous chauffer près de la truie, les invitait-elle aimablement en indiquant le fond de la pièce. Ma fille Marie-Laure est là, elle va vous servir un petit boire pour vous revigorer.

La salle, vaste et proprement débarrassée de ses sciures, avait été aménagée afin d'accueillir le plus convenablement possible les nombreux participants à la fête. Ici et là, le long des murs et autour du poêle à bois, des bancs rudimentaires et des chaises avaient été disposés à l'intention des invités. Du côté de la meunerie, près de la large brèche donnant accès aux rouages de la machine hydraulique, une table avait été dressée, devant faire office d'autel pour la bénédiction des lieux.

Au centre de la pièce, trônait la grande tribune sur laquelle avait été installée la crémaillère, avec au bout la belle scie ronde, toute reluisante d'avoir peu servi. Sur le mur de gauche, près de la porte, était appuyé l'établi de Léon-Marie, paramenté de tiroirs et de petites cases encore vides.

Après avoir secoué la neige de leurs bottines, les femmes s'empressaient d'aller retrouver Marie-Laure et, frileuses, tendaient leurs mains au-dessus du poêle qui dégageait une vive chaleur.

Le regard allumé, enthousiasmés, les hommes allaient se joindre aux autres qui s'étaient groupés un peu à l'écart et bavardaient, non loin d'une longue table sur laquelle s'alignaient toutes les liqueurs et spiritueux que Léon-Marie avait pu dénicher à l'auberge du village.

La petite porte craqua, puis s'ouvrit toute grande.

Léon-Marie franchissait le seuil et s'écartait avec politesse. Derrière lui, la haute silhouette du curé Darveau s'était dessinée dans l'ouverture.

Le menton levé, le regard impératif comme à son habitude, le vieux prêtre fit un pas en avant et cerna ses paroissiens confortablement installés. Il avait boutonné son chaud paletot d'hiver jusqu'au col et enfoncé sur sa tête son chapeau de feutre noir à larges bords. Autour de lui, des petits grains de givre tourbillonnaient, poussés par le vent.

— Je vois avec plaisir que toute la paroisse est de ton bord, prononça-t-il sur un timbre un peu moqueur à l'adresse de Léon-Marie.

D'un mouvement encore alerte, il enleva sa pelisse et la confia à Henriette. Il regardait autour de lui, les prunelles brillantes, cachant mal le plaisir qu'il éprouvait à se retrouver au milieu de presque tous ses paroissiens réunis.

— Va me placer ça en lieu sûr, ma fille, émit-il en reluquant du coin de l'œil les hommes qui conversaient ensemble, et prends-en bien soin, parce que ce manteau-là, c'est un cadeau de mes marguilliers. Paraît-il qu'ils n'ont pas l'intention de m'en acheter un autre avant que je me retire de mon ministère. Et comme je veux vivre cent ans...

Leur verre à la main, Adalbert Perron et Charles-Arthur Savoie, les deux marguilliers en charge, se dégagèrent d'un petit groupe et, les sourcils relevés dans une vague appréhension, s'avancèrent vers lui.

— Dites-nous pas, monsieur le curé, que vous avez pris ça au sérieux.

— N'allez surtout pas penser le contraire, mes amis, répondit le curé en enfonçant ses pouces sous son large ceinturon. En bon fils de la terre, comme la plupart d'entre vous, j'ai appris très jeune le sens des valeurs.

Il ajouta en réprimant un petit rire:

— Et quand, en plus, mes marguilliers en rajoutent...

— Si vous prenez ça de même, moé, je suis prêt à vous en acheter un autre l'année prochaine, pis de le payer de ma poche, décida Charles-Arthur Savoie, le frère aîné de Léon-Marie, reconnu pour sa prodigalité.

La porte s'ouvrit à nouveau sur l'abbé Jourdain qui entrait à son tour. Essoufflé, le visage rougi de froid, il tenait à la main une mallette de cuir noir qu'il déposa sur le sol avant d'entreprendre de débarrasser la neige qui collait à ses mitaines de laine.

— On dirait quasiment que le vicaire Fleury viendra pas, glissa Jean-Baptiste à l'oreille de Léon-Marie.

— Je me suis entendu avec monsieur le curé pour lui trouver de l'ouvrage au presbytère, répondit Léon-Marie, de l'ouvrage qui pouvait pas attendre, précisa-t-il avec un regard en coin.

Le curé avait rejoint le groupe de ses paroissiens. Ainsi qu'il le faisait chaque fois qu'il présidait une activité dans la paroisse, il distribuait abondamment les poignées de main et les recommandations d'usage. Autour de lui, la grande salle retentissait sous le vacarme des voix. Soudain il s'arrêta net. Il fixait dans un angle un attroupement d'hommes qui discouraient un peu trop bruyamment à son gré.

— Je constate qu'il n'y a pas que le froid pour tiédir la ferveur des chrétiens, avança-t-il sur un ton réprobateur. Même si nous sommes en temps de carême, il m'apparaît évident que certains d'entre vous profitent allègrement des libéralités qu'accorde le jour du Seigneur.

Pressé tout à coup, il se dirigea vers la petite table recouverte d'une nappe blanche, en même temps que, tourné vers Léon-Marie, il ordonnait sèchement:

— Apporte-moi la valise qui est par terre, près de la porte. Je dois procéder immédiatement à la bénédiction de ton établissement. J'ai presque peur d'être arrivé en retard. Tu le sais pourtant que nous sommes en temps de carême, il me semble que tu aurais pu mettre la pédale un peu plus douce.

— Je veux pas vous faire de reproche, monsieur le curé, répliqua Léon-Marie en le suivant devant le petit autel improvisé, mais c'est vous qui avez insisté pour que je fasse bénir mon usine en temps de carême. Quant à moi, j'aurais ben attendu au printemps prochain.

Un tic creusant sa joue, il pensa combien il aurait préféré préparer longuement cette grande fête d'inauguration de son entreprise, combien minutieusement il aurait dressé la liste de ses invités, des invités prestigieux, à commencer par le député et les hommes d'affaires les plus cossus du Bas-du-Fleuve à cent milles de part et d'autre du village de Saint-Germain... Mais le curé l'avait enjoint d'agir au plus vite. Il devait faire entrer le bon Dieu par la grande porte, affirmait-il, car présentement et jusqu'à ce que son usine soit bénie officiellement, c'était le diable qui menait la barque dans ses murs. Même s'il refusait de l'avouer, au risque de passer pour un timoré comme son voisin Joachim Deveault, cette connivence avec Satan l'agaçait, comme d'ailleurs, elle agaçait tous ses ouvriers.

— Tu as cette mauvaise habitude aussi de toujours vouloir faire les choses un peu trop en grand, lui reprocha le curé, comme s'il avait deviné l'orientation de ses pensées. Tout ce déploiement que je vois n'était pas nécessaire.

Avec des petits mouvements impatients, il défit les sangles de cuir de la malle, dégagea son étole violette soigneusement pliée et la déposa sur la table. Il retira ensuite une écuelle d'argent, un goupillon et un bocal d'eau bénite et les aligna en rang devant lui.

Autour du poêle à bois, les invités avaient repris leurs rires et entrechoquaient leurs verres. Les hommes avaient rejoint les femmes et, l'alcool aidant, se permettaient quelque taquinerie grivoise.

Le visage sévère, le curé se tourna vers eux.

— Au lieu de vous comporter de façon aussi superficielle, profitez donc plutôt de ce moment d'attente pour vous imprégner des valeurs spirituelles liées à cette cérémonie et vous mériter les indulgences qui y sont attachées.

Rapidement, il revint aux devoirs de sa charge. Avec respect, il posa ses lèvres sur la croix brodée d'or de son vêtement liturgique qu'il passa autour de son cou. Derrière lui, les paroissiens se rapprochaient lentement, en formant un grand cercle.

Il attendit que le flot humain se soit figé avant d'ouvrir son missel et réciter sur un ton monocorde, mais sonore, cette oraison qui précédait les rites de bénédiction et appelait sur eux les grâces du ciel. Avec des mots chargés de métaphores, il réclamait la rosée céleste et la fertilité des biens dans le travail honnête et généreux. Que règne la vertu, débitait-il encore, l'humilité, la mansuétude et l'entier accomplissement de la Volonté de Dieu...

Le vicaire Jourdain versa l'eau bénite dans l'écuelle, y trempa le goupillon et le lui tendit. D'un mouvement large, le vieux curé aspergea abondamment les murs d'eau sainte.

Puis, tournant le dos à la petite table, il s'adressa à ses paroissiens attentifs. Avec son étole violette qui pendait sur son cou, le regard dirigé vers Léon-Marie, il loua son initiative heureuse, insistant sur les nombreux avantages que son exploitation allait apporter dans la paroisse. Il déplorait le chômage qui n'arrêtait pas de sévir, aussi il encourageait ces actions créatrices d'emploi qui, espérait-il, permettraient à leur village de se suffire à lui-même. Enfin, il se dit content de trouver presque toute la population de Saint-Germain réunie pour signifier leur fierté à ce citoyen entreprenant, lui apporter l'appui et le support qu'il méritait.

— Léon-Marie a à cœur de faire travailler les siens, prononça-t-il avec flamme, de contribuer à la prospérité de sa paroisse et, par le fait même, collaborer à son économie tout en assurant l'épanouissement des beaux métiers de chez nous. Et la bonne nouvelle...

Il fit une pause, avant de se tourner vers Léon-Marie et lui jeter un regard complice.

— Mon cher Léon-Marie, tu vas toi-même dévoiler à tes amis la bonne fortune qui te tombe du ciel.

Près de lui, le visage empourpré, Léon-Marie caressait son crâne lisse.

— Tout ça, c'est grâce à vous, monsieur le curé, j'ai réussi à garder le secret jusqu'à aujourd'hui, même si ça me démangeait le diable de le dire à ceux qui me supportent depuis le début: Jean-Baptiste, Ignace, Joachim, pis ben d'autres aussi, qui sont venus me donner un coup de main. J'aimerais mieux vous laisser l'honneur.

Le vieux prêtre ne se fit pas prier. Une étincelle de malice au fond des yeux, montrant le plaisir qu'il éprouvait à diffuser cette information qui les réjouirait tous, il se racla la gorge.

— Personne n'ignore le malheur qui s'est abattu le mois dernier sur la paroisse de Saint-André, quand le feu a entièrement détruit leur église. Tout en déplorant la perte irremplaçable de ce joyau de notre patrimoine canadien français, je suis heureux de vous annoncer que «Les Entreprises Léon-Marie Savoie et fils» ont décroché leur premier contrat. En tant qu'entrepreneur en construction, Léon-Marie a été choisi pour rebâtir l'église de la paroisse de Saint-André. Je suis convaincu qu'il saura en faire un monument remarquable qui sera la fierté de ses habitants.

Sous les éclats bruyants, Joseph Parent s'avança à son tour et, en sa qualité de maire, s'adressa à l'assemblée. Sur un ton de discours électoral, hurlant sa fierté, dans un élan spontané, chevaleresque, il invita les paroissiens à acclamer Léon-Marie Savoie, citoyen émérite de Saint-Germain du Bas-du-Fleuve pour l'année 1925.

Remué jusqu'au fond de l'âme, Léon-Marie expira brutalement et prit appui sur la petite table. Le regard tourné vers ses invités, il ne tentait pas de réprimer l'émotion qui montait en lui.

— Je tiens à remercier ben gros monsieur le curé de m'avoir obtenu ce contrat pour la construction de l'église de Saint-André, débita-t-il d'une voix contenue, inhabituelle. J'oublierai jamais que c'est grâce à lui si j'ai un pareil coup de pouce pour partir en affaires. Je veux aussi le remercier d'avoir bien voulu se déplacer par ce froid de canard pour nous apporter les sacramentaux.

Se ressaisissant, il poursuivit d'une voix raffermie:

— Maintenant qu'on a la bénédiction du bon Dieu, pis qu'on sait que tout va bien aller, je voudrais rassurer monsieur le curé. Je sais qu'il a eu peur un temps qu'on travaille pour le diable, icitte-dans, il a eu peur que j'opère mon industrie à des fins mercantiles avant de la faire bénir. Ben je lui dis tout de suite qu'on l'a essayée, la scie, on l'a essayée, pis elle marche de première classe. Mais je veux préciser à monsieur le curé que tout ce qu'on a scié est avec nous autres icitte-dans et que vous êtes assis dessus: c'est les bancs pis les chaises qui nous servent pour l'occasion.

Il écarta largement les bras.

— Astheure, pour ceux qui ont jamais vu fonctionner une scie ronde, mes hommes pis moi, on va vous donner une petite démonstration. On va vous montrer ce qu'on peut faire avec un tronc d'épinette.

Aussitôt il se dirigea vers la tribune sur laquelle était rivée la crémaillère supportant le chariot, comme un long ruban qui allait s'arrêter sous la scie.

Jean-Baptiste, Joachim et Ignace quittèrent leur place et allèrent le rejoindre. Sans un mot, comme s'ils se préparaient à se mesurer dans un de leurs habituels concours de force et d'endurance, ils retirèrent leur veste, l'accrochèrent à un clou sur le mur et, lentement, roulèrent leurs manches. Ils allèrent ensuite chercher un beau billot d'épinette qui attendait près des grandes portes. En prenant bien soin de ne pas tacher leur belle chemise du dimanche sur les boulettes de résine qui exsudaient de l'écorce, avec un grognement énergique, ils le laissèrent choir sur le chariot. Ignace entrava fermement la bille entre les crochets, tandis que, l'air crâneur comme d'habitude, Jean-Baptiste allait prendre son poste au bout de la charge.

Sous le regard attentif de ses invités, Léon-Marie franchit à son tour l'ouverture qui séparait le moulin à farine. Penché devant la grande roue à godets, d'un mouvement vigoureux, il abaissa le larron. Un bruit d'eau versée parvint aux oreilles de l'assistance, suivi d'un grincement de métal.

Le visage empreint d'une fierté évidente, il réapparut dans la pièce et, debout près du chariot, observa les roues secondaires qui, les unes après les autres, se mettaient en branle. Autour d'eux, comme un claquement de semelles qui galopent, les grosses courroies remplissaient l'air de leur vacarme assourdissant. Dans un geste protocolaire, il fit un pas en avant et dégagea le cran d'arrêt qui retenait les engrenages de la scie. Le disque se mit aussitôt à tourner.

Raidi dans l'attente, Jean-Baptiste avait serré les mâchoires. Ignace abaissa le levier. Le chariot tressauta, puis avança, supportant Jean-Baptiste, les jambes écartées, les bras tendus, avec ses mains fermement agrippées aux crampons qui retenaient la grosse pièce de bois.

Groupés autour de la crémaillère, les invités suivaient avec un vif intérêt la course du tronc. La grosse bille avança, lentement se rapprocha, jusqu'à toucher le métal. Dans un grincement long, strident, comme une plainte douloureuse, les dents mordirent le bois, s'enfoncèrent profondément, puis avec un bruit sec, libérèrent une longue bande d'écorce qui tomba dans le convoyeur.

Léon-Marie la saisit aussitôt et l'éleva au-dessus de sa tête.

— Ça c'est une belle dosse qui va servir à faire du bois de chauffage. Comme vous voyez, y a rien qui se perd dans une scierie. Pour ceux qui en auront besoin, ils pourront venir en chercher, je leur vendrai ça pas cher.

Le chariot revint à son point initial. Ignace et Joachim tournèrent le tronc. Le mécanisme de la crémaillère se remit aussitôt en branle. La scie coupa, dégagea un angle nouveau et laissa tomber une autre belle bande d'écorce. Ils firent de même deux autres fois jusqu'à montrer à la vue de tous une poutre carrée, blonde, à l'odeur pénétrante de résine.

— Maintenant, expliqua Léon-Marie, avec une poutre comme ça, on peut faire des beaux madriers de deux par huit, pis ben d'autres choses aussi. Regardez ben comment on fait ça.

Jean-Baptiste ramena encore une fois le chariot à son point de départ, tandis que Joachim entreprenait de déplacer les crampons.

— La scie doit couper icitte, à deux pouces en dedans du billot, expliqua-t-il. C'est l'épaisseur normale pour un madrier, Joachim va rapprocher les grippes jusqu'à deux pouces. Tantôt on reculera les grippes jusqu'à huit pouces, ça nous donnera notre largeur.

Ignace dégagea encore le levier et le chariot se remit à avancer, lentement, à petits cliquetis laborieux. Soudain, un bruit, comme un soufflet, se fit entendre. L'assistance bondit. Les yeux tournés vers Léon-Marie, ils l'interrogeaient du regard. Dans un long gémissement, la scie venait de s'arrêter net.

Surpris, les quatre hommes se concertèrent. Jean-Baptiste sauta prestement sur le sol.

— Aspic! on l'a essayée hier, pis tout avait l'air parfait.

Ensemble, ils inspectèrent les engrenages, la grande roue, l'arbre secondaire, la crémaillère, les essieux, les manivelles, les poulies et chacune des longues lanières. Enfin Jean-Baptiste trouva. Une courroie s'était décrochée de sa poulie, empêchant le rapport d'énergie avec la scie.

— C'est rien qu'une strappe qu'est sortie de sa gorge, expliqua Léon-Marie, un petit détail. On va arranger ça en deux temps, trois mouvements.

Avec l'agilité d'un tout jeune homme, il alla se placer devant la petite roue de métal. À cheval devant la poulie, avec ses grosses bottes de caoutchouc appuyées à même la boîte de bois qui retenait le mécanisme, il se buta au-dessus de la sangle, saisit la bande de cuir, tira à deux mains et la tendit de toutes ses forces. La courroie résista.

Il se redressa. Les dents enfoncées dans ses lèvres, lentement, les narines vibrantes, il prit une inspiration profonde et bomba le torse. Il regarda autour de lui. Il se sentait redevenu le belligérant qu'il aimait être dans les compétitions estivales au milieu du champ de baseball du vieux collège. Enfin, encore une fois, il se pencha, saisit la bande de cuir, se cramponna, la raidit et, avec puissance, tira, poussa. Son visage était rouge et la sueur ruisselait sur son front. Soudain, brusquement, on entendit un claquement, comme une galopade, qui se répercuta à travers toute la pièce.

En même temps que la courroie avait repris sa place dans sa jante, les autres engrenages s'étaient remis en branle. Léon-Marie n'avait pas prévu.

Nerveux, il fit le geste impérieux de se dégager. Fermement arc-bouté sur la poulie, avec sa jambe droite appuyée à la courroie, le revers de son pantalon s'enroula dans l'engrenage et se coinça sous le joint métallique. Il n'avait plus aucune prise. Avant même qu'il s'en rende compte, il était entraîné à l'autre bout de la grande salle et rebondissait pesamment sur le sol de terre battue.

— Wow! wow! criait-il tandis que Jean-Baptiste, Ignace et Joachim accouraient et entravaient le mécanisme.

— Mon Dieu! hurla Henriette en s'élançant vers lui.

— Ressaisissez-vous, ordonna le curé, vous voyez bien qu'il n'a rien.

Il ajouta, refrénant son inquiétude:

— Il n'est qu'un peu tabassé, c'est tout.

— Ça va, Léon? demandèrent les autres tandis qu'il se relevait péniblement.

Avec de grands mouvements secs, il secoua son pantalon déchiré et empoussiéré de bran de scie.

— Ça va aller, mais j'ai ben peur d'avoir gâché mon habit neuf.

— Ça n'a pas d'importance, fit Henriette la voix tremblante, c'est rien que de l'étoffe. Ce qui compte c'est que tu n'aies pas de mal.

La grande pièce était plongée dans le silence. Chacun se tenait devant lui, la main refermée sur son verre, comme pétrifié, la bouche ouverte. Par le trou de la meunerie, seule la roue hydraulique faisait entendre son grincement mécanique.

Il les regarda un moment l'air étonné, puis laissa fuser un grand rire.

— Que c'est que vous avez tous à me regarder de même avec votre face de mi-carême? Je voulais vous offrir un petit divertissement, vous l'avez pas pris, quoi?

— On ne badine pas avec ces choses-là, Léon-Marie, gronda le curé. Que cela te serve plutôt de leçon. Tu viens d'apprendre à ta manière que tu dois user de prudence et sans cesse être sur tes gardes. Ces machines-là sont dangereuses et je te trouve par trop téméraire. Ce n'est pas parce que ton entreprise est bénie du bon Dieu que tu es à l'abri d'incidents de ce genre. À l'avenir, en père de famille responsable, tu pèseras tes actes avant d'agir et tu tâcheras d'éviter pareille imprévoyance.

— Faites-vous-en pas trop, monsieur le curé, c'est parce que c'est tout neuf qu'une chose semblable est arrivée. Quand on sera habitués, des affaires de même, ça se produira pus.

— Ne va surtout pas penser ça, tança le curé. Personne n'est plus imprudent que celui qui a l'habitude et fait toujours les mêmes gestes.

— On le prend ben en note, assura Jean-Baptiste, pis je pense que Léon va être de mon avis qu'on en a assez faite pour aujourd'hui. En tant que premier menuisier engagé à plein temps à la scierie, je viens de décider qu'on ferait pas de deux par huit avec ce morceau de bois-là.

Il exhiba au regard de tous la belle poutre blonde, la première à être façonnée à l'usine des Entreprises Léon-Marie Savoie et fils.

— C'te poutre-là, c'est comme si elle était bénie du bon Dieu. On va lui trouver une belle place, dans la voûte de l'église Saint-André, juste au-dessus du sanctuaire.

— Je suis ben d'accord avec toi, Baptiste, renchérit Léon-Marie. Astheure, faites-moi le plaisir d'oublier ça, pis que tout le monde s'amuse.

Henriette lui tendit les bras. Serrée contre lui, le visage enfoui dans le creux de son épaule, elle ne fit aucun effort pour freiner le long frisson qui secouait tout son être.

# 8

Henriette prit une chaise de bois près de la table et sortit sur le perron. Pendant un moment indécise, elle arpenta la galerie découverte qui s'étirait tout autour de la maison, avant d'arrêter son choix et s'asseoir du côté du potager.

Installée depuis à peine trois jours dans sa nouvelle demeure, elle se sentait encore désorientée. Elle comprenait qu'il lui faudrait un peu de temps avant de fixer ses habitudes, mais un jour, elle en était sûre, elle creuserait son nid et, comme un petit chat qui se roule en boule sur le meilleur coussin près du poêle, elle adopterait un coin douillet.

Elle prit appui sur le siège dur, inconfortable, qu'elle avait retiré du mobilier de la cuisine, et étira ses jambes vers la rampe de la galerie. Près d'elle, en bas des marches, les jumeaux s'amusaient en compagnie de la petite Bertha Désilets, la fille d'Évariste qui habitait la ferme voisine du côté du mont Pelé. À croupetons dans l'herbe malmenée par le travail des hommes, les trois enfants dégageaient des cailloux et les empilaient les uns par-dessus les autres, imitant le geste de Jean-Baptiste, deux mois plus tôt, quand il avait érigé le solage de leur nouvelle habitation. Car elle était terminée enfin, leur jolie maison, Jean-Baptiste y avait mis le point final, il y avait maintenant une semaine.

Ils avaient décidé d'y aménager sans attendre. Pendant les jours qui avaient suivi, avec l'aide d'Antoine, de Marie-Laure et même du petit Gabriel, Henriette avait passé de longues heures à empaqueter leurs affaires et les avait transportées de l'autre côté de la route. Enfin, un soir, après la nuit tombée, quand la grande roue avait interrompu son ronron mécanique et que le silence avait enveloppé l'infini, ils avaient requis l'aide des ouvriers qui, à leur tour, avaient déménagé les meubles.

Le mois d'août tirait à sa fin. Autour d'elle, le vent soufflait par la campagne découverte et de subtils parfums de foin mûr et de varech emplissaient l'air. Elle ferma les yeux et inspira avec délectation. Ces odeurs étaient bonnes, troublantes dans l'été à l'apogée de sa splendeur. Elle aimait ces effluves particuliers qui lui rappelaient son enfance heureuse dans les Aboiteaux. Le menton avancé vers l'avant, elle profita de ce moment trop court où la brise très douce chatouillait son visage.

Léon-Marie, lui, n'aimait pas le vent, il le lui avait maintes fois répété. Peut-être n'y voyait-il aucun souvenir émouvant? Peut-être redoutait-il ce zéphyr trompeur qui deviendrait, avec les grandes marées d'automne, un noroît humide et cinglant?

Elle se remémora leur première nuit dans leur nouvelle maison. La tête appuyée sur son oreiller, tandis que le souffle joyeux du vent s'infiltrait à grand bruit par les volets entrouverts, il avait murmuré dans l'obscurité profonde, comme au milieu d'un rêve: «Aussitôt qu'on va le pouvoir, on va planter une rangée d'épinettes dans la cour arrière, ça va casser les rafales qui nous viennent du large.»

Elle avait acquiescé. En plus d'agir comme brise-vent et retenir la neige, l'hiver, pendant la tourmente, une haie de résineux couperait la monotonie des vastes étendues tranquilles.

Avec l'arrivée de septembre, en même temps que les grandes gelées de la nuit figeaient la sève des végétaux, ils sillonneraient ensemble les bois voisins et, tout en profitant d'une belle randonnée sous les couleurs de l'automne, dans l'abondance des forêts du Bas-du-Fleuve, ils choisiraient parmi de vigoureux conifères.

Elle avait insisté pour que sa cuisine couvre tout un côté de leur demeure, avec deux fenêtres dont l'une regarderait vers la route et les industries familiales, tandis que l'autre s'étirerait sur les pâturages derrière le potager. Habituée au va-et-vient de la cordonnerie, de la meunerie, puis de la scierie, comme une solitude nouvelle, elle redoutait cette interruption soudaine des grandes activités qui, il y avait peu de temps, meublaient son quotidien. Elle avait peur de ce calme subit qui laisserait supposer à son entendement journalier que la grande roue s'était tue.

Pourtant, aujourd'hui la Cédrière baignait dans le silence. C'était dimanche et personne ne travaillait. La machine hydraulique et tous ses engrenages étaient au repos. Léon-Marie était allé à la pêche et, comme il faisait depuis le début des vacances d'été, avait proposé à Antoine et à Gabriel de l'accompagner en bas de la crique.

Demeurée seule avec sa grande fille Marie-Laure et les jumeaux, elle avait aussitôt attelé le cheval au boghei. Pendant une petite demi-heure, ils s'étaient laissés cahoter vers les Aboiteaux, chez mémère L'Heureux.

De retour à la Cédrière au milieu de l'après-midi, elle avait d'abord dirigé le blond vers l'écurie, du côté du moulin à farine, puis s'était ravisée et l'avait ramené vers leur nouvelle demeure. Après lui avoir enlevé son attelage, elle lui avait donné une petite poussée amicale et l'avait laissé brouter à son aise dans cet espace au sol luxuriant d'herbes grasses qu'était l'arrière de leur maison.

La cour était vaste. Le hangar n'était pas encore construit, non plus que l'écurie pour le cheval. Léon-Marie avait projeté de les ériger en même temps qu'ils bâtiraient la maison, mais leur réalisation avait dû être abandonnée faute de temps. Les hommes avaient bien commencé à allonger, à même le sol, quelques poutres blondes pour en tracer les limites, mais avaient dû s'interrompre pour aller œuvrer dans des chantiers plus pressants. Ils s'y remettraient à l'automne.

La construction de l'église Saint-André progressait lentement. Léon-Marie avait formé son équipe de travail parmi les menuisiers les plus adroits de leurs deux villages et les avait assignés au gros œuvre qui était maintenant terminé. Ils en étaient rendus à l'étape délicate des parements et dorures qu'exigent les maisons de Dieu.

Accompagné du curé de Saint-André, il avait perdu un temps précieux à parcourir la province afin de dénicher peintres et sculpteurs de talent susceptibles de parachever le grand ouvrage.

Pendant les périodes d'attente, il occupait ses menuisiers. C'est ainsi qu'avait pris forme leur coquette petite maison, tandis que, de l'autre côté de la route, la scierie ronflait du lever du soleil jusqu'à son coucher afin de satisfaire aux besoins de l'entreprise.

La construction de leur demeure n'avait débuté qu'avec le mois de juillet. Henriette pensa combien elle avait dû user de patience, après la promesse de l'hiver. Mais elle s'était abritée d'espérance et avait vécu les jours, un à la fois.

Chaque après-midi, sa bêche à la main, elle avait traversé la route et s'était courbée sur son potager. En même temps qu'elle sarclait avec vigueur, elle ne pouvait s'empêcher de songer à son Léon-Marie et à ses qualités de chef d'entreprise. Elle qui se nourrissait trop souvent de chimères, ne manquait pas de l'admirer de toute son âme. Il était si différent d'elle et si efficace, sans jamais gaspiller un seul instant. Il possédait ce dirigisme, cette énergie, cette productivité qui lui manquaient à elle.

Il ferait de bonnes affaires, elle en était persuadée. Léon n'était-il pas un cartésien? C'est ce qu'avait dit de lui, un jour, le notaire Beaumier. À l'époque, cette remarque l'avait fait sourire. Pourtant aujourd'hui, elle se ravisait et en comprenait l'évidence. C'est pourquoi, les après-midi d'été, tandis que, partout dans la cour à bois, les ouvriers se criaient des ordres, elle traversait le chemin poussiéreux et, l'âme paisible, allait entretenir son potager au sol noir, enrichi du labeur d'Ovila Gagné.

Le panorama lui apparaissait différent de ce côté de la route, maintenant qu'elle était installée dans sa nouvelle demeure. Tout en préservant les réminiscences qu'elle aimait, en petite fille sentimentale, elle y voyait un agréable dépaysement. Elle entendait bien une cascade joyeuse, mais elle ne voyait plus la rivière. D'autre part, contrairement à la cour de la meunerie qui était encadrée de grands arbres, son nouveau paysage était lisse, sans la moindre hachure vers le fleuve, avec des couchers de soleil magnifiques fondus le soir, dans des tons de rouges et d'orangés qui flamboyaient jusqu'au-dessus de leurs têtes.

Chaque matin, sitôt les embruns dissipés, elle allait explorer son potager. Son chapeau de paille emprisonnant ses cheveux, elle aspirait à pleins poumons l'air pur et vivifiant de sa montagne, puis tournait son regard vers les grands champs qui se dépliaient en pente douce vers la civilisation. La main en visière, elle scrutait le petit chemin de Relais qui coupait les pâturages, s'étirait comme un long serpent, pour aller rejoindre loin, très loin, le vieux phare. Plongée dans ses souvenirs, elle s'attardait à contempler cette haute tour qui avait abrité ses jeux d'enfant, silhouette blanchie à la chaux, stoïque, qui se découpait dans le bleu de la mer. Puis, son attention se portait sur la route communale, vers les charrettes qui y passaient à grand trot en soulevant un monticule de poussière grise pour aller se perdre du côté des Fardoches, ce petit bosquet débridé près des Aboiteaux et qui appartenait à sa famille.

Comme fascinée, nostalgique, elle rivait ses yeux sur ce ruban étroit de la route, sur lequel semblaient foncer les véhicules à cheval.

Elle aimait ces mouvements des hommes comme elle aimait le calme de la terre. C'est en ces moments paisibles qu'elle comprenait combien son village lui était cher. Elle y était née et jamais elle n'aurait voulu vivre ailleurs.

Des éclats de voix se faisaient entendre du côté du bocage. Sortie brusquement de sa rêverie, elle ouvrit les yeux. Ses hommes revenaient de la pêche. Gabriel et Antoine avaient surgi à travers les arbres et couraient l'un derrière l'autre. Léon-Marie apparut à son tour, le regard brillant, balançant dans sa main sa nasse remplie de poissons.

— Barnache que ç'a été une après-midi plaisante.

Elle descendit les marches et alla à sa rencontre.

— Dois-je comprendre qu'on aura du poisson frais au menu de ce soir?

— C'est une de nos meilleures pêches, pis c'est surtout grâce à Antoine. Ce petit barnache-là est chanceux comme c'est pas possible. À lui tout seul, il a pris cinq poissons, quatre grosses truites pis une petite. Gabriel, lui, en a pris rien qu'une, mais une saprée belle.

Elle éclata de rire.

— Et toi?

— Ah! moi, j'en ai pris deux.

— Et puis?

— Ben deux, c'est deux.

— As-tu attrapé des petites, des grosses ou bien seulement des petits menés?

— Faut quand même pas exagérer, j'ai pris deux poissons ben passables.

— De quoi te plains-tu alors? Tu aurais pu ne pas en prendre du tout, ça t'est déjà arrivé, tu sais.

Il déposa son panier sur le perron avant de demander à brûle-pourpoint:

— Théophile est pas là?

— Bien sûr que non. As-tu oublié que c'est dimanche aujourd'hui, que la cordonnerie est fermée le jour du Seigneur?

— J'ai pas oublié, mais j'avais une affaire importante à discuter avec lui. Comme j'ai jamais le temps de m'occuper de ça pendant la semaine, je lui ai demandé de venir me rencontrer à la Cédrière après-midi.

— Il y a un problème avec Théophile?

Il haussa les épaules. Il n'aimait pas ennuyer son Henriette avec ses petits problèmes, pourtant aujourd'hui, il ne pouvait s'empêcher de lui exprimer ses craintes; la cordonnerie ne fonctionnait pas comme il le souhaitait.

— Tu connais Théophile, il a toujours été un peu fainéant et pis c'est pas à lui qu'on peut demander de regorger d'idées. Pour mal faire en plus, j'ai entendu dire que Philippe-Auguste, le garçon à Eugène Dufour, parle d'ouvrir une cordonnerie au village.

— Deux cordonneries dans un petit patelin d'à peine trois mille âmes, c'est beaucoup, observa Henriette.

— Je pense comme toi. Malheureusement, j'ai bien peur que son projet soit sérieux.

— Pourquoi qu'il se contente pas de passer le pain avec son mononcle Jérémie, celui-là? s'écria-t-elle avec agacement. S'il met son projet à exécution, il se pourrait que tu doives dire adieu à Théophile et à la cordonnerie de la Cédrière.

— Ah! tu penses ça, toi!

Il fit un bond vers l'avant. Ses yeux étaient animés d'une flamme vive.

— Tu penses que Léon-Marie Savoie va se laisser plumer comme une volaille sans rien faire? Après dix-sept ans de mariage, j'ai l'impression que tu me connais pas encore, mon ti-boss.

— Ce n'est pas ce que j'ai voulu dire, tu sais bien que je t'ai toujours fait entièrement confiance.

Dans un geste apaisant, elle appuya son front contre sa joue.

— Je te connais mieux que tu penses. Je sais que tu ne te laisseras pas faire.

— Je vais me battre, je vais me battre jusqu'au boutte.

Machinalement, il caressait les beaux cheveux d'or de son Henriette.

— Pis je manque pas d'idées. Je rumine des manières de défendre mon bien, pis j'en rumine pas rien qu'une couple, j'en rumine un char. Dis-toi ben que j'ai pas mis la moitié de ma vie à me monter une clientèle comme cordonnier pour la regarder s'en aller sans ruer dans les brancards. Fais-moi confiance, c'est pas ma cordonnerie qui va tomber la première, certain. Pourquoi que je céderais la place quand je suis enraciné dans le patelin comme un vieux chêne depuis vingt ans? Quand ben même ça serait rien que par principe, je vais me battre, je vais me battre comme un diable pour continuer à opérer ma cordonnerie. D'abord la clientèle des habitants m'est acquise parce que la Cédrière est plus proche des rangs que le village. Pis les habitants, c'est la meilleure clientèle, c'est des gens endurants pour leurs chaussures. Ils achètent pas souvent, eux autres, ils font ressemeler.

— Je ne vois pas d'abord où est ton problème.

— Si Théophile avait un peu plus d'allant aussi, il y en aurait pas, de problème.

— Théophile n'a pas ton envergure, prononça Henriette. Il n'a pas non plus l'étoffe d'un artisan.

— C'est ben ça qui m'embête. De mon côté, j'ai trop d'ouvrage dans l'ensemble de mes entreprises pour m'occuper personnellement de chacune. J'ai besoin que mes employés s'impliquent comme si la business était à eux autres. Faut qu'ils me donnent du rendement, qu'ils rapportent plus que ce qu'ils me coûtent en salaire, sinon, si ça rapporte pas, je vois pas pourquoi je me causerais tant de désagréments, j'ai qu'à fermer mes portes.

— Si je comprends bien ta pensée, avança lentement Henriette, tu songes à te départir de Théophile, tu penses engager un autre cordonnier? Ce ne serait pas difficile avec tous les chômeurs au village. Pourtant je suis triste pour Théophile, tu sais que sa femme Eugénie est encore enceinte, c'est son neuvième.

— Je sais ben, mais que c'est que tu veux que j'y fasse? Actuellement, Théophile me coûte plus cher qu'il me rapporte. Si je veux tenir tête au p'tit Dufour, j'ai pas le choix, ça me prend un homme plus débrouillard.

Les lèvres pincées, Henriette tourna son regard vers la route. Au loin, à flanc de côte du chemin de Relais, elle apercevait Théophile, monté sur sa bicyclette et qui pédalait avec peine vers leur maison.

Elle considéra le pauvre homme, avec sa casquette sans couleur plantée sur le dessus de sa tête, son air confiant, son sourire un peu simplet. Elle le comparait à un petit oiseau souffreteux, à ce petit dernier dans le nid, désavantagé par la nature, cent fois piétiné par les autres.

Prise de pitié, elle posa doucement sa main sur celle de son mari.

— Donne-lui une autre chance, Léon-Marie, fais-le pour moi.

— T'es trop bonne, mon ti-boss, susurra-t-il à son oreille en entourant sa taille de son bras. On t'a jamais dit qu'en affaires il y a pas de sentiments?

Théophile était entré dans la cour. Debout près de sa bicyclette, les mains crispées sur le guidon, il paraissait nerveux, bégayait plus que d'habitude.

— Tor... torpinouche, Léon, pa... paraît que t'as affaire à moé?

— Faut qu'on se parle, Théophile, répondit rudement Léon-Marie.

— Torpinouche, tu m'as faite toute une peur à matin, après la grand-messe quand tu m'as demandé de venir icitte après-midi. T'as pas dans l'idée de me slaquer toujours?

— J'admets que j'ai une décision à prendre, convint Léon-Marie en le précédant de l'autre côté de la route, c'est pour ça que je t'ai fait venir après-midi. Mais comme je viens de te le dire, faut d'abord qu'on se parle.

— J'ai remarqué, moé si, qu'il y a pas trop d'ouvrage à la cordonnerie, bafouilla Théophile, mais c'est pas de ma faute, les clients, si ils veulent pas venir, je peux pas aller les chercher par la main.

— La clientèle, mon Théophile, c'est comme un champ d'avoine, rétorqua Léon-Marie sur un ton ferme. Faut pas rien que le regarder pousser, faut l'entretenir aussi.

— Torpinouche! Léon, si les clients, y viennent pas.

— S'ils viennent pas, c'est à toi, Théophile, d'aller les chercher.

— J'sais ben qu'il y en a qui en profitent pour faire ressemeler leus bottines à Saint-André quand ils vont faire des affaires, mais torpinouche! c'est pas de ma faute si ils veulent pas monter au mont Pelé.

Il retira sa casquette et se mit à la rouler entre ses doigts. Derrière eux, Henriette attendait sur la véranda. Les paumes fermement appuyées sur la rampe, elle considérait son homme de son regard intense.

Léon-Marie esquissa une petite moue à son adresse et, soudain mal à l'aise, entraîna son employé dans la cour de la scierie.

— Si tu veux continuer à travailler pour moi, Théophile, poursuivit-il sur le même ton, va falloir que tu t'impliques, pis pas mal plus que tu le fais dans le moment. Ce que je veux dire par là, c'est que t'auras pas d'autre choix que de te démener, pis aller chercher la clientèle.

La mine pensive, il le regarda bien en face.

— Ce qui me chicote, c'est que je me demande si t'es capable.

Ils se reprirent à marcher en silence, en trébuchant sur les copeaux, s'engagèrent dans ce qui avait été le potager d'Henriette. Allongeant le pas, ils contournèrent quelques madriers d'épinette entassés dans un coin. Devant eux, l'espace de la cour était comblé par les troncs élagués qui s'accumulaient jusqu'à l'orée du petit bois. À leur gauche, du côté de la rivière, s'alignaient une quantité importante de pièces de bois brut proprement empilées en cages.

— Un de ces jours, je vais m'installer un moulin à planer, confia Léon-Marie en indiquant le bois coupé. Toutes ces belles planches-là se vendraient le double si c'était du bois fini.

— La scierie, ça... a m'a l'air ben important pour toé, articula difficilement Théophile, c'est pas comme la cordonnerie. Des fois j'ai... j'ai un drôle de sentiment.

Léon-Marie considéra son compagnon d'enfance. Agacé, il secoua les épaules. Il connaissait Théophile depuis trop longtemps pour ne pas deviner, sous son flot rapide, son état d'énervement.

— Justement, barnache, arrête de te défendre, pis agis, je demande pas mieux.

Déconcerté, Théophile le regardait, les lèvres entrouvertes. L'air résigné, il se tenait devant lui, sans bouger, avec sa casquette en équilibre entre ses doigts. Il paraissait plus vieux que ses trente-neuf ans, avec sa tête brune un peu carrée, ses mèches grises sur les tempes, ses petits yeux délavés, encore plus petits sous le fort soleil de l'été et la peau de ses joues parcheminée comme celle d'un vieil homme.

— Justement, j'ai un drôle de sentiment, répéta-t-il.

Léon-Marie lui jeta un regard dédaigneux. Habitué à prendre des décisions fermes, il avait toujours manqué d'indulgence envers les faibles, c'était son défaut. Tant de fois, Henriette lui en avait fait le reproche.

Il rapprocha son visage.

— Écoute-moi ben, Théophile.

Le plus calmement qu'il put et avec des mots simples, il entreprit de lui expliquer combien la participation de ses employés était essentielle à ses entreprises, combien pareille aventure était un acte d'entraide, de collaboration, d'esprit inventif et que chacun devait y apporter plus que son bon vouloir. Son impatience montait à mesure qu'il poursuivait. Il parlait plus vite et haussait le ton. Il ne pouvait tout faire lui-même, vociférait-il, il ne pouvait tout décider lui-même, c'est pourquoi il devait s'entourer d'hommes compétents, susceptibles d'apporter à ses affaires autant d'ingéniosité que si c'était leur bien propre.

— Barnache! es-tu capable de comprendre ça?

— Tu penses que moé, chus pas capable, marmonna Théophile.

— Fais-moi pas dire ce que j'ai pas dit, barnache! coupa-t-il avec colère. J'ai l'impression que t'en mets plus que j'en pense, pis j'aime pas ça, pantoute!

Il redressa durement la tête, puis aussitôt la courba. Le visage d'Henriette, brusquement, venait de s'imposer dans son esprit. Il prit une inspiration profonde et fit un effort pour se calmer.

Enfin ressaisi, il se reprit à parler. Encore une fois, avec des mots différents, patiemment, il tenta de faire ressortir ses exigences vis-à-vis de ses ouvriers, insistant sur l'intérêt, l'ambition qu'ils devaient tous manifester à chaque instant pour leur cause commune. Théophile devait lui aussi faire sa part. Il se devait, comme les autres, d'avoir des idées nouvelles.

— Je vois grand pour la Cédrière, insistait-il, mais je sais que je peux pas y arriver tout seul. Tous mes employés ont un rôle à jouer. C'est comme dans un orchestre, même le tambour doit faire boum boum quand c'est le temps.

— Je vois ben pas ce que je peux faire de plus que de réparer les bottes qu'on m'apporte à la cordonnerie, se plaignit Théophile. Me semble que je réponds poliment.

— Ta job, c'est pas seulement de rester assis derrière ton comptoir pis de clouer une semelle de temps en temps, gronda Léon-Marie. Si tu veux continuer à travailler pour moi, va falloir que tu trouves des moyens pour garder notre clientèle. Plus, va falloir que tu la multiplies.

— Que c'est que je peux faire de plus? se débattit Théophile. Je peux quand même pas aller cogner aux maisons pis rapailler les chaussures au pied des lits.

La ride profonde qui barrait le front de Léon-Marie prit une teinte violette.

— Ben, barnache, j'en connais une, façon, moi. As-tu seulement pensé pourquoi on est en train de perdre notre clientèle au village? C'est ben simple, on est installés trop loin du village.

— Mais c'est pas de ma faute, geignit Théophile, c'est toé-même, Léon-Marie, qui as décidé d'installer la cordonnerie au pied du mont Pelé.

— Justement, il y a moyen de remédier à ça.

Rassuré brusquement, Théophile avait ouvert la bouche dans un immense sourire.

— Ah! c'est ça, ton idée. T'aurais pu me le dire tout suite que tu penses déménager ta boutique au village. Tu fais ce que tu veux, hein, moé, ça me dérange pas, même que ça m'arrangerait, je serais plus proche de la maison.

— Tu y es pas pantoute, Théophile, pis ça serait pas la meilleure idée. On a les cultivateurs à qui ça adonne mieux qu'on soit installés de ce bord-citte, pis ceux-là, c'est notre meilleure clientèle. Il y a que les journaliers au village qui nous trouvent trop loin. Quand il faut atteler le cheval pour aller porter une paire de bottines chez le cordonnier, si on est un brin gaspilleux, on préfère passer par le magasin général, pis acheter du neuf.

Théophile leva les yeux vers lui. À nouveau son regard était chargé d'inquiétude.

— Ce que je veux te proposer après-midi, lança vivement Léon-Marie, c'est d'organiser un dépôt au village. On va leur donner un service de cordonnerie quasiment à domicile, si tu vois ce que je veux dire.

Un éclair, brusquement, traversa le cerveau de Théophile. Il ouvrit largement la bouche.

— Un dépôt... tu veux dire avoir un comptoir au village.

Rassuré encore une fois, il riait de toutes ses dents, ses épaules tressautaient.

— Ah! ben toé, par exemple, mon torpinouche! Un comptoir au village, qui c'est qui aurait pensé à une affaire de même. Mais où c'est que tu l'installerais, ton comptoir? Pas chez nous en tout cas, parce qu'avec nos huit enfants, il y a pas grand coin tranquille.

— J'ai pas l'intention de déranger personne avec ça. La seule difficulté, ça va être d'organiser notre affaire sans mécontenter le curé.

Ainsi qu'il faisait lorsqu'il voulait démontrer sa force dans le champ de baseball du collège, il écarta largement les jambes et croisa les bras sur sa poitrine.

— Notre collecte pis notre distribution se feraient le dimanche à l'heure de la grand-messe, pis c'est à toi, Théophile, qu'il reviendrait de te tenir à la porte de l'église. Tu ramasserais les chaussures à rapiécer avant la messe, pis après la messe, tu distribuerais les chaussures que t'aurais réparées pendant la semaine. L'idée c'est que les gens aient pas à traîner des paquets avec eux autres dans l'église, monsieur le curé aimerait pas ça. Le samedi soir avant de fermer boutique, tu placerais les commandes dans le p'tit coffre arrière de mon boghei, pis moi, je les trimbalerais le lendemain jusqu'à l'église. Rendu là, tu ferais ta distribution comme je viens de te le dire.

Estomaqué devant lui, Théophile avait ouvert la bouche.

— Torpinouche, Léon, tu y penses pas! Ç'a pas de bon sens ce que tu me demandes là. Le dimanche, c'est mon jour de congé.

— Barnache! veux-tu la gagner, ta croûte? Ou ben, si tu préfères que ta famille crève de misère? éclata Léon-Marie, incapable de contenir sa colère. Veux-tu que tes enfants mangent tous les jours ou ben si t'aimes mieux attendre après le secours direct. Si t'es un père de famille responsable, Théophile Groleau, tu vas relever tes manches pis tu vas te grouiller.

— Je suis ben d'accord avec toé, qu'il faut que je gagne mon pain, mais, torpinouche, je peux pas travailler sept jours sur sept, j'ai besoin d'un p'tit spello, moé itou. Et pis, je sais pas non plus comment mon Eugénie va prendre ça.

— Moé, ton boss, je travaille sept jours sur sept, gronda Léon-Marie, et je suis pas encore mourant. Je prends à peine deux petites heures le dimanche après-midi pour aller à la pêche, pis je peux t'assurer que tout le monde chez nous s'en porte pas plus mal.

Un peu calmé, il lui tourna le dos et alla s'arrêter devant la chute. Penché sur le gouffre, l'air rêveur, il suivait les méandres de la rivière.

— Si la cordonnerie va bien, j'ai un autre projet.

— Torpinouche, pas encore un projet? s'alarma derrière lui Théophile. Si tu continues de même, je serai jamais capable de te suivre.

Redressé sur ses jambes, Léon-Marie se retint de se mettre de nouveau en colère.

— Pourtant si tu veux continuer à travailler pour moi, va falloir que tu me suives, mon homme, parce que c'est pas toi certain qui vas empêcher le progrès de rentrer dans mes entreprises par la grande porte.

Les mains dans les poches, il se mit à arpenter la cour, s'arrêtant près des belles planches blondes qui séchaient au soleil, humant avec délectation la forte odeur de sève qui se dégageait des dosses amoncelées tout près. Enfin, il revint se placer devant la meunerie et tendit la main vers la façade de pierre grise.

— J'ai décidé d'installer mon moulin à planer icitte-dans, à la place de la cordonnerie.

— Torpinouche, s'énerva Théophile, là, je te comprends pus pantoute. Ça veut-tu dire que tu jongles à fermer la cordonnerie astheure? Pis ton idée de dépôt au village?

— Si les affaires sont bonnes, c'est ben certain que je vais la garder ouverte. Quand l'argent rentre, on crache pas dessus, on s'organise.

Il jeta un coup d'œil à sa gauche, vers la grande bâtisse de la scierie, et songea à l'activité intense qui y régnait tous les jours, du lever jusqu'au coucher du soleil, pendant la belle saison. Il pensa à Jean-Baptiste, Ignace, Anatole Ouellet, Omer Brisson, ces hommes de valeur qui formaient son équipe. Il devrait les tenir occupés pendant les mois tranquilles, s'il ne voulait pas les perdre.

Son regard se tourna vers l'autre côté de la route et cerna largement les champs qui entouraient sa nouvelle demeure, en même temps qu'il débitait sur un ton monocorde:

— J'ai l'intention d'acheter un petit lopin de terre à Josaphat Bélanger, pas trop loin d'icitte, un peu en bas de ma maison. J'y ferais bâtir une maison du cordonnier avec un petit logement au deuxième étage. Mes hommes la bâtiraient pendant l'hiver.

— Pis moé dans tout ça, interrogea timidement Théophile, que c'est que t'as décidé pour moé?

— Pour toi?

Il fit une pause avant de poursuivre. Ses prunelles brillaient. Quiconque connaissait l'homme aurait perçu, dans la petite flamme qui avivait ses yeux, son intention de lui donner une chance, une dernière chance.

— Toi, Théophile, si on s'entend pour faire des affaires, tu aménageras dans le logement du cordonnier avec ta famille. Je te chargerai sept piastres par mois pour le loyer, le même prix que ça te coûte au village.

— Tu voudrais pas qu'on déménage à la Cédrière? s'effraya Théophile.

Encore une fois, l'inquiétude rongeait son visage.

— Déménager à la Cédrière... avec Eugénie, pis nos huit enfants, tu y penses pas, Léon? Nous autres, on est habitués de vivre au village.

— Sept piastres par mois, c'est-y trop cher?

— C'est pas ça, s'agitait Théophile, c'est Eugénie, elle a ses habitudes, pis il y a les enfants aussi, l'école va être loin pour eux autres en torpinouche.

— Pauvre Théophile, jeta Léon-Marie sur un ton méprisant, on peut pas dire que tu saisis vite. Barnache! ils seraient pas pires que les miens, ils iraient à l'école des Quatre-Chemins en bas du chemin de Relais, c'est rien qu'à deux milles d'icitte.

— Ça ferait tout un changement. Je sais pas comment mon Eugénie prendrait ça, elle vient tout juste de tomber enceinte de son neuvième, elle est jamais ben ben d'équerre dans ses premiers mois.

— T'auras tout ton temps pour la préparer, c'est un projet qui se fera pas avant le printemps prochain.

Théophile abaissa les paupières et, pendant un moment, la mine indécise, se gratta la tête. Soudain il se redressa, il paraissait tourmenté, roulait de gros yeux. La bouche entrouverte, il prit un temps avant de prononcer d'une petite voix à peine perceptible, doucereuse:

— Es-tu ben sûr, une fois déménagé icitte avec mon Eugénie pis mes enfants, que tu me garderais comme cordonnier... que tu prendrais pas... Charles-Arthur à ma place?

— Charles-Arthur? Pourquoi mon frère Charles-Arthur?

Étonné, Léon-Marie avait reculé d'un pas. L'air désapprobateur, il attendait la suite avec prudence.

— Ben... je pensais... d'après ce que j'ai entendu... Charles-Arthur aurait dit dernièrement...

— Que c'est que tu veux dire par là? s'énerva Léon-Marie. Charles-Arthur a sa ferme au bout du rang Croche, pis il a de l'ouvrage plus qu'il est capable d'en faire. Je vois pas ce qu'il viendrait faire dans mes affaires.

Le front plissé, Théophile le regardait sans parler. Comme un gamin qui joue à la devinette, il se balançait sur ses jambes.

Le rouge monta aux joues de Léon-Marie.

— Ben barnache, Théophile, tu vas me dire ce que mon frère Charles-Arthur a laissé entendre dernièrement.

— Je pensais que tu le savais.

Le regard de Léon-Marie se durcit.

— Non, je le sais pas, ça fait que, barnache! accouche!

Embarrassé, Théophile se tortillait, raclait le sol du bout de son pied.

— Torpinouche, que j'haïs ça, des affaires de même.

— C'est pus l'heure des enfantillages, Théophile Groleau, rugit Léon-Marie. J'ai autre chose à faire qu'à rester planté devant toi à attendre, ça fait que, barnache! si t'as quelque chose à dire, dis-lé pis au plus vite!

— Je... je pensais que tu le savais que Charles-Arthur, y s'est plaint de toé, bégaya Théophile. Charles-Arthur, il dit que tu fais travailler les étrangers pis que tu t'occupes pas pantoute d'aider tes frères. C'est pour ça que j'ai pensé que tu voudrais peut-être lui donner ma place, vu que le métier de cordonnier, dans la famille, ça vous connaît, vu que dans le temps, ton grand-père Lévesque, le père de ta mère...

— Barnache!

Dressé sur ses ergots, Léon-Marie frappait le sol de son talon. Sa voix s'enflait à mesure qu'il s'exclamait:

— Barnache! barnache de barnache!

Les poings serrés, il tournait en rond en jetant des regards exacerbés autour de lui.

— Barnache, ça se passera pas de même, certain!

Oubliant Théophile, il pivota sur lui-même, traversa la route à grandes enjambées furieuses et se dirigea vers le perron arrière de sa nouvelle maison. Vivement, il attrapa la bicyclette d'Antoine appuyée sur la rampe de la véranda et, à travers la moustiquaire, lança sur un ton dans lequel perçait l'outrage:

— Si je suis pas rentré à six heures, commencez à souper sans moi!

Henriette apparut dans la porte. Surprise, elle demanda de sa petite voix douce, tempérante:

— Il se passe quelque chose de grave?

Il fit un mouvement sec de la tête et articula sans la regarder:

— Une affaire importante, une affaire qui peut pas attendre un seul jour.

Vivement, il enfourcha la bicyclette.

— Ta casquette, cria-t-elle en le rejoignant dehors.

Il revint s'appuyer près des marches, la planta sur sa tête et, sans une parole, s'engagea dans le chemin de Relais vers la côte. Pédalant à grands coups, il descendit la pente, tourna à gauche et emprunta le rang Croche.

La chaussée était graveleuse, craquelée par endroits, après un été trop sec. Derrière lui, les pneus de sa bicyclette laissaient apparaître une longue traînée sinueuse, comme une ornière striée de formes géométriques.

Il traversa le petit pont de bois qui enjambait la rivière aux Loutres et s'enfonça dans la campagne. À sa droite se dessinait le bleu du fleuve avec son horizon perdu, qui se fondait dans les nuages. À sa gauche, le mont Pelé brillait dans le jour, comme l'ambre le plus pur.

La route était déserte et pourtant paraissait mouvante avec les cheminées des petites maisons qui, toutes, formaient des volutes. Affairées près des poêles à bois, les femmes préparaient le repas du soir.

Il pédalait avec vigueur, l'air buté, considérant le paysage avec l'indifférence de l'homme contrarié. La colère lui donnait des ailes et lui coupait l'appétit.

Dans les champs, les vaches s'étaient rapprochées de l'étable et beuglaient dans l'attente de la traite. De chaque côté de lui, dans les fossés, des petits bruits de déplacements rapides se faisaient entendre. Inquiets, les insectes et les crapauds regagnaient les lieux sûrs.

Le vent s'éleva et, d'un coup, l'air fraîchit. Le soleil, brusquement, s'était caché derrière un nuage et la petite route s'était couverte d'ombre. Il réapparut presque aussitôt, plus brillant qu'avant, cerclant les cumulus d'une parcelle d'or. Le rang tournait un peu à gauche et montait vers la montagne. Une onde tiède imprégnée des parfums de la terre passa dans l'air. Les petites habitations s'étaient regroupées. Léon-Marie identifia la demeure du sourcier Isaïe Lemay et, tout à côté, celle de son fils aîné Paul-Henri à qui il avait cédé sa ferme. Plus loin se dressait la maison de Joseph Parent et plus loin encore, paisible, comme endormie derrière un bosquet d'arbres, il discernait le vieux bâtiment qui avait abrité son enfance: la maison de son père, devenue la propriété de son frère Charles-Arthur.

Il pédala avec plus d'ardeur encore; l'indignation décuplait ses forces. Enfin il était arrivé devant la petite ferme. D'un bond rapide il sauta à bas de sa bicyclette et entra dans la cour. Pendant un moment, immobile, il regarda autour de lui, puis avança lentement. Une profonde sérénité se dégageait des alentours et l'apaisait, le rassérénait. Il était presque tranquille en escaladant les marches qui menaient à la porte de la cuisine.

Une ribambelle d'enfants autour de ses jupes, Angélina vint lui ouvrir. Petite et maigre, elle le fixait de ses grands yeux noirs, moqueurs, avec son habituel teint gris, ses cheveux retenus en toque derrière sa tête.

— Pour de la visite rare, c'est de la visite rare! Tu viens voir ta mère?

— J'ai d'abord affaire à Charles-Arthur, il est là?

— Il est dans l'étable, en train de traire les vaches.

Elle héla un petit garçon à la tête rousse et frisée et le poussa vers l'avant.

— Va, mon petit Raymond, va conduire ton mononcle Léon à l'étable.

— Pas la peine, répliqua Léon-Marie, je connais encore le chemin.

Abandonnant sa bicyclette au milieu du gazon, il avança dans la petite allée mal définie qui menait aux bâtiments de ferme. Autour de lui, rien n'avait changé depuis la mort de son père. Il retrouvait à droite le même hangar pour la carriole et le boghei, avec le poulailler près de la soue, puis l'étable et la grange. Il avait l'impression de fouler les mêmes plantains, les mêmes folles avoines en arpentant le petit sentier de son enfance, tant son frère Charles-Arthur n'avait rien apporté de nouveau à la terre familiale.

Les portes de l'étable étaient grandes ouvertes. Devant lui, une allée en terre battue s'étendait jusqu'au fond vers l'extérieur, vers une crémaillère qui reposait sur un monticule de fumier. Du côté droit, dans la rangée de stalles, les vaches étaient alignées pour la traite. Il distinguait dans l'ombre, installées sur un petit tabouret aux pattes courtes, les silhouettes infléchies de Charles-Arthur et de ses deux filles profondément absorbés dans leur besogne, occupés à faire gicler le liquide blanc qui éclaboussait dans un seau métallique, en émettant un grand bruit claironnant.

Il pénétra dans le bâtiment et alla se placer devant son frère.

Surpris, au risque de renverser son seau débordant de lait, Charles-Arthur redressa vivement la tête.

— Léon-Marie! Veux-tu ben me dire que c'est que tu fais icitte?

Les mains plongées dans les poches, Léon-Marie écarta les jambes avec insolence. Tout le ressentiment qui s'était un moment apaisé en entrant dans la cour de la ferme avait repris sa place dans son cœur.

— Je suis pas venu te voir longtemps, Charles-Arthur, je suis juste venu te faire un message, te dire qu'à l'avenir, quand t'auras du linge sale à laver, d'avoir assez de jarnigoine pour le laver en famille, au lieu d'ameuter toute la paroisse.

— Que c'est que tu me rabâches là?

D'un bond, Charles-Arthur s'était extirpé de son banc et l'avait rejoint au milieu de l'allée.

— Que c'est qui te prend, toé, câlisse, es-tu malade?

— Je me suis jamais senti aussi bien portant, affirma-t-il, mais je peux pas en dire autant de toi, par exemple. Tu devais pas avoir toute ta tête quand t'as osé te plaindre de ton frère devant toute la paroisse.

— Moé, j'ai... je me suis jamais plaint de toé devant toute la paroisse. Comme d'habitude, tu te gênes pas pour exagérer. J'en ai juste glissé un mot à Honoré Gervais pis à Léonidas Brisson pendant une séance du conseil, pis encore c'est ben parce qu'ils m'ont poussé à boutte, sinon j'aurais jamais dit à personne ce que je pense tout bas.

— Dis-moi pas que t'es capable de penser tout bas, railla Léon-Marie. Y a-t-y quelque chose dans ta vie que t'as pensé tout bas pis que tu t'es pas empressé de claironner tout haut, hein? Je voudrais ben le savoir.

— Pour un Savoie, pis encore pour celui de la famille qui se prend pour un petit futé, persifla Charles-Arthur à son tour, je trouve que t'allumes pas vite.

— J'allume plus vite que tu penses. Paraît que tu t'es plaint que je néglige la famille, que je fais travailler des étrangers, au lieu d'encourager d'abord mes frères. Que c'est que tu voudrais que je fasse? As-tu le temps, toi, Charles-Arthur, de venir travailler à ma scierie de six heures le matin jusqu'à six heures le soir, pis de t'occuper en même temps de ta ferme? Crains pas, j'y ai pensé, j'ai même imaginé une association avec toi, mais j'ai ben vu que ç'avait pas de bon sens.

Furieux, Charles-Arthur se rua vers lui.

— Câlisse! Pis t'oses venir me dire ça en pleine face.

Comme un coq au combat, avec sa haute taille, sa tête lisse qui frôlait celle de son frère, tout aussi lisse, il enchaîna avec énergie:

— T'oses venir me dire ça quand t'engages Joachim Deveault quasiment à longueur d'année? Pourtant, Joachim c'est un cultivateur comme moé.

— Joachim, c'est pas un cultivateur comme les autres. Il a un garçon, son Robert qui a dix-neuf ans, pis qui est là pour s'occuper de la ferme quand il travaille ailleurs. Son affaire est organisée, ça fait des années qu'il monte dans les chantiers tous les hivers. Toi, t'as commencé ta famille avec des filles, c'est pas un reproche que je te fais, mais les filles ç'a pas la capacité des garçons pour piocher sur la terre à plein temps.

— Parle-moé donc d'Évariste Désilets d'abord, insista Charles-Arthur. Il est fermier comme moé, pis comme moé, il a pas de garçon de dix-neuf ans pour l'aider.

— Évariste, c'est pas pareil, on reste tout proche, on se rend des services mutuellement. Pis Évariste, je le vois pas souvent dans ma cour, il vient m'aider seulement quand il est capable. Je le vois jamais pendant les grosses périodes comme les semailles, le temps des récoltes pis des labours.

Soudain impatient, il tapa du pied.

— Pis je me demande ben pourquoi que je me cherche des excuses, j'ai ben le droit d'agir à ma guise, c'est mes entreprises, à moi, après toute.

Charles-Arthur se rapprocha encore de lui et plongea ses yeux dans les siens. D'un mouvement brusque de son avant-bras, il essuya une traînée de sueur qui ruisselait sur sa tempe.

— Peut-être ben que c'est tes entreprises pis que t'as le droit d'agir à ta guise, mais toé pis moé on est deux frères, l'as-tu oublié? Pourquoi que ça serait pas moé qui te rendrais les services que tu demandes à Évariste? Ça serait pas forçant pour toé, de m'engager à mi-temps à sa place.

— Tu restes loin, Charles-Arthur, observa Léon-Marie, tu perdrais un temps ben utile à t'en venir à la Cédrière. Et pis, je me demande pourquoi tu tiens tant à travailler ailleurs quand il y a de l'ouvrage en masse icitte à la ferme.

Charles-Arthur détourna son visage; il paraissait embarrassé. Il lui jeta un coup d'œil à la dérobée en même temps qu'il se grattait la tête.

— J'arrive serré sans bon sens dans mes finances, de c'temps-citte, peux-tu comprendre ça?

— Serré dans tes finances... articula Léon-Marie avec dédain, c'est pas nouveau, tu passes ton temps à arriver serré dans tes finances. C'est pas que je veux t'en faire le reproche, mais si tu gaspillais pas tant aussi, tu arriverais moins serré, comme tu dis. Mais tu te paies tous tes caprices, t'es un vrai trou pas de fond, Charles-Arthur. Je peux pas te financer chaque fois que tu me le demandes, tu viderais ma bourse le temps de crier ciseau.

— Comme ça, t'as pas le cœur d'aider ton frère! lança Charles-Arthur.

— Ça serait pas savoir faire des affaires que de me départir de gens qui me sont utiles uniquement pour encourager la famille. J'ai besoin d'Évariste, il me rend des gros services que tu pourrais pas me rendre parce que tu restes trop loin. Quant à vous engager tous les deux...

Son menton dans la main, il prit un temps de réflexion, puis hocha la tête.

— Non, c'est pas possible. J'ai beau tourner la question sous tous les bords, c'est pas possible. Quand il y a pas d'ouvrage sur les fermes, il y en a pas non plus dans la construction. La construction, c'est comme l'agriculture, c'est une job d'été. J'ai de la misère à occuper mes ouvriers permanents pendant l'hiver, tu peux ben t'imaginer qu'il y a pas d'ouvrage pour engager un homme de plus.

Furieux, Charles-Arthur avança les lèvres en une moue de dégoût.

— T'es rien qu'un gratteux, un peigne de corne, Léon-Marie Savoie.

— T'auras beau m'insulter autant que tu voudras, répliqua

Léon-Marie sur un ton impassible, tu me feras pas changer d'idée. Je suis peut-être ton frère, mais je suis pas une maison de charité. J'ai parti une business pour que ça marche, pas pour tirer le diable par la queue parce que toute la famille tire sur la couverte.

Son œil noir brillait dans l'ombre. Il enchaîna sur un ton raffermi:

— Rentre-toi ben une chose dans la tête, Charles-Arthur Savoie, j'engagerai jamais personne qui me rapporte pas plus que le salaire que je lui verse, même si cet homme-là est mon propre frère.

— Que je reconnais donc là le Ti-On-Marie de mon enfance qui cachait ses bébelles dans la grange pour pas qu'on joue avec, nargua Charles-Arthur. T'as pas changé. Des excuses, toujours des excuses. Pour une fois dans ta vie, dis-lé donc ce que t'as derrière la tête. Dis-lé donc que ta famille, c'est le dernier de tes soucis.

— Tu te trompes, Charles-Arthur, j'ai toujours eu un grand respect pour la famille et j'ai pas changé.

— C'est ça, pis moé, le cave, je vas te croire. Va donc dans ma maison, va donc y dire à la mère que t'as du respect pour la famille. Justement, elle est malade aujourd'hui, elle a passé toute la journée au litte.

— J'irai pas fatiguer la mère avec ça, je répète que j'ai du respect pour la famille et la mère a rien à voir avec notre discussion.

— Tu penses ça. Ben je voudrais ben savoir, la dernière fois que tu lui as donné un petit quelque chose, à la mère, hein? Moé, je lui paie toute, c'est moé qui la fais vivre, je la fais vivre tout seul.

— Je l'espère bien, après t'avoir fait cadeau de la ferme.

— J'ai six enfants, Léon-Marie, se plaignit encore Charles-Arthur, six. Avec la mère, ma femme pis moé, ça fait neuf bouches à nourrir.

Léon-Marie le regarda, un tic creusait sa joue.

— Je sais ben, mais que c'est que tu veux que j'y fasse? C'est le lot de tous les hommes d'avoir une famille pis de la faire vivre. Moi, j'en ai cinq, Théophile attend son neuvième, Jean-Baptiste en a six comme toi, pis il y a Ignace, les autres... Ce qu'il faut, c'est savoir se débrouiller.

— En tout cas, si toé, t'étais mal pris, moé, j'hésiterais pas à t'aider, lança Charles-Arthur en le regardant droit dans les yeux.

Léon-Marie sursauta. Il paraissait ébranlé. Pendant un moment, il fixa son frère. Déterminé soudain, il ouvrit la bouche, prononça dans un débit rapide:

— Demain on fait du bardeau de cèdre. Si ça t'intéresse, t'as qu'à venir, on part la machine vers six heures.

Charles-Arthur avait reculé d'un pas, ses yeux luisaient de colère.

— Câlisse, Léon-Marie, tu le fais exprès ou quoi? Demain matin, tu y penses pas? Pis l'ouvrage, icitte, qui c'est qui va le faire?

— Coudon, Charles-Arthur, veux-tu travailler ou ben si tu le veux pas?

— Câlisse, on est la dernière semaine d'août. Tu connais les cultivateurs? Tu sais l'ouvrage qu'on a dans les champs, dans ce temps-citte. Il y a l'avoine à battre. À la mi-septembre ça va être le blé qu'il faudra couper, pis en octobre, après les premières gelées, ça va être le sarrasin. Après, ça va être les labours d'automne.

— Je sais que c'est le temps des récoltes, pis qu'après ça va être le temps des labours. D'un autre côté, tu dois comprendre que mon entreprise peut pas attendre le bon vouloir de Pierre, Jean, pis Jacques.

Lui tournant le dos, Léon-Marie poursuivit sur un ton las:

— Ça fait que, quand tu le pourras, Charles-Arthur, tu viendras me voir. Si, à ce moment-là, j'ai de l'ouvrage à te donner, ça sera correct, sinon, ma main-d'oeuvre est trop précieuse pour que je claire un homme rien que pour te faire plaisir.

Il se dirigea lentement vers la sortie. Derrière lui, les vaches faisaient entendre leur meuglement sombre et secouaient vigoureusement leurs chaînes.

— Quoi que tu penses, j'ai du respect pour la famille, émit-il encore en franchissant le seuil. Tu sauras le reconnaître un jour.

Charles-Arthur le suivit dehors. Il hochait la tête à petits coups, semblait regretter son débordement.

— J'aurais peut-être pas dû te dire tes quatre vérités, bête de même, mais tu me choques tellement des fois. Câlisse, que t'es dur en affaires!

Léon-Marie se retourna, son regard était rempli d'amertume.

— Ben entendu, parce que tu sais qu'on peut pas renier la famille, c'est moins gênant de cracher à la face de son frère, qu'à la face d'un étranger. Si j'avais été un étranger, tu m'aurais jamais parlé de même, Charles-Arthur Savoie.

— C'est ben de ta faute aussi, tu m'as poussé à boutte. Mais je vas y aller à la Cédrière. Je suis pas mal occupé dans ce temps-citte avec les récoltes, mais, plus tard, après les labours, je vas aller te voir. Certain que je vas aller te voir.

— Si tu viens me voir pour de l'ouvrage, je te le dis tout de suite, je peux rien te garantir, le prévint Léon-Marie.

Il ajouta sans se retourner:

— Je vas rentrer dans la maison quelques minutes. Je voudrais aller dire un petit bonjour à la mère.

# 9

L'été avait étiré sa langueur jusque tard dans l'automne. Du côté de la rivière aux Loutres, comme un géant insatiable, la scierie avait fait entendre son ronron étourdissant.

Avec l'arrivée des mois de septembre et d'octobre, l'activité avait redoublé à la Cédrière, avec le labeur incessant de l'usine auquel était venue s'ajouter la récolte des céréales. Le jour, le soir, les unes après les autres, les voitures à cheval s'étaient succédé pour la mouture. Au bruit strident de la scie ronde s'était joint l'entrechoquement des rouages du moulin à farine qui poursuivait sa besogne bien après le coucher du soleil, tandis que la grande roue tournait, tournait, pour ne s'arrêter qu'avec la nuit noire.

Léon-Marie se déplaçait d'une industrie à l'autre et était constamment hors d'haleine. Comme un tourbillon, il se sentait encerclé par le courant des corvées quotidiennes qui se bousculaient à un rythme assidu jusqu'à lui voler le peu de sommeil qui lui aurait permis de refaire un peu ses forces.

Pour la première fois de sa vie, après dix-sept ans de mariage, il avait pris la décision de déserter la couche de son Henriette pour dormir dans la scierie. Après une station debout pendant toute la journée et qui se prolongeait à des heures où même la lune clignait de l'œil, il accommodait sans peine son dos fatigué au tas de bran de scie amoncelé dans un coin de l'atelier de coupe. Malgré l'inconfort, cette solution avait l'avantage de lui permettre quelques instants de repos chaque fois qu'il en avait l'occasion, même au milieu du jour.

Du côté de sa famille, des habitudes nouvelles avaient aussi été prises. Revenus de l'école, les enfants s'empressaient de faire leurs devoirs et d'avaler leur repas du soir, puis, ensemble, allaient porter à leur père un mets appétissant et chaud, en même temps qu'ils en profitaient pour passer un petit moment avec lui.

Plus tard dans la soirée, quand tout le monde était endormi et que le silence avait envahi la maison, c'était au tour d'Henriette d'enfiler un châle et de traverser la route. Elle allait observer son homme. Sans une parole, juste dans l'expression de son regard, elle allait lui dire combien elle était fière de lui.

Parfois, vers midi, à l'heure où les ouvriers prenaient leur dîner, il venait à la maison. Il entrait alors en coup de vent dans la cuisine et s'emparait d'un morceau de pain qu'il grignotait tout en faisant ses ablutions dans la grande cuve installée derrière le poêle.

— Ce n'est que temporaire, disait-il chaque fois. Faut prendre la manne quand elle passe. Avec la venue de l'hiver, tout ça va rentrer dans l'ordre.

La grande roue se taisait le dimanche, mais lui n'arrêtait pas. Penché sur ses livres de comptes, il occupait son repos dominical à noircir des colonnes impressionnantes et à additionner des chiffres, chaque semaine plus éloquents.

Ses affaires progressaient et, malgré sa fatigue, il en ressentait une évidente satisfaction. L'année avait été bonne. Elle avait bien commencé grâce à l'initiative du curé Darveau à qui il devait la construction de l'église de Saint-André.

Cet important contrat lui avait permis de se faire connaître à l'extérieur de sa paroisse et l'avait amené par la suite à bâtir deux modestes habitations au cœur du village voisin en même temps qu'il érigeait sa propre résidence à la Cédrière.

— Comme tu peux le constater, lui avait dit un jour le curé, tu avais tort de compter sur les millionnaires de la grande ville pour te faire connaître. L'ouvrage t'est apporté par ceux qui en ont besoin, et le plus souvent, ces gens sont des humbles.

Avec la gestion de la scierie, la cordonnerie et, avec l'arrivée de l'automne, la meunerie, ses occupations avaient été telles, qu'il n'avait plus trouvé de répit pour aller taquiner la truite dans la crique à German comme il avait l'habitude de le faire les dimanches de l'été, non plus qu'il allait visiter son Antoine qui poursuivait sa syntaxe au petit séminaire du Bas-du-Fleuve.

Cette dérogation dans leurs habitudes du dimanche chagrinait Henriette. Aussi il lui laissait toute latitude pour aller visiter leur fils.

De son côté, Henriette recherchait les occasions de se rendre à la ville. Parfois elle accompagnait Angélique et Évariste quand ils allaient vendre leurs légumes au marché; parfois encore, elle acceptait l'invitation de Rébecca, la femme de Jérémie Dufour qui, sa main sur son bras au sortir de la messe, lui proposait de se joindre à eux quand ils allaient eux-mêmes visiter leur Alexis, lui aussi pensionnaire au séminaire.

On était le premier jour de décembre, et ce matin, elle s'était éveillée de bonne humeur. Dès l'instant où elle avait ouvert les yeux, malgré la solitude de son grand lit, une sensation paisible l'avait envahie tout entière. Il neigeait, une neige lourde, duveteuse, qui recouvrait le sol de petites buttes épaisses.

Elle en éprouvait un soulagement profond. L'hiver était enfin en train de s'installer. Avec l'arrivée du gel et de la neige, les activités à la scierie seraient freinées, les anciennes habitudes reprendraient et toute la famille retrouverait son existence routinière.

Excitée comme une petite fille, elle s'était levée en vitesse, avait préparé les enfants pour l'école, puis s'était installée devant la fenêtre et avait passé presque toute la matinée à regarder tomber les gros flocons qui s'ébrouaient dans le vent avant d'aller recouvrir les herbes desséchées.

L'angélus de midi sonnait à l'église du village. Elle entendait au loin le tintement de sa petite cloche, assourdie par la neige. Elle alla jeter un dernier regard sur le dîner qui mijotait sur le feu, puis s'empressa de retourner à son poste devant la fenêtre. De l'autre côté de la route, les hommes étaient sortis de la cour et prenaient un peu l'air avant d'ouvrir leur boîte à lunch et avaler leur casse-croûte. Plus bas dans le chemin de Relais, les enfants revenaient en courant de l'école. Marie-Laure, Gabriel et les jumeaux avaient devancé les autres et s'engageaient dans la petite allée enneigée.

Soudain elle plissa les paupières et un frisson de plaisir parcourut son échine. Une ombre familière s'était détachée des hommes derrière le petit buisson de la scierie. Sans se presser, Léon-Marie traversait la route. Pour une rare fois depuis plusieurs mois, il prendrait le temps de venir dîner avec sa famille.

Elle s'empressa d'aller l'accueillir à la porte.

— Je pense que je vais bien aimer la neige, s'écria-t-elle en lui tendant les bras.

La mine espiègle, il cligna de l'œil en même temps qu'il secouait ses bottes:

— Avec toutes ces semaines que j'ai à reprendre, pour moi, tu vas t'ennuyer du temps où je te laissais tranquille.

Il se redressa. Comme s'il découvrait l'atmosphère familiale et sa chaleur douillette, ses yeux cernèrent la grande cuisine. Avec une sensation de bien-être évident, pendant un moment, il considéra son Henriette, qui était retournée à ses occupations près du poêle, puis ses enfants qui l'avaient précédé dans la maison et se groupaient autour de la table.

— C'était pas trop tôt, bougonna-t-il en se dirigeant vers l'évier pour procéder à ses ablutions. Il me restait pus ben ben de patience.

En soufflant à grand bruit, il frictionna ses bras, son visage, son cou, puis s'essuya consciencieusement. Il accrocha la serviette sur le

143

clou et, en se raclant la gorge, alla prendre sa place au bout du panneau.

— Ouais! Paraît que le gars à Eugène Dufour s'est décidé, annonça-t-il en tirant sa chaise. Sa cordonnerie au village doit ouvrir lundi en huit. C'est ben certain que ce p'tit barnache-là va essayer de tuer mon marché. Mais qu'il s'attende pas à ce que je me laisse plumer sans bouger le petit doigt. Astheure que j'ai le temps, je vais m'occuper de mon affaire.

— Le jeune Dufour a tort de se mesurer à toi, observa Henriette. Il est impossible que deux cordonneries survivent dans un petit village comme le nôtre. Une compétition qui divise les profits au point que personne ne peut en vivre, c'est un suicide.

— Compte sur moi qu'il va avoir toute une concurrence.

Le regard brillant, il se pencha vers la petite Marie-Laure qui avalait sagement son dîner avant de s'en retourner à l'école.

— Mais pour tout de suite, j'ai seulement besoin de ma grande fille. Aimerais-tu ça aider pôpa, ma belle Marie-Laure? Toi pis moi, ensemble, on va préparer une belle promotion.

— C'est quoi ça, pôpa, une promotion? interrogea Marie-Laure en levant vers son père son petit visage perplexe.

— Une promotion, ça veut dire qu'on va offrir un service de cordonnier hors pair, pis pas cher à part ça.

Les sourcils relevés, la fillette considérait son père. Soudain, à la façon de sa mère, elle éclata d'une petite cascade de rire.

— Je veux bien, d'abord que vous me demanderez pas de clouer des semelles avec Théophile.

— Non, mais c'est tout comme, parce que tu vas m'en dessiner une belle paire sur un beau grand carton. Je sais que t'es capable.

Elle éclata encore de son joli rire et l'étira un moment. Avec sa rangée de dents opalines, délicatement alignées sur ses lèvres, elle ressemblait à sa mère. Elle avait la courbe gracieuse de son visage, le même nez court, très droit, et son regard bleu. Comme sa mère, son teint était d'un bel ambre doux, à la différence que sa chevelure épaisse retenue en tresses était brune, d'un brun chaleureux dans lequel se mêlait une lueur d'or.

— En sortant de l'école, reprit son père, tu continueras du côté du village et tu te rendras au magasin général. Tu achèteras un beau carton glacé, de l'encre de chine et un petit paquet de plumes neuves. Les plumes neuves, c'est ben important. Quand on était jeunes, mémère Savoie nous disait tout le temps que, pour bien travailler, faut avoir des bons outils.

Henriette s'approcha de lui par derrière et, moqueuse, passa ses bras autour de son cou.

— Et que va donc faire notre petite Marie-Laure de ce beau carton glacé?

— Elle va dessiner une belle paire de chaussures, pis elle va tracer dessus des belles grosses lettres, des lettres bien noires, quelque chose qui frappe.

La nuque arquée vers l'arrière, il tendit l'index de sa main droite. Dans un mouvement un peu gourd, il traça dans l'air une série de longues arabesques.

— SPÉCIAL DE L'AVENT, 10 % DE RÉDUCTION SUR RES-SEMELAGE, 15 % SUR TALONS DE CAOUTCHOUC. Je compte sur toi, Henriette, pour vérifier l'orthographe. Faut pas faire de fautes, faudrait pas faire rire de nous autres non plus.

— As-tu pensé qu'avec une promotion pareille, il ne te restera pas un sou de profit, lui fit-elle remarquer. Ça ne te dérange pas?

— J'ai les reins assez solides pour me permettre ça jusqu'à Noël, pis ça va rabaisser un peu le caquet au petit Philippe-Auguste Dufour, juste assez pour qu'il ait le goût de retourner passer le pain avec son mononcle Jérémie.

Il ajouta encore:

— Faut aussi que je fasse oublier les erreurs de Théophile. Il fait enrager ben du monde le dimanche à la porte de l'église. Heureusement qu'ils le connaissent, pis qu'ils savent qu'il est pas la tête à Papineau. Je sais pas comment il organise son affaire, mais il arrête pas de mêler les bottines. La semaine dernière, il remettait les grosses bottes de travail d'Alcide Thériault comme son bien personnel à Obélie, la femme du barbier Léonidas Brisson. Elle l'a pas pris pantoute, tu sais comment elle est péteuse.

Henriette riait de toutes ses dents.

— J'aurais voulu voir ça, ça devait être très drôle.

Attendri, il l'attira contre lui et entoura sa taille de son bras.

— Il y a longtemps que je t'ai pas entendue rire de bon cœur de même, ma belle Henriette. Je te vois si peu souvent depuis que j'ai bâti mon usine de sciage. Tout ce beau temps que je perds loin de toi.

— Qu'est-ce que tu racontes, s'écria-t-elle en le rabrouant très vite. C'est loin d'être du temps perdu, tu accomplis la chose la plus noble, la plus merveilleuse de la terre, tu prépares l'avenir de tes garçons.

Il prit un air modeste, mais ses prunelles brillaient de fierté. Il la serra plus fort contre lui. Il comprenait soudain combien ils se complétaient, combien, dans sa fragilité, son Henriette lui apportait sa confiance, tandis qu'il lui prêtait son épaule solide, sa force tranquille.

— Ces sacrifices-là seront pas inutiles, prononça-t-il à voix contenue en attardant son regard autour de la table sur les quatre petits visages tendus vers lui. Les enfants auront jamais à rougir de leur père, j'en fais le serment.

Il inspira bruyamment; ses yeux avaient repris leur éclat.

— Mais avec l'hiver, je vais être plus souvent avec vous autres. À partir de demain, Joachim, Omer pis Anatole s'en vont bûcher autour de la montagne. Pendant ce temps-là, Jean-Baptiste et Ignace vont être occupés à la construction de la petite maison du cordonnier. Ils commencent à creuser le solage après-midi.

— Tu ne préfères pas attendre et voir comment le petit Dufour s'organise au village avant de faire des dépenses de ce côté-ci? observa Henriette. Et si tu décidais d'abandonner la cordonnerie à la Cédrière?

— Mon ti-boss, répliqua-t-il sur un ton ferme, pour réussir dans la vie, faut savoir prendre des risques, mais des risques calculés. Si le gars à Eugène Dufour réussit à me faire culbuter, ça sera pas compliqué, la maison du cordonnier sera pus la maison du cordonnier, ça deviendra une maison comme les autres que je louerai à un ouvrier de la scierie. D'ailleurs, avec les années, j'ai idée que ça va se construire pas mal, aux alentours. C'est commode de loger à côté de son ouvrage. En tout cas Jean-Baptiste l'a compris, lui. Il parle déjà de s'acheter un lot à côté du nôtre.

— Ne me dis pas que je vais avoir la grosse Georgette comme voisine, pouffa Henriette.

— Elle pis ben d'autres.

Il paraissait sûr de lui. Des projets plein les yeux, il fixait, à travers la fenêtre arrière, les grandes étendues libres, qu'il distinguait, loin, très loin, jusqu'à la route communale. Perdu dans son rêve, il les voyait dans un avenir prochain, les imaginait peuplées de petites maisons de bois, d'une école, d'une église et même d'un magasin général... comme au village.

— Sans compter que ça va faire l'affaire des fermiers aux alentours, avança-t-il comme pour lui-même. C'est payant de vendre sa terre boutte par boutte pour bâtir des maisons.

En verve tout à coup, il rappela le souvenir de son oncle Joseph, le frère de son père, dont ils apercevaient encore la demeure magnifique, presque un château, érigée à la sortie du village, juste en face du fleuve.

— L'oncle Joseph a établi confortablement tous ses enfants en plus d'assurer ses vieux jours. C'est ce qui arrive quand on a la chance de posséder des terres aux limites des grandes villes. Quand Ovila Gagné pis Josaphat Bélanger auront disposé de leurs champs, ce sera au tour d'Évariste Désilets et de Joachim Deveault à faire des affaires.

Songeur tout à coup, il prononça sur un ton nostalgique:

— Dire qu'il y a quelques années, le père de Josaphat Bélanger m'avait offert toute sa ligne de terre qui longe le chemin de Relais, neuf arpents par cent cinquante pieds de profond qu'il m'offrait pour une bouchée de pain. Il disait que ces bandes de terre-là constamment empoussiérées par le gravier de la route valaient pas de la friche pour la culture, que de la terre de même, c'était bon rien qu'à couvrir de bâtisses. Dans ce temps-là, j'avais pas d'argent, j'avais été obligé de refuser.

Henriette pressa sa main sur son épaule et le secoua doucement.

— Tu ne peux quand même pas tout posséder.

Il leva les yeux vers elle. Ses prunelles sombres brillaient comme deux perles noires.

— Au contraire, mon ti-boss, au contraire, je peux tout posséder. Aujourd'hui, je vois ben grand.

— Tu es tellement ambitieux, s'écria-t-elle sur un ton espiègle. Je me demande si c'est une qualité ou un vilain défaut.

Il esquissa une moue d'indifférence. En autant qu'il réussisse, ces considérations de conscience lui importaient peu. Il savait qu'il ne s'en accuserait pas à confesse.

— On va commencer par construire la maison du cordonnier, pis on verra ensuite.

— Le froid est en train de s'installer, il n'est pas un peu tard pour creuser le sol gelé? Ce n'est pas facile d'ériger une maison en hiver.

— Le mois de décembre fait seulement commencer. Le sol est gelé rien qu'en surface. Jean-Baptiste et Ignace commencent le creusage après-midi. D'ici une semaine le solage va être monté, les fondations vont être finies ben avant que la gelée prenne pour de bon.

— Ça veut dire qu'on n'entendra plus tourner la grande roue.

— Hum... pas tout à faite, mon ti-boss. En tout cas, après-midi, ça va grouiller pas mal fort de ce côté-là. On fait du bardeau de cèdre. Je dois mettre deux hommes sur la machine, dont mon frère Charles-Arthur, s'il a pas changé d'idée.

Il fit un geste brusque. Dans sa tête, un flot de projets émergeaient encore, les uns par-dessus les autres.

— C'est rien qu'un début, j'ai le sentiment qu'il va se passer ben d'autres choses cet hiver.

Elle acquiesça en silence. Elle n'en avait jamais douté. Elle connaissait son homme. Tranquille, en chantonnant, elle s'en retourna vers la cuisinière et remplit son assiette d'une généreuse portion de viande et de pommes de terre.

Soudain elle s'arrêta net. Par la petite fenêtre de la porte voilée d'un rideau de mousseline, une ombre noire dérobait à ses yeux la brillance de la neige. Sans frapper, Don McGrath, le patenteux, imposait sa haute stature et, avec sa brusquerie coutumière, s'introduisait dans la cuisine.

— Que c'est que tu fais icitte, Savoie? Depuis tantôt que je te cherche, comment ça se fait que t'es pas encore à l'ouvrage?

Léon-Marie faillit s'étouffer dans la bouchée de porc qu'il était en train de mastiquer.

— Ça va peut-être te surprendre, l'Irlandais, mais nous autres, les Canadiens français, le midi, on dîne.

— Je vois ben ça, godless, je suis pas aveugle. Mais il dépasse une heure, me semble que j'empiète pas sur ton heure de dîner. Que c'est que tu brettes encore dans ta maison quand tous tes hommes sont à l'ouvrage? Anyway, Savoie, tu vas laisser ton dîner de côté pour quelques minutes, pis tu vas venir avec moé du bord de la scierie, j'ai quelque chose de ben important à te dire pis qui peut pas attendre.

— Tu te prends pour qui, l'Irlandais? gronda Léon-Marie en reculant brusquement sa chaise, pour Dieu le Père? C'est rendu astheure qu'on peut même pus manger en paix dans nos maisons.

Il ajouta, sur un ton cassant:

— C'est mieux d'être important, ton affaire, t'es mieux de pas m'avoir dérangé au milieu de mon dîner rien que pour te faire moudre une petite poche de sarrasin, comme t'as l'habitude.

En ronchonnant il enfila sa chaude veste de laine et le suivit dehors.

Derrière lui, Henriette alla prendre son assiette sur la table. Sans une parole, elle la déposa sur le réchaud.

— T'as tort de me faire une face de bois de même, jeta le patenteux tandis qu'ils traversaient la route. Quand je pense que j'ai pris la peine de lâcher mon ouvrage pour venir jusqu'icitte.

Il appuya sa main sur son épaule.

— Anyway, Savoie, avec moé icitte aujourd'hui à la Cédrière, tu devrais me remercier, parce que c'est la chance qui te tombe du ciel.

Ils pénétrèrent ensemble dans la scierie. Au fond, par l'ouverture de la meunerie, la grande roue faisait entendre son grincement obstiné. Affairés, près de la scie ronde, Jean-Baptiste et Omer bavardaient tout en enfonçant des amorces dans le tronc volumineux qu'ils venaient de déposer sur le chariot.

— Pis comment t'aimes ça, la roue à godets? interrogea McGrath sans dissimuler son sourire ironique. Ça active-t-y ta scie ronde au moins? Ça te fournit-y un peu d'énergie, assez pour tes besoins?

— On scie un bon mille pieds de bois par jour, répondit Léon-Marie sans se départir de son calme. Pour tout de suite, à la condition de me faire quelques réserves pendant les périodes creuses, ça me suffit.

— Quoi! tu scies rien que mille pieds de bois par jour?

Les bras levés vers le ciel, Don McGrath paraissait renversé.

— Rien que mille pieds de bois par jour... Godless, j'aurais pensé que t'en sciais au moins deux mille. Mille pieds de bois par jour, tu vas pas loin avec ça.

— Je viens de te dire que ça me suffit pour le moment, répliqua Léon-Marie sur un ton bourru.

Nullement décontenancé, l'Irlandais abaissa à demi les paupières.

— Que c'est que tu ferais, si un bon matin, un client te passait une grosse commande, pour une grosse maison, à trois étages, par exemple?

— C'est ben certain que si ça arrivait, faudrait que je prenne une entente de livraison avec lui.

— Pis si il insistait, si il la voulait tout suite, sa grosse commande?

— C'est ben sûr que s'il la voulait tout de suite, ça m'embarrasserait un brin, mais...

Il secoua les épaules avec impatience.

— Mais le problème est pas là. Dans ce temps-citte, je suis mon seul client. À part quelques bouts de planches par-ci, par-là, j'ai pas de misère à me fournir.

L'Irlandais hocha la tête et le considéra sans parler. L'air songeur, il enfonça les mains dans ses poches et se mit à arpenter de long en large la grande salle de coupe. Léon-Marie entendait distinctement, sous la serge de son pantalon, le tintement des petites pièces de monnaie qu'il faisait s'entrechoquer le long de sa cuisse. De temps à autre, il s'arrêtait, soupesait une dosse, effleurait de ses doigts un madrier d'épinette, ou encore, évaluait les quelques piles de planches qui s'amoncelaient dans les coins.

— Tu scies que du bois brut à ce que je vois, émit-il en revenant vers lui. Quand t'as besoin de bois fini, tu dois aller t'approvisionner ailleurs, aux scieries Saint-Laurent par exemple. C'est du beau profit net qui te passe sous le nez. Si t'avais un moulin à planer, ce bel argent-là irait dans ta poche.

Une grimace déforma la bouche de Léon-Marie. De par sa nature, il était ambitieux, économe, et cette remarque lui faisait mal. Mais il était aussi un homme fier. Il n'aimait pas qu'on lui rappelle ses faiblesses, et le patenteux avait visé juste.

— Je peux pas tout avoir en même temps, prononça-t-il avec raideur. Ça prend de l'argent pour équiper un moulin à scie. Comme l'argent pousse pas dans les arbres...

— Godless, comment un gars supposément intelligent comme toé peut se permettre de parler de même. Tant qu'à t'installer, installe-toé comme du monde ou ben fais rien pantoute.

— Barnache! charrie pas! rugit Léon-Marie. Me semble que j'en ai assez faite jusqu'asteure. Il y a à peine un an, j'étais un simple cordonnier, j'ai acheté la meunerie, une scie ronde, pis l'été dernier, je me suis gréé d'une machine à couper le bardeau.

L'Irlandais ne répondit pas et s'éloigna de lui. Traînant le pas, il se mit à tourner autour des mécanismes qui entouraient la grosse scie. Intéressé soudain, il s'arrêta un moment près du chariot et suivit les mouvements de Jean-Baptiste qui avait dégagé le cran d'arrêt. La crémaillère s'était mise en branle. Pendant un moment, son regard songeur demeura rivé à la marche saccadée vers le disque du gros tronc d'épinette. Dans un gémissement strident, les dents mordirent le bois vert. Une longue dosse tomba dans le convoyeur. Avançant la main, du bout de ses doigts secs, McGrath palpa l'écorce vive. Puis il regarda vers le sol et, l'air absorbé, de la pointe de ses grosses bottes de cuir, évalua le bran de scie blond chargé d'effluves de résine, qui s'amoncelait tout autour de la lame.

— Je mettrais ma main au feu qu'un jour prochain, tu vas vouloir fabriquer toé-même ton bois embouveté, avança-t-il en revenant vers lui, c'te fois-là, ça va te prendre un planeur...

Agacé, Léon-Marie croisa ses bras sur sa poitrine. Il considérait l'homme avec arrogance.

— Imagine-toi donc que je suis assez intelligent pour avoir jonglé à ça tout seul. Mais c'est pas dans mes plans pour tout de suite.

— Pourquoi que tu commencerais pas tout de suite à faire ton bois de finition?

— Je te l'ai dit, McGrath, l'argent pousse pas dans les arbres. J'avais des économies mais je suis pas millionnaire. As-tu seulement une idée de ce que ça m'a coûté, la meunerie, la bâtisse neuve, le gréement?

L'Irlandais revint sur ses pas; il affichait un air moqueur.

— Plains-toé pas, Savoie, toute la paroisse le sait que t'en as de collé.

— La scie ronde m'a coûté ben cher, se défendit Léon-Marie. Il y a eu aussi la construction de ma maison. Il y a un boutte à toute, je peux pas dépenser l'argent que j'ai pas. Avec les recettes de l'été, j'ai acheté un couteau pour faire du bardeau de cèdre pis je considère que c'est assez pour cette année. Je ferai pas d'autres dépenses du côté de la scierie avant l'été prochain.

Lentement, les mains dans les poches, l'Irlandais alla se placer devant la nouvelle machine à couper le bardeau et l'examina longuement.

— Faire du bardeau de cèdre à la main, ça prend du temps, pis le temps, c'est de l'argent. La main-d'oeuvre doit te manger tous tes profits. Un de ces jours, je vais voir comment fonctionne ton couteau, pis je vais t'inventer une patente pour que le bardeau se coupe tout seul.

Léon-Marie émit un petit rire; il se détendait un peu.

— T'as beau jeu. Justement c'est ce qu'on fait après-midi.

— Ah! oui?

Le visage animé soudain, l'Irlandais se rapprocha de lui.

— Je pense pas me tromper en disant que tu vas devoir arrêter ta scie ronde pour te brancher sur le bardeau, parce que t'as pas assez de pouvoir pour alimenter les deux machines en même temps.

— Je le sais ben qu'une seule roue hydraulique fournit pas assez d'énergie pour faire fonctionner les deux machines en même temps, accorda Léon-Marie, t'as pas besoin de tourner le fer dans la plaie, mais j'ai assez de jugeote pour m'organiser. Quand je fais du bardeau, je fais du bardeau pis j'arrête l'autre machine. D'ailleurs, après-midi, Jean-Baptiste pis Ignace ont pas le temps de travailler sur la coupe, ils vont être occupés ailleurs.

— C'est ça! Comme tu peux pas actionner deux machines à la fois, t'es obligé de trouver de l'ouvrage à tes hommes, les occuper ailleurs. Parce que pendant une demi-journée, tu fais du bardeau, tu fais pas de madriers ni de planches.

Il éclata d'un grand rire, méprisant, sardonique.

— Pis tu jures tes grands dieux qu'il y a jamais de temps perdu dans ton usine. Je suppose que c'est pareil quand tu vas de l'autre bord pour moudre le grain, avec la différence, c'te fois-là, que tu te trouves ben malin parce que t'arrêtes la scierie au complet. Ça te crève pas les yeux, Savoie, qu'il te faudrait une autre forme d'énergie pour suffire à tes besoins? Godless, il est temps que t'apprennes à t'organiser comme du monde.

151

— Je te ferai remarquer, McGrath, que je dérange jamais les opérations de la scierie pendant le jour pour faire fonctionner la meunerie, proféra Léon-Marie. T'apprendras que je me suis fait une règle de moudre le grain après six heures ou pendant la nuit.

— Pis tu trouves que ç'a du bon sens, une amanchure pareille. Travailler le jour dans le moulin à scie pis la nuit dans la meunerie, mois après mois, tu trouves que c'est une vie, ça?

— C'est moi que ça regarde, fit sèchement Léon-Marie. Et pis, ça dure rien que trois mois, le temps de moudre les récoltes. Quand l'hiver arrive, la meunerie fonctionne pratiquement pas. Il y a rien que des maniaques comme toi pour me demander de faire tourner les meules.

L'Irlandais refrénait son rire moqueur. Ses épaules étaient agitées de petits soubresauts.

— Surtout quand on sait que la nuit, la rivière aux Loutres, c'est pas le plus gros débit du mont Pelé. Heureusement qu'on a eu un peu de pluie en fin d'août pis en septembre, parce qu'avec la sécheresse qu'on a eue cet été, t'aurais été obligé de dire adieu aux moutures de nuitte.

— Ç'a pas été si pire, laissa tomber Léon-Marie, imperturbable. Un peu lent des fois, mais je m'en suis sorti, pis, comme tu vois, j'ai pas l'air de m'en porter trop mal.

— T'es trop orgueilleux, Savoie, avoue-lé donc que t'as un problème, que c'est ben des efforts, ben de la perte de temps, pis ben de l'argent de gaspillé, ton organisation. De la part d'un gars qui sait compter comme toé, ça me surprend ben gros.

Soudain sur ses gardes, Léon-Marie lui jeta un regard soupçonneux.

— Coudon, toi, depuis tantôt que je t'écoute, que c'est que ça veut dire, ces remontrances-là? Vas-tu enfin me dire ce que t'as derrière la tête? Si je te connaissais pas, je croirais quasiment que t'es en train de me vanter ta patente électrique.

Don McGrath prit un air frondeur.

— Si tu t'imagines que je me suis déplacé jusqu'icitte rien que pour te parler de ma turbine, tu te trompes. Je te l'ai dit l'hiver dernier, pis je t'ai pas fait de cachettes, ma turbine, elle est pas encore au point.

— Mais tu vas me dire que ça avance par exemple, hein? insista Léon-Marie le menton levé. Ça avance?

— Ça avance, mais elle est pas prête.

— Ça avance, ça approche, c'est tout ce que tu sais me dire! explosa Léon-Marie. Qu'est-ce que t'es venu m'offrir d'abord? Pourquoi c'est faire que tu m'as empêché de finir mon dîner? Pour un gars qui se disait pressé, je trouve que tu prends pas mal de temps à dire ce qui t'amène icitte après-midi.

L'Irlandais se rapprocha de lui. Ses petits yeux bleus habituellement sans réaction s'étaient animés d'un coup.

— Comme ça, elle t'intéresse, ma turbine. J'aurais-t-y mal compris à Noël dernier? Me semblait t'avoir entendu dire que tu ferais des miracles avec ta roue à godets.

Les lèvres pincées, il le fixait avec l'intensité tortueuse d'un fin renard.

Machinalement, Léon-Marie prit un copeau d'épinette et le tritura entre ses doigts.

— C'est pas tout à faite ce qu'on avait convenu, McGrath. Si tu te rappelles ben, t'es revenu le jour de l'An, pis comme un impie, tu m'as proposé de te faire une petite mouture de sarrasin. Je t'ai pas caché à ce moment-là que je serais intéressé à faire des affaires avec toi, mais, barnache, à la condition qu'elle fasse tourner mes machines, ta bébelle.

— Je te l'ai dit tantôt, ça avance, ça avance. Mais avant de la proposer à tout venant, faut quand même que je la teste, que je l'essaie ailleurs que chez nous. C'est pas toute que d'éclairer le plafond de ma cuisine.

Léon-Marie releva vivement la tête.

— Toi, mon vieux retors, je pense que je te vois venir. Je pense que je viens de comprendre. Ça fait que, arrête de tourner autour du pot pis dis-lé enfin, ce que t'es venu me dire.

— T'es ben pressé tout d'un coup.

— Je suis autant pressé que tu l'étais tantôt, quand t'es venu couper mon dîner en deux. Vois-tu, j'ai une couple d'hommes qui gagnent leur croûte à l'intérieur de mon usine, pis qui attendent rien qu'après moi pour travailler sur la machine à bardeaux. Ça fait que, accouche.

— Comme je te l'ai dit tantôt, ma turbine est pas encore prête, mais il y manque pas grand-chose. C'est ben certain qu'avant de clamer jusque l'autre bord de la montagne que ça marche au poil, j'aurais besoin avant ça d'y faire une couple de petits tests avec quelqu'un qui a une demande d'électricité plus forte que mon plafond de cuisine. Anyway si ça t'intéresse de tester ma turbine avec moé...

— Le chat sort du sac! s'écria Léon-Marie. Depuis tantôt que t'essaies de me convaincre que j'ai un problème d'énergie, que mes ouvriers perdent un temps précieux avec ma roue à godets... pis pour régler ça, t'oses me proposer ta turbine qu'est pas encore prête. Ça t'a pas gêné de couper mon dîner en deux pour me proposer une affaire qui marche pas encore, qui peut lâcher à tout moment, en te disant que si mes ouvriers ont pas d'ouvrage pendant un jour ou deux, parce que ta turbine est bloquée dans le manche, c'est pas grave, d'abord que ça t'arrange. Ben je vais te dire une chose, mon homme: si ta turbine est pas encore au point, travaille dessus un boutte, au lieu de me faire perdre mon temps, en plus de me faire digérer de travers.

— Godless, t'as rien compris. C'est rien qu'en entrant icitte tantôt, pis en voyant comment t'es mal amanché que j'ai pensé t'offrir de tester ma turbine avec moé. J'aurais pu l'offrir à n'importe qui. Je connais personne qui refuserait d'avoir de l'énergie électrique gratis pour un mois ou deux, peut-être plus, jusqu'à ce que je décide que ma turbine est prête à être exploitée commercialement.

— Pis les moteurs électriques qu'il faudrait que j'achète, as-tu pensé à l'investissement que ça me coûterait?

Soudain courroucé, il pointa son index vers le patenteux.

— Toi, McGrath, je te connais assez pour savoir que tu fais jamais rien qui te rapporte pas toute à toi en bout de ligne, pis rien qu'à toi.

— Ben, godless, cette fois-citte tu te mets le doigt dans l'œil, Savoie, parce que la proposition que je te fais est honnête, pis tu serais ben fou de la refuser. Ça avait pourtant l'air de ben t'intéresser l'hiver dernier.

— Ta proposition, je m'en barnache, lança Léon-Marie. C'est vrai que j'étais intéressé à faire des affaires avec toé, mais avec un produit fini, pas avec des amanchures à moitié raccordées. C'est ça que j'ai voulu te dire l'hiver dernier quand on s'est entendus devant ta petite mouture de sarrasin.

La main sur son bras, le patenteux insistait.

— T'as pas le goût de faire une petite expérience? De goûter à l'électricité? Une fois que tu l'aurais essayée, tu voudrais pu t'en passer.

— Une petite expérience, le nargua Léon-Marie, ça veut dire accepter de temps en temps que ta patente braque un peu, pis plie dans le manche. J'ai-t-y le moyen de payer mes hommes à rien faire, quand elle marchera pas, ta turbine? J'ai-t-y le moyen de cracher la grosse somme pour m'équiper de moteurs électriques qui vont s'agrémenter de fils d'araignée chaque fois que tu vas t'esquinter après ta patente? J'ai-t-y le moyen de promettre des échéances dans mes constructions pis de pas être capable de les respecter? Non, monsieur! Si tu veux qu'on fasse des affaires, reviens me voir avec un produit fini, pas avec des arrangements de broche à foin.

McGrath avait cessé de sourire, il paraissait déçu. Les yeux tournés vers la fenêtre poussiéreuse, il observait les mouvements désordonnés d'une grosse mouche noire qui claquait des ailes devant la vitre close.

— J'étais venu te voir pour une autre affaire ben importante. J'avais quelque chose à t'annoncer, une affaire qui peut t'intéresser ben gros, mais comme t'es pas parlable, tu l'apprendras par un autre.

Il se dirigea vers la porte.

— Je te laisse avec ta décision, Savoie. Mais rappelle-toé ben ce que je vas te dire. Le temps venu, c'est toé qui vas courir après moé.

Il enfonça sa casquette sur sa tête et se retourna encore:

— Avant de m'en aller, je voudrais te rappeler ma règle à moé: sans argent, pas de progrès, sans progrès, pas d'argent. Réfléchis ben à ça, avant de dire un non définitif à mon offre, c'est peut-être l'affaire de ta vie que je viens de t'offrir là.

La petite porte venait de s'ouvrir brusquement. Charles-Arthur entrait dans la scierie.

— Câlisse, que c'est qui se passe icitte? J'ai jamais vu de ma vie deux faces de carême pareilles.

Don McGrath lui jeta un coup d'œil entendu, puis franchit le seuil d'un saut rapide.

— Ton frère, c'est toute une tête de pioche, glissa-t-il sur un ton amer en passant près de lui. Il m'a pas donné la chance de rien expliquer.

Dressé devant eux, Léon-Marie les considérait, l'air méfiant.

— Ça veut dire quoi, ça, l'Irlandais?

L'homme haussa les épaules sans répondre et lui tourna le dos. À grandes enjambées, il traversa la cour et grimpa dans son boghei.

— Ça veut dire quoi, ça? répéta Léon-Marie.

— Pars pas en peur, le calma Charles-Arthur en refermant la porte.

— Charles-Arthur Savoie, menaça Léon-Marie, t'es mieux de rien manigancer derrière mon dos avec ce vieux renard-là, c'te rusé, un gars qui est même pas de notre race, en plus.

— Câlisse, Léon-Marie, des fois, je te comprends pas, dit Charles-Arthur. Vous aviez pourtant l'air de vous entendre comme deux larrons en foire, McGrath pis toé, même que t'étais ben le seul homme dans la paroisse capable de t'entendre avec.

— Je m'entends parfaitement avec McGrath, assura Léon-Marie. C'est seulement qu'il faut savoir lui parler.

Charles-Arthur émit un petit rire narquois.

— Si ce que je viens de voir s'appelle savoir lui parler...

— McGrath, c'est un ratoureux, poursuivit Léon-Marie, faut le voir venir, pis être ben sur ses gardes. Moi, je sais comment traiter avec lui, tandis que toi, t'as pas l'habitude, tu peux te faire prendre comme un lièvre au collet. Je connais McGrath. Son truc, c'est de nous forcer à décider vite, ben vite. Il fait en sorte qu'on ait pas le temps de réfléchir. C'est pour ça que même quand ses affaires m'intéressent, ma manière à moi, c'est de toujours commencer par dire non. Ça l'oblige à faire des concessions qui sont pas négligeables.

Charles-Arthur esquissa une moue réprobatrice.

— Dis ce que tu voudras, je te trouve pas correct. Je t'ai trouvé pas mal bête tantôt. T'oublies que cet homme-là est en train de devenir quelqu'un de ben important dans la paroisse, pis que t'as intérêt à l'avoir de ton bord.

La démarche assurée, traînant sous ses pieds un petit monticule de bran de scie, il se dirigea vers les installations entourant la scie ronde et, pendant un moment, l'air préoccupé, les fixa en silence. Contournant la longue tribune, il se rendit ensuite vers l'arrière, jusqu'à l'ouverture de la meunerie, et revint sur ses pas. Il avançait lentement, la main tendue, soupesant au passage les engrenages, les longues courroies, la crémaillère, effleurant du bout des doigts les gros troncs d'épinette qui attendaient près du chariot. Enfin, les mains dans les poches, il alla s'arrêter dans l'angle éclairé de la pièce où était installée la machine à couper les bardeaux.

— C'est ça, le couteau à bardeaux, ça m'a l'air plus simple que je pensais.

Léon-Marie s'empressa de le rejoindre. Déjà il s'était ressaisi.

— Ç'a l'air simple, mais ça prend quand même un minimum d'adresse. Passe-moi un des morceaux de cèdre que Baptiste a préparés pour nous autres, je vas te montrer comment ça marche.

Il saisit la planche que lui tendait son frère. L'empoignant par la largeur, il appuya fermement ses pouces sur la partie aplanie. Ses muscles jouant jusqu'à ses épaules, il se mit à parler lentement, en expliquant comme s'il s'adressait à un enfant.

— Faut que tu la coinces ben serrée dans son espace, le plus dret possible si tu veux que ton bardeau soit de première qualité. Sinon, si ta planche est toute croche, ça fait du bardeau croche, pis du bardeau croche c'est du bardeau de mauvaise qualité qu'on vend à rabais, bon rien que pour recouvrir des cabanes à chien.

Le couperet tomba, dur, sec, tandis qu'une bonne odeur de

cèdre se dégageait tout autour. Près de lui, Charles-Arthur l'observait en silence, suivait la course effrénée de la longue planche rapidement transformée en petits rectangles ambres qu'il voyait s'amonceler devant ses pieds. Le regard fixe, il suivait les mouvements habiles de son frère et attendait sans bouger, avec une intensité presque hypnotique, balourde.

— Rends-toi donc un peu utile! s'impatienta Léon-Marie. Tu vois pas que j'ai les pieds entravés dans les bardeaux.

Charles-Arthur sursauta. Péniblement, comme si un poids immense gênait ses lombes, il se courba vers le sol.

Léon-Marie s'arrêta un moment, le temps de lui jeter un regard étonné.

— Toi, mon frère, tu rumines quelque chose. Depuis tantôt que je te regarde, tu m'as pas l'air dans ton assiette. Tu me préparerais une autre de tes gamiques habituelles, que j'en serais pas surpris pantoute.

— Que c'est que tu vas chercher encore, maugréa Charles-Arthur. Câlisse t'es malade.

— Je vois plus clair que tu penses. Vot' p'tit clin d'œil de tantôt, McGrath pis toi, imagine-toi pas qu'il m'a échappé. Vous seriez en train de manigancer quelque combine que je serais pas surpris. Si c'est le cas, je te dirai que j'aime pas ça pantoute. McGrath, c'est un Anglais, de c'te race de sans-cœur, capable de te laver ben net si ça lui rapporte. T'es trop naïf, Charles-Arthur, t'as pas assez d'expérience pour brasser des affaires avec un homme rusé comme lui.

Charles-Arthur se dressa devant lui; il était furieux.

— Câlisse, moé ton aîné de cinq ans, tu veux dire que j'ai pas ta capacité, que je suis pas assez futé pour faire des affaires avec un gars comme McGrath? Dis donc que je suis un bon rien tant qu'à faire. Rien que capable d'écurer les vaches pis étendre le fumier dans les champs.

— T'as pas saisi pantoute, Charles-Arthur. Je cherche pas à t'abaisser. Je veux simplement te mettre en garde, te faire comprendre que t'as pas l'entraînement qu'il faut pour négocier avec c'te sorte de rapace-là.

— Ben tu me connais mal, rugit Charles-Arthur, tu me connais ben mal! Parce que des affaires, je suis capable d'en faire, pis je suis capable de frapper le jackpot, des fois. C'est le notaire Beaumier lui-même qui me l'a dit.

— Bah! Bah! Le notaire Beaumier, c'est pas un critère. Le rôle du notaire, c'est d'être poli, pis il a intérêt à dire comme toi, s'il veut pas que tu te déplaces jusqu'à Saint-André pour faire rédiger tes contrats.

— Le notaire Beaumier, c'est un homme important qui a ses

entrées dans les grandes institutions, les grosses compagnies, la bourse américaine. Il est capable de faire des placements qui rapportent gros.

Léon-Marie se tourna vers lui et laissa échapper un soupir lourd de désillusions.

— Les grandes institutions... Une autre affaire qui m'inspire pas confiance. T'as oublié le notaire Charpin de Saint-Placide, qui est parti pour le Mexique avec toutes les économies du vieux Napoléon Brisson, le père de Léonidas? Ce qu'on sait pas, c'est qu'il est peut-être parti avec les vieux jours de ben d'autres pauvres gens qui s'en sont pas vantés. Moi, mes économies, je les place sous mes yeux, sur quelque chose de solide, de rivé dans le mortier, sur des maisons, des industries, sur quelque chose qui peut pas se sauver au Mexique. Sans compter que ça fait vivre son homme, pis que ça donne de l'ouvrage à not' monde.

— Mais tu travailles en câlisse, par exemple.

Du coup, comme un coq sur ses ergots, Léon-Marie se redressa.

— Barnache! si tu veux travailler pour moi, tu vas commencer par parler sans sortir un sacre à chaque mot. J'accepte pas les sacres dans mon usine, peux-tu comprendre ça? C'est écrit en grosses lettres dehors au-dessus de la porte, pis ça compte pour toé, mon frère, autant que pour tous les autres.

— T'énerve pas de même, Léon-Marie, le retint Charles-Arthur, c'est dangereux de partir en peur quand on travaille avec des couteaux ben affûtés.

— Barnache, me prends-tu pour un empoté?

Vivement, il saisit une longue planche, la coinça dans l'angle puis laissa tomber le couteau. Une fois, deux fois, trois fois, émettant à chaque coup un bruit sec, caractéristique, tandis qu'une fine poussière se répandait dans l'air.

— Regarde-moi décoller ça.

— J'ai vendu ma terre, jeta soudain Charles-Arthur.

— T'as quoi?

Sa voix résonnait au milieu du tintamarre de la machine et du claquement des bardeaux qui chutaient sur le sol.

— Répète donc ça.

— J'ai vendu ma terre.

— T'as vendu la terre... Et à qui, s'il vous plaît?

— À Donald McGrath.

Léon-Marie fit un bond en avant.

— T'as vendu la terre, tu l'as vendue à McGrath! T'as vendu le bien familial sans nous en parler, pis à McGrath par-dessus le marché! T'as osé faire ça! Mais t'avais pas le droit, Charles-Arthur Savoie, t'avais pas le droit de faire ça sans nous en parler à nous autres, tes frères.

— Voyons donc, Léon-Marie, depuis le temps qu'elle est à moé, c'te terre-là, j'avais pas de permission à demander à personne, j'avais le droit d'en faire ce que je voulais.

— As-tu pensé à not' mère? Y as-tu seulement pensé? T'avais pas le droit, Charles-Arthur, t'avais pas le droit.

Le couperet tombait et chaque fois émettait un bruit impérieux, dur.

— T'avais pas le droit de nous faire ça.

— Mais t'as pas compris, Léon-Marie, expliqua Charles-Arthur. J'ai enfin ce que je voulais: de l'argent liquide. Mon affaire est toute décidée. Avec le produit de la vente, je vais me faire construire une petite maison juste à côté de la tienne, icitte à la Cédrière, pis avec ce qui va rester, je suis prêt à embarquer avec toé dans ton entreprise, je suis prêt à acheter une part de tes affaires, on serait associés, toé pis moé, exactement comme toé-même l'avais souhaité. Avec le montant que je te fournirais, tu pourrais t'acheter tout de suite une machine à planer, t'en aurais même assez pour acheter un ou deux moteurs électriques.

— T'avais pas le droit de vendre le bien sans nous consulter, insistait Léon-Marie, pis surtout pas à McGrath. En tout cas, moi, il m'aurait pas embarqué. Sais-tu seulement ce qu'il va en faire du bien familial? Ça fait longtemps que je sais ce qu'il mijote, ce vieux croche-là. Il veut dériver la rivière aux Ours, il va la noyer, la ferme de notre enfance, il va en faire un plan d'eau pis un barrage. Même toi qui t'es esquinté dessus pendant vingt-cinq ans, tu la reconnaîtras pus, ça va être rien qu'une mer d'eau trouble.

Il s'enflammait, il criait presque, son visage était cramoisi, ses yeux étaient injectés. Jamais Charles-Arthur n'avait vu son frère dans pareil état d'énervement.

— Voyons, Léon-Marie, calme-toé, ç'a pas de bon sens d'être choqué de même, câlisse! calme-toé.

— T'avais pas le droit, répétait Léon-Marie en même temps qu'il abattait rageusement le couperet sur la planche de cèdre, t'avais pas le droit.

Désemparé, Charles-Arthur fixait son frère.

— Que c'est qui te prend donc, Léon-Marie? T'es malade pour vrai.

— T'avais pas le droit, répétait Léon-Marie comme un leitmotiv, t'avais pas le droit.

Charles-Arthur déploya ses mains vers son frère, jusqu'à joindre ses épaules, il était ébranlé, ses lèvres tremblaient.

— Avoir su que t'aurais pris ça mal de même... je t'en aurais parlé, vendre la terre, c'est pas la fin du monde.

Soudain, brutalement, il fit un saut vers l'arrière.

— Léon-Marie... Arrête...

Les yeux exorbités, il pointait son index vers l'établi.

— Que c'est que tu fais là? Arrête, Léon-Marie, arrête la machine, arrête la machine.

Ameutés, les ouvriers, qui étaient occupés à transporter des madriers dans la cour, accoururent.

— T'avais pas le droit, répétait Léon-Marie sans l'entendre, t'avais pas le droit.

— Léon! hurlait Charles-Arthur. Tes doigts, Léon! Que c'est que t'as fait à tes doigts?

Surpris, Léon-Marie se pencha sur la table.

— Quoi... qu'est-ce qu'ils ont, mes doigts...

Sa main gauche enserrant un morceau de bois, il l'éleva au-dessus du meuble, le sang giclait autour de lui sur la table, formait de longues arabesques colorées comme mille petits rubis scintillants qui se rejoignaient dans une mare rouge.

— Je me suis rien que coupé un brin, ça arrive de temps en temps.

Charles-Arthur le considérait, stupéfié, l'index rivé vers le couperet, les yeux arrondis, ne sachant qu'articuler:

— Tes doigts... tes doigts...

— Qu'est-ce qu'ils ont, mes doigts?

Brusquement, le bardeau qu'il tenait solidement chuta sur le sol. Étonné, il éleva sa main gauche devant son visage. Elle lui apparaissait comme une masse immonde, écarlate, visqueuse. Incrédule, il l'éleva encore, la rapprocha de ses yeux tandis qu'une grande coulée rouge glissait jusqu'à son coude.

— Mes doigts...

— Oui, répondit très vite Charles-Arthur.

— Mes doigts, je viens de m'estropier, je viens de perdre trois doigts de ma main.

Jean-Baptiste accourait avec un chiffon propre.

— Qu'est-ce que je vais faire, Baptiste? gémissait Léon-Marie. J'ai perdu presque toute ma main gauche, il me reste rien que le pouce pis l'index.

— Serre ça dans ta main, Léon, je cours chercher Joachim, il a le don, il va arrêter le sang.

— Non, va plutôt atteler le blond, pis amène-moi au village chez le docteur Gaumont. Faut surtout pas qu'Henriette s'en aperçoive, avec son cœur malade, elle pourrait en mourir.

# 10

On était le premier dimanche de juillet, jour choisi pour le concours annuel de force et d'endurance, et presque tous les hommes valides de Saint-Germain s'étaient déplacés afin d'assister à cette épreuve qu'organisaient chaque année les amuseurs de la paroisse. Au milieu de l'assistance, trônait le curé Darveau. Accompagné de ses vicaires, comme d'habitude, avec tout le cérémonial attaché à sa fonction, il avait pris place sur la grande estrade dressée sur un côté du champ de baseball et, la mine sévère, dans son attitude ordinaire, observait ses paroissiens, en même temps que, dans l'attente des jeux, il surveillait les émules qu'il voyait s'affairer un peu plus loin dans la cour.

Il avait endossé sa vieille soutane avec son habituel col romain un peu jaune, et il souriait en regardant autour de lui. Ses paupières, qui se marquaient de petites rides dans la luminosité du soleil de juillet, disaient sa satisfaction de voir presque tous les hommes de sa paroisse réunis autour de cette aire, dans un esprit d'entente et de cordialité.

Il avait craint, pendant un temps, la défection de son paroissien Léon-Marie Savoie après l'accident malheureux qui lui avait coûté trois doigts de sa main gauche, au mois de décembre précédent. Mais l'entreprenant bonhomme était là. Il distinguait nettement sa large silhouette, un peu trapue, au milieu des autres. Les bras croisés sur la poitrine, les jambes écartées, il trônait à sa manière devant ses adversaires, gesticulant avec importance et ponctuant ses remarques de la pointe de ses talons qui approfondissaient chaque fois des petites enfonçures dans le sable blond.

«Que voilà un bel exemple de courage», se dit le curé, étonné devant le ressort de cet homme. Avec un hochement de tête, il pensait combien certains villageois auraient avantage à suivre son exemple.

Il considéra les autres émules, ces quelques paroissiens parmi les plus combatifs qui avaient décidé de mesurer leur compétitivité. Avec un peu d'appréhension, il se demandait s'ils sauraient faire preuve de charité chrétienne, marquer une quelconque indulgence, considérant le désavantage d'un des leurs. Il se demandait aussi, si avec la fierté qu'il lui connaissait, Léon-Marie Savoie saurait prouver aux autres que l'épreuve mérite d'être compensée, mieux bonifiée par l'effort. Saurait-il donner dans ce simple loisir l'exemple de la ténacité, de la détermination, témoignant, pour un travailleur, sa capacité de poursuivre sa vie, ses occupations, malgré son handicap?

À grands pas, sûr de lui, Léon-Marie avait franchi la petite arène improvisée et venait de s'arrêter devant l'assistance.

— On vient de décider qu'on fera pas de compétition comme telle, déclara-t-il de sa voix forte, comme s'il avait perçu les craintes de son curé. Comme je suis un estropié, on va se contenter de vous faire une petite démonstration.

— Dois-je comprendre que tu déclares forfait avant même de commencer parce que tu as trois doigts en moins? interrogea le vieux prêtre, prenant un petit air malicieux. Si cette décision vient de toi, tu me déçois un peu, Léon-Marie.

— Ça vient pas tout à faite de moi, monsieur le curé. On a décidé ça vu qu'avec mon accident, les chances étaient pas tout à faite égales. Mais craignez pas, je vais participer à la course, excepté qu'on nommera pas de vainqueur.

Le curé le dévisagea et freina le sourire qui tirait ses lèvres. Il connaissait l'homme. Léon-Marie Savoie n'aurait jamais adhéré à une quelconque compétition sans s'être assuré au préalable qu'il en sortirait vainqueur. Aujourd'hui, avec sa main mutilée, il en était moins sûr.

Le prêtre hocha longuement la tête. Il devinait sans peine, sous son air bon enfant, l'orgueil incommensurable qui habitait son paroissien.

— Ainsi ce sont les autres qui ont pris cette décision en considération pour toi, Léon-Marie. Bien entendu, tu t'es empressé d'y adhérer.

— J'avais pas le choix, monsieur le curé. Vous me connaissez assez pour savoir que j'ai toujours respecté l'opinion des autres, ben entendu, quand ç'a du bon sens.

— Évidemment, laissa tomber le curé, venant de toi, il y a longtemps que j'ai compris ça.

La mine perplexe, Léon-Marie fixa le vieux prêtre. Cette allusion déguisée qu'il flairait dans sa remarque l'agaçait un peu, mais il se retint de répliquer. Il avait toujours éprouvé une grande admiration pour le curé Darveau. C'était le seul homme dont il n'oserait jamais discuter les propos.

Il considéra autour de lui les paroissiens de tous les âges qui remplissaient les gradins. Les habituels spectateurs étaient là. Sur le long banc juste au-dessus des dignitaires, il reconnaissait ses amis Isaïe Lemay, Jérémie Dufour, Oscar Genest, Donald McGrath, puis Cléophas Durand le marchand général et le barbier Léonidas Brisson. Un peu plus loin sur le même banc, en petit groupe serré, se tenaient quelques-uns de ses employés à la scierie, dont Anatole Ouellet et Omer Brisson, ces deux menuisiers de l'atelier de coupe, originaires de Saint-André, qu'il avait gardés à son service à la suite de la construction de l'église.

Le notaire Beaumier, le docteur Gaumont, de même que le maire Joseph Parent, entouraient le curé et ses vicaires ainsi que quelques frères dans la première rangée. Dans les hauts gradins, au-dessus du banc des cultivateurs, une dizaine d'inconnus s'étaient installés à leur aise et entouraient son frère Charles-Arthur devant un Théophile Groleau attentif.

Avec une fierté bien légitime, il pensa combien le village s'était transformé depuis six mois, depuis qu'il avait accepté la proposition de Donald McGrath d'expérimenter sa turbine avec lui.

Il avait pris sa décision en même temps que débutait l'année 1926, après maintes palabres et non sans avoir exigé quelques concessions de la part du patenteux.

Dans les jours qui avaient suivi, bravant les tempêtes du mois de janvier, tandis que de grands fils transporteurs d'énergie étaient installés temporairement et couraient dans les airs de la rivière aux Ours à la rivière aux Loutres, il s'était déplacé jusqu'à Montréal et avait fait l'acquisition d'un premier moteur électrique qu'il avait relié à la scie ronde.

À peine deux mois après la conversion de la scierie à l'énergie électrique, en même temps que les premières corneilles battaient de l'aile dans l'air encore froid du large, l'Irlandais était entré en trombe dans la salle de coupe. L'œil triomphant, il avait annoncé que sa patente était au point. Il était reparti aussi vite, impatient qu'il était de parachever son plan.

Par la suite, la rivière aux Ours avait grouillé d'activités. Sitôt l'arrivée des beaux jours, le patenteux avait mandaté des compéten-ces, requis les services d'ingénieurs, de techniciens, ainsi que de manœuvres qu'il avait désignés sous l'appellation de monteurs de lignes. Sans attendre, il avait entrepris de diffuser le flux magnéti-que partout dans les paroisses environnantes.

Ces gens venus de tous les coins de la province, et même de l'Ontario, assurés d'un travail permanent, s'étaient empressés de réclamer des résidences pour y loger leurs familles. La manne avait atteint la Cédrière.

La scierie et l'entreprise de construction des frères Savoie et fils, vers qui les contrats affluaient, avaient dû engager tous les menuisiers disponibles dans Saint-Germain, ainsi que dans les paroisses avoisinantes afin de satisfaire à la clientèle. Bientôt, tout le secteur occupé par le rang Croche, entre la rivière aux Ours et la petite rivière aux Loutres, résonna sous les coups de marteau, s'affaira comme une fourmilière.

— Je te l'avais ben dit, lui répétait Don McGrath chaque fois qu'il s'arrêtait à la scierie, mais tu me croyais pas.

En peu de temps, l'usine de bois de sciage avait été débordée de commandes. Léon-Marie comprit qu'il ne pourrait suffire seul à la tâche. Aussi, il n'avait pas eu d'autre choix que d'accepter la proposition de son frère Charles-Arthur d'une association d'affaires.

C'est ainsi que, dans l'éveil timide du printemps, tandis que les monteurs de lignes se dirigeaient lentement vers la Cédrière, creusaient à la tarière des trous profonds pour y enterrer les beaux poteaux venus des provinces de l'ouest, il avait signé un contrat en bonne et due forme avec son frère, faisant de lui son associé à quarante-cinq pour cent des parts, tandis qu'il gardait le contrôle des entreprises avec cinquante-cinq pour cent, excluant les bâtiments dont il conservait l'entière jouissance et propriété.

Dès le lendemain matin, avec sa main gauche encore douloureuse et emmaillotée dans un épais coussin, afin de lui éviter les chocs, il avait descendu le petit chemin de Relais jusqu'à dépasser la route communale. Encore une fois, il était monté dans le train à destination de Montréal où il avait commandé, via le pays voisin, un deuxième moteur électrique en plus d'une machine à planer.

En même temps que sa main estropiée prenait appui sur le comptoir du vieux commerce de la rue Saint-Laurent, il s'était subitement rappelé les exhortations de Don McGrath et avait ajouté, dans un élan presque présomptueux:

— Tant qu'à m'être déplacé de si loin, ajoutez donc une scie à ruban.

La cordonnerie était maintenant déménagée de l'autre côté de la route, et son bon fonctionnement, laissé à l'initiative de Théophile. Après avoir mis une telle vigueur à défendre le métier de cordonnier qu'il considérait comme une racine de lui-même, son enthousiasme avait tiédi. Il avait décidé qu'il avait ailleurs des obligations plus importantes, plus rémunératrices et d'une portée illimitée. Aujourd'hui, le travail lié à l'exploitation du bois l'occupait tout entier, prenait tant son énergie, qu'il avait oublié un peu la

compétition du jeune Philippe-Auguste Dufour, le nouveau cordonnier du village.

Avec le début de l'été, de modestes habitations blanchies à la
chaux avaient surgi face à son entreprise de bois de sciage et
s'échelonnaient le long du petit chemin de Relais. En plus de la
maison du cordonnier et de sa résidence, étaient venues s'ajouter la
maison de Jean-Baptiste, celle de Charles-Arthur et, depuis une
semaine, celles d'Anatole Ouellet et d'Omer Brisson, ces deux
ouvriers originaires de Saint-André, qu'il avait affectés à la coupe
du bois de charpente. La maison d'Ignace Gagnon serait terminée
bientôt, et plus tard, quand arriverait la saison creuse, il construirait
encore deux autres habitations qu'il louerait à ses ouvriers. Il était si
encouragé qu'il pressentait déjà l'organisation de la Cédrière en
paroisse, entraînant l'érection d'une petite église que pourrait desservir un membre du clergé de Saint-Germain.

Il en soufflerait un mot au curé Darveau, dès qu'il en aurait
l'occasion. Il avait une idée précise de ce qu'il souhaitait, une idée à
ce point formelle qu'il imaginait déjà l'évêque du diocèse, nommant
à sa recommandation le jeune vicaire Marcel Jourdain à ce poste.

— J'ai appris que tu t'apprêtais à fabriquer des portes et des
châssis, interrogea soudain le curé Darveau, comme s'il avait deviné
les projets qui défilaient dans l'imagination de son paroissien.

— On a déjà commencé de façon rudimentaire. Ça fait partie
des opérations du moulin à planer pis de la scie à ruban. Mais un de
ces jours, c'est dans mes projets d'acheter une toupie, ça nous
permettra de faire des fenêtres de meilleure qualité.

— Malgré l'activité qui règne autour de ta scierie, prononça le
curé sur un ton de reproche, à ma connaissance, tu n'as pas encore
fait bénir tes nouvelles machines, non plus que tes moteurs électriques.

— J'ai pas une minute à moi dans ce temps-citte, se défendit
Léon-Marie, je suis occupé sans bon sens, semaines après dimanches. Comme aujourd'hui, ç'a pris tout mon petit change pour que
je vienne participer au concours. Je demande pas mieux que de
faire bénir mes machines, mais ça voudrait dire, en même temps,
organiser une petite fête, pis ça, ça demande du temps pis de la
préparation. Faut faire les choses comme du monde. Je vous res-
pecte trop, monsieur le curé, pour vous recevoir comme un malvat.

— Allons donc, Léon-Marie, tu n'as pas besoin d'organiser des
réjouissances chaque fois que tu demandes la bénédiction du bon
Dieu sur tes acquisitions. C'est le diable qu'il faut chasser, seulement le diable.

— Pour ça je suis pas inquiet, lança Léon-Marie dans un éclat de rire, vous avez lancé amplement d'eau bénite sur les murs, l'hiver 25, je suis certain qu'il en reste encore.

Derrière le curé, sur l'estrade, les hommes s'étaient esclaffés.

— Parlant de bénédiction, interrogea Jérémie Dufour, les lèvres gauchies dans un rire moqueur, tes doigts, vu qu'ils trônent à côté du bon Dieu astheure, y te font-y des signes de temps en temps?

— Ouais, reprit à son tour Isaïe Lemay, je suppose que t'as ben dû leur demander des grâces?

Léon-Marie se retint de répondre et, le visage empourpré, se détourna. Il considérait qu'il avait suffisamment encouru la risée du village avec cette histoire qui entourait ses trois doigts. Aujourd'hui, il se demandait quel égarement momentané l'avait poussé à pareille audace.

L'idée avait germé fortuitement, tard après le souper, le soir même de son accident, quand, à son retour dans la salle de coupe, il avait aperçu dans un tas de bran de scie, alignés comme trois petits soldats au garde à vous, ses trois doigts proprement tranchés. Quoi en faire? s'était-il interrogé après les avoir récupérés. Il aurait pu les jeter tout bonnement à la poubelle, mais il ne s'y résignait pas. N'étaient-ils pas une partie de lui-même? Il aurait pu les enterrer au fond du jardin, les abandonner dans la terre profane, mais aussitôt, dans son esprit débridé, il les voyait déterrés puis déchiquetés sous les crocs d'un chien errant. À cette seule pensée, un effroi immense l'envahissait, en même temps qu'une douleur physique insupportable se faisait sentir depuis ses phalanges nécrosées, étalées sur la table de l'établi, jusqu'au haut de son bras et à son cœur.

Aussi avait-il décidé, pour ses pauvres extrémités qui l'avaient tant servi, qu'elles valaient d'être ensevelies dans un coin convenable, digne d'un chrétien.

C'était la nuit noire. Les hommes avaient depuis longtemps retiré leurs salopettes et sans doute se prélassaient près du poêle de leur cuisine en berçant leur petit dernier. Il s'était absorbé devant son meuble de travail, tranquillement avait commencé à clouer une petite boîte en bois, maladroitement, de sa seule main valide, quand la porte s'était ouverte dans un grand coup de vent.

— Que c'est que tu fais là, Léon-Marie?

Il avait sursauté violemment. Furieux, il s'était retourné vers l'homme qui avait fait irruption dans la salle de coupe.

— Jean-Baptiste Gervais! Barnache que tu m'as fait peur. Fais-moi pus jamais une frousse pareille, tu connais pas mes réactions.

— Que c'est que tu fais là? avait répété Jean-Baptiste. Pour un estropié, je te pensais couché dans ton lit en train de te faire dorloter par ton Henriette.

— Comme tu vois, c'est pas le cas.

Jean-Baptiste s'était approché de lui. Le menton pointé vers l'avant, il avait jeté un long regard vers l'établi. Ses yeux étaient ronds de curiosité.

— Veux-tu ben me dire que c'est que t'es en train de fabriquer là?

Il avait reculé brusquement.

— Ah! ben aspic! Je le cré pas.

Les épaules soulevées de gros spasmes, il explosait de rire.

— On me l'aurait dit que j'aurais jamais voulu le croire.

— Ce que je fais te regarde pas, Baptiste Gervais, avait-il proféré en entourant vivement l'objet de ses bras à la façon d'un paravent. Tourne de bord, pis va-t'en retrouver ta Georgette.

— Pas avant d'avoir su ce que tu veux faire avec c'te petite boîte-là qui m'a l'air d'une tombe.

Le cou arqué vers l'avant avec son nez charnu qui frôlait son bras, il furetait et reniflait à la fois.

— Aspic! ça se peut-tu.

— Ben, barnache! Astheure que tu sais quoi, retourne-t'en chez vous, pis garde ça pour toi.

Jean-Baptiste riait de toutes ses dents en fouillant dans son coffre à outils.

— Aspic! Je peux pas le croire.

Il pouffait en retirant une lime à métal. Ses épaules tressautaient encore tandis qu'il refermait la porte et montait dans son boghei pour s'enfoncer dans la nuit noire vers le village.

Humilié, Léon-Marie avait rapidement terminé son macabre travail et, son petit coffre sous le bras, avait traversé la route.

Le lendemain matin, en même temps que l'angélus de six heures résonnait jusqu'à la Cédrière dans le froid de décembre, il avait attelé son cheval blond. Après avoir déposé une pelle au fond de son boghei, il s'était dirigé vers le presbytère où il était allé frapper discrètement à la porte de la cuisine.

Le regard méfiant, il s'était adressé à voix basse à la ménagère du curé.

— Je me demandais si le p'tit vicaire Jourdain pourrait pas venir avec moi du côté du cimetière. J'aurais une petite affaire à régler par là.

Il savait pertinemment que ce qu'il projetait ne pouvait plaire au curé, aussi, pour cette raison, il s'était bien gardé de demander son aide.

— C'est à quel sujet? avait interrogé la servante. Tu sembles pas savoir que c'est l'heure des messes. Les prêtres sont bien occupés à cette heure-ci.

— Je le sais, mais c'est une affaire qui prendrait cinq minutes, pas plus.

Alerté par le bruit des voix, le curé Darveau s'était encadré dans la porte qui ouvrait sur son bureau.

— Qu'est-ce qu'il se passe ici? Ah! c'est toi, Léon-Marie? Y aurait-il quelqu'un de malade parmi les tiens? Le bon Dieu t'aurait-il envoyé un autre malheur en plus de ton accident d'hier?

— Pas exactement, monsieur le curé, avait-il répondu, le visage rouge de confusion. J'avais seulement pensé que l'abbé Jourdain aurait pu venir avec moi jusqu'au cimetière, j'aurais besoin d'une petite bénédiction.

— Une petite bénédiction!

Un doigt posé sur les lèvres, le curé avait réprimé une forte envie de rire. Il venait d'apercevoir la petite boîte sous le bras de son paroissien.

Très vite, il s'était ressaisi.

— Pourquoi tiens-tu à demander un sens liturgique pour une chose pareille, Léon-Marie? On donne la sépulture des anges aux bébés mort-nés, aux fœtus. On les enterre dans le cimetière parce qu'ils ont une âme, mais trois bouts de doigts, tu ne penses pas que tu exagères un peu?

— Mes doigts faisaient partie de mon corps, quand j'ai reçu le sacrement de baptême, monsieur le curé, avait-il argué. Ils se sont croisés pour la prière, je peux pas les laisser dévorer par les bêtes. Me semble que ça serait faire affront à un chrétien.

— Je le regrette beaucoup pour toi, Léon-Marie, avait rétorqué le curé, mais il n'existe dans la liturgie de l'Église aucune formule spéciale de prières concernant l'inhumation d'une quelconque partie de notre corps. Lors d'amputations, d'ablations chirurgicales, les dispositions à cet effet sont d'ordre civil et laissées à l'initiative des institutions concernées.

— Mais ce sont mes doigts, monsieur le curé. Si c'est pas le bon Dieu qui en prend soin, c'est le diable qui va les ramasser.

— Tes doigts ne sont que les bouts de la main d'un chrétien, ils ne sont pas le chrétien et ça n'enlève rien aux attributs qui font de toi un chrétien.

L'air malheureux, Léon-Marie l'avait regardé sans répondre.

Le curé avait consulté sa montre de gousset.

— Il se fait tard, je dois te laisser. J'ai des devoirs plus importants qui m'attendent.

— Mais moi, je fais quoi avec ça? avait-il insisté.

Le curé avait laissé échapper un soupir d'ennui.

— Fais-en ce que tu veux, enterre-les dans un coin de ton lot familial si ça te plaît, mais ne pousse pas le ridicule jusqu'à nous demander une bénédiction.

— Pourtant, du côté du bon Dieu, me semble que je me sentirais plus rassuré si le vicaire Jourdain venait avec moi pour...

Indigné, le curé Darveau l'avait aussitôt coupé avec verdeur:

— Tant qu'à y être, demande donc au vicaire Jourdain de réciter l'antienne de la messe des morts «...leurs os humiliés tressailleront dans le Seigneur». Je trouve que tu y vas un peu fort, Léon-Marie. C'est ton défaut, de tout le temps tellement insister quand tu veux obtenir quelque chose.

La mine désolée, il avait regardé le curé longuement en silence.

Enfin celui-ci avait laissé tomber dans un grand geste d'impatience.

— Bon! tu as gagné. Je ne pense pas qu'une petite prière à l'intention de ton père qui dort dans ton lot familial va provoquer un schisme parmi les fidèles et si, par la même occasion, ça te permet d'enterrer décemment ce que tu considères comme une partie chrétienne de ton corps...

— Comme ça, vous acceptez de m'envoyer le vicaire Jourdain?

— À la condition qu'il le veuille bien. Il faudrait d'abord que je le consulte; il n'a pas que ça à faire. Malgré que je persiste à me demander pourquoi tu ne la récites pas toi-même, ta petite prière.

— Je préférerais que ce soit dit par un prêtre, me semble que le bon Dieu comprendrait mieux.

— Est-ce vraiment nécessaire?

— Je suis un chrétien, monsieur le curé.

— Justement, parce que tu es un chrétien, je voudrais bien que tu évites de pousser jusqu'à la superstition, ce que réprouverait notre Mère la Sainte Église. Et tâche de ne pas te rendre ridicule, c'est bientôt l'heure de la messe, les fidèles commencent à arriver.

— J'ai fait exprès pour venir de bonne heure, monsieur le curé. À six heures et demie du matin, un jour de semaine, on risque pas de rencontrer grand monde.

— Tu oublies que c'est mercredi aujourd'hui, le jour de la dévotion à saint Joseph, avait indiqué le curé sur un ton sévère.

Le vicaire Jourdain avait endossé son chaud paletot d'hiver et, sans rien dire, était sorti du presbytère. Son chapeau de feutre noir planté sur sa tête, avec ses larges épaules, son allure un peu branlante, il l'avait suivi vers le petit enclos des morts entouré de peupliers. Ils s'étaient d'abord arrêtés près du boghei, le temps d'y prendre la pelle, puis avaient poursuivi leur chemin côte à côte, lui, minuscule à côté du colosse, avec sa casquette de meunier d'un gris délavé, sa veste de laine épaisse jetée sur ses épaules, sa salopette de toile rude qui ballottait sur ses jambes.

La grille avait tourné dans une plainte difficile. Le froid de l'hiver, déjà, figeait ses ferrures. Il avait cédé le passage au jeune vicaire et, respectueusement, était entré à sa suite dans l'enceinte bénie qui couvrait tout un côté de l'église. Sa pelle dans la main droite, sa petite boîte bien serrée sous son bras gauche, il avait longé les humbles croix de fer, puis quelques épitaphes de granit jusqu'au lot des Savoie. Pendant un moment, immobile au milieu de la petite allée de gravier, il s'était recueilli en silence. À ses pieds, dans la solitude de la mort, dormait son père.

Il s'était signé dans un geste court, furtif, puis avait déposé sa petite boîte sur le sol.

— Je l'enterrerai pas creux, avait-il dit en foulant le tertre de gazon, je vais donner juste un petit coup de pelle, là, devant la pierre tombale.

De sa main droite, il avait orienté la plaque de métal, tandis que sa gauche lourdement emmaillotée prenait appui sur le manche. Le sol était dur, le froid lentement s'infiltrait, engourdissait la matière. Il avait poussé avec force, donné un rude coup de pied.

— La terre commence à geler.

— Vous n'êtes pas en état de forcer comme ça, avec votre blessure, avait objecté le jeune prêtre. Donnez-moi cette pelle.

Il avait refusé tout net.

— Vous savez ben que je peux pas vous laisser faire ça, monsieur l'abbé.

— Et pourquoi pas?

Le vicaire avait saisi la pelle. Son mouvement était robuste, efficace. Une grosse motte de terre durcie avait bientôt été retournée, puis, après elle, une pelletée de gravier fin.

— C'était gelé rien qu'en surface, avait-il observé sur un ton gaillard.

Le jeune prêtre avait repris les expressions des travailleurs. Son visage était animé, ses bras se déployaient. Il paraissait heureux tout à coup, ainsi plongé dans l'élément de la terre.

Léon-Marie l'avait considéré avec surprise et avait songé qu'après tout, le sacerdoce n'était pas qu'une suite ininterrompue de déférence et d'égards, qu'il y avait aussi des privations, des sacrifices inhérents à la dignité de prêtre. Il présumait qu'il devait parfois arriver à ce jeune homme de regretter le labeur de ses origines.

— Je pense que c'est assez creusé comme ça, lui avait-il fait remarquer sur un ton timide.

Délicatement, il avait pris par terre le petit coffre et l'avait déposé dans la fosse.

— Vous voulez bien réciter une prière? avait-il demandé en se relevant.

L'abbé Jourdain avait tiré les lèvres dans un sourire.

— Vous avez entendu ce qu'a dit monsieur le curé?

— Je sais qu'il me trouve superstitieux. Mais il peut pas comprendre ce que ça représente pour moi. Mes doigts faisaient partie de ce que je suis, ils ont travaillé avec moi, ils ont essuyé mes yeux quand j'ai pleuré, maintenant ils sont là, dans un trou, ils vont me manquer toute ma vie.

— Je vais vous bénir, vous, ainsi que votre père qui dort sous la terre.

Satisfait, Léon-Marie avait courbé la tête vers le gazon givré et s'était signé en même temps que, près de lui, le vicaire psalmodiait un pieux «Benedicat vos omnipotens Deus...»

Ils étaient retournés lentement vers la grille. Du côté de l'église, appuyés contre les barreaux de fer noir, deux enfants de chœur de même que quelques vieillards venus entendre la messe les observaient avec curiosité. Ils s'étaient éloignés à leur approche, cependant qu'il avait perçu distinctement leur petit rire. Avec un pincement au cœur, il avait deviné qu'avant le prochain angélus, toute la paroisse serait au courant de son fait.

Depuis ce jour de décembre, sans cesse, il avait essuyé les rebuffades de ses concitoyens. Sans égard pour son malheur, chacun leur tour, ils l'avaient taquiné, chaque fois qu'ils en avaient eu l'occasion.

Aussi, en ce beau dimanche du mois de juillet plein de soleil, au milieu de la cour du collège, alors que, malgré l'adversité, Léon-Marie s'apprêtait courageusement à montrer sa force, connaissant l'être humain et son insensibilité devant le malheur des autres, la remarque de Jérémie ne le surprenait pas.

— Qu'est-ce qu'il t'arrive donc, Léon-Marie? interrogea le curé qui s'impatientait au milieu de l'estrade. Tu ne vas pas aider tes camarades? Ma foi, voilà que tu te permets d'être dans la lune maintenant.

Derrière lui, Jean-Baptiste, Évariste et Joachim, ses trois antagonistes, transportaient les poches de farine à partir de la charrette garée à l'ombre d'un feuillu et les alignaient sur le sol. Autour d'eux, le vent soufflait à légers tourbillons et soulevait des petits nuages de sable fin.

— Vous voyez ben que je suis pas dans la lune, monsieur le curé, dit-il en s'empressant d'aller les rejoindre.

— Ben non, railla Jean-Baptiste, Léon-Marie y est pas dans la lune, y est en prière, y est en train d'implorer ses petits doigts.

— Vous avez tort de vous moquer ainsi de votre ami, les réprimanda le curé. Vous devriez plutôt admirer son courage. Léon-Marie a non seulement réussi à surmonter son accident, mais il a su s'adapter à sa condition nouvelle et à aucun moment il n'a modifié ses activités.

Son sifflet à la main, Ignace alla se placer devant la foule.

— Bon ben astheure, si tout le monde est d'accord, on va oublier les petits doigts de Léon-Marie pis on va commencer.

Au milieu du stand, les quatre émules, Jean-Baptiste, Évariste, Joachim et Léon-Marie, tenaient un petit conciliabule. Léon-Marie exhibait sa main mutilée et, encore une fois, parlait plus fort que les autres.

— T'as l'air d'oublier que je suis un estropié.

— Vas-tu tout le temps nous remâcher ton accident? fit Évariste. Coudon, veux-tu qu'on te donne la game tout suite?

Le curé fronça les sourcils.

— Allons, messieurs, vous n'êtes plus des enfants.

Son index dirigé vers le ciel, il articula sur un ton sentencieux:

— Léon-Marie, c'est toi que le bon Dieu met à l'épreuve aujourd'hui. Souviens-toi que l'orgueil est un péché capital et l'humilité une vertu.

Léon-Marie se tourna vers lui; il avait pris un petit air désappointé.

— On s'était pourtant ben entendus Baptiste, Joachim pis moi, on s'était mis d'accord qu'on ferait rien qu'une petite démonstration, pas une compétition. Évariste a pas l'air de comprendre.

— On s'était dit que, pour aujourd'hui, il devrait pas y avoir de gagnant, renchérit Jean-Baptiste. En prenant ben note que c'est rien que pour cette fois-citte, je pense qu'Évariste va comprendre.

— Pour c'te fois, je vas avoir pitié de notre éclopé, accepta Évariste.

Outré, Léon-Marie se dressa sur ses jambes.

— Que c'est qui te prend? Qui c'est qui a parlé de pitié?

— Ben là, intervint Ignace qui commençait à perdre patience, va falloir vous entendre, pis commencer si vous voulez finir un jour...

Il fit un large geste avant de se tourner vers l'assistance et expliquer d'une voix forte:

— Cette année, ils vont être quatre à courir: Jean-Baptiste, Évariste, Léon-Marie pis Joachim. Ils vont partir ensemble, pis ils vont faire deux fois le tour de la cour avec deux poches de cent livres de fleur, une sous chaque bras. On a calculé que ça équivalait à courir un demi-mille.

Lentement, l'air fanfaron, les quatre émules allèrent se placer sur la ligne de départ et, dans un mouvement pesant, ajustèrent les sacs de farine sur leurs hanches. Autour d'eux, une poudre blanchâtre se dispersait comme un brouillard et ternissait leur salopette de travail au pli proprement pressé.

Ignace fit entendre un coup de sifflet énergique. Aussitôt, les quatre hommes s'activèrent, à longues foulées accélérèrent, jusqu'à maintenir leur rythme au pas de course. Les muscles de leurs bras fortement gonflés, ils avançaient le dos courbé, le profil buté, en déplaçant autour d'eux une petite poussière blonde. On n'aurait su distinguer s'il s'agissait de la farine qu'ils transportaient ou de ce sable fin qui couvrait les pistes faites par les élèves du collège à l'heure de la récréation.

Ils avaient effectué un premier tour et croisaient la galerie. Des cris d'encouragement les accompagnèrent. À nouveau, ils se dirigèrent vers le fond de la cour, tournèrent en angle droit puis revinrent vers le vieux collège. Encore une fois, ils passèrent devant les spectateurs.

Ignace leva le bras et fit retentir puissamment son sifflet.

— Un demi-mille, cria-t-il, la course est finie. Comme ç'a été entendu, il y a pas de gagnant, mais il y en aurait pas eu pareil, parce qu'ils ont franchi la ligne d'arrivée tous les quatre en même temps.

Comme s'ils s'étaient concertés, les quatre émules continuaient leur course. Sans manifester la moindre fatigue, ils longeaient à nouveau la droite de la cour, se rendaient jusqu'au bout, tournaient, passaient à l'opposé de l'estrade, rejoignaient le collège, traversaient le préau et revenaient vers les spectateurs.

— Trois quarts de mille, s'égosilla Ignace qui se prêtait à la poursuite du jeu.

Ils continuaient encore. Enfin, Joachim, le premier, ralentit son allure. Près de lui, Évariste laissa tomber ses sacs puis s'arrêta. Courbé jusqu'au sol, il sortit un grand mouchoir de sa poche et épongea son front.

— Si je veux pas devenir fou, ça va être assez pour moé aujourd'hui, jeta-t-il en expirant bruyamment.

Les deux autres terminaient le quatrième tour. Jean-Baptiste, en tête, arriva presque défaillant. Il avait cessé de courir et allongeait le pas, s'étirait autant qu'il le pouvait afin d'atteindre son objectif qu'il avait établi devant l'estrade, devant le point de départ. Enfin, dans un grand souffle, il laissa choir ses sacs.

— Un mille, s'écria-t-il avec une toux sèche, chus ben content.

Léon-Marie suivait derrière. Comme lui, il avait cessé de courir et avançait à longues enjambées pesantes. Soudain, contre toute attente, il se reprit et, dans un élan vigoureux, contractant les muscles, s'élança et devança son émule jusqu'à bonne distance. Alors seulement il abandonna ses sacs.

Le regard triomphant, il se tourna vers l'assistance. Il haletait.

— J'aurais été capable de faire encore un boutte, articula-t-il en ployant la taille jusqu'au sol dans un effort pour reprendre son souffle.

— Tu ne cesseras donc jamais de chercher à épater la galerie, Léon-Marie, morigéna le curé. C'est de la présomption de ta part. Tu ne te vois pas, tu as l'air crevé comme un vieux cheval.

— C'est normal, monsieur le curé, je viens de courir un mille avec deux poches de cent livres de fleur sous les bras.

— Jean-Baptiste a aussi préparé un concours pour l'assistance, annonça Ignace. Y en a-t-y qui auraient le goût de lever son p'tit baril de clous, l'abbé Jourdain peut-être?

Le jeune vicaire se leva aussitôt.

Près de lui, le curé se pencha vers l'abbé Fleury, qui tournait distraitement les pages de son agenda, et l'invita sur un ton aimable:

— Tu devrais y aller, toi aussi, Léopold. L'exercice est sain pour le corps et pour l'esprit.

— Je préfère demeurer spectateur, monsieur le curé, répondit aussitôt le deuxième vicaire. Je ne vous l'ai jamais caché, je ne suis pas très friand de cette sorte de jeu.

Isaïe Lemay et Oscar Genest rejoignirent l'abbé Jourdain au milieu du stand. Chacun leur tour, en plaisantant, ils levèrent le baril, à deux mains, puis d'une seule main.

— C'est pas ben ben pesant.

Léon-Marie cligna de l'œil.

— Il y en a-t-y qui seraient capables de le soulever avec leurs dents?

Il agitait une ficelle qu'il avait extraite de sa poche. Rapidement il la noua dans l'anse de métal et la porta à sa bouche.

— Comme ça.

Avec précaution, il arqua la tête, déséquilibrant en même temps le petit tonneau qui s'écarta du sol au-dessous de son menton.

— Ouais! dirent ensemble les hommes.

— Ça prend tout un râtelier, fit remarquer Don McGrath.

Offusqué, Léon-Marie laissa chuter rudement le baril sur le sable et exhiba sa forte denture.

— T'apprendras, l'Irlandais, que j'ai toutes mes dents.

— Léon a toutes ses dents, voyons, railla Jérémie, c'est pas ses dents qui sont rendues au ciel, c'est ses d...

Soudain, un bruit, comme une violente secousse, enterra la fin de sa phrase. Du côté de la rue principale, une charrette tirée par un cheval s'amenait à grand fracas. L'engin se rapprochait de l'église, empruntait la rue du collège et, comme une ombre mouvante, masquait les rayons du soleil sous la haie d'érables. Dans un gauchissement de ses moyeux, la voiture tourna dans la cour de récréation, traversa le grand carré d'herbe en faisant voler les mottes et bondit vers l'estrade pour aller s'arrêter près du stand de baseball.

Speedy Couture sauta du véhicule. Vivement, avec une nervosité évidente, il courut rejoindre le curé. Pendant un moment, penché vers lui, il chuchota à son oreille. Le curé avait blêmi, son visage était grave. Autour d'eux, un profond silence avait envahi la place.

— Arrêtez les jeux, dit le vieux prêtre d'une voix blanche, il vient d'arriver un accident.

Il regardait autour de lui et, l'air désemparé, croisait et décroisait ses mains sur sa poitrine. Enfin, il courba la tête, fit un grand signe de croix et ferma les yeux. Pendant un long moment, il demeura ainsi, figé, absorbé dans une méditation intense. Seules ses lèvres bougeaient, marmonnaient une prière.

Lentement, il souleva les paupières. Le regard perdu vers le lointain, comme s'il ne s'adressait qu'à lui-même, il s'écria, avec des larmes dans la voix:

— J'ai un épouvantable devoir. Allez tous m'attendre sous le préau.

Les uns après les autres, les hommes descendirent des gradins et se dirigèrent vers le collège.

Debout près de son banc, les mains croisées sur la poitrine, il les regardait défiler, tête basse, dans un lent cortège. Il attendit que les estrades soient entièrement vides, puis se tourna vers les quatre hommes qui avaient démontré leur force et qui s'apprêtaient, à leur tour, à les suivre. Avec une infinie tristesse, il se joignit à eux et, graduellement, accorda son pas à celui de Léon-Marie.

— Ne marche pas trop vite, Léon-Marie, toi et moi avons à parler.

— Moi, monsieur le curé? fit Léon-Marie en s'arrêtant net. Vous avez ben dit à moi? Là, vous me faites peur.

— Tu ne dois pas avoir peur, mon fils, Dieu est avec toi. Mais tu vas devoir montrer beaucoup de courage.

— Qu'est-ce qui se passe, monsieur le curé?

En proie à une profonde angoisse, il le regardait, la bouche ouverte, avec sa main droite qui se crispait sur la poitrine.

— Il est arrivé quelque chose à Henriette, à mes enfants?

— Henriette se porte bien, en autant qu'elle accepte l'épreuve que le bon Dieu vous envoie.

— Une épreuve, monsieur le curé? Il est arrivé un malheur à mes enfants?

Il hochait la tête à grands coups rapides.

— Il peut pas être arrivé malheur à mes enfants, ça se peut pas, ils sont seulement allés se baigner du côté de la crique à German comme ils font tous les dimanches.

— C'est bien ça! acquiesça le vieux prêtre. Ils sont allés du côté de la crique à German, hélas, c'est bien là qu'ils étaient en train de se baigner.

— Il est arrivé un malheur, monsieur le curé? gémit Léon-Marie.

— Oui, Léon-Marie, il est arrivé un malheur, un grand malheur.

Léon-Marie avait pâli. Les deux doigts de sa main mutilée appuyés sur ses lèvres, il tremblait de tous ses membres.

— Un malheur, il est arrivé un malheur à un de mes enfants...

— Oui, Léon-Marie, il est arrivé un malheur à un de tes enfants.

Son bras posé sur son épaule, le curé hésita un court moment. Soudain, comme si le ciel lui donnait la force et guidait ses paroles, il lança avec un trémolo dans la voix:

— Ta petite fille Marie-Laure s'est noyée, Léon-Marie, elle s'est noyée il y a une heure.

— Ma petite Marie-Laure... ma petite Marie-Laure s'est... noyée...

Sa bouche, ses yeux se crispèrent dans un rictus convulsif.

— Mais, monsieur le curé, ça se peut pas, Marie-Laure nage comme un poisson.

— Elle aurait eu une crampe.

— Ma petite Marie-Laure, une crampe...

Il appuya ses paumes sur son visage. Brutalement, il se laissa tomber à genoux sur le sol. Il secouait la tête et pleurait comme un enfant.

— Ma petite Marie-Laure, ça se peut pas... c'était la plus belle de la famille, la plus fine aussi. Dieu a pas le droit de me faire ça, j'ai toujours été un bon pratiquant, il a pas le droit de m'enlever mon enfant comme ça, il a pas le droit.

— Dieu éprouve ceux qu'il aime, murmura le curé Darveau.

D'un mouvement brusque, Léon-Marie dégagea son visage. Ses yeux étaient injectés, ses joues ruisselaient de larmes, il se révoltait.

— Ben barnache, si c'est ça qu'on appelle être aimé du bon Dieu, je m'en passerais ben. Je suis un honnête homme, j'ai pas de malice. J'aime mon prochain, pis je l'aide autant que je suis capable. Une affaire comme ça, c'est le meilleur moyen d'écraser son homme pis de l'abattre à tout jamais. Si Dieu veut pas que personne progresse sur la terre, ben qu'il nous le fasse savoir, pis on fera pus d'efforts, on se laissera crever comme des chiens.

— Ne blasphème pas, mon fils, accepte en bon chrétien l'épreuve que Dieu t'envoie. Tu n'as jamais manqué de courage, tu es un homme doué, tenace, tu as une belle âme, tu te sortiras de cette épreuve, tu en sortiras grandi.

Le vieux prêtre croisa ses mains sur sa poitrine.

— Je crains davantage pour ton Henriette, elle est fragile, elle n'a pas ta force de caractère, elle aura bien besoin de ton support.

— Henriette.

Écrasé sous la charge de sa douleur, il avait oublié son Henriette, il avait oublié les siens qui pleuraient eux aussi du côté du mont Pelé.

— Henriette, les enfants, Antoine, Gabriel, les jumeaux...

Il s'agita. Il devait aller les rejoindre. Il devait partir sans attendre.

Il lui semblait qu'auprès de sa famille, dans leur maison de la Cédrière, la douleur serait moins intolérable. Ils pleureraient ensemble, ensemble ils vivraient leur souffrance et se souviendraient, ils se diraient leur attachement et se consoleraient.

Loin d'eux, le mal l'habitait, l'étouffait jusque dans sa gorge, avec ce poids qui l'oppressait, ces griffes qui le lacéraient. Il avait tant de peine en songeant à Henriette, aux enfants qui souffraient, eux aussi, qui comme lui suffoquaient... Henriette, avec son cœur malade, son Henriette qui risquait d'en mourir.

Soudain, il se débattit de toutes ses forces.

— Faut que je parte, faut que je parte au plus vite, ils ont besoin de moi à la maison.

Il ne voulait pas perdre son Henriette, il ne voulait pas d'un autre malheur, il en mourrait lui aussi.

— On te laissera pas tout seul, dirent ensemble les hommes.

Oscar Genest s'approcha de lui et posa sa main sur son bras.

— Il y a deux ans, nous autres aussi, on a perdu un enfant, notre petit Fabien, tu te rappelles? Ça nous a fait ben mal, je pensais que

Rosanna s'en remettrait jamais. C'est une affaire qui s'oublie pas, mais avec le temps, même si on y pense tous les jours, on trouve une force quelque part pour vivre avec.

— Henriette, répétait Léon-Marie.

Théophile Groleau s'approcha à son tour. Il bégayait plus que de coutume.

— Justement, nous autres itou, y a trois ans, on a perdu notre petit Aurèle, mais y reste les autres, y nous aident à pas y penser.

— Faut que j'y aille, Henriette a le cœur malade, elle a besoin de moi.

— Rassure-toi, Ti-On, lui dit Speedy, je suis passé par la Cédrière avant de venir ici et je lui ai administré un sédatif...

Brusquement, dans un sursaut, Léon-Marie releva la tête. Ses yeux lançaient des éclairs.

— Charles Couture! Appelle-moi pus jamais Ti-On!

Le corps arqué vers l'avant, des larmes plein les yeux, il ne tentait pas de freiner sa fureur.

— Il y en a pus de Ti-On, comprends-tu, il y en aura pus jamais. À partir d'aujourd'hui, ma jeunesse est finie, ben finie, je viens d'avoir quarante ans, je suis un homme mûr et...

Sa voix s'éteignit dans un sanglot.

— Je suis en train de vivre mon premier deuil.

Il fixait tour à tour les hommes autour de lui et martelait sa poitrine.

— Je suis un père qui vient de perdre son enfant, pouvez-vous comprendre ça? J'ai perdu ma petite fille... ma petite Marie-Laure... Elle avait à peine quatorze ans. Barnache, c'est ben trop jeune pour mourir. Elle a pas eu le temps de rien voir de la vie. Pourquoi, si Dieu est bon, qu'il vient pas chercher les vieux qui sont malades, ceux qui sont malheureux, ceux qui demanderaient pas mieux que de mourir, pourquoi qu'il est venu chercher ma petite fille, ma belle petite Marie-Laure?...

Encore une fois, il couvrit son visage de ses paumes et tout son corps tressauta pendant un long moment.

Le curé Darveau entoura ses épaules de son bras.

— C'était dans les desseins de Dieu que Marie-Laure n'effectue qu'un court passage sur cette terre, murmura-t-il avec douceur. Il faut te soumettre à sa Sainte Volonté et ne jamais oublier que ses vues sont impénétrables.

— Impénétrables, marmonna Léon-Marie, oui je sais, impéné- trables.

Dans un sursaut de révolte, il s'arc-bouta sur ses jambes.

— Pourquoi faut-il toujours tout accepter sans comprendre?

Avec un profond soupir, il courba la tête et essuya ses yeux du revers de la main.

— Je dois m'en aller chez nous, à la Cédrière, j'ai là-bas ma femme pis quatre enfants qui m'attendent. C'est là qu'est ma place.

Le curé Darveau accorda son pas au sien.

— Je viens avec toi, mon fils, ensemble nous consolerons ta pauvre Henriette.

# 11

Debout dans l'ombre de la cuisine, Henriette avait courbé la tête. Encore revêtue de sa chemise de nuit toute blanche, avec ses beaux cheveux blonds dénoués qui traînaient sur ses épaules, à l'heure où l'angélus de midi résonnait à travers la campagne, elle avait couvert son visage de ses mains et pleurait à gros sanglots.

Brusquement, presque avec violence, elle arqua la tête, montra à la lumière ses joues ruisselantes de larmes et se mordit cruellement les lèvres.

Sa petite Marie-Laure était morte, elle ne la reverrait plus. Jamais plus elle n'entendrait éclater son rire joyeux à travers la maison, jamais plus ses petits pas feutrés ne se déplaceraient autour d'elle afin de l'aider à ranger les affaires, jamais plus elle ne sentirait la chaleur de son corps contre sa poitrine, jamais plus... Sa petite Marie-Laure était partie pour toujours.

Des femmes, des voisines obligeantes, étaient venues. Ensemble, elles avaient revêtu sa petite fille de sa plus jolie robe blanche et l'avaient couchée dans le salon sur un panneau de bois composé de quatre planches bien douces qu'elles étaient allées quérir en face, dans la cour du moulin. Elles avaient choisi le coussin le plus moelleux, pour y appuyer sa tête, avaient défait ses tresses et lissé ses longs cheveux bruns sur sa poitrine.

Avec ses mains croisées sur une petite croix de bois, ses paupières closes, sa petite fille semblait dormir, abandonnée et douce, comme un ange venu du ciel pour un temps très court.

«Dans un palais somptueux mourait une petite princesse... près de sa couche brûlaient deux cierges... Des roses embaumaient par la fenêtre ouverte... Dehors on entendait le bruit des cigales, le gazouillis d'une mésange, des frémissements, tout ce qui était doué de vie...»

Hier on avait porté sa petite fille au cimetière. Sa petite mésange à elle ne chanterait plus. Les hommes avaient fabriqué une boîte, l'y avaient couchée et avaient scellé le couvercle avec des clous.

Dans un cortège profondément triste et lent, on l'avait amenée dans le jardin des morts et creusé un trou dans la terre à côté du grand-père... en même temps que le curé Darveau psalmodiait des phrases, mais elle, la mère, n'avait rien entendu, ses oreilles bourdonnaient trop.

Elle essuya les larmes qui inondaient ses joues et alla chercher son livre d'heures. Dans la maison silencieuse, elle prit place sur une chaise en bois très droite et dure, et serra longuement le petit ouvrage sur sa poitrine avant de l'ouvrir à une page marquée d'un signet.

— «Ah! si la main d'un ange... récitait-elle, ...assez délicate et légère pouvait se poser sur nos cœurs et en percevoir les battements...»

Les yeux perdus dans l'extase, comme si le simple approfondissement de ces strophes élégantes et pures pouvait produire le miracle, elle y appuya son front.

— «Si cette main très douce et consolante pouvait épuiser la source douloureuse et atténuer le bouleversement intime de notre malheur... Ah! si la main d'un ange...»

Brisée de chagrin, elle déposa son petit recueil sur ses genoux, et un long frémissement parcourut son corps. Pourrait-elle jamais tarir ses pauvres larmes ou seulement en détourner le flot...

Dehors, Léon-Marie avait traversé l'allée de sable et grimpait les marches. Il tira la moustiquaire et, avançant sur la pointe des pieds dans la cuisine, alla s'arrêter près de sa chaise.

— Ça va pas, mon Henriette...

Les yeux levés vers lui, elle le fixa un long moment, comme hébétée. Soudain, brusquement, elle joignit ses mains derrière son cou.

— Oh! Léon, qu'est-ce que nous allons devenir?...

Il s'agenouilla à côté d'elle et la pressa contre sa poitrine. Dans un geste consolant, il caressait son échine.

— Faut essayer de pas trop entretenir not' peine. C'est ce qu'a dit le curé Darveau. Les morts ont pas mal, c'est ceux qui restent qui souffrent.

— Mais c'est notre petite fille, Léon-Marie, notre petite Marie-Laure... On ne peut pas l'arracher de notre cœur comme ça.

— On peut pas refaire le passé non plus, Henriette, prononçat-il doucement. C'est pour ça que faut essayer d'oublier.

— Oublier?

Elle leva vers lui un regard farouche. Comment pouvait-il lui demander d'oublier leur petite fille? De la part du curé, elle aurait pu comprendre, il n'avait jamais eu d'enfant, mais venant de lui...

Elle secoua énergiquement la tête, ses yeux étaient brouillés de larmes.

— Ma petite fille est dans mon cœur, Léon-Marie, tu ne peux pas me l'arracher comme ça. Je l'ai portée dans mon ventre, je l'ai sentie bouger, grossir, je l'ai mise au monde, j'ai tenu son petit corps tout chaud, tout vibrant contre moi, je l'ai nourrie de mon lait et tu voudrais que je l'oublie. Parfois, je me demande ce que les hommes ressentent pour leurs enfants.

— Parce que je vais à mes occupations comme d'habitude, tu penses que j'ai pas de peine, répliqua-t-il. C'est peut-être difficile à comprendre pour toi, mais je l'aimais moi aussi, notre Marie-Laure, je l'aimais ben gros.

Sa voix s'éteignit. Dans un geste furtif, il essuya ses yeux. Ébranlée, elle le regarda avec étonnement, en silence, puis baissa la tête.

— Je te demande pardon, je ne suis qu'une égoïste.

Il rapprocha son visage. Il avait peine à freiner l'émotion qui le gagnait.

— Ma belle Henriette...

De son index, il effleura ses joues et écarta une mèche sur son front. Sa main était glacée, malgré la touffeur de juillet, et ses lèvres tremblaient.

— T'as pas fait ton chignon à matin... murmura-t-il sur un ton de léger reproche.

Se ressaisissant, il s'écarta lentement d'elle. La mine pensive, les mains enfoncées dans les poches, il marcha vers la fenêtre. Devant lui la campagne était inondée de soleil.

— Pourquoi que t'irais pas t'asseoir sur la véranda après dîner, il fait si beau aujourd'hui. Profites-en pendant que t'as pas trop d'ouvrage avec ton jardin, l'été dure pas longtemps.

L'œil hagard, elle le dévisagea sans parler. Une immense tristesse l'avait envahie d'un coup. Brusquement, elle enfouit son visage dans ses paumes et se mit à pleurer à gros sanglots.

— Comment pourrais-je profiter du soleil, quand ma petite Marie-Laure croupit dans le noir total, sans air, sans le plus petit rai de lumière par un carreau de fenêtre pour la rassurer un peu.

Pendant un long moment, ses épaules tressautèrent. Tourné vers elle, l'air affligé, Léon-Marie la considérait avec stupéfaction, sans bouger.

Enfin elle se calma et découvrit ses yeux. Avec un profond soupir, elle prit près d'elle son petit recueil resté ouvert et se pencha sur la page.

— «Juxta crucem... lut-elle dans un hoquet. Ô Jésus c'est ainsi que vous agissez envers ceux qui vous sont chers...»

Il redressa vivement la tête, il paraissait déçu. Il revint vers elle. D'un geste brusque, comme il aurait fait à une enfant, il arracha le petit livre de ses mains et le referma d'un coup sec.

— Charles Couture t'a défendu de lire tes «Paillettes d'or», gronda-t-il en allant le déposer sur une haute tablette. Ce genre de méditations est mauvais pour ton moral. C'est un appel à la morbidité, à la résignation par la souffrance. Il dit qu'avec ton tempérament mélancolique, ça t'incite à la langueur.

Elle ne tenta pas de résister. Comme une petite fille soumise, avec ses mains abandonnées sur ses cuisses, elle détourna les yeux. Lentement elle riva son regard sur un point vague, en même temps qu'elle murmurait sur un ton monocorde:

— Les paillettes d'or ramassées dans le lit du ruisseau...

— Des phrases qui veulent rien dire.

— Les paillettes d'or sont mon réconfort, insista-t-elle sur un ton avivé.

Agacé soudain, il lança avec force:

— Pourquoi que tu te laisses emberlificoter par des paroles creuses, Henriette! Monsieur le curé l'a dit hier dans son éloge à Marie-Laure: faut lutter, faut survivre à ton malheur, comme ont fait Rosanna Genest, Eugénie Groleau et combien d'autres avant elles. En connais-tu ben gros, toi, des familles où on compte pas un enfant mort en bas âge? Peux-tu comprendre qu'ils ont pas eu d'autre choix que de continuer à vivre.

Comme hébétée, elle le fixait, les lèvres closes. Pendant un court instant, ses prunelles s'enflammèrent, prirent une expression mordante, puis peu à peu, la flamme s'éteignit dans ses yeux.

— Bien sûr que je comprends... émit-elle sur un ton sarcastique. Souviens-toi, Henriette, que ce rappel de ton enfant auquel tu t'accroches de toutes tes forces n'est que sensiblerie instiguée par des esprits légers... En bonne chrétienne, tu n'as pas le droit de crier ta peine, encore moins celui de te révolter. Tu n'as que le droit de cacher ton chagrin au fond de ton cœur et affecter l'acceptation totale, sans que jamais personne décèle le mal qui te ronge. Ainsi, on dira de toi que tu es une femme héroïque...

Brusquement, des étincelles jaillirent de ses yeux. Le regard levé vers lui, elle prononça sur un ton vibrant:

— Mais je ne veux pas être héroïque, jamais je n'ai voulu être héroïque.

Vaincue, elle courba la tête et cacha son visage dans ses paumes.

— Je ne peux pas être héroïque.

— Personne te demande d'être héroïque, Henriette, protesta-t-il, alarmé soudain. Tout ce qu'on veut, c'est t'aider à retrouver un peu d'apaisement. On veut pas que t'entretiennes ta souffrance, on veut que tu redeviennes comme t'étais avant, que tu te remettes à sourire, comme tu faisais avant notre malheur, t'es si belle quand tu souris.

— C'est ça... se dressa-t-elle, vaquer à mes occupations comme d'habitude, en espérant secrètement dans mon cœur que l'heure vienne. Souviens-toi, pauvre créature de la terre, que cette vie que tu revendiques comme le ruisseau qui t'abreuve n'est qu'un passage. Un jour, tu rejoindras ta petite fille, hors de ce monde, dans une entité inconnue, supérieure et belle, dans un endroit où la souffrance et la mort n'existent pas.

Malgré lui, il fit un grand geste d'impatience.

— T'as encore puisé ces belles phrases-là dans tes paillettes d'or! Peux-tu comprendre combien c'est morbide d'entretenir des idées pareilles.

Une profonde lassitude se lisait dans ses yeux. Conscient de son impuissance, il s'éloigna d'elle et alla s'immobiliser devant la fenêtre. L'air malheureux, songeur, il riva ses yeux sur la campagne paisible. De l'autre côté de la route, deux voitures à cheval quittaient la cour de la scierie avec leur benne remplie de planches de bois aplani. Devant les grandes portes de ses industries, il voyait se démener les hommes. À l'entour des bosquets, une nuée de petits oiseaux voletaient à la recherche de nourriture. Partout la vie éclatait. Il se raidit de toutes ses forces. Ils n'avaient pas d'autre choix que de survivre à l'adversité, ils n'avaient pas d'autre possibilité que d'accepter l'omniprésence de la mort et se laisser entraîner par la vie qui se déployait tout à côté.

Henriette s'était levée de sa chaise et, dans un bruissement léger, était allée le rejoindre. Debout l'un près de l'autre, ils se tenaient sans parler. Derrière eux dans la grande cuisine, le tic tac incessant de l'horloge se mêlait aux cris des enfants qu'ils percevaient par la porte ouverte.

— Tu es fâché contre moi? murmura Henriette au milieu du silence.

— Je ne veux plus que tu lises tes paillettes d'or, jeta-t-il sur un ton rude.

— Les paillettes d'or sont ma seule façon de m'imprégner du souvenir de ma petite fille, et tu voudrais me les enlever...

— Ces pensées ne font qu'entretenir ta morosité, et regarde-toi, t'es toute débraillée. Il passe midi et t'es encore en jaquette.

Excédé soudain, il secoua les épaules.

— Va t'habiller, fais quelque chose, sors de la maison. Que c'est que tu veux que je te dise, je peux pas rester à côté de toi à te regarder pleurer, la scierie est ouverte aujourd'hui, j'ai de l'ouvrage par-dessus la tête.

À grandes foulées impatientes, il se mit à arpenter la cuisine. En martelant le parquet du fer de ses talons, il se dirigea vers le fond de la pièce, revint sur ses pas, tourna autour de la table, cent fois, recommença son manège.

Enfin un peu apaisé, il s'arrêta près d'elle. Il regrettait sa brusquerie. Henriette paraissait si malheureuse et elle était si fragile.

— J'ai pas voulu te faire de la peine, avança-t-il doucement. Je me suis emporté, j'ai manqué de patience. Faut dire que notre deuil est ben récent, pis que c'est ben dur pour moi aussi. Veux-tu que je demande à une voisine de venir te tenir compagnie après-midi? Je pourrais aller chercher Angélina, ou ben Georgette ou ben encore ton amie Angélique?

Elle redressa vivement la tête.

— Je ne veux personne dans ma maison, coupa-t-elle aussitôt avec véhémence. Le chagrin se vit dans le respect et le silence.

Il lui jeta un long regard. Encore une fois, il se reprit à arpenter la cuisine. À grands pas sonores, il se dirigea vers le fond de la pièce. Soudain pris d'une sourde inquiétude, il s'arrêta net.

— Où sont les jumeaux?

— Je n'en sais rien.

— Étiennette devrait être auprès de toi dans la maison et Étienne pourrait trouver à s'occuper avec ses frères dans la cour à bois. Est-ce qu'ils ont mangé ce matin?

Elle alla reprendre sa place sur sa chaise droite.

— Je ne sais pas, ils étaient déjà sortis de la maison quand j'ai quitté ma chambre.

— Je veux pas te faire de peine en te parlant ainsi, Henriette, observa-t-il avec ménagement, mais je suis pas sûr, si notre petite Marie-Laure te voit du haut du ciel, qu'elle approuve ton attitude.

— Je... Oh! Léon, qu'est-ce que tu oses imaginer?

Ses yeux se remplirent de larmes.

— Ne sais-tu pas qu'il faut passer par le cœur pour arriver à l'âme? Ma petite Marie-Laure ne peut me reprocher de me nourrir de son souvenir. Son empreinte est dans mon âme. Quoi que vous fassiez, personne ne pourra l'y effacer, jamais.

— Je suppose que tu as encore lu ça dans tes paillettes d'or, gronda-t-il. Tes paillettes d'or parlent-elles aussi des autres, de ceux qui vivent et qui ont droit à une place dans ton cœur?

Il aurait tant voulu lui faire entendre raison, l'amener à saisir sa façon à lui de comprendre ce qu'il considérait comme une aberration, une absurdité dans la logique humaine.

— Moi aussi, je l'aimais notre petite Marie-Laure, reprit-il à voix contenue, même si je me tiens occupé, ça m'empêche pas de penser à elle tout le temps.

Il laissa échapper un profond soupir. Comme dépassé, la tête basse, il se dirigea vers la porte.

— Faut que j'y aille, l'ouvrage m'attend. Attends pas les jumeaux pour le dîner, je vais demander qu'on les retrouve et je les enverrai manger chez Charles-Arthur.

— Pourquoi importuner Angélina avec nos problèmes? se récria-t-elle. Elle a assez de sa famille à s'occuper, en plus de ta pauvre mère malade. Nous avons tout ce qu'il nous faut ici dans le garde-manger, les enfants n'ont qu'à se servir, ils ne sont plus des bébés.

— Je vais envoyer les jumeaux dîner avec leurs cousins, non pas parce qu'il y a rien dans notre garde-manger, mais plutôt parce qu'ils n'ont que huit ans et que la cuisine d'Angélina est moins funèbre, ne put-il s'empêcher de répliquer avec verdeur.

Il sortit dehors et s'enfuit du côté de la scierie.

Antoine et Gabriel venaient de grimper les marches et entraient dans la maison en courant.

— Qu'est-ce qui se passe? demanda Antoine.

— Ton père m'a reproché de pleurer votre petite sœur, sanglota-t-elle.

Il considéra sa mère avec tristesse. Devant lui, la table était encore recouverte de son tapis ciré aux couleurs douces avec, en son centre, un vase de fleurs séchées. Il jeta un regard vers le poêle froid sur lequel ne reposait qu'une vieille bouilloire bosselée, vide. La soupe n'avait pas été mise à chauffer.

— Le dîner est pas prêt? demanda-t-il encore.

Elle s'essuya les yeux avec son mouchoir.

— Il y a ce qu'il vous faut dans le garde-manger.

Il se dirigea vers la petite pièce fraîche qui donnait sur le mur arrière et revint bientôt, les bras chargés d'un plat de porc et d'un pain de ménage qu'il déposa sur la table nue.

Les deux frères prirent place l'un près de l'autre et avalèrent leur repas en silence. Ils mangeaient vite. Ils étaient pressés de retourner dans la cour de l'usine où, depuis le début de l'été, leur père leur avait trouvé un emploi d'étudiant. Chargés de transporter les planches polies à partir de l'atelier de planage, ils avaient aussi la tâche de les aligner en belles cages très droites. Aujourd'hui, le travail ne manquait pas.

— Faut y aller, nous autres, dit Antoine en repoussant sa chaise. Les hommes déplacent de l'air. Avec l'usine qui a été fermée hier pour les funérailles de Marie-Laure, ils ont pris du retard. Ça nous fait d'autant plus d'ouvrage dans la cour, à Gabriel et à moi. On n'arrive pas.

Hâtant le pas, il rejoignit son frère sur le seuil, puis d'instinct se retourna. Sa mère était là, debout au milieu de la cuisine et les considérait, les mains jointes sur la poitrine, avec ses grands yeux tristes, déchirés. Bouleversé, il revint vers elle et lui tendit les bras.

Effondrée, sans résistance, elle laissa glisser sa tête sur son épaule et un long frisson parcourut son corps. Son souffle était saccadé, proche des larmes. La peau de son front était moite et le bout de son nez, froid.

— Ma petite maman... murmura-t-il près de son oreille, vous êtes pas toute seule, on est là, nous autres, vous en avez encore quatre autour de vos jupes...

Doucement, il caressait son dos d'un petit mouvement malhabile.

— Nous autres aussi, on a de la peine.

— Je suis tellement malheureuse... ton père m'a reproché de pleurer ma petite fille et nous ne l'avons enterrée qu'hier.

— Faut pas lui en vouloir, l'excusa-t-il. Vous connaissez pôpa, quand il a de la peine, il est grognon. Lui aussi il l'aimait bien gros, Marie-Laure, c'était sa préférée. D'ailleurs, tout le monde l'aimait, notre petite sœur, elle était si fine.

Il ajouta sur un ton sentencieux:

— Mais on y peut rien. Chacun doit mourir à son heure, Marie-Laure a suivi son destin.

Surprise, elle se redressa et le dévisagea un moment, comme si elle le découvrait. Il avait changé, son Antoine. Après deux années passées au collège, il raisonnait comme un sage. Elle se rappela son trac, ses jérémiades, ce jour de septembre où elle avait cousu sa redingote de séminariste. Les yeux fermés, elle pensa combien ces souvenirs étaient loin derrière eux maintenant et combien elle regrettait ce temps heureux où ses enfants étaient tous bien vivants et réunis autour d'elle.

— Tu es un bon fils, articula-t-elle en posant sa main sur la sienne.

— Faites un petit effort, maman, voulez-vous? Faites-le pour nous, vos autres enfants.

Il encercla ses épaules de ses bras et la berça doucement. Les paupières mi-closes, il récitait à voix basse:

— «Vous qui êtes dans un abîme de souffrance, souffrez aujourd'hui avec la croix d'aujourd'hui», vous vous rappelez? C'est ce qu'a dit monsieur le curé hier, dans son éloge à Marie-Laure.

Elle hocha négativement la tête, de grosses larmes coulaient sur ses joues.

— Je ne me rappelle pas, je ne me rappelle de rien. Tout ce qui s'est passé hier m'apparaît comme dans un rêve. Je devine qu'il y a eu des belles paroles, des témoignages de sympathie, mais je suis incapable de me souvenir de rien de précis.

— Ma pauvre petite maman... je voudrais tant pouvoir vous aider.

Délicatement, comme à regret, il s'éloigna d'elle et alla retrouver son frère qui l'attendait sur le pas de la porte.

— Hé, les p'tits gars! cria de l'autre côté de la route un ouvrier qui s'affairait devant l'entrée de la cour à bois, grouillez-vous, sinon vous allez être enterrés d'ouvrage betôt.

Les hommes étaient revenus de leur dîner et avaient repris leur labeur. Déjà une quantité impressionnante de planches blondes s'amoncelaient depuis la façade de la meunerie jusqu'à la remise.

L'activité était dense autour de l'usine et les hommes suffoquaient de chaleur à l'intérieur des ateliers. Partout dans l'air, par les portes et les fenêtres grandes ouvertes, on entendait se chevaucher les répliques obstinées de la scie ronde et de la machine à planer auxquelles se mêlait de temps à autre le bruit plus délicat de la scie à ruban.

Des ouvriers se déplaçaient dehors dans un constant va-et-vient et, avec des exclamations sourdes, soulevaient de grosses billes d'érable qu'ils laissaient tomber lourdement sur le chariot. D'autres s'affairaient à transporter des pièces de bois brut vers le moulin à planer qui occupait l'ancien espace de la cordonnerie jusqu'aux installations de la meunerie.

Partout le sol était jonché de bouts de bois et de copeaux, et de profondes ornières striaient la cour dans tous les sens. Dans les coins d'ombre et derrière les cages de planches résistaient bien encore quelques herbes malingres qui balançaient leur tête dans la brise, mais de cette végétation terne, rabougrie, imprégnée de poussière de farine qui avait été la marque du meunier, il ne restait plus rien.

Du côté de la rivière, quelques touffes d'arbrisseaux sauvages dissimulaient en partie au regard des visiteurs le monticule de dosses. Les ouvriers les débiteraient en morceaux de bonne longueur quand ils en auraient le temps.

Partout la scierie bourdonnait comme une ruche. Même le beau cheval blond de la famille participait à la tâche. Attelé à la charrette, il attendait, tête basse, près de la petite porte. Derrière lui, la plateforme du véhicule était remplie de longs morceaux de bois qu'un ouvrier irait distribuer tantôt, dans les différents chantiers de construction. Au-dessus de l'imposante bâtisse, sous le large écriteau identifiant les entreprises, l'inscription «Défense de sacrer» trônait avec insolence.

La meunerie n'avait conservé qu'un tout petit coin, et la grande roue s'était arrêtée pour céder la place au moteur électrique alimenté par la patente de l'Irlandais. Elle ne se remettrait en marche qu'à l'automne et pour une courte période, le temps que dureraient les grandes moissons.

Sitôt après son association avec son frère Charles-Arthur, Léon-Marie avait réquisitionné le rez-de-chaussée pour y installer le moulin à planer ainsi que la scie à ruban. Des murs avaient été abattus, d'autres élevés du côté des engrenages du moulin à farine, de même que la fenêtre de la façade qui avait été agrandie jusqu'à en faire un grand trou par lequel les ouvriers laissaient tomber les planches à mesure qu'elles étaient aplanies.

La cuisine de l'étage avait été affectée à la comptabilité des entreprises. Léon-Marie l'avait meublée d'un grand classeur, d'une étagère, de deux chaises ainsi que d'une table derrière laquelle il prenait place les dimanches après-midi, afin de vérifier ses comptes. Malgré le désordre qui témoignait de son labeur, malgré les rayons des tablettes ensevelis sous des monceaux de papiers, les clients auraient eu fort à faire pour le rejoindre dans cet angle poussiéreux durant la semaine, occupé qu'il était à surveiller le travail des ouvriers en usine.

La porte de la meunerie se referma bruyamment. Léon-Marie descendit les marches de pierre et alla passer la tête dans l'ouverture de l'atelier de coupe.

— Vous avez vu Charles-Arthur?

— Y m'a semblé l'avoir vu aller du côté du petit bois, il y a quelques minutes, indiqua Jean-Baptiste en mordillant un copeau d'épinette. Je suppose qu'il allait pisser. Y devrait être revenu astheure.

— Paraît qu'ils ont pas encore reçu le bois embouveté sur le chantier de la maison à Ignace Gagnon, s'impatienta Léon-Marie. Si on veut finir c'te job-là un jour prochain, faudrait ben que tout le monde se grouille un brin.

Il retourna dehors et se mit à parcourir la cour, donnant des ordres à droite et à gauche, le geste vif, le ton mordant. Les ouvriers opinaient du chef sans une réplique. Ils savaient leur employeur malheureux et ils comprenaient. Indifférents à la chaleur de l'été, à la sueur qui coulait de leur front sous leur casquette de toile, ils se hâtaient, espérant par leur ardeur lui apporter un peu de réconfort.

— Savez-vous où est Léon-Marie? interrogea une petite voix timide.

Anatole Ouellet se retourna. Malgré lui, il émit un mouvement de recul. Henriette était là devant l'entrée, telle une apparition, toute menue et frissonnante avec son châle de laine frileusement croisé sur sa poitrine, sa longue chemise de nuit en coton blanc, ses beaux cheveux blonds épars sur ses épaules.

— Je pense qu'y est parti du côté du p'tit bois, répondit-il, y charchait quelqu'un betôt, Charles-Arthur m'est avis.

Elle le fixa, comme stupéfiée, et soudain son regard se remplit de tristesse. Enfin l'air accablée, elle lui tourna le dos. Sans une parole, elle s'en retourna vers l'autre côté de la route, vers sa maison.

Intrigué, Jean-Baptiste, qui œuvrait devant l'ouverture de la salle de coupe, avait soulevé sa casquette et se grattait la tête. Occupé à diriger une grosse pièce de bois vers la crémaillère, il attendit que les deux ouvriers l'aient ancrée solidement dans le chariot, puis dégagea le cran d'arrêt. L'air absent, il suivit la course inexorable du tronc vers la scie qui tournait à grande vitesse.

Soucieux tout à coup, il stoppa brusquement la machine, se pressa dehors et alla rejoindre Anatole qui s'essoufflait devant un tas de bois.

— J'ai-t-y ben vu? C'est-y ben Henriette que je viens d'apercevoir icitte du côté du moulin à scie.

L'homme se pencha sur une grosse bille d'érable et y piqua son crochet.

— C'était ben elle. Ça m'a donné un coup quand je l'ai aparçue là, encore en jaquette à deux heures de l'après-midi. Elle qui est si fière d'habitude. A m'avait l'air ben misérable.

— Pardre un enfant, paraît que c'est ben dur pour une femme, observa Jean-Baptiste en s'en retournant vers la salle de coupe.

Derrière eux, Léon-Marie venait de surgir d'entre les cages de planches.

— Ta femme vient de traverser de ce bord-citte, l'informa Anatole tandis qu'il passait près de lui. Elle te charchait.

Léon-Marie parut surpris.

— Henriette est venue? Il y a longtemps de ça?

— Ça doit ben faire un petit quart d'heure astheure.

— T'aurais dû la retenir, lui reprocha-t-il. Si elle est venue du côté du moulin, dans son état, c'est qu'elle devait avoir une raison ben grave.

Inquiet, il enfonça dans sa poche le petit carnet sur lequel il gribouillait des notes et se hâta vers sa maison.

Sans s'arrêter, il traversa la cuisine déserte et alla pousser la porte de leur chambre. La pièce était chargée d'ombre. Debout dans l'embrasure, pendant un moment, il regarda autour de lui et scruta le noir. Soudain il l'aperçut. Elle était là, agenouillée dans l'angle le plus sombre, les doigts croisés sur la poitrine. Elle avait tiré les tentures afin de mieux arrêter la lumière.

— Henriette! Que c'est qui se passe, mon Henriette?

Elle courba encore la tête jusqu'à se recroqueviller sur elle-même.

— Je cherche les enfants, Léon-Marie, je ne trouve aucun des enfants, je les ai tous perdus, tu vas être fâché contre moi.

Il recula de surprise.

— Qu'est-ce que tu dis là, Henriette? Pourquoi que je serais fâché contre toi. Et puis, les enfants sont pas perdus, Antoine pis Gabriel travaillent dans la cour à bois et les jumeaux sont allés dîner chez Charles-Arthur. Dans le moment, ils s'amusent dans le petit bois avec leurs cousins, je viens de les apercevoir il y a pas cinq minutes.

Il avança sa main, tout doucement, jusqu'à effleurer son épaule.

Elle frissonna sous ses doigts. Il sentait ses os qui jaillissaient, ils étaient pointus et durs, il ne percevait plus, sous sa peau, ce velouté, cette langueur qu'habituellement tout son corps exhalait.

— Henriette, quand est-ce que je me suis fâché contre toi?

Il reprit, la voix vibrante d'émotion:

— Si tu savais comme ça me fait mal de te voir malheureuse de même. Je sais que j'ai pas été patient avec toi tantôt, mais jamais je te reprocherais de pas t'occuper de nos enfants, je t'aime ben trop pour ça.

Penché vers elle, il l'entoura de son bras, en même temps qu'il poursuivait avec tristesse:

— Antoine est venu me voir tantôt. Il m'a reproché d'avoir été trop dur avec toi. Je voulais pas te faire de mal, je voulais seulement que tu comprennes. Moi aussi j'ai de la peine quand je pense à notre petite fille, mais j'essaie de me rentrer dans la tête que les morts ne souffrent plus, qu'il reste les vivants, que c'est eux qu'il faut consoler.

Un tremblement s'échappa de sa poitrine. Lentement, il s'écarta d'elle.

— Je voudrais tellement avoir plus de temps à moi pour rester un peu avec toi, malheureusement faut que je retourne au moulin. On a pris ben du retard depuis quelques jours.

— Tu veux dire depuis hier, corrigea-t-elle à voix basse, avec l'usine qui a été fermée toute la journée pour les funérailles de Marie-Laure.

Il la considéra sans répondre, puis se détourna. Ses yeux étaient mouillés de larmes.

— J'ai affaire du côté de chez Charles-Arthur, je vais en profiter pour demander à Angélina de venir te tenir compagnie un petit bout de temps, ça va te distraire un peu. Même si le curé dit que la souffrance sanctifie les âmes, je pense que, pour toi, il y a mieux que ça à faire.

Il alla vers la fenêtre. Avec un gros sanglot réprimé, il écarta les tentures et ouvrit largement les volets.

— On va commencer par faire rentrer de la vie dans cette chambre-là, pis on va essayer de la retenir de toutes nos forces... Maintenant, tu vas t'habiller, je vais t'aider.

D'un geste pudique, avec douceur, il lui enleva sa chemise de nuit, prit dans la penderie sa robe de deuil et la lui passa par-dessus la tête. Difficilement, de ses mains maladroites, il attacha un à un les petits boutons de soie noire qui ornaient son corsage.

— Il te restera plus qu'à relever tes cheveux pis faire ton chignon. Pour ça je suis pas ben ben habile.

Accrochée à sa main, elle se laissa entraîner dans la cuisine puis sur la véranda qu'ils contournèrent jusqu'au côté ouest.

Le soleil inondait la campagne. Éblouie, elle ferma les yeux.

— Je vais revenir pour le souper, promit-il en dépliant une chaise en bois pour elle. Même si on a ben de l'ouvrage à la scierie, je vais essayer d'être avec toi le plus souvent possible.

Il l'aida à s'asseoir et la considéra en silence. Soudain, dans un élan de tendresse, il se pencha et posa ses lèvres sur les siennes.

Un son rauque sortit de sa gorge. Incapable de contrôler son émotion, il se retourna brusquement, descendit les marches. Rejoignant la route, il s'engagea à sa droite vers la demeure de son frère Charles-Arthur.

Le dos arrondi sur sa petite chaise inconfortable, les mains abandonnées sur ses genoux, elle suivit longtemps des yeux la silhouette de son mari qui s'éloignait au milieu du chemin de Relais. Il paraissait vieilli, son Léon-Marie, avec ses larges épaules qui remuaient vers le sol à chacun de ses pas, son pantalon de travail qui flottait sur ses jambes. Sans comprendre pourquoi, elle éprouvait soudain pour lui ce sentiment pénible, cette sensation miséreuse qu'elle percevait chez le pauvre Théophile et ses constantes infortunes. Cette comparaison la brisait. Elle ne reconnaissait plus son mari. Elle ne décelait plus en lui cette assurance, cette puissance unique qui le démarquaient des autres. Prise d'une sorte de malaise, elle se détourna. Était-ce là l'empreinte de la souffrance, de la résignation, cette sensation de prostration, d'abdication qu'elle sentait chez l'homme qu'elle admirait, qu'elle avait toujours considéré comme l'être le plus fort, le plus brave de la terre?

Devant ses yeux, le vent agitait un petit peuplier, le faisait se tordre dans un murmure caressant, cet arbrisseau qui grandirait, deviendrait un arbre superbe. Ils l'avaient planté là, à l'entrée du potager, au cours de l'automne précédent. C'est elle qui l'avait déniché à l'orée de la forêt et l'avait rapporté chez eux. Elle aimait le vert sombre de sa feuillée qui luisait comme l'encaustique, elle se délectait de son bruissement sous la pluie, elle s'enivrait du frémissement de ses feuilles dans le noroît, cet arbre majestueux qu'on retrouvait aussi dans les cimetières...

Elle étouffa un sanglot. Jamais plus sa petite Marie-Laure n'éprouverait ces sensations délectables, elle qui dormait pour toujours à l'ombre d'un de ces grands arbres. Écrasée de douleur, elle enfouit sa figure dans ses paumes et laissa ses larmes brûlantes inonder ses joues.

— Comment ça va aujourd'hui, Henriette, demanda, près d'elle, une voix très douce.

Plongée dans ses pensées, elle n'avait pas entendu le pas de sa belle-sœur Angélina sur la petite galerie de bois brut.

— Oh! Angélina, c'est toi, murmura-t-elle en découvrant son visage ruisselant de pleurs.

Elle la fixa de son regard implorant, puis, brusquement, agrippa sa main et la retint contre sa joue.

— Oh! Angélina, c'est affreux, ma petite Marie-Laure est morte, je ne la reverrai plus jamais.

Elle avait le souffle court, les yeux égarés.

— Je viens d'avoir ma première querelle avec Léon-Marie, s'affligea-t-elle, et c'est à cause de ma petite fille qui est morte.

— Tu te fais du souci pour rien, j'en suis certaine, la consola Angélina en dépliant une chaise à côté d'elle. Léon-Marie a toujours été bon pour toi et il t'aime tellement.

— Léon-Marie m'a reproché de pleurer ma petite fille, gémit-Henriette.

— C'est parce qu'il a de la peine lui aussi, tu connais pas encore les hommes? Quand ils souffrent, ils sont grincheux comme des vieux boucs.

— Léon-Marie n'avait jamais été impatient avec moi auparavant, Angélina, c'était la première fois, la première fois.

Elle cacha encore son visage dans ses mains.

— Et j'ai perdu ma petite fille.

— Léon-Marie a pas de gros défauts, il a toujours été bon avec toi.

— Je n'avais jamais eu de mésentente avec lui avant ce jour, se plaignit encore Henriette. Pourtant, depuis ce matin, il n'a pas cessé de me contredire. Depuis notre malheur, il ne m'appelle plus son ti-boss et c'est lui faire insulte que de l'appeler Ti-On. S'il est question de son ami Speedy Couture, on ne doit plus dire Speedy mais Charles. Et c'est lui qui me reproche d'avoir changé, de n'être plus la même.

— C'est un homme, Henriette, les hommes ne sont pas capables de pleurer comme nous autres, c'est connu. C'est pour ça qu'ils réagissent en bousculant tout autour d'eux. Mais t'es son adoration, Henriette, tu le sais pourtant. Et puis, Léon-Marie, c'est un homme bon, il ne boit pas, il a à cœur de vous faire vivre, c'est pas un fainéant, lui.

Elle ajouta sur un ton lourd d'amertume:

— C'est pas comme d'autres...

Henriette découvrit son visage. Étonnée, elle considérait sa belle-sœur assise près d'elle, avec son profil buté, ses mains rougies par l'eau de la lessive, croisées sur son ventre. Elle n'avait jamais remarqué à quel point elle était petite et malingre, avec son visage étroit qu'animaient ses grands yeux noirs. Elle pensa qu'elle avait dû être jolie du temps de sa jeunesse, mais aujourd'hui, avec sa peau basanée, légèrement parcheminée, sa natte épaisse d'un brun sombre qui encerclait le dessus de sa tête, elle paraissait épuisée, arrivée au terme. Henriette, qui avait toujours protégé l'ambre de son teint sous une ombrelle, devinait sans peine la misère, les travaux pénibles dans les champs gorgés de soleil qui avaient dû être le lot de sa pauvre belle-sœur du temps qu'elle était fermière.

— Je voudrais pas t'achaler avec mes problèmes, reprit Angélina, je sais que t'en as assez avec les tiens, mais je voudrais seulement te dire que, dans la vie, chacun a ses grands ou ses petits malheurs et, quels qu'ils soient, ça fait mal.

— La mort d'un enfant est le pire des malheurs! s'écria Henriette. Je ne souhaite ça à personne.

Angélina détourna la tête et considéra les grands champs qui se déployaient derrière la maison jusqu'à la route communale. Au loin, le cri d'une mouette déchirait le silence.

— Quand on a auprès de soi un homme qui nous aime sincèrement comme ton Léon-Marie, avança-t-elle à voix basse, quand il nous dit les mots qu'on a besoin d'entendre, quand on est deux pour se consoler, ça aide à passer à travers l'épreuve. Pense à ceux qui ne peuvent rien confier parce qu'ils sont seuls au monde, pense à d'autres qui auraient bien besoin de se défouler, mais qui doivent garder leur douleur bloquée là, parce que personne dans leur entourage les aime assez pour comprendre ce qu'ils souffrent.

— Mais toi, Angélina, Charles-Arthur est bon pour toi.

Angélina rapprocha sa chaise. Le corps un peu incliné vers l'avant, elle prit un ton de confidence.

— Tu sais, Charles-Arthur, c'est pas Léon-Marie, ils ont pas grand-chose en commun à part avoir eu le même père et la même mère. Ton Léon-Marie, c'est un homme sensible. Charles-Arthur, lui, il ne se préoccupe que de lui-même. Tu m'as rendue jalouse tantôt quand tu m'as dit qu'après dix-sept ans de mariage, tu venais d'avoir ta première mésentente avec ton homme. Charles-Arthur puis moi, on se contredit souvent et c'est pire encore depuis qu'il a vendu la terre. Il se sent inutile et, malgré cela, il ne cherche jamais à s'occuper. Pourtant il y aurait tellement à faire dans une maison neuve, mais non, lui, il préfère s'ennuyer, rester avachi sur le perron.

— C'est tout? interrogea Henriette, son regard bleu fixé sur elle.

Angélina hocha la tête.

— Non, ce n'est pas tout. Depuis qu'il a vendu la terre, depuis qu'il trouve rien à faire de ses dix doigts, il boit, il boit tous les jours. Quand il se rend au village pour les commissions de la scierie, il ne manque jamais de s'arrêter à l'hôtel pour s'acheter un petit flasque de whisky. C'est rendu que je trouve des bouteilles partout. Il y a rien qu'une chose qui me console, c'est qu'il se déplace pas, en tout cas, pas encore...

— J'aurais plutôt pensé que son association avec Léon-Marie occuperait toutes ses journées. Léon-Marie, lui, n'arrête pas une minute.

— Ma pauvre Henriette, es-tu assez naïve pour croire que Charles-Arthur Savoie est capable de mettre toute sa bonne volonté au service d'une affaire quand il peut se reposer sur un autre, en particulier sur son frère qui a toutes les compétences et qui contrôle tout? Tu sais, même s'ils sont associés, le boss, c'est et ce sera toujours ton mari.

— Léon-Marie ne s'est jamais plaint de lui. C'est vrai qu'il se fait une règle de ne jamais critiquer les siens.

En verve soudain, Angélina rapprocha encore sa chaise.

— Mais tu sais pas le comble. La semaine dernière, Anatole Ouellet a déménagé avec sa famille dans sa maison neuve juste à côté de la nôtre. Eh bien! imagine-toi donc que la Clara Ouellet a commencé à courir après mon Charles-Arthur.

Henriette sursauta. Malgré elle, une esquisse de sourire tira ses lèvres.

— Quand j'en ai fait la remarque à Charles-Arthur, poursuivait Angélina, il a pouffé de rire. Il a trouvé ça ben drôle, rien que ça. Mais si tu la voyais, elle, si tu lui voyais l'allure. Elle arrête pas de l'aguicher, encore s'ils étaient pas nos voisins directs. Quand Charles-Arthur arrive pour manger, il a pas mis les pieds dans la cour, que je vois déjà la Clara qui sort de sa cuisine pis qui fait semblant d'étendre du linge sur la corde, pis qui s'étire, pis qui se penche en avant avec son gros décolleté. Pis je te jure que ça la gêne pas de montrer ses gros tétons.

Involontairement, les yeux d'Henriette se déplacèrent vers la poitrine flasque de sa belle-soeur, sa poitrine fatiguée, épuisée d'avoir allaité ses six enfants. Elle hocha gravement la tête.

— Il semble que nous ne sommes pas sur la terre pour profiter de plaisirs, nous y sommes plutôt pour gagner notre ciel. En tout cas, moi, je viens de le comprendre et d'une façon bien cruelle.

— Ç'a bien l'air que c'est le lot de la vie, renchérit Angélina sur un ton sentencieux, malgré que si Charles-Arthur faisait un petit effort, me semble que ça nous empêcherait pas de gagner notre ciel quand même.

— La terre n'est pas notre vraie patrie, soupira Henriette. Je comprends maintenant ce que voulait dire monsieur le curé quand il affirmait qu'on ne vient au monde que pour préparer une vie meilleure.

— Non, la terre, c'est pas un tapis de roses, laissa tomber Angélina.

# 12

Henriette traîna ses pas jusqu'à la fenêtre et fixa la masse de pierres douces qui formait son horizon sud. Le mois d'octobre venait de débuter. Au pied du mont Pelé, les rouges magnifiques et les ors se mariaient au vert sombre des résineux.

— L'automne est si beau cette année, murmura-t-elle.

Il y avait trois mois maintenant que leur petite fille était morte et pas un seul instant depuis ce jour elle n'avait cessé de penser à elle. L'été avait passé comme dans un rêve, un mauvais rêve, chargé de souvenirs et de regrets. Que passe maintenant l'automne, se disait-elle, qu'arrive enfin l'hiver, puis une autre année et encore une autre, qui la rapprocherait du jour où elle irait la rejoindre.

Elle n'avait plus lu ses «paillettes d'or», Léon-Marie le lui avait interdit. En bonne épouse, elle s'était soumise et s'était réfugiée dans la prière. Elle n'avait jamais été particulièrement dévote, mais ces oraisons toutes faites, répétitives, qu'elle récitait comme un exorcisme, l'aidaient à ne pas penser, permettaient aux jours de filer sans qu'elle s'en rende trop compte. Aux yeux des autres, elle vivait en recluse, comme repliée sur elle-même. Elle en était consciente, mais elle ne tentait pas de réagir. Elle ne pouvait faire autrement. Elle était malheureuse et c'était ainsi.

— Il approche midi, entendit-elle prononcer derrière elle.

Léon-Marie venait de pousser la porte et pénétrait dans la maison. Il avançait en regardant autour de lui le désordre de la cuisine, le poêle mort, la table qui n'était pas encore dressée. Il ne cachait pas son agacement.

— Qu'est-ce que tu fais que t'as pas encore commencé à préparer le dîner? Les enfants s'en reviennent de l'école, je viens de les voir courir vers icitte sur le chemin de Relais.

— Ça ne devrait pas être permis, un bel automne comme ça, quand des êtres qu'on aime ne sont plus là pour l'apprécier, prononça-t-elle comme pour elle-même.

— C'est plutôt heureux qu'on ait un bel automne, objecta-t-il avec humeur, évitant de relever son allusion. Avec toutes les tâches que j'ai sur le dos, s'il fallait qu'il mouille en plus, ça irait mal.

Elle ne répondit pas. D'un pas lent, docile, elle se dirigea vers le garde-manger, prit une assiette de porc froid toute prête et alla la déposer au milieu de la table encore recouverte de son tapis ciré.

Léon-Marie considéra le plat avec chagrin, puis la regarda un long moment en silence. La frugalité de leur repas, le dépouillement de leur table et la similitude qu'il y décelait dans le dénuement moral de sa pauvre Henriette lui faisaient mal.

Enfin, patiemment, il s'approcha d'elle et se composa un visage enjoué.

— J'ai dû mal entendre hier, mais j'avais cru comprendre que tu nous ferais une belle grosse chaudronnée de bœuf aux légumes pour le dîner. Tu la fais pas chauffer?

— Je ne l'ai pas encore accommodée, répondit-elle rapidement à voix basse. Il aurait fallu allumer le poêle et je n'en avais pas le courage. Demain, je vais me sentir plus forte. Demain, je vais la préparer.

— T'aurais pu la faire cuire en même temps que le porc rôtissait dans le four, glissa-t-il encore. T'aurais fait d'une pierre deux coups.

Elle leva vivement le menton.

— Le porc, c'est Angélina qui l'a fait cuire. Elle me l'a apporté ce matin. Moi, je n'ai aucun mérite.

Il réprima la remarque acerbe qui jaillissait sur ses lèvres et se détourna. Henriette avait tant besoin de compréhension, trop souvent il se reprochait son impatience.

Depuis les trois mois que leur petite fille était morte, elle n'avait plus prononcé son nom, mais il sentait bien, à son silence, à sa démarche nonchalante, combien sa douleur était vive encore dans son cœur.

Comme une âme en peine, elle passait son temps à errer dans la maison sans rien faire et se désintéressait de tout ce qui débordait de sa pensée. Depuis ces trois mois, il ne l'avait plus vue pleurer. Pourtant malgré ses yeux secs, une tristesse immense creusait son visage. Il ne percevait que trop, dans cette apparente résignation, le mal profond qui la rongeait.

Avec le mois de septembre et le départ de leur Antoine pour le pensionnat, elle s'était enfoncée encore davantage dans son état morbide. Le visage gris de chagrin, elle l'avait suivi pas à pas, tandis qu'il préparait ses malles. La maison qui se vidait, vidait en même temps ses entrailles. L'absence d'un de ses petits, même si elle n'était que temporaire, était pour elle comme un arrachement. Antoine en était peiné. Pourtant il n'avait pas le choix. Malgré l'épreuve qui les unissait tous, il devait retourner au petit séminaire pour y entreprendre sa troisième année d'études.

Chaque après-midi, à tour de rôle, Angélique, Georgette et Angélina, ses voisines, lui rendaient visite. Elles s'étaient entendues ensemble et se relayaient afin de la distraire un peu. Il y avait aussi les trois petits derniers de la maison, Gabriel et les jumeaux, qui l'entouraient de leur tendresse, mais leurs attentions lui faisaient mal, lui faisaient trop ressentir l'absence des deux autres. Aussi, tout doucement, elle les repoussait.

Léon-Marie laissa exhaler un profond soupir. Il ne comprenait plus son Henriette comme il ne se comprenait pas lui-même. Comment l'amener à émerger de sa torpeur? Il aurait tant voulu être capable de la soutenir, trouver les mots qui l'auraient fait se ressaisir, mais avec son tempérament impétueux, explosif, il savait qu'il ne possédait aucune de ces qualités lui permettant de procéder à une longue et patiente thérapie.

Parfois exaspéré, il se disait qu'en la secouant un peu, elle ferait peut-être un maigre effort et vaquerait au moins à ses premiers devoirs. Mais il se reprenait vite et, autant qu'il le pouvait, refrénait sa hâte. Il se savait emporté et de mauvais conseil par le fait même.

Se déplaçant lentement, il alla s'arrêter devant la fenêtre. Dehors, le vent frais d'automne secouait les arbres et faisait tomber les feuilles. Les enfants, qui revenaient de l'école, étaient entrés dans la cour. Robustes, joyeux, les jumeaux gravissaient les marches en courant. Derrière eux, pâle et essoufflé, suivait le petit Gabriel.

— Faudrait surveiller les enfants, observa-t-il. Gabriel surtout, il est fragile aux rhumes et je trouve qu'il n'est pas habillé assez chaudement. Même s'il fait soleil, faut pas oublier qu'on est en automne.

— Je lui dirai de revêtir sa veste de laine tantôt quand il retournera à l'école, acquiesça-t-elle sur un ton mécanique.

Il revint vers la cuisine, alla chercher la nappe dans un tiroir et l'étendit maladroitement sur la table. Elle était souillée d'éclaboussures anciennes et d'une large tache brune encore humide.

— Faudrait aussi que tu t'occupes de la lessive, j'ai vu Étiennette l'autre jour en train de frotter du linge sur la planche à laver. À huit ans, je la trouve encore bien petite pour se charger d'une tâche aussi dure.

— Tu as raison, je m'y mettrai sans faute, demain.

Il la fixa longuement avec tristesse. C'était sa remarque habituelle: demain, elle s'y mettrait demain. Depuis la mort de leur petite Marie-Laure, elle remettait tout au lendemain. Elle négligeait les travaux coutumiers; le potager était étouffé sous les mauvaises herbes, le garde-manger était vide et une épaisse couche de poussière couvrait les meubles. Les enfants étaient débraillés, leurs vêtements décousus et parfois même déchirés.

— Tu aurais besoin d'une aide adulte pour s'occuper de la maison? observa-t-il encore. Avec mes entreprises qui fonctionnent comme jamais, on a le moyen de se payer une petite dépense comme ça.

— Je ne veux pas d'une étrangère dans mes affaires, répliqua-t-elle aussitôt avec véhémence. Je puis très bien m'arranger toute seule.

— Mais tu as besoin d'aide, insista-t-il. Si tu ne veux pas d'une étrangère, je peux demander quelqu'un de ta famille. Ta mère, par exemple, pourrait venir prendre charge de la maison, pour quelque temps, le temps de...

— Encore moins maman, se récria-t-elle. À soixante-quatre ans, elle n'a plus assez de résistance pour s'occuper d'une maisonnée comme la nôtre.

Il considéra autour de lui la vaisselle sale sur le comptoir, les piles de linge entassées sur les chaises, la boîte à bois vide près du poêle.

— Le peu qu'elle ferait serait mieux que rien.

— Et où la coucherions-nous? interrogea-t-elle, les sourcils froncés.

— Elle pourrait dormir dans la chambre d'Étiennette, il y a là un lit libre.

Elle leva vivement la tête, ses yeux brillaient d'une lueur farouche.

— Jamais personne ne dormira dans ce lit-là, Léon-Marie Savoie. Tu m'entends, jamais!

Heurté soudain, il se dressa devant elle.

— Et pourquoi, s'il te plaît?

— Parce que je ne veux pas, c'est tout.

— Puisque tu refuses l'aide de ta mère, que tu refuses que quelqu'un occupe le lit de Marie-Laure dans la chambre d'Étiennette, moi, je viens de décider, que tu le veuilles ou pas, que je ferai entrer une fille «engagère» dans la maison, une fille qui viendrait faire l'ouvrage pis qui irait coucher chez elle, sa journée finie. Je te sais assez intelligente pour comprendre que, pour nous autres, la vie peut plus continuer de même.

— Te connaissant, je suppose que tu as déjà quelqu'un dans l'idée.

— Je pense à Brigitte Deveault, la fille à Joachim, sa plus vieille. C'est une bonne fille, travaillante, honnête, pis qui a encore sa place chez ses parents en bas du chemin de Relais.

Il ajouta, avec un peu de sarcasme dans la voix:

— Ainsi tu pourras garder intact ton petit lit de fer blanc.

— Oh! Léon, protesta-t-elle, ce que tu peux être méchant parfois.

Un tic creusant sa joue, il la fixa un long moment en silence. Contrit soudain, dans un mouvement spontané il s'élança vers elle et lui tendit les bras.

— Je te demande pardon, j'ai pas voulu te blesser, je voulais juste t'amener à réagir un peu. Si tu savais comme on a hâte que tu redeviennes ce que t'étais avant, la belle Henriette que tout le monde admirait.

Les yeux levés vers lui, elle hocha tristement la tête.

— Je sais que depuis quelque temps je dois être bien difficile à vivre.

— Oui, reconnut-il dans un son rauque, la vie est pas mal dure pour toute la famille.

— Donne-moi un peu de temps encore, balbutia-t-elle, demain je vais aller mieux, je suis sûre que demain je pourrai.

— C'est ça, jeta-t-il avec impatience en laissant s'abattre ses bras de chaque côté de ses hanches. Demain! C'est ça! Comme d'habitude, tu t'y mettras demain!

Ils prirent place à table et commencèrent à manger en silence. Presque aussitôt, il se leva, alla dans le garde-manger et revint bientôt avec un pot en verre scellé hermétiquement, rempli de petites carottes proprement alignées.

— C'est le dernier de la réserve, dit-il en le décapuchonnant. Si tu commences pas bientôt tes conserves de légumes, je me demande ben ce que les enfants auront à manger l'hiver prochain.

— Je vais m'y mettre bientôt, peut-être de...

— Demain, oui, coupa-t-il avec rudesse. Demain. Tu l'as assez dit.

— Oh! Léon-Marie!

Affligée, elle repoussa sa chaise et alla se réfugier près du poêle. Les mains plaquées sur le visage, elle gémissait doucement.

— Léon-Marie... on dirait que tu ne m'aimes plus.

Il redressa la tête et son regard noir s'appesantit sur elle. La mine déterminée, il articula lentement, en pesant chacun de ses mots:

— Et toi, Henriette, est-ce que tu nous aimes, nous?

Le visage caché dans ses paumes, elle éclata brusquement en gros sanglots.

— Oh! Léon... tu oses me demander ça...

Désespérée, elle secouait la tête à petits coups. Comment pouvait-il douter de son amour, quand elle n'acceptait de vivre que pour eux? Comment lui faire comprendre son déchirement, ce partage de son cœur, entre son malheur contre lequel elle ne pouvait rien et qui collait à sa peau et tous ces êtres bien vivants qui s'animaient autour d'elle et qui lui étaient si chers? Léon-Marie ne savait plus lire dans ses sentiments profonds. Avec ses occupations, sa propre douleur, il ne cherchait plus à la comprendre. Elle ne trouvait pas les mots pour lui dire ce qu'elle ressentait. Après s'être tant aimés, était-il possible qu'ils en soient rendus à pareille échappatoire, à se renvoyer la balle comme deux belligérants...

Le petit Gabriel s'était levé de sa chaise et secouait l'épaule de son père.

— Pôpa, pôpa! il y a quelqu'un sur la galerie.

La porte s'ouvrit aussitôt bruyamment. Une voix joyeuse couvrit le silence.

— Que se passe-t-il ici? On dirait presque une querelle d'amoureux.

— Le moment est mal choisi pour venir faire de l'humour, gronda Léon-Marie, son regard noir levé sur l'arrivant.

— Charles! s'écria Henriette en se précipitant à sa rencontre, Charles... je suis si contente de te voir.

— C'est le beau temps qui t'amène dans nos parages? interrogea Léon-Marie de sa voix puissante, ou ben si tu manques d'ouvrage en ville.

Le médecin ne répondit pas. Lentement, il avança dans la pièce. D'un geste affectueux, il caressa les têtes embroussaillées des jumeaux, puis attarda ses doigts sur la tignasse blonde du petit Gabriel.

— Comment va le petit homme?

— Depuis qu'on a recommencé l'école, j'ai souvent mal à la gorge.

— Prends-tu ton huile de foie de morue tous les jours, comme je te l'ai recommandé?

— J'oublie des fois, répondit le garçonnet en baissant la tête.

Assis à sa place au bout de la table, Léon-Marie observait son ami d'enfance. Une onde d'apaisement l'avait subitement envahi. La force tranquille qu'il dégageait, son visage serein, ses mouvements remplis d'assurance le sécurisaient. Près de lui, les yeux brillants, Henriette le regardait en enroulant nerveusement ses doigts dans un coin de son tablier. Malgré son accueil plutôt bourru, il reconnaissait que leur compagnon des beaux jours arrivait à point nommé. Il pensa avec espoir que Charles était peut-être le seul être sur la terre capable de mettre un peu de bon sens dans la tête de sa pauvre femme.

Allégé, il se leva de son siège et, après avoir planté sa casquette sur sa tête, se dirigea vers la porte.

— J'aurais ben aimé rester dans la maison à jaser un peu avec toi, mais l'ouvrage m'attend de l'autre bord. Je te laisse avec Henriette.

— Léon-Marie!

Debout sur le perron, il se retourna. Henriette le regardait, le visage à nouveau chargé d'anxiété.

— Viens-tu coucher à la maison ce soir?

— Pour c'te fois-citte encore, j'ai ben peur de devoir me contenter du tas de bran de scie dans la salle de coupe, prononça-t-il avec une grimace d'impuissance. J'ai toute la machinerie à huiler, pis j'ai pas le choix que de faire ça pendant la nuit.

— Hé, Savoie! cria une voix de l'autre côté de la route.

Il tendit le bras vers l'homme qui l'avait hélé de la cour de l'usine et descendit rapidement les marches.

— Comme tu vois, ça arrête pas, on me réclame de tous les bords.

Devant lui, deux voitures à cheval arrivaient l'une derrière l'autre et se dirigeaient vers le moulin à farine. Il allongea le pas. C'était le temps des moissons. Dans un constant défilé, les agriculteurs se pressaient vers la Cédrière pour y faire moudre leur grain dans le petit espace gardé intact pour les moutures.

Depuis l'hiver précédent, depuis que l'usine avait été convertie à l'électricité, depuis aussi que le boulanger du village avait décidé d'utiliser une farine plus raffinée qu'il commandait d'un gros importateur montréalais, la grande roue n'avait plus tourné. Mais avec l'arrivée de l'automne et la récolte des céréales, elle avait repris son grincement mécanique.

Cette année, un nouveau meunier veillait aux opérations de la meunerie. Trop occupé pour s'en charger lui-même, Léon-Marie avait engagé à titre saisonnier un apprenti qu'il avait déniché du côté de Saint-Placide et lui en avait cédé l'entière responsabilité.

— Hé, Savoie!

Grimpé sur sa charrette, Joseph Parent tenait fermement les rênes et retenait son cheval qui continuait à avancer au pas.

— Je te parle, Savoie, es-tu sourd?

Impatient, la démarche raide, Léon-Marie traversa la route en même temps qu'il lançait sans s'arrêter:

— Si t'as du grain à moudre, va voir Jos Dubé, c'est lui le

meunier cette année, pis aux dernières nouvelles, il est à son ouvrage.

— Wow!

Le fermier sauta de sa charrette.

— C'est pas à Jos Dubé que je veux parler, Savoie, mais à toi.

— En ce cas-là, fais ça vite, parce que moi, j'ai autre chose à faire.

— Je regrette, mais tu vas prendre le temps d'écouter ce que j'ai à t'dire, Savoie, répliqua Joseph sur un ton raffermi en lui barrant la route. J'ai une plainte à te faire. Ma femme a faite du pain avec le blé que je t'ai fait moudre la semaine dernière, pis paraîtrait qu'il y avait du bran de scie dans la fleur. Peux-tu m'expliquer ça?

Léon-Marie sursauta et s'immobilisa net.

— Que c'est que tu me rabâches là, toé, Joseph Parent? Du bran de scie dans la fleur? Barnache! ça se peut pas pantoute.

Offensé, Joseph redressa le menton, dans cette attitude cassante qui l'identifiait à son rôle de premier magistrat de la paroisse. Il prononça lentement, d'une petite voix incisive:

— Irais-tu jusqu'à supposer que ma femme a inventé ça, Savoie?

— J'ai jamais dit ça, assura aussitôt Léon-Marie.

La tête inclinée sur le côté, il riva sur l'homme son regard rempli de sous-entendus.

— Je me suis juste demandé... du fait qu'il se scie pas mal de bois à l'entour, si une circonstance de même, des fois, ça donnerait pas un petit coup de pouce à l'imagination des femmes.

— Léon-Marie Savoie! s'indigna Joseph, les bras brandis vers lui, j'ai pas fait trois milles jusqu'à la Cédrière pour me faire dire que ma femme a de l'imagination. Ce que je veux savoir d'abord, c'est si ta meunerie, elle a fonctionné depuis un an ou ben si elle est encrassée de poussière de bran de scie. Ce que je veux savoir aussi, c'est si ton gars, ton Dubé, y sait travailler. Y dépoussière-t-y le blutoir pis la trémie avant de commencer les moutures? Faut pas oublier qu'il y a toute une poussière qui court icitte dans la cabane. Ça veut dire que pour faire de l'ouvrage propre, ton gars a l'obligation de dépoussié-rer tout le mécanisme avant chaque usage. Il le fait-y comme il faut, ton homme? C'est une question d'hygiène qui est ben importante. Si tu changes pas tes habitudes, je regrette ben gros pour toé, Savoie, mais je vais être obligé de déposer ça sur la table du conseil lundi prochain, pis ça se peut qu'on t'oblige à fermer ta meunerie.

Excédé, Léon-Marie se gratta énergiquement la tête.

— Barnache! Le fais-tu exprès pour en remettre, quand j'ai de l'ouvrage plus que je suis capable d'en prendre?

— Ça, Savoie, c'est ta responsabilité. D'avoir de l'ouvrage par-dessus la tête, c'est pas une excuse. En tant que chef d'entreprise, t'as à répondre de tes employés, pis de la manière qu'ils font leur ouvrage.

Léon-Marie cachait mal sa colère.

— Je fais ce que je peux, mais je peux pas être partout à la fois. Je sais ben que depuis que j'ai la scierie, la meunerie fonctionne pas souvent hors saison. Depuis le printemps dernier, depuis que Jérémie Dufour a décidé d'acheter sa farine des grosses compagnies, je m'en cache pas, la meunerie, elle a pas fonctionné.

Son timbre s'enfla encore:

— Mais ça veut pas dire pour tout ça que mon moulin est entretenu comme une soue à cochons.

Sa voix avait vibré avec puissance, fait sursauter Isaïe Lemay assoupi sur sa charrette et qui attendait derrière.

Intrigué, le sourcier se dégagea de son siège et promptement alla rejoindre les deux hommes.

— J'ai-t-y ben entendu? interrogea-t-il en allumant sa pipe.

Joseph Parent prit un air offensé et leva vertement le menton.

— Je me gênerai pas pour le répéter à la face du monde: ma femme a trouvé du bran de scie dans la fleur de blé.

— Toryable, s'écria Isaïe en tirant pensivement sur le tuyau de sa pipe, comme ça ta femme aurait trouvé du bran de scie dans la fleur?

Dressé devant eux, Léon-Marie avait creusé le sol de ses talons. Un flot de colère montait en lui.

— Wow là, Joseph Parent, vitupéra-t-il, c'est ben grave ce que t'es en train d'avancer là, pis sans preuves à part ça. Ce que tu fais là, moi, j'appelle ça, du salissage. Depuis un bout de temps que je te regarde aller, je pense que la jalousie te ronge, Joseph Parent. T'es pas capable de supporter qu'un Canadien français comme toi réussisse mieux que toi. Ça te donne mal au cœur. Ça fait que, envieux comme t'es, t'as rien qu'une idée derrière la tête, c'est de saper mes industries.

Les poings plaqués sur les hanches, il s'approcha de son opposant jusqu'à frôler son menton de son nez.

— Si tu t'imagines que je vais me laisser tondre comme un mouton sans lever le petit doigt, ben tu me connais mal, Joseph Alphonse Parent, parce que ça peut te coûter ben cher, des inventions de même. T'as beau être le maire de la place, t'es mieux de trouver des preuves ben solides pour appuyer tes dires, sinon attends-toi à recevoir une poursuite en libelle diffamatoire dret-là.

— Essaie donc pour voir. Essaie donc de m'actionner dans l'exercice de mes fonctions.

Isaïe Lemay, qui se tenait un peu à l'écart, observait tour à tour les deux hommes. Il pompa longuement dans le tuyau de sa pipe, avant de s'adresser à Léon-Marie.

— Je veux pas me mêler de ce qui me regarde pas, mais toé aussi, Savoie, faut que tu soyes ben sûr de ton affaire, parce que si Joseph dit vrai pis qu'il y a autant de bran de scie dans la farine que tu mouds qu'il s'en trouve juste à côté, sus le plancher de ta salle de planage, nous autres, les autres cultivateurs, on pourra pas faire autrement que d'être du bord de Joseph. On a pas envie personne de faire gâcher nos récoltes de grain. Si la poussière de bois est à couper au couteau dans la meunerie, c'est mon avis que Joseph a pas tout à faite tort, pis qu'il doit rentrer pas mal de bran de scie dans la fleur.

Autour d'eux, leur repas terminé, les ouvriers avaient réintégré leurs ateliers respectifs. Rapidement l'air s'était rempli du bruit assourdissant des moteurs, auquel se mêlaient les gémissements caractéristiques des trois scies et la percussion rythmique du couteau à bardeaux.

Les trois hommes devaient élever la voix pour s'entendre.

— C'est des affirmations gratuites, criait Léon-Marie.

— Ma femme sait ce qu'elle a vu, pis elle a ben vu. Il y a du bran de scie dans ta fleur, Savoie, du bran de scie!

— Tu cherches à saper mes industries, Joseph Parent, t'es rien qu'un croche.

Insulté, Joseph fit un pas en avant. Il hurlait:

— Tu viendras pas me dire ça en pleine face, Savoie, croche toé-même.

— J'ai engagé un meunier de métier, explosa Léon-Marie. Il fait du travail propre. Tout ça, c'est des inventions de bonne femme.

— Meunier de métier ou pas, je répète qu'il y avait du bran de scie dans la fleur.

— Wow là, protesta Isaïe, vous avez pas besoin de crier si fort, vous voyez pas que vous me cassez les oreilles.

Interdits, les deux hommes se turent.

Léon-Marie regarda autour de lui. Les yeux agrandis de surprise, il écoutait le profond silence qui venait d'envahir la campagne. Autour d'eux, tous les bruits s'étaient éteints. D'un seul coup, la scierie venait de se taire. Il se serait cru au repos dominical, un beau dimanche d'automne égayé par le soleil et le doux gazouillis des oiseaux.

Jean-Baptiste venait d'apparaître au milieu des panneaux grands ouverts et, le regard rempli d'inquiétude, courait vers eux.

— Aspic, Léon-Marie, entends-tu ce que j'entends?

— Barnache, c'est ben ce que j'entends, j'entends pus rien pantoute, que c'est qui se passe?

— Je voudrais ben le savoir moé itou, les moteurs viennent de s'arrêter tout net, pis toutes en même temps.

Sans égard pour les deux fermiers hérissés, Léon-Marie les abandonna au bord de la route et suivit Jean-Baptiste dans la salle de coupe. Les ouvriers des autres ateliers étaient déjà tous là et s'étaient groupés autour de la crémaillère. Surpris par le grand calme, ils avaient quitté leurs locaux respectifs et s'étaient rejoints dans le bâtiment principal. Serrés les uns contre les autres, dans une attente silencieuse, ils essayaient de comprendre. Dans la pièce largement ouverte à chaque bout, on n'entendait qu'un crépitement léger, rythmique, comme le bruit de l'eau qui dégouline après un orage.

— Voulez-vous ben me dire que c'est qui se passe? interrogea Léon-Marie, surpris d'entendre sa voix se répercuter en écho vers le fond de la salle jusqu'à l'intérieur de la meunerie. Pourquoi c'est faire que ça marche pus, ces moteurs-là?

— M'est avis qu'on a pus d'électricité, supposa Jean-Baptiste.

— Quoi?

Ses yeux lançaient des éclairs.

— McGrath nous aurait coupé le courant? Comme ça, en plein jour, quand on a de l'ouvrage plus qu'on est capables d'en faire? Qu'est-ce qu'il lui prend à celui-là, il se prend-y pour Dieu le Père? Ben barnache, ça se passera pas de même certain. Il va apprendre que l'électricité pour nous autres aujourd'hui, c'est une priorité.

Vivement, il tourna sur ses talons et, à grandes enjambées furieuses, se dirigea vers la remise.

Soudain, il s'immobilisa, puis revint sur ses pas.

— Où c'est qu'est Charles-Arthur?

— On le voit pas souvent à l'ouvrage dans ce temps-citte, observa prudemment Jean-Baptiste.

— Barnache! faudrait ben qu'il fasse son boutte de chemin lui aussi. Trouvez-moi-lé. J'ai besoin de lui.

— J'sus pas trop sûr, mais y m'a semblé l'avoir aparçu juste après le dîner, glissa Anatole sur un ton embarrassé. Y avait l'air d'avoir affaire au grenier, j'sais pas si y est redescendu.

Léon-Marie lui jeta un coup d'œil rapide et réprima un mouvement d'impatience. Approfondissant encore la ride qui séparait son front, il se dirigea du côté du moulin à farine, poussa la porte et la referma à grand bruit.

Devant lui, le moulin à planer était désert. Partout sur le sol, le bran de scie s'accumulait et formait de petites buttes. À sa droite, le vent s'infiltrait par la fenêtre largement ouverte et soulevait des nuages pesants de poussière blonde qui couraient sur le plancher. Couchée au milieu du chariot, une planche de bois brut encore emprisonnée dans la machine témoignait du brusque arrêt des travaux de planage. Il tourna son regard à sa gauche, vers le grand trou qui s'ouvrait du côté de la meunerie et qui permettait une continuité avec l'atelier de coupe. Ils n'avaient pas pensé, en aménageant cet accès destiné à faciliter la traversée du bois coupé vers la finition, combien il jouxtait le mécanisme de la meunerie, combien la meunerie apparaissait peu hygiénique.

Dans un éclair, il comprit que la femme de Joseph Parent risquait fort d'avoir raison.

Le temps était venu pour lui de prendre la bonne décision. Ou il améliorait les conditions d'opération de la meunerie ou il cessait définitivement ses activités.

Il n'eut pas à réfléchir longtemps avant d'opter pour le second choix. La petite meunerie du vieux Philozor Grandbois avait peut-être connu ses heures de gloire, mais aujourd'hui, avec les apports du modernisme, elle apparaissait vétuste, dépassée. De plus, elle était bien peu lucrative, comparativement à la scierie. Avec les grosses meuneries de l'ouest qui envahissaient le marché de la farine, elle offrait encore moins d'avenir. Sa résolution était prise. L'automne 1926 sonnerait la dernière année de fonctionnement de la meunerie. Il venait de décider qu'à partir de ce jour, les entreprises des frères Savoie et fils se consacreraient entièrement à l'exploitation du bois de sciage et à la construction des habitations. Sans compter, songea-t-il avec une certaine malveillance, qu'il n'aurait plus à essuyer les perpétuelles critiques des agriculteurs.

— Voilà un point de réglé, marmonna-t-il en grimpant quatre à quatre le petit escalier à pic qui menait à l'étage de l'ancien logis familial transformé en bureau.

Il le traversa jusqu'au fond et alla s'arrêter devant l'échelle accrochée en permanence à la trappe qui accédait aux combles.

Les barreaux étroits craquèrent sous ses pas. Les mains fermement agrippées au bâti, il passa la tête dans l'ouverture, cherchant à percer l'obscurité étouffante de la mansarde. Une forte odeur de bois sec courut jusqu'à ses narines. Il pensa avec effroi, que si un jour une étincelle venait à toucher un seul de ces gros madriers mal équarris, son rêve serait détruit dans une simple flambée.

Tout au fond, dans un coin noir, une ombre se découpait. Il

devinait plus qu'il ne voyait son frère Charles-Arthur, couché en rond, une bouteille à la main.

Excédé, il secoua vigoureusement les épaules.

— Veux-tu ben me dire que c'est que tu fais dans le grenier? lança-t-il avec colère. Quand tous les arias de la terre sont en train de nous tomber dessus?

Charles-Arthur se redressa lentement sur ses coudes. Il paraissait émerger d'un profond sommeil.

— Que c'est qui te prend de t'énerver de même? Je m'apprêtais à descendre, j'étais juste venu calmer une petite soif.

— Depuis quelque temps, je trouve que t'as soif pas mal trop souvent à mon goût. Tu fais ce que tu veux chez vous, mais je permettrai pas que tu viennes déranger les opérations de mon entreprise.

— D'abord, ton entreprise, comme tu dis, elle est autant à moé qu'à toé. Pis t'as rien à redire sur mon ouvrage. Depuis que tu m'as avec toé, je t'ai réglé ben des problèmes.

— Ben justement. Parlant de problème, on en a un, pis de taille, ça fait que, tu vas descendre avec moi, pis ça presse.

— Je suis pas ton employé, répliqua Charles-Arthur, je suis ton associé, ça fait que j'ai pas d'ordre à recevoir de toé. J'ai le droit de me reposer moé itou quand ça fait mon affaire. Je vas pas te chercher chez vous, toé, quand il y a un problème dans les ateliers? Je dis pas un mot, pis je le règle. Câlisse que t'es dur avec le monde. Heureusement que je suis mon propre boss, parce que jamais je travaillerais pour toé.

Léon-Marie pressa durement ses doigts sur le cadre de l'abattant. Il frémissait de colère.

— C'est justement parce que t'es un boss que tu vas venir voir à nos affaires. On vient de se faire couper l'électricité, si tu t'en es pas encore rendu compte. D'icitte à ce que McGrath nous redonne le courant, va falloir occuper nos hommes ailleurs ou ben les renvoyer chez eux. On a pas le moyen de payer une dizaine d'employés à rien faire.

— Quoi, on a pus d'électricité?

Charles-Arthur se précipita vers la trappe.

— On a pus d'électricité? Pis tu le disais pas. Me semble que c'était plus important que de m'engueuler à tour de bras.

Léon-Marie descendit prudemment les marches, en même temps qu'il expliquait, sur un ton redevenu calme:

— Tu vas occuper les ouvriers, pendant que moi, je vas aller voir ce qui se passe à la rivière aux Ours.

— Il y a pas assez d'ouvrage dans la cour pour occuper dix hommes pendant tout un après-midi, objecta Charles-Arthur en le suivant dehors.

— En ce cas-là, t'auras pas d'autre choix que de les renvoyer chez eux, dit Léon-Marie en se dirigeant vers la remise.

Il se hâta de décrocher la bicyclette d'Antoine.

— Que McGrath s'imagine pas qu'on va tout le temps attendre après son bon vouloir pour faire marcher notre industrie, gronda-t-il encore. Je tolérerai pas une situation pareille une autre fois, certain! J'ai ben l'intention de prendre les grands moyens.

— Hé, Savoie!

Assis dans sa charrette, les guides à la main, Joseph Parent le hélait avec impatience.

— Pis, Savoie, mon blé!

— Ton blé, je m'en barnache. Il y en a pus de meunerie, je viens de mettre la clé dans la porte.

Sans attendre sa réplique, pédalant avec vigueur, Léon-Marie descendit la côte du chemin de Relais, tourna rapidement à gauche sur le petit pont de bois et emprunta le rang Croche.

De chaque côté de lui, une douzaine d'habitations blanchies à la chaux s'échelonnaient avec leur toit pointu percé de deux lucarnes en ogive. Il pensa combien l'humble rang qui tortillait à travers la campagne avait changé depuis l'année précédente. Il était rempli de petites maisons toutes pareilles qu'il avait lui-même construites à la demande des employés du barrage électrique. Les familles étaient venues les rejoindre et s'étaient installées en vitesse dans des logis souvent encore en chantier, inconfortables, pressés qu'ils étaient de se retrouver ensemble.

Aujourd'hui, les cheminées fumaient et les petits derniers couraient de part et d'autre dans les cours arrière, à travers les lots mal définis, dépourvus de clôtures.

Avec un peu d'agacement, il énuméra dans sa tête tous ces bâtiments non encore payés qu'il aurait la tâche difficile de revendiquer un jour prochain.

Il accéléra son rythme. Il avait aujourd'hui une occupation plus pressante. Il avait quatre milles et un peu plus à parcourir, quatre milles qui le séparaient de la demeure de Don McGrath. Il allait chercher une explication et il ne se contenterait pas d'une maigre excuse, grommela-t-il en refermant ses paumes sur les poignées du guidon. McGrath aurait affaire à se justifier.

Une foule d'arguments plus incisifs les uns que les autres se bousculaient dans sa tête. Ah! il ne faudrait plus que pareil gâchis se produise, les affaires devraient marcher rondement à l'avenir. McGrath donnerait du service ou n'en donnerait pas du tout, parce que lui, Léon-Marie Savoie, trouverait une autre source d'énergie.

Il avait dépassé les fermes de Paul-Henri Lemay et Joseph Parent. Il approchait maintenant de la terre qui jusqu'à l'automne dernier était la propriété de sa famille. Son cœur se pinça un peu en considérant le désordre et l'abandon des alentours. Insensiblement, il ralentit son allure. La maison était inhabitée. Des planches avaient été clouées en travers des fenêtres et bloquaient tout accès aux importuns. Sur la véranda traînaient des bouts de fer et des boîtes en bois éventrées.

Plus loin se dessinait la luxueuse résidence de l'Irlandais. Entourée d'arbres centenaires, avec sa longue avenue qui menait à l'entrée avant, elle apparaissait digne d'un grand seigneur. Les communs avaient été bâtis un peu en retrait, et un chemin bordé de résineux permettait d'y accéder sans troubler la vue des occupants de la maison.

Sans hésiter, Léon-Marie tourna dans la cour et s'engagea dans l'allée principale bordée d'une très belle haie d'hydrangés en fleurs jusqu'au large perron. En même temps que l'indignation grondait dans sa poitrine, il sauta de sa bicyclette et grimpa les marches. D'un mouvement vigoureux, au risque d'importuner l'imposante Grace, il ébranla le heurtoir en cuivre massif fixé au milieu du superbe panneau de chêne et attendit, marquant son impatience en tapant le sol de son pied.

Une petite boniche, coiffe sur la tête et tablier blanc à frisons noué autour de la taille, vint lui ouvrir.

— C'est quoi? demanda-t-elle.

— Va me chercher McGrath, pis ça presse, ordonna-t-il sur un ton sans réplique.

— Je sais pas si monsieur peut vous recevoir.

Il sentit monter sa colère. Sa voix était puissante.

— Ben, barnache, y est mieux d'être capable de me recevoir!

— Godless! Si on peut pus se reposer en paix dans nos maisons asteure, s'éleva, derrière elle, la voix de l'Irlandais.

Il s'encadra dans la porte.

— Que c'est que tu me veux, Savoie?

— Ce que je te veux?

La bouche ouverte, il tombait des nues.

— Coudon, toé, t'as pas plus de remords que ça, après avoir coupé le courant à tout le rang Croche pis à la Cédrière.

Les yeux ronds de stupeur, Don McGrath avait reculé d'un pas.

— Coupé le courant! Godless! Que c'est que tu m'apprends là?

Sans attendre, il attrapa au vol un vêtement chaud et le suivit dehors.

— Que c'est qui peut ben s'être passé au barrage?

Le devançant à puissantes enjambées, il traversa la route et s'enfonça en face, dans le boisé, jusqu'à rejoindre le sentier des draveurs qui longeait la rivière. L'air profondément inquiet, il se déplaçait vite, sans se soucier de Léon-Marie qui trottinait derrière et avait peine à maintenir son rythme. Pendant de longues minutes, l'un derrière l'autre, ils suivirent les courbes capricieuses de la petite rivière qui se tordait au fond de son gouffre. Puis le sentier coupa à gauche et brusquement apparurent les aménagements électriques, l'écluse et, un peu en retrait, la grande bâtisse en bois que secouait le bruit strident des machines.

L'Irlandais s'immobilisa et laissa exhaler un soupir rassuré.

— En tout cas, ça m'a l'air de marcher sur des roulettes par icitte.

— Peut-être ben, mais ça veut pas dire que ça marche sur des roulettes par chez nous, répliqua Léon-Marie avec verdeur. Je dirais même que ça marche pas pantoute.

Un employé venait de sortir par une porte étroite, blanchie à la chaux.

— Paraîtrait qu'il y a un petit problème d'alimentation du côté de la Cédrière, l'interpella Don McGrath.

— Exact, répondit l'homme en mâchouillant un cure-dents, il y a un petit bris quelque part. On a déjà commencé à chercher, mais on sait pas encore où c'est. On suppose que c'est un transformateur qui a sauté.

— Ça saute-t-y rien qu'à leu faire des clins d'œil, ces machins-là? interrogea Léon-Marie sur un ton sarcastique.

— Anyway, Savoie, calme-toé les nerfs, dit Don McGrath, on a quand même pas fait exprès.

Imperturbable, l'employé se grattait la tête.

— Faut dire qu'il y a ben de la demande sur c'te ligne-là.

Don McGrath se tourna vers Léon-Marie.

— C'est vrai que la demande est pas mal forte pour ton usine. Avec en plus les familles de mes employés dans le rang Croche qui sont branchées sur le même fil, tous ensemble, ça tire du courant en godless.

— En ce cas-là, fais quelque chose, débrouille-toi pour que ça arrête pas à tout bout de champ, c'te patente-là, lança Léon-Marie sur un ton bourru. J'ai pas le moyen, moi, de jouer au fou avec mes machines, j'ai dix hommes à l'ouvrage, faut que ça marche.

— Il y aurait ben un moyen, reprit l'Irlandais, on en a justement parlé il y a pas longtemps dans un de nos meetings. La solution, ça serait de t'installer une ligne pour toé tout seul.

— Si ça prend rien que ça, installe-la, ta ligne, pis au plus vite.

L'Irlandais se caressait le menton. Il paraissait embarrassé. Enfin, il avança avec lenteur:

— Il y a un petit hic. Tu sais que ça coûte pas mal cher, une ligne de transmission. Il y a le matériel électrique, le temps des hommes... Je pourrais pas te faire ça gratis.

Léon-Marie bondit, il bouillait de colère.

— Barnache! Les poteaux sont déjà là, ça prend rien qu'un bout de fil que t'accroches en bas des autres. Avec tout l'argent qui se pointe sous ton nez, pis mon usine qui te paie déjà un beau cinq piastres tous les mois, il me semble que ça devrait te suffire pour nous donner du service.

— Mais j'ai encore rien qu'un petit barrage, expliqua Don McGrath. Faudrait que j'agrandisse mes capacités de produire, à commencer par me faire une plus grosse réserve d'eau si je veux fournir plus d'électricité. Tout ça c'est des ben grosses dépenses.

— Mais ça va rapporter en barnache, par exemple.

— Peut-être plus tard, mais pour tout de suite, faut que j'y aille slowly. L'argent coule pas à flots dans les parages. La vie coûte cher. Les œufs pis le lait sont rendus à trois cennes. Pour un père de famille de dix enfants qui gagne une piastre par jour, il va penser à nourrir sa famille avant de s'offrir le luxe de se faire brancher l'électricité.

— Cherche-toi pas de prétextes en plus, s'éleva Léon-Marie. Avoue donc plutôt qu'elle vaut pas grand-chose, ta patente, qu'elle est rien que bonne à éclairer des plafonds de cuisine. Tu m'as induit en erreur, McGrath, quand tu m'as promis mer et monde avec tes plans de nègre supposément modernes. Regarde aujourd'hui ce que j'ai l'air. Après-midi, j'ai dix hommes dans ma cour qui attendent après de l'ouvrage. C'est pas comme ça que je vais les aider à gagner leur croûte, pis se faire connecter à ton électricité.

— Je t'ai jamais menti, Savoie, se défendit Don McGrath. Rappelle-toé quand on a installé l'électricité dans ton usine, je t'ai ben averti que c'était à titre d'expérience.

— Peut-être ben que t'as dit ça en janvier, mais si tu te rappelles, le mois de mars venu, tu t'es empressé de venir nous annoncer qu'elle était au point, ta turbine. T'as planté tes poteaux, t'as installé tes fils en permanence, pis par la même occasion, t'as pas manqué de me charger un beau cinq piastres par mois. À mon sens, à partir du moment où j'ai payé pour tes services, c'était pus une expérience. Avoir su, je t'aurais laissé t'organiser tout seul avec tes emberlificotages.

— C'est pas la reconnaissance qui t'étouffe, s'insurgeait encore le patenteux. Qui c'est qui a fait starter ta scierie en grand, hein? Si tu m'avais pas eu avec mes projets pis la construction des habitations dans le rang Croche, tu végéterais encore à construire une église par dix ans, pis une couple de granges par année en plus de vendre quelques madriers par été pour remplacer des galeries pourries.

— Pis toi, McGrath, si j'avais pas été là avec mon entreprise de construction, ça leur aurait coûté un bras, à tes employés, pour se faire construire. À part ça, que je doute qu'un autre entrepreneur aurait accepté de faire crédit à ton monde comme je l'ai faite, au risque de me ruiner.

Aussi obstinés l'un que l'autre, chacun les mains dans les poches et se regardant bien en face, ils persistaient à se lancer la réplique.

— Tu devrais plutôt me remercier, insistait l'Irlandais. Quand on sait qu'il se passe rien dans le Bas-du-Fleuve, c'est pas tous les jours qu'un petit Canadien français comme toé peut construire douze maisons en cinq mois. Je t'ai fait avoir de l'ouvrage, Savoie, je t'ai permis de mieux vivre, c'est grâce à moé si aujourd'hui tu peux venir sur ma propriété, pis me narguer.

— De tes douze employés, la moitié m'ont pas encore payé une cenne, repartit Léon-Marie. Si bâtir à crédit de même, ça s'appelle bien vivre, ben je démissionne. Moi, mes menuisiers, crédit ou pas crédit, j'ai pas le choix, chaque samedi soir, faut que je leur remette leur paie. Je suis rendu au boutte, ça peut pus continuer de même.

— Les hommes que j'ai engagés sont jeunes, ils ont pas assez d'économies pour payer leur maison comptant. Si tu veux ton dû tout de suite, prends un avocat, pis exige-lé. S'ils sont pas capables de te payer, saisis leurs maisons, pis garde-les comme locataires. T'aimes ça, toé, avoir des propriétés. C'est pas toé qui disais que l'argent doit pas dormir chez le notaire ou ben dans le grenier, qu'il faut placer ça sur quelque chose qui se sauvera pas au Mexique? Ben la v'là ta chance. Demain matin, si tu veux, tu peux être le propriétaire de presque tout le rang Croche. Mais je t'avertis, par exemple, tu vas passer pour un dur en godless.

Léon-Marie détourna la tête. Une petite lueur de défi animait son regard.

— Ça, c'est mon affaire.

Un peu calmé, il revint au motif de sa venue.

— Pour ce qui est de la panne d'électricité, faudrait ben savoir quand ça va être réparé.

L'Irlandais consulta son employé. L'homme hocha la tête.

— Le temps de trouver le trouble, ça va ben prendre un bon vingt-quatre heures.

— Ça veut dire que mes hommes vont devoir chômer non seulement après-midi mais toute la journée de demain en plus, proféra Léon-Marie. C'est pas de même qu'ils vont élever des enfants forts.

Il prit un ton menaçant:

— Mais je t'avertis, McGrath, c'est mieux de pas arriver souvent, des affaires de même, parce que je suis ben capable de jongler un moyen pis de me la fabriquer moi-même, mon énergie.

L'air insolent, Don McGrath se courba vers lui et le dévisagea, amincissant encore la ligne fine de ses lèvres.

— Du côté du Relais, t'es chez vous, Savoie! Le propriétaire du courant électrique se permettra jamais d'aller dire au maître de la scierie ce qu'il doit faire dans sa cour.

— Fais ton frais tant que tu voudras, McGrath, mais si tu savais ce qu'il se brasse dans ma tête, tu serais surpris pis inquiet en plus.

Don McGrath laissa poindre un petit sourire et ne répondit pas. Marchant à grandes foulées, il le précéda dans le sentier des draveurs vers le rang Croche. Il avançait, les bras ballants de chaque côté de ses hanches et continuait à sourire, avec son grand corps, qui oscillait à chacun de ses pas, marquant son assurance tranquille, son pouvoir absolu sur les petites gens qui vivaient du fruit de ses inventions.

Ils étaient arrivés à la route. Léon-Marie alla chercher sa bicyclette qu'il avait abandonnée sur le gazon et, sans une parole, sans se départir de son air contrarié, l'enfourcha. Pédalant avec ardeur, il se dirigea vers la Cédrière.

Le grand silence qu'il retrouvait en gravissant la côte du chemin de Relais avivait son mécontentement. Les mains crispées sur les guidons, il roula avec plus d'énergie encore, dépassa le boisé et pénétra dans la cour de la scierie.

Des éclats de voix parvenaient à ses oreilles. Les ouvriers étaient sortis dehors et l'attendaient devant les portes de l'atelier de coupe.

— Retournez-vous-en chez vous, leur cria-t-il en même temps qu'il allait ranger sa bicyclette dans la remise. Il y a un bris de transformateur. Ça me surprendrait que ça soit réparé avant demain, pis encore. Avant que les électriciens de McGrath trouvent le problème, pis le règlent, ça peut prendre un bout de temps, ils ont pas l'air de se grouiller plus qu'il faut.

Les uns après les autres, les ouvriers enfoncèrent leurs casquettes sur leur tête et se dirigèrent vers la route.

— Ça te tente pas de venir avec nous autres? l'invita Jean-Baptiste. Les gars ensemble, on a décidé d'aller faire une petite partie de bluff à l'auberge.

Les prunelles de Léon-Marie s'animèrent l'espace d'un instant, puis rapidement, la lueur s'éteignit. Il hocha la tête.

— J'aimerais ben ça, mais je peux pas, je vais plutôt aller retrouver Henriette, elle file pas trop trop ben, dans ce temps-citte.

— Justement, observa Jean-Baptiste, je viens de voir Speedy qui sortait de chez vous tantôt. J'espère qu'il a réussi à lui remonter le moral.

Léon-Marie le fixa sans répondre, il en doutait un peu. Il connaissait Henriette. Le chagrin qu'elle vivait était profondément ancré dans son cœur et, de par sa nature, elle était si entêtée...

Le regard lourd d'envie, il suivit les hommes qui, avec de grands rires d'adolescents en vacances, orientaient leurs pas vers le village.

Demeuré seul, il se mit à marcher sans but autour de la grande bâtisse. Désabusé, il regardait autour de lui, caressant du bout des doigts, ici et là, une planche douce, un bout de bois aux arêtes vives, un arbrisseau.

Il sortit de la cour et s'engagea sur la route. Pendant un moment, debout au milieu de la chaussée, il considéra, de chaque côté de sa demeure, les quelques petites habitations de bois qui avaient surgi le long du chemin de Relais depuis le début du printemps. Il se sentait redevable de cette agglomération qui s'organisait peu à peu et qui, si Dieu lui en donnait le courage, deviendrait un jour une municipalité nantie de toutes les structures administratives.

Il laissa échapper un soupir. Sans comprendre pourquoi, il ressentait soudain comme un poids très lourd sur ses épaules. Déçu, fatigué de cette lutte incessante, il éprouvait brusquement la tentation de céder aux pressions de certains envieux et d'abandonner sa belle aventure.

Son regard se tourna vers les grands bâtiments qui renfermaient ses industries, puis s'arrêta à la longue enseigne en bois brun qu'il avait lui-même modifiée depuis son association avec Charles-Arthur. «LES FRÈRES SAVOIE ET FILS», lut-il. Les petites frimousses de ses enfants surgirent au milieu de sa réflexion, et un frisson parcourut tout son être. Il pensa combien il avait besogné, manœuvré, usé d'imagination jusqu'à ce jour, afin de bâtir leur avenir. Il se devait de reprendre courage et continuer, il le devait pour eux.

Puis le beau visage d'Henriette s'imposa à son esprit et une immense tristesse l'envahit tout entier. Comment lui faire comprendre qu'elle aussi devait vivre, lutter avec lui pour ceux qui leur restaient. Comment lui dire qu'ils étaient tous ensemble dans l'épreuve, qu'ils s'aimaient et s'aimeraient toujours. Hélas, lui qui savait être si convaincant en affaires, ne possédait pas cette subtilité, cette finesse des mots qu'il considérait comme un attribut propre à la femme. Il se rendait compte aujourd'hui combien il était inapte à débiter de ces paroles consolatrices, de ces métaphores bien tournées qui auraient pu amener sa pauvre Henriette à être raisonnable.

D'impuissance, il courba la tête et reprit sa marche le long du chemin de Relais. Il déambulait lentement, les mains dans les poches et s'attardait, repoussait à dessein le moment de rentrer chez lui. Devant lui, le soleil déclinait vers l'ouest. Bientôt la nuit serait tombée et les enfants reviendraient de l'école. Un peu de vie animerait leur demeure triste et peut-être, pendant quelques heures, Henriette sortirait-elle un peu de sa torpeur.

Il revint sur ses pas. Décidé soudain, rapidement, il traversa la route, s'engagea dans la petite allée de sable fin et pénétra dans la cuisine.

Henriette était là. Assise dans la berceuse, le regard rivé sur la fenêtre, elle actionnait doucement les arceaux.

Il l'observa avec inquiétude.

— Ça va, Henriette?

Elle leva lentement la tête et le fixa sans parler.

— Charles est déjà parti? Il est pas resté longtemps, prononça-t-il sur un ton qu'il voulut léger en s'approchant d'elle.

Il alla s'arrêter devant sa chaise et, les deux mains sur les appui-bras, la dévisagea avec un petit rire.

— Je sais pas si je me trompe, mais quelque chose dans ton air me dit que tu te sens paisible. Mon idée que sa visite t'a fait du bien.

Elle détourna les yeux.

«Quiconque n'a jamais vu mourir un enfant, ne peut traduire cette déchirure dans le cœur d'une mère», se dit-elle avec obstination, en considérant devant elle la montagne rougeoyante.

Parce qu'il en voit tous les jours, Charles, lui, savait. Sa main dans la sienne, pendant la petite heure passée auprès d'elle, il lui avait expliqué le sens de la mort, cette mort physique qui n'était en fait qu'un passage vers la lumière, une mutation vers une vie paisible, d'une beauté éclatante, si belle et si remplie de félicité, qu'on ne veut jamais en revenir.

Il lui avait ensuite dépeint le paradis, un paradis à la mesure des hommes, différent de celui qu'elle imaginait dans le ciel bleu, au-dessus des nuages. Les morts ne devaient pas nécessairement s'éloigner de la terre pour jouir du bonheur éternel, avait-il observé. Il n'existe aucun dogme qui empêche le ciel d'être ici, autour de nous, tout simplement.

Puis il avait prononcé le nom de sa petite fille et, curieusement, dans son timbre, elle avait perçu des harmoniques presque joyeuses.

— Marie-Laure est ici, dans l'espace invisible, avait-il murmuré.

Elle l'avait regardé avec incrédulité. Cette constatation la déconcertait. Ce n'était pas ainsi qu'elle voyait la mort. La mort, c'était à ses yeux l'obscurité profonde, la destruction, la fin de tout, avec l'âme qui s'envolait dans les hautes sphères pour aller s'asseoir à la droite de Dieu le Père, ainsi que la représentaient les images pieuses. Aujourd'hui, on lui montrait la mort comme un cycle de vie nouveau, invisible mais terrestre, avec des êtres immatériels qui évoluaient autour de ceux qu'ils avaient quittés, sans perdre leur qualité d'élus dotés de la connaissance et de la gloire éternelles.

À son tour, elle avait rapproché sa chaise et lui avait confié ce qu'elle n'avait osé dire à personne. En sanglotant, elle avait décrit son insoutenable souffrance, le matin des funérailles de sa petite fille, quand les hommes avaient déposé son corps dans la bière. Elle avait dépeint son acharnement, combien elle s'était accrochée à elle au cimetière, quand ils avaient relâché les cordes et descendu la boîte dans la fosse et combien, depuis ce temps, elle n'avait cessé de l'imaginer, enfermée dans ce trou profond, immonde et noir, en train de se débattre pour respirer.

— Parfois, avait-elle repris, je m'éveille la nuit et je l'imagine, dans l'obscurité totale, avec l'odeur étouffante de la terre dans les narines. Il fait froid, humide et elle n'a rien d'autre pour s'abriter que sa petite robe blanche toute en soie et en frisons.

Elle avait caché son visage dans ses paumes. Encore une fois, ses épaules s'étaient soulevées de sanglots.

Charles l'avait consolée. Marie-Laure n'était plus dans l'ombre du cimetière, avait-il assuré. Ce corps, en train de se décomposer ne devait avoir aucune valeur à ses yeux, parce qu'il n'était plus sa petite fille. La vraie Marie-Laure était depuis longtemps dans la maison, près d'elle.

Elle l'avait regardé avec scepticisme. Il lui apparaissait difficile de concevoir l'esprit. Elle avait d'ailleurs toujours eu de la difficulté à comprendre ce qui n'était pas tangible.

Si seulement elle avait pu la revoir, l'entendre, lui parler, ne serait-ce qu'une seule fois. La dernière fois qu'elle l'avait vue, elle quittait la maison, sa serviette de bain sous le bras. Elle riait, elle était heureuse, elle aimait tant se baigner. Elle ne l'avait plus revue vivante. Sa petite fille était partie sans même lui dire adieu.

— Henriette, je t'en prie... avait-il grondé avec douceur, cesse de t'attacher au passé, vois le présent, l'avenir. Et pense à Léon-Marie, à tes quatre enfants, ils ont tant besoin de toi.

Elle l'avait regardé avec surprise et une sourde inquiétude avait crispé sa poitrine. Le passé, pour elle, c'était non seulement sa petite fille, mais aussi tous ces souvenirs, toutes ces interrogations qui défilaient dans sa tête depuis qu'elle vivait dans son isolement. Cette attitude de la part de son ami d'enfance, qu'elle considérait comme une distanciation vis-à-vis d'elle, l'avait ébranlée. Elle avait pris tout à coup conscience de sa fragilité, du besoin qu'elle avait toujours eu de se sentir entourée d'amour.

Elle avait baissé la tête et s'était efforcée de comprendre. Elle devrait penser à son mari, à ses quatre enfants, mais aussi elle n'oublierait pas la petite morte qui, à ses dires, était parmi eux, dans l'invisible.

Lentement, elle avait croisé ses doigts sur ses genoux et tourné son regard vers la fenêtre, vers son horizon de montagnes. De toutes ses forces, elle s'était concentrée, avait imaginé une petite main qui joignait la sienne. Dans son cœur de mère, elle avait tenté de se convaincre de la présence auprès d'elle de sa petite fille, et une onde heureuse avait parcouru son corps.

Recroquevillée sur elle-même, dans un geste d'étreinte, elle avait serré son châle autour de ses épaules.

— Qu'est-ce qui t'arrive? demanda, près d'elle, Léon-Marie. T'as froid?

— Je pense que le temps est venu pour moi de reprendre courage.

Il sursauta.

— Peux-tu répéter ça? J'ai peur d'avoir mal entendu.

— Je me disais seulement que ma journée de demain va être chargée. Je devrai me lever tôt si je veux passer à travers. J'ai mes conserves de tomates à faire et, si j'ai le temps, je vais commencer mes réserves de petits légumes.

Il lui tendit les bras. Il riait. Ses yeux étaient brouillés de larmes.

— Ben moi, je viens de décider que je vas dormir avec toi dans notre grand lit, à soir. Même si j'ai de l'ouvrage par-dessus la tête à l'usine, j'avoue que je commence à trouver ma paillasse de bran de scie pas mal inconfortable.

# 13

La petite porte de la scierie venait de s'ouvrir dans un grand coup de vent. Don McGrath franchit le seuil d'une longue enjambée. C'était l'hiver. Le mois de février avait débuté la veille, traînant avec lui un froid très vif, pénétrant.

Cerné par un tourbillon de neige, le visage marqué par l'étonnement, il se tenait immobile dans l'ouverture. Devant lui, Léon-Marie, des outils plein les mains, était accroupi au milieu du grand trou qui reliait l'atelier de coupe à la roue hydraulique.

— Godless! veux-tu ben me dire que c'est que c'est, que c't'amanchure que t'es en train de faire là?

Léon-Marie se redressa péniblement sur ses jambes et le fixa avec hauteur.

— D'abord c'est pas de tes affaires, puis commence donc par fermer la porte. Avec le fret qui fait dehors, tu dois ben savoir que c'est pas le temps de faire des courants d'air.

L'Irlandais donna un violent coup de talon derrière lui. Dans un grand bruit de cassure, le panneau de bois alla s'ébranler contre son cadre.

— Justement! C'est pour ça que je suis venu te voir.

— Que c'est que tu me contes là?

Les sourcils relevés, Léon-Marie abandonna sa besogne. Balançant son marteau au bout de son bras, il s'avança vers lui.

— Es-tu en train de me dire que t'es parti du fin fond du rang Croche, que t'as fait quatre milles dans le fret à figer tout ce qui bouge, pour venir m'annoncer qu'on est en hiver, pis que c'est pas le temps de faire des courants d'air. Ben je t'aurais jamais cru complaisant de même.

Don McGrath esquissa une moue agacée. Pivotant sur lui-même, il se tourna vers les employés de la salle de coupe groupés autour du chariot et qui s'y prenaient à quatre pour déplacer une énorme grume.

Partout dans les différents ateliers, les machines tournaient à grande vitesse et emmêlaient leurs hurlements discordants.

Il s'approcha de la crémaillère. Pendant un moment, l'œil attentif, il suivit la marche lente de la lourde pièce de bois que débitaient les hommes. Comme hypnotisé, son regard alla ensuite rejoindre les planches dorées qui chutaient sur le sol, les unes après les autres, en émettant une suite de bruits mats.

Impatient soudain, il se redressa et alla retrouver Léon-Marie qui avait repris son occupation au milieu du grand trou.

— On pourrait-y être tranquilles deux minutes? hurla-t-il contre son oreille. J'ai affaire à toé.

Léon-Marie abandonna aussitôt le boulon qu'il s'apprêtait à glisser dans son orifice et l'entraîna vers l'espace restreint que couvrait l'ancienne meunerie. Goguenard, d'un geste de la main, il indiqua, appuyé sur le mur du fond, le petit escalier qui menait à l'étage.

— Si c'est pour te confesser, on peut aller dans mon bureau.

— Godless, pour la confession, j'aime autant le curé Darveau, répondit l'Irlandais en pliant difficilement son grand corps pour se glisser de l'autre côté.

Les yeux fureteurs, il avança dans la pièce étroite et longue, occupée largement par l'imposant mécanisme du moulin à farine.

Un grand désordre régnait partout alentours. Des poulies traînaient par terre, de même que des outils et un coffre en bois au couvercle rabattu. Des courroies luisantes et toutes neuves avaient été déployées en éventail, à partir de la roue hydraulique, et couraient sur le sol dans la direction des trois scies. Il les enjamba avec circonspection et alla s'arrêter près du gouffre. Dans le canal, le larron était levé et la grande roue laissait voir ses godets bien secs.

Pendant un moment, la mine songeuse, il suivit la dégringolade du petit cours d'eau qui fuyait vers l'autre bout de la pièce et écouta son roucoulement délicat. Brusquement, il se retourna.

— Godless! réveille-moé si je rêve, mais serais-tu en train de te rebrancher à ta roue à godets? Veux-tu ben me dire que c'est qui te prend?

— Tu viendras pas me faire le reproche de prendre mes précautions, répliqua Léon-Marie sur un ton incisif. Comme on peut pas faire trop trop confiance à tes patentes, je dois prendre les moyens qu'il faut pour pas manquer d'énergie.

L'Irlandais laissa fuser un petit rire sarcastique.

— C'était donc ça, ton idée, t'installer un breaker, pour mettre tes scies sur le courant d'eau quand le courant électrique vient à manquer. Ben tu vas t'apercevoir que c'est toute une amanchure que cette affaire-là, par rapport aux quelques occasions qu'on a des pannes. Depuis l'automne, c'est arrivé à peine une couple de fois, pis c'est rien que normal, le pouvoir électrique est encore tout neuf, il est pas encore rodé.

— Justement! raisonna Léon-Marie. Comme la scierie est mon gagne-pain pis celui d'une dizaine d'hommes, tu vas comprendre que je dois m'organiser pour qu'ils puissent faire leur ouvrage. Les temps sont durs, McGrath, ben durs. Une journée de perdue, c'est de la grosse argent à l'eau. La scierie doit pas s'arrêter une minute, ça fait que si tu me dis que c'est normal que tu sois pas fiable, ben moi, je dois m'arranger pour l'être.

— Godless, je veux ben te comprendre! Mais réinstaller la roue à godets... y as-tu pensé? On est en 1927, la roue à godets, c'est dépassé depuis belle lurette. Tant qu'à pas me faire confiance, installe-toé plutôt une turbine au pied de ta chute.

Il ajouta, les bras largement écartés, dans une attitude qu'il voulait chevaleresque:

— Moé, ça me dérange pas, les forces de la nature sont à tout le monde.

Léon-Marie lui jeta un coup d'œil furtif, puis, les yeux rivés sur le sol, avança sur un ton faussement désabusé:

— Je peux pas dire que les idées modernes pis l'électricité, ça m'emballe plus qu'il faut. Moi, je préfère les bonnes vieilles méthodes, ben éprouvées, qui résistent à tous les temps, pis à tous les usages.

— Ah! oui?

L'air railleur, le patenteux ferma à demi les paupières.

— Léon-Marie Savoie, l'homme du siècle et sa roue à godets!

Léon-Marie détourna la tête. Embarrassé, il n'aurait jamais voulu avouer à son vis-à-vis toutes les tentatives qu'il avait faites, depuis l'automne précédent, en vue d'installer son propre pouvoir électrique dans sa chute.

Il avait tourné la question sous tous ses angles pendant plusieurs mois, sans parvenir à trouver de solution. Enfin, après avoir épuisé toutes ses ressources et son ingéniosité, il s'était résigné à s'en ouvrir au notaire Beaumier qui avait établi pour lui une correspondance avec un homme de science américain du nom de Jordan.

Celui-ci avait lu attentivement les données qu'il lui avait fournies et n'avait pas tardé à lui faire parvenir les conclusions de son analyse, analyse qui l'avait profondément désillusionné. Avec des mots choisis, il l'avait amené à comprendre qu'il y avait si peu d'énergie potentielle en haut de sa chute que les pales d'une turbine équivaudraient, dans son cas, aux pales d'une simple roue hydraulique.

Dans une impulsion rageuse, Léon-Marie avait froissé la lettre du savant spécialiste et l'avait jetée au feu. Le cœur lourd de déception, il était allé se poster devant la fenêtre et avait longuement fixé son bocage derrière lequel il devinait le rang Croche. Sa pensée avait traversé les champs, les clôtures de perche et les rigoles puis avait rejoint la rivière aux Ours et, plus haut, les importantes installations électriques du patenteux.

Comme si, tacitement, tous deux avaient convenu d'un duel, il avait pris ombrage de cet avantage qu'avait l'autre sur lui, d'avoir songé le premier à établir ses pénates près de la rivière aux Ours, la plus importante rivière de la région et, au fond de son être, il s'était senti perdant.

Aujourd'hui, avec le mois de février et la neige qui se déployait comme un tapis bien lisse entre les deux cours d'eau, devant cet Irlandais de souche qui le regardait, grimpé sur ses longues jambes, comme sur des échasses, avec ses petits yeux inquisiteurs qui tentaient de scruter les profondeurs de son âme, jamais il n'aurait avoué cette intervention qu'il jugeait comme un échec.

Agacé, comme s'il était pressé soudain de chasser de son esprit ce revers dans ses espérances, il secoua les épaules.

— Si t'as à me parler, faudrait que tu te grouilles, parce que moi, j'ai pas mal d'ouvrage qui m'attend.

— Moé non plus j'ai pas de temps à perdre, répondit l'autre sur le même ton. Ça fait que, s'il en tient rien qu'à moé, ce que j'ai à te dire prendra pas de temps. C'est à propos de l'école publique. Paraîtrait que Marguerite Genest, la petite maîtresse de l'école d'en bas serait allée voir Paul-Henri Lemay, le garçon à Isaïe, à titre de commissaire s'il vous plaît, pis qu'elle lui aurait fait une plainte en bonne et due forme.

— Une plainte? répéta Léon-Marie en durcissant son regard. Quelle mouche la pique, celle-là, d'aller faire une plainte aux commissaires, elle est payée rubis sur l'ongle, même que cette année, je lui fournis le bois de chauffage gratis.

— C'est pas la question, répliqua Don McGrath. C'est avec ses élèves qu'elle a des problèmes. Avec les nouvelles constructions dans le chemin de Relais pis dans le rang Croche, sans compter les enfants des artisans sur le chemin de la grève, pis ceux des terres le long de la route communale, elle a été obligée d'accepter une cinquantaine d'élèves l'automne dernier. Ça fait toute une potée d'enfants qui fréquentent la petite école des Quatre-Chemins. Elle dit qu'elle trouve pas de place où les asseoir, sans compter que, tassés de même les uns sur les autres, c'est pas facile de faire régner la discipline.

— Quand j'étais commissaire au village, lança Léon-Marie sur un ton péremptoire, il avait été ben entendu qu'on tolérerait jamais plus que trente-cinq élèves par école. D'ailleurs les petites écoles de rang sont pas faites pour en loger plus. Ça m'étonne que les commissaires aient attendu une plainte de la part de la maîtresse, avant de s'apercevoir de ça.

L'humeur encore belliqueuse, il se rappela ce temps lointain où il exerçait son métier de cordonnier au village et aux grandes heures de son mandat en tant que commissaire d'école. Les paupières à demi fermées, il revécut cette époque mémorable où il avait dénoncé un surplus d'écoliers dans la petite salle de classe du rang Un. Ils avaient été trois à s'opposer férocement à cet état de choses. Avec lui, s'était élevé Oscar Genest, le père de Marguerite, la petite maîtresse à la source de la plainte actuelle, et Ignace Gagnon. Trois coriaces, en avaient déduit les représentants du département de l'Instruction publique. Trois irréductibles, avaient-ils eux-mêmes conclu, déterminés qu'ils étaient à se battre jusqu'à la victoire.

Ils s'étaient d'abord tournés vers les élus gouvernementaux et avaient tenté d'obtenir une subvention dans une attaque qui les avait menés directement à la résidence de leur député. Devant son impuissance, ils s'étaient formés en délégation et s'étaient rendus au Parlement de Québec. Au village et dans les environs, quoiqu'ils n'aient pas réussi à obtenir l'octroi escompté, on avait longtemps commenté leur opposition tapageuse, tant et si bien que le député sortant en avait perdu son poste aux élections suivantes.

À la suite de cet esclandre, honteuse de ce battage qui avait trouvé écho aussi loin que derrière les Appalaches jusqu'à la baie des Chaleurs, la municipalité de Saint-Germain s'était résignée, et dans une assemblée houleuse de son conseil, avait décidé d'augmenter les taxes de quelques cents par propriétaire terrien. Par cinq voix contre trois, elle avait autorisé la construction d'une petite école, sur la route communale, près du chemin de la grève, à quelques arpents du chemin de Relais et du rang Croche. C'était cette même petite école, surnommée l'école des Quatre-Chemins, qui, aujourd'hui, présentait un problème identique.

— Jamais j'aurais pensé qu'il y avait autant d'enfants dans le coin, observa-t-il. En tout cas, c'est pas moi qui vas m'opposer à ce qu'il se bâtisse une autre école. Tu sais comment je me suis battu dans le temps pour qu'on limite les inscriptions à trente-cinq élèves par classe.

— C'est mon idée à moé aussi qu'on devrait exiger d'avoir une école juste pour nous autres, renchérit Don McGrath. Tes employés pis les miens ensemble, ça fait pas mal de monde. On fait presque partie d'un hameau astheure.

Avec son arrogance habituelle, il se mit à arpenter la pièce et, les mains enfoncées dans les poches, fit s'entrechoquer la menue monnaie qu'il tâtait du bout de ses doigts.

— Faut qu'on se tienne, poursuivait-il, encouragé, le rang Croche pis la Cédrière. Toé pis moé ensemble, on va faire pression pour que la municipalité construise une autre école de rang. On la bâtirait icitte-même dans les premières terres du rang Croche. Ça accommoderait les familles de mes employés, pis, par la même occasion, celles de la Cédrière.

— Dans le rang Croche que t'as dit? T'as ben dit dans le rang Croche?

Choqué soudain, Léon-Marie avait arqué la nuque. Le menton pointé vers l'avant, il toisait son interlocuteur. Un fort sentiment d'opposition montait en lui. Oubliant ses bonnes intentions, la lèvre malveillante, il dévisageait l'Irlandais, cet «importé» plein d'audace qui, dans une intrusion délibérée, tentait de favoriser le rang Croche au détriment du chemin de Relais, en plus de lui usurper son habituel rôle d'intervenant dans les affaires publiques.

— Tu sauras, McGrath, que ça nous revient à nous autres, les Canadiens français, de décider pour nos enfants, répliqua-t-il sur un ton sévère. La petite école, on peut aussi ben choisir de la bâtir dans le chemin de Relais.

— Godless! Savoie, éclata Don McGrath, le fais-tu exprès pour toujours me mettre des bâtons dans les roues? Anyway, t'as toute une tête de pioche pis ça prend toute une patience pour t'endurer. T'as l'air d'oublier que c'est des enfants de mes employés qu'il s'agit, à part ça que j'ai mon mot à dire autant que toé dans les affaires de la paroisse. Ça fait vingt-cinq ans que je suis dans la place, je pratique la même religion que toé, je paie ma dîme pis mes taxes municipales comme toé, pis avec mon pouvoir électrique, je peux affirmer sans me vanter que je suis en train de devenir le contribuable le plus important de Saint-Germain.

— Barnache! fit Léon-Marie en tiquant de la joue. Je vas dire comme le curé Darveau dit souvent: c'est pas la modestie qui t'étouffe.

Il le fixait, l'œil dubitatif. Bien sûr, les réalisations de l'Irlandais étaient considérables. Pourtant, il ne pouvait s'empêcher de se méfier. Connaissant l'homme, il ne pouvait croire qu'il puisse penser autrement qu'à son avantage. Il n'était pas né chez eux, il ne réagissait pas comme eux. À son avis, un étranger recelait toujours au fond de son être un petit quelque chose qui favorisait ses intérêts personnels au détriment de ceux de sa communauté d'adoption.

Aussi, depuis qu'ils se connaissaient, malgré les bonnes relations qu'ils entretenaient ensemble, Léon-Marie n'avait jamais manqué de se tenir sur ses gardes, chaque fois, veillant à ce que McGrath ne s'immisce pas trop profondément dans leurs affaires.

— Moi, ça fait quarante et un ans que je vis dans le patelin. Je suis un Canadien français pure laine, je pense comme un Canadien français, pis pour les Canadiens français, pis je suis pas d'accord avec toi sur l'emplacement de la petite école. Le rang Croche, à mon avis, c'est pas le meilleur endroit. L'école devrait plutôt être construite dans le chemin de Relais, parce que c'est du côté du Relais que ça va se bâtir à partir d'astheure. Même tes futurs employés vont devoir venir s'installer dans mon boutte, parce que toi, va falloir te garder de la place, compter un bon mille et demi à deux milles de terrain vacant tout autour de tes installations pour ton électricité pis ton barrage...

Il ajouta avec un regard en coin:

— Ben entendu si ça marche...

Choqué à son tour, Don McGrath leva vivement le menton.

— Ça, Savoie, je vas te répéter ce que t'arrêtes pas de me rabâcher tout le temps, c'est pas de tes affaires! Si je me suis déplacé icitte, aujourd'hui, c'est pas pour t'entendre me faire tes prédictions sur mon avenir, mais pour discuter d'une école pour les enfants de mes employés. C'est moé qui ai attiré ces familles-là icitte et je considère que j'en suis responsable. Ça fait que, si tu veux, on va parler sérieusement, pis tu vas arrêter tes petites allusions mesquines, quand t'es pas raciste en plus.

— Moi, raciste! s'écria Léon-Marie, estomaqué. T'oses me traiter de raciste, ben t'as tout un front, l'Irlandais!

— Il y a pas plus raciste que toé dans tout Saint-Germain, Léon-Marie Savoie.

Léon-Marie se détourna vivement. Si défendre les droits de ses concitoyens supposait, aux yeux de cet «importé», une forme de racisme, eh bien! il ne méritait pas qu'il s'en explique.

— En ce cas-là, je voudrais ben savoir pourquoi t'as fait quatre milles dans le gros fret de l'hiver pour venir me voir, au lieu d'aller rencontrer monsieur le maire Joseph Parent qui est ton voisin direct astheure.

— Si je suis venu te voir, Savoie, toé plutôt qu'un autre, c'est parce que j'ai pensé que t'étais ben le seul homme de bon sens, capable de faire bouger la municipalité, ça fait que, arrange-toé pas pour me le faire regretter.

Léon-Marie sursauta. Le temps d'un éclair, ses prunelles brillèrent. Gonflé de la confiance que lui témoignait son vis-à-vis, il se tint un moment sans parler. Enfin, en même temps que son regard s'attardait sur le petit recoin encombré des installations de l'ancienne meunerie, il avança, sur un ton judicieux:

— La première chose qu'on a à faire, c'est de demander l'avis de monsieur le curé. Avant nous autres, c'est lui l'autorité dans la paroisse.

— Godless, c'est ben vrai! J'avais oublié le curé! s'écria McGrath. Y avoir pensé, je serais descendu au village tout de suite à matin au lieu de monter icitte.

— Laisse-moi faire mon boutte, décida Léon-Marie sans cacher sa satisfaction. Je vas y aller, moi, voir le curé, je vas aller frapper à la porte du presbytère sans faute, dimanche prochain, après la grand-messe.

*** 

Le curé Darveau avait terminé la lecture de l'Évangile. Après avoir posé respectueusement ses lèvres sur le grand missel, il se tourna vers les fidèles, fouilla du regard son église à moitié vide, et laissa poindre un mouvement sec de son menton. Dans le silence troublé par les quintes de toux et le bruissement des bancs, il se dirigea vers le côté de l'autel, retira sa chasuble et la déposa sur le prie-Dieu. Revêtu de l'aube blanche, avec l'amict qui chatouillait ses cheveux, son étole violette retenue à la taille par le cordon, il descendit dans la nef jusqu'à la chaire et, de son pas pesant, fit craquer le petit escalier de bois.

L'assistance leva la tête. Il venait de surgir au milieu de la tribune dorée, finement sculptée d'anges et de rinceaux.

Dressé très droit, approfondissant encore les deux rides qui séparaient ses sourcils, il jeta un regard circulaire au-dessous de lui, vers les bancs désertés, puis, fermement, agrippa de ses deux mains la balustrade de chêne blond.

— Mes bien chers frères...

Il prit une lente inspiration. Dans le recueillement de l'église, avec ses fenêtres aux vitraux assombris dans une sorte de demi-jour, sa voix grave résonna en écho jusqu'aux hauteurs de la nef.

— Conformément à l'épître de saint Paul, mon sermon d'aujourd'hui aurait dû s'inspirer de la pratique de la pénitence en ces temps de carême, de la charité chrétienne et de la patience, fille de la sagesse.

D'un geste majestueux, il écarta largement les bras et fit apparaître les manches de sa soutane noire sous la blancheur de son vêtement sacerdotal.

— Mon devoir de prêtre m'oblige aujourd'hui à négliger l'idée dominante de ce premier dimanche du carême, afin de mettre en lumière une omission grave qui risque d'affecter grandement la vie spirituelle de notre paroisse.

— «Les dimanches, messe ouïras et les fêtes pareillement», récita-t-il. Voilà le deuxième commandement de l'Église que tout bon chrétien a appris dans son petit catéchisme et a l'obligation d'observer.

Sa voix prit des intonations puissantes, en même temps que, le regard affligé, il montrait autour de lui la tristesse, l'abandon de leur église. En ce premier dimanche du carême, premier jour de la grande pénitence, à peine une famille sur trois était représentée dans la maison du Père. Il comprenait que c'était l'hiver, mais les forces de la nature étaient-elles une raison suffisante pour se soustraire à cette obligation qu'est l'assistance à la messe? Un chrétien qui aime son Dieu ne craint pas de braver les intempéries pour venir Le saluer et Le glorifier.

Il posa son regard sur le banc qu'occupait Léon-Marie avec ses jumeaux, puis reprit avec un léger frémissement dans la voix:

— Un bon pasteur aime ses brebis et veille sur elles. En bon pasteur, j'ai favorisé l'essor de certaines industries. Aujourd'hui je me surprends à regretter ma bienveillance, car depuis, afin de se rapprocher de leur lieu de travail, des dizaines de familles ont quitté le village et se sont installées loin de l'église, loin de leur Dieu. L'inertie tiédit les âmes, mes bien chers frères. Il n'y a rien de plus néfaste pour un chrétien que de s'éloigner de la maison de son Créateur.

Heurté, Léon-Marie arqua vivement la nuque et fixa le curé. Son cœur émettait des petites pulsations furieuses qu'il sentait battre jusque dans son cou. Don McGrath, qui occupait un banc en avant du sien, se retourna et, l'air amusé, lui lança une œillade entendue.

— Dans cette vallée de larmes, continuait le prêtre, l'important n'est pas de s'approprier les biens de la terre. Le matérialisme est lié à l'athéisme et favorise les orgies et la luxure qui sont des ruses de Satan. À l'image de l'enseignement du Christ, chacun se doit de peiner dans la souffrance et la résignation, afin d'accéder à la gloire éternelle, au bonheur parfait jusqu'à la fin des temps...

Et le curé de poursuivre en explicitant sa pensée mystique. Mais Léon-Marie ne l'écoutait plus. Blessé dans son ego, il attendait avec impatience que se termine la messe, pressé qu'il était de se rendre au presbytère afin de lui faire part de sa profonde indignation.

Il fit retentir la sonnette d'un mouvement violent.

Le curé Darveau vint lui-même lui ouvrir.

— Entre, Léon-Marie, je t'attendais. Je n'ai eu qu'à voir ta mimique du haut de la chaire pour deviner que ton premier geste serait de venir t'en plaindre au presbytère.

— C'est vrai que j'ai rué dans les brancards, pendant votre sermon, admit-il. Même que si j'avais pas eu une raison importante de venir vous voir aujourd'hui, je me serais amené au presbytère pareil.

Le curé Darveau l'entraîna dans son bureau. Derrière eux, des bruits de casseroles ébranlaient la cuisine. Toutes les pièces du presbytère étaient imprégnées de l'odeur pénétrante du rôti qui cuisait dans le four.

— Ainsi tu te permets de venir critiquer le sermon de ton curé, le réprimanda le vieux prêtre en refermant la porte. Je ne peux pas dire que c'est le respect de l'auguste qui t'étouffe. Enfin! Assieds-toi. Je t'écoute.

— Je trouve que vous y êtes allé pas mal fort avec moi, se plaignit-il en prenant place sur une chaise dure face au meuble du curé. Pis du haut de la chaire à part ça. Jusqu'à McGrath qui me lorgnait comme s'il riait de moi. Pourtant vous m'avez accusé à tort, monsieur le curé, parce que c'est pas mon monde à moi qui manquait la messe aujourd'hui, ce sont les employés du courant électrique qui sont pas venus, c'étaient les familles du rang Croche qui brillaient par leur absence.

— Mon pauvre Léon-Marie, fit le curé avec impatience, imagine-toi que j'ai été capable de m'en rendre compte tout seul. Pourquoi prends-tu toujours tout à ta charge? Ma remarque ne s'adressait pas qu'à toi.

L'air soudain découragé, il hocha longuement la tête.

— Tu ne cesseras donc jamais de toujours tout interpréter dans ton sens. C'est encore à cause de ton péché d'orgueil, je suppose.

— Je suis peut-être orgueilleux, monsieur le curé, mais moi, à matin, j'étais là pour entendre la messe.

— Mais ta femme Henriette et ton fils Gabriel n'y étaient pas, eux.

— Henriette prend soin du petit Gabriel, il a recommencé un rhume.

— Bien sûr, reprit le vieux prêtre sur un ton radouci, quand un enfant est malade, c'est une raison valable.

Brusquement, ses yeux lancèrent des éclairs.

— Mais on ne viendra pas me faire croire que tout le rang Croche a le rhume.

— Peut-être que vous avez raison, monsieur le curé, mais avez-vous pensé que ces gens-là ont pas de cheval ni de sleigh? les défendit Léon-Marie. Partir du rang Croche, à pied en hiver, par trente en bas de zéro, c'est toute une trotte.

— Un chrétien convaincu trouve le moyen d'assister à la messe le dimanche. Pense à tes ancêtres qui empruntaient des routes impraticables, qui partaient de chez eux, parfois jusqu'à quatre heures à l'avance pour se rendre à l'église.

— C'est vrai qu'aujourd'hui la vie est plus facile, ça nous gâte un peu.

— C'est ce que j'ai voulu exprimer dans mon sermon. Le confort dans la vie matérielle nous éloigne des valeurs spirituelles. Mais tu avais tort de prendre à ta charge la totalité de mes observations. Elles s'adressaient autant à Donald McGrath qu'à toi-même.

— De la manière qu'il m'a regardé, celui-là, ç'avait pas l'air de le fatiguer une miette.

— Peut-être bien, gronda le vieux prêtre, mais tu n'as pas à juger de la conscience des autres. Occupe-toi plutôt du salut de ton âme. Maintenant venons-en au sujet qui t'amène. Ne m'as-tu pas dit tantôt que tu avais une raison de venir me voir?

Léon-Marie s'avança sur sa chaise. Oubliant ses griefs, son casque de poil planté sur son genou, il entreprit de rapporter au curé les doléances de la petite maîtresse d'école aux commissaires.

— Avec les nouvelles familles dans le rang Croche, ça y fait presque cinquante élèves, expliqua-t-il. Je suis allé voir ça moi-même avant-hier, c'est vrai que ç'a pas de bon sens pantoute. Il y a pas de place où asseoir les enfants, elle est obligée de les tasser deux par banc. Sans compter que, collés de même les uns sur les autres, les petits gars sont turbulents que le diable. Elle avait l'air d'avoir ben de la misère à se faire écouter.

— C'est bien de la petite Marguerite Genest qu'il s'agit, la fille du boucher? s'enquit le curé, la mine pensive.

— C'est ben elle, la plus vieille des enfants d'Oscar.

— Cette petite Marguerite n'a que dix-neuf ans, je dois dire qu'elle n'a pas beaucoup d'autorité.

Il agita les bras avec impatience.

— Mais que veux-tu que j'y fasse, à part déplorer cet état de chose? Que comptez-vous faire? Agrandir l'école? Acheter d'autres pupitres? Engager deux maîtresses? Où est votre problème? Tu me connais assez pour savoir que je n'ai jamais aimé m'occuper des affaires temporelles. D'ailleurs, ce n'est pas de mon ressort, je suis votre curé. Mon rôle à moi, c'est de veiller au salut de vos âmes.

Involontairement, Léon-Marie cligna des paupières. Il regarda le vieux prêtre, et une esquisse de sourire gauchit ses lèvres. Avec un hochement de tête, il pensa qu'au contraire, il le connaissait suffisamment pour savoir qu'il aimait bien qu'on insiste un peu et que rien ne lui faisait plus plaisir que de donner son avis dans les affaires temporelles, comme il disait.

— Mon idée, c'est qu'on devrait construire une autre école qui desservirait seulement la Cédrière pis le rang Croche, avança-t-il en prenant un petit air détaché. C'est d'ailleurs ce que McGrath pense lui aussi.

— Tu ne trouves pas que ça va faire beaucoup d'écoles pour une petite paroisse comme la vôtre? objecta le curé. As-tu pensé aussi qu'en divisant la classe de la petite Genest, vous serez loin des trente-cinq élèves que tu préconisais dans le temps? Bâtir une école pour moins de vingt-cinq élèves, ça coûte cher, Léon-Marie. Tu me diras qu'il n'y a qu'à imposer une surtaxe aux contribuables. La paroisse n'est pas bien riche pour se permettre une telle dépense. Sache aussi qu'augmenter les taxes est une décision qui n'a jamais rendu personne populaire. Tu risques d'avoir une forte opposition. Ne viens pas te plaindre à moi, après cela, si on t'abreuve de critiques malveillantes.

Il laissa échapper un profond soupir:

— Mon pauvre Léon-Marie, parfois j'ai l'impression que tu cours après.

— Vous oubliez, monsieur le curé, que si le pouvoir électrique donne autant de rendement que McGrath nous en rabâche les oreilles, notre paroisse va grossir. Ça va s'appeler le progrès pour vrai.

Il regardait le curé, droit dans les yeux, avec ses prunelles noires qui brillaient d'un éclat très vif. Curieusement aujourd'hui, pour les besoins de sa cause, il adhérait aux prétentions de l'Irlandais, reconnaissait ses mérites et la valeur de son invention.

— Ça va inciter toutes sortes d'industries à venir s'installer dans le Bas-du-Fleuve, poursuivait-il. On va devoir construire d'autres maisons. De mon côté, ça va m'obliger à étendre mes entreprises pour satisfaire à la clientèle. Éventuellement, j'ai l'intention de construire une manufacture de portes et châssis, une vitrerie, pis plus tard, je veux fabriquer des lattes de bois franc pour les planchers, sans compter que tout ce beau monde-là va exiger des services, un magasin général, une quincaillerie, des boutiques pour habiller les enfants, pis d'autres commerces encore pour les femmes pis leurs fanfreluches.

Le curé avait froncé les sourcils. Un doigt sur les lèvres, il le dévisageait, l'air réprobateur.

— Je n'ai pas l'impression que mon sermon de tout à l'heure t'a beaucoup influencé, j'ai plutôt le sentiment d'avoir prêché dans le désert. Tu as bien vite oublié que pour accéder à la gloire du ciel, tu dois peiner dans l'humilité et ne pas rechercher les biens de la terre. Non seulement tu as des idées arrêtées, mais tu affiches une ambition déraisonnable. Depuis que tu es entré dans mon presbytère, tu n'as pas cessé d'énumérer tes projets futurs. À t'entendre, on se croirait devant un bâtisseur.

— C'est bien ça, monsieur le curé.

— Que veux-tu dire, Léon-Marie?

— Un bâtisseur, je l'ai jamais caché. Je mûris des gros projets. Tant que j'en aurai la capacité, je m'arrêterai pas de bâtir.

Le vieux prêtre croisa ses mains sur son bureau. La mine grave, le regard tourné vers la fenêtre, il récita lentement, de sa voix profonde:

— Que sert à l'homme de gagner l'univers s'il vient à perdre son âme.

— Mon idée à moi, c'est de perdre ni l'un ni l'autre, monsieur le curé, glissa Léon-Marie avec un petit air candide.

— Tu es tellement présomptueux, observa le curé en revenant poser ses yeux sur lui. Quels que soient mes efforts, j'ai bien peur de ne jamais pouvoir te changer. Il ne me reste qu'à prier pour toi, malgré tes défauts, demander au Père du ciel de te bénir et te protéger, toi et ta famille, contre toutes les calamités qui pourraient s'abattre sur vous.

Enfin, il secoua vigoureusement les épaules et redressa le menton. Il était redevenu l'homme aux décisions arrêtées qu'il était d'habitude.

— À propos de votre petite école, avez-vous consulté les commissaires? C'est avec eux qu'il faudrait d'abord en discuter.

— Je voulais commencer par en parler avec vous, monsieur le curé.

— Tu sais bien que je ne peux pas prendre de décision à la place des autorités concernées. Sont-ils seulement au courant de ta démarche d'aujourd'hui?

— Je suppose que oui. La plainte est arrivée aux oreilles de McGrath de la part d'un commissaire, Paul-Henri Lemay, vous le connaissez, le garçon d'Isaïe.

Le curé acquiesça d'un signe. À nouveau, il paraissait inquiet.

— Et comment comptez-vous soumettre votre projet?

— C'est ben simple, on va leur dire qu'il nous faut une autre école.

— Rien que ça! Eh bien! Avec toi, les affaires sont vite réglées.

— Je suis un cartésien, monsieur le curé, vous me connaissez.

— Je dois reconnaître que tu es méthodique et que tu sais où tu vas, repartit le curé en réprimant le sourire qui tirait chaque fois sa bouche à cette remarque. Ce sont deux qualités propres à un cartésien. Je suppose que c'est dans cet esprit que tu vas offrir tes compétences et faire valoir tes vues?

— J'avais pensé convoquer une assemblée spéciale pour mercredi soir en huit, à la petite école...

Il attendit un peu avant de poursuivre. Enfin, relevant la tête, il avança, la voix traînante, les paupières mi-closes:

— Justement, à ce propos-là, monsieur le curé, on se demandait si on pourrait pas compter sur vous pour être présent à l'assemblée, pis être du bord du bon sens, je veux dire par là...

— Quoi?

Le torse avancé sur son pupitre, le vieux prêtre se récria vivement:

— Ah! ça non, par exemple! Tu ne vas pas me demander de prendre ta part. Tout ce que je peux te promettre, c'est d'être présent à l'assemblée. Mais ne comptez pas sur mon influence pour changer une quelconque opinion. Cette affaire ne regarde que vous, les contribuables, les commissaires d'école et la municipalité.

Léon-Marie le fixa en silence et marqua son désappointement. Il pensa combien la bataille était ardue chaque fois qu'il fallait convaincre les édiles de soutirer une «piastre» de la cassette municipale et combien il fallait apporter des arguments décisifs. En tant que première autorité du village, le curé Darveau aurait pu leur être d'un grand secours.

— Je pense au contraire que vous auriez votre mot à dire, monsieur le curé, osa-t-il encore. L'instruction de nos enfants, c'est...

— N'ajoute rien, Léon-Marie, coupa le curé avec fermeté. Je le répète, cette affaire ne me regarde pas.

Profondément déçu, Léon-Marie repoussa sa chaise. Lentement, il se leva, marcha vers la porte et commença à tirer la poignée. Soudain, il retint son geste. Une petite lueur d'espoir, subitement, venait de poindre dans sa pensée. D'un seul mouvement, il se retourna, ses yeux brillaient.

— Justement, monsieur le curé, à propos de votre sermon de tantôt, pendant que je vous entendais vous plaindre des familles qui habitent trop loin de l'église pis qui assistent pas à la messe le dimanche, il m'est venu une idée pour la sanctification des âmes.

Subitement intéressé, le vieux prêtre se rapprocha de lui.

— Si on obtient notre petite école d'en haut, poursuivit Léon-Marie, explicitant sa pensée, je vais proposer de l'aménager de façon à en combiner l'usage pour les écoliers durant la semaine pis comme desserte pour la messe dominicale. Vous pourriez nous déléguer un de vos vicaires comme desservant. Je verrais bien l'abbé Jourdain dans cette tâche-là. Il est bâti solide, il pourrait venir nous dire la messe les dimanches, pis de votre côté, vous auriez pus à vous plaindre qu'on pratique pas notre religion.

— C'est ça! éclata devant lui le vieux prêtre, les bras croisés sur la poitrine dans un geste indigné. Et tout le hameau de la Cédrière ne mettrait plus jamais les pieds dans l'église de Saint-Germain.

— Disons que ça se ferait seulement pendant l'hiver. L'été on retournerait entendre la messe au village.

— Décidément tu penses à tout. Mais j'espère que ce n'est pas là une autre de tes ruses pour m'amener à être de ton bord et gagner à tout prix, sinon tu devras t'en accuser à confesse.

— Jamais, monsieur le curé, assura-t-il en hochant énergiquement la tête. Vous me connaissez assez pour savoir que jamais je ferais ça.

L'air plutôt incrédule, le vieux curé le regarda un moment, comme s'il scrutait son âme. Enfin, il hocha la tête.

— Vous pouvez compter sur ma présence, mercredi soir en huit. Je me ferai un devoir d'assister à votre assemblée.

***

Les unes derrière les autres, les carrioles s'engageaient dans la cour de la petite école. Dans un «wow» claironnant, les hommes faisaient s'arrêter les chevaux, sautaient dans la neige et tiraient sous leur banc une couverture qu'ils allaient rabattre sur le dos de leur bête.

Léon-Marie arriva parmi les derniers, juste derrière le traîneau du curé Darveau. Il était essoufflé.

— J'ai pas pu arriver avant, j'ai dû aider Henriette dans son ouvrage. Notre petit Gabriel est encore malade.

— L'as-tu fait examiner par le docteur Gaumont? s'enquit le curé en s'agrippant au châssis de sa voiture pour descendre de son siège. Tu le devrais, Gabriel est un enfant fragile.

— J'ai pas encore réussi à convaincre Henriette, répondit Léon-Marie en même temps qu'il enroulait les rênes autour du poteau. Faut dire qu'elle a pas trop confiance, elle aimerait mieux l'opinion de Charles Couture.

Occupé à secouer l'ourlet de sa soutane, le curé s'arrêta net. Sa poitrine se soulevait d'impatience.

— Quand donc vas-tu faire un maître dans ta maison, Léon-Marie, et convaincre Henriette de cesser de toujours compter sur le docteur Couture? Il vit à Québec. Que feriez-vous s'il vous arrivait une urgence?

— Henriette est pas facile à faire changer d'idée, monsieur le curé. Faut dire aussi que Charles Couture, c'est un ami de longue date.

— Parfois je ne te comprends pas, s'exaspéra le curé en escaladant le petit perron à grands pas nerveux. Avec ta force de caractère, ne pas être capable de convaincre ta femme... Henriette te doit obéissance. Tu es trop mou. Pourquoi n'uses-tu pas de ton autorité de chef de famille?

Il ajouta avec un soupir, en même temps qu'il le précédait dans la salle de classe:

— Enfin c'est toi que ça regarde, tu récolteras ce que tu as semé.

Une quinzaine d'hommes étaient déjà installés à l'intérieur du petit local surchauffé et discouraient en tirant dans le tuyau de leur pipe. Autour d'eux, un nuage dense de fumée grise couvrait la faible lueur des fanaux. Joachim Deveault, Ignace Gagnon et Évariste Désilets qui, avec Léon-Marie, étaient venus représenter la Cédrière, avaient pris place dans les premiers bancs. Un peu en retrait au fond de la pièce, se tenaient Isaïe Lemay, son fils Paul-Henri, commissaire d'école, Don McGrath ainsi qu'Honoré Doucet, technicien au pouvoir électrique, venus en tant que résidants du rang Croche. Le village était représenté par Jérémie Dufour, le barbier Léonidas Brisson et le marchand général Cléophas Durand, tous trois commissaires d'école, sans compter le maire Joseph Parent, Alcide Thériault du rang Cinq et Honoré Gervais, le frère de Jean-Baptiste, qui s'étaient déplacés à titre de conseillers municipaux.

La petite Marguerite Genest occupait son siège sur la tribune, derrière son pupitre d'institutrice. Gourmée dans sa robe de laine sombre, les doigts croisés sur sa grande table nue, elle jetait de vifs regards autour d'elle, un sourire timide figé sur ses lèvres.

Le mobilier de la petite classe avait été distancé jusqu'aux murs, de façon à dégager un espace suffisant pour que les adultes puissent s'y asseoir à leur aise. À la droite de la pièce, quatre hautes fenêtres chargées de givre s'alignaient à partir du grand tableau noir jusqu'au dernier pupitre à l'arrière. Du côté gauche, adossé à la cloison de bois brut qui séparait le logement de l'institutrice, le gros poêle à deux ponts ronflait en émettant de petits crépitements secs.

Le curé Darveau avança jusqu'à l'avant. La jeune fille se leva aussitôt. Ainsi qu'elle faisait à l'occasion de la distribution des prix de fin d'année, elle descendit de sa tribune et, dans un geste empreint de déférence, invita le dignitaire à prendre sa place.

— Gardez votre siège, ma fille, dit-il en se glissant dans un banc d'élève. Je préfère me tenir à l'affût des discussions.

Les hommes s'étaient tus. Les yeux rivés sur leur curé, ils avaient plié leurs grands corps vers l'avant et appuyé leurs coudes sur leurs genoux. Ils étaient tous revêtus d'une épaisse veste matelassée. À leurs pieds, une petite nappe de neige fondue brunissait le plancher de bois sous leurs grosses bottes de caoutchouc qu'ils portaient jusqu'à mi-jambe.

En sa qualité de maire, Joseph Parent parla le premier. Il était évident qu'il y avait un problème d'espace dans la petite école, la question n'était pas là. La question, pour lui, était de savoir si la municipalité avait les moyens financiers de se payer une autre école.

— On n'a qu'à augmenter un peu la taxe, proposa Donald McGrath. Disons cinquante cennes par lot, c'est pas les gros chars pour avoir du service. Les taxes coûteraient en moyenne douze piastres et demie par année à chaque propriétaire terrien, au lieu de douze piastres, c'est une pinotte.

— Cinquante cennes, c'est cinquante cennes, se récria Cléophas Durand, le marchand général. C'est plus qu'une pinotte. Si tu le sais pas, avec cinquante cennes on peut acheter dix livres de beurre pour nourrir sa famille. Pourquoi qu'on débourserait une somme pareille, nous autres au village, quand ça nous rapporte rien pantoute.

— Le monde est raide pauvre, renforça Jérémie Dufour. Je le sais, moé, je suis boulanger. C'est juste s'ils sont capables de payer leur pain.

Et chacun d'y aller de son argument, alléguant un besoin plus urgent, une raison personnelle ou sociale pouvant marquer son opposition à cette autre dépense qu'on voulait imposer à leur petite communauté.

— Ça devient un cercle vicieux, les freina Paul-Henri Lemay, marquant son agacement. Si on veut se sortir de la pauvreté, faut donner de l'instruction à nos enfants. Pour ça, faut les installer de façon à ce qu'ils soient capables d'apprendre.

— Je trouve que les familles du mont Pelé en prennent pas mal trop à leur aise, avança à son tour Alcide Thériault de sa voix lente, un peu nasillarde. Les enfants ont qu'à se tasser un peu, comme on faisait, nous autres, dans le temps.

— Tu peux ben parler, toé, s'éleva Évariste Désilets. T'es pas une référence; c'est à peine si tu sais écrire ton nom comme du monde.

— C'est vrai qu'avant de se payer le luxe d'une nouvelle école, faut penser à nourrir sa famille, observa Joseph Parent avec sagesse.

— En tout cas, moé, je le dis tout de suite, proféra Jérémie Dufour en appliquant rudement son poing sur le petit pupitre devant lui. Je suis contre l'idée de débourser une cenne noire pour la construction d'une nouvelle école. Si les habitants du mont Pelé en veulent une, qu'ils se la paient, pis qu'ils nous achalent pas avec ça.

— Les nouveaux arrivants paient des taxes à la municipalité, fit remarquer Don McGrath sur un ton calme mais ferme. Ils ont droit aux services, eux autres aussi.

— Les taxes que les nouvelles familles pourraient nous rapporter cette année rejoindraient jamais le coût de construction de l'école, l'achat du terrain, l'ameublement, l'entretien pis le salaire de la maîtresse, objecta Joseph Parent. Faudrait emprunter.

Enfoncé sur sa chaise, Joachim Deveault cerna la petite salle de son regard tranquille et tira plus fort dans le tuyau de sa pipe.

— Pour l'achat du terrain, si l'emplacement fait votre affaire, vous pouvez oublier ça, je suis prêt à céder gratuitement une pointe de terre à la croisée du rang Croche.

L'œil soupçonneux, Cléophas Durand se rapprocha de lui.

— Ça cacherait-y quelque chose, ça? Ça se pourrait-y que ça te rapporte un p'tit profit ailleurs?

— Tu ne dois pas penser ainsi, Cléophas, reprocha le curé Darveau qui, depuis le début de la discussion, avait écouté sans parler, son regard sévère rivé sur eux. Vous êtes tous frères dans cette communauté. Ce que vient de proposer Joachim est un acte de générosité que tu n'auras pas à débourser à même tes taxes. Tu devrais plutôt l'en remercier.

Reprenant d'autorité sa place dans le débat, il poursuivit sur un ton catégorique, les bras largement écartés ainsi qu'il faisait dans ses plus beaux sermons du haut de la chaire:

— Tout citoyen qui paie son écot à une communauté a droit à sa part des services. Ce n'est que justice que les habitants du mont Pelé aient quelques retombées sur leur secteur.

— Mais c'est de la grosse dépense, monsieur le curé, protesta Joseph, pis ça prend du capital. Encore si la municipalité avait quelques cennes de côté, mais la cassette est raide vide.

— Je te ferai remarquer qu'on demande pas de mettre la municipalité dans le chemin, observa Léon-Marie à son tour. Ce que propose McGrath, c'est d'augmenter la taxe de cinquante cennes par année, jusqu'à ce qu'on ait effacé la dette. C'est pas beaucoup pour l'ensemble des contribuables.

— Cinquante cennes, c'est beaucoup pour un pauvre, proféra Joseph. Savoie peut ben parler, il est comme McGrath, il fait de l'argent comme de l'eau.

Blessé dans son amour-propre, Léon-Marie fit un bond vers l'avant.

— Pis toi, Parent, tu penses rien qu'à ton poste de maire. T'as peur qu'en augmentant la taxe, tu perdes tes élections.

— T'as ben menti.

— Je pense au contraire que j'ai mis le doigt en plein sur le bobo. Tu veux pas augmenter la taxe parce que les élections sont prévues pour l'automne prochain, pis t'as peur d'avoir de l'opposition.

Insidieusement, le ton s'envenimait. Comme une vague montante, les paroles jaillissaient plus vives, plus acérées.

— Sers-toé donc de ton poids pour demander un octroi au député, dit une voix derrière les autres. Tu mériterais ben ça, après toute la cabale que t'as faite pour lui dans le comté, le printemps dernier.

— Mêlons pas le député à nos affaires, les freina Léon-Marie. À part nous emplir de belles promesses, les politiciens savent pas faire grand-chose. Non, la petite école, on va la bâtir, nous autres, avec nos moyens à nous autres.

— C'est pas sûr qu'on va permettre pareil gaspillage des deniers publics, avertit Jérémie.

— La municipalité a pas le choix, édicta Léon-Marie. De toute façon, ça peut pus continuer de même. Pis il va falloir qu'on se décide vite. On peut pas accepter que nos enfants perdent encore une autre année d'école, parce qu'une année d'école perdue pour cinquante enfants, ça c'en est, du vrai gaspillage!

— Va pas t'imaginer que le Conseil va décider ça tout de suite de même, à la prochaine réunion, parce que tu l'as demandé, le retint Joseph. Va pas t'imaginer non plus, si c'est accepté, que la construction va commencer dret-là, en plein cœur de l'hiver.

— Elle pourrait ben commencer avec les premiers jours du printemps, par exemple.

— Toé, Savoie, je te vois venir. Ton idée, c'est de commencer tout suite à ramasser tes contrats de construction pour l'été prochain. Ben si tu penses que tu vas faire un coup d'argent sus le dos de la municipalité...

— Wow là, Joseph Parent!

Léon-Marie se dégagea de son banc. Rouge de colère, l'index tendu, il somma Joseph Parent de retirer ses paroles.

— On est en démocratie. Le contrat de construction va se donner au plus bas soumissionnaire, pis ça sera pas nécessairement moi.

— Il y a des grosses chances que ça soye toé le soumissionnaire, le nargua Joseph, pour la bonne raison que je connais personne d'autre qui fait de la construction dans tout Saint-Germain.

— En ce cas-là, si je décroche le contrat, tu pourras dire qu'il a été donné à un contribuable qui paie des grosses taxes à la municipalité.

Le curé fit un geste apaisant.

— Messieurs, messieurs, je vous en prie, ce n'est pas en faisant ressortir vos aigreurs mutuelles sur la place publique que vous en arriverez à une décision équitable.

— Je propose le vote, décréta Ignace, dans son habitude d'animer les compétitions sportives.

— Vous pourrez ben voter tant que vous voudrez, répliqua Joseph, le menton levé dans une attitude arrogante, ça vaudra ce que ça vaut: une simple opinion. Comme c'est pas une consultation générale, votre vote sera pas prépondérant. C'est au Conseil de décider. Quant à moé, comptez pas savoir mon idée, je me réserve ça pour lundi prochain devant le Conseil. D'ailleurs, je peux pas m'exprimer tout de suite, faut que je réfléchisse, c'est une affaire trop grave. En tant que maire, j'ai des responsabilités.

Le curé Darveau jeta un coup d'œil furtif du côté de Léon-Marie avant d'avancer sur un ton ferme:

— Mais vous pouvez tout de suite compter sur l'appui de votre curé. Je suis en faveur d'une nouvelle construction.

# 14

Des clous plein la bouche, Ignace faisait se chevaucher les bardeaux de cèdre sur le toit de la petite école. Le mois de mai tirait à sa fin et la construction était presque terminée. Grimpé à cheval sur la crête, il tapait à grands coups et fichait les lattes, les lèvres arrondies dans un sifflement joyeux, qui se répercutait à travers la campagne. Sans s'arrêter, son marteau s'élevait, frappait, impatient qu'il était de poser la dernière broquette sur ce lieu de savoir des écoliers, sur cette petite maison plus que modeste qui avait suscité pendant l'hiver tant de discussions et d'âpreté entre les villageois et les résidants de la montagne.

À la suite de leur rassemblement du mois de février, pendant plusieurs semaines, les plus forts opposants au projet de la construction n'avaient plus adressé la parole aux habitants de la Cédrière, ni à ceux du rang Croche.

À l'inverse, depuis cet événement et pour la première fois de leur existence, Léon-Marie Savoie et Donald McGrath étaient devenus très proches l'un de l'autre et s'entendaient comme des frères.

Cette solidarité nouvelle qu'ils étalaient jusqu'à la porte de l'église le dimanche avait ravi le curé Darveau. Pourtant, il se retenait bien de se réjouir exagérément; il connaissait trop les deux redoutables adversaires pour ne pas craindre que leur réconciliation ne soit que temporaire.

Il n'avait pas éprouvé le même enthousiasme devant l'attitude de Jérémie Dufour qui, plus encore que Cléophas Durand, s'était fermement opposé à l'érection d'une nouvelle école de rang. Il ne lui avait pas caché son mécontentement, n'avait pas hésité à taxer sa conduite de mesquinerie pure et simple, en plus de constituer un manquement flagrant à l'esprit de charité chrétienne qui doit animer les habitants d'un même lieu.

— Si ton Alexis n'était pas voué à la belle vocation de prêtre, tu mériterais que je cesse de payer ses études, tellement ton comportement est un mauvais exemple pour tes concitoyens, lui avait-il reproché un jour, derrière la grille du confessionnal.

Du côté du mont Pelé, à l'instigation des autorités municipales, les résidants avaient d'autre part accepté de faire preuve de modération dans la dépense en plus de consentir quelques compromis à leurs prétentions. Léon-Marie, le premier, avait renoncé à la belle cloche qu'il voulait faire installer au milieu du toit et qui, selon l'usage, identifiait les petites écoles de rangs. Pour sa part, Don McGrath, même s'il avait flairé dans la générosité de Joachim Deveault une intervention roublarde de son opposant Léon-Marie Savoie pour situer la petite école à son avantage, le long du chemin de Relais plutôt que dans le rang Croche, avait accepté sans discuter qu'elle soit érigée sur le lopin de terre offert gratuitement par le fermier.

Léon-Marie Savoie avait été le seul soumissionnaire lors de l'appel d'offre, ainsi que l'avait présumé Joseph Parent, et avait convenu de bâtir l'école pour la modique somme de quatre cents dollars. La construction avait débuté aussitôt qu'avaient éclos les premiers pissenlits et, aujourd'hui, avec le mois de juin tout proche, elle était sur le point d'être terminée.

— Quand t'auras fini de clouer le toit, tu m'installeras ça, juste au-dessus de la porte.

Ignace se pencha vers l'arrière. Léon-Marie se tenait en bas dans la petite cour. Le sourire aux lèvres, les deux uniques doigts de sa main gauche pressant quatre bouts de bois déployés en éventail, il tendait comme des objets précieux quatre beaux chiffres en chêne poli.

— 1927, lut Ignace. Ouais, c'est de l'ouvrage ben faite en pas pour rire.

— Je viens de les tourner sur ma nouvelle machine, l'informa Léon-Marie. Barnache que je trouve ça pratique, un beau tour de même.

Puis, il enchaîna avec enthousiasme:

— Je vais fabriquer aussi un grand crucifix. Je voudrais que tu lui gardes un bel espace en plein centre, juste au-dessus des chiffres. Comme ça, les étrangers sauront que l'école nous sert en plus de desserte pour la messe du dimanche.

La poitrine bombée de fierté, il embrassa les alentours d'un regard tranquille. Ses affaires étaient florissantes et ne cessaient de prospérer. Cette année encore, les entreprises des frères Savoie et fils avaient fait une autre acquisition. Après la scie ronde, le couteau à bardeaux, la scie à ruban et le planeur, ils possédaient maintenant un tour sophistiqué avec lequel ils exécutaient eux-mêmes les travaux délicats, plutôt que de les confier à des spécialistes coûteux.

Au cours de l'hiver, il avait aussi conçu un fourneau de forgeron à même la cheminée géante à l'étage de la meunerie, dans un projet audacieux, l'avait pourvu d'un gueulard pour couler lui-même les marteaux, leviers, crochets, couteaux et autres outils en fer que nécessitaient les différents ateliers et chantiers. Il avait trouvé cette façon ingénieuse de façonner à bas prix les instruments dont ils avaient besoin, en utilisant comme combustible les dosses qui s'amoncelaient derrière la bâtisse.

Sous sa gestion, rien ne devait se perdre. Même le bran de scie qui encombrait les ateliers était recueilli. Chaque soir, en même temps que les ouvriers rangeaient leurs affaires et balayaient la place, ils tassaient les sciures dans de gros ballots que les menuisiers affectés à la construction vidaient ensuite entre les murs des nouvelles habitations afin de servir d'isolant contre l'humidité et le froid.

Il tourna les yeux vers son petit bois, vers la large brèche ouverte sur la route, qu'il devinait un peu plus haut dans la côte. Avec une sorte d'exaltation, il imaginait érigée dans cette clairière sa manufacture de portes et châssis dans son projet entièrement réalisé. Si tout se passait bien, les travaux débuteraient en juillet et seraient terminés avec le mois de septembre.

Il avait décidé d'y construire une bâtisse large et profonde, avec deux grandes vitrines à l'avant, en plus d'un local sur le côté, devant servir de vitrerie et de fabrique de miroirs. Sitôt la construction achevée, il verrait à dénicher deux hommes de métier pour la confection des portes et des fenêtres. Il recruterait aussi un étameur qualifié, capable de reproduire des fleurs délicates tout le tour des glaces, ou encore de dessiner des grands oiseaux à longue queue, comme il avait vu un jour, dans le salon du notaire Beaumier. Avec cet ajout, sa main-d'oeuvre s'accroîtrait encore, pensa-t-il avec satisfaction, de même que le hameau s'étendrait lui aussi.

— Avec tous ces projets qui te trottent dans la tête, as-tu pensé qu'il va te falloir engager d'autres hommes, avança Ignace en descendant de l'échelle, comme s'il avait deviné le rêve qui l'habitait au même instant. Avec la manufacture de portes et châssis, pis la fabrique de miroirs que tu veux construire à côté, ça va ben te faire en toute une trentaine d'employés.

— Je sais et j'ai pas l'intention de m'arrêter là.

Il élabora dans sa pensée les étapes suivantes. Il construirait d'abord une quincaillerie et, plus tard, quand le hameau aurait encore grossi, il y ajouterait un magasin général. En attendant, ses enfants avançaient lentement vers l'âge adulte. Antoine aurait dix-sept ans dans un mois, Gabriel approchait de ses treize ans et le jumeau Étienne avait neuf ans. Dans peu d'années, ils auraient leur tâche définie dans ses entreprises, chacun occupant son poste de direction. Les yeux fermés, avec un petit frisson de plaisir, il les imagina, dans leur hameau paisible, le soir venu, prenant ensemble un repos bien mérité tout en profitant de l'air pur et de la vue superbe qu'offraient les grands champs qui se déroulaient jusqu'au fleuve.

Traînant le pas, il se mit à avancer sur le sol mou, piqué de trèfle et de pâturin. Autour de lui, les vaches de Joachim Deveault broutaient tranquillement l'herbe dans l'espace de la cour non encore délimité par une clôture.

Soudain, il fit volte-face et revint se poster devant Ignace. Une idée, subitement, venait de germer dans son esprit.

— Qu'est-ce que tu dirais si on organisait icitte, pendant l'été, un grand champ de baseball comme celui du collège? L'hiver on pourrait s'en faire une belle patinoire, même qu'on pourrait se former un club de hockey.

— C'est pas une méchante idée, dit Ignace.

— Je vais demander à Joachim de nous céder un coin de récréation un petit brin plus grand que l'habituelle cour d'école. Ça l'empêcherait pas d'y laisser paître ses bestiaux pendant l'été, les jours de semaine.

— Je suppose que tu inviterais le village de temps en temps? risqua Ignace sur un ton de taquinerie. Jérémie Dufour par exemple. Même que tu pourrais lui proposer de venir jouer au hockey avec nous autres. Si tu te rappelles, dans le temps, il était pas pire comme gardien de but.

Une étincelle méchante anima les prunelles de Léon-Marie.

— J'ai pas d'objection, même que ça serait un service à lui rendre. Ça lui apprendrait à vivre avec le monde.

— Les dimanches, on patinerait avec nos femmes, pis lui, il viendrait avec sa grosse Rébecca, poursuivait Ignace sur le même ton persifleur.

Léon-Marie acquiesça d'un petit mouvement de la tête. Un sourire jouant sur ses lèvres, il imaginait les dimanches après-midi dans l'hiver croquant de givre, le grammophone installé sur le perron de l'école, avec les hommes patinant au rythme de la valse, leurs épouses accrochées à leur bras, emmitouflées dans leurs longs manteaux de drap fin, les mains cachées dans leurs manchons de fourrure.

Bien certain que Jérémie Dufour pourrait y amener sa Rébecca. Aussi souvent qu'il le voudrait, se dit-il, malicieux.

— Pardon, monsieur Savoie, vous me reconnaissez peut-être pas...

Profondément absorbé dans sa réflexion, il sursauta vivement

243

et se retourna. Un homme s'était arrêté près de lui. Pauvrement vêtu, le torse un peu incliné vers l'avant, il tenait l'index de sa main droite recourbé comme un crochet et retenait sa veste derrière son épaule. Son visage était hâve, sa respiration sifflante et ses bottines étaient recouvertes de poussière. Il paraissait fourbu, semblait être monté à pied de la route communale.

— Qu'est-ce que c'est?

— Je suis Édouard Parent, déclina l'étranger sur un ton poli. Je suppose que vous vous rappelez pas de moi...

Il examina l'homme avec attention. Il était jeune, peut-être au début de la trentaine. Plutôt chétif, de taille moyenne, il avait les joues creuses et ses épaules étaient voûtées comme celles d'un vieillard, contrastant avec ses cheveux d'un brun chaud, épais et ourlés de vagues profondes.

— Édouard Parent... marmonna-t-il en se grattant la tête. Non, ça me dit rien pantoute. Vous seriez pas un neveu de not' maire, Joseph Parent, par hasard?

— Je connais pas votre maire. Moi, je suis originaire du Bic.

Il poursuivit en baissant la tête.

— J'ai travaillé pour vous dans l'ornementation quand vous avez construit l'église de Saint-André. Si vous vous souvenez, vous étiez venu me chercher avec monsieur le curé pour...

Le visage de Léon-Marie s'éclaira subitement.

— Je me rappelle, astheure. Vous seriez pas le doreur sur bois?

— C'est bien moi, j'avais fait de la sculpture aussi.

— Barnache! l'artiste, si je m'attendais à ça... Ben ça me fait plaisir de te revoir, mon gars.

Il enchaîna sans attendre:

— On pourrait savoir ce qui t'amène dans not' boutte après-midi?

Il avait interrogé sur un ton plutôt brusque, en dirigeant occupé qui ne s'embrouille pas dans des tergiversations.

L'homme se déplaça sur ses jambes. Il paraissait encore davantage intimidé.

— C'est que... j'avais pensé venir vous voir... comme j'ai pas d'ouvrage dans ce temps-ci, je me demandais si vous auriez pas quelque chose à m'offrir, dans votre entreprise de construction.

Léon-Marie hocha la tête et répondit tout de suite.

— Malheureusement pour toi, on est pas pantoute dans les ornementations dans ce temps-citte. Tu sais, c'est pas tous les jours qu'on a des belles églises à construire, pis qu'on a besoin d'artistes comme toi.

— Je sais bien que sculpteur et doreur sur bois ne sont pas des métiers qu'on exerce tous les jours, reconnut l'étranger. Je sais aussi que c'est pas souvent non plus qu'il se construit des belles églises. C'est pour ça que j'accepterais n'importe quel travail, j'accepterais ce que vous auriez à m'offrir, monsieur Savoie.

Léon-Marie l'observa un moment en silence. Il était désolé. Bien sûr, il éprouvait une grande pitié pour ce jeune homme qu'il voyait devant lui, humble et résigné, réclamant son aide, mais les affaires étaient ce qu'elles étaient; il n'avait rien pour lui.

— Le métier d'artiste, tout le monde le sait, ç'a toujours été un métier de misère. Vous avez beau avoir du talent plein les doigts, pis faire des chefs-d'oeuvre, il reste qu'il y a jamais eu grand argent à faire là. J'ai ben de la compassion pour toi, mon garçon, mais que c'est que tu veux, actuellement, j'ai pas besoin pantoute de métier dans ton genre, pis dans les autres corps de métier, j'ai tout mon monde.

— Je suis prêt à faire n'importe quoi, insista l'homme. L'hiver dernier, j'ai peinturé des murs, j'ai même lavé des plafonds. Il n'y a pas de sot métier quand il faut apporter à manger à ses enfants. Avec ma femme Héléna, qui est une artiste elle aussi, on a ouvert une boutique au Bic pendant un temps. Elle confectionnait des chapeaux, tandis que moi, je vendais des petits bibelots que je sculptais dans mes temps libres. Mais ç'a pas marché, le village est trop petit. C'est pour ça qu'on a décidé de descendre en ville. En entrant dans le village de Saint-Germain, j'ai pensé à vous, monsieur Savoie. Étant donné qu'on entend parler de vous dans tout le Bas-du-Fleuve comme quoi vos affaires sont prospères, je me suis dit que je devrais aller vous voir, que peut-être vous auriez du travail pour moi.

Il ajouta à voix basse, contenue:

— J'ai deux enfants, monsieur Savoie, une petite fille de douze ans, Cécile, et un petit gars de dix ans, mon David. Pour eux, je suis prêt à faire n'importe quelle sorte d'ouvrage.

— Ça me fait ben de la peine pour toi, répéta Léon-Marie, mais que c'est que tu veux, comme je te l'ai dit tantôt, j'ai tout mon monde, peut-être qu'un de ces jours... En tout cas, si j'ai une église à bâtir, c'est ben certain que je vais te faire signe. Pour ce qui est de l'usine, j'ai plus d'employés qu'il m'en faut dans ce temps-citte. Mais je vais garder ton nom dans mes affaires pareil. On sait jamais, peut-être que l'automne prochain, avec l'ouverture de ma manufacture de portes et châssis...

— Je suis peut-être pas un bouledogue, reprit l'étranger, mais j'ai du cœur au ventre et je suis prêt à travailler n'importe où, même sur les chantiers de construction, si c'est là qu'est l'ouvrage.

Le front plissé, Léon-Marie l'examina des pieds à la tête. L'homme lui apparaissait bien frêle, avec ses bras nus presque dépourvus de muscles, sa respiration sifflante, son souffle court. Il pensa combien il fallait une bonne santé pour travailler au pic et à la pelle à creuser des caves, combien il fallait aussi de l'équilibre et de l'endurance pour travailler sur les échafaudages.

Il avança avec sa brusquerie habituelle:

— Coudon, es-tu tout le temps essoufflé de même ou ben si c'est parce que tu viens de monter la côte?

— Si je suis tout le temps essoufflé, c'est à cause de mon travail de doreur, expliqua l'étranger. Paraît que j'aurais trop respiré de vapeurs de métal. C'est pour ça que de travailler dehors sur la construction, ça serait plutôt bénéfique pour ma santé.

Perplexe, Léon-Marie caressait son menton du bout de ses doigts.

— Je peux rien te promettre pour tout de suite, mais si t'as le temps, viens avec moi à la scierie, on peut peut-être regarder ça ensemble.

— Hé! Léon, cria Ignace, grimpé sur un escabeau juste devant la porte de la petite école. Avant de t'en aller, dis-moé donc, tes chiffres, y sont-y à ton goût?

Léon-Marie se retourna et éclata d'un grand rire.

— Ils sont parfaits, Ignace, excepté que, comme d'habitude, t'as posé le neuf à l'envers.

— Ah! ben torgueux! s'exclama Ignace en s'emparant de la barre à clous, j'avais pas remarqué.

Les deux hommes cheminèrent en silence, Léon-Marie devançant l'autre, les épaules droites, la mine déterminée, l'étranger, un pas derrière, sa démarche ajustée à la sienne, la tête inclinée vers le sol dans une attitude de profonde résignation.

À leur gauche, sur le chemin de Relais, l'enfilade de petites habitations pareillement blanchies à la chaux sommeillaient dans le jour tranquille. De temps à autre, une maison de ferme entourée de ses bâtiments brisait la monotonie de ces humbles logis en bois, tous semblables, avec leur toit de bardeaux et leur galerie découverte accrochée à leur façade.

Il songea qu'il s'en ajouterait encore, de ces petites constructions de bois, quand serait terminée sa manufacture de portes et châssis. Et si les employés de la Cédrière atteignaient la trentaine, comme le supposait Ignace, les grands champs derrière seraient bientôt tapissés de maisons. Plus d'une trentaine, dispersées ici et là, au milieu des terres de Joachim Deveault, Josaphat Bélanger,

Ovila Gagné et Évariste Désilets. Les yeux remplis de rêve, il voyait déjà les rues qui se croisaient, se rejoignaient et sillonnaient les pâturages, de part en part, en bas de la route communale, jusqu'au pied du mont Pelé.

— Un vrai village, murmura-t-il pour lui-même, un vrai village.

Ils approchaient de la maison d'Anatole Ouellet. Il entendait retentir à ses oreilles les cris des enfants qui, revenus de l'école, prenaient leurs ébats dehors, avant le repas du soir.

Au loin, derrière le tournant, les jumeaux Étienne et Étiennette couraient vers eux. Un flot de tendresse monta en lui. Ses petits derniers, si frêles à leur naissance, eux qui avaient failli emporter leur mère dans la tombe, débordaient de santé aujourd'hui.

Chaque jour il les voyait battre la campagne, infatigables, cavaler à travers les champs, s'enfoncer dans le petit bois de la Cédrière et même, parfois, monter jusqu'au mont Pelé. «Qu'ils profitent de leur enfance, se disait-il, les responsabilités d'adultes nous rejoignent si vite.»

— Pôpa! criaient les jumeaux. Pôpa!

Ils le hélaient avec insistance. Il s'immobilisa au milieu de la chaussée et les observa avec attention. Leurs petits visages grimaçaient dans le soleil. Ils paraissaient hors d'haleine et leur ton était chargé d'anxiété.

Pris d'une sourde inquiétude, il se rua vers eux.

— Barnache, que c'est qu'il se passe donc, les petits?

— Faut aller chercher le docteur, pôpa! criaient-ils ensemble. C'est Gabriel, il vient de perdre connaissance.

— Gabriel...

Il pâlit. Nerveux soudain, il fit un brusque demi-tour. Sans un regard vers son compagnon hébété qui attendait derrière lui sur la route, rapidement, à grandes enjambées puissantes, il coupa à travers le petit bois jonché de branchages secs et alla décrocher la bicyclette d'Antoine dans la remise.

Les mains fermement enserrées sur les poignées du guidon, tandis qu'il pédalait vers le village, dans les rayons cuivrés du soleil qui descendait à l'horizon et piquait ses yeux, il ne pouvait s'empêcher de ressentir un abattement profond. Il était inquiet. Son Gabriel, son petit cordonnier était gravement malade. Il le pressentait. Il connaissait peu de choses dans la santé des enfants, mais cet évanouissement chez un garçon de son âge était pour lui un signe. Gabriel était de santé fragile, il l'avait compris depuis longtemps quand il le voyait attraper les unes après les autres toutes les affections aiguës qui couraient chez les écoliers.

Jusqu'à ce jour, il avait mis sa confiance en la vie, n'avait pas cessé de se convaincre, la puberté venue, que son petit homme recouvrerait ses forces et se remettrait à grandir. Pourtant aujourd'hui, son espoir était en train de s'évanouir. Ainsi que ce dimanche de juillet où ils avaient perdu leur Marie-Laure, comme s'il plongeait encore une fois dans un mauvais rêve, il redécouvrait l'angoisse.

Une sourde douleur inonda sa poitrine. Lui, cet homme à la force de caractère quasi-légendaire, qui dirigeait la destinée des autres de main de maître, se sentait aujourd'hui désarmé, reconnaissait son impuissance devant les maux qui accablaient les siens.

Il pensa à Henriette, à son cœur malade, à son déchirement s'il fallait qu'elle perde un autre de ses petits. Affolé tout à coup, il accéléra son allure. Il devait ramener le médecin au plus vite, ils avaient tant besoin d'un peu d'apaisement.

Henriette avait couché Gabriel dans leur lit au rez-de-chaussée et, penchée sur lui, un carré de coton mouillé d'eau froide dans la main, tapotait délicatement ses tempes. Le garçonnet était pâle, paraissait plus amaigri encore, avec ses grands yeux entourés d'un large cerne violet, sa poitrine qui se soulevait sur sa respiration lente, à peine perceptible. Ainsi allongé, inerte, avec ses bras abandonnés le long de son corps, il paraissait proche de la mort.

Léon-Marie précéda le médecin dans la chambre. Avançant sur la pointe des pieds, il alla jusqu'au lit, du bout des doigts effleura le front de son fils, puis, la tête basse, alla retrouver Henriette qui s'était retirée près de la fenêtre.

De grosses larmes roulaient sur ses joues. Bouleversée, Henriette glissa sa main dans la sienne et le regarda en silence. Malgré la tiédeur de ce jour de printemps, ses paumes étaient froides, moites et il tremblait. Leurs trois fils comptaient, à ses yeux, plus que tout. Elle l'avait deviné depuis longtemps et elle comprenait.

Dans un geste tendre, elle se rapprocha encore de lui, tentant de le convaincre, plus que par les mots, de son appui et son réconfort.

Le médecin avait déplacé longuement son stéthoscope en bois sur la poitrine du petit malade et l'avait rangé dans sa trousse.

La mine grave, il les entraîna dans la cuisine.

— Gabriel a souffert d'une pneumonie sévère l'hiver dernier, expliqua-t-il avec ménagements. Je sais que vous l'avez soigné de votre mieux, mais malgré cela, je crains que son mal ait dégénéré en tuberculose.

— En tuberculose! s'alarma Henriette. Comment Gabriel aurait-il pu attraper la tuberculose, il n'y a aucun cas dans la famille?

— Ma pauvre Henriette, soupira-t-il, je voudrais bien m'être trompé, mais c'est une complication que je rencontre trop souvent, après une affection pulmonaire aiguë comme celle dont a souffert votre Gabriel, pour en douter. Avec tous les gargouillements anormaux que j'ai entendus dans ses poumons, j'ai bien peur d'avoir posé le bon diagnostic.

— Pourtant Henriette l'a soigné de son mieux, repartit Léon-Marie à son tour. Elle l'a dorloté pendant presque un mois. Elle a pas mesquiné non plus sur les mouches de moutarde. Je peux pas croire qu'avec ça, Gabriel ait pas une chance de s'en guérir.

Le médecin le fixa sans répondre et serra plus fort ses mains sur la poignée de sa trousse. Il aurait tellement voulu lui donner quelque espoir.

— La tuberculose est une maladie devant laquelle la médecine est impuissante, déplora-t-il. À l'exception du repos, de l'air pur, d'une alimentation équilibrée, il y a bien peu de choses qu'on puisse faire. Encore, quand le malade accepte de se sustenter... Je ne dirai pas que tous les tuberculeux meurent de cette maladie, il y en a qui s'en sortent, mais dans le cas de Gabriel... il est déjà bien fragile. Il est maigre, presque cachectique. Si encore il avait la volonté de réagir, mais on dirait qu'il s'abandonne.

— Je vais tout faire pour qu'il guérisse, lança Henriette soudain avec fougue. Je vais l'amener dehors, je vais lui montrer la vie, je vais lui apprendre à l'aimer. Il n'aura pas d'autre choix que de guérir.

Le médecin détourna la tête et se dirigea vers la porte.

— Je sais que vous allez faire de votre mieux, Henriette, prononça-t-il à voix basse en même temps qu'il franchissait le seuil.

Ils sortirent avec lui sur la véranda. Debout l'un près de l'autre, tristement, ils suivirent sa lourde silhouette qui montait dans son boghei.

La petite voiture cahota dans le chemin de Relais et descendit la côte. Léon-Marie attendit qu'elle ait disparu derrière le bosquet de noisetiers, avant de se pencher vers Henriette et ordonner sur un ton ferme:

— Tu vas écrire à Charles tout de suite. Tu vas lui dire de venir, que l'affaire est urgente, que ça peut pas attendre.

La bouche dure, déterminée, il fixait le lointain en même temps qu'il hochait vigoureusement la tête. Il s'accrochait à un dernier espoir. Charles, leur ami, saurait, lui, guérir leur fils. Il habitait la grande ville, il avait accès aux plus récentes recherches, il réussirait au-delà des connaissances médicales ordinaires.

— Tu vas lui dire qu'on l'attend sans faute dimanche prochain.

Pis dis-lui de rien ménager, qu'il apporte tous les remèdes qui existent, qu'il y a pas de prix pour notre Gabriel. Dis-lui aussi de pas avoir peur, que je vais lui payer son voyage.

Encouragé soudain, il entoura sa taille de son bras et l'entraîna dans la maison.

— Tu vas aller lui écrire tout de suite, ma belle Henriette. Pendant ce temps-là, moi, je vais retourner à la scierie et je vais voir à ce que mes hommes travaillent fort. Je veux ramasser le plus d'argent possible pour bien faire soigner notre petit cordonnier. Pis t'inquiète pas que ce sont pas les projets qui manquent. Ça vient de partout. Encore ce matin, j'ai eu la visite de deux forestiers du parc. Ils m'ont proposé de monter une usine d'allumettes icitte-même, à la Cédrière.

— Une usine d'allumettes!

Sidérée, Henriette se retourna vivement.

— Tu n'y as pas pensé, Léon-Marie? Une usine d'allumettes! Tu sais pourtant combien c'est dangereux pour le feu.

— Je sais, mais faut pourtant que j'étudie la question à fond avant de trancher, sinon ça serait pas savoir faire des affaires. Baptiste pis moi, on va regarder ça ensemble. On veut leur trouver un emplacement qui leur permettrait d'opérer leur industrie sans risquer de mettre le feu partout aux alentours.

— J'espère que tu n'as pas oublié le grand feu de 1897.

— Crains pas, je l'ai pas oublié.

Une lueur encore craintive dans le regard, il se plongea dans son passé. Il se rappellerait toute sa vie le gros incendie de 1897 qui avait ravagé presque en entier la forêt entourant le rang Croche jusqu'à Saint-André. Il n'avait que neuf ans à l'époque, mais il se souvenait de la panique des femmes qui avaient dû quitter leurs maisons, leurs enfants accrochés à leurs jupes, pour se réfugier au bord du fleuve. Avec un frisson d'horreur, il imaginait, exposées aux grands vents du large, cernées par la fumée dense qui tourbillonnerait autour d'elles, les familles de la Cédrière rassemblées sur la grève, avec Henriette, les jumeaux et leur petit malade.

— Le feu, c'est la première chose qui m'est venue à l'esprit quand ils m'ont fait leur proposition. Je sais que ces usines-là sont pleines de soufre, pis que le soufre, c'est reconnu pour être ben inflammable.

— Alors refuse, l'enjoignit Henriette. Je comprends ton désir de grandir le hameau, mais il y a d'autres façons. Il me semble que nous avons suffisamment de tracas avec notre Gabriel, sans ajouter la crainte du feu en plus.

— Mon idée, c'est de leur trouver un emplacement loin de la scierie. Mais avant de donner mon aval, faut que j'étudie la direction des vents, parce que si le feu venait à prendre chez eux par temps sec, pis si une étincelle venait à monter jusqu'à la Cédrière, ça serait la catastrophe. Il y a notre air aussi qu'il faut préserver. Le soufre, on le sait, ça sent pas l'eau de rose.

Il regarda autour de lui. Subitement, il éprouvait une sensation pénible, comme un poids très lourd, sur ses épaules. Il se demandait quelle était la limite de ses responsabilités et où devait s'arrêter son ambition.

De l'autre côté de la route, s'élevait la masse large et trapue de ses entreprises, avec le ronron des machines et les hommes qui se déplaçaient dans la cour dans un constant va-et-vient. C'était là son engagement, le fruit de ses efforts. Il n'avait d'autre choix que de poursuivre ce qu'il avait commencé.

Avec un soupir il descendit les marches, lentement, il s'engagea dans la cour de l'usine et alla pousser la petite porte de l'atelier de coupe.

La grande pièce était silencieuse. La scie ronde s'était arrêtée. Jean-Baptiste avait quitté son poste et se tenait devant l'établi. Près de lui, Omer Brisson enroulait un long chiffon blanc autour de sa main droite.

Il dit, sans manifester de surprise:

— Tiens! c'est à ton tour, Omer, de t'être fait pincer les doigts sous un billot.

— Le docteur Gaumont est-il parti? demanda Jean-Baptiste.

— Il y a une couple de minutes qu'il a descendu la côte. Aurais-tu eu affaire à lui?

— J'aurais aimé qu'il examine la main d'Omer. Il se l'est écrasée pas mal fort.

— J'ai peur d'avoir quelque chose de cassé, dit Omer, je suis pus capable de bouger mes doigts.

— Pourquoi que tu monterais pas au mont Pelé, chez la veuve Maher. Son gars est ramancheur comme son père, il pourrait t'arranger ça.

— Si c'est une cassure, Omer en a ben pour deux semaines, calcula Jean-Baptiste. Va falloir lui trouver un remplaçant.

Il acquiesça d'un bref mouvement de la tête en même temps que son regard parcourait la grande salle. Depuis un mois, le travail ne manquait pas dans ses exploitations et il en serait ainsi jusqu'à l'automne. Autour de lui, les hommes avaient repris leurs occupations et s'affairaient comme des fourmis besogneuses, sans cesse déplaçant des piles de planches vers l'extérieur ou encore vers l'atelier de planage. Au bout de la crémaillère, deux ouvriers soulevaient avec effort des troncs énormes qu'ils laissaient choir lourdement sur le chariot. Dans un coin, près de la petite porte, un homme actionnait le couteau à bardeaux qui s'abattait sur les planches blondes à une fréquence qui lui rappelait le tic-tac d'une horloge. Derrière lui, du côté de la meunerie, le moulin à planer faisait entendre son ronflement mécanique. Partout la scierie grouillait d'activité.

Il pensa à cet étranger qui était venu un peu plus tôt et lui avait demandé du travail avec tant d'insistance. Il doutait que cet homme, plutôt gringalet, puisse remplacer Omer Brisson, un colosse qu'il avait choisi pour sa force herculéenne, mais il se dit qu'il pourrait peut-être combler un autre poste.

— Il y a un gars qui est venu me voir tantôt quand j'étais sur le chantier de la petite école, avança-t-il. Il se cherchait de l'ouvrage. Il a déjà travaillé pour moi, comme doreur quand j'ai construit l'église de Saint-André. Ça m'a pas l'air d'un gars fort, fort, c'est un artiste, mais il a l'air d'avoir du cœur au ventre. Je doute qu'il puisse faire l'ouvrage d'Omer, mais il pourrait peut-être nous dépanner d'une autre manière jusqu'à ce qu'Omer nous revienne.

— Si c'est le gars que je pense, je l'ai vu rôder du bord du p'tit bois, mentionna Jean-Baptiste. C'est vrai qu'il m'a pas paru ben fort, mais pour une couple de semaines, je pourrais l'occuper au transport des planches vers l'atelier de planage.

— Je m'en vas justement par là, dit Léon-Marie en enjambant le seuil de la petite porte. J'ai des mesures à vérifier pour la construction de la manufacture de portes et châssis. Si je le rencontre, je te l'enverrai.

Il se retrouva dans la cour et, pressant le pas, longea les piles de bois proprement alignées qui s'élevaient jusqu'à dépasser sa tête. Son calepin ouvert à la main, il s'engagea à travers les petites allées rectilignes, entrelacées comme d'étroits labyrinthes, en même temps que, de sa main tendue, il jaugeait les belles planches qui séchaient au soleil. Les cages étaient nombreuses et couvraient tout ce qui avait déjà été la cour de la meunerie et le potager d'Henriette. Elles envahissaient même de quelques pas la partie essartée du petit bois.

Il était arrivé devant la clairière. Pendant un moment, l'œil rêveur, il se tint immobile et considéra ce vaste espace que comblerait avant l'automne sa manufacture de portes et châssis. Il avait choisi de construire un bâtiment d'un étage et demi, avec de belles fenêtres, larges et joyeuses, qui donneraient sur la route. Le bâtiment devrait être de construction supérieure et durer de nombreuses années s'il voulait le léguer à ses trois fils, se dit-il avec détermination.

Puis brusquement le visage de Gabriel surgit à son esprit. Il pensa à sa lutte constante pour assurer l'avenir de ses enfants, à sa force créatrice, à ses succès, et sa poitrine se crispa de chagrin. Pourquoi Léon-Marie Savoie, l'homme de la rivière, le bâtisseur, celui à qui tout réussissait, était-il aussi impuissant devant la maladie et la mort? S'il était un bon chrétien, lui dirait son curé, il ne chercherait pas à comprendre et se soumettrait, accepterait que chacun meure à son heure, l'heure décidée par Dieu.

Il durcit son regard. Il était un bâtisseur, et parce qu'il était un bâtisseur, il ne saurait se résigner.

Il sortit de la grande trouée qui crevait son petit bois et avança jusqu'à la route. C'était la fin du jour. Le chemin de Relais était désert de la Cédrière jusqu'à la voie communale. Tout en bas, les mouettes planaient au-dessus du fleuve et il entendait l'appel des oiseaux. Du côté de l'ouest, le soleil étirait des rayons d'or.

— Il doit bien approcher six heures, se dit-il.

Il devait aller retrouver Jean-Baptiste. Sans perdre de temps, il étira son ruban de métal, prit des mesures scrupuleuses, les nota soigneusement sur son calepin, puis le referma d'un mouvement sec. Enfin, il rentra dans la cour à bois et se pressa vers la scierie.

Subitement le souvenir de l'étranger émergea dans son esprit. Avec un peu d'étonnement, il songea qu'il ne l'avait vu nulle part. Perplexe, il ralentit son allure, observant à droite et à gauche, les sourcils froncés, mais il ne vit pas âme qui vive. L'homme avait disparu.

# 15

Les deux forestiers du parc étaient montés sans frapper dans le petit bureau que partageaient Léon-Marie et son frère Charles-Arthur. Sans attendre l'assentiment des maîtres de la scierie, ils avaient pris place sur les deux uniques chaises qui jouxtaient la table de travail. Les lèvres tirées dans un sourire, ils attendaient, une jambe croisée sur le genou.

L'un était grand, de forte ossature, avec une épaisse chevelure brune et le teint bronzé par le grand air. L'autre, plutôt petit, portait de minuscules lunettes rondes sur ses yeux de myope. Ses cheveux étaient luisants, très noirs et lissés sur le côté de la tête. D'allure jeune tous les deux, ils étaient proprement vêtus, et le pli de leur pantalon était très net. Un parfum sucré chargé d'un arôme de tabac frais émanait de leur personne.

Léon-Marie s'avança au milieu de la pièce et, les bras chargés d'une pile de factures, les toisa d'un seul regard. Plutôt choqué devant leur sans-gêne, il jeta un coup d'œil interrogateur vers son frère et tiqua de la joue avant d'aller prendre place derrière son meuble de travail.

Ce comportement nouveau de la part des deux hommes, cette familiarité ne manquaient pas de le surprendre et surtout éveillaient sa méfiance. Que l'on s'introduise dans ses lieux de façon aussi cavalière lui déplaisait infiniment, semait à ses yeux le doute quant à leurs bonnes intentions. Maître chez lui il avait toujours été, maître chez lui il voulait rester.

— Qu'est-ce qu'on peut faire pour vous autres à matin? demanda-t-il, le visage tourné vers la fenêtre comme pour marquer son ennui.

Les deux hommes avaient cessé de sourire.

— Voyons, monsieur Savoie, on est bien le 15 juillet? Avez-vous oublié que c'est aujourd'hui que vous deviez nous donner votre réponse?

— À soir, j'avais promis de vous donner ma réponse le 15 juillet après six heures à soir, pas avant. Vous êtes ben pressés tout d'un coup.

Le plus petit des deux hommes se pencha vers l'avant de sa chaise.

— Entre nous, monsieur Savoie, ce matin ou ce soir, quelle différence ça peut faire quand ça fait plus qu'un mois et demi qu'on est sur le projet.

Léon-Marie le dévisagea un moment en silence. Malgré lui, il ressentait une forte propension à lui opposer sa résistance, ne serait-ce que pour contrer ce petit homme un peu trop sûr de lui à son goût.

— J'ai jamais aimé qu'on me pousse dans le dos, prononça-t-il la voix sombre. Je suis un homme occupé, ben occupé. L'été, pour nous autres, c'est le temps où on a le plus d'ouvrage. Je vous avais mis sur mon calendrier pour à soir. Ça fait que vous reviendrez vers six heures. Je peux pas discuter avec vous autres à matin, j'ai d'autres choses à voir.

Les deux hommes se jetèrent un regard. Une moue ennuyée déformait leurs lèvres.

— Je sais pas si je me trompe, avança le plus costaud des deux, mais est-ce que, par hasard, vous commenceriez à branler dans le manche?

— Là tu te trompes, mon gars, coupa Léon-Marie aussitôt avec raideur. Je suis loin de branler dans le manche, comme tu dis. J'ai pris le temps d'étudier votre affaire ben sérieusement et j'ai une proposition à vous faire. C'est peut-être pas ce que vous auriez souhaité, mais c'est une bonne proposition que je pourrais aller vous montrer à soir, après la fermeture de l'usine.

Les deux hommes paraissaient déçus.

— À soir, ça nous arrange pas ben gros, voyez-vous. On est un peu pressés. Vous pourriez pas nous donner une petite idée à matin, juste pour nous situer un peu?

— Tout ce que je peux vous dire pour tout de suite, articula Léon-Marie, communiquant ses informations avec parcimonie, en même temps qu'il se penchait sur son grand livre de comptes, c'est d'oublier l'idée de vous construire en bas de la côte, sur la route communale. Ni Joachim Deveault ni le père Adalbert Perron sont intéressés à vous céder une partie de leur pâturage pour une usine de même, sans compter que tout le monde trouve que c'est trop proche de la Cédrière.

— Il avait aussi été question de la grève.

— Ça aussi, c'est trop proche. J'en ai discuté avec Jean-Baptiste, mon foreman, et il pense comme moi, que quand les vents viendraient de l'ouest, ça nuirait à notre air icitte à la Cédrière. On vous verrait plutôt du côté de Saint-André, mais plus haut, dans les terres, du côté des Vingt-Quatre Arpents.

— Dans les Vingt-Quatre Arpents!

D'un seul mouvement, les deux hommes s'étaient redressés.

— Vous voulez nous envoyer derrière le mont Pelé! Voyons donc, monsieur Savoie, vous y pensez pas. Il y a pas une habitation par là, à part des cabanes de trappeurs. On dirait quasiment que vous voulez nous expédier au diable au vert, comme des pestiférés.

Léon-Marie fit un grand geste d'impuissance.

— Que c'est que vous voulez que je vous dise? J'ai fait le tour du canton, personne veut d'une usine de soufre dans le coin.

— On aurait espéré un peu plus d'entendement de votre part, observa le plus petit des deux hommes. C'est plutôt décevant ce que vous nous proposez là. Si on avait choisi de s'installer proche d'une usine de bois, c'était dans le but de s'y approvisionner. Se terrer dans les Vingt-Quatre Arpents, ça veut dire bien des frais imprévus, en plus d'une somme astronomique en voyagements. Ça nous obligerait à réviser nos coûts de production. C'est pas sûr que le projet serait encore rentable.

Il se tourna vers Charles-Arthur, appuyé sur le rebord de la fenêtre, les mains dans les poches et qui attendait sans parler.

— Et vous, monsieur Savoie, vous aviez pourtant paru d'accord. Vous nous aviez même dit que la route communale était la meilleure place, même que vous étiez prêt à nous proposer une petite association.

Les sourcils de Léon-Marie se rapprochèrent. Il jeta un vif regard vers son frère, avant d'avancer sur un ton subitement durci:

— Si mon frère Charles-Arthur veut s'associer avec vous autres, c'est son affaire. Ç'a aucun rapport avec la scierie. Mon frère et moi, on est liés à l'intérieur de la bâtisse, seulement. En dehors de l'usine de sciage, chacun peut faire les projets qu'il veut, ça regarde pas l'autre. Malgré que ça nous autorise pas à installer n'importe quoi, n'importe où.

Il fit une courte pause avant d'ajouter sur un ton dans lequel perçait une ironie certaine:

— Si mon frère a le goût d'aller s'établir du côté des Vingt-Quatre Arpents, moi, ça me dérange pas.

— Y a jamais été question que j'aille m'installer derrière le mont Pelé! se récria Charles-Arthur. Le projet m'aurait intéressé en autant que les affaires se passent icitte, aux alentours.

— On peut pas laisser se bâtir une usine d'allumettes juste à côté d'une scierie, jeta brutalement Léon-Marie, c'est un non-sens. On a ben étudié la question, Baptiste pis moi, pis le seul emplacement possible, c'est derrière le mont Pelé. Pour ma part, je suis encore prêt à soutenir le projet, mais à la condition que ça se passe dans les Vingt-Quatre Arpents.

Furieux, le plus petit homme se leva d'un mouvement brusque. Il était dressé comme un coq.

— Si not' projet vous intéresse pas, dites-le donc tout de suite pis on va aller le présenter ailleurs. C'est un bon projet qu'on vous proposait, un projet rentable, on vous l'a expliqué dans tous ses détails. Pour ce qui est de l'emplacement, regardez donc un peu autour de vous. En voyez-vous ben gros, vous autres, des usines qui sont pas entourées de maisons, pis de villages?

— La question est pas là, s'impatienta Léon-Marie. Je dois tenir compte de toutes les éventualités. C'est pas quand un projet est concrétisé que c'est le temps de le regretter. Et pis, il y a une chose aussi qui me chicote: pourquoi, au lieu de chercher à vous établir dans le Bas-du-Fleuve, vous avez pas plutôt choisi l'Outaouais pour y implanter votre usine? Vous auriez pu faire des arrangements avec la compagnie Eddy, la grosse manufacture d'allumettes qui est installée à Hull. L'Outaouais, c'est reconnu, c'est le pays des allumettes, tandis que le Bas-du-Fleuve...

— Notre intention est de mener notre propre business et ça serait bien surprenant qu'Eddy nous concède une place dans l'Outaouais, expliqua le petit homme. On veut aussi diversifier le marché. Pourquoi que ce seraient uniquement les Anglais qui auraient le marché des allumettes quand il y a en masse de peupliers à grandes dents pis de peupliers faux-trembles dans le Bas-du-Fleuve pour nous fournir jusqu'à la fin des temps.

— Ça aussi, ça me fait peur, reprit pensivement Léon-Marie. Quand on a affaire à un colosse comme le bonhomme Eddy, qui fait la pluie pis le beau temps dans tout le Canada depuis 1854, on va pas essayer de l'abattre avec un petit fouet en bois d'orignal.

— Pour quelqu'un qui dit brasser des affaires comme vous le prétendez, vous me surprenez, rétorqua le costaud, le menton relevé avec insolence. S'il fallait qu'on prenne jamais notre part du marché, les industries resteraient toujours toutes entre les mains des gros.

Insulté, Léon-Marie serra les poings. Il avait peine à maîtriser sa colère.

— Je pense plutôt que tu m'as pas encore regardé aller, mon petit homme.

Le torse plié vers l'avant, il se pencha sur sa table de travail. Ses yeux étaient vibrants, durs.

— Je vas t'apprendre une chose, mon petit garçon, pis en même temps, prends ça comme un bon conseil. Si tu veux réussir à tout coup en affaires, va chercher ton marché dans un domaine qui est en manque, un domaine exploité par des artisans, là où les clients doivent attendre leur tour tellement longtemps qu'ils se tannent pis qu'ils s'en passent. Là, tu peux être certain que tu manqueras jamais d'ouvrage.

— Doit-on comprendre que notre projet ne vous intéresse plus? proféra le forestier.

Léon-Marie jeta un coup d'œil vers Charles-Arthur, puis à nouveau, ses yeux se reportèrent sur les deux hommes.

— Pour ma part, je suis prêt à vous donner un coup de main, en autant que vous vous installiez derrière le mont Pelé.

— Pis moé, dans les Vingt-Quatre Arpents, ça m'intéresse pas, déclara près de lui Charles-Arthur.

Les deux visiteurs se levèrent en même temps. Planté devant sa chaise, le costaud darda Léon-Marie de son regard noir.

— Nous autres non plus, dans les Vingt-Quatre Arpents, ça nous intéresse pas. Ça fait que... si votre intention était de nous faire perdre notre temps...

Choqué, Léon-Marie se leva à son tour, contourna son bureau et alla se placer devant l'homme qui le dépassait de toute sa tête.

— Tu sauras, mon petit gars, que les affaires, ça se discute, pis ça peut pas tout le temps se terminer par une acceptation. C'est vrai que votre projet m'a intéressé au début, parce que ça amènerait de l'ouvrage dans le coin. Pis j'ai pensé au danger d'incendie; l'investissement aussi m'a fait peur. J'ai pas vu trop d'avantage non plus pour la scierie, à envoyer bûcher mes hommes une partie de l'hiver, uniquement pour vous rapporter du petit tremble. Encore si vous utilisiez une essence dont on se sert chez nous, si vous utilisiez nos résidus de coupe. Nous autres, à part les résineux, le sapin, l'épinette, pis le cèdre, on travaille qu'avec du bois dur, comme l'érable, pis le merisier. Faut voir les choses en face. D'ailleurs, plus j'y pense, plus je me dis que ça prendrait tout un marché pour qu'une usine d'allumettes soit viable dans le Bas-du-Fleuve.

Le forestier lui tourna le dos, avant de prononcer sur un ton marqué d'indépendance:

— Si c'est votre idée... nous autres on a pus rien à faire ici, on va aller offrir nos services ailleurs. Mais si ça marche, venez pas vous plaindre qu'on vous a pas fait les premières approches.

— T'inquiète pas, mon homme, le défia Léon-Marie. Quand je prends une décision, elle est finale pis je la regrette pas. J'ai assez de mes propres affaires à mener, sans perdre mon temps à guigner celles des autres.

Les deux hommes s'abstinrent de répondre. Sans un regard, la nuque frémissante, ils s'engagèrent dans le petit escalier.

Charles-Arthur attendit que la porte en bas se soit rabattue avec force sur son chambranle, avant de se retourner vers son frère. Il était furieux.

— Câlisse, te rends-tu compte combien tu peux être bête avec le monde des fois? Une chance que tu m'as pour réparer tes pots cassés.

Sans attendre de réplique, il fit une virevolte rapide, descendit l'escalier et alla rejoindre les deux hommes.

Un peu ébranlé, Léon-Marie se tint un moment immobile et, comme figé, fixa les marches. Enfin, se ressaisissant, il alla se poster devant la fenêtre et suivit dehors les silhouettes de son frère et des deux étrangers qui s'engageaient dans le chemin de Relais.

Subrepticement, une petite morsure pinça son cœur, une crispation subtile qui l'atteignit l'espace d'un instant, le temps de se demander s'il n'avait pas pris une décision trop hâtive, en refusant une association avec les forestiers. Il se secoua avec énergie. Il s'était toujours fié à son instinct et, jusqu'à ce jour, il avait été bien servi.

Les trois hommes avaient disparu derrière le boisé. Le chemin de Relais était maintenant désert.

Il s'éloigna de la fenêtre et alla reprendre sa place derrière sa table de travail. Presque aussitôt, avec impatience, il repoussa sa chaise et se leva. D'un pas rapide, il descendit le petit escalier, traversa l'atelier de planage jusqu'à l'ancienne meunerie et pénétra dans la salle de coupe par l'ouverture de la roue hydraulique.

Devant lui, la longue pièce était grise, assombrie par de fines particules de bran de scie qui tournoyaient dans les airs. Les moteurs fonctionnaient tous à la fois et les bruits étaient assourdissants.

Il alla rejoindre Jean-Baptiste qui s'activait près du convoyeur.

— En fin de compte, il y en aura pas d'usine d'allumettes, cria-t-il à son oreille. On s'est pas entendus sur l'emplacement.

— Aspic, ils voulaient-y mordicus s'établir dans le boutte de la Cédrière? répliqua Jean-Baptiste en mordillant avec plus de vigueur encore son copeau d'épinette. Ben j'aime autant mieux ça de même, parce que, de toute façon, j'étais pas capable de me faire à l'idée. J'ai toujours pensé qu'une manufacture d'allumettes, c'est pas un genre d'usine à avoir dans le Bas-du-Fleuve.

— Par contre, il est pas sûr qu'ils trouveront pas un autre espace dans la région. Ils songent déjà à présenter leur projet ailleurs.

— J'espère que les autres vont être assez intelligents pour les voir venir, dit Jean-Baptiste.

Léon-Marie acquiesça d'un sec mouvement de la tête et s'avança au milieu des panneaux largement ouverts. Les yeux grimaçants dans le soleil, il piétinait sur place.

— Que c'est qu'il brette donc, Charles-Arthur. Je pensais qu'il ferait rien qu'un boutte de chemin avec les forestiers. Je le vois nulle part.

— Tout ce que je peux t'assurer, c'est que j'y ai pas donné de commission pour le village, l'informa Jean-Baptiste derrière lui.

— Il doit pourtant ben savoir que l'ouvrage manque pas à matin.

Il sortit dans la cour et se dirigea vers la rivière. Partout autour de lui, le beau soleil de juillet cuisait la campagne, et l'air était rempli des stridulations joyeuses des cigales qui se mêlaient comme une réplique au vacarme des scies électriques.

Absorbé dans ses pensées, il ne voyait rien de cette activité charmante que déployait l'été dans sa splendeur. Il avançait à grandes foulées nerveuses en jetant sur les alentours des regards brefs, agacés. Il cherchait son frère.

Il n'osait interroger ses employés et laisser paraître son ennui. Il avait toujours eu pour règle stricte de ne jamais partager ses problèmes de famille avec des étrangers, fussent-ils ses amis.

Il était arrivé près du cours d'eau. Sans hésiter, il tourna à droite, franchit la petite passerelle qui surplombait le gouffre derrière la meunerie et longea la cour à bois par l'arrière. Il connaissait les habitudes de Charles-Arthur. Il avait repéré son coin secret où il se retirait trop souvent au cours d'une même journée pour satisfaire une petite soif, comme il disait. Jusqu'à ce jour, il l'avait laissé tranquille. «En autant qu'il ne dérange pas les opérations des entreprises, se disait-il, ce n'est pas mon affaire.»

Pourtant, aujourd'hui, avec toutes les tâches qui s'abattaient sur leurs épaules, il ne pouvait s'empêcher de marquer son impatience.

— Barnache! c'est pas toute que de lever le coude à longueur de journée, ou encore de jouer au fin diplomate avec les étrangers, il y a l'ouvrage aussi, pis c'est ça qui est important.

Depuis plusieurs mois, il percevait chez Charles-Arthur comme une sorte d'indolence qui lentement l'inhibait. Son frère n'éprouvait plus le même enthousiasme pour leur occupation commune, il ne lui procurait plus l'apport auquel il devait s'attendre d'un associé en affaires. Tandis que lui-même trimait depuis la barre du jour jusqu'à tard le soir, son frère prenait ses aises et, comme un nabab en vacances, musardait avec une inconscience qui n'était plus de son âge. Il serra les poings. Avec tous les tracas qui s'accumulaient sur sa tête, il aurait pourtant eu bien besoin que Charles-Arthur assume quelques responsabilités et l'allège un peu.

À la maison, Gabriel s'éteignait doucement. Charles Couture était venu aussitôt qu'il avait reçu la lettre d'Henriette et avait longuement examiné leur petit garçon. Hélas, malgré sa compétence, il n'avait pu leur insuffler cet espoir qu'ils attendaient de lui. Ainsi qu'avait fait le docteur Gaumont, il s'était incliné devant l'évidence. Gabriel était atteint d'un mal sans rémission et il était très malade. Seul un miracle pourrait l'en guérir.

Il avait apporté avec lui un nouveau remède que Gabriel avait avalé en grimaçant. «Ça ne peut pas lui nuire», avait-il dit, comme s'il doutait lui-même de son efficacité. Henriette, qui commençait à peine à trouver l'apaisement depuis la mort de Marie-Laure, était retombée dans son humeur dépressive.

Le retour d'Antoine pour les vacances avait un peu animé la maison. Mais cette diversion serait de courte durée. Dès septembre, leur aîné devrait repartir pour poursuivre sa «Versification» au petit séminaire.

Il lui vint à l'esprit que son Antoine était presque un homme maintenant, que bientôt, il travaillerait avec lui dans l'entreprise. À cette pensée, il frémit d'impatience. Considérant l'indolence de son frère, la tentation était forte de racheter tout de suite pour son fils la part qu'il détenait dans la scierie. Il refréna sa hâte. Le moment n'était pas encore venu.

Il était arrivé à l'orée du petit bois. Charles-Arthur n'était pas dans son lieu secret. Il scruta encore les ombres que projetaient les grands arbres, puis fit demi-tour et s'en retourna vers la scierie.

Quelques hommes travaillaient dehors près de la salle de coupe et s'employaient à rouler des troncs d'arbres en travers des grandes portes. Au milieu d'eux, armé d'un crochet, Omer Brisson soulevait difficilement un lourd billot de sa seule main valide.

— Pis ta cassure, ça se replace-t-y un brin? interrogea-t-il avec commisération en jetant un regard vers sa main droite encore entourée d'une bande de coton écru.

— Ça se répare, répondit le colosse sans cesser son occupation.

Il poursuivit sa marche à travers la cour. Au fond, du côté des cages, Antoine empilait les planches que lui apportait l'ouvrier Anatole Ouellet. Il pensa à Gabriel, et un soupir de tristesse s'échappa de ses lèvres. Il y avait un an à peine, il était là, lui aussi, son petit cordonnier, et il paraissait si heureux de travailler pour son père, comme les grands.

Plus loin, du côté de la clairière, des coups de marteau ébranlaient les airs, et les scies grinçaient sous les éclats de voix. La construction de la manufacture de portes et châssis était commencée depuis bientôt deux semaines et les travaux allaient bon train. Le bâti était presque terminé et ce matin les hommes s'affairaient à édifier la charpente du toit.

Léon-Marie s'arrêta au milieu du chantier et les regarda travailler.

— On va betôt manquer de planches de bois brut, l'informa Ignace dès qu'il l'aperçut.

— Je vais vous en faire envoyer par Charles-Arthur.

— À la condition qu'il revienne du village, répliqua Ignace, une étincelle amusée dans le regard. Je l'ai vu partir tantôt dans son boghei. Il a crié en passant qu'il avait une affaire ben personnelle à régler, pis que ça serait toute une surprise.

— Une affaire ben personnelle... répéta Léon-Marie. Ouais! Rien que ça.

Une noble indignation, brusquement, montait en lui. Cette fois, Charles-Arthur exagérait. Le travail l'attendait à la scierie autant que tous les autres employés. C'était la matinée et chacun devait vaquer à ses occupations, son frère pas moins que les autres.

— Si Charles-Arthur gagne pas son salaire, ben il en aura pas, grommela-t-il en lui-même. Il se contentera de ses dividendes de fin d'année comptable.

Il allait sans tarder le lui faire savoir.

La poitrine frémissante, il quitta le chantier, traversa la route et poussa ses pas en direction de la maison de son frère.

Angélina était dehors. Debout sur la pointe des pieds, comme chaque matin, son gros panier à linge sur un petit banc, elle étendait sa lessive.

— Si c'est Charles-Arthur que tu cherches, dit-elle en retirant une épingle à linge d'entre ses dents, je te le dis tout de suite, il est pas ici.

— Je le sais, Angélina. Je sais même qu'il est parti dans son boghei. Mais d'icitte à ce qu'il revienne, tu pourrais peut-être me dire que c'est que c'est que cette affaire ben personnelle qu'il est supposé être allé régler au village?

Angélina détourna un peu la tête. Ses grands yeux noirs disaient sa contrariété. Lentement ses paumes glissèrent sur son large tablier blanc en même temps qu'elle articulait avec aigreur:

— Si ça peut te faire plaisir de l'entendre, c'est une affaire avec laquelle je suis pas d'accord pantoute.

— Peut-être, Angélina, insista-t-il, mais tu vas quand même me le dire, que c'est que c'est que c't'affaire avec laquelle t'es pas d'accord pantoute.

— Tu connais ton frère, jeta-t-elle sans aménité. Tu dois ben savoir que j'ai jamais eu mon mot à dire dans ses caprices. Pour cette raison, tu penses pas que ce serait mieux si vous régliez vos affaires ensemble?

— Je sais que Charles-Arthur est pas un homme facile...

Elle ne répondit pas. La tête inclinée vers l'avant, elle enroulait ses doigts dans les replis de son tablier. Son épaisse tresse brune oscillait sur son front.

Il la dévisagea. Il devinait sa lutte intérieure, son désir de s'exprimer en même temps que sa réticence à confier ses soucis. Il avait soudain pitié d'elle. Elle était si maigre, paraissait si fatiguée, avec sa lourde besogne à la maison, ses six enfants, la vieille mère malade, son mari irresponsable. Elle aurait pourtant eu grand besoin de libérer son cœur et d'être comprise.

— Ma pauvre Angélina, si je pouvais faire quelque chose... pourquoi que tu me dis pas ce qui va pas, des fois que je pourrais t'aider.

Du côté du chemin de Relais, un bruit, comme un grand galop, subitement se faisait entendre.

Vivement, elle s'élança vers l'avant de la rampe et, le cou tiré, scruta la route. Enfin elle se retourna; elle paraissait soulagée.

— La voilà justement qui arrive, la réponse à ta question. Elle est en train de monter la côte.

Étonné, il se rapprocha d'elle et, la main en visière, fouilla la campagne. Un peu plus bas, face à la maison de ferme d'Ovila Gagné, un large véhicule, aux chromes luisants et tout neufs, tiré par le cheval gris de son frère, gravissait le chemin de Relais à vive allure.

— Barnache! s'exclama-t-il, qu'est-ce qui y prend? Il s'est pas acheté un nouveau boghei, mais il est fou raide!

Courant presque, il descendit les marches et alla à sa rencontre au bord de la route. Il frémissait d'indignation.

— Charles-Arthur Savoie! veux-tu ben me dire à quoi t'as pensé? Que c'est que c'est que cette amanchure-là?

— C'est la toute dernière nouveauté, lança Charles-Arthur en tendant les rênes. Il est beau en calvaire, tu penses pas?

— Peut-être ben, mais pourquoi acheter un boghei neuf quand t'en avais déjà un, pis ben convenable à part ça. Où c'est qu'il est ton autre boghei?

— Je l'ai laissé en échange.

— Pour une pinotte, je suppose?

— Qu'est-ce que ça peut ben te faire? On fait de l'argent comme de l'eau. L'argent, faut que ça roule.

— Rêve pas trop en couleur, mon frère, gronda Léon-Marie. On est loin d'être des millionnaires. T'aurais pu faire fructifier cet argent-là, plutôt que de le regarder s'empoussiérer dans le fond de ta cour.

— Pour ça, je suis pas inquiet. Une belle voiture de même, ça garde toujours sa valeur, sans compter que c'est plaisant en câlisse de se promener là-dedans. T'as vu les sièges? Regarde comme ils sont bourrés épais, pis ils sont recouverts de beau cuir fin, à part ça.

Il avait sauté de son siège. D'un geste presque sensuel, sa main effleurait les bancs, se déplaçait sur la petite portière basse, le cadre de métal chromé, les supports en bois précieux délicatement ourlés, les roues à rayons à fines lamelles.

— T'aurais pu mettre cet argent-là sur une maison que t'aurais louée à un de nos ouvriers ou ben à un employé de McGrath, lui reprocha Léon-Marie. Ça t'aurait fait un revenu, tandis que là, t'as peut-être un beau boghei, mais ça te rapporte rien pantoute.

— Chacun ses goûts, mon frère, rétorqua Charles-Arthur. Je te laisse libre de faire ce que tu veux avec ton argent, ben laisse-moé libre de faire de même avec le mien.

Fébrile soudain, il alla attraper la bride de son cheval et l'entraîna vers le côté de la maison. Un relent d'alcool effleura au passage les narines de Léon-Marie.

— Franchement, Charles-Arthur, tu trouves pas qu'il est un peu de bonne heure pour commencer à boire?

— Je marche-t-y encore dret? lança rudement Charles-Arthur. Oui? Ben en ce cas-là, t'as rien à redire. Tout le monde trinque après avoir fait une affaire, c'est connu. À part ça que j'ai pas d'ordres à recevoir de toé.

Léon-Marie le regarda sans répondre; jusqu'à ce jour, ils avaient toujours évité de se mêler des affaires de l'autre en dehors du cadre de leur association. C'était pour eux une entente tacite, comme un respect mutuel. «Mais à la condition que nos agissements ne nuisent pas à la bonne marche de l'entreprise», se disait-il. Bien sûr, il reconnaissait à son frère une compétence certaine, et quand il n'était pas trop fainéant, il lui était d'une aide précieuse. Pourtant, depuis quelque temps, Charles-Arthur buvait de façon un peu trop immodérée à son gré pour espérer que leur partenariat puisse se poursuivre dans l'harmonie.

— Tu trouves pas que les occasions de trinquer reviennent pas mal souvent? observa-t-il enfin.

— Es-tu en train de me dire que je fais pas mon ouvrage?

— Tu fais ta part d'ouvrage, c'est pas ça que j'ai voulu dire.

— En ce cas-là, tu viendras pas me reprocher de planifier mes tâches mieux que toé, pis me trouver quelqu'petits moments de délassement.

— T'oublies qu'on est associés, Charles-Arthur, pis qu'on a des responsabilités ensemble. Avec tes petites habitudes de délassement, comme tu dis, quand j'ai besoin de toi, t'es pas trouvable. Comme dans le moment, il manque de bois brut pour le toit de la manufacture. Ça fait partie de tes tâches que de voir à approvisionner les chantiers.

— Mais tu finis toujours par me rejoindre. Comme il est jamais question de vie et de mort...

Agacé, il reprit tout de suite:

— Et pis, ça veut dire quoi, ces reproches-là? Je me mêle-t-y de tes affaires, moé? Je te dis-tu ce que doit penser Henriette quand tu vas passer tes dimanches après-midi dans la cour du collège, à faire le jars, pis à montrer que t'es plus fort que tout le monde? J'ai six enfants, moé, pis je m'occupe de not' mère en plus, l'as-tu oublié? Il me semble que j'ai ben le droit de me distraire un peu de temps en temps si je veux pas devenir crackpot avant l'âge.

— Non, Charles-Arthur, je l'ai pas oublié, articula Léon-Marie, le regard sombre. J'ai pas oublié non plus que tes six enfants, c'est ta femme Angélina qui les élève, pis not' mère, c'est encore Angélina qui en prend soin.

Dressé devant lui, l'œil soudain méfiant, Charles-Arthur fixait son frère.

— Coudon, toé, tu prends ben la défense d'Angélina tout d'un coup, ça serait-y que...

— Non, Charles-Arthur.

Léon-Marie avait répliqué sur un ton sec. Il gonfla la poitrine avant de poursuivre:

— J'aime Henriette. Henriette, c'est la seule femme de ma vie, ça sera toujours la seule femme de ma vie. Même si elle venait à mourir, je serais jamais capable de la remplacer, je me remarierais jamais.

Charles-Arthur éclata d'un rire puissant, sardonique.

— C'est ça! Je vas te croire, comme si j'avais toujours eu les yeux bouchés ben dur. Mais tu t'es pas regardé? Aussitôt que tu vois une femme, tu rates pas l'occasion de te forcir les muscles. Ça va être beau après-demain à la fête de bénédiction de la petite école. Ça va être tout un spectacle que de te voir participer à un concours de force et d'endurance devant les femmes...

Léon-Marie coupa court.

— Je vais peut-être faire le jars, comme tu dis, mais je vais le faire pour mon Henriette, parce qu'elle va me regarder, pis qu'elle va être fière de son homme. D'ailleurs, mes enfants aussi vont être fiers de leur père, parce qu'ils vont tous être là, même Gabriel.

Le regard rempli d'amertume, il pensa combien Charles-Arthur le décevait parfois. Il se remémorait ce beau rêve qu'il avait ébauché, pendant un temps, d'une association avec son frère, une forme de consortium qui aurait groupé sous leur patronyme de multiples industries. Il avait imaginé une exploitation puissante dont les larges réseaux auraient été une affaire de famille. Le nom des Savoie aurait marqué le Bas-du-Fleuve et lui, Léon-Marie, aurait présidé cet empire, avec la collaboration de son frère et de leurs fils.

Hélas, les prétentions de Charles-Arthur ne rejoindraient jamais les siennes, il le comprenait aujourd'hui. Elles seraient toujours à courte vue, agrémentées de sa jalousie et limitées à sa jouissance de la vie. Charles-Arthur ne vivrait jamais qu'au jour le jour, sans penser au futur. Jamais il ne veillerait, comme lui, à préparer l'avenir de ses enfants.

Épuisé soudain, il renonçait à discuter davantage. Les épaules basses, il traversa la route et retourna à ses occupations vers la scierie.

*** 

On était dimanche. Henriette avait fini de ranger la vaisselle du dîner et était sortie sur le perron. Revêtue de sa plus jolie robe, les cheveux enfouis sous un large chapeau de paille écrue, elle suivait des yeux le boghei de la famille tiré par leur cheval blond et qui entrait dans la cour. Léon-Marie agrippait fermement les rênes. Près de lui, les jumeaux avaient grimpé sur la banquette et s'excitaient comme deux petits chats indisciplinés.

Le chemin de Relais, habituellement tranquille en cette journée de repos, était grouillant d'activité. Les uns derrière les autres, les habitants de la Cédrière quittaient leurs demeures et se pressaient vers la nouvelle petite école pour assister à la fête de bénédiction. Ceux qui logeaient tout près s'y rendaient à pied, portant à bout de bras une chaise pliante, tandis que les autres qui avaient établi leurs pénates un peu plus haut vers le mont Pelé, de même que les employés de la centrale électrique qui résidaient dans le rang Croche, s'amenaient dans leurs bogheis, ou encore à bicyclette pour ceux qui ne possédaient pas de cheval.

De chaque côté de l'horizon, jusque très loin, les petites routes de gravier résonnaient sous les sabots des nobles bêtes au poil luisant d'avoir été brossé.

Même s'ils habitaient tout près, Léon-Marie avait lui aussi attelé le cheval. Ils amenaient Gabriel.

La voiture alla s'arrêter sur le côté de la maison. D'un mouvement alerte, il sauta à bas du marchepied, rapidement grimpa les marches et tendit ses bras au petit malade qui attendait, affalé dans une chaise longue, emmitouflé dans une épaisse couverture de laine, malgré le puissant soleil du mois de juillet qui dorait les champs.

— T'as pas peur qu'il ait un peu chaud?

— Gabriel risque une pneumonie si le vent fraîchit, observa Henriette.

Avec précaution, il prit l'enfant et le déposa sur le siège arrière.

Retenant ses jupes, Henriette monta à son tour et alla s'asseoir auprès de lui, avec, devant elle, les jumeaux installés sur l'étroit strapontin.

Léon-Marie lui tendit son ombrelle et lui dédia un sourire. Elle était jolie, son Henriette, ainsi entourée de ses enfants, avec son petit air maternel, son teint couleur d'ambre, ses beaux cheveux blonds ramenés en toque derrière sa nuque sous son chapeau à larges bords. Elle avait pris un soin particulier à sa toilette. Pour cette sortie, elle s'était entièrement revêtue de blanc avec une toute petite touche de noir autour de la taille. Il pensa que c'était sa première distraction mondaine avec toute sa famille réunie, depuis un an, depuis la mort de leur Marie-Laure.

— Où est donc passé Antoine? interrogea-t-il soudain.

— Il est parti un peu plus tôt avec les garçons de son âge.

— Il aurait pu venir en voiture avec nous autres.

— Antoine a dix-sept ans, Léon-Marie... glissa doucement Henriette.

Il émit un léger grognement et secoua les rênes.

La voiture s'ébranla et cahota vers la côte du chemin de Relais. Le cheval avançait au petit trot, avec ses sabots qui frappaient le sol dur, dans un claquement sec qui allait se répercuter sur le mont Pelé.

Ils dépassèrent la maison de ferme de Josaphat Bélanger et, un peu plus bas, le bosquet de noisetiers. La nouvelle école se dressait à leur droite avec sa petite cour qui, déjà, fourmillait de monde. Les femmes avaient pris place sur des chaises alignées en rangs serrés devant la façade, tandis qu'une large estrade encore vide avait été érigée sur le côté pour y asseoir les hommes.

Léon-Marie dirigea son cheval vers un coin d'ombre. Henriette sauta du véhicule et alla vivement installer deux chaises auprès de son amie Angélique Désilets. Tous les habitants du chemin de Relais étaient là, chacun conversant à voix basse dans un babil imprécis qui couvrait les bruits de la campagne. Dans la deuxième rangée, la nuque très droite, se tenait Georgette, la femme de Jean-Baptiste. Silencieuse, la mine critique comme à l'accoutumée, elle était entourée de quelques femmes de menuisiers de la scierie.

Henriette lui adressa un signe léger, amical, puis se tourna vers Léon-Marie qui arrivait, portant le petit Gabriel dans ses bras. Avec mille précautions, il déposa l'enfant près d'elle sur une chaise, puis s'empressa d'aller rejoindre les hommes.

Au centre de la cour, six chevalets sur lesquels reposaient six billots en bois d'érable avaient été alignés par des employés de la scierie. L'épreuve qu'ils avaient choisie consistait en un concours de scieurs de bois. Léon-Marie et Jean-Baptiste avaient eux-mêmes sélectionné la veille les énormes troncs devant servir à la compétition et avaient mesuré scrupuleusement les diamètres avant de les faire transporter dans l'enceinte de la petite école. Plus tard dans la soirée, tandis que les mères vaquaient à la toilette des enfants, les hommes s'étaient encore une fois rassemblés devant les grandes portes de l'usine et, tout en fredonnant quelque chanson gaillarde, avaient aiguisé les sciottes.

À côté de la bâtisse, un petit baril de clous avait été couché dans l'herbe, avec ses cercles de métal qui brillaient dans le soleil. Comme d'habitude, le concours se terminerait avec la levée du quart de clous de Jean-Baptiste, épreuve à laquelle tous les hommes présents seraient invités à participer.

Mais la fête devrait d'abord débuter par la cérémonie de bénédiction de l'école.

Le curé Darveau était déjà arrivé. Entouré de ses deux vicaires, il se tenait près de la barrière. Comme d'habitude, de son air le plus solennel, il accueillait ses paroissiens.

— Comment va ton épouse? demanda-t-il à Théophile.

— Torpinouche, bégaya fièrement Théophile, aujourd'hui, monsieur le curé, vous allez pouvoir y demander vous-même.

Il montra près de lui une petite femme aux cheveux noirs, secs, au sourire mi-édenté et qui hochait constamment la tête.

— Eugénie est icitte à côté de moé, pis elle a amené nos neuf enfants.

— Te voilà donc, Eugénie, fit le curé. Je ne t'aurais pas reconnue, on te voit si peu souvent dans nos réunions paroissiales.

— Je sors pas souvent, monsieur le curé, avança Eugénie d'une voix timide. Faut dire que j'ai pas mal de besogne à la maison.

— Et toi, Théophile, reprit le prêtre en posant sa main sur l'épaule du petit homme, tu m'as l'air heureux. Il semble que tu aies trouvé ta voie. Te voilà devenu un vrai cordonnier maintenant. Les affaires sont bonnes?

— Je pense, mais torpinouche, faudrait plutôt demander à Léon-Marie, c'est lui, le boss.

Le curé leva un sourcil, aussitôt se tourna vers le petit groupe d'hommes au milieu duquel trônait Léon-Marie, jambes écartées, bras croisés sur la poitrine et qui discourait, sa casquette bien plantée sur l'occiput.

— C'est vrai, je l'avais presque oublié, la cordonnerie aussi appartient à Léon-Marie. Y a-t-il quelque chose dans ce hameau qui n'appartienne pas à Léon-Marie Savoie?

Malgré son blâme apparent, il ne pouvait s'empêcher d'éprouver une admiration profonde pour cet homme, ce grand orgueilleux dont le courage et la détermination maintenaient la prospérité dans leur paroisse. Il songea que, grâce à lui, personne ne chômait dans ce petit coin du Bas-du-Fleuve, même que, depuis ses interventions, plusieurs nouvelles familles avaient aménagé chez eux. Grâce à ce bâtisseur, comme il l'appelait dans le secret de son cœur, leur paroisse grandissait. Mais, se disait-il encore, il ne le lui avouerait jamais, il craignait bien trop qu'il ne s'enfle la tête.

Il fendit la foule et alla retrouver Henriette qui attendait sagement, debout devant sa chaise, les mains croisées sur son ventre.

— Comment va le petit malade? interrogea-t-il d'une voix compatissante en se penchant sur Gabriel.

— Il est bien faible, murmura Henriette.

Délicatement, il posa son pouce sur le front de l'enfant et esquissa une croix.

— Tu dois prier beaucoup, ma fille, articula-t-il à voix basse. Ne t'arrête pas de prier. Dieu t'aidera.

Il se redressa d'un mouvement énergique et regarda encore autour de lui. Du côté des gradins, les hommes s'étaient groupés ensemble et marquaient leur impatience en piétinant sur place.

Dans un geste autoritaire, le menton levé, il s'assura que l'assistance était complète, puis, sans attendre, ouvrit la mallette noire que lui tendait l'abbé Jourdain. Il allait procéder immédiatement à la cérémonie de bénédiction, car, marmonna-t-il, «la hâte dissipe la ferveur et tiédit les âmes».

Pieusement, il enfila son étole brodée d'or et de vert et, suivi de ses deux vicaires, gravit le petit perron. Le dos tourné à la foule, avec son livre de prières ouvert dans sa main gauche, il récita une brève oraison en même temps qu'il esquissait un large signe de la croix et secouait abondamment autour de lui son goupillon mouillé d'eau bénite.

Puis l'air rasséréné, sous le fort soleil qui plissait ses paupières, un sourire illuminant son visage, il donna le signal des jeux.

Dans un grand bruissement de sa soutane neuve, en même temps que son regard sévère embrassait ses paroissiens réunis, il alla occuper sa place au centre de l'estrade, du côté des hommes.

Soudain, il se redressa et jeta de vifs regards autour de lui.

— Je ne vois pas Jérémie Dufour. Il se devait pourtant d'être ici, ne serait-ce qu'à titre de commissaire d'école.

— Il viendra pas, monsieur le curé, l'informa Ignace qui, déjà, assumait ses responsabilités d'animateur de compétition. J'ai su de bonne part que ça l'intéressait pas de venir pour cette année.

— Qu'est-ce que c'est que cette attitude? s'indigna le curé. Je n'approuve pas ces ressentiments que vous entretenez tous, chacun votre tour. Vous semblez oublier que vous êtes frères en Jésus-Christ. Quel mauvais exemple pour son jeune Alexis, son futur prêtre qui doit commencer ses «Belles Lettres» à l'automne.

Il regarda encore autour de lui.

— Comme de raison, Alexis n'est pas là, lui non plus.

— On y peut rien, nous autres, monsieur le curé, se défendit Jean-Baptiste, Jérémie a été prévenu comme tout le monde, c'est lui que ça regardait de venir ou ben de rester chez eux.

— Vous auriez dû insister, lui faire comprendre qu'il se devait d'être solidaire de vous tous, de la grande famille que vous formez, celle de Saint-Germain.

— On pouvait quand même pas aller le chercher par la main, monsieur le curé, allégua à son tour Léon-Marie. Jérémie avait son boutte de chemin à faire lui aussi.

— Mon pauvre Léon-Marie, soupira le curé, tu porteras donc toujours ton orgueil dans ton cœur comme une auréole. Si vous aviez été de bons chrétiens, vous auriez trouvé le moyen de le convaincre et vous l'auriez amené ici.

— Anyway, observa Don McGrath, juché en haut des gradins, les coudes appuyés sur les genoux, Jérémie se punit tout seul. C'est lui qui va se morfondre pendant que nous autres, on va avoir tout un party.

— La charité chrétienne, Donald, prononça gravement le curé, son index tendu vers lui, que fais-tu de la charité chrétienne?

Impatient soudain, Ignace s'avança vers l'assistance.

— Bon ben, si ça vous fait rien, nous autres on attendra pas que Jérémie Dufour décolle de sa galerie. On serait prêts à commencer le premier jeu qui consiste, comme vous le savez, en un concours de scieurs de bois.

Les émules se regroupèrent. Lentement, dans une sorte de protocole d'accord, balançant les bras comme des matamores, ils allèrent s'aligner devant leur chevalet. Ils étaient six participants, tous revêtus d'une camisole blanche sur leur salopette de travail, à l'attention, un genou replié sur leur billot d'érable, avec leur sciotte appuyée sur l'écorce rude. Joachim Deveault avait pris place tout au bout, suivaient Oscar Genest, Anatole Ouellet et Évariste Désilets. Jean-Baptiste et Léon-Marie terminaient la file.

Il y eut un moment de silence. Avec un peu plus d'emphase que de coutume, peut-être à cause de la présence des femmes, Ignace leva la main droite et fit retentir son sifflet.

Aussitôt, les lames s'enfoncèrent dans les troncs. Les muscles se gonflèrent avec puissance, et sans soubresaut, les bras s'activèrent dans un mouvement de va-et-vient, comme les bielles d'une locomotive filant à vive allure. Partout à travers la campagne, on n'entendait que le grincement des scies qui mordaient le bois vert.

De temps à autre, des petits cris éclataient du côté des femmes pour encourager leur favori.

Léon-Marie et Jean-Baptiste s'essoufflaient vite. De grosses coulées de sueur mouillaient leurs aisselles. Sous l'effort, de grands «han» s'échappaient de leur gorge.

Anatole Ouellet et Oscar Genest traînaient derrière les autres.

Chacun avait ses propres partisans. Parfois, il ne s'agissait que de proches de la famille, parfois aussi, quelques tactiques malicieuses se formaient dans le but unique de distraire les émules.

— Hé! le p'tit Baptiste, criait l'un, on te voit pas, t'as pas pensé mettre les talons hauts de Georgette?

— Redresse un peu ton godendard, Léon-Marie, disait un autre, tu t'en vas tout croche.

Léon-Marie sciait, l'œil fixe, sans se préoccuper des taquineries de l'assistance. Il pensait à Henriette qui l'observait et, stimulé, y mettait toute son ardeur. De toutes ses forces, il voulait gagner le concours.

Au bout de la file, sûr de sa victoire, Joachim Deveault manœuvrait sa sciotte d'un mouvement ferme et sans à-coups.

Le dos arrondi sur sa chaise, les bras croisés sur sa poitrine généreuse, Philomène, sa femme, fixait son homme, presque avec indolence. Non loin d'elle, les doigts sur la bouche, Henriette et Angélique freinaient une petite cascade de rire. Enfin un premier tronçon se détacha. Une exclamation jaillit de la foule. Joachim leva les bras au-dessus de sa tête dans un signe de victoire. Léon-Marie et Jean-Baptiste accélérèrent leur rythme pour s'arrêter presque ensemble. À nouveau les applaudissements fusèrent.

— Tu as vu comme ton papa est fort? prononça Henriette, penchée sur Gabriel.

— Pôpa a fini presque qu'en même temps que monsieur Joachim, articula péniblement l'enfant.

Du côté des hommes, les discussions allaient bon train et les voix s'étaient renforcées.

— Si on m'avait pas dit que mon godendard allait tout croche, se plaignait Léon-Marie, je finissais le premier. C'est vous autres qui m'avez fait dévier de ma courbe.

— Allons, Léon-Marie, l'apaisait le curé, tu t'es classé deuxième, c'est une place plus qu'honorable.

— Est-ce que tu t'amuses? demanda encore Henriette à son petit malade.

— Oh! oui, répondit-il, les joues enflammées. On s'en va pas à la maison tout de suite, hein maman?

Henriette prit sa main dans la sienne.

— Non, ce n'est pas fini. Regarde papa qui est en train de lever le baril de clous de monsieur Jean-Baptiste avec ses dents. Cette fois, il va être le gagnant.

— Astheure, cria Ignace, les mains en porte-voix, voici venu le moment que tout le monde attendait. C'est le temps de visiter l'école. Comme on est nombreux pis qu'il y a pas grand place, on va y aller par p'tits groupes. Une école, c'est bâti pour accueillir une trentaine d'enfants seulement, pas toute la paroisse à la fois.

Il extirpa de sa poche une longue clef en fer et la présenta au curé.

Le vieux prêtre ne se fit pas prier. Avec une fierté évidente, il se leva, escalada les trois planches brutes qui formaient le perron et déverrouilla la porte. Précédant un premier groupe, il pénétra dans la petite habitation qui exhalait le bois neuf.

L'école avait été divisée en deux parties égales, ressemblant comme une sœur jumelle à celle des Quatre-Chemins, avec sa salle de classe abondamment éclairée à droite par quatre longues fenêtres, son tableau noir à l'avant et son gros poêle en fonte à gauche, près de la pompe à eau. Sur la tribune de la maîtresse, un large pupitre tout neuf, avec sa table à battant, brillait dans la clarté du jour. Derrière, une chaise en bois verni, carrée et dure, était appuyée sur le mur.

Au pied de l'estrade, s'alignaient les bancs des élèves. Étroits, avec leurs angles de métal noir, leurs tables maculées de gros pâtés d'encre bleue, leurs sièges fatigués, ils montraient une décrépitude certaine.

C'est à Cléophas Durand qu'ils devaient d'avoir déniché ces petits meubles délabrés, la plupart bancals, dans le grenier du Conseil municipal de Saint-Placide. Habitué à jouer le rôle de revendeur en plus de marchand général, il les avait obtenus pour la modique somme de dix dollars. D'un commun accord, les autres commissaires avaient décidé que, pour l'usage et avec la limite de leurs moyens, ces bancs usés feraient tout à fait l'affaire.

Sur la tablette du tableau noir, deux brosses en feutre, de même qu'une boîte pleine de craies blanches attendaient la petite main malhabile qui les ferait grincer sur l'ardoise.

Ignace entraîna le groupe vers la pièce voisine devant servir à l'usage de la maîtresse. Au milieu de la chambre encore vide avait été dressée une longue table sur laquelle abondaient sandwichs et gâteaux. À chaque extrémité, des petits gobelets en carton entouraient de grosses bouteilles de boissons gazeuses de toutes les saveurs.

— Monsieur le curé verra pas d'inconvénient à ce que les hommes sirotent un petit boire un peu plus consistant que du crème soda à la fraise, dit Léon-Marie en exhibant une bouteille de whisky blanc.

— À la condition de n'en pas abuser, répondit sentencieusement le curé. Dans la vie, tout doit être modération. C'est une question de bon sens.

Henriette prit un petit cake entre deux fourchettes et l'offrit à Gabriel.

— Et toi, mon garçon, demanda le curé, comment trouves-tu ton école?

— J'irai pas à l'école, monsieur le curé, prononça Gabriel de sa voix faible. Je suis trop malade.

— Peut-être que tu n'iras pas tout de suite, en septembre, le reprit sa mère sur un ton immensément triste, mais tu vas y aller quand tu seras guéri. Et quand tu seras grand, tu vas être fort comme ton papa.

Le petit homme hocha gravement la tête.

— Vous savez bien que je deviendrai jamais grand, maman.

— Oh! Gabriel, se désola sa mère, pourquoi dis-tu des choses pareilles?

Affligée, elle implora Léon-Marie du regard.

Il s'approcha d'elle et tendrement posa sa main sur la sienne. Depuis un mois, ils avaient tenté l'impossible pour guérir leur petit garçon. En vain, ils avaient attendu un miracle. En plus des médicaments de Charles Couture, ils avaient payé des messes aux deux grands-pères qui étaient morts et commandé des neuvaines à saint Joseph de même qu'à saint Germain le patron de leur paroisse.

Aujourd'hui, à l'inverse d'Henriette, il se résignait. Au fond de son cœur, il comprenait qu'il n'avait d'autre choix que de se soumettre et accepter ce nouveau malheur qui allait s'abattre sur leur maison. Sans être superstitieux, il reconnaissait qu'on ne doit pas forcer la Volonté de Dieu, car, comme avait l'habitude de dire sa mère en s'appuyant sur les croyances, on risque de le payer beaucoup plus cher que ne le vaut notre désir réalisé.

Autour de lui, les paroissiens s'étaient tus. Il se tourna brusquement vers les autres.

— Barnache, il y a pas de vie dans cette fête-là. Que c'est que vous attendez pour animer ça un peu? Où c'est que sont passés les violoneux?

# 16

Léon-Marie sortit dehors, et une main appuyée sur la rampe de la galerie, dans les lueurs de l'aube, respira à pleins poumons l'air frais émanant du grand large.

Dans un geste d'appartenance, ses yeux contemplèrent la campagne, puis allèrent s'arrêter de l'autre côté de la route, vers l'ensemble de ses entreprises qui couvraient tout ce qui avait été autrefois le domaine du vieux Philozor Grandbois.

La manufacture de portes et châssis était maintenant terminée. Ignace y avait planté le dernier clou la veille, sous l'œil réjoui de tous les ouvriers de la scierie qui s'étaient amenés dans la clairière pour la circonstance.

Un peu plus tard dans la soirée, avant que la brunante n'envahisse le hameau, deux hommes s'étaient rendus dans le rang Croche chez Joseph Parent, premier magistrat municipal, et avaient emprunté la gratte qui servait habituellement à l'entretien des routes de gravier. En même temps que le ciel s'embrasait du bout du fleuve jusqu'à la pointe du mont Pelé et que, craintivement, les oiseaux regagnaient leurs nids, ils avaient attelé deux chevaux vigoureux au train avant du lourd appareil et avaient nivelé soigneusement le terrain tout autour de la nouvelle bâtisse.

Le mois de septembre venait de débuter et, ainsi que Léon-Marie l'avait prévu, la manufacture de portes et châssis voyait le jour. Conçue selon ses exigences, elle avait la forme d'un profond rectangle en bois sur la hauteur d'un étage et demi, au toit légèrement incliné vers l'arrière avec un grenier au-dessus de la salle de montre devant servir d'entrepôt. Deux grandes vitrines couvraient l'avant, au milieu desquelles il exposerait à la vue des acheteurs, d'un côté, les plus récentes innovations dans le domaine des fenêtres à meneaux et à guillotine et, de l'autre, de belles portes en merisier ou en érable, toutes chargées de moulures épaisses qu'ils fabriqueraient dans l'atelier sis à l'arrière. Du côté droit de la bâtisse, face à la maison de ferme d'Ovila Gagné, un local avait été prévu pour y loger, le moment venu, une vitrerie et une miroiterie.

Appuyé sur un poteau de la balustrade, il ne pouvait s'empêcher de rêver à sa belle manufacture. Il la voyait déjà, attirant la clientèle et fonctionnant à pleine capacité avant même que ne s'installe l'automne. Il ne lui restait qu'à recruter trois ou quatre ouvriers habiles de leurs mains, dont deux seraient des menuisiers qualifiés.

Il tourna son regard vers la maison. Brusquement, son enthousiasme fit place à un profond sentiment d'angoisse. En haut dans sa chambre, leur petit Gabriel s'en allait doucement. Son état empirait chaque jour, tant que, depuis une semaine, Henriette passait ses nuits à son chevet. Malgré le chagrin qu'il éprouvait pour son petit gars, il s'inquiétait aussi pour elle, dont il ne fallait pas oublier le cœur fragile.

Il devinait, en haut, derrière le rideau de dentelle, son ombre qui se déplaçait sans bruit, la taille pliée vers l'avant, cherchant son souffle, une main appuyée sur la poitrine.

Derrière lui, la petite cloche de l'angélus couvrait la campagne. Un autre jour commençait. De l'autre côté de la route, la scierie émettait des sons durs. Les hommes avaient réintégré leurs places dans les différents ateliers et, les unes après les autres, les machines se mettaient en branle. À son tour, il descendit les marches, d'un pas pesant traversa le petit chemin de gravier et pénétra dans la salle de coupe par les panneaux grands ouverts.

— Charles-Arthur est pas arrivé? demanda-t-il à Jean-Baptiste qui enfilait sa salopette.

— Je l'ai pas vu à matin, pas plus qu'Anatole d'ailleurs, mais lui, sa femme Clara est venue nous avertir qu'il était malade.

— Barnache! La journée commence ben. Ça veut dire qu'il y aura personne dans la cour aujourd'hui. J'ai mis Arthur Lévesque sur le bardeau.

— Aspic, prends pas les nerfs, on va s'organiser.

— C'est que moi non plus, je serai pas là. J'avais projeté d'aller au village avant-midi. Je dois engager mes menuisiers pour la manufacture.

— Vas-y au village, s'impatienta Jean-Baptiste. Un homme en moins pour une journée, c'est pas la fin du monde.

Il le dévisageait avec surprise.

— Aspic, que c'est qui te prend à matin, Léon? T'es ben nerveux.

Léon-Marie sentit son cœur cogner dans sa poitrine. Il baissa la tête. Il reconnaissait son état d'énervement. Mais ce n'étaient pas tant ses obligations à la scierie qui entretenaient sa nervosité, ni celles de ses autres entreprises. Il savait ses hommes compétents et ils avaient sa confiance.

Traînant le pas, il alla se placer devant les grandes portes. Le regard rempli de tristesse, il fixa l'autre côté de la route.

— Comment y va à matin, ton petit Gabriel? demanda derrière lui Jean-Baptiste qui avait deviné les préoccupations de son ami.

Léon-Marie laissa échapper un soupir et lentement se retourna.

— Il faiblit tous les jours, c'est ben désolant. On a perdu tout espoir, on sait qu'on pourra pas le réchapper.

— Pis Henriette, comment qu'elle prend ça?

Il leva brusquement le menton, en même temps qu'il secouait la tête à coups fébriles.

— Demande-moi pas ça à matin, tu connais Henriette...

Bouleversé soudain, il lui tourna le dos. Sans ajouter une parole, à grands pas rapides, il traversa l'orifice qui reliait la meunerie et monta se réfugier dans son bureau.

Un peu plus tard, Jean-Baptiste, qui jetait un coup d'œil par la fenêtre, l'aperçut, en train d'atteler son cheval au boghei. L'échine courbée comme un vieillard fatigué, il grimpa sur la banquette, secoua les rênes et, en cahotant, s'engagea dans le chemin de Relais vers le village.

Jean-Baptiste haussa les épaules et se remit à l'ouvrage. Dehors, le soleil avait percé la brume du matin et éclatait partout sur les petites buttes poussiéreuses qui parsemaient la cour de la scierie. C'était une belle journée de fin d'été, et le mois de septembre s'annonçait plein de splendeur. Pendant un instant, occupé à dégager une longue écorce du convoyeur, il regretta qu'on ne soit pas dimanche. Il s'imaginait, assis au bord de la jetée près du fleuve, en train de pêcher l'éperlan. Un beau jour comme celui-ci, il y aurait bien passé toute la matinée. Le regard figé, il rêvait d'une pêche miraculeuse et d'un retour triomphant à la maison.

Près de lui, armé de crochets, Omer Brisson forçait de tous ses muscles et laissait tomber un énorme tronc dans le chariot. D'un mouvement machinal, il actionna le levier et mit la crémaillère en marche.

Soudain, il sursauta. Une ombre, rapidement, venait de ternir la luminosité de la fenêtre donnant sur la rivière.

— Aspic, Omer, as-tu vu qui c'est qui vient de passer par là? Me semblait qu'il était pas supposé y avoir personne dans la cour, à matin.

— J'ai rien remarqué, dit Omer. Peut-être ben que c'est des enfants qui viennent encore s'amuser dans ce bout-citte.

— Ça se peut pas, tous les enfants sont à l'école à l'heure qu'il est. L'école est recommencée depuis hier.

Vaguement inquiet, il sortit dans la cour. Planté sur ses jambes, au milieu des grandes portes il étira le cou vers la rivière.

— Aspic! que j'aime pas ça des fouineurs de même, grommela-
t-il. Avec Léon-Marie qui est pas icitte, pis Charles-Arthur non plus,
j'ai des responsabilités.

Il se mit à avancer, longea avec précaution le côté de la bâtisse
en même temps qu'il scrutait attentivement les alentours, mais il ne
vit personne. La tête inclinée vers l'avant, pendant un moment,
l'oreille tendue, il écouta. À l'exception du gargouillement de la
chute, il n'entendait que le silence. Pas un bruit, pas le plus petit
frémissement des arbustes qui poussaient sur son versant. Prudemment, il s'amena de l'autre côté de la cour. Encore une fois, il
observa autour de lui, fouilla du regard les cages de planches, les
sentiers et même le chemin de Relais. Tout lui paraissait tranquille.
Un peu apaisé, il revint sur ses pas.

— J'ai dû mal voir, dit-il en rentrant dans l'atelier de coupe.
C'est vrai que j'étais en train de rêvasser un brin.

Il reprit son travail, dégagea quelques madriers tombés derrière
la scie et alla les empiler dans un coin. Près de lui, installé devant la
fenêtre de la façade, Arthur Lévesque actionnait la machine à
bardeaux.

— Je vas te faire envoyer une brouettée de planches de cèdre,
lui dit-il en passant près de lui. Tu vas en manquer betôt.

Il revint se placer près du convoyeur et soudain se redressa. Une
ombre, à nouveau, voilait la luminosité du soleil, mais cette fois, la
fenêtre était couverte d'une sorte de demi-jour qui se déplaçait dans
un mouvement ondulatoire.

— Aspic, c'te fois-citte, je suis pas fou.

Il se rua dehors. Autour de lui, une fumée âcre, dense, s'amenait et frappait son visage. Au-dessus de sa tête, un gros tourbillon
noir roulait comme une menace et se déployait sur le toit de la
scierie.

En proie à une terreur panique, il demeurait là, figé, pétrifié, la
bouche ouverte.

— Aspic! mais c'est le feu!...

Le feu courait quelque part derrière la grande bâtisse.

— Pis Léon-Marie qui est pas là.

Il rentra précipitamment dans la salle et se dressa devant les
hommes. Essoufflé, les yeux exorbités dans une frayeur incontrôla-
ble, il faisait de grands gestes, bégayait, entrecoupait ses phrases
dans lesquelles les autres ne percevaient qu'un mot: feu.

Interloqués, ils le regardaient sans comprendre.

— Aspic! Grouillez-vous! hurla-t-il enfin, il y a le feu, le feu est
pris quelque part derrière la scierie!

Les hommes sursautèrent. Aussitôt, abandonnant leurs tâches, ils s'élancèrent dehors et se dirigèrent vers le côté de la longue bâtisse. Devant eux, près de la chute, un rond de fumée noire s'élevait, se formait en un épais remous et se déchaînait par à-coups pour aller s'abattre dangereusement sur le toit de la scierie.

Omer fit un pas en avant. La fumée lui semblait provenir tout droit du tas de dosses amoncelées près de l'escarpement.

— Le feu est pris dans les croûtes! cria-t-il aux autres. Faut défaire le tas au plus vite, sinon ça risque de monter haut, pis de faire ben du dommage.

Sans attendre, il alla chercher un grappin à l'usage des hommes pour déplacer des gros troncs d'arbres et se précipita vers la source de l'incendie.

Arthur et Jean-Baptiste s'armèrent de crampons et le suivirent vers la rivière. Derrière eux, les ouvriers qui œuvraient dans les autres ateliers du côté de la meunerie couraient les rejoindre.

Ils étaient dix maintenant, autour du feu, tous équipés de crochets ou de longues perches.

Péniblement, dans la chaleur intense qui se dégageait du brasier, ils harponnèrent et, de toutes leurs forces, retirèrent les pièces de bois enflammées et les firent glisser dans la rivière.

— Pour tout de suite, c'est rien qu'un petit feu, dit Omer en faisant dégringoler les dosses à grands mouvements nerveux. Heureusement que Baptiste l'a remarqué, sinon toute la scierie y passait.

— Aspic! fais pas ton oiseau de malheur en plus, jeta Jean-Baptiste. On le sait trop qu'on aurait pu y passer. Le problème astheure, ça va être d'annoncer ça à Léon-Marie, lui qui répète à tout venant qu'il craint le feu plus que la peste.

Sans se concerter, les hommes allèrent encore chercher des seaux en métal. Puisant de l'eau à même la rivière, par souci de prudence, ils arrosèrent copieusement tous les morceaux de bois qui leur apparaissaient intacts. Enfin, silencieusement, chacun retourna à son occupation et à nouveau les ateliers vibrèrent sous le grondement des moteurs.

Pourtant Jean-Baptiste, lui, n'avait pas suivi les autres. Il était resté dehors et traînassait derrière. Perplexe, il tentait de reconstituer dans son souvenir cette ombre qu'il avait aperçue un peu plus tôt par la fenêtre et qui furtivement avait rasé la scierie pour se diriger tout droit vers la rivière, vers le tas de dosses. Il savait maintenant que cette vision n'était pas que le produit de son imagination. D'autre part, il ne pouvait s'empêcher de s'interroger;

il se refusait de croire qu'il puisse exister dans le hameau de la Cédrière un être assez effronté pour, délibérément et en plein jour, gratter une allumette et la lancer dans le tas de croûtes qui rôtissaient au soleil.

Obsédé, il revint vers le brasier et, prenant son temps, jeta un regard autour de lui. Tout lui apparaissait tranquille. En bas, la rivière coulait comme d'habitude, houleuse dans son plongeon vers le bief, arrogante, comme si aucun événement particulier n'avait un instant troublé ses eaux, dérangé sa course vers son embouchure.

Dans une impulsion subite, il pivota sur sa droite et emprunta derrière la meunerie le sentier qui longeait le versant jusqu'à la passerelle surplombant la rivière. À petits pas, il avança sur l'étroite plate-forme, puis s'immobilisa. Pendant un moment, les sourcils froncés, il fouilla des yeux, aussi loin qu'il put, chacune des dépressions qui jalonnaient la falaise, y cherchant un signe, peut-être une trace, une enfonçure. Enfin, il se reprit à marcher et se retrouva derrière la cour à bois. D'un mouvement résolu, il s'enfonça entre les cages de planches qui s'alignaient comme de sombres tranchées, longues, profondes et les parcourut avec soin dans tous les sens.

Il sentait sous ses pieds la fraîcheur de la terre, à travers ces allées que n'atteignait jamais le soleil du matin. Il se déplaçait sans but, comme perdu au milieu d'un labyrinthe, l'œil attentif, regardant tout autour. Un crapaud sauta devant lui et disparut au milieu des herbes chiches. Il releva la tête et plissa les paupières. Il avait retrouvé la lumière. Il était revenu au bord de la falaise qui étreignait la petite rivière, juste à l'orée du bois.

Le soleil frappait son visage. Il regarda autour de lui et cligna des yeux, en même temps qu'avec plus de vigilance encore, il écoutait les bruits. Enfin, le plus silencieusement qu'il put, il avança jusqu'à l'escarpement, se pencha sur le cours d'eau et scruta longuement ses rives. En bas, la rivière avait élargi son lit et courait en charriant des gravillons. Plus près de lui, dans un arbre maigrichon, deux geais bleus se disputaient un ver gras agité de petites contractions spasmodiques.

Soudain un bruissement de feuilles du côté du petit bois lui fit prêter l'oreille, puis ce fut un rire étouffé, un chuchotement hâtif.

Il sursauta. Vivement il recula jusqu'aux piles de planches et se dissimula dans une allée. Le cœur battant, pendant d'interminables secondes, il attendit là, sans bouger.

Des pas foulaient le tapis de verdure à l'orée du bois et se rapprochaient. Il retint son souffle. Puis ce fut à nouveau le silence.

Étonné, il étira le cou avec précaution et jeta un regard craintif vers les grands arbres.

Tout à coup, dans un énorme craquement, les branches d'un petit buisson s'écartèrent.

— Câlisse, que c'est que tu fais là, toé, braqué deboutte de même, au milieu des cages?

— Aspic que tu m'as fait peur, s'écria Jean-Baptiste en expirant puissamment. Des plans pour que je tombe raide mort.

— Veux-tu ben me dire que c'est que tu fais icitte? répéta Charles-Arthur. Comment ça se fait que t'es pas à ton ouvrage?

Jean-Baptiste rougit jusqu'à la racine des cheveux. Cette réprimande de la part de Charles-Arthur le frappait en plein visage, comme une insulte. Il arqua résolument la nuque. S'il s'était aventuré derrière les cages de bois sec, c'était dans une intention louable, dans le but unique d'aider Léon-Marie à élucider le mystère qui, à ses yeux, entourait l'incendie dans les dosses, incendie qui aurait pu être catastrophique, non seulement pour les propriétaires de l'usine, mais aussi pour tous les habitants de la Cédrière.

Il avait rarement eu à obéir aux ordres de Charles-Arthur dont la tâche était surtout de veiller à la bonne marche des chantiers de construction. Sa responsabilité à lui était l'atelier de coupe. Il avait été nommé à ce poste par Léon-Marie lui-même et le considérait comme le seul homme habilité à lui donner des directives.

— Pis toé-même, Charles-Arthur, on pourrait-y savoir que c'est que tu fais dans le p'tit bois? interrogea-t-il à son tour, le front buté comme un coq à l'attaque.

— Ça, c'est pas de tes affaires, lança sèchement Charles-Arthur.

— Peut-être ben, mais du côté de la scierie, il y en a peut-être un qui serait curieux de savoir où c'est que t'étais, toé, tantôt, quand on a failli passer au feu.

Charles-Arthur recula de surprise.

— Comment ça, passer au feu? Que c'est que tu me rabâches là?

— C'est ben ce que j'ai dit: la scierie a failli passer au feu.

— Câlisse!

— Crains pas. Tout est sous contrôle. Le feu était pris dans les dosses. Les ouvriers ensemble, on a réussi à l'éteindre.

Le regard sombre tout à coup, Charles-Arthur le dévisageait sans aménité. Il avait pris un air soupçonneux.

— C'est mon frère qui t'envoie me chercher, je suppose.

— Léon-Marie a rien à voir. D'ailleurs, il est pas au courant, il est descendu au village de bonne heure à matin, pis il est pas encore revenu.

— Câlisse d'abord, arrête de tout me mettre sur le dos! rugit Charles-Arthur. Je peux quand même pas tout faire. J'ai mes occupations, moé si. Je pouvais pas me douter qu'il y avait des problèmes du côté de la scierie, j'avais mon exploration à faire icitte dans le petit bois.

— C'est pas Joachim Deveault que Léon-Marie a nommé responsable du p'tit bois? glissa candidement Jean-Baptiste.

— Je t'obstinerai pas là-dessus, mais, que je sache, le petit bois m'est pas interdit parce que Joachim y a planté sa hache, fit Charles-Arthur, cinglant.

Derrière les arbres, un craquement léger se faisait entendre, comme un petit crépitement régulier, prudent. Encore sur la défensive, Jean-Baptiste tourna son regard vers le boisé et distingua à travers les ombres une forme repliée sur elle-même qui se déplaçait à pas de loup vers la route. Les yeux plissés, il eut le temps de reconnaître la silhouette de Clara Ouellet, qui avait pris la direction de sa maison.

Offensé, il toisa Charles-Arthur de la tête aux pieds. Une grande déception se lisait sur son visage. Il n'osait faire une association licencieuse avec ce qu'il venait de voir, pourtant, malgré lui, un doute sérieux s'était infiltré dans son esprit. Il fixa longuement son vis-à-vis, avec une sorte de dégoût, se disant qu'il n'aurait jamais osé faire une chose pareille à sa Georgette. Au fond de son cœur, il était scandalisé.

— Faut que je retourne à l'ouvrage, prononça-t-il sur un timbre froid. Faut aussi que je guette le retour de Léon-Marie, j'ai l'impression qu'on va en avoir pas mal long à se conter.

Sans attendre, il pivota sur lui-même et, d'un mouvement pressé, s'enfonça entre les piles de planches.

— Hé! Baptiste.

Il s'arrêta net, puis lentement se retourna. Charles-Arthur le regardait, la main tendue vers lui.

— Que c'est que tu me veux, Charles-Arthur?

Charles-Arthur parut hésiter, puis abaissa sa main.

— Rien... marmonna-t-il sur un ton las, rien... laisse faire.

Jean-Baptiste n'insista pas. Nullement impressionné par le regard de Charles-Arthur, par cette petite lueur d'inquiétude qu'il avait décelée dans ses prunelles, il traversa le long labyrinthe de planches et se hâta vers l'atelier de coupe. Blessé pour lui, autant que pour tous les autres honnêtes travailleurs qui œuvraient là-bas, il était impatient d'aller les retrouver.

Du fond de la cour, il entendait les bruits de l'usine. Partout les moteurs ronflaient avec force, et les grosses scies faisaient entendre leurs grincements stridents.

— Léon-Marie est pas encore arrivé? interrogea-t-il à la ronde en pénétrant dans la salle de coupe.

— Pas encore, le renseigna Omer, mais il devrait pas tarder, il approche midi.

Incapable de contrôler son anxiété, Jean-Baptiste alla se poster au milieu des grands panneaux. Les pouces enfoncés dans la ceinture de sa salopette, le profil obstiné, il fixa le petit chemin de Relais. Il attendait Léon-Marie. Derrière lui, les machines stoppèrent. Dans un long grincement, les portes s'ouvrirent, puis les hommes apparurent dans la cour à bois. Les uns près des autres, le pas traînant, ils discouraient avec animation, en même temps qu'ils se dirigeaient vers leurs logis respectifs pour le dîner. Au loin, du côté du village, on entendait sonner l'angélus.

À son tour, Jean-Baptiste sortit de la cour. Arrivé au bord de la chaussée, il s'immobilisa, instinctivement se retourna et, encore une fois, jeta un coup d'œil circonspect du côté de la rivière, vers le tas de dosses mouillées qui brillaient dans le soleil. Une ride creusait son front. Lentement, il fit demi-tour et marcha vers sa demeure.

Son repas terminé, il se pressa dehors. Sans freiner son anxiété, il avança vivement jusqu'à la pointe de la véranda, et porta son regard sur la demeure de son voisin. Le boghei était là dans la cour avec ses grands limons qui traînaient par terre. Le cheval blond était dételé et broutait tranquillement les herbes derrière le potager.

Une ombre s'agitait sur le petit perron de la cuisine. Il distinguait Léon-Marie qui venait de sortir de sa maison et descendait rapidement les marches. À son tour, il sauta de la véranda et alla le rejoindre.

Léon-Marie paraissait nerveux, foulait puissamment les cailloux du chemin de Relais, d'un seul mouvement, se dirigeait vers le côté de la scierie, vers le tas de dosses encore toutes dégoulinantes de l'eau de la rivière.

Il s'arrêta tout près de l'escarpement et, pendant de longues minutes, la mine inquiète, fixa les abords du petit cours d'eau. Enfin, il se retourna. Les yeux toujours rivés sur le sol, lentement, du bout de son pied, il commença à écarter les herbes. Il examinait autour de lui avec attention, comme un détective à l'affût, cherchant le moindre indice. Patiemment, en prenant son temps, il fouillait chaque coin de verdure, faisait une profonde inspection sur un large périmètre.

— Si je pouvais comprendre, murmurait-il comme pour lui-même, ça se peut quasiment pas que ça se soit déclenché tout seul.

Il leva brusquement la tête.

— Que c'est que t'en penses, toi, Baptiste?

— C'est une affaire possible que le feu ait pris tout seul, avança Jean-Baptiste avec circonspection. C'est déjà arrivé, comme ça se pourrait ben aussi que quelqu'un ait allumé le feu intentionnellement.

— Je veux que tu me racontes tout ce qui s'est passé, Baptiste. Que t'oublies pas un détail.

Dressé devant lui, les mains dans les poches, Jean-Baptiste se racla la gorge. Il attendait ce moment avec impatience. Volubile tout à coup, il se mit à narrer avec moult détails comment, par une chance inouïe, il avait remarqué l'incendie, comment ils étaient tous accourus et comment ils avaient éteint les flammes.

— Ça veut dire que ç'aurait pu être une affaire ben grave, prononça Léon-Marie, avec un petit frisson dans la voix.

Derrière eux, les ouvriers avaient repris le travail. À nouveau, les scies s'étaient remises en marche et faisaient entendre leur grincement strident. Ils se dirigèrent ensemble vers l'atelier de coupe.

Près de la porte, Arthur Lévesque dégageait de longues pièces de bois coupé. Il avait délaissé son couteau à bardeaux et apportait son aide à Omer.

— Toi, Arthur, as-tu remarqué quelque chose? demanda Léon-Marie en passant près de lui, dans son espoir de rassembler tous les renseignements possibles. Pis toi, Omer, t'as rien vu de spécial?

Les deux hommes haussèrent les épaules.

— Avec l'ouvrage qu'on a, on a pas ben ben le temps de regarder dehors. Faudrait plutôt demander ça à Baptiste, c'est lui qui a vu l'ombre. Nous autres, on a rien vu.

Étonné, il se tourna vivement vers Jean-Baptiste.

— L'ombre? De quelle ombre qu'ils parlent? Tu m'as pas parlé d'une ombre tantôt?

Mal à l'aise, Jean-Baptiste se déplaça sur ses jambes. Prudemment, il avait omis ce détail. Connaissant Léon-Marie, son emportement, la rapidité de ses réactions, il n'aurait rien voulu avancer sans en avoir la certitude.

— C'est que je suis sûr de rien, se défendit-il, pis je voudrais pas qu'on parte en peur non plus. C'est vrai qu'il m'a ben semblé voir passer une ombre devant la fenêtre, quelque temps avant qu'on aperçoive la fumée, même que j'en ai glissé un mot à Omer.

— En tout cas, moé, j'ai rien remarqué, déclara Omer. Ç'aurait pu tout aussi ben être une feuille qui volait au vent.

— Aspic, c'est à peine s'il vente un brin, observa Jean-Baptiste, c'est ça qui m'a surpris.

— Moi qui me pensais à l'abri des bandits, gronda Léon-Marie, quand je pense que quelqu'un a eu le front de venir jusqu'icitte pis mettre le feu.

Il pénétra plus avant dans l'atelier. Il paraissait brisé tout à coup.

— C'est ben grave une affaire de même. C'est à se demander astheure si, pour vivre en paix, faudra pas engager des gardiens jour et nuit pis les poster autour de la scierie.

— C'est pas prouvé que le feu ait pris par mauvaise intention, le contint Omer. Ça se pourrait aussi qu'une bouteille vide ait traîné au milieu des croûtes, que le soleil ait reflété dessus, pis ait allumé le feu.

Léon-Marie frottait machinalement son menton du bout de ses doigts, en même temps qu'il hochait négativement la tête. À son avis, cette interprétation lui apparaissait peu plausible. Pourquoi jeter une bouteille vide sur le tas de dosses plutôt que de la lancer de l'autre côté, dans la rivière toute proche, comme ils avaient toujours l'habitude de faire?

— S'il fallait que ça se soit passé comme ça, ça serait de la ben grosse négligence.

— Ben... moé, rétorqua Omer, j'en connais quelques-uns qui s'emberlificoteraient pas de scrupules de même.

Léon-Marie s'approcha plus près de lui.

— Que c'est que tu veux dire par là, Omer? Tu peux t'expliquer?

Omer appuya quelques planches sous son bras et alla les déposer dans un coin avec les autres. Il revint lentement sur ses pas. Il avait l'air embarrassé et évitait le regard de Léon-Marie.

— Tu comprendras que je suis plutôt mal placé pour critiquer ce qui se passe icitte. Mon père m'a toujours appris que ce que j'avais de mieux à faire dans la vie, c'était mon ouvrage pis me mêler de ce qui me regarde.

— Ben, barnache, t'apprendras, Omer, que j'ai pas des yeux tout le tour de la tête pour voir en même temps ce qu'il se passe aux alentours de la scierie. Ça fait que, des fois, j'ai besoin que mes ouvriers travaillent dans mon sens pis soient pas gênés de me donner un p'tit coup de pouce, quand ça leur paraît évident.

— Choque-toé pas, le calma Omer, tu vas le savoir ce que j'ai voulu dire. J'ai seulement remarqué que, de temps en temps, certaines personnes haïssent pas ça pantoute, aller se désaltérer un brin après l'ouvrage, pis qu'ils vont toujours faire ça en haut de la chute, derrière la scierie, pas ben loin des croûtes.

— Barnache! si c'est rien que ça, t'as pas besoin d'avoir honte. J'ai jamais défendu à personne de prendre une gorgée après l'ouvrage.

Ce qu'ils font une fois sortis de l'usine, c'est pus mon affaire. Ben entendu à la condition qu'ils s'amusent pas à aller casser des bouteilles sur les dosses.

— Ouais... glissa tout bas Omer, à condition aussi, d'avoir fini la job...

Trop préoccupé pour saisir la remarque d'Omer, Léon-Marie se mit à arpenter la salle. Les mains profondément enfoncées dans les poches, il était plongé dans une réflexion intense, l'œil fixe, fouillait son passé, s'interrogeait, sur ses ennemis, ses concurrents, ses connaissances, tentait de percer un geste, une expression, un regard qui auraient pu lui faire découvrir l'homme qui lui en voulait assez pour chercher à le détruire, lui et toute son entreprise.

— Ça se peut pas que quelqu'un à la Cédrière m'haïsse assez pour souhaiter voir partir en fumée ce que j'ai bâti de mes mains, à force de sueur pis de cœur au ventre.

Dans sa tête, il se mit à repasser chaque ami, chaque voisin, chaque client ayant fréquenté la scierie depuis les derniers jours. Il pensait aussi à ses relations d'affaires, aux habitants des rangs, du village.

— Don McGrath, c'est pas possible. On s'est peut-être ben chicanés dans le temps, mais astheure, on est devenus les meilleurs amis du monde, même qu'on brasse des grosses affaires ensemble.

Il songea aux employés du pouvoir électrique, à la demi-douzaine de qui il avait repris les maisons par le biais des avocats, mais cela aussi lui apparaissait invraisemblable. Ils payaient un loyer raisonnable et, à ce jour, personne n'avait rechigné, tout le monde avait acquitté son dû rubis sur l'ongle, chaque début de mois.

Soudain, il s'immobilisa, un éclair animait ses yeux. Il avait oublié les deux forestiers de la manufacture d'allumettes. Ils avaient l'air tellement furieux, ceux-là, quand ils avaient quitté son bureau en juillet dernier.

Il hocha la tête. Il y avait deux mois de cela et il n'avait plus entendu parler d'eux, le bruit avait même couru qu'ils avaient quitté le Bas-du-Fleuve.

Incertain tout à coup, il regarda autour de lui.

— Il y en a-t-y parmi vous autres qui auraient vu les deux forestiers du parc rôder par icitte, ces derniers temps?

— Ça serait surprenant, déclara Jean-Baptiste. J'ai appris de bonne source qu'ils avaient pris le bord du Nouveau-Brunswick.

Tranquillisé sur ce point, il se reprit à avancer dans la pièce.

Sa pensée se tourna vers les édiles municipaux et les commissaires. Il se rappela leurs longues délibérations, leur mésentente, au sujet de la construction de l'école. Malgré lui, il visait Jérémie Dufour. Il semblait tellement lui en vouloir celui-là, depuis qu'il avait dû céder devant la décision de la majorité.

Mais encore une fois, il jugea que c'était impossible. Jérémie avait beau être rancunier, il n'était pas un mécréant. «Mettre le feu par vengeance, ça se fait pas de la part d'un chrétien», se disait-il.

Il alla s'arrêter devant Jean-Baptiste.

— Qu'est-ce que t'en penses, toi, Baptiste? On se connaît depuis l'enfance, on a pataugé dans les mêmes roulières. Si j'avais des ennemis, tu le saurais? Ça se pourait-y que quelqu'un m'haïsse assez pour chercher à me ruiner?

— Si t'avais des vrais ennemis, observa Jean-Baptiste, t'aurais pas besoin de me le demander, tu serais le premier à t'en apercevoir, tandis qu'un jaloux, c'est moins facile à détecter. Ça peut être un gars qui a l'air ben correct, une sorte d'hypocrite, qui se tient à l'entour de toé, pis qui se montre aimable, qui te fait des courbettes pis des entourloupettes, pis qui a toujours l'air de penser comme toé.

— En as-tu remarqué qui se comportent de même avec moi?

— Il y en a ben qui te font des compliments, accorda Jean-Baptiste, mais entre te faire des compliments pis te jalouser au point de mettre le feu dans ta cour, me semble qu'il y a une marge.

Léon-Marie acquiesça de la tête. Se reprenant à arpenter la salle, il se remémora sa matinée passée au village. Il n'avait rencontré là que des gens attentionnés. Il avait commencé sa tournée par le presbytère, où il avait fait part au curé de ses offres d'emploi. Il s'était ensuite rendu au bureau de poste, avait placardé ses demandes sur le tableau d'affichage, puis était allé frapper au magasin général et enfin à l'auberge, tous ces déplacements effectués sans la plus petite anicroche.

Il esquissa une moue ennuyée et alla s'immobiliser près du convoyeur. Pendant un moment, le regard figé, il suivit les gestes de ses ouvriers. Il se sentait abattu tout à coup. Lui si dynamique d'habitude, si sûr de lui, apparaissait aux yeux des autres comme un volatile à qui on aurait coupé les deux ailes.

— Fais-toé-z-en pas avec ça, le réconforta Jean-Baptiste. Comme dit Omer, c'est peut-être juste un morceau de verre qui a allumé le feu. Mais ça veut pas dire qu'on gardera pas l'œil ouvert pareil. Tu peux compter sur nous autres icitte pour avoir des yeux tout le tour de la tête.

Touché, Léon-Marie cligna des paupières. Il savait qu'il pouvait s'appuyer sur Jean-Baptiste. C'était son ami depuis toujours, un ami dévoué, fidèle.

Il alla s'arrêter au milieu des grandes portes et fixa l'autre côté de la route. Une infinie tristesse, soudain, l'avait envahi. Il pensait à Gabriel, son petit cordonnier qui se mourait là-bas derrière les arbres; il pensait aussi à Henriette, à son chagrin qu'il lisait sur son pauvre visage mouillé de larmes.

Pressé tout à coup, il se tourna vers les ouvriers.

— Attendez-moi pas avant une bonne demi-heure, je dois aller chez Charles-Arthur, j'ai affaire à Angélina.

Jean-Baptiste sursauta. D'un seul mouvement, il se précipita vers lui.

— As-tu ben dit que t'avais affaire à Angélina?

Léon-Marie paraissait surpris.

— Ben oui, quoi, Angélina.

Suspicieux soudain, il rapprocha son visage de celui de Jean-Baptiste et le dévisagea avec attention.

— Toi, Baptiste Gervais, je te connais depuis trop longtemps pour pas m'apercevoir quand tu me caches quelque chose. Que c'est que t'as derrière la tête? Si ç'a un rapport avec le feu dans les dosses, t'es mieux de me le dire, pis au plus vite.

— Aspic, Léon-Marie, que c'est que tu vas chercher là? Que c'est que moé, je pourrais ben savoir de plus, que tu sais pas déjà?

Autour d'eux, les ouvriers avaient dégagé le cran d'arrêt. La scie s'était mise à tourner à grande vitesse. Ils devaient hurler pour s'entendre.

Exacerbé, Léon-Marie l'entraîna dehors, loin dans la cour. Ils percevaient encore derrière eux, mais dans un bruit assourdi, le vacarme des grosses machines qui mordaient le bois vert et le clic-clac incessant des courroies qui galopaient d'un bout à l'autre de l'atelier de coupe.

— Astheure qu'on a pas besoin de se crier dans les oreilles pour s'entendre, tu vas me dire ce que t'as derrière la tête.

— J'ai rien pantoute derrière la tête, se défendit Jean-Baptiste. Ce qui m'enquiquine un peu, pis qui m'a amené à bondir de même, c'est rien que du placotage, une petite affaire que je suis certain qui a rien à voir avec le feu dans les dosses.

— Parle toujours, je verrai ben moi-même.

Jean-Baptiste détourna son visage.

— C'est un hasard... j'étais pas supposé être là pantoute...

Il parlait avec hésitation, sur un ton de confidence. Dressé devant lui, Léon-Marie marquait son impatience.

— Ça s'est passé à matin... débita lentement Jean-Baptiste. Après avoir éteint le feu... l'ombre que j'avais vue passer devant la fenêtre, ben ça me chicotait pas mal, ça fait que j'avais décidé de poursuivre ma petite enquête. J'étais en train d'inspecter un peu du côté de la rivière quand, à un moment donné, v'la-t-y pas que je surprends...

Il s'arrêta net et secoua la tête avec énergie.

— Ah! et pis non, j'ai pas le droit de te raconter des histoires pareilles. C'est presque un secret de confession, ce que j'ai vu là.

— Baptiste, le somma Léon-Marie, tu vas finir de me dire ce que t'as commencé.

— C'est rapport à Charles-Arthur, lança brusquement Jean-Baptiste.

— Charles-Arthur? Comment ça, Charles-Arthur?

Il sentait monter sa colère.

— Que c'est qu'il a faite, mon frère?

— C'est un pur hasard, dit encore Jean-Baptiste en reprenant sur un ton soudain résolu. J'avais décidé de me rendre au bout de la cour en passant par les cages. Je cherchais des indices, je voulais voir si je trouverais pas par là quelque chose d'anormal, toujours rapport au feu dans les dosses. Je voyais rien nulle part, quand tout d'un coup...

Comme s'il craignait qu'une oreille indiscrète ne l'entende, il regarda autour de lui, avant de poursuivre:

— ...quand tout d'un coup, j'ai entendu un bruit de voix du côté du petit bois. Presque tout de suite après, j'ai aperçu Charles-Arthur qui surgissait à travers les branches. J'étais ben surpris. Je dois dire que lui aussi avait l'air plutôt surpris de me trouver là. Mais ce qui m'a intrigué, c'est pas tellement d'avoir surpris Charles-Arthur dans le petit bois, c'est plutôt une autre personne que j'ai vue sortir une couple de minutes après, une femme c'te fois-là, mais elle, elle est sortie de l'autre bord, elle s'est sauvée du côté de la manufacture de portes et châssis.

— Et qui c'était, c'te femme-là?

— J'ai ben pensé avoir reconnu Clara, la femme à Anatole, prononça Jean-Baptiste, la femme à Anatole Ouellet qui travaille pas aujourd'hui, parce qu'il est malade.

Léon-Marie fit un grand pas vers l'avant et serra les poings.

— Barnache, c'est le boutte du boutte. Où c'est qu'il est mon frère, à l'heure qu'il est?

— Wow là, Léon-Marie, le retint Jean-Baptiste, tu vas pas aller régler cette affaire-là de but en blanc de même. Prends le temps de laisser tomber les flammèches. Prompt comme t'es, tu risques de faire une grosse bêtise.

— Ça va, Baptiste. Pour c'te fois, je vais t'écouter, mais c'est ben seulement parce que mon petit Gabriel est malade, pis qu'il passe avant Charles-Arthur Savoie.

Il jeta un regard vers la maison de son frère, puis vers le boghei tout neuf qui traînait dans la cour. Ses yeux lançaient des éclairs.

Il fit brusquement demi-tour.

— On réglera ça plus tard. Pour tout de suite, je suis pressé, j'ai affaire à Angélina.

— Tu vas pas y conter ça au moins? s'inquiéta Jean-Baptiste.

— Pour qui tu me prends? Je suis pas fou!

Il s'engagea dans le chemin de Relais. Il paraissait furieux. La mine perplexe, Jean-Baptiste suivit sa silhouette trapue qui s'éloignait rapidement, avec ses larges épaules courbées vers l'avant, ses poings fermés, sa tête qui émettait des petites secousses brusques. Il imaginait ses lèvres qui bougeaient, devinait les mots virulents qu'il débitait dans le silence.

— Pauvre Léon-Marie, soupira-t-il. On a ben tous nos misères...

Léon-Marie avait tourné dans la cour de la maison de son frère et s'était engagé dans la petite allée.

Angélina était dehors sur le perron de la cuisine et, haussée sur la pointe des pieds, retirait sa lessive sèche de la corde.

— Si c'est Charles-Arthur que tu cherches, dit-elle en pliant à demi une serviette par-dessus les autres, il est pas là, il est déjà parti pour la scierie.

— C'est pas lui que je suis venu voir, Angélina, c'est toi.

Elle parut surprise.

— Ah... Veux-tu rentrer dans la maison d'abord?

Il hocha négativement la tête. Prenant appui sur le bras de la galerie, il enchaîna sans attendre:

— Aurais-tu le temps d'aller passer quelques minutes avec Henriette après-midi? J'aurais ben voulu rester avec elle aujourd'hui, mais ça le fait exprès, depuis à matin, tous les arias de la terre me tombent sur la tête. Je suppose que t'as su pour le feu dans les dosses? Tu sais que la scierie a ben failli y passer.

— Charles-Arthur nous a raconté ça au dîner, c'est pas mal effrayant.

— Comme si on en avait pas assez avec la maladie de notre Gabriel.

— Ta mère a l'habitude de dire qu'un malheur en attire un autre, prononça gravement Angélina. Comment il va, le petit Gabriel?

— Justement il va pas très bien. C'est pour ça que j'aimerais que t'ailles voir Henriette, que tu l'encourages un peu. Elle a tellement de peine pis elle est si fatiguée, elle est en train de se faire mourir.

Il ajouta, la voix étouffée dans un sanglot:

— Des fois, j'ai peur qu'elle parte avant notre petit gars.

Bouleversée, elle tendit sa main et, tout doucement, pressa son bras.

— Léon-Marie... te mets pas des idées pareilles dans la tête. Je finis de plier mon linge et je m'en vais la voir.

***

— Oh! Angélina, c'est terrible, sanglota Henriette en se jetant dans les bras de sa belle-soeur. Je ne peux pas croire que je vais perdre un autre de mes enfants. J'ai l'impression de recevoir un épouvantable coup de poignard dans le cœur.

Angélina la serra contre elle. Ainsi qu'elle aurait fait à une toute jeune fille, elle caressa son dos.

— Je sais, Henriette, perdre un enfant, pour nous, les mères, c'est comme nous arracher une partie de nous-mêmes. Mais tu as une consolation, toi, tu as la chance d'avoir un mari qui te comprend.

Henriette découvrit son visage mouillé de larmes.

— Mais ce n'est pas tout d'être comprise, répliqua-t-elle avec véhémence, je veux aussi garder mon petit garçon. Est-ce tellement exiger de la vie?

— Tu sais bien que non, dit doucement Angélina, viens, amène-moi voir Gabriel.

Elles montèrent à l'étage et ensemble pénétrèrent dans la chambre du jeune malade. Une forte odeur de camphre flottait dans l'air. Les volets avaient été ramenés sur la vitre et plongeaient la pièce dans une sorte de clair-obscur de fin de jour. Autour d'elles, les meubles apparaissaient comme des ombres.

Gabriel avait fermé les yeux et semblait dormir. Ses mains blanches, décharnées, presque transparentes, reposaient de chaque côté de lui sur la couverture. De temps à autre, sa poitrine se soulevait légèrement et effleurait le repli de son drap. Sa respiration était faible, ses joues creuses et ses paupières entourées d'un large cerne violacé.

Impressionnée, Angélina se tint un peu à l'écart.

Henriette s'avança près du lit. Avec mille précautions, elle posa sa main sur celle du petit garçon. Il ouvrit lentement les yeux.

— Maman...

— Maman est là, répondit-elle tout bas, et tantôt papa va venir embrasser son petit cordonnier.

Il tourna un peu son visage vers elle. Sa bouche était entrouverte et ses lèvres bougeaient, marmonnaient des mots brefs, à peine audibles.

291

Elle appuya son front près de lui et écouta, tenta de capter, à travers ces chuchotements difficiles, un souffle de vie, un regain d'espoir par-dessus ce râle qu'elle percevait et qu'elle devinait si proche de la mort.

Épuisé, Gabriel avait reposé sa tête sur l'oreiller et fermé à nouveau les yeux. Elle s'assit près du lit, et prit sa main dans la sienne. De temps à autre leurs doigts se pressaient avec douceur, en même temps qu'un sourire illuminait le visage du petit malade.

Approchant sur la pointe des pieds, Angélina vint prendre place à côté d'elle et se tint tranquillement sans parler. Silencieuses toutes les deux, pendant de longues heures, elles restèrent ainsi, l'une près de l'autre, dans une sorte de recueillement mêlé de respect, installées chacune sur une chaise droite, à regarder l'enfant lentement s'en aller.

En bas, dans la cuisine, la pendule sonna quatre coups. Le petit garçon ouvrit les yeux. Pendant quelques secondes, comme étonné, il regarda autour de lui, puis abaissa les paupières. Tout doucement, sa tête retomba sur le côté.

Affolée, Henriette se rua sur le lit.

— Gabriel, mon petit Gabriel, je t'en prie, ne pars pas.

Il ne répondit pas, il respirait encore, mais il venait de sombrer dans le sommeil de l'agonie.

Le lendemain à l'aube, il rendit l'âme. Henriette n'avait pas quitté son chevet de toute la nuit. Pleurant à chaudes larmes, elle abandonna sa main et alla avertir Léon-Marie qui dormait en bas, dans leur chambre. Puis, le cœur brisé, elle se mit à errer dans la maison.

Aussitôt averties, les voisines accoururent. Comme elles avaient fait un an plus tôt pour Marie-Laure, elles procédèrent à sa toilette et le revêtirent de son habit de communion avec sa culotte courte et ses belles chaussures vernies.

Au milieu de l'avant-midi, un ouvrier de la scierie entra par la porte de la cuisine, portant sous son bras quatre planches douces qu'il déposa sur un tréteau dans le salon. Une des femmes alla chercher l'enfant dans sa chambre et l'y coucha.

Jour et nuit, pendant tout le temps qu'il demeura exposé, chacun leur tour, les hommes et les femmes se relayèrent auprès de sa dépouille. Enfin, le troisième jour, on le porta en terre.

Toute la paroisse s'était déplacée pour apporter son réconfort à la famille. La messe de funérailles terminée, le cortège s'ébranla lentement vers le cimetière où, devant les fidèles réunis, le curé Darveau fit l'éloge du petit garçon. Comme il l'avait fait pour Marie-Laure, il posa son regard sur Léon-Marie et Henriette qui se tenaient serrés l'un contre l'autre et il les exhorta à se soumettre à la volonté de leur Créateur «dont les vues sont impénétrables». «Dieu lui avait donné la vie, c'était son droit de la lui reprendre», prononça-t-il au milieu du silence.

À la droite de Léon-Marie se tenait Antoine qui avait quitté son séminaire pour assister à l'enterrement de son frère. À gauche, les jumeaux se pressaient contre leur mère et pleuraient en émettant des sanglots aigus et brefs.

Léon-Marie jeta un regard douloureux vers l'humble caisse en bois qui renfermait les restes de son second fils. Les lèvres frémissantes, il prit une poignée de terre qu'il laissa lentement s'égrener sur le cercueil.

— Adieu, mon petit cordonnier, murmura-t-il la gorge nouée.

Il se détourna. Les villageois s'approchaient à tour de rôle.

— Mes condoléances, monsieur Savoie, entendit-il soudain.

Il sursauta et plissa les paupières. Il tentait d'identifier ce visage émacié, ces joues creuses, cette respiration sifflante.

— C'est bien toi, Édouard Parent, le doreur sur bois de métier.

— C'est bien moi, monsieur Savoie.

— Je te remercie d'être venu aujourd'hui, dit Léon-Marie en essuyant ses yeux avec son mouchoir. C'est ben bon de ta part. T'es pas revenu me voir au hameau après le printemps dernier, je suppose qu'en fin de compte, tu t'es trouvé de l'ouvrage?

— Je voudrais pas vous achaler avec mes problèmes un jour triste comme aujourd'hui, monsieur Savoie, prononça Édouard sur un ton de profonde déférence, mais quand j'ai vu que vous aviez rien à m'offrir, j'ai cherché du côté des cultivateurs et j'ai travaillé à creuser des fossés dans les champs pendant tout l'été.

— Malgré not' malheur, je sais que la terre doit continuer à tourner. Aujourd'hui, je m'en sens pas trop le courage, mais viens me voir au hameau un de ces jours, la construction de la manufacture est finie, peut-être que j'aurai quelque chose pour toi.

Courageusement, le bâtisseur prenait le dessus sur l'homme. Il regarda Antoine qui se tenait près de lui, la mine grave, la nuque légèrement renversée vers l'arrière, presque arrivé à la plénitude de l'adulte. Il considéra aussi ses jumeaux, encore si jeunes et vulnérables et qui pleuraient près de leur mère. Pour ceux qui lui restaient, il se devait de vivre au delà de sa peine. C'est ce qu'aurait souhaité Gabriel.

Près de lui, Henriette laissa échapper un sanglot.

— Je le dois aussi pour mon Henriette, murmura-t-il.

Il prit sa main dans la sienne et la serra avec force. Pour tous ces êtres qu'il aimait, il savait qu'il se remettrait à la tâche.

# 17

On était le 7 octobre. L'automne avait débuté avec douceur, dans une tiédeur inhabituelle avec un ciel qui éclatait chaque jour de soleil. Partout la campagne était belle, parée de rouges et d'ors les plus purs.

Debout sur le perron, un genou sur la rampe, Léon-Marie considérait d'un œil indifférent, autour de lui, la nature qui déployait sa magnificence. Il y avait un mois aujourd'hui que Gabriel était mort. Avec une obsession douloureuse, depuis son réveil, il ne pouvait s'empêcher d'évoquer son souvenir, de même que celui de leur Marie-Laure qu'il était allé rejoindre.

Il savait pourtant qu'il ne devait pas revivre ce qui avait été, il savait aussi qu'il ne devait pas entretenir sa peine. Il devait regarder en avant, toujours! C'était pour lui une règle, ne jamais regarder en arrière.

Dans un élan brusque, il descendit les marches et traversa la route vers la scierie. Aujourd'hui, plus qu'un autre jour, il ressentait un fort besoin de s'étourdir dans le travail.

Il s'engagea dans la cour à bois, bifurqua vers sa droite et, foulant durement le sol creusé d'ornières, se dirigea vers sa nouvelle construction.

La manufacture de portes et châssis était maintenant entièrement aménagée. Ils avaient procédé à la dernière touche, trois semaines plus tôt, avec l'installation des deux toupies, de gros et de petit calibre, qu'il avait commandées d'une compagnie américaine. Les deux imposantes boîtes en bois, arrivées tout droit de la gare, avaient aussitôt été portées au fond de la boutique où, sous l'œil attentif de son nouveau personnel affecté à la fabrication des fenêtres, il avait lui-même équilibré les machines rotatives.

Le même soir, après le souper, aidé d'Henriette et des jumeaux, il avait noirci un grand carton blanc de sa plus belle écriture et, usant d'expressions accrocheuses, avait annoncé l'ouverture de sa manufacture. Dès le dimanche suivant, il l'avait placardée à la porte de l'église.

Les clients avaient envahi la salle des ventes à un rythme qui l'avait surpris lui-même.

Afin de répondre aux divers besoins, il avait été décidé qu'ils fabriqueraient deux catégories de fenêtres. Les unes, de qualité moyenne, en bois d'épinette, conviendraient aux budgets plus modestes. Elles seraient construites à partir de ces grands résineux efflanqués qu'on trouvait en abondance tout autour du mont Pelé et que ses bûcherons abattraient pendant l'hiver.

Les autres, de qualité supérieure, seraient conçues en pin blanc bien sec. Le pin blanc ne poussant qu'en de rares endroits dans son coin de pays, il devrait s'en approvisionner dans les régions plus riches. À cet effet, il avait conclu un important contrat avec un producteur de bois de la haute Mauricie qui avait accepté de lui en fournir aussi souvent qu'il en aurait besoin.

Il avait déniché sans peine les deux menuisiers qualifiés dont il avait besoin pour la fabrication des portes et châssis. Tous deux, originaires de Saint-André, lui avaient été recommandés par le curé de cette paroisse. L'un, Ludger Lévesque, était un cousin d'Arthur Lévesque, son employé de l'atelier de coupe, tandis que l'autre, Florent Janvier, lui était inconnu.

Aussitôt qu'ils étaient entrés à son service, il leur avait proposé de s'installer à la Cédrière, avec leur famille, suggestion que les deux hommes avaient acceptée sans hésiter. Ainsi, en même temps que débuterait l'année 1928, il construirait deux nouvelles habitations qui viendraient encore grossir leur hameau.

Puis Édouard Parent était venu à son tour. Avec sa veste sur l'épaule comme à son habitude, il avait gravi, en toussant, la petite pente du chemin de Relais, un soir à la brunante. Le souffle court, la poitrine oppressée, il avait pénétré dans l'enceinte de la scierie. Occupé à sa tournée d'inspection autour des bâtisses, ainsi qu'il faisait chaque soir depuis que le feu s'était déclaré dans les dosses, il l'avait dévisagé le temps d'une pause.

— Tu tombes pile, l'artiste. J'ai justement besoin d'un homme dans la salle de montre pour conseiller la clientèle. Comme t'es plutôt feluette de santé, je pense qu'il y aurait pas meilleure place pour toi.

À partir du lendemain, avec sa toux sèche, sa respiration sifflante, chaque matin les habitants du hameau virent le jeune homme monter à pied la côte du chemin de Relais pour occuper son poste derrière les vitrines. Pour eux, comme pour tous les ouvriers, il était devenu l'artiste.

Un lien direct s'était établi entre l'usine et la manufacture, grossissant les tâches d'Anatole Ouellet à qui il avait confié la responsabilité de la cour à bois. C'est à lui qu'il revenait de transporter le bois raboté et plané de l'ancienne meunerie jusqu'à la fabrique de portes et châssis.

Léon-Marie était arrivé devant la manufacture. Immobile devant la façade, la nuque fortement arquée vers l'arrière, pendant un long moment, il contempla son imposante bâtisse. Puis lentement, son regard se tourna vers l'autre côté de la route, vers le petit lopin de terre qui divisait les fermes de Josaphat Bélanger et d'Ovila Gagné. Dans cet espace, il y voyait déjà la belle quincaillerie qu'il avait l'intention d'y bâtir.

— Si les affaires continuent à ben aller, ça sera ma prochaine réalisation, se dit-il. Ce commerce-là, ça va être pour mon Étienne.

Inconsciemment, il écartait son frère de ses projets futurs et restreignait leurs tâches communes.

Au fond de son cœur, il n'avait pas pardonné à Charles-Arthur son attitude coupable à l'orée de sa forêt, ce matin de septembre, pendant que tout près le feu couvait dans les dosses et risquait de consumer leur bien à tous les deux. Il avait bien pensé avoir un entretien avec lui, dans les jours qui avaient suivi l'enterrement de Gabriel, mais il y avait renoncé. Une fois les flammèches tombées, selon l'expression de Jean-Baptiste, il se disait qu'en autant que les entreprises n'étaient pas concernées, les agissements de son frère ne devaient pas le préoccuper. Charles-Arthur avait la conscience élastique, c'était un fait, mais ce n'était pas lui qui irait brûler en enfer à sa place.

Parfois, il éprouvait une forte envie de lui céder la part qu'il détenait dans l'entreprise de construction, pour, en retour, racheter la sienne dans l'usine de sciage. Son frère pourrait ainsi agir à sa guise et, de son côté, il n'aurait plus de raisons de critiquer sa conduite. Bien entendu, malgré leur séparation, il continuerait à lui fournir le bois nécessaire à la réalisation de ses œuvres, pour un prix raisonnable dont ils pourraient discuter ensemble.

Déjà il échafaudait un plan d'entente, concevait des modes de paiement pour l'achat du bois, en plus d'élaborer une méthode efficace et rapide afin de livrer les matériaux sur les chantiers mêmes.

«C'est une occasion en or que je vais lui offrir, se disait-il, mais c'est pas parce qu'il le mérite, c'est seulement parce qu'on a la même mère.»

Perdu dans ses réflexions, il retourna lentement vers la scierie.

Un craquement lui fit tourner la tête. Théophile venait de traverser le chemin de Relais et entrait dans la cour à bois à petits pas rapides. L'air inquiet, il roulait sa casquette entre ses doigts.

— Qu'est-ce que tu fais icitte, Théophile? Il y a-t-y un problème à la cordonnerie?

— Torpinouche, c'est pas ça, bégaya Théophile, c'est c't'étranger qui est venu à l'échoppe, pis qui m'a demandé de cirer ses bottes.

— T'es ben scrupuleux tout d'un coup, Théo. Je vois pas le mal qu'il y a à servir les étrangers autant que les gens du village. Même que j'apprécie qu'il vienne du nouveau monde, ça nous fait un client de plus.

— T'as... t'as pas compris, Léon, bredouilla encore Théophile, c't'étranger, il est pas venu par icitte rien que pour faire cirer ses bottes.

Léon-Marie recula brusquement.

— Barnache! Théophile, es-tu en train de me dire que ce passant-là est monté jusqu'icitte avec l'idée de mettre le trouble dans nos affaires?

— Je le sais pas trop, Léon, mais torpinouche, moé, je travaille pour toé, pis je me suis dit que peut-être t'aimerais ben savoir ce qui se passe dans ton hameau. Ça fait que j'ai appelé Eugénie qui besognait dans la cuisine, j'y ai dit d'apporter son tricotage pis de venir garder la cordonnerie pendant que j'allais te voir, que j'avais une affaire ben importante à te dire, que tu serais ben content de savoir.

— Dis-moi pas que ça regarde le feu qui a pris dans les croûtes! lança Léon-Marie en frappant violemment le sol de son talon, je peux pas croire qu'on va enfin savoir ce qui s'est passé.

— Ben non, Léon, bégaya Théophile, ben non. Je veux pas que tu te choques, mais tu y es pas, tu y es pas pantoute.

— Barnache! si ça concerne pas le feu dans les dosses, accouche d'abord, j'ai pas de temps à perdre, moi.

Théophile se tortillait. Le regard craintif, il promenait ses yeux autour de lui.

— On pourrait pas aller se parler ailleurs, comme dans ton bureau, par exemple? Torpinouche, j'aime pas ça conter des affaires de même dehors, quand tout le monde peut nous entendre.

Le geste complaisant, Léon-Marie l'entraîna vers l'escalier de la meunerie. Il connaissait Théophile depuis toujours et savait son jugement pas toujours à l'égal de l'importance qu'il accordait aux faits. Pourtant, aujourd'hui, le petit homme était parvenu à piquer sa curiosité.

Il fit le tour de son meuble de travail, tendit la main, patiemment, lui indiqua une chaise.

— Ça fait-y ton affaire icitte, mon Théo? Vas-tu te sentir plus tranquille pour me conter ce qui te chicote?

Nerveux encore une fois, Théophile avança jusqu'à la table.

Piétinant sur place, il se reprit à rouler sa casquette. Il avait ouvert la bouche et s'exprimait par à-coups, avec des petits soubresauts qui trahissaient sa surexcitation. Léon-Marie voyait s'agiter sa pomme d'Adam au-dessus de sa chemise à carreaux boutonnée jusqu'au col.

— Tor... torpinouche, j'aime mieux ça de même. Pis je veux, aussi, que tu sois le premier à savoir ce qui se passe dans ton hameau. Pis crains pas, ça sera pas long que tu vas le savoir ce que c't'étranger, il a dit... V'là ce qu'il a dit, Léon... L'étranger, il m'a garanti que, avant le printemps, il va se bâtir proche de la Cédrière une fabrique de charbon de bois, pis toute une grosse à part ça, comme on en a encore jamais vu dans le Bas-du-Fleuve.

Léon-Marie s'était redressé et le regardait, l'air incrédule.

— Répète-moi donc ça, Théophile... Une fabrique de charbon de bois? L'étranger t'a dit qu'il va se bâtir proche d'icitte une fabrique de charbon de bois?

Il se leva brusquement de sa chaise. Sa jugulaire battait dans son cou.

— Barnache, t'es sûr d'avoir ben entendu? T'es sûr que tu t'es pas trompé?

Les bras levés vers le plafond, il exhala bruyamment son souffle.

— Une fabrique de charbon de bois, barnache! c'est quasiment pire qu'une usine d'allumettes.

Le torse avancé sur son bureau, il interrogeait Théophile:

— Il a-t-il dit, c't'hurluberlu, où c'est qu'elle va se bâtir, c'te grosse fabrique? J'espère que ce barnache-là pense pas que n'importe qui peut venir installer n'importe quoi autour de la Cédrière.

— Ben... je suis pas trop sûr, avança encore Théophile, mais si j'ai ben entendu, il a l'idée de se bâtir plutôt proche d'icitte.

— Ça, tu me l'as déjà dit. Ce que je t'ai demandé, c'est: où c'est qu'il pense la bâtir, sa grosse fabrique.

Embarrassé, Théophile se grattait la tête.

— D'après ce que j'ai cru comprendre, il aurait approché le vieux Adalbert Perron du chemin communal pour acheter sa terre.

— Quoi? éclata Léon-Marie. Il voudrait acheter la terre du père Perron pour en faire une fabrique de charbon de bois? Que c'est qu'il a dans le ciboulot, c'te farfelu-là? Décider comme ça de s'installer sur le chemin communal, pis juste en bas de la Cédrière en plus, quasiment sur le tournant du chemin de Relais pis du rang Croche? Ça voudrait dire qu'il se brûlerait du bois dans des cabanes, jour et nuit, à longueur d'année, à moins d'un mille à vol d'oiseau de mon usine de sciage. Pis je suppose qu'il aurait le front de venir me demander de l'approvisionner, en plus? Tant qu'à pas se gêner, pourquoi pas venir glaner les petits bouttes de bois franc qui traînent dans ma cour?

Les bras croisés sur la poitrine, il arpentait la pièce à grandes foulées pesantes. Il bouillait de colère, sa tête oscillait, il marmonnait tout bas.

Debout près du bureau, l'air malheureux, Théophile roulait sa casquette.

— Choque-toé pas, Léon, torpinouche, pis dispute-moé pas en plus, c'est pas de ma faute.

Sans entendre les protestations de Théophile, Léon-Marie continuait à parcourir la pièce à grands pas sonores. Il paraissait déchaîné.

— Faut pas être fin fin pour avoir des idées pareilles, faut pas connaître le coin, la direction des vents, les tourbillons, la sécheresse de juillet... sans compter que, nous autres, on se ferait boucaner à l'année longue comme des jambons de Pâques.

Soudain, il revint sur ses pas. L'index tendu, il alla se placer devant le pauvre Théophile qui le regardait, l'air découragé.

— Il peut pas bâtir une affaire de même sans avoir eu l'autorisation de la municipalité. Tu le sais, toi, que c'est le règlement. Il t'a pas dit s'il avait eu son permis?

— Je le sais ben pas, moé, gémit Théophile, je te rapporte rien que ce qu'il m'a dit. Moé, tout ce que j'ai faite, ç'a été de cirer ses bottes pis d'écouter un peu quand il a parlé, c'est toute. C'est rien qu'après, quand il est parti, que j'ai pensé que t'aimerais peut-être ben savoir, pis que j'ai couru jusqu'icitte, c'est toute ce que je peux te dire.

Les yeux fixes, comme s'il sortait d'un rêve, Léon-Marie se redressa et le considéra en silence. Depuis qu'ils étaient entrés dans son bureau, sans s'en rendre compte, il n'avait pas cessé de tarabuster le malheureux Théophile. Il savait bien pourtant que le pauvre diable n'avait rien à voir dans cette affaire. Plutôt limité dans son raisonnement, comme un chien fidèle, il n'avait fait que lui rapporter ce qu'il avait entendu.

— Excuse-moi, Théophile, émit-il sur un ton un peu apaisé, je sais pas ce qu'il m'a pris de m'emporter de même. Je sais ben que t'as rien à y voir.

Il se rapprocha de lui et posa sa main sur son épaule.

— T'as ben fait de venir m'avertir. Tu t'es comporté comme un bon employé, pis j'aime ça de même. Tu peux retourner à ton ouvrage, astheure. Moi, pendant ce temps-là, je vais aller aux renseignements. Je vais aller régler cette affaire-là que ça sera pas long, pis ça va être grâce à toi.

Vivement, en même temps que Théophile descendait les marches, il enfonça sa casquette sur sa tête, le suivit dans l'escalier et fonça tout droit vers l'atelier de coupe.

— Cherchez-moi pas pour une bonne heure, informa-t-il Jean-Baptiste sans s'arrêter. J'ai une affaire ben importante à régler pis c'est en dehors de la Cédrière.

Dans le même élan, il se dirigea vers la remise, décrocha la bicyclette d'Antoine et se retrouva dans le chemin de Relais. Pédalant avec vigueur, il descendit la côte, fila à toute allure et tourna dans le rang Croche. De chaque côté du chemin, les petites maisons des employés du pouvoir électrique défilaient, avec leurs devantures ornées de jeunes érables au feuillage mordoré. Dans les champs, les herbes étaient coupées et quelques tiges jaunies pointaient au milieu de la terre noire. Partout autour de lui, l'automne s'étirait, avec ses coloris brillants que coupait le vert sombre des sapins, mais lui ne voyait rien de la nature qui déployait sa splendeur. Les mains fermement agrippées aux poignées de métal, la poitrine vibrante, il regardait droit devant lui et enfonçait durement le pédalier. Il était pressé d'atteindre les dernières fermes du rang Croche.

Enfin la maison de Joseph Parent lui apparut au loin, à demi dissimulée derrière un bosquet d'arbres. Aiguillonné, il accéléra son rythme. Pédalant avec plus de vigueur encore, il longea le grand pâturage entouré de piquets de cèdre qui rejoignait les bâtiments de ferme, puis contourna près de la route le vaste hangar à l'usage de la municipalité. Il était arrivé devant le petit chemin mal défini qui menait à l'étable. D'un brusque coup de roue, il l'emprunta, piqua en diagonale à travers le gazon rabougri et se dirigea tout droit vers la résidence.

Soudain, il freina net et bifurqua vers sa gauche. Il venait d'apercevoir à l'arrière de la grange Joseph Parent, grimpé sur sa faucheuse, un petit huilier dans la main et qui l'observait, l'air frondeur.

— Qu'est-ce qu'il t'arrive à matin, mon Léon-Marie, t'as ben l'air démonté, aurais-tu perdu un chien de ta chienne?

Léon-Marie sauta vivement de sa bicyclette. Ses mains enserrant les poignées avec force, il avançait vers lui à grands pas irrités en trébuchant sur le sol inégal.

— Je suis pas parti du fin fond du chemin de Relais à bicycle pour me faire poser c'te genre de question. Je suis venu te voir, Joseph, parce que je veux que tu me dises que c'est que c'est, que cette affaire de fabrique de charbon de bois qu'on parle de bâtir juste en bas de la Cédrière.

Joseph éclata d'un grand rire et descendit de sa faucheuse.

— Veux-tu ben me dire comment tu sais ça, toé? Ma foi du bon Dieu, des fois j'ai l'impression que t'as des oreilles jusqu'au boutte de ton poil.

— Je la trouve pas drôle pantoute, Joseph, grommela Léon-Marie, offusqué par ce rappel de sa calvitie. Pis j'ai pas de temps à perdre non plus. Ce que je veux savoir, c'est si c'est ben vrai ce qu'on m'a rapporté.

Joseph rajusta sa casquette sur sa tête; il était redevenu sérieux.

— J'ai pas de raison de te mentir, pour être vrai, ça peut pas être plus vrai. Il est effectivement question qu'il s'installe une fabrique de charbon de bois dans le coin, même que le gars est venu me voir icitte, dans ma maison. C'est un dénommé Beaulieu, originaire des alentours de Bonaventure. Apparemment que c'est une affaire de famille. Malgré qu'il ait pas encore vingt-cinq ans, paraît qu'il a pas mal d'expérience dans le domaine.

— C'est ben vrai aussi qu'il aurait approché le père Adalbert Perron pour acheter sa terre?

— J'ai pas de raison de te cacher ça non plus. C'est ben sur la terre du vieux Adalbert Perron qu'il a l'idée de monter ses cabanes à fumer le bois.

— C'est pas une affaire finale, au moins?

— Voyons, Léon, tu sais ben que ça peut pas être final tant qu'on en a pas discuté au Conseil.

— Pis tes intentions à toi, Joseph, c'est quoi?

Le regard de Joseph se durcit brusquement.

— Mes intentions... Que c'est que t'entends pas là?

— C'est pourtant clair. Je voudrais savoir si t'es pour ou ben si t'es contre l'idée qu'il s'installe une fabrique de charbon de bois juste en bas de chez nous, sur la terre du bonhomme Perron.

— Que c'est qui te prend, toé, à matin? s'écria Joseph sur un ton offensé. Tu sauras que c'est pas dans mes habitudes de donner mon opinion à tout venant. Mon suffrage, c'est personnel, pis j'ai pas l'intention de l'exprimer ailleurs que devant le Conseil. D'ailleurs, j'ai besoin de réfléchir, j'ai pas fini d'étudier la question.

Courroucé, Léon-Marie le rejoignit dans une longue enjambée et lui fit face.

— Ben moi, barnache, je vas te le dire ce que ça va être, ton suffrage. C'est impensable de permettre à une fabrique de charbon de bois de venir s'installer aussi proche d'une scierie. Tu vois ça d'icitte, les cabanes, pis la fumée qui sort de là, jour et nuit, par temps sec, par temps gris? Y as-tu pensé, Joseph? As-tu pensé à ta responsabilité à toi, s'il fallait que le feu prenne à la scierie, s'il y avait une conflagration, si tout le hameau brûlait, s'il y avait des morts? Y as-tu pensé, Joseph?

— Wow, wow, Savoie, braque un peu. Tu trouves pas que t'en mets pas mal plus que le client en demande? T'es en train de t'inquiéter comme une vieille bonne femme. Il y a pas de danger tant que ça. Ça lance quand même pas des flammèches, ces cabanes-là.

Léon-Marie rapprocha son visage de celui de Joseph. Il parlait lentement, sur un ton de menace, en articulant chacun de ses mots:

— Je dois-t-y comprendre par là, que tu verrais pas d'inconvénient à ce qu'une fabrique de charbon de bois vienne s'installer sur la terre du vieux Adalbert Perron?

— Si tu veux savoir mon idée, t'as qu'à venir à la réunion du Conseil, lundi en huit, répliqua vertement Joseph, la question a été inscrite au rôle pis elle va être débattue démocratiquement, devant les contribuables présents. C'est toute ce que je peux te dire pour tout de suite.

— Joseph Parent, t'es mieux de te prononcer contre ce projet-là.

— Compte pas que je vais discuter de ça avec toé aujourd'hui, Savoie, pis essaie pas de me tirer les vers du nez non plus. Tout ce que je peux te dire, c'est que l'idée est pas si mauvaise, pis que je vas y penser à deux fois avant de refuser une occasion pareille. Je dois tenir compte aussi des taxes que ça pourrait rapporter à la municipalité.

— Qu'ils aillent se bâtir ailleurs. C'est pas les emplacements qui manquent dans Saint-Germain. Au bord du fleuve par exemple, il y a de la place autant qu'ils en veulent, pis l'eau est toute proche.

— C'est pas si simple, reprit Joseph, ça leur prend un sol ben planche, ce qui est pas toujours le cas au bord du fleuve. Tandis que la terre à Adalbert Perron, tu peux pas dire que c'est pas un maudit beau site, c'est vaste, c'est ben égal, pis il y a pas trop de maisons aux alentours.

— C'est ça, pas trop de maisons aux alentours... Pis nous autres en haut, as-tu pensé qu'en plus du danger d'incendie, on se ferait boucaner à longueur d'année.

Il tendit l'index vers l'avant, ses yeux brillaient de colère contenue.

— Écoute-moi ben, Joseph Alphonse Parent. À partir de la

semaine prochaine, tu vas être en pleine campagne électorale. Dis-toi que je suis ben capable de m'en mêler si je considère que tu travailles pas dans l'intérêt des contribuables. Pense aussi que si je le veux, je peux te débarquer de là ben dret, toi pis ton équipe. J'ai rien qu'à lever le petit doigt, pis tout le hameau de la Cédrière, les employés du pouvoir électrique, McGrath y compris, vont voter pour Alcide Thériault. Dis-toi ben que si t'es pas capable de prendre la bonne décision en ce qui concerne la fabrique de charbon de bois, étant donné les circonstances, je considérerai que du sang neuf au Conseil municipal, ça serait pas une mauvaise idée pantoute.

D'un naturel habituellement calme, Joseph Parent avait peine à se maîtriser.

— Coudon, Savoie, depuis tantôt que je te regarde pis que je t'écoute parler, on dirait quasiment que t'es en train de me faire des menaces. Ben si tu le sais pas encore, t'apprendras que j'ai jamais cédé devant le chantage.

— Cette fois-citte, c'est devant le bon sens que tu vas devoir céder.

— Ça dépend de quel bord je le vois, le bon sens, répliqua Joseph sur le même ton cinglant. Il y a une chose que t'as pas l'air de comprendre, c'est qu'il y a pas seulement les Savoie de la Cédrière qui ont le droit de vivre gras dur dans la paroisse.

Léon-Marie serra les dents. Pendant un moment, l'œil noir, il fixa le maire. Dressé devant lui, l'homme soutenait son regard. Tous deux se défiaient comme deux coqs hérissés.

— Si tu vois ça de même, émit Léon-Marie brusquement, je vas devoir intervenir à ma manière.

— On peut savoir ce que t'as l'intention de faire? interrogea Joseph, une pointe d'inquiétude dans la voix.

— Je vas rien que te répéter ce que tu m'as dit tantôt: mes intentions, c'est personnel, moi non plus, je révèle pas ça à tout venant!

D'un geste rageur, il grimpa sur sa bicyclette et s'orienta vivement vers le petit chemin de Relais. Furieux, il actionnait le péda-lier avec force en faisant crisser durement le gravier sous ses roues.

Il avait dépassé les maisons des employés du pouvoir électrique et était arrivé à la croisée des deux chemins. Hors d'haleine, il s'immobilisa un moment. Le torse penché, ses avant-bras appuyés sur le guidon, il reprit un peu son souffle en même temps qu'il regardait de chaque côté de lui. À droite, se dressait la côte de la Cédrière, étroite et tortueuse, qui allait se perdre au pied du mont Pelé, dans les broussailles barbouillées de rouille. À sa gauche, un peu en bas, le chemin communal s'étendait comme un long ruban, avec ses petites fermes piquées çà et là jusqu'à l'entrée du village. Il s'interrogeait, hésitait, la lèvre grimaçante. Enfin, tout doucement, une étincelle s'alluma dans son regard et sa bouche se détendit dans un sourire. Il remonta sur sa bicyclette, résolument, l'activa sur la gauche, vers le chemin communal jusqu'à la ferme d'Adalbert Perron.

Au fond de la cour, un bruit, comme un roulement de tambour, ébranlait les murs de la grange. C'était le temps des récoltes. Comme tous les autres fermiers à cette période de l'année, le vieil Adalbert Perron devait être occupé à engranger le fourrage pour l'hiver.

Avançant à pied près de sa bicyclette, Léon-Marie se dirigea vers le bâtiment de ferme et alla s'arrêter devant les portes à battant largement ouvertes.

Une odeur prenante de foin mûr le fit suffoquer dès son entrée dans la large bâtisse. Devant lui, l'imposante batteuse à grains trônait au milieu de l'ouverture. Le cheval gris du fermier était attelé à l'avant de l'appareil et, le cou arqué vers le sol, gravissait à petits pas un énorme cylindre. Ses sabots claquaient durement sur le tapis de métal en même temps qu'ils actionnaient les engrenages. Derrière, se tenait le vieil Adalbert. L'air affairé, avec sa pipe éteinte entre les dents, il procédait à la récolte du blé.

Léon-Marie vint s'arrêter près de lui. Surpris, le vieil homme se retourna, aussitôt retira sa pipe de ses lèvres, et lança un «wow» tonitruant du côté de la bête.

— Quiens donc, si c'est pas mon p'tit voisin d'en haut qui vient me rendre visite, lança-t-il sur un ton railleur. Ben ça me fait plaisir de te voir icitte à matin, mon gars.

Le visage animé d'un petit rire, il fixait Léon-Marie.

— Que c'est que je peux faire pour toé en plein milieu d'avant-midi de même?

Léon-Marie le regardait sans parler. Dans ses prunelles noires transparaissait une pointe d'embarras.

Le vieil homme se rapprocha de lui et le dévisagea sans réserve. Ses petits yeux bleus délavés se plissaient dans le soleil et les rides qui sillonnaient son visage s'accentuaient encore sous son air réjoui.

L'air soupçonneux, il inclina lentement la tête vers son épaule, en même temps qu'il émettait un petit mouvement bref du menton.

— Toé, mon p'tit gars, quand t'as les yeux pointus de même, je sais que t'as un plan derrière la tête.

— Qu'est-ce qui vous fait penser ça, le père? répliqua Léon-

Marie en éclatant d'un grand rire. Vous savez ben que j'ai toujours les yeux pointus.

Prenant un air détaché, les mains plongées dans les poches, il commença à arpenter l'intérieur de la grange. D'un côté, le fenil était rempli jusqu'au toit de foin doré avec ses arômes forts de verdure et de poussière. De l'autre côté, les deux grandes portes ouvertes sur les champs se balançaient doucement dans la brise. De part et d'autre, dans les coins, gisaient des machines agricoles et un nombre impressionnant de grosses poulies rouillées et de fourches. Plus près de lui, attirées par l'odeur des graminés, quelques poules étaient entrées dans la bâtisse et picoraient en ergotant dans un petit monticule de grains de blé.

Traînant le pas, il retourna se placer devant la large ouverture et considéra à l'arrière des bâtiments les prés vastes à l'infini jusqu'à la Cédrière tout en haut.

— Il y a bien une dizaine d'arpents, d'icitte à la terre de Joachim Deveault, fit-il remarquer sur un ton négligent.

— Pour être exact, il y en a treize et demi, rectifia le père Adalbert.

Les sourcils relevés, le vieil homme le dévisagea avec insistance.

— Pourquoi c'est faire que tu veux savoir ça, mon jeune? Ça se pourrait-t-y que tu songes à t'établir sur une terre, un de ces jours, pis que tu veuilles savoir comment faire?

— C'est pas dans mes intentions, répondit Léon-Marie en revenant vers lui, je pense pas avoir l'idée de m'établir un jour comme cultivateur, malgré que je me dis des fois que j'haïrais pas ça avoir à moi un beau coin de terre comme icitte. Vous avez une belle vue sur le fleuve, pis une belle vue sur le soleil couchant aussi. Vu d'en haut de même, le fleuve a l'air encore plus large.

Il avait appesanti son regard sur les grandes étendues encore vertes et hochait la tête.

— Ouais, vous avez une ben belle place, le père.

— On peut pas dire que c'est pas regardable chez vous non plus, du haut de la Cédrière, rétorqua le vieil homme. Même que vu de plus haut de même, le fleuve doit t'apparaître encore plus large, tu penses pas, le jeune?

Léon-Marie acquiesça du bout des lèvres. La mine pensive, il se remit à marcher. Soudain il revint sur ses pas. Rapidement, comme si subitement une idée venait de germer dans son esprit, il s'approcha du vieux fermier, demanda dans un débit rapide:

— Votre terre serait pas à vendre par hasard, le père?

Surpris, le vieil homme avait soulevé sa casquette. Du plat de la main, machinalement, il lissait ses cheveux vers l'arrière.

— Que c'est que tu veux dire par là, mon jeune?

— Vous prenez de l'âge, le père, avança calmement Léon-Marie, pis vos gars sont tous installés en ville pour travailler. Je suis certain qu'il y en a pas un qui serait intéressé à revenir vivre à la campagne. C'est pas un reproche que je leur fais, je les comprends plutôt. Quand on a connu les commodités de la grande ville, j'imagine qu'on peut plus s'en passer.

Le vieil Adalbert secouait gravement la tête.

— Ça se peut ben que t'aies raison, le jeune. Les commodités manquent pas en ville, tandis que nous autres, sur la terre, on a pas grand confort, même qu'il faut encore tirer l'eau à la pompe.

— Ça vous a jamais tenté d'aller vous installer à côté d'eux autres? demanda Léon-Marie. Vous seriez heureux avec votre femme, proche de vos enfants de même.

— T'as pas tort, mon gars, t'as pas tort. Je peux pas dire que j'y pense pas des fois.

— En tout cas, reprit Léon-Marie, si un jour il vous venait à l'idée de vendre, venez me voir en premier. Je vous ferais une proposition intéressante, pis je vous paierais comptant. Ça vous ferait un bon petit pécule pour assurer vos vieux jours.

— Je suis pas inquiet, mon jeune, pis j'ai pas de doute que tu me paierais rubis sur l'ongle, tu passes pour être riche comme Crésus.

Léon-Marie laissa poindre un petit sourire de contentement, mais évita de répondre. Immobile devant le vieil homme, il attendait à dessein, l'observait en silence.

Piqué de curiosité, le vieux fermier fit un pas en avant, puis courba lentement la tête en même temps qu'il levait les yeux vers lui et lui jetait un long regard dubitatif. Machinalement, il sortit sa blague à tabac de sa poche et commença à bourrer sa pipe. Autour de lui, une infinité de petits grains blonds s'étaient détachés et tombaient comme une neige fine pour aller s'accoler à sa salopette.

Les yeux toujours levés, en prenant son temps, il pencha encore la tête avant d'articuler à voix basse:

— On peut-y savoir... combien tu penserais me donner... le bon matin où il me viendrait à l'idée de vendre mon bien pour m'installer au village?

— Ça dépend combien vous demanderiez, le père, dit aussitôt Léon-Marie. C'est à vous de décider combien vous pensez qu'elle vaut, votre terre.

Le vieil homme redressa la tête et le fixa un long moment. Dans un petit crissement rêche, ses doigts caressaient les poils drus qui pointaient sur ses joues. Enfin, lentement, il ouvrit la bouche et, d'une voix indolente, commença à énumérer ses possessions.

— Il y a le roulant que j'ai entretenu ben comme il faut, que j'ai jamais manqué de huiler chaque fois que je m'en suis servi. Encore aujourd'hui, c'est comme du neuf. Pis il y a les vaches, douze vaches laitières, des bonnes vaches, ben productives. À part ça, j'ai quatre taures, j'ai aussi un petit beu, pis deux cochons, il y a aussi mes deux chevaux qui ont tous les deux moins de dix ans, pis qui sont en ben bonne santé, pis j'ai la maison, les bâtiments, les poules, les oies...

Il souleva sa casquette et se gratta la tête.

— Ça vaut pas mal d'argent.

— Ça vaut ben un bon neuf cents piastres certain, acquiesça Léon-Marie en balançant la tête.

Le vieil homme fit un bond vers l'avant, son visage s'était figé.

— Que c'est que tu me dis là, toé, le jeune? Seulement neuf cents piastres? T'es pas dedans pantoute, on vient de m'en offrir mille, même que j'ai pas encore décidé que ça faisait mon...

Il se tut brusquement.

Comme s'il n'avait pas perçu l'interruption du vieil homme, Léon-Marie reprenait sur un ton qui se voulait marqué de surprise.

— Mille piastres? On vous a offert mille piastres? Barnache, je vous trouve drôlement chanceux d'avoir reçu une offre pareille. Connaissant les prix du marché, je pense, le père, que mille piastres, c'est une fameuse de bonne somme. Si vous voulez mon conseil, pis si c'est dans vos intentions de vendre un de ces jours, vous auriez tort de refuser une occasion pareille.

Intéressé, le vieil Adalbert se rapprocha encore de lui.

— Ah! Tu penses ça, le jeune?

— Je suis ben certain de mon affaire. Regardez tout proche de vous, Évariste Désilets, Ovila Gagné, Josaphat Bélanger, Joachim Deveault qui vendent leur terre par petits bouttes, pour y construire des maisons pour un maigre cinquante piastres par lot de cent pieds par cent pieds. Pis encore, tout le monde sait que les terrains se vendent toujours plus cher, quand c'est pour y construire des maisons.

— Tu penses ça, le jeune? répétait le vieil Adalbert.

— Croyez-moi, le père, je sais de quoi je parle. Mille piastres, c'est toute une somme. Oubliez pas que je passe mes grandes journées à faire des affaires.

La mine songeuse, le vieil homme caressait son menton.

— Ouais... mille piastres... comme ça, toé, tu penses que c'est un bon prix...

— Aucun doute que c'est un ben bon prix, assura Léon-Marie.

Encore sceptique, le vieil Adalbert le dévisageait. Sans cesse il hochait la tête.

— Je sais que tu connais les affaires, pis qu'on peut se fier à toé. Ça se pourrait ben que t'aies raison, pis que j'aurais tort de te contrarier, pourtant...

— Mille piastres, coupa Léon-Marie, voyons, le père, vous pourriez jamais avoir mieux.

— Pourtant moé, insistait le vieil Adalbert, dans mon idée, j'avais espéré en retirer un petit brin plus...

Se composant une mine pensive, Léon-Marie fixait le vieil homme. Soudain il arqua la tête vers l'arrière. Un éclair animait ses prunelles. Lentement, il ouvrit la bouche, lança avec audace:

— Je sais pas si je devrais, mais plus je vous écoute, plus ça me donne l'idée de vous faire une proposition à mon tour.

Les mains dans les poches, il avait recommencé à arpenter la grange. L'air indécis, il regardait autour de lui.

— Malgré que c'est ben seulement parce qu'on est voisins, parce que de se montrer trop généreux, ç'a jamais été une bonne façon de faire des affaires, pourtant...

Il revint se placer devant le vieil homme.

— Je viens de décider quelqu'chose. V'là ce que je vous propose. Votre terre, moi, je serais prêt à l'acheter. Je vous donnerais... disons cent piastres de plus que votre première offre. Je vous donnerais mille cent piastres comptant. En plus de ça...

Ses yeux brillaient, il parlait vite, sur un ton enthousiaste, comme s'il offrait au vieil homme un avantage inespéré, la meilleure occasion de sa vie.

— En plus de ça, je vous laisserais tout votre temps pour vous organiser un petit logement au village. Vous pourriez même passer l'hiver dans votre maison, pis déménager rien que le printemps prochain. Ça fait-y votre affaire une offre pareille?

— Ouais...

— Je prendrais possession de la maison pour le mois de mai.

Le vieil homme souleva sa casquette et se gratta encore longuement la tête.

— Ouais, on peut pas dire que c'est pas alléchant, une offre de même, mais faudrait quand même que tu me laisses un petit boutte de temps pour y penser, je voudrais pas me décider trop vite non plus.

— Pensez-y tant que vous voulez, le père, répondit Léon-Marie en s'en retournant vers les grandes portes, prenez tout le temps qu'il vous faut, on est pas pressés.

Soudain, il s'arrêta net et brusquement revint sur ses pas.

— Vous me faites penser... Ludovic Lavertu, votre voisin... peut-être qu'il serait intéressé à vendre lui aussi. Même que je pourrais peut-être avoir sa terre à meilleur prix.

Il fit un grand pas vers la sortie.

— Tant qu'à brasser des affaires, j'ai presque envie d'aller le voir drette-là.

— Tu vois grand, mon jeune, émit le vieil homme avec un petit rire qui découvrait ses crocs noircis. Aurais-tu l'intention de t'approprier nos deux terres à toé tout seul?

— Ben non, voyons, glissa Léon-Marie. En fin de compte, j'en achèterais rien qu'une, la vôtre ou ben celle de Ludovic...

— Ben moé, répliqua le vieil Adalbert, je peux te les dire tout suite, les intentions de Ludovic, pis je peux te dire tout suite de pas y compter. Ludovic, il a deux gars en âge de s'établir, pis qui se battent comme deux diables pour s'approprier le bien paternel.

Léon-Marie prit un air compréhensif.

— Vous avez probablement raison, le père, mais je pense que je vas aller sonder le terrain pareil. On sait jamais. Si je lui fais une offre intéressante, il pourrait ben changer d'idée. Reste aussi à savoir si ses gars seront pas attirés par la ville, eux autres aussi, un de ces jours.

Il jeta un regard du côté de la route.

— Il doit ben être chez lui à cette heure-citte, le bonhomme Ludovic.

Le vieil Adalbert ne répondit pas. Machinalement il s'était remis à se gratter la tête.

— À ben y penser, mon jeune... ben entendu si t'as toujours dans l'idée d'acheter ma terre...

Léon-Marie rentra lentement dans la grange.

— Mais va pas t'imaginer que ça se ferait drette comme ça, poursuivait le vieil homme en allumant sa pipe. Il y aurait des conditions.

Les mains dans les poches, Léon-Marie le regardait, l'air attentif.

— V'là ce que je te propose, mon jeune. Ben entendu, comme tu me l'as offert toé-même tantôt, moé pis ma femme, on passerait l'hiver icitte dans la maison, mais je voudrais aussi qu'on y passe tout le printemps. Je te remettrais la maison pour la fin du mois de juin, pas avant.

Le vieil homme fit une pause et tira quelques petites bouffées dans le tuyau de sa pipe avant d'enchaîner:

— En plus de ça, je garderais les deux lards que j'ai engraissés pour notre consommation cet hiver. Je garderais aussi une de mes vaches à lait que j'amènerais avec nous autres au village. À part ça, je garderais le boghei, la carriole neuve pis mon plus jeune cheval, le grand roux que tu vois là-bas dans le champ. Ben entendu, pendant tout le temps qu'on habiterait icitte, on profiterait des produits de la ferme pour se nourrir. Le lait, le beurre, les petites asperges du printemps... Ça fait-y ton affaire un arrangement de même?

— C'est tout un cadeau que vous me demandez là, le père, répliqua Léon-Marie, prenant un air indécis. Mais comme on est voisins, pis que j'ai ben de l'appréciation pour vous, je pense que je vais accepter vos conditions.

Le vieil Adalbert le regarda encore et secoua sa pipe dans sa main.

— Astheure qu'on vient de prendre entente, au cas où chacun de son bord, on aurait le goût de changer d'idée, si tu veux, le jeune, on va aller retrouver mon Auréa, pis ensemble on va se signer un petit papier.

L'œil astucieux, il l'entraîna vers la maison. Près de lui, Léon-Marie réprimait avec peine le sourire de triomphe qui tirait ses lèvres. Quiconque les aurait aperçus l'un près de l'autre aurait eu bien du mal à déceler lequel d'entre les deux croyait avoir fait la meilleure affaire.

L'angélus sonnait midi à l'église du village quand Léon-Marie sortit de la maison. Les lèvres arrondies dans un sifflement joyeux, il grimpa sur sa bicyclette et se dirigea vers le chemin de Relais. Il avait très hâte d'annoncer la nouvelle de sa transaction à Henriette.

\*\*\*

Assise dans la berceuse près de la fenêtre, Henriette actionnait doucement les arceaux. Son petit livre d'heures était ouvert sur ses genoux et ses lèvres marmonnaient des phrases. De temps à autre, elle essuyait ses yeux avec son mouchoir.

Léon-Marie poussa la porte dans un grand coup de vent. Elle sursauta, aussitôt referma son livre et l'enfouit dans la poche de son tablier.

— Inutile de te cacher, Henriette, prononça-t-il sur un ton de tendre reproche en avançant dans la cuisine, je sais que tu lisais encore tes paillettes d'or.

Penché vers elle, il retira le petit recueil de sa poche et l'ouvrit au hasard.

— «Quand le soir, sur le front de la mère qui pleure, mêle son ombre au deuil qui la voile à demi... Ô femme, sublime tu gravis ce douloureux calvaire...» Ma pauvre Henriette, soupira-t-il en laissant glisser le livre sur ses genoux, comment peux-tu te complaire dans des idées pareilles?

Les yeux levés vers lui, elle le regardait sans parler. De grosses larmes roulaient sur ses joues.

Incapable de cacher son agacement, il se détourna. À lui aussi le petit Gabriel manquait. Pourtant il évitait, comme le faisait Henriette, de se délecter d'un passé rempli de tristesse. Dans son esprit rationnel, pragmatique, il n'y avait pas de place pour cette forme de mélancolie. Il ne comprendrait jamais qu'on ne puisse oublier ses peines, à force d'activités, de travail, ainsi que faisaient dans ses souvenirs ces femmes énergiques de la génération de sa mère. Mais Henriette était autre. Elle était fragile, vulnérable et douce, et elle était si entêtée.

— Comment peux-tu perdre ton temps à ressasser des belles phrases sentimentales qui veulent rien dire? gronda-t-il. C'est rien que des mots, c'est pas ça, la réalité de la vie. Ça ne fait qu'entretenir ta neurasthénie. Charles l'a dit, le curé Darveau l'a dit, il y a qu'un moyen de réapprendre à vivre, c'est d'accepter ce qu'il t'arrive. Pourquoi que tu t'occupes pas au lieu de jongler?

Henriette étouffa un sanglot. Léon-Marie ne pouvait comprendre combien elle souffrait. Il était un homme, il avait son travail dehors, tandis qu'elle vivait dans la maison et à chaque instant marchait dans les pas de son enfant qui était parti.

— Ce matin, dit-elle à travers ses larmes, je suis allée dans la chambre des garçons et j'ai vu ses petites bottines dans la penderie, ses petites bottines qu'il portait pour aller à l'école. Sur un côté de la semelle, il y avait un caillou qui était allé se loger là.

Brusquement, elle plaqua ses mains sur son visage.

— Gabriel devait courir avec les autres enfants, quand ce petit caillou est entré dans son soulier.

— Je sais ben, prononça-t-il apaisé en entourant ses épaules de son bras, moi aussi j'ai de la peine, mais faut que tu penses que t'as trois autres enfants, pis un mari aussi. Tu sais que tu me négliges pas mal depuis quelque temps.

Il ajouta à voix basse:

— J'ai beau être patient, je suis pas un père trappiste.

— Oh! Léon, lança-t-elle en découvrant ses yeux avec horreur, comment peux-tu être aussi terre à terre!

Ils détournèrent leur regard. Un sentiment de gêne, brusquement, s'était installé entre eux. Ils n'avaient pas l'habitude de discuter de ces choses hors de la solitude de leur chambre. Le moment venu, tout naturellement, ils se rapprochaient dans leur lit, goûtaient pleinement leur plaisir et, comme un secret, le gardaient l'un l'autre dans leur cœur.

Embarrassé, il marcha un peu dans la cuisine. Enfin, se ressaisissant, il revint sur ses pas et alla se placer devant elle. Un éclair de malice animait son regard.

— Tu peux pas deviner ce que j'ai fait à matin, dit-il en détournant le cours de leur conversation. Imagine-toi donc que j'ai acheté la terre du père Adalbert Perron, en bas de la côte. Je vais engager un fermier et je vais la faire cultiver. On manquera jamais de bons produits de la ferme ben frais.

— Pourquoi, Léon-Marie? objecta-t-elle. On ne manque déjà de rien ici, je fais pousser tout ce dont nous avons besoin dans notre potager.

— Pis plus tard, quand il y aura plus de place à construire des maisons du côté de la Cédrière, je la vendrai par petits lots, poursuivait-il sans entendre sa remarque.

Sa bouche se tordit dans un rictus empoisonné, en même temps qu'il reprenait sa marche à travers la cuisine.

— Mais surtout, j'attends de pied ferme un dénommé Beaulieu, c'te p'tit fadet qu'est sorti du fin fond de ses terres. Je vais lui apprendre, moi, qui c'est qui mène à la Cédrière, pis tout le long de la rivière aux Loutres. Je vais lui montrer, moi, où c'est qu'il va devoir aller l'installer, sa fabrique de charbon de bois.

# 18

Le mois d'avril venait de débuter et la neige s'affaissait doucement. Partout dans les champs, de longues bandes de terre noire,
percées ici et là de petites pousses jaunies, émergeaient entre les
congères. Du côté du mont Pelé, des masses de glace fondante
dégringolaient les pentes et dégoulinaient comme sur une grosse
figure mouillée qui brillait dans le soleil. Gonflée par la crue du
printemps, la petite rivière aux Loutres roucoulait en culbutant
dans la chute près de la grande roue.

L'œil rêveur, devant la fenêtre à l'étage de l'ancienne meunerie,
Léon-Marie observait le lent dégel de la nature. Il fixait, en amont
de sa petite rivière, l'eau qui débordait sur ses rives, affluait à grand
train dans la chute devenue large et puissante, éclaboussant violemment au passage les roches qui s'accrochaient à ses versants.

Avec un relent d'amertume, il se disait que si le débit de son
cours d'eau avait toujours eu cette force, il n'aurait pas eu à attendre
le bon vouloir de Don McGrath pendant tout l'hiver pour faire
fonctionner convenablement sa scierie.

Il laissa échapper un soupir. La saison froide avait été difficile
pour son entreprise. Les tempêtes et le verglas s'étaient succédé et,
à maintes reprises, avaient rompu les fils électriques qui alimen-
taient les moteurs. Les pannes d'électricité avaient été fréquentes et
longues, trop fréquentes et trop longues à son gré.

Tant de fois, sous la neige qui ensevelissait les routes, il avait
attelé son cheval à la carriole et s'était rendu au pouvoir électrique
afin de déverser sa hargne au nez de l'Irlandais.

— Que c'est que tu veux que j'y fasse, lui répétait Don McGrath
en secouant les bras avec impuissance. Godless! c'est pas moé qui
mène le ciel, c'est le bon Gueux.

À la suite de ces heurts, leur amitié s'était quelque peu refroidie.
Ils se rencontraient bien chaque dimanche à la desserte de la petite
école, pour la messe que célébrait le vicaire Jourdain, mais ils
n'échangeaient plus que des paroles banales. Leur belle complicité
avait fait place à un regard froid suivi de quelques hochements de
tête, comme s'ils se retenaient de cogner l'autre pour le corriger
d'être aussi buté.

— Je regrette rien, disait Léon-Marie au curé Darveau qui lui reprochait son intransigeance. Ça en prend un pour secouer de temps en temps ce grand Irlandais trop infatué de lui-même. Barnache, c'est pas la première année qu'on a un hiver. Il a qu'à voir à son affaire.

L'événement qui avait annihilé ses derniers efforts de compréhension et de patience s'était produit le deuxième lundi de février. Ce matin-là, à son réveil, il s'était attardé devant la fenêtre, tant les arbres étaient jolis, tout couverts de petits cristaux qui brillaient dans la luminescence des nuages. De l'autre côté de la route, les hommes s'étaient mis à l'ouvrage comme d'habitude, quand brusquement les moteurs s'étaient tus. La panne, cette fois avait duré plusieurs jours.

Après une troisième journée d'attente fébrile et afin d'occuper les quelques ouvriers qu'il gardait encore dans la scierie pendant la saison tranquille, il avait pris la décision de rabouter les courroies à la grande roue à godets et rétablir l'ancienne source d'énergie. Il était aussitôt allé fouiller dans les coins humides, avait regroupé les engrenages qui traînaient là depuis bientôt trois ans et, péniblement, s'était mis à la tâche.

Les autres l'avaient observé, la mine sceptique.

— Le shaft est jammé ben dur dans la rouille, disait Jean-Baptiste, rends-toé à l'évidence, aspic, tu réussiras jamais à décoller ça de là.

Il s'était entêté, avait assené de solides coups de marteau sur le manche de son ciseau à froid, dans un vain effort pour libérer les éléments.

Enfin, reconnaissant son incapacité, la rage au cœur, il avait décroché les courroies, les avait transportées dans le grenier et avait renvoyé les ouvriers chez eux. Pour lui, l'expérience de la grande roue venait de prendre fin définitivement. Il avait pris, ce matin-là, une décision qu'il n'aurait jamais imaginée trois ans plus tôt. En même temps que débutait l'hiver 1928, lui, Léon-Marie Savoie, s'inclinait, cédait devant le modernisme.

Un froissement de papiers du côté de son petit bureau le fit se retourner. Charles-Arthur venait de monter l'escalier et l'attendait devant la table de travail.

— Tu viens pas déjà me donner ta réponse? dit-il en quittant son poste devant la fenêtre pour aller le rejoindre. Je pensais jamais que tu te déciderais aussi vite.

La veille, son frère et lui avaient étudié ensemble le projet qu'il mûrissait depuis plusieurs mois de défaire leur association. Il lui céderait sa part dans la construction des habitations, tandis qu'il garderait pour lui seul les opérations de la scierie. Il s'y était résolu après une autre de leurs éternelles disputes. Il était fatigué de leurs constants frottages et justifications. Pour lui, le temps était venu de départager leurs tâches et de mener, chacun à sa manière, sa propre entreprise.

— Ça m'a pas pris grand temps pour comprendre que c'était mieux pour nous deux, qu'on ait chacun nos business, observa Charles-Arthur en prenant place sur une des petites chaises en bois. Ça me tannait pas mal de devoir obéir à tes ordres comme un petit garçon.

— Tant qu'à ça, je te dirai que moi aussi, ça me tannait pas mal de devoir tout le temps te montrer le chemin comme à un petit garçon, rétorqua Léon-Marie du tac au tac.

— Que c'est que tu veux dire par là? Es-tu en train de me dire que je sais pas travailler?

— Si tu veux, Charles-Arthur, on recommencera pas à se chicaner pour des vétilles, jeta Léon-Marie sur un ton sévère. T'acceptes qu'on divise les entreprises, bon, on reviendra pas là-dessus, c'est une affaire réglée.

Les lèvres pincées, il dévisagea un moment son frère. Il se demandait comment il avait pu vivre avec lui une association pendant trois longues années. Du plus loin qu'il se souvînt, sa mère avait tant de fois répété que, de tous ses enfants, il n'y avait que ces deux-là pour ne pas parvenir à s'entendre. Il pensa que son ambition devait être bien forte, lorsqu'il avait débuté ses entreprises, si forte que les joies de l'entente harmonieuse avaient sacrifié à la quête de la réussite, car, il ne l'avait jamais caché, il n'avait accepté la participation de son frère à ses affaires que parce qu'il lui avait fourni l'argent nécessaire à l'achat des moteurs électriques et du planeur.

— J'ai calculé qu'il te revenait trois cents piastres de ce que tu m'as donné pour entrer dans la compagnie. La différence couvre les outils que je cède à ton entreprise de construction, pis aussi un peu d'amortissement pour compenser l'usure des machines qui ont roulé pas mal depuis qu'on a ouvert nos portes.

— Rien que trois cents piastres, rétorqua Charles-Arthur. Je pensais que ça valait ben plus que ça.

— C'est un chiffre honnête, Charles-Arthur, j'ai calculé sous tous les bords et c'est à cette somme-là que je suis arrivé.

— Tu me donnerais jamais une cenne de trop, hein, mon frère? le nargua Charles-Arthur. Les outils, c'est pas ce qui t'a coûté le plus cher, tu les as coulés toé-même pendant l'hiver dans tes temps morts. Quant aux voitures pis aux échelles...

— T'as déjà trois contrats à exécuter, coupa Léon-Marie. J'ai déjà convenu avec mes ouvriers de la manufacture de portes et châssis de construire leurs maisons. Tu vas commencer par celle de l'artiste, c'est celle qui presse le plus. Actuellement, il se partage un petit trois pièces au village avec sa femme pis deux enfants.

Engoncé sur sa chaise devant la grande table, avec sa cheville droite appuyée sur son genou gauche, Charles-Arthur le regardait, les yeux agrandis de colère. Il hochait durement la tête. Malgré la rupture de leur association, comme une seconde nature, son frère donnait des ordres et persistait à s'ingérer dans ses affaires.

— Câlisse, Léon-Marie, tu te vois pas aller? Tu vas faire ci comme ci, tu vas faire ça comme ça... T'arrêteras donc jamais de toujours vouloir tout mener? Tu laisses d'initiatives à personne. Comment veux-tu qu'on montre ce qu'on est capable de faire, pis qu'on s'implique quand tu régis toujours toute, pis que tu décides toute. Pis faut tout le temps penser comme toé. T'as pas l'air de savoir qu'on peut avoir d'autres idées des fois, pis arriver au même résultat. C'est moé que ça regarde astheure de mener l'entreprise de construction. Elle m'appartient en propre, ça fait que c'est à moé de décider comment je vas travailler.

— Peut-être ben, répondit Léon-Marie, imperturbable, mais ce que tu sais pas encore, c'est qu'il va falloir que tu commences les travaux aussitôt que la terre va être assez dégelée pour poser les assises. La maison de l'artiste doit être habitable le premier mai, je le lui ai promis.

— Le premier mai, siffla Charles-Arthur, rien que ça. On peut pas dire que tu me donnes ben du temps.

— Je te demande seulement de respecter les engagements que j'avais pris l'automne dernier. Après, crains pas, j'me mêlerai pas de tes affaires.

Exaspéré soudain, il frappa de tout son poids sur sa table.

— Et pis, barnache, veux-tu les bâtir, ces maisons-là ou ben s'il va falloir que je parte une entreprise de construction connexe à la tienne? Va-t-y falloir que je te fasse concurrence pour que ça débloque? C'est-y ça que tu veux?

— Prends pas le mors aux dents, le p'tit frère, le freina Charles-Arthur, on est en démocratie, j'ai ben le droit d'avoir une opinion, ça m'empêche pas de voir à mes affaires.

Comme s'il se refusait à lutter davantage, il haussa les épaules et, laissant échapper un profond soupir, se leva.

— Bon ben, moé, j'ai autre chose à faire qu'à rester icitte à t'écouter. Ça va aller, elle va être bâtie dans le temps requis ta maison. Y a-t-y autre chose?

— Oui, il y a autre chose, reprit Léon-Marie en le retenant d'un geste. Une affaire qui me chicote, mais qui concerne pas les entreprises.

Il s'accorda un moment de réflexion. Bien sûr, il lui répugnait d'aborder ce sujet qui le préoccupait, pourtant le doute le tenaillait depuis trop longtemps, brisait trop sa tranquillité pour qu'il ne s'en éclaire pas enfin et dissipe toute ambiguïté.

— Ça concerne le feu dans les dosses, l'automne dernier, amorça-t-il. J'arrête pas de me demander qui c'est qui aurait eu l'audace de venir faire ça dans ma cour, en plein jour. Je me dis que ça peut pas être un étranger, parce qu'on l'aurait remarqué. Faut que ça soit quelqu'un qui a ses aises avec nous autres, quelqu'un qu'on serait pas surpris de trouver là. As-tu une idée, toi, de qui ça pourrait être?

— Es-tu en train de me dire que tu suspecterais quelqu'un qui habite dans le hameau, s'enquit Charles-Arthur en allant reprendre sa place sur sa chaise.

— C'est ça, quelqu'un de la place.

L'air indécis, Léon-Marie fixait son frère. Enfin, lentement, il détourna son visage et ferma à demi les paupières avant d'interroger à voix basse:

— Je voulais aussi te demander une chose, Charles-Arthur. Tu dois ben te rappeler cette journée-là... Ce que j'aimerais savoir... c'est où t'étais, toi... que c'est que tu faisais, toi... pendant que les croûtes brûlaient...

D'un bond, Charles-Arthur s'était levé de son siège. Il était rouge de colère.

— Wow là, toé! Es-tu en train de m'accuser d'avoir mis le feu dans les croûtes? Dans ce qui était mon bien à moé aussi? Me prends-tu pour un maniaque?

— C'est pas ce que j'ai voulu dire, articula Léon-Marie sans perdre son calme. Je vois que t'as pas tout à faite compris...

— Ben câlisse! hurla Charles-Arthur frémissant de colère. Si t'as autre chose derrière la tête, crache-lé, pis au plus maudit, parce que moé, je commence à avoir hâte en sacrament de sacrer mon camp d'icitte!

— Prends pas les nerfs, Charles-Arthur, prononça Léon-Marie en pesant ses mots. C'est pas toi que je redoute. Je redoute plutôt une personne que t'aurais pu voir rôder dans le coin, ce matin-là. C'est c'te personne-là qui me laisse à penser...

— J'ai vu personne rôder dans le coin ce matin-là, coupa durement Charles-Arthur. Je sais pas ce qu'on a pu te raconter, mais moé, je sais que j'ai rien à me reprocher. J'ai été à mon ouvrage comme d'habitude, c'est toute ce que je peux te dire.

Léon-Marie évita son regard. D'un geste négligent, il ouvrit son grand livre de comptes et, prenant son temps, se pencha sur ses écritures. Enfin, il releva lentement la tête.

— T'es sûr que tu te trompes pas de jour, Charles-Arthur? Moi, je veux parler du premier mercredi de septembre, le sept, tu dois ben te rappeler de ce jour-là, l'année passée. L'école avait commencé la veille.

— Que c'est que t'as derrière la tête, toé? jeta Charles-Arthur. On t'aurait-y rapporté des menteries, pis tu les aurais crues?

— Je parle pas de racontars, Charles-Arthur, proféra Léon-Marie sur un ton devenu brusquement autoritaire. Je te pose une question ben simple, je veux que tu me dises qui était dans le petit bois avec toi, ce matin-là.

— Je le sais-t-y, moé? D'abord comment tu veux que je me souvienne d'une affaire qui s'est passée il y a presque un an?

— Sept mois, Charles-Arthur, sept mois moins une semaine.

— Justement, sept mois moins une semaine, c'est pas mal loin dans ma tête. Il a coulé de l'eau sous les ponts en câlisse, depuis ce temps-là.

Léon-Marie le fixa en silence. Charles-Arthur ne lui disait pas la vérité. Il n'avait pas pu oublier cette journée, pas plus d'ailleurs que quiconque à la Cédrière. Cet événement avait été trop marquant pour eux tous, qu'il ne pouvait avoir sombré si tôt dans l'oubli.

— Je sais qu'il y avait quelqu'un avec toi dans le petit bois ce matin-là, insista-t-il. Ce que je voudrais savoir aujourd'hui, c'est qu'est-ce que cette personne-là a à dire, elle aussi.

Excédé, Charles-Arthur s'était levé et avait reculé vers l'escalier. Il refusait d'en entendre davantage.

— Câlisse, là, par exemple, t'exagères. Que tu mènes la baraque icitte-dans, passe encore, mais tu viendras pas t'ingérer dans ma vie privée, ça, c'est pas vrai. Qui je rencontre, pis à qui je parle, c'est pas de tes affaires. Je suis assez vieux pour savoir comment agir, pis toé, mêle-toé de ce qui te regarde.

— Qu'est-ce que t'as à tout prendre en grippe à matin? s'éleva subitement Léon-Marie. J'ai jamais voulu me mêler de ta vie privée. Même si je suis fidèle à mon Henriette, je suis pas si scrupuleux pour reprocher à un homme de s'être permis une petite inclination sans conséquence, si à un moment donné, il trouvait pas ce dont il avait besoin dans sa maison.

Reprenant son calme, il revint poser ses yeux sur lui.

— Mais c'est pas de ça que je voulais t'entretenir, Charles-Arthur. Ce que j'ai voulu te faire comprendre, c'est qu'avec le danger que la scierie a couru, c'était important, pour toi comme pour moi, de chercher chacun de son bord, pis trouver qui aurait pu faire ça. Me semble que cette personne-là, à qui je pense, elle a ben dû t'en glisser un mot, elle. T'as pas cherché à savoir son idée?

Charles-Arthur fit demi-tour. Encore une fois, il voulut partir. Il bouillait de colère.

— T'auras beau faire des entourloupettes pis te chercher des excuses, Léon-Marie Savoie, tu m'impressionnes pas. J'ai rien à te dire, t'as ben compris? Rien, câlisse!

À grandes enjambées furieuses, il fonça vers l'escalier et dévala les marches.

Un peu dépité, Léon-Marie fixa sa silhouette qui se confondait avec les ombres dans l'escalier et la suivit jusqu'à ce qu'il ait disparu du côté de l'ancienne meunerie. Enfin, encore contrarié, il se leva à son tour, enfonça sa casquette sur sa tête et, attrapant son calepin au passage, alla rejoindre Jean-Baptiste et Omer Brisson qui travaillaient dans l'atelier de coupe.

— Il y avait un gars qui te cherchait tantôt, l'avisa Jean-Baptiste tandis qu'il passait près de lui. Comme ç'avait l'air de brasser pas mal fort en haut avec Charles-Arthur, j'y ai dit d'aller t'attendre dehors, que je l'avertirais quand tu serais libre. Il doit ben être quelque part aux alentours astheure.

— Qui c'est, celui-là?

— Connais pas. Y s'est pas nommé. Tout ce que je peux te dire, c'est que c'est pas un gars de par icitte, je l'ai jamais vu.

Un peu intrigué, Léon-Marie sortit dans la cour à bois, d'un coup d'œil rapide, fit le tour des bâtiments, mais ne vit personne. Les lèvres avancées en une moue d'indifférence, il tâta son petit carnet dans sa poche et se dirigea vers la manufacture de portes et châssis.

Deux bogheis attendaient devant la façade, avec leur cheval attaché au poteau. Avec un certain plaisir, il pensa que l'hiver était à peine fini et déjà les affaires reprenaient comme aux beaux jours de l'été.

Il poursuivit sa route, longea un côté de la bâtisse et alla s'arrêter à l'arrière, devant les grandes portes de l'atelier. Partout la large pièce était couverte par les bruits saccadés de la plus grosse toupie. Accaparés par leur tâche, les deux menuisiers se tenaient penchés sur la machine et s'appliquaient à fabriquer de longues entailles dans une belle planche de pin. Il alla les retrouver et, pendant un moment, suivit leurs gestes avec intérêt. Enfin pressé tout à coup, il s'éloigna, vérifia, le long du mur, le travail fait, prit quelques notes puis, rapidement, alla pousser la porte de la salle de montre.

Une fumée de pipe, dense, âcre, frappa aussitôt son visage. La pièce était petite, abondamment éclairée par les larges baies vitrées gorgées du soleil du matin.

Il avança jusqu'au centre et alla s'arrêter près des gros cadres de bois et des socles qui soutenaient leurs plus récents modèles. L'artiste était là. Le dos appuyé sur le présentoir aux catalogues, il paraissait fort occupé à expliquer à un petit groupe d'hommes attentifs le fonctionnement des nouvelles fenêtres à meneaux.

Un peu plus loin à l'écart, se tenait un inconnu. Proprement vêtu d'un long manteau sombre, l'homme regardait autour de lui avec curiosité.

Léon-Marie le considéra sans surprise et marcha vers lui. Il devinait que cet homme devait être celui qui s'était présenté un peu plus tôt à la scierie.

— Je suis Léon-Marie Savoie, risqua-t-il, je suppose que c'est à moi que vous avez affaire.

— Je vous pensais au moulin, monsieur Savoie, dit l'homme en guise de salutation. J'étais justement sur le point d'aller vous retrouver.

Il tendit sa main avec politesse.

— Mon nom est Nestor Beaulieu.

Léon-Marie plissa le front. Une petite crispation, subitement, chatouilla sa poitrine. Le front levé, il examinait l'homme avec froideur.

— Que c'est que je peux faire pour vous, à matin, monsieur... Beaulieu?

À dessein, il avait insisté sur le patronyme de l'étranger.

L'homme le fixa avec étonnement.

— Mon nom ne vous dit rien, monsieur Savoie? C'est pourtant pas la première fois que je viens dans vos parages. J'ai passé une couple de jours dans votre coin, l'automne dernier. J'avais l'intention de m'implanter dans votre patelin, même que j'avais apporté un projet.

— Un projet, répéta Léon-Marie sur ses gardes, vous aviez apporté un projet...

— Vous avez pourtant bien dû en entendre parler, insista l'homme, j'avais projeté d'installer une fabrique de charbon de bois, pas loin de votre hameau.

Les sourcils relevés, Léon-Marie hochait machinalement la tête.

— Ah bon! Une fabrique de charbon de bois.

— Je trouvais l'endroit propice pour ce genre d'industries. À cause de la proximité de votre usine de bois de sciage, ç'aurait été aisé pour moi de m'approvisionner en résidus de bois franc.

Léon-Marie tiqua de la joue et toisa l'étranger. Il paraissait jeune, à peine plus âgé que son Antoine. Plutôt grand, mince, il avait le teint rose et des petits yeux bleus qui le fixaient avec candeur. Ses doigts étaient longs et fins et ses paumes paraissaient douce, comme celles d'un intellectuel qui ne s'est jamais frotté à cette sorte de bois brut qu'il manipulait, lui, chaque jour, et qui couvrait ses articulations de callosités. Il pensa qu'il devait manquer un peu d'expérience pour autant s'appuyer sur les autres, il n'avait certes jamais, comme lui, bûché, lutté, creusé sa place à force de bras et d'astuces.

— Faudrait pas trop compter sur mes entreprises pour faire vos affaires, émit-il d'une petite voix égale. Avec tout l'ouvrage qu'on a, on a pas ben ben le temps de trier des petits bougons pour le voisinage.

— Il y a tellement de bouts de bois qui se perdent dans les scieries, reprenait le jeune homme, vous n'auriez même pas eu à vous donner cette peine, je les aurais fait rapailler par mes ouvriers. Je trouve malheureux ce qui est arrivé, parce que c'était un bon projet.

Léon-Marie releva la tête. Une lueur animant ses yeux, il interrogea sur un ton angélique:

— C'était... que vous avez dit, ça veut-y dire... que ç'a pas marché?

— Ç'a commencé par bloquer au conseil municipal, paraît qu'il y a eu opposition, une forte opposition, on m'a même dit qu'il a été question d'une consultation publique.

— Pis je suppose que vous étiez pas présent à l'assemblée.

— Je n'avais pas à être présent, votre maire m'avait assuré que ce ne serait qu'une affaire de routine. Et puis, je n'avais pas le temps d'attendre une semaine, j'ai encore mes affaires à Saint-Alphonse de Bonaventure.

— Mon pauvre p'tit gars, ç'a pas dû être ben ben plaisant pour toi.

Il détourna son regard et se garda bien de préciser que lui, il était présent à cette assemblée municipale, une assemblée houleuse à laquelle il avait convié une bonne dizaine de ses supporteurs, même que c'était lui, secondé par Donald McGrath, qui avait suggéré une consultation publique.

— Votre maire Joseph Parent m'a conseillé de mettre ça sur la glace pendant quelques mois, précisa le jeune homme, le temps que les esprits s'apaisent, à ce qu'il m'a dit.

— De sorte qu'à matin, tu reviens à la charge.

— J'ai pas de temps à perdre, lança l'étranger sur un ton devenu subitement énergique. Faut en finir un moment donné. Ou bien je m'installe ici ou bien je cherche ailleurs.

Léon-Marie marqua sa surprise. Il se disait qu'en fin de compte, il devait avoir du caractère, ce petit Beaulieu.

Le visage tendu, il écouta avec attention, tandis que le jeune homme narrait sa rencontre de la veille avec le fermier Perron, opinant de la tête et compatissant longuement à son désarroi en «apprenant» que le vieux avait vendu sa terre et qu'il quitterait les lieux avant même que ne commence l'été.

— Je suppose que vous aviez pas fait de papier?

— J'ai toujours fait mes affaires sur parole, déclara le jeune Beaulieu, et j'ai jamais eu de problème, en tout cas, jamais jusqu'à aujourd'hui.

Léon-Marie freina le petit sourire retors qui gauchissait sa lèvre.

— Pis aujourd'hui... t'as un problème...

— Le vieux rusé a pas respecté sa parole. Mille cent piastres, qu'il l'a vendue, sa terre, seulement cent piastres de plus que l'offre que je lui avais faite. S'il m'en avait seulement fait part, je les lui aurais données sans hésiter, les cent piastres de plus qu'il demandait.

— Mon gars, articula Léon-Marie sur un ton paternel, tu dois ben savoir que, devant la loi, les paroles, ça vaut rien pantoute. D'après le code civil, seulement les écrits comptent. C'est pour ça que, pour se protéger, vaut toujours mieux signer un petit papier qui engage les deux parties.

— Entre nous, les Canadiens français, on fait couramment des transactions verbales.

— Je le sais comme toi, mais ça vaut ce que ça vaut. On est pas en loi. Tu vois ce qui t'arrive aujourd'hui?

— Le vieux semble s'être décidé bien vite. Le contrat est même passé devant notaire depuis l'automne dernier.

Subitement, pris d'une sourde inquiétude, Léon-Marie abaissa à demi les paupières et laissa percer un long regard dubitatif.

— Il t'a dit, le bonhomme Perron, à qui il l'avait vendue, sa terre?

— Pensez-vous! jeta le jeune homme sur un ton dédaigneux. Il est bien trop fin finaud pour ça. Mais comptez sur moi que je vais finir par l'apprendre. J'ai peut-être l'air docile, mais je suis tenace, bien tenace, et j'arrive toujours à mes fins.

Léon-Marie se racla bruyamment la gorge. D'un geste soudain amical, il posa sa main sur l'épaule du jeune Beaulieu.

— Ben moi, mon gars, je te conseillerais, au contraire, d'oublier ça. C'est curieux, mais j'ai comme l'impression que ce qui est arrivé, c'est pour le mieux pour toi. Je pense pas que c'était une bonne idée que de bâtir une fabrique pareille aussi proche des habitations. T'as pas l'air de connaître les humeurs de notre climat à nous autres, sur le bord du fleuve.

La main toujours appesantie sur son épaule, il pointa l'index vers la fenêtre et expliqua avec patience:

— Tu vois, par là, ça, c'est le mont Pelé. Quand le vent est d'ouest, il va tout de suite se cogner dessus. As-tu pensé à la trentaine de familles qui vivent icitte au pied de la montagne? As-tu pensé aux femmes qui verraient leur lessive tout enfumée sur les cordes à linge? Tu te ferais des ennemies de ces femmes-là, que tu trouverais pas ça vivable. Pis quand le vent serait d'est, ben c'est pareil. C'te fois-là, ça serait au tour des femmes des employés du pouvoir électrique de se plaindre. Oublie pas qu'il y a une vingtaine de maisons de construites de ce côté-là, dans le rang Croche, à part les cultivateurs. Pis quand le vent serait sud, ben là, ce seraient les femmes des artisans, au bord du fleuve, à pas t'aimer pantoute. Comme tu vois, tu te ferais haïr de tous les bords.

L'homme laissa égrener un petit rire narquois.

— Monsieur Savoie, il y a des habitations partout. Où que je vais aller m'installer, vous savez bien que je vais déranger un peu. Si on voulait pas déranger personne, faudrait pas implanter d'industries nulle part et on ferait pas vivre les familles.

Imperturbable, Léon-Marie l'entraîna dehors.

— Viens avec moi, mon gars, je vas te montrer quelque chose. Je vais t'en montrer, moi, une place où tu pourrais t'installer sans déranger personne. Oublie pas que je suis né icitte, pis que je connais le coin comme ma poche. Je connais un endroit parfait, où c'est que tu pourrais la bâtir sans problème, ta fabrique de charbon de bois.

Sa main droite enserrant le bras du jeune homme, il le mena au milieu de la route et, le regard tourné vers la campagne qui se déroulait jusqu'au fleuve, avec les deux doigts de sa main gauche étalés en éventail, il commença à décrire la répartition géographique de sa région.

— Tu vois, icitte, la rivière qui longe le chemin de Relais pis qui traverse le rang Croche par le petit pont de bois là-bas? Ben ça, c'est ma rivière à moi, la rivière aux Loutres, qu'on l'appelle. De l'autre bord, au boutte du rang Croche, t'as une autre rivière, c'est la rivière aux Ours. Celle-là, c'est la rivière à McGrath, un Irlandais, le patenteux, comme on l'a surnommé. Pense pas non plus aller t'installer de son bord, parce que lui, c'est le propriétaire du pouvoir électrique, pis faut surtout pas toucher à son site. Faut aussi que tu fasses ben attention pour pas le froisser non plus, parce qu'il est devenu un gars ben pesant, astheure qu'il éclaire toutes les maisons à des lieues à la ronde. D'autre part, tu risquerais aussi d'avoir du trouble, parce que c'est un Irlandais, pis que les Irlandais, c'est une race qui est pas à prendre avec des pincettes, sans compter que depuis qu'il brasse des grosses affaires, il est toujours entouré d'avocats. Tu risquerais aussi les foudres de la grosse Grace, sa femme, elle qui se tient toujours sur son trente-six depuis que son mari est millionnaire, pis qui parle avec le petit doigt en l'air. Je te le répéterai jamais assez, c'est un gars ben pesant pis faut que tu y fasses ben attention. Ça fait que si tu veux pas avoir de problèmes, faut que tu t'installes plus loin, encore plus loin, là-bas, du côté du fleuve.

Il ponctuait chacun de ses mots, en même temps qu'il faisait de grands gestes, étirait le torse, les bras, le cou, le plus qu'il pouvait.

Près de lui, l'étranger l'écoutait, le regard rempli d'incertitude.

— Vois-tu, mon gars, reprit Léon-Marie sur un ton de connaisseur. Ce qu'il faut que tu comprennes, c'est qu'avant de t'installer quelque part, tu dois t'assurer que t'amèneras pas le trouble avec toi. C'est ben fatigant, tu sais, de se battre contre tout le monde, de vivre tout le temps dans la chicane, pis avec les hommes de loi. Tu te vois, pris avec McGrath pis ses avocats? Les avocats, c'est une autre race de monde qu'il faut tenir loin de nous autres, parce que ceux-là, si tu les laisses faire, y peuvent manger ton bien.

— Je ne peux pas croire qu'il existe au monde un endroit où je pourrais installer ma fabrique sans causer le moindre trouble à personne.

— Si tu t'installes où je pense, prononça Léon-Marie sur un petit ton bienveillant, tu peux être sûr que tu dérangeras personne.

— J'ai de la misère à vous croire. Mon père, qui a fait des affaires toute sa vie, m'a toujours dit que si on veut apporter la prospérité quelque part, on n'a pas le choix que de déranger un peu.

— Ben, je vais te montrer que c'est pas toujours vrai.

D'un geste vif, il entraîna le jeune homme encore plus bas sur la route, dépassa le petit bosquet de noisetiers et alla s'arrêter face à l'école.

— Tu vois là-bas, en amont, en allant vers le Bic, presque en face de l'île, un peu dépassé les Aboiteaux.

Les bras tendus vers l'avant, il remuait ses doigts, les agitait comme des palmes.

— Il y a là une belle surface plane, juste au bord du fleuve. C'te grand champ-là, on l'appelle les Fardoches. Tu peux pas trouver mieux pour y bâtir tes cabanes. Tu vois, sur le bord de la route, le gros bouquet d'arbres, ben c'est juste derrière. Tu serais tout seul, pis t'aurais le bosquet pour couper la fumée des habitations. Ça serait parfait pour toi, ça, mon gars. Là-bas, personne aurait à redire. Je dis pas qu'on sentirait pas de temps en temps une petite odeur de fumée quand le vent soufflerait d'ouest, pis qu'il soufflerait fort, mais ça serait pas grave, ça serait juste comme un petit goût de poêle à bois, pas désagréable pantoute. Pis je te donnerais un bon coup de pouce pour l'autorisation du conseil municipal, je te ferais avoir ça que ça serait pas long.

Il lui lança une œillade malicieuse.

— Je peux avoir ben du poids dans la municipalité quand je veux.

— Mais pour le bois d'érable, comme il y a pas beaucoup de scieries à la ronde, j'aurais pas mal de chemin à faire pour m'en approvisionner, surtout que vous venez de me dire que vous refusez de m'en fournir...

— Mon gars, coupa Léon-Marie en plaquant lourdement sa main sur son épaule, icitte dans le Bas-du-Fleuve, on est jamais mal pris. Si tu viens t'installer dans les Fardoches, je vais t'en fournir, du bois d'érable, pis des beaux bougons à part ça, tant que t'en voudras.

— C'est pas tout à fait ce que j'avais projeté, glissa le jeune homme, marquant sa déception. Enfin, je vais aller visiter le site, et si ça me convient, je reviendrai vous voir. On en profitera pour signer une petite entente pour la fourniture du bois franc.

— Pas besoin de ça avec moi, mon gars, lança Léon-Marie sur un ton frondeur. Je suis pas le vieux Adalbert Perron, moi. Quand je donne ma parole, je la tiens à tout coup.

Il lui donna une tape amicale sur l'omoplate, pivota sur lui-même et se hâta de monter la côte vers la scierie. À ses yeux, le problème était résolu. Il marchait la tête haute, la mine satisfaite en pensant qu'encore une fois, il avait manœuvré avec adresse. Grâce à son intervention, la municipalité aurait ses taxes, et le hameau vivrait tranquille.

— La construction de ta maison va commencer bientôt, cria-t-il à l'adresse de l'artiste tandis qu'il passait devant la manufacture de portes et châssis.

Il ralentit son allure et regarda autour de lui. Subitement, un sentiment pénible, comme un malaise, tourmentait sa poitrine. Il éprouvait tout à coup la sensation d'un vieux renard qui vient d'attraper une proie facile et la déguste sur place. Sans comprendre pourquoi, il en éprouvait un peu de honte.

Il se ressaisit avec vigueur.

— Il y a pas deux façons de faire des affaires, marmonna-t-il. Va falloir que le petit Nestor Beaulieu l'apprenne s'il veut réussir un jour. C'est un bon petit gars, mais c'est encore un jeunot.

D'un mouvement rapide, il ouvrit la porte de l'ancienne meunerie, grimpa quatre à quatre les degrés du petit escalier et réintégra son bureau.

Les coudes appuyés sur son meuble, il se pencha sur son livre de comptes. Il avait peine à se concentrer. Les chiffres dansaient devant ses yeux. Il frotta vigoureusement ses tempes. Incapable de se détacher de son entretien avec le jeune industriel, il pensait au notaire Beaumier et à toute la ruse qu'ils avaient dû déployer ensemble, afin de cacher aux yeux de tous sa participation à l'achat de la ferme Perron. Officiellement, personne ne devait savoir que la terre du vieil Adalbert était sa propriété. Inquiet soudain, il se demandait s'il pourrait longtemps garder son secret intact.

Un craquement bref lui fit lever la tête. Il sursauta.

— Qu'est-ce que c'est?

Clara, la femme d'Anatole Ouellet, venait de surgir en haut de l'escalier et, la démarche langoureuse, avançait vers son bureau. Plutôt grande, elle paraissait forte et bien en chair, avec sa taille ronde, sa poitrine généreuse que laissait entrevoir l'ouverture de sa veste de laine.

Surpris, il la considérait en silence, la bouche entrouverte, les yeux rivés sur elle. Il ne pouvait se retenir de la trouver belle, très belle même, délectable, appétissante comme une bonne pomme mûre. Il pensa combien elle avait changé depuis l'hiver, la Clara. Sûre d'elle, elle avait acquis une maturité tranquille, qui contribuait à lui donner ce petit air épanoui, comme une sorte de bonheur offensant qui émanait de toute sa personne.

Il détourna la tête. Malgré lui, il ne pouvait se retenir d'associer son frère Charles-Arthur à l'éblouissant personnage. Il songeait que le diable, dans son cas, avait dû avoir bien peu de peine à l'induire au mal. Il se représentait Angélina, chétive et maigre, dépourvue de charme, mais en même temps vaillante et dévouée à sa famille, et ne pouvait s'empêcher de la comparer à cette femme, robuste, libre, envoûtante et trop sûre de ses attraits.

Pendant un long moment, le regard indéfinissable, il la contempla, figé dans une douce et bien agréable béatitude. Soudain il émit un sursaut. D'un seul coup, son admiration pour elle se transformait. Sans comprendre pourquoi, cette femme, brusquement, lui répugnait.

Il la dévisagea à nouveau, mais avec froideur cette fois.

— Qu'est-ce que je peux faire pour toi, Clara?

— Je sais que vous êtes ben occupé, monsieur Savoie. Aussi, ce que j'ai à vous dire prendra pas de temps.

Il s'appuya sur le dossier de sa chaise. Retrouvant son assurance paisible, il tourna machinalement son crayon entre ses doigts.

— C'est à propos de ce qu'on vous a raconté, enchaîna la femme. Je voulais seulement vous dire que c'est pas vrai pantoute, ce qu'on a pu vous rapporter. C'est toutes des inventions.

— Qu'est-ce qu'on m'a rapporté, Clara?

— Je veux dire que c'est pas ça qui s'est passé.

Il émit un grognement d'impatience.

— Mais de quoi veux-tu parler, qu'est-ce qui s'est passé?

— Vous savez très bien de quoi je veux parler. C'est à propos de l'automne dernier, le matin où il y a eu le feu dans les croûtes. Ben, il s'est rien passé pantoute avec Charles-Arthur. C'est ça que je suis venue vous dire. Il s'est rien passé de croche, je le jure sur mon âme. C'est vrai qu'on a parlé, vot' frère pis moi, pis qu'on a ri ensemble, mais c'est pas parce qu'on a ri ensemble qu'on a faite du mal.

— Ce que t'as pu faire avec Charles-Arthur me regarde pas, proféra Léon-Marie, c'est pas mon affaire de vous juger. Moi, c'est le feu dans les dosses qui m'intéresse, pas autre chose. Le sais-tu, toi, Clara, qui c'est qui aurait pu aller jeter une allumette par là?

— Non, monsieur! lança Clara avec vigueur. Pis j'ai vu personne rôder dans le coin non plus, ce matin-là. D'ailleurs, ça s'est passé en arrière de la scierie sur le bord de la rivière, tandis que moi, je me promenais dans le p'tit bois, de l'autre côté, quand j'ai rencontré Charles-Arthur.

— Ainsi, par hasard, t'as rencontré Charles-Arthur, prononça-t-il, l'œil caustique.

Clara haussa les épaules, une moue amusée arrondissait ses lèvres.

Une lourdeur, brusquement, tourmenta les entrailles de Léon-Marie. Il regrettait son exclamation, elle lui apparaissait familière, inopportune.

— Revenons-en à nos oignons! lança-t-il, se reprenant vivement.

Il avança aussitôt, sur un ton qu'il voulut neutre:

— Comme ça, le matin du feu, t'as vu personne rôder aux alentours de la scierie?

— Non, monsieur Savoie, lança fermement Clara, j'ai vu personne.

— Même pas quelqu'un du hameau, insista-t-il, un enfant, une femme, n'importe qui, qui travaille pas pour mes entreprises?

— À part les femmes pis les enfants, je vois pas grand monde dans le hameau qui travaille pas pour vos entreprises, monsieur Savoie, prononça Clara sur un petit ton ironique.

— J'en connais, moi, rétorqua-t-il, il y a les fermiers, il y a aussi les employés du pouvoir électrique.

— Tant qu'à faire, on pourrait ajouter la petite Odile Lepage, la maîtresse d'école.

Elle éclata d'un petit rire joyeux qui découvrait ses dents très saines, longues et blanches. Ses lèvres étaient fardées de rouge et ses yeux sombres étincelaient de malice.

Il gardait ses prunelles rivées sur elle, sur ses traits un peu forts, sur ses cheveux noirs qui tombaient sur ses épaules. Malgré lui, il se repaissait de son visage et trouvait une excuse à l'attitude répréhensible de son frère. Cette Clara Ouellet, pensait-il, est une véritable tentation du diable.

— Tu peux partir maintenant, Clara, dit-il sur un ton embarrassé, je te retiens pas.

Mû par une impulsion subite, il se leva, contourna son meuble de travail, descendit galamment les marches devant elle et alla la reconduire jusqu'à la porte de l'ancienne meunerie.

Les lèvres entrouvertes dans un sourire, elle enjamba le seuil. Une bouffée de vent frais la cerna et souleva la masse de ses longs cheveux. Un parfum de violette effleura les narines de Léon-Marie. Grisé, il referma violemment la porte et, très vite, alla se plonger dans ses écritures.

# 19

À croupetons dans son potager, avec son large chapeau de paille retenu sous son menton, Henriette s'affairait à arracher la nuée de mauvaises herbes qui avaient envahi l'espace. Elle avait étalé ses outils de jardinage autour d'elle et s'activait difficilement. Le sol était raboteux et dur et partout le chiendent vigoureux perçait les buttes de glaise séchée sur ce qu'avaient été ses carrés de légumes.

Autour d'elle, un souffle d'air tiède agitait les pâturages. Le fort soleil dardait la campagne et faisait culbuter des petites parcelles d'or sur le fleuve. Le mois de juin était commencé. Les pommiers étaient en fleurs et les champs étaient reverdis.

Elle s'arrêta un moment et prit le temps de se reposer un peu. Elle s'essoufflait vite. Épuisée avant de se mettre à l'ouvrage, elle avait perdu l'habitude des durs travaux et, depuis quelque temps, au moindre effort, elle ressentait comme un crépitement douloureux dans sa poitrine.

À la suite de la mort de son petit Gabriel, en septembre dernier, elle avait peu souvent quitté l'intérieur de sa maison et vivait plutôt en recluse. Avec l'arrivée du printemps, à peine avait-elle pris une bouffée d'air frais sur la véranda. Elle n'allait plus à la messe le dimanche et négligeait sa besogne coutumière, ne s'occupant que de la cuisson des repas, pour laisser le soin du ménage à Étiennette, sa petite fille de dix ans.

Léon-Marie lui reprochait son indolence, et quand il la surprenait, pensive dans la berceuse, avec ses mains abandonnées sur ses genoux, il l'exhortait à se ressaisir. Elle protestait. Elle n'était pas indolente, elle était malheureuse, ce n'était pas la même chose. Mais son mari ne pouvait comprendre, aucun homme, d'ailleurs, ne pouvait comprendre le chagrin d'une mère, se disait-elle pour justifier son comportement.

Avec un soupir, elle se pencha et recommença à remuer la terre. La journée était belle. Le ciel était clair, presque sans nuages. Partout autour d'elle, des coups de marteau ébranlaient la vaste étendue, entremêlés de longs grincements d'égoïnes et de cris joyeux.

Il y avait quelques mois maintenant, une route transversale coupait l'espace séparant leur propriété de celle de Jean-Baptiste

Gervais. Léon-Marie l'avait fait tracer sitôt après le dégel de la terre, afin d'y bâtir les maisons de ses employés à la manufacture de portes et châssis. Les ouvriers de Charles-Arthur y avaient rapidement établi leur chantier et s'affairaient, depuis, à construire une infinité d'habitations en bois, toutes pareilles, avec un toit en pente aiguë et deux lucarnes à l'étage.

D'ici à la fin de l'été, elles se multiplieraient encore, se dit-elle, s'enfonceraient profondément, presque avec inconvenance, entre les pâturages d'Ovila Gagné et d'Évariste Désilets, les deux fermiers dont les terres se joignaient face à la scierie.

La maison de l'artiste avait été construite la première et terminée avec le début du mois de mai. Elle songea que sa famille devait y être installée maintenant. Elle imaginait, derrière elle, la bâtisse, modeste, blanchie à la chaux, qui s'élevait dans la rue d'à côté, cachée à sa vue par le grand hangar enfin construit l'automne précédent et qui leur servait en même temps de remise pour le boghei et d'écurie pour loger leur beau cheval blond.

Ses lèvres esquissèrent une moue ennuyée. Ces détails concernant les employés de son mari lui importaient peu.

Le torse arqué vers l'avant, elle agrippa fermement sa bêche et se reprit à déraciner les herbes. Essoufflée encore une fois, la poitrine douloureuse, elle se redressa et, du coin de son tablier, essuya son front moite de sueur. Au cours de l'été, se dit-elle, quand Charles viendrait en visite, elle lui ferait part de son mal, bien qu'elle en connût trop la source, qu'elle devinait autant morale que physique.

Vaillamment, elle se remit à la tâche. Soudain un éblouissement l'obligea à s'arrêter encore. Autour d'elle, la terre tournait. Angoissée, le menton appuyé sur le manche de son outil, elle se tint un moment sans bouger.

D'un geste brusque, elle abandonna sa bêche sur le sol. Elle venait de décider qu'elle s'y mettrait un autre jour. En chancelant, elle sortit du potager et alla se laisser tomber tout près, lourdement, sur le petit perron de la cuisine. Assise au milieu des marches, le visage dans les paumes, elle tenta de retrouver son calme. Son cœur s'agitait violemment dans sa poitrine et lui semblait usurper tout l'espace. Elle percevait son rythme irrégulier qui débordait pour aller toquer durement dans son cou.

Elle découvrit ses yeux. Partout autour d'elle, le printemps éclatait. De l'autre côté de la route, une nuée d'oiseaux venaient de se poser sur les branches d'un bouleau et jacassaient à grand bruit. Ce déploiement de verdeur, cette plénitude dans l'organisation des êtres lui faisaient mal.

Blessée comme par une vision impudique, elle détourna son regard et hocha la tête dans une sorte de dénégation énergique. Imprégnée du souvenir de ses petits disparus, elle s'interdisait ce plaisir simple qu'était l'état de vie, cette invitation à savourer certains bonheurs, les chauds rayons du soleil, les arômes lourds des fleurs. Parce que ses deux enfants ne les goûtaient plus, elle considérait qu'elle n'avait pas droit à ces joies innocentes.

Pourtant, elle savait qu'elle devait s'arracher à son chagrin et se cramponner à l'existence auprès de ceux qui lui restaient, ne serait-ce que parce que c'est la loi de la vie, parce qu'il ne faut rien attendre des morts, puisqu'il est dit qu'ils ne reviennent pas.

Faisant un violent effort, elle se leva et descendit les marches. À petits pas fragiles, elle s'engagea dans l'allée vers la route.

Autour d'elle, la brise soufflait avec douceur et embaumait le parfum des lilas.

Elle s'arrêta près de la chaussée, hésita un moment, puis tourna à sa droite dans le chemin de Relais. Avançant lentement, comme une ombre silencieuse, elle croisa l'espace de gazon qui délimitait leur habitation et dépassa la maison de son beau-frère Charles-Arthur.

Près du perron arrière, la lessive d'Angélina séchait sur une corde. Par la porte entrouverte sur la cuisine, elle entendait des bruits de casseroles qu'on déplace. Sa belle-sœur était occupée à son grand ménage.

Poursuivant sa route, Henriette longea la cour à bois à sa gauche, jusqu'à la manufacture de portes et châssis, puis, fatiguée, elle revint sur ses pas. Avec cette sourde douleur qui étreignait sa poitrine, elle ne se sentait plus la force de continuer.

Le regard accroché à la route, le souffle court, elle ralentit son allure. Attristée encore une fois, elle ne pouvait s'empêcher d'évoquer le passé, dans une vision chimérique, imaginait ses petits disparus, sa jolie Marie-Laure et son Gabriel se tenant par la main et marchant au devant d'elle. Ses yeux s'embuèrent. Combien, à cet instant, elle aurait souhaité apercevoir sur la route, ainsi qu'elle les voyait dans son rêve, ses deux enfants bien vivants et joyeux, courant vers elle et se jetant dans ses bras.

Un sanglot monta dans sa poitrine. Du bout de son index, elle essuya les larmes qui perlaient à ses paupières et, d'un mouvement qu'elle voulut stoïque, regarda droit devant elle. Soudain, elle s'immobilisa de surprise et ouvrit grand les yeux. Sa Marie-Laure et son petit Gabriel étaient là. Elle les voyait distinctement à quelques pas plus avant sur la route, s'en venant vers elle. Surgis de la cour à bois, ils se rapprochaient lentement, déambulaient côte à côte et riaient aux éclats en même temps qu'ils se chuchotaient des mots à l'oreille, sans s'occuper d'elle.

Le visage inondé de bonheur, les bras tendus, elle courut vers eux.

— Marie-Laure! criait-elle. Gabriel! Mes petits...

Les deux enfants s'arrêtèrent et la regardèrent sans comprendre. Décontenancée, elle abaissa les bras, ralentit son pas.

— Marie-Laure... Gabriel...

Elle les appelait encore, mais sa voix peu à peu s'éteignait.

Interloqués, les enfants s'étaient tournés vers la cour de la scierie. Dans une sorte d'interrogation muette, ils attendaient. Une inconnue grande, mince, habillée de noir, l'air plutôt austère, apparut au bord de la route. Léon-Marie l'accompagnait.

— Ces enfants se nomment Cécile et David et ce sont mes enfants, déclara la femme sur un ton posé mais froid. Je suis Héléna, l'épouse d'Édouard Parent.

Profondément déçue, Henriette se retint de fondre en larmes.

— Pardonnez-moi... j'avais confondu... j'ai cru... un... miracle...

Ébranlé, Léon-Marie abandonna aussitôt son occupation et s'empressa vers elle. Tendrement, il passa un bras autour de sa taille et l'entraîna vers la maison.

— Viens, Henriette, viens te reposer.

Sa bouche appuyée contre sa joue, il lui parlait avec douceur.

— Des miracles comme ça, faut pas que t'en espères, jamais! C'est jamais arrivé pis ça arrivera jamais.

Du menton, il indiquait derrière eux Héléna Parent, debout au milieu de la chaussée, et qui les considérait, la mine grave, les mains croisées sur le ventre.

— Cette femme-là, c'est la femme à Édouard Parent, tu te rappelles, l'artiste que j'ai engagé comme commis l'automne dernier à la manufacture de portes et châssis. Pis les deux enfants que t'as vus, ben ce sont leurs enfants. Madame Parent était venue me demander la permission d'ouvrir une boutique de chapeaux, icitte dans la Cédrière. Je l'ai autorisée.

Le visage subitement rieur, d'un élan frénétique, il la serra contre lui.

— Dans quelques mois, elle va ouvrir son magasin, et toi, tu iras t'acheter des fanfreluches. Tu t'achèteras autant de babioles pis de chapeaux que tu voudras. Tu vas être belle, mon Henriette, encore plus belle, la plus belle de tout le hameau.

— Hé! Savoie! T'as une minute?

Il se retourna. Assis sur la banquette de son boghei, les mains agrippées fermement aux rênes, Oscar Genest, le boucher du village, le regardait.

— Tu m'as entendu, Savoie? Je t'ai demandé si t'avais une minute.

— Barnache, tu vois ben que j'en ai pas.

Penché vers Henriette, il la soutint encore tandis qu'elle escaladait le perron. Avec mille précautions, en tenant son bras, il l'aida à s'asseoir sur la petite chaise près de la porte. Le visage chargé d'émotion, il se tint un moment près d'elle et, tout doucement, du bout des doigts, effleura sa joue.

Enfin, se ressaisissant, il se redressa. Sans une parole, il dévala les marches et s'engagea dans l'allée.

Redevenu enjoué, il allait rejoindre son ami.

— Barnache, Oscar! Que c'est que tu fais par icitte un bel après-midi de même? Comment ça se fait que t'es pas occupé dans ta boucherie?

— Je suis venu te voir pour une affaire importante, dit Oscar en descendant de sa voiture.

— En ce cas-là, viens dans mon bureau, l'invita Léon-Marie en l'entraînant de l'autre côté de la route. On va être plus tranquilles pour parler.

Le bruit d'une moustiquaire qui claque les fit se retourner ensemble. Sur la véranda, la chaise près de la porte était vide, Henriette venait de rentrer.

— Ta pauvre femme, elle a pas l'air de se replacer ben gros depuis la mort de vot' p'tit Gabriel, observa Oscar.

— Henriette est plutôt mélancolique de nature. Pis c'est pas une femme qui oublie facilement, non plus.

— En tout cas, toé, t'as l'air de tout un tourtereau, lança Oscar dans un éclat de rire qui découvrait sa dent en or. Je te regardais tantôt, on dirait quasiment un nouveau marié.

— Mon Henriette, je l'aime plus que tout au monde, prononça Léon-Marie, la gorge nouée. Je donnerais tout ce que j'ai, si ça pouvait lui éviter le chagrin qu'elle a.

Le regard rempli de commisération, Oscar le fixa, puis ses yeux se tournèrent vers le lointain. Attristé soudain, il pensait à son enfant qu'il avait perdu lui aussi.

— Rosanna pis moi, on est passés par là pour notre petit Fabien, fit-il doucement. Pendant un temps, ç'a été ben dur à la maison, mais ma femme s'en est remise. Peut-être qu'elle pourrait parler à Henriette.

— Je demanderais pas mieux, répliqua Léon-Marie, encore si on voyait Rosanna de temps en temps par chez nous. Avec Henriette qui met pas le nez dehors, pis vous autres qui habitez au village, c'est pas facile de se faire des politesses.

— Ben justement! s'écria Oscar, le visage éclairé d'un large sourire. C'est à ce propos-là que je suis venu te voir.

Il gardait la bouche entrouverte.

— Je suppose que tu sais pas encore pour ma fille Marguerite?

— Marguerite? Ta petite maîtresse d'école aux Quatre-Chemins?

Oscar roulait de gros yeux remplis de contentement.

— Elle s'est fait un cavalier, Wilfrid, le garçon à Isaïe Lemay, son deuxième. Ça fait six mois qu'ils se fréquentent, pis c'est pour le bon motif.

— Barnache! s'exclama Léon-Marie. Dis-moi pas, Oscar, que t'es en passe de devenir pépère. Je te pensais jamais si vieux que ça.

— Je suis pas ben ben plus vieux que toé, protesta Oscar sur un ton un peu piqué. Ton Antoine a seulement deux ans de moins que ma fille, pis nos enfants font rien que ce qu'on a faite, toé pis moé, avant eux autres.

— Comme ça, c'est sérieux.

— C'est tout ce qu'il y a de plus sérieux, même que ça se pourrait qu'on fasse des noces l'automne prochain.

Il se pencha et, enthousiaste tout à coup, avec moult détails, raconta comment il apprenait le métier de boucher à Wilfrid, ne manquant pas de souligner la patience et l'endurance du jeune homme dans ce travail souvent pénible.

— V'là pourquoi je suis venu, dit-il enfin. Mon intention, c'est de lui vendre mon commerce au village, pis de venir m'installer avec vous autres, icitte à la Cédrière.

Léon-Marie recula de stupeur.

— Barnache! tu veux venir t'installer par icitte? Pour une surprise, c'est toute une surprise. As-tu ben pensé à ton affaire? J'ai toujours cru que le village, c'était plus qu'important pour toi. T'es né là, t'as toujours vécu là, pis la boucherie, pour les Genest, c'est un commerce qui est transmis de père en fils.

— Mais il y a rien de changé, la boucherie reste dans la famille. Wilfrid va être le mari de ma fille. Et pis, j'ai pas dit non plus que je m'arrêterais de travailler. Mon idée, c'est de me repartir une autre boucherie icitte à la Cédrière. Rosanna serait contente de venir vivre à côté de vous autres, pis retrouver ses amies. À part ça que c'est un beau coin tranquille, avec une belle vue sur le fleuve.

— Faudrait pas que tu te fasses trop d'illusions non plus pour ce qui est de la tranquillité par icitte, le prévint Léon-Marie. Si nos affaires marchent du train qu'on est partis, ça va être moins tranquille dans quelque temps. Dans ce temps-citte, Charles-Arthur bâtit jusqu'à deux maisons par mois.

— Coudon, Léon-Marie, jeta Oscar, une petite pointe d'amertume dans la voix, on dirait quasiment que ça te fait pas plaisir que je veuille m'installer avec vous autres.

— Ça me dérange pas que tu t'installes par chez nous, même que ça ferait mon affaire. Mais faudrait pas, par exemple, que le curé Darveau vienne m'accuser encore une fois de vider le village. Ça serait assez pour qu'il prive le hameau des services du petit vicaire Jourdain pour la messe à l'école pendant l'hiver. Déjà qu'il a pas été facile à convaincre.

— Le curé peut ben t'en vouloir autant qu'il veut, mais pour l'hiver prochain, quoi qu'il arrive, j'ai ben peur que tu soyes obligé de te contenter du petit abbé Fleury.

— Quoi?

Léon-Marie bondit.

— Que c'est que tu me rabâches là, toé? Le petit vicaire Jourdain voudrait pus venir nous desservir? C'est-y ben ça que t'as voulu dire? Me semble pourtant qu'on a été assez généreux avec lui, on lui a donné presque trente piastres pour son trouble.

— C'est pas la raison. Le bruit court au village qu'on lui aurait proposé une cure du côté des concessions. Ils ont besoin là-bas d'un prêtre jeune, pis ben en santé. En tout cas, j'ai appris de bonne source qu'il aurait été approché par l'évêque.

— Barnache!

Désappointé, Léon-Marie arqua la tête en même temps que, dans un geste musclé, il enfonçait profondément le sol de la pointe de ses talons. Il aimait le petit vicaire Jourdain. Après le curé Darveau, pour les questions religieuses, il était bien le seul qu'il consentit à écouter. Le jeune prêtre leur ressemblait, il était humble, proche d'eux, proche de la terre aussi. Léon-Marie se rappela, quelque deux ans passés, au cimetière, ce jour froid de décembre où il avait perdu trois doigts de sa main gauche. Parce que sa blessure l'empêchait de tourner le sol gelé, tout naturellement, le jeune vicaire avait creusé à sa place... Il n'avait pas oublié cet incident.

Brusquement, un sentiment de révolte monta en lui. Il serra les poings avec force. Il ne serait pas dit que lui, Léon-Marie Savoie, accepterait cette décision de l'évêque sans y apporter la moindre résistance.

Fermement, il posa sa main sur l'épaule d'Oscar. Il parlait d'une voix un peu essoufflée qui dissimulait mal sa colère.

— Fais le tour de la Cédrière, pis choisis-toi un beau site qui va plaire à ta Rosanna. Quand t'auras trouvé ce qui te convient, tu iras te mettre sur la liste de Charles-Arthur. Je verrai personnellement à ce qu'il te construise une maison dans les meilleurs délais. Mais tu vas devoir t'occuper de ça tout seul, parce que moi, je viens de m'apercevoir que j'ai une affaire importante à régler au presbytère, pis qui est ben pressée. Tout ce que je souhaite, c'est de pas arriver trop tard, ajouta-t-il en même temps qu'il allait décrocher la bicyclette d'Antoine.

*\*\**

Le curé Darveau vint lui-même l'accueillir à la porte. La mine sévère comme à son habitude, il le précéda dans son bureau.

— Je suis content de te voir, Léon-Marie, dit-il en même temps. J'ai justement un point à discuter avec toi. Mon intention était de t'en faire part dimanche prochain après la messe, mais puisque tu es ici, c'est tant mieux, nous allons en profiter pour régler la question.

— Tant qu'à ça, moi aussi, monsieur le curé, j'ai à vous parler.

Sa casquette entre les doigts, il prit place sur une chaise, face au vieux prêtre. Le corps un peu incliné vers l'avant, il se tenait silencieux et attendait avec prudence.

Sa longue randonnée aidant, son indignation s'était apaisée. Devenu plus pondéré, en homme intuitif, habile à la manœuvre, il se disait qu'il vaudrait mieux attendre avant d'exposer la raison de sa visite. Il connaissait son curé et savait que lui marquer sa désapprobation sans préambule ne serait pas la bonne manière. Le curé Darveau n'était pas homme à accepter les directives.

Comme chaque fois qu'il était en désaccord avec lui, il s'était amené au presbytère dans une impulsion irrésistible, sans trop réfléchir. C'était leur habitude à tous les deux de délibérer et vider la question ensemble. Dans le silence du presbytère, sans jamais manquer de respect envers son chef spirituel, il s'épanchait librement, n'hésitait pas à lui faire connaître ses prétentions. Ils s'affrontaient peut-être un peu parfois, comme deux autocrates convaincus, mais ils finissaient par s'entendre. Bien sûr, à ces occasions et pour clore la question, le bon prêtre ne manquait jamais de lui rappeler son incommensurable orgueil, mais Léon-Marie ne s'en formalisait pas, bien au contraire, il espérait plutôt ce tendre reproche.

Assis derrière son bureau, hésitant à aborder le premier un sujet qu'il considérait comme épineux, le vieux curé avait croisé les mains sur son pupitre et, les lèvres amincies dans une désapprobation tacite, fixait son paroissien sans parler. De nature astucieuse comme lui, il le devinait presque à mi-mot. Depuis les quatorze ans qu'il dirigeait les âmes dans la paroisse, ils s'étaient souvent confrontés, mais étaient toujours parvenus à se rejoindre dans leurs vues. Bien entendu, en homme avisé, il aimait bien ergoter un peu. D'autre part, considérant la fatuité de l'autre, il évitait de montrer trop vite son accord.

Si parfois, au début de son ministère, il avait été choqué par l'entêtement du personnage, sa suffisance, il s'était attaché à lui et reconnaissait aujourd'hui que, de tous ses paroissiens, il comptait parmi ceux qui avaient le plus de valeur. Entreprenant et fort, menant ses projets de main de maître, il était un travailleur acharné en même temps que d'une honnêteté exemplaire et d'une belle générosité. Il pensait avec satisfaction que, sous son écorce rude, se cachait un cœur d'or.

Il dit avec un peu d'impatience:

— Eh bien, mon fils, que signifie ce mutisme? Vas-tu enfin me dire ce que me vaut ta visite d'aujourd'hui?

Léon-Marie sursauta. Mal préparé, il se racla la gorge et avança rapidement, avec légèreté:

— Je voulais d'abord vous dire, pour les travaux de construction de la quincaillerie. Ils vont débuter dans un mois.

— Tu ne crains pas de faire un si gros investissement? demanda le prêtre avec bienveillance dans son habitude de freiner un peu son enthousiasme. Je lisais l'autre jour, dans la gazette, que des financiers s'inquiètent du niveau de vie élevé de la population. Que ferais-tu si l'argent venait à manquer?

— C'est ben sûr que ça me dérangerait un peu, malgré que j'ai pour principe de jamais dépenser l'argent que j'ai pas. Je bâtis mes projets avec l'argent dûment gagné, sur de la bonne terre solide, étape par étape, un par année, pis je donne de l'ouvrage à nos pères de famille.

— En ce sens, je n'ai pas à te faire de reproches, fit le curé en hochant la tête. J'apprécie plutôt tes efforts.

Il s'avança sur sa chaise.

— Mais je suppose que tu n'es pas venu me voir aujourd'hui dans le but unique de m'entendre te faire des mises en garde ou bien te congratuler. Aussi, viens-en donc à la véritable raison de ta visite.

Léon-Marie détourna son regard. Il ne pouvait s'empêcher d'hésiter encore. La question lui apparaissait délicate et le curé par trop irascible. Il redoutait, avant même de l'entendre, son indignation, lui qui osait s'ingérer dans les décisions de son évêque. Plongé dans sa réflexion, dans son esprit en effervescence, il cherchait une tournure, un moyen d'aborder le sujet doucement, sans trop en avoir l'air. Mais avec son franc-parler, sa franchise brutale, la tâche lui apparaissait ardue, voire impossible.

Les yeux dirigés vers le sol, il lança le plus sérieusement du monde:

— C'est au sujet du champ de baseball qu'on a l'idée d'organiser derrière la petite école. Joachim Deveault a accepté de nous louer une partie de son pâturage à titre d'essai, pour un an. Je suis venu vous demander votre avis pour...

Le curé s'arqua vivement sur son siège. Tout son visage disait son exaspération.

— Franchement, Léon-Marie, tu ne vas pas me faire croire que tu es parti du fin fond de ta Cédrière, un jour de travail comme aujourd'hui, pour me demander pareille baliverne?

Il tendit l'index vers lui, sa voix résonna sourdement dans le silence:

— Léon-Marie Savoie, je te connais depuis trop longtemps pour ne pas deviner que tu as autre chose derrière la tête, aussi je te prierais de t'expliquer sans attendre.

— C'est ben sûr que j'aurais pu venir vous en parler seulement dimanche, après la grand-messe, avança Léon-Marie sur un ton candide, mais comme ça brasse pas mal fort au hameau, je voulais avoir votre avis le plus vite possible. Vous comprenez, il y a la tradition du collège, pis il y a aussi l'équipe du village qui a pas coutume de se déplacer si loin. J'ai étudié le problème sous tous les bords, vous seul pouvez trancher la question, monsieur le curé.

Le curé abaissa les paupières, cachant à sa vue la satisfaction qu'il éprouvait, chaque fois, à l'entendre requérir son conseil.

Soudain, dans un brusque mouvement, il se redressa encore. Redevenu méfiant, il le regardait, avec ses sourcils noirs et touffus qui cachaient à demi ses yeux.

— Léon-Marie Savoie, si tu es venu me dire ces choses dans le but unique de m'amadouer, m'amener à pencher de ton bord, ne pense pas que je vais tomber dans ton panneau. Si c'est mon avis que tu veux, je te dirai tout de suite que je m'objecte à votre projet. Je refuse catégoriquement que tu concentres toutes les activités du village autour de ta Cédrière. Tant qu'à y être, demande donc aussi qu'on y déménage l'église et le presbytère.

— J'oserais jamais vous demander une affaire pareille, monsieur le curé, rétorqua Léon-Marie, prenant un petit air futé. Mais puisque vous avez vous-même abordé le sujet, je vais aller au bout de ma pensée, pis je vous dirai que, depuis quelque temps, je rumine quelque chose qui ressemble pas mal fort à ça.

Le curé Darveau fit un bond vers l'avant. Il bouillait de colère.

— Quoi? Serais-tu devenu fou? Chercherais-tu par une ruse quelconque à forcer ton clergé à s'installer à la Cédrière?

— J'irais pas jusqu'à faire ça, mais j'avoue que j'ai une idée précise de ce que je veux, qui est pas applicable encore. Pour après-midi, la seule affaire qui m'intéresse, c'est de savoir si on peut compter sur le vicaire Jourdain pour nous desservir à l'école, l'hiver prochain.

— Et pourquoi veux-tu connaître aujourd'hui une décision que j'aurai à prendre dans six ou sept mois?

— J'ai entendu dire à travers les branches que le petit vicaire Jourdain risquait d'être nommé ailleurs, même que ça se pourrait que l'évêque lui donne une cure dans les concessions.

Sa remarque avait fusé spontanément. Comme l'eau qui glisse sur les cailloux d'un ruisseau, d'un seul coup, il avait oublié ses hésitations.

— Le chat sort enfin du sac, proféra le curé. La voilà donc, la raison de ta visite. Les nouvelles courent vite, à ce que je vois, un peu trop vite même, à mon gré. Eh bien! tu peux me croire, il n'y a rien de décidé en ce sens. Pour ma part, je trouve Marcel bien jeune pour diriger une paroisse.

— Ça voudrait-y dire qu'il y a rien de vrai dans cette histoire-là?

— Je n'ai pas l'habitude de mentir, prononça gravement le curé. Marcel a effectivement été approché par l'évêque, mais je ne vois pas pourquoi tu t'alarmes, aucune décision n'a encore été arrêtée.

— Faudrait pas attendre que l'évêque ait pris sa décision, observa Léon-Marie. Ça nous désorganiserait pas mal, nous autres à la Cédrière, s'il fallait que le vicaire Jourdain s'en aille de Saint-Germain, pis que le petit vicaire Fleury vienne nous desservir à sa place l'hiver prochain.

— Et pourquoi? s'insurgea le curé. Même si l'abbé Jourdain œuvre encore dans la paroisse, il n'est pas dit que je ne choisirai pas l'abbé Fleury pour remplir ce ministère. Si c'est ma décision, toi et tes amis n'aurez qu'à vous soumettre.

— Vous avez dû remarquer que nous autres, dans le hameau, on a toujours eu tendance à trouver le vicaire Jourdain plus complaisant, articula Léon-Marie d'une petite voix doucereuse. Le vicaire

Fleury, c'est pas qu'on l'aime pas, mais on le trouve un peu feluette. On est des hommes de bois, on a la couenne dure.

Excédé, le curé Darveau se leva de son siège.

— Cette fois, Léon-Marie, tu exagères. Tu ne viendras quand même pas me dire comment mener mon ministère.

Fatigué, soudain, il s'enfonça dans sa chaise.

— Bon! fais donc ce que tu veux pour ton champ de baseball. Mais ne compte pas sur moi pour aller présider vos jeux chaque dimanche de l'été.

Dans un sursaut de vigueur, il brandit son index devant son nez.

— J'y mets toutefois une condition. Le concours annuel de force et d'endurance devra toujours avoir lieu ici, au collège, et chaque fois que vous le pourrez, les gens du hameau, vous devrez montrer votre appartenance au village, nous faire oublier que vous vous êtes formés en agglomération trois milles plus haut.

— Au sujet du petit vicaire Jourdain, insista Léon-Marie, on peut-y compter que vous allez faire pression sur l'évêque pour...

— Franchement, Léon-Marie! coupa le curé. De quoi te mêles-tu? Les décisions de l'évêque sont prises avec sagesse et pour le bien de toute la communauté chrétienne.

Il prit un moment de réflexion avant d'ajouter sur un ton indécis:

— Malgré que c'est mon avis à moi aussi, que Marcel devrait demeurer à Saint-Germain encore une autre année.

Assis devant lui, Léon-Marie ne put s'empêcher de laisser transparaître son assouvissement profond. Satisfait, pressé soudain, il attrapa sa casquette et se leva pour partir.

— Attends, Léon-Marie, le retint le curé, nous n'avons pas terminé.

L'air grave tout à coup, la mine embarrassée, il croisait et décroisait ses doigts sur son ventre.

— Rassieds-toi, j'ai, moi aussi, à te parler.

Les yeux fermés, il se recueillit un moment.

— C'est une affaire difficile, débita-t-il enfin, je ne sais trop comment aborder le sujet, mais je n'ai pas le choix, c'est mon devoir de prêtre que d'intervenir dans pareille situation. Voilà ce que j'ai à te dire, Léon-Marie. Ta belle-sœur Angélina est venue me voir dimanche dernier après la messe et elle s'est plainte d'une certaine personne dans le hameau... une femme... qui n'a rien d'une dame et qui fait quelque ravage parmi les hommes, principalement... un homme... proche de toi, je suppose que tu comprends ce que je veux dire?

— Pas vraiment, monsieur le curé, glissa Léon-Marie, sur ses gardes. Une femme du hameau... je vois pas trop trop qui c'est que ça pourrait être.

Le curé lui lança un regard furibond.

— Franchement, Léon-Marie, tu pourrais faire un petit effort et m'aider un peu au lieu de me laisser m'empêtrer comme ça.

— C'est pas que je veux pas vous aider, monsieur le curé, prononça Léon-Marie, la bouche arrondie avec un petit air malicieux, mais je voudrais pas me tromper non plus. Si je nomme une quelqu'une, pis que c'est pas la bonne, vous manquerez pas de m'accuser de faire des calomnies. Si vous me donniez seulement un indice...

— Tu aimes bien prendre mes paroles au pied de la lettre, n'est-ce pas, Léon-Marie? Mais seulement quand cela fait ton affaire. Parfois, je me demande si tu ne le fais pas exprès. Si j'ai parlé de ta belle-sœur Angélina, tu dois bien te douter que si elle a pris la peine de venir se plaindre à moi, ça ne peut que concerner ton frère Charles-Arthur.

— Charles-Arthur! s'exclama Léon-Marie. Barnache, qu'est-ce qu'il a faite encore, celui-là?

— Ce n'est pas tant lui le responsable qu'une certaine ensorceleuse, tempéra le curé. Tu sais comment sont les hommes. L'esprit est prompt et la chair est faible. Que vienne la tentation, que surgisse un de ces suppôts de Satan qui, par leur attitude, éveillent les sens, de ces êtres perfides qui arborent un comportement passible d'aviver le désir de la chair... enfin, j'ai besoin de ton aide, Léon-Marie.

Stupéfié, Léon-Marie le fixa sans parler. Il ne reconnaissait plus son curé. Il lui semblait voir s'agiter devant lui un de ces puissants orateurs du carême, dont se prévalaient certaines congrégations de pères prêcheurs. Il ne voyait plus, dans ce vieillard tourmenté, la bouche dédaigneuse, remplie de scrupules, le prêtre indulgent qu'il avait connu.

— Tu ne m'as pas répondu, Léon-Marie, qu'as-tu à dire de ça?

— Je sais pas trop, monsieur le curé, même que vous m'embêtez pas mal. Je peux pas dire que j'approuve l'attitude de mon frère, mais vous devez admettre avec moi que c'est pas mon affaire. En autant qu'il fasse son ouvrage... faut dire aussi que dans son cas... des fois, il peut avoir des circonstances atténuantes. Ma belle-sœur Angélina, elle est ben fine, pis ben vaillante, mais sans vouloir la discréditer, je suis pas trop sûr qu'elle soit ben attirante dans la chambre à coucher. S'il se passe rien pantoute, je peux comprendre mon frère d'avoir des fois des petites tentations. On est des hommes après toute, on est pas des statues de sel.

— Ce n'est pas tant Charles-Arthur que je blâme dans cette affaire, l'excusa le curé. Ton frère n'est, au fond, qu'une pauvre victime dont je déplore la faiblesse. Je condamne plutôt cette femme qui, comme une tentation du diable, incite ton frère à succomber au péché de la chair.

— Faut pas trop blâmer cette femme-là non plus, repartit Léon-Marie. Je connais mon frère, il serait ben capable d'aller fréquenter les mauvais endroits, s'il en éprouvait le besoin. Avec toutes les maladies qu'il pourrait ramener à la maison, ça serait ben pire pour Angélina.

— Es-tu en train de me dire que tu approuves l'attitude de cette femme et de Charles-Arthur? jeta le curé soudain scandalisé.

— J'ai jamais pensé ça, monsieur le curé, pis je peux vous assurer que je ferais jamais une affaire pareille à mon Henriette, même si, depuis nos deuils, ça ressemble pas mal à une petite coulée d'eau frette dans notre grand lit. D'un autre côté, j'ai des yeux pour voir, pis j'ai pas honte de l'avouer, quand c'est beau, je me rince l'œil comme tout le monde, c'est pas un péché.

— Au contraire, Léon-Marie, gronda le curé, c'est un péché, un péché grave contre le neuvième commandement de Dieu. Autant il t'est défendu de commettre des actes impurs, autant tu n'as pas le droit d'entretenir des désirs impurs, de même que des pensées impures.

Les paupières mi-closes, nullement convaincu, Léon-Marie hocha la tête.

— Quand ça m'arrivera, je m'en confesserai, monsieur le curé, je vous le promets. Mais en ce qui regarde mon frère Charles-Arthur, demandez-moi pas de lui dire quoi faire, il m'enverrait chez le diable.

— Je ne te demande pas de dicter sa conduite à ton frère de cinq ans ton aîné, répliqua le curé. Par contre, tu as le pouvoir de faire autre chose. Tu peux, si tu le veux, prendre le taureau par les cornes.

— Prendre le taureau...

— Oui, Léon-Marie. Tu vas obliger cette femme à quitter le hameau.

Léon-Marie sursauta. Il était horrifié.

— Vous avez ben dit la chasser du hameau? Monsieur le curé, vous y pensez pas?

— Je suis, au contraire, très sérieux, et je pense même que ce serait la seule solution.

— Vous savez ben que je peux pas faire ça. Son mari travaille pour moi. Ça voudrait dire le renvoyer par la même occasion? Je peux pas, ça désorganiserait toutes mes affaires. Il est en charge de ma cour à bois. Un homme de valeur de même, ça se remplace pas comme un petit pain de saint Christophe.

— Il y va du salut de ton âme, émit le prêtre sur un ton sentencieux.

— Je trouve que vous y allez pas mal fort, monsieur le curé, je suis quand même pas responsable des actes de mon frère.

Le regard réprobateur, le curé le fixa sans répondre. Un grand silence avait couvert la pièce. Comme assommé, Léon-Marie se leva. La tête basse, il se dirigea vers la porte. Il savait cette fois que la demande du vieux prêtre n'était pas parole en l'air et qu'il ne pourrait user de détours. Il se demandait comment obtempérer à son ordre sans ébranler la structure de ses entreprises. Il connaissait son curé. Impératif, fort de son autorité pastorale, comme lui, il était orgueilleux et tranchant. Il savait, s'il lui désobéissait, que c'était la fin de leur belle relation.

D'autre part, Anatole Ouellet était un travailleur honnête, qualifié. Il trouverait difficilement une raison valable pouvant justifier son congédiement. De plus, malgré ce qu'on pouvait reprocher à sa femme, quel que soit l'endroit où ils habiteraient, le problème ne serait que déplacé.

— Avez-vous pensé qu'Anatole a toute une potée d'enfants. Me semble que c'est pas ben ben chrétien de...

— Si ton bras droit te scandalise, coupe-le et jette-le à la mer, décréta le curé. C'est écrit en toutes lettres dans l'Évangile. Plus tu vas retarder l'échéance, plus cette mauvaise femme aura fait des ravages dans le hameau. Même toi, Léon-Marie, déjà, je décèle une lueur libidineuse dans ton regard.

Troublé, Léon-Marie se détourna.

— Moi, monsieur le curé? Vous savez ben que tout ce qui m'intéresse, c'est mon ouvrage. Dans le moment, je pense rien qu'à la construction de ma quincaillerie. Faut qu'elle soit finie pour le mois de septembre.

— Ne te détourne pas du sujet qui nous occupe, Léon-Marie, dit fermement le prêtre. En bon chrétien, tu vas obtempérer immédiatement à l'ordre que je te donne.

# 20

La cour de la quincaillerie était remplie de bogheis. Tout autour de la clôture de perche qui la délimitait comme une enceinte, les petites voitures s'alignaient, avec les chevaux encore entravés entre les limons et qui piaffaient en ébranlant leur licou.

Au loin, sur le chemin de Relais, d'autres bogheis s'amenaient encore et, comme une suite de petits wagons indociles détachés de leur locomotive, gravissaient lentement la côte pour tourner dans la cour. À leur arrivée, ils étaient aussitôt pris en charge par Jean-Baptiste et Ignace qui, désignés placiers pour la circonstance, les dirigeaient à grands mouvements généreux vers l'autre côté de la route, vers l'espace de stationnement entourant la manufacture de portes et châssis.

Sitôt descendus de leur véhicule, les invités allaient rejoindre les autres dans la cour du bâtiment neuf. Endimanchés, les hommes, avec leur melon et leur cravate, accompagnés de leurs femmes, coiffées de leur plus joli chapeau de paille, déambulaient lentement, bras dessus, bras dessous, reluquant les alentours, l'œil rond de plaisir dans l'attente de la fête.

— La porte va-t-y être assez large pour laisser passer Joachim, criait Oscar, accompagné de Rosanna.

— Depuis qu'il va pus dans les chantiers pis qu'il se fait dorloter tout l'hiver par sa Philomène, il prend pas rien que du muscle, renchérissait Évariste, son bras passé sous celui de sa femme Angélique.

— Tu t'es pas regardé, dit Angélique, moqueuse, à l'adresse de son mari. Comme si toi-même tu étais un maigrichon.

— Quand donc allez-vous cesser vos taquineries malveillantes, les tança le curé Darveau qui venait d'apparaître dans l'entrée, encadré comme d'habitude de ses deux vicaires.

Léon-Marie avait rejoint sa place sur le perron de la nouvelle bâtisse. Le regard rempli de satisfaction, il observait les groupes. Près de lui, se tenaient Henriette, sobrement vêtue de mauve dans son demi-deuil, puis leurs trois enfants, Antoine et les jumeaux, un peu gourmés dans leurs vêtements du dimanche et silencieux comme des petits modèles. Au-dessus de leur tête, une large inscription en bois blond sur fond brun couvrait tout l'espace sur la porte. «QUIN-

CAILLERIE LÉON-MARIE SAVOIE ET FILS», pouvait-on y lire, en belles lettres gothiques, finement sculptées par l'artiste.

On était le premier dimanche de septembre, juste avant l'ouverture des écoles, et le soleil enveloppait la campagne. C'était une de ces belles journées remplies de douceur, comme un dernier souffle de l'été. La nouvelle quincaillerie était enfin terminée et on s'apprêtait aujourd'hui à procéder à son inauguration.

Les lèvres retroussées dans un large sourire, Léon-Marie descendit les marches et alla à la rencontre des trois ecclésiastiques.

— Comme d'habitude, tu as fait les choses en grand, lui fit remarquer le curé en considérant autour de lui la foule nombreuse qui s'agitait.

— La quincaillerie, c'est une étape qu'est ben importante pour moi, répondit-il. C'est presque aussi important que la scierie. Ce commerce-là, c'est pour mon petit Étienne que je l'ai bâti.

Il fixa un moment le vieux prêtre, puis lentement son regard alla se poser sur la bâtisse neuve, tapissée de bardeaux d'amiante, avec son toit en pente douce, sa longue galerie découverte en bois brut et sa devanture largement fenestrée afin de bien étaler, à la vue des acheteurs, les articles de qualité qu'il souhaitait leur offrir.

Le curé ne pouvait comprendre la fierté qui l'animait à cet instant, combien la construction de la quincaillerie rejoignait le rêve qu'il caressait patiemment depuis tant d'années. Il avait commencé avec la scierie, c'était pour lui la base, le produit brut, comme il se plaisait à dire. Aujourd'hui, avec l'ouverture d'un premier commerce, il rejoignait le sommet, il accédait au produit raffiné.

Il n'avait négligé aucun détail pour faire de cet établissement le summum du modernisme, avec ses grands comptoirs derrière lesquels s'alignaient les bocaux de peinture, les tubes de couleurs, les rouleaux de papier peint, les outils de toutes les tailles, les vis et les clous classés par grandeur dans de grosses boîtes en métal, sans compter les poignées de portes en cuivre patiné et même, dans le but peut-être de narguer un peu Don McGrath et ses constantes pannes d'électricité, les lampes à huile de toutes les formes et grosseurs.

— C'est difficile pour les autres de comprendre ce que représente pour moi une affaire comme celle-là, murmura-t-il. Aujourd'hui, je me lance dans le commerce de détail. C'est ça que j'ai voulu fêter en grand, c'est pour ça que j'ai invité tout Saint-Germain, pis des personnalités aussi. À part vous, monsieur le curé, pis les notables habituels comme le maire Parent, les conseillers, le docteur Gaumont pis le notaire Beaumier, j'ai invité le député Lepage avec sa dame et j'ai même invité monsieur Atchisson des scieries Saint-Laurent.

La ride qui séparait ses sourcils s'approfondit encore, en même temps que ses lèvres s'entrouvraient dans un sourire rempli de finesse.

— J'ai pensé que ça serait pas mauvais d'entretenir des relations cordiales avec mes concurrents.

— J'espère que tu as marché sur ton orgueil et que tu as aussi invité Donald McGrath, observa le curé. J'ai entendu dire que vos relations s'étaient quelque peu refroidies depuis l'hiver dernier. N'oublie pas que Donald est devenu un personnage influent dans notre région et qu'il peut t'être d'une grande utilité.

— Bah! laissa tomber Léon-Marie avec une moue dédaigneuse.

— Prends garde, Léon-Marie, gronda le curé, la rancune est mauvaise conseillère et n'a jamais constitué un fleuron pour les affaires. Si tu veux réussir, tu dois être en bons termes avec tous tes concitoyens.

La nuque encore frémissante, le vieux prêtre se tourna vers la foule et, l'œil vif, considéra ses paroissiens. Il y reconnaissait en plus des habitants du hameau, les résidants du village, ainsi que les fermiers des rangs, tous accompagnés de leurs épouses. Soudain, au milieu d'un groupe, dépassant ses acolytes de toute sa tête, il aperçut le grand Irlandais. Revêtu d'un élégant costume, avec son veston «double-breast» boutonné jusqu'en haut et ceignant sa taille, il discourait avec verve, devant un monsieur Atchisson attentif et son épouse, sa grosse Grace collée à son épaule.

Piqué, le regard sévère du curé revint se poser sur Léon-Marie.

— Tu aurais pu me dire que Donald McGrath était là, au lieu de me laisser m'empêtrer à te faire la morale.

— Ah! McGrath est arrivé, s'étonna Léon-Marie, une petite pointe d'ironie dans la voix. Si j'avais su, je vous l'aurais dit, monsieur le curé, je vous le jure.

— M'm... enfin, puisque tu tiens tellement à faire le malin, fit le prêtre avec un haussement d'épaules. Est-ce que tes invités sont tous arrivés? Que je procède au plus tôt à la bénédiction.

— Je pense ben que tout le monde est là, monsieur le curé.

— Alors allons-y avant qu'ils ne s'impatientent.

Ensemble, ils grimpèrent les marches. Un bruit confus, soudain, les fit se retourner en même temps. Anatole Ouellet venait de traverser la cour, tenant le bras de sa femme Clara. Avec de gros rires, ils allaient rejoindre le petit groupe d'ouvriers de la manufacture de portes et châssis qui discutaient ensemble. Debout l'un près de l'autre, ils prêtèrent l'oreille aux bavardages qui déferlaient devant eux comme une réplique. Presque tout de suite, désintéressée, Clara fit un pas en arrière et se tourna vers la foule. La poitrine lourde, dans une attitude remplie d'assurance, elle jeta de vifs coups d'œil autour d'elle, puis, battant des cils, arrêta ses yeux sur la façade de la quincaillerie. La lèvre ronde, avec son regard rivé sur le large perron de bois, elle souleva les épaules et, dans un geste plein de langueur, repoussa sa longue chevelure noire.

Fasciné, Léon-Marie la fixait sans bouger. Au milieu de cette foule, elle paraissait plus grande encore, plus forte et plus pulpeuse, avec son minuscule chapeau de paille blanche noué en bouffette sur ses longs cheveux qui brillaient comme le jais dans le soleil. Malgré lui, un petit frisson chatouillait son bas-ventre. Troublé, il se détourna et considéra derrière lui la large galerie découverte. Silencieuse et douce sous sa jolie capeline lilas, se tenait sa femme Henriette, blonde et fragile, presque aérienne, les yeux perdus dans leur rêve, les lèvres entrouvertes et souriantes. Gêné, il baissa la tête. Ce contraste trop évident l'embarrassait, embrouillait sa conscience. Il se dit que, quelque part, le curé devait avoir raison. Cette Clara était une tentation du diable et il n'aurait d'autre choix un jour prochain que d'obtempérer à sa demande et la chasser du hameau. Il y veillerait... bientôt se dit-il, mais pas aujourd'hui, car aujourd'hui n'était pas un jour ordinaire et, autant qu'il le pourrait, il éluderait les ordres de son curé.

— Je suppose que vous voudrez dire un mot à ma femme, lui dit-il en l'entraînant près de l'endroit où se tenait Henriette.

Le curé plaqua fermement sa main sur son épaule et le retint.

— Un instant, Léon-Marie, ne cherche pas encore une fois à m'écarter du sujet qui nous occupe et je ne suis pas inquiet pour Henriette. Elle peut bien m'attendre encore un peu.

Le visage rempli de réprobation, il le dévisagea longuement.

— Il m'avait semblé m'être bien entendu avec toi. Me serais-je mal fait comprendre? Comment se fait-il que cette femme soit encore ici?

— Une affaire compliquée de même, ça se règle pas en criant ciseau, monsieur le curé. Faut trouver un homme pour remplacer Anatole. Donnez-moi un peu de temps, j'ai mon idée derrière la tête.

— Ton idée, ton idée... tu m'inquiètes avec tes idées. Vas-tu mettre des années avant de régler cette affaire? Que vaut le monde matériel en regard de mériter ton ciel? Où sont les valeurs spirituelles que tu as apprises dans ta jeunesse?

— Je suis ben d'accord avec vous, monsieur le curé, qu'on vient sur terre pour gagner not' ciel, mais on a aussi l'obligation de gagner le pain de notre famille. Vous devez reconnaître aussi que faut prendre la manne quand elle passe, parce qu'elle passe pas tous les jours.

Le vieux curé hocha gravement la tête. La mine songeuse, il jeta un regard derrière lui, vers la flopée de petites maisons de bois qui s'étiraient profondément dans les champs d'Évariste Désilets et des autres, jusqu'à la ferme de Joachim Deveault, empiétant sur leurs belles terres qui s'amenuisaient chaque année. Avec un peu d'appréhension, il se demandait jusqu'où irait l'appât du gain pour ce géant qu'était Léon-Marie Savoie, de même que pour ces fermiers qui, peu à peu, abandonnaient leur noble profession au profit d'une cité ouvrière, cédant aux ambitions démesurées de ce bâtisseur. Son regard soucieux alla encore s'accrocher aux autres habitations, semblables, avec leur potager derrière, qui s'alignaient le long de la côte jusqu'à la petite école, terne, poussiéreuse, avec ses fenêtres closes, son gazon rabougri, cette même petite école qui leur apportait le support de la religion pendant l'hiver...

Comme hypnotisé, pendant un long moment, il la fixa en silence.

Soudain, ses prunelles s'animèrent. Une idée, brusquement, venait de germer dans son esprit. Se tournant avec lenteur vers Léon-Marie, il prit un petit air insidieux, en même temps que, la tête inclinée sur le côté, il débitait sur un ton angélique:

— Je ne crois pas t'avoir dit au sujet de l'évêque... tu sais que sa décision n'est pas encore arrêtée...

— Arrêtée... à quel propos?

— Concernant l'affaire qui te préoccupe... l'abbé Jourdain...

Léon-Marie freina un petit sursaut.

— Comment ça, l'abbé Jourdain! Je pensais que cette affaire-là était réglée depuis belle lurette. Je comprends pas, vous m'aviez pourtant assuré...

— C'est une affaire délicate, glissa le curé en baissant les yeux, je ne peux pas m'insurger comme ça dans les intentions de mon évêque.

— Mais...

— Et puis, comme tu le dis si bien toi-même, une affaire pareille, ça ne se règle pas en criant ciseau.

Léon-Marie laissa échapper un soupir résigné.

— Bon, ça va, monsieur le curé, j'ai compris. Vous êtes en train de me retourner mon argument, c'est ça?

— Moi, je ferais ça? s'écria le curé avec un petit rire acide. Que vas-tu imaginer? Tu ne cesseras donc jamais de juger les autres selon ton propre entendement. Comment peux-tu pousser la suffisance à ce point?

Léon-Marie considéra le vieux prêtre et laissa percer un petit rictus. Il n'était pas habilité à lui faire de reproches. Sous son habit religieux, le curé lui ressemblait. Retors comme lui, il ne donnait rien pour rien.

— Je vous promets de faire aussi vite que je vais pouvoir. Mais avant, je voudrais bien avoir la certitude que le vicaire Jourdain va venir nous desservir à la petite école, l'hiver prochain.

Indigné, le curé redressa énergiquement le menton.

— Ne compte surtout pas que je vais te faire cette promesse. Cela va dépendre de ta propre attitude. Fais d'abord ce que tu as à faire. M'as-tu dit tantôt que tu avais une idée derrière la tête? Eh bien! presse-toi de l'appliquer et nous verrons ensuite.

Léon-Marie hésitait encore.

— Vous devez comprendre, monsieur le curé, qu'avant de faire cette démarche-là, qu'est ben malaisée, faudrait que je sois sûr... en ce qui regarde le p'tit vicaire Jourdain, parce que mon homme de cour, je vais avoir de la misère à en trouver un aussi compétent...

— Tu n'en es pas aux faux-fuyants, Léon-Marie, coupa vertement le vieux prêtre. Tu as l'obligation d'obéir à ton curé.

— Mais je vous ai pas menti, j'ai vraiment pensé à une manière...

— Dis toujours, on verra.

Décidé soudain, Léon-Marie pointa son index vers la foule et indiqua un grand jeune homme, à la crinière brune d'adolescent.

— Vous avez pas remarqué là-bas, c't'étranger tout seul, deboutte au milieu de la place, ce petit maigrelet qui a pas l'air de connaître personne? Ben son nom, c'est Nestor Beaulieu. Il vient du dedans des terres, pis c'est avec lui que j'ai l'intention de régler cette affaire-là.

Étonné, le curé le regardait sans comprendre.

— Ce jeunot-là vient tout juste de s'installer dans les terres planches, au boutte des Aboiteaux, précisa Léon-Marie. Je lui ai fait acheter les Fardoches. Vous connaissez? Le grand pacage à Delphis L'Heureux, le frère de ma femme. Il va ouvrir là une belle fabrique de charbon de bois.

— C'est toi qui... prononça le curé, interloqué. Tu as toi-même tramé cette affaire. Vraiment, tu n'arrêteras jamais de me surprendre.

— La prospérité dans le Bas-du-Fleuve, c'est pas rien que l'affaire d'importés comme McGrath, dit Léon-Marie sur un ton méprisant. Faut que ceux qui ont des idées s'impliquent eux autres aussi. Il revient à ceux qui en ont la capacité de donner un coup de pouce aux autres.

— Comme d'habitude, ce n'est pas la modestie qui t'étouffe, observa le prêtre avec un petit regard en coin. Mais poursuis donc. Je ne vois pas encore en quoi cette histoire peut concerner ton ouvrier et sa femme.

— V'là ce que j'ai l'idée de faire, monsieur le curé. Mon intention, c'est de céder mon homme de cour au petit Beaulieu. Mais faut que je fasse ça ben lentement, sans me presser, faut lui laisser croire que je lui rends un service.

— Ah! un service. Et pourquoi ne lui dirais-tu pas tout simplement, sans étaler tes raisons, que c'est lui qui te rend un service?

Léon-Marie ouvrit de grands yeux étonnés. Il lança sur un ton sincère:

— Mais, monsieur le curé, «JE» lui rends service, pis un grand service à part ça. Avez-vous oublié que je lui cède un de mes meilleurs hommes?

Un doigt appuyé sur les lèvres, le curé le regardait et hochait la tête, chaque fois renversé devant l'incontournable orgueil de son paroissien.

— J'y parlerais de ça ben délicatement, poursuivait Léon-Marie, j'y en glisserais un mot rien que de temps en temps, comme pour y souffler l'idée. Ça me donnerait aussi le temps de me trouver quelqu'un d'autre, pis de le former comme il faut avant le départ d'Anatole, de manière à ce que la scierie en souffre pas trop, non plus.

Stimulé soudain, il se pencha vers le prêtre.

— Je pense qu'à vous, monsieur le curé, je peux confier ce que j'envisage à long terme.

Lentement d'abord, puis raffermissant peu à peu sa voix, il entreprit de décrire ce projet monumental bien enfoui au fond de son être, qu'il avait mûri en même temps qu'il érigeait ses entreprises. Fort de sa réussite, le regard éloquent, il dévoila son rêve de faire de la Cédrière une importante agglomération, un village plus grand encore que celui de Saint-Germain, avec son église, son école, ses commerces et même son bureau de poste.

— Savez-vous qu'on a proche cinquante maisons de bâties au pied de la montagne, sans compter une vingtaine d'autres, le long du rang Croche? Si on ajoute à ça les cultivateurs déjà établis, ça nous donne autour de cinq cents âmes.

— Il est vrai que le hameau grandit, acquiesça le vieux prêtre.

— C'est pour ça qu'un jour prochain, va falloir penser à autre chose qu'à un desservant pour l'hiver. Va falloir songer à se bâtir une vraie église, avec un curé, un presbytère. Pis quand le moment sera venu de faire une demande pour la cure, comme je peux pas vous enlever à la paroisse de Saint-Germain, pis vous demander de venir vous installer avec nous autres...

— Franchement, Léon-Marie, lança sèchement le curé, il ne manquerait plus que ça.

— Comme je peux pas vous demander de venir vous installer avec nous autres, répéta Léon-Marie, même si on aimerait ben ça, on pense icitte que l'abbé Jourdain serait le prêtre tout désigné pour devenir notre curé. Tout le monde l'aime, l'abbé Jourdain. Il est proche de nous autres, il pense comme nous autres, pis c'est un petit gars vaillant qui a pas peur de l'ouvrage. À part ça qu'il joue pas mal pantoute au baseball.

Dressé devant lui, le curé le regardait, l'air désappointé.

— Plus je t'écoute, Léon-Marie, plus je note que tes arguments ne sont jamais que superficiels. À aucun moment, tu n'as évoqué la pensée profonde du vicaire Jourdain, tu as encore moins abordé sa spiritualité qui est l'essence même de son apostolat auprès de vous. Heureusement que je te connais assez pour savoir que tu as parlé avec ton cœur et qu'au fond de toi-même tes intentions sont louables.

Il laissa échapper un soupir.

— Malheureusement, tu m'en demandes trop. Cette décision que tu espères ne m'appartient pas, elle est de l'initiative de mon évêque. Tu sembles oublier que je ne fais pas partie de son conseil non plus.

— Avec toute votre expérience, je peux pas croire que l'évêque vous écoute pas un brin, des fois.

— Décidément. Tu n'espères tout de même pas que je vais te répondre là-dessus... Bon! assez discuté. Venons-en au présent. Tu connais ma détermination, je ne prêterai Marcel Jourdain, pour desservir le hameau l'hiver prochain, qu'à la condition que tu aies rempli tes obligations. Pour le reste, on verra. En attendant, allons bénir ta quincaillerie, avant que tes invités, eux, ne prennent la décision de quitter la fête.

Il appela à lui ses deux vicaires. Après avoir glissé son étole autour de son cou, il alla rejoindre Henriette et les enfants Savoie sur le perron. Le visage enfin apaisé, pieusement, il procéda à la bénédiction.

Suivirent les discours d'usage, puis arriva le moment que tous attendaient. Le visage éclairé d'un sourire, Henriette saisit le large ruban blanc qui retenait l'ouverture de la nouvelle quincaillerie et avec tout le décorum qu'exigeait pareille inauguration, le coupa d'un net coup de ciseaux.

— Entrez pas tous ensemble! cria Léon-Marie en poussant la porte. C'est pas grand comme l'église Saint-Germain. Pour ceux qui vont devoir attendre, il y aura des breuvages pis des sucreries qui seront servis dehors.

Henriette et les enfants le suivirent à l'intérieur et allèrent prendre la place qui leur avait été assignée derrière le grand comptoir.

Quelques femmes avaient pénétré à leur suite et s'étaient aussitôt mises à arpenter la pièce en lorgnant autour d'elles. Curieuses, elles s'extasiaient devant les petits bibelots fabriqués par l'artiste, tâtaient les lampes, les articles de cuisine, palpaient les outils, tournaient les pages des catalogues de décoration en même temps que, sur un ton ingénu, elles s'enquéraient de petits riens auprès de leurs hôtes.

— Comment vas-tu, Henriette? demanda soudain une voix douce.

Henriette sursauta. Rébecca, la femme de Jérémie Dufour, se tenait devant elle et la regardait, les avant-bras appuyés sur le comptoir.

— Rébecca! Je suis si contente de te voir. Jérémie est-il avec toi?

— Il est dehors avec les hommes. On est peut-être pas arrivés à temps pour la bénédiction, mais on est venus, c'est ça qui compte.

Léon-Marie, qui était occupé à manipuler une ferrure devant la femme d'Honoré Gervais, releva vivement la tête.

— Qui c'est que je vois? C'est-y mes yeux qui me trompent ou ben...

Cédant rapidement sa place à Antoine, il courut les rejoindre.

— C'est ben toi, Rébecca! Ça veut-y dire que Jérémie est icitte? Je peux pas croire qu'après m'avoir boudé pendant presque deux ans, il s'est enfin décidé à venir.

— Mets-en pas trop quand même, le retint Rébecca. Ç'a déjà été assez dur pour lui de marcher sur son orgueil puis de monter jusqu'ici. D'ailleurs, c'est pas vrai qu'il t'a boudé tout ce temps-là. Même qu'aujourd'hui, ç'a pris tout notre p'tit change pour qu'on vienne, on a bien de l'ouvrage à la boulangerie.

— Barnache, excuse-lé pas par-dessus le marché! lança-t-il en franchissant le comptoir d'un mouvement alerte. Je vas y apprendre, moi, à avoir la couenne aussi dure que nous autres à la Cédrière.

Excité comme un adolescent, il sortit sur le perron. Jérémie était là, au pied des marches et discourait avec importance devant quelques cultivateurs du rang Croche.

— Barnache, Jérémie! cria Léon-Marie dans un éclat de rire. Te v'là enfin. Sais-tu que t'es tout un coriace. J'avais fini par croire que tu te déciderais jamais à monter jusqu'icitte.

— Toryable, Savoie, pèse pas trop sur le crayon à mine, il a fallu qu'on me tire pas mal fort sur la queue de chemise pour que je me décide à venir te regarder la face après-midi. Pis c'est ben seulement parce qu'il restait pus un chat au village.

— Ben moi, je te cacherai pas que ça me fait chaud au cœur de voir que tu t'es enfin décidé, pis que t'aies accepté mon invitation, rétorqua Léon-Marie d'une voix émue en secouant sa main avec force.

— Ç'a ben l'air que c'est le plus intelligent qui cède, pas vrai, Savoie? articula Jérémie avec froideur.

— Moi aussi, il y a un bout de temps que je voulais aller te faire une petite visite à la boulangerie, avoua Léon-Marie.

— On s'en serait jamais aperçu.

Léon-Marie avait appuyé fermement sa main sur son épaule et le regardait. Il ne cachait pas son soulagement. Au fond de son cœur, cette brouille avec son ami d'enfance l'avait contrarié plus qu'il ne l'avait laissé voir.

— Jérémie, lança-t-il brusquement, j'ai une proposition à te faire.

Sur ses gardes, Jérémie lui jeta un long regard suspicieux.

— D'abord que t'essayeras pas de m'embobiner encore une fois dans mon rôle de commissaire d'école, tu peux toujours parler.

— J'ai pas l'intention de t'embobiner pantoute, ben au contraire, c'est une proposition pas mal intéressante que j'ai à te faire.

Une petite lueur joyeuse faisait pétiller ses yeux.

— Qu'est-ce que tu dirais, mon Jérémie, d'ouvrir un dépôt de pain pis de brioches, icitte à la Cédrière? Je t'organiserais un beau local, tout ben gréé, entre la cordonnerie, pis la boucherie d'Oscar Genest. Je te louerais ça, pas cher. T'aurais rien qu'à accrocher ton enseigne, installer une de tes filles derrière le comptoir, pis apporter ton pain.

Intrigué, Jérémie le dévisagea un long moment sans parler. Son torse était bombé de satisfaction. Soudain, redevenu méfiant, il pointa son menton vers l'avant.

— Toé, mon toryable, je sais jamais si je peux te faire confiance. Avant de te répondre, je pourrais-t-y savoir ce que t'as derrière la tête?

— Ça me gêne un peu d'avouer ça tout haut, louvoya Léon-Marie le plus sérieusement du monde, mais de toute façon, je suppose que tu finirais par l'apprendre un jour. C'est qu'il nous manque un lanceur pour notre club de baseball, pis on a pensé à toé.

Les hommes éclatèrent de rire. Le curé Darveau se mêla à leur groupe.

— Je suis heureux de voir que vous avez enfin fait la paix, vous deux.

— Si c'est pour être votre lanceur, dit Jérémie, j'accepte ta proposition, Savoie.

Un petit frémissement de plaisir chatouilla l'échine de Léon-Marie. Cette autre entente, une fois de plus, le rapprochait de la concrétisation de son rêve. Le regard rempli de fierté, il considérait autour de lui le hameau de la Cédrière qui s'étendait de la montagne jusqu'à la route communale tout en bas. Il se rappelait le jour où, quatre ans plus tôt, il avait pris la décision d'acheter la meunerie du vieux Philozor Grandbois.

À cette époque, il était seul dans le chemin de Relais, à l'exception des fermiers Joachim Deveault, Josaphat Bélanger, Ovila Gagné, Évariste Désilets et Jos Maher, installés depuis des générations à l'ombre du mont Pelé. Partout, face au domaine du vieux meunier, les champs s'étendaient, vastes, verts, avec les vaches qui paissaient tranquillement en roulant leurs grands yeux globuleux et mélancoliques.

Aujourd'hui, un nombre impressionnant de petites maisons se dressaient dans ces mêmes pâturages et une fumée grise s'échappait de leurs cheminées. Les pacages s'étaient refermés dans des limites plus étroites, et si on pouvait encore entendre le meuglement des bêtes, il était ponctué des cris et des rires d'une multitude d'enfants heureux.

Avec l'année 1928, il avait construit la quincaillerie. Entre-temps, Oscar Genest était venu et avait choisi de s'établir non loin de la cordonnerie sur un lopin de terre appartenant à Josaphat Bélanger. Il y avait aussitôt aménagé un comptoir de boucher. Demain, ce serait au tour de Jérémie Dufour d'installer tout près un dépôt de pain, tandis que, de l'autre côté de sa maison, dans la petite rue transversale, la femme de l'artiste tiendrait d'une main ferme une boutique de chapeaux. Ses aspirations prenaient forme, toutes, les unes à la suite des autres.

Avec un sourire tranquille, il se disait que la Cédrière était devenue plus qu'un hameau, c'était maintenant presque un village. Il ne leur manquait que peu de services, pour en faire une agglomération totalement indépendante de celle de Saint-Germain. Il ne leur manquait qu'un commerce d'importance. Après la quincaillerie, avant l'église et la poste, ils se devaient de posséder un magasin général.

— Ce sera ma réalisation, pour l'été 1929, marmonna-t-il.

— Hé! Léon-Marie! le héla Jean-Baptiste. T'as ben l'air dans la lune, ça doit ben faire dix minutes que tu flattes ton poil.

Léon-Marie sursauta, puis éclata d'un grand rire.

— Que c'est que tu me chantes là, mon p'tit Baptiste?

Derrière eux, les violoneux avaient grimpé sur la véranda et pris place sur des chaises. Un premier coup d'archet ébranla les airs, ils entamaient le *Reel du pendu*.

Le curé escalada les marches et attendit qu'ils aient fait vibrer le dernier accord avant de se pencher vers la foule et imposer le silence.

— Je voudrais profiter de cette activité collective pour vous faire partager une découverte. La plupart d'entre vous ignorent les grands talents qui fleurissent dans votre région. Pour ma part, j'ai remarqué un jeune homme qui a une voix magnifique, et je voudrais que vous l'entendiez avec moi aujourd'hui.

Il passa la tête dans la porte de la quincaillerie et interpella Antoine.

— Arrive ici, mon garçon, je veux que tu nous chantes un petit air.

Surpris, Antoine vint s'arrêter dans l'ouverture.

— Mais j'ai rien de préparé, monsieur le curé.

— Tu connais *La chanson des blés d'or*? Ne le nie pas, ton directeur de chorale m'a rapporté que tu la chantes souvent au séminaire.

Antoine approuva de la tête.

— Tu vas l'interpréter pour nous aujourd'hui.

Docile, Antoine alla prendre place sur la large galerie, juste devant les musiciens et, les bras ballants de chaque côté de ses hanches, comme un élève bien entraîné et sage, avec sa touffe de cheveux bruns dressée comme une crête de coq au-dessus de son front, il commença à chanter sous les accents criards des violons.

Sa voix était puissante et généreuse, avec de belles harmoniques de baryton. Impressionnés, les invités écoutèrent avec étonnement ce jeune homme d'à peine dix-huit ans, le torse bombé et qui chantait mieux encore que le sourcier Isaïe Lemay, promu premier ténor de leur chœur d'église. Ils l'acclamèrent un long moment.

Enhardi, Antoine entonna: *Souvenirs d'un vieillard*, puis *Le petit mousse*. Léon-Marie, qui s'était enfoncé dans la foule pour échanger quelques mots avec monsieur Atchisson, était revenu sur ses pas.

Figé en bas des marches, il considérait son fils. D'un doigt tremblant, il essuya une larme qui perlait sur sa joue.

Derrière eux, Henriette était sortie sur le seuil de la quincaillerie et regardait son mari en silence.

# 21

Léon-Marie poussa la porte de la cuisine. Les narines frémissantes, il huma les arômes frais d'épices et de pâtisseries chaudes qui imprégnaient toute la maison.

— Il tombe une vraie neige de Noël, dit-il en secouant ses bottes. J'espère que ça tournera pas en tempête, il vente un peu.

Devant la fenêtre envahie d'ombres, de gros flocons virevoltaient dans une danse folle et allaient s'abattre sur les vitres, parant la base des carreaux d'une petite dentelle blanche.

D'un geste machinal, Henriette essuya son front moite de sueur.

— Je serais bien déçue si ça tournait en tempête, il y a tellement d'années que je ne suis pas allée à la messe de minuit.

Sous l'escalier, dans son coin sombre, le poêle ronflait joyeusement. On était la veille de Noël et elle était fort occupée à préparer le réveillon. Près de la table, toute menue dans son large tablier à frisons, la petite Étiennette tournait machinalement la cuiller en bois dans un grand plat de faïence. Dans le salon, des éclats de voix se faisaient entendre. Antoine et Étienne s'affairaient à dresser la crèche de l'Enfant Jésus.

Henriette pensa que ce Noël 1928 ne serait pas comme les autres. Leur Antoine était revenu du séminaire et, cette nuit, tandis que toute la famille se recueillerait dans leur banc de l'allée centrale, il monterait dans le jubé de la vieille église et interpréterait en solo les plus beaux cantiques traditionnels.

Elle jeta un regard paisible autour d'elle. Avec l'arrivée de l'automne, elle était redevenue sereine. Sans s'expliquer pourquoi, elle s'était éveillée un matin et s'était sentie allégée, libérée, comme si, tirée d'une nuit trop noire, habitée d'angoisse, elle avait ouvert les yeux et avait aperçu la lumière. Elle avait compris subitement que la vie avait encore des joies en réserve.

Elle s'était levée promptement, et pour la première fois depuis des mois, avec une vaillance nouvelle, s'était plongée dans ses occupations journalières.

Étonné, Léon-Marie l'avait suivie à travers les pièces. La mine réjouie derrière elle, il avait entouré sa taille de ses bras en même temps qu'il avait chuchoté à son oreille:

— Je sais pas si je me trompe, mais me semble que t'as les yeux plus clairs que d'habitude, à matin.

Elle avait souri tranquillement, puis avait longuement pressé les mains qui l'étreignaient. Sans en comprendre la raison, elle se sentait rassérénée. Ils étaient en septembre. La veille, avec la paroisse réunie, ils avaient fêté en grande pompe l'ouverture officielle de la nouvelle quincaillerie. Peut-être était-ce cette larme qu'elle avait vue poindre sur la joue de son homme qui l'avait à ce point bouleversée? Peut-être à cet instant avait-elle compris la sensibilité très vive qu'il masquait sous sa force apparente? À travers sa voix de stentor qui retentissait sans cesse au-dessus des autres, peut-être avait-elle perçu cette tendresse infinie qu'il recelait au fond de lui, l'accessibilité de son grand cœur, bien plus perméable qu'il ne le laissait voir?

Elle s'était retournée et s'était blottie dans ses bras. La tête appuyée contre son épaule, elle avait éclaté de sa petite cascade de rire, de ce rire qu'il aimait tant et qu'il n'avait plus entendu depuis trop d'années.

Il l'avait serrée contre sa poitrine, avec ferveur, avec un petit ronflement dans sa gorge qui disait son bonheur devant cette quiétude revenue dans leur maison.

Pourtant, son retour trop subit à l'existence ne l'avait pas apaisé tout à fait. Aussi, pendant les jours qui avaient suivi, chaque fois qu'il s'était retrouvé devant elle, il avait scruté son visage, longuement, avec la crainte d'une rechute, mais chaque fois, elle l'avait rassuré. Le souvenir de leurs deux enfants disparus était toujours présent dans son cœur, mais la douleur était passée.

— J'ai peur de manquer de gélatine, dit-elle en consultant son petit livre de recettes.

Elle alla fouiller dans l'armoire, déchira un petit sachet en papier et fit un calcul rapide.

— C'est bien ennuyeux, il ne me manquerait que deux feuilles.

— Envoie Étienne en emprunter chez une voisine, suggéra-t-il. Ç'a pas de bon sens d'atteler le cheval, pis de descendre au village rien que pour deux feuilles de gélatine. Georgette doit ben en avoir, elle qui est toujours si prévoyante, sinon tu l'enverras chez Angélina.

Il tendit ses mains au-dessus du poêle. L'œil gourmand, il lorgnait les plats savoureux qui mijotaient sur le feu vif.

— Ça prouve encore une fois que ça sera pas un caprice d'avoir not' magasin général à nous autres, icitte, à la Cédrière. Les femmes pourront faire leurs achats sur place pis ça sera commode quand elles auront juste un petit besoin, comme toi à soir.

— T'en fais donc pas, le rassura Henriette en allant appuyer son front contre sa joue. Je vais bien me débrouiller en attendant que tu l'aies bâti, ton magasin général. En tout cas, pour cette nuit, tu peux me faire confiance, il ne manquera rien sur la table du réveillon.

Cette année, plus que jamais, elle avait mis son cœur à bien célébrer Noël. Elle voulait un Noël qui rappellerait à tous les temps heureux où ses deux petits étaient encore avec eux, bien vivants dans la maison. Elle s'y était préparée à l'avance, dès le premier dimanche de l'Avent, en invitant les familles L'Heureux et Savoie à venir partager leur repas. Cette nuit, ils seraient plus de quarante autour de la table, à festoyer et à faire vibrer la grande cuisine au son des rigodons.

En même temps que s'installait le froid cinglant de décembre, elle s'était armée de courage et avait commencé à préparer tourtières, beignes, ragoûts et cipâtes qu'elle avait empilés dans le garde-manger extérieur. Les planches pourtant solides de la petite armoire croulaient sous le poids des victuailles entassées jusqu'au plafond, et ce soir, à l'approche de la grande nuit, elle avait presque terminé. Il ne lui restait qu'à préparer les bavaroises et les aspics teintés de vert et de rouge, aux couleurs de la fête. Ce Noël serait exceptionnel, le plus éblouissant qu'ils avaient connu.

— J'espère que le curé Darveau aura pas raison cette fois, avança soudain Léon-Marie.

— De quoi parles-tu? interrogea-t-elle, en même temps qu'elle retirait du four une grosse volaille qu'elle s'apprêtait à désosser.

Il s'éloigna du poêle. L'air préoccupé, les mains derrière le dos, il se mit à arpenter la cuisine, puis revint se placer près d'elle.

— Le curé m'a accosté l'autre jour. Il m'a conseillé de me restreindre dans mes projets. D'après lui, le monde vit trop sur le gros fil.

— Comment ça, sur le gros fil? À ma connaissance, personne parmi nous ne fait d'extravagances.

— D'après ses dires, ça peut pas continuer de même longtemps. Je me demande comment il va prendre mon idée de bâtir un magasin général. Encore une fois, il va me reprocher de prendre des risques. Faut dire qu'il s'inquiète chaque fois que je pars une nouvelle business.

— Et toi, Léon-Marie, est-ce que ça t'inquiète? demanda-t-elle, tournée vers lui.

— En autant que je dépense pas l'argent que j'ai pas, je vois pas le danger. Sans compter que quoi qu'il arrive, le monde va ben devoir continuer à manger pareil.

— Bien moi, je te fais confiance, lança-t-elle avec chaleur. Je ne m'y connais pas beaucoup dans ces sortes d'affaires, mais je suis de ton avis que si tu ne t'endettes pas, il n'y a pas de danger.

— J'ai toujours placé mon argent sur des bâtisses autour de moi. C'est quand même plus solide que de le confier au notaire Beaumier, pis de le voir dispersé on sait pas où.

— Laisse donc dire le curé, jeta Henriette, c'est un vieux radoteux. Depuis le temps qu'il te rabâche la même rengaine, il ne t'est encore rien arrivé.

La mine pensive, il se remit à arpenter la cuisine. Henriette avait raison, il ne devait pas s'inquiéter. D'un naturel tenace, il avait toujours osé, en faisant fi des incitations à la prudence des autres, chaque fois se laissant guider par son instinct plutôt que par des pseudo-connaisseurs qui ne possédaient pas la moitié de son expérience. À ce jour, son intuition ne l'avait pas trompé. Il considérait que c'était là le secret de sa réussite; le curé le savait pourtant.

— T'as raison, Henriette, dit-il en revenant vers elle et en entourant sa taille. Pourquoi m'en faire? Aujourd'hui, on est la veille de Noël, pis cette année, il semble qu'on va fêter ça comme jamais.

Derrière eux, Étiennette avait fini de dresser la table. Elle versa les crèmes dans ses plus beaux plats en cristal et alla les ajouter aux aspics qui refroidissaient dans le garde-manger. Ils prendraient en gelée pendant la messe et seraient prêts juste à temps pour le réveillon.

Joyeuse à son tour, rapidement, elle mit encore un peu d'ordre dans la cuisine, puis consulta la grande horloge et enleva son tablier.

— C'est bientôt l'heure, pressons-nous d'aller endosser nos plus beaux atours. Il ne faudrait pas être en retard à l'église pour la messe de minuit.

Léon-Marie la suivit dans leur chambre. L'œil admiratif, il l'observa sans retenue tandis qu'elle revêtait sa robe. Avec un petit air moqueur, elle s'assit devant sa coiffeuse, lissa proprement ses cheveux et les ramassa en une épaisse touffe qu'elle tordit sur sa nuque.

Dans un élan amoureux, il se pencha, déposa un baiser sur sa bouche, puis, comme pris en faute, s'éloigna un peu.

Le regard brillant de plaisir, elle se tourna vers lui. Elle paraissait une toute jeune fille, avec ses lèvres délicatement fardées, à peine une adolescente avec ses beaux grands yeux bleus pleins d'azur, insoucieux et doux.

— T'es tellement belle, mon Henriette, prononça-t-il avec adoration.

Il l'aida à attacher son collier. À son tour, avec des gestes maternels, elle noua sa cravate.

— Attends, je vais mettre un peu d'eau de Cologne dans ton cou, lui dit-elle. C'est Noël, il faut que tu sentes bon.

Ils riaient ensemble, badinaient comme autrefois avant leurs malheurs et prenaient leur temps, folâtraient comme s'ils étaient seuls au monde.

— Il doit ben approcher onze heures, bredouilla enfin Léon-Marie, cachant son trouble. Il serait peut-être temps que j'aille atteler le blond.

— Mon Dieu! s'inquiéta Henriette à son tour, j'ai oublié les enfants, j'espère qu'ils ont revêtu leurs habits du dimanche.

Antoine et les jumeaux étaient déjà prêts. Assis sagement sur le grand banc près de la porte, leur missel dans la main, ils attendaient tous les trois en silence. Le regard figé, elle les considéra un moment. Une grande tristesse l'avait envahie d'un coup. Au bout de la file, comme des ombres presque distinctes, elle imaginait ses deux autres petits, Marie-Laure et Gabriel, assis sagement, eux aussi, et tenant entre leurs doigts leur livre de prières. Ses yeux se voilèrent.

— Allons rejoindre votre père, articula-t-elle à voix contenue. Le cheval doit être attelé maintenant. Il ne faut pas être en retard à l'église.

Ils sortirent dans la cour et se tassèrent rapidement dans la carriole. Léon-Marie et Antoine sur la banquette avant, pendant qu'Henriette prenait place à l'arrière avec les jumeaux, tous trois emmitouflés frileusement dans la peau d'ours. La neige avait cessé et le froid de la nuit piquait leurs joues. Le cheval partit au petit trot. Dans le tintement joyeux des grelots, avec les patins qui s'enfonçaient dans la neige épaisse, ils s'engagèrent dans le chemin de Relais. Quelques traîneaux les précédaient dans la côte, tandis que d'autres suivaient, comme un cortège. Partout à travers la campagne paisible, un concert de petites clochettes se faisait entendre, chacune produisant sa tonalité propre qui se confondait avec les autres dans un babillage léger, discordant. Les habitants de la Cédrière se rendaient à la messe de minuit.

Au-dessus de leur tête, la lune ronde brillait de son éclat froid, cerclé d'un halo bleuté qui allumait les nuages. Silencieux, l'œil ensommeillé, ils parcoururent la route communale et empruntèrent la rue principale. En file disciplinée, ils s'arrêtèrent devant l'église. Les femmes et les enfants en descendirent tandis que, debout dans leur traîneau, les hommes pressaient leur cheval vers la stalle louée chez un tenancier du village.

Le curé Darveau se tenait à l'arrière de la nef. Revêtu de ses plus beaux habits liturgiques chargés d'or et de rouge, il accueillait ses paroissiens.

— Que voilà une belle surprise! s'écria-t-il en apercevant Henriette entourée de ses enfants. Tu es venue entendre chanter ton Antoine? Tu sais que c'est un cadeau magnifique qu'il nous fait. J'ai assisté à la répétition de la chorale hier et je puis t'assurer que tu ne seras pas déçue.

Derrière, suivaient Angélique et ses enfants, puis la veuve Maher avec son fils. Il les salua à leur tour, échangea quelques politesses, puis adressa une parole aimable à Florence Bélanger, la femme de Josaphat qui venait d'arriver et attendait un peu en retrait, près de la porte.

Une bouffée d'air froid s'infiltra dans l'église et les fit grelotter. Léon-Marie entrait en secouant ses mitaines. Il était hors d'haleine. Derrière lui, les fermiers de la Cédrière se bousculaient devant le porche et bavardaient à voix basse.

— Et toi, Léon-Marie, s'enquit le curé sur un ton affable, as-tu enfin trouvé un remplaçant à ton homme de cour?

— J'ai deux ou trois gars en vue, répondit-il sans cacher sa préoccupation, mais c'est pas facile, ça me prend un homme alerte, pis qui sait compter.

— Eh bien! moi, je pense t'avoir trouvé l'homme qu'il te faut. C'est mon neveu, Lazare, un honnête père de famille de trente-huit ans. C'est un garçon responsable, travailleur. Viens me voir dimanche après la grand-messe, je vais te le présenter. Je suis sûr qu'il va faire ton affaire.

Dehors, les cloches sonnaient à toute volée, pour annoncer la naissance de l'Enfant Jésus. On avait peine à s'entendre.

— Je t'attends dimanche au presbytère, s'égosilla le curé.

Sans attendre la réplique de Léon-Marie, à grandes foulées pressées, avec sa chasuble qui voletait sur ses jambes, il s'enfuit vers la sacristie.

Avançant à petits pas précieux, les familles s'engagèrent dans l'allée et prirent place dans leurs bancs respectifs. Au-dessus de leurs têtes, l'orgue faisait entendre des sons doux, puis une voix ferme, généreuse, entonna *Dans le silence de la nuit*. La belle voix de baryton d'Antoine faisait vibrer la voûte de l'église. Suivi de ses vicaires habillés eux aussi de leurs habits liturgiques, le curé apparut par un côté de l'autel, tenant dans ses bras le petit Jésus de cire. La messe de minuit commençait.

***

La semaine avait passé bien vite, avec les festivités qui s'étaient prolongées bien après le réveillon d'Henriette. Les frères et les sœurs des deux parentés les avaient accueillis à leur tour, et la suite ininterrompue des réjouissances s'était poursuivie presque chaque soir, pendant plusieurs jours. Avec le travail, les longues veilles, les repas trop lourds, ils avaient bien perdu un peu de leur entrain, mais ils se devaient de résister à la fatigue. C'était la coutume. Cette année encore, les fêtes se prolongeraient jusqu'aux Rois.

Couchés sur le dos dans leur grand lit, Henriette et Léon-Marie étaient perdus dans leurs rêves. On était le jour de l'An. Dehors, le beau soleil éclatait à travers la campagne enveloppée de neige blanche.

— L'année 1929 commence en beauté, dit Henriette en étirant langoureusement ses membres. C'est un bon présage.

Près d'elle, les bras croisés derrière la nuque, Léon-Marie fixait un point vague.

— À quoi penses-tu? interrogea-t-elle, malicieuse. Serais-tu en train de mijoter une autre combine pour l'année qui vient?

Il se tourna vers elle sans répondre et d'un mouvement vif repoussa la couverture. De sa main rugueuse, lentement, il commença à caresser son ventre. Les yeux mi-clos, la tête enfoncée dans l'oreiller, il émettait des petits grognements de satisfaction.

Vivement, elle retint son geste et prit un air faussement scandalisé.

— T'as pas honte, me faire ça en plein jour de l'An.

— J'ai pas honte certain. Si je veux commencer l'année en beauté, faut que je t'donne le sacrement.

— Tu sais bien qu'on n'a pas le temps, chuchota-t-elle. Faut être chez mémère L'Heureux à midi juste, faut distribuer les cadeaux aux enfants, en plus d'aller à la messe. On n'a pas une minute à nous.

— Mémère L'Heureux va attendre, pis la messe aussi. Pour une fois que je suis pas poussé par l'ouvrage, j'ai ben l'intention d'en profiter.

D'un élan robuste, il se coucha sur elle et l'écrasa de tout son poids en même temps que, l'air polisson, il débitait près de son oreille:

— Si tu veux, je peux y expliquer, à mémère L'Heureux, ce qui nous a retardés. Délurée comme elle est, je suis sûr qu'elle va comprendre.

— Tu n'oserais pas faire ça, j'aurais tellement honte. Ce sont des choses à garder entre nous deux, c'est trop intime.

Il se mit à rire et enfouit son visage dans son cou. Elle sentait monter à ses narines son odeur d'homme. Son souffle chaud chatouillait sa nuque.

— Vous autres, les femmes, vous aurez beau prendre des airs de saintes nitouches, on sait au fond que c'est rien que de l'hypocrisie. Vous êtes comme la poule, quand le coq court après, elle court mais elle prend ben soin de pas courir trop vite.

— Mais c'est de la pure malveillance! se récria-t-elle en emprisonnant son torse et en l'étreignant avec force. Tu mériterais que je refuse ton sacrement.

Il se déplaça sur elle et tendit doucement son bas-ventre dans un long mouvement de va-et-vient.

— Tu le regretterais. Il y a pas homme pour honorer sa femme mieux que moi, dans tout le canton.

Une chaleur courut en elle en même temps qu'un petit frémissement de plaisir agitait tout son être. Les bras enserrés autour de son dos, elle le pressa contre sa poitrine.

— Tu n'es qu'un prétentieux.

Les yeux fermés, elle l'étreignit encore, frénétiquement, presque avec violence, puis, se décontractant, laissa échapper un soupir repu. D'un seul trait, elle avait effacé les moments difficiles et les heurts qui avaient accompagné leurs épreuves. Aujourd'hui, elle se sentait comblée, en paix avec elle-même. Elle prenait conscience de la valeur de son homme, de son esprit de décision, de sa force de caractère. Elle se savait fragile, il lui apportait son support et sa patience. Il était doué, travailleur, en même temps que profondément juste et bon.

Il pesait sur elle, de tout son poids. Elle percevait sa respiration courte, rapide, son haleine bruyante et chaude contre sa joue.

Brusquement, il creusa les reins et émit un petit râle. Avec une ardeur voluptueuse, il entoura sa taille de ses bras, la serra avec plus de puissance encore, longuement, jusqu'à lui faire mal, en même temps qu'un léger cri s'échappait de ses lèvres. La tête profondément enfoncée dans son oreiller, elle percevait les battements de son cœur qui s'intensifiaient dans son bas-ventre. Enserrant son torse entre ses bras, à son tour, elle l'étreignit un long moment, avec force.

Encore haletante, elle se redressa et prêta l'oreille. Elle entendait de l'autre côté du mur le pas léger des jumeaux qui descendaient les marches.

Léon-Marie leva la tête, exhala un profond soupir, puis à nouveau s'écrasa pesamment sur elle.

— Barnache de barnache! Cette affaire-là, c'est ben la plus belle invention que le bon Dieu a pas faite sur terre. Si c'était pas des enfants, j'pense que je recommencerais une autre fois.

Il se leva à regret. Soufflant dru, il commença à enfiler son pantalon.

— Je suppose que les jeunes doivent avoir hâte d'ouvrir leurs cadeaux.

Le regard coquin, il se pencha encore sur elle.

— Puis toi, t'as pas hâte de voir les étrennes que je t'ai achetées?

— Des étrennes? s'écria-t-elle en riant. À moi aussi, tu as acheté des étrennes?

Excitée comme une petite fille, elle s'empressa de se lever et d'endosser sa chaude robe de laine. Il l'entraîna hors de la chambre. Amoureusement, leurs bras passés autour de la taille, ils pénétrèrent dans le salon. Les jumeaux étaient déjà là. Pieds nus, en vêtements de nuit, ils étaient accroupis sous la petite crèche et cherchaient leurs cadeaux.

— Le berceau et la poupée, je sais que c'est pour moi, disait Étiennette en s'appropriant le jouet, je suis la seule fille de la maison.

— Allez d'abord réveiller votre grand frère, les enjoignit leur mère en avançant dans la pièce, et puis, faut aussi demander la bénédiction à votre père. Vous aurez vos étrennes ensuite. Et n'oubliez pas d'enfiler vos robes de chambre, ajouta-t-elle encore.

Tournée vers Léon-Marie, elle remarqua, sur un ton nostalgique:

— Du temps de ma mère, il n'était pas question de recevoir la bénédiction paternelle si on n'était pas convenablement habillés et peignés.

— Faut dire que par rapport aux autres familles, on est pas des parents ben ben sévères, répondit-il avec une moue débonnaire.

Ils redescendirent bientôt tous les trois, Antoine, les paupières gonflées de sommeil, les cheveux embroussaillés, les jumeaux, avançant à petits pas rapides et encore pieds nus sous leur peignoir de chenille. Aussitôt, ils s'agenouillèrent devant leur père.

Prenant un air solennel, l'œil humide, Léon-Marie tendit ses mains au-dessus de leur tête. Chaque année, ce rituel l'émouvait. Une foule de souvenirs émergeaient dans sa tête. Il se rappelait son enfance, son père au même âge, puis ses autres jours de l'An, ses jours de l'An d'adulte, avec le cercle de ses enfants qui s'agrandissait, puis les morts et le cercle qui se rétrécissait. Malgré lui, son regard était rempli de tristesse. Enfin, se ressaisissant, il leva les bras. En même temps qu'il murmurait une prière, il esquissa un grand geste de bénédiction.

Redevenu enjoué, sans attendre, il alla se pencher derrière un fauteuil. Les yeux brillants d'excitation, il extirpa de sa cachette cinq belles paires de patins tout neufs. Il y en avait même pour Henriette et pour lui.

Il expliqua, tandis qu'il se courbait encore et fouillait derrière le meuble pour y prendre d'autres cadeaux:

— C'est la toute dernière nouveauté. Je les ai achetés au magasin général. La lame est fine comme une feuille de papier. Dimanche prochain, on va aller patiner dans la cour de la petite école. Je vais faire transporter notre gramophone là-bas, et tout le monde, même les jeunes, vont patiner au son des valses. On va placer le gramophone sur la galerie, pis on va monter le volume au boutte. Je trouverai ben quelqu'un pour changer les disques pis tourner la manivelle de temps en temps.

— J'ai l'impression de retourner en enfance, prononça Henriette en riant aux éclats.

— Je me suis entendu avec Évariste pour qu'il achète la même chose à Angélique, poursuivait-il encore. On s'est dit que les femmes aimeraient ça, patiner ensemble, les jours de semaine, pendant que nous autres, les hommes, on est à l'ouvrage.

Tourné vers ses enfants, il distribua encore quelques surprises, puis son regard revint se poser sur Henriette. Avec des petits gestes nerveux, il tâta dans sa poche et en sortit un écrin entièrement recouvert de velours sombre.

— Il y a un peu de poussière dessus, ça doit ben faire un mois que je le garde dans un tiroir de mon bureau à la scierie. Je pouvais pas le cacher dans la maison, j'avais trop peur que tu le trouves en faisant ton ménage.

Intriguée, elle souleva lentement le couvercle et découvrit un collier en or fin, enchâssé d'une rivière de petits saphirs.

— Oh! Léon-Marie, c'est bien trop beau! prononça-t-elle avec ferveur.

— J'ai pensé que ça irait avec la couleur de tes yeux, bredouilla-t-il, la voix étranglée.

Dans un élan, elle se jeta dans ses bras et se tint blottie contre sa poitrine. Enfin elle se redressa. Prenant un air contrit, elle lui tendit le chandail qu'elle avait tricoté pour lui en cachette.

— C'est bien peu de chose, après tous les beaux cadeaux que...

Elle s'interrompit. On frappait à la porte de la cuisine. Léon-

Marie esquissa une grimace de déplaisir. Il était à peine neuf heures et ce jour n'était pas comme les autres, on était le jour de l'An.

— Va donc voir qui c'est, Antoine, ordonna-t-il.

Antoine revint presque aussitôt. Derrière suivait l'ouvrier Ludger Lévesque, avec sa grande carcasse courbée et sa casquette qu'il roulait entre ses mains.

— Barnache, que c'est qui t'arrive, Ludger? À cette heure-citte, comment ça se fait que t'es pas chez vous, en train de bénir tes enfants? J'espère que le feu est pas pris quelque part.

— De ce bord-là, tout est ben correct, répondit l'homme en baissant les yeux.

Il paraissait bouleversé. Ses larges épaules ondulaient et son épaisse touffe de cheveux bruns s'agitait sur un côté de son front.

— C'est plutôt... c'est chez l'artiste... que ça va pas pantoute à matin...

Brusquement Ludger se redressa. Sans préambule, il lança dans un souffle:

— Il est mort, monsieur Savoie, l'artiste est mort.

— Quoi! Que c'est que tu me rabâches là, toé? s'écria Léon-Marie, estomaqué. Voyons donc, ça se peut quasiment pas.

L'œil fixe, il le dévisageait en silence. L'artiste... mort... Incrédule, il hochait la tête. L'artiste ne pouvait être mort, il l'avait vu la veille, ils avaient badiné ensemble, ils avaient ri, s'étaient serré la main, s'étaient souhaité santé, longue vie... De plus c'était un tout jeune homme, il se plaisait à la Cédrière et l'air de la montagne lui faisait grand bien...

— Si c'est une farce plate que vous voulez me faire, je la trouve pas drôle pantoute.

— J'aurais ben aimé que ça soye rien qu'une farce plate, monsieur Savoie, répliqua Ludger, mais je vous ai pas menti, not' pauvre artiste est ben mort, je l'ai vu de mes yeux. Sa femme Héléna a envoyé sa petite Cécile me chercher, rapport qu'on est voisins.

Avec des gestes gauches, il entreprit d'expliquer comment Héléna, la femme de l'artiste, avait découvert son mari au petit matin. Elle s'était éveillée, disait-il, il n'était plus dans leur lit. N'entendant pas de bruit, elle s'était levée et l'avait trouvé étendu de tout son long près du corridor. Elle avait touché sa main, elle était raide, froide.

— Elle pense qu'il se serait senti mal, qu'il aurait voulu aller boire un verre d'eau comme ça lui arrivait souvent quand il toussait trop, mais qu'il se serait pas rendu plus loin que la porte.

— La pauvre femme, dit Henriette derrière eux. Je suis si triste pour elle.

— C'est une ben mauvaise nouvelle que tu viens nous annoncer là, Ludger, prononça Léon-Marie à son tour. Mourir à trente-six ans, laisser une femme jeune, deux enfants... Barnache! ça devrait pas être permis de partir vite de même.

La mort de l'artiste l'affectait encore plus qu'il ne le laissait voir. Édouard Parent était un bon employé. Malgré le peu de temps qu'il l'avait eu à son service, il avait su apprécier ses compétences. Il pensa avec déplaisir qu'il aurait la tâche de le remplacer en même temps qu'il devrait se débarrasser d'Anatole Ouellet. Deux à la fois et parmi ses meilleurs hommes, soupira-t-il. Un poids très lourd accabla ses épaules. Ces deux modifications majeures dans ses industries le contrariaient vivement.

— C'est vrai qu'il a jamais eu une ben grosse santé, remarqua-t-il, cherchant une justification. Il était maigre comme un chicot, pis il toussait tout le temps. Pourtant, je pensais ben qu'une fois installé icitte, avec notre bon air à nous autres...

Ludger hocha la tête.

— Sa femme me disait, à matin, que depuis quelque temps, il faisait de l'apse.

— Est-ce qu'on peut faire quelque chose pour elle? demanda Henriette de sa petite voix douce, compatissante.

— Je le sais pas trop, madame, répondit poliment Ludger. Madame Héléna en a rien dit, faut dire que c'est une femme énergique comme on en voit pas souvent. Elle m'a juste demandé de venir vous prévenir, pis elle a envoyé Florent Janvier au village, avertir monsieur le curé.

— Cette nouvelle a dû vous atterrer, monsieur Janvier et vous, dit encore Henriette. Vous travailliez ensemble à la manufacture.

— Une nouvelle de même, en plein le jour de l'An, lança Ludger en roulant vigoureusement sa casquette, ça commence drôlement une année.

— Tu diras à la femme de l'artiste que je vas aller la voir en revenant de la messe, dit Léon-Marie. Dis-y que je vas passer la voir sans faute avant d'aller à notre dîner chez mémère L'Heureux.

\*\*\*

Trois jours plus tard, le hameau tout entier descendit au village pour assister aux funérailles de l'artiste. Revêtue de ses longs vêtements de deuil et tenant fermement la main de ses deux enfants, sa femme Héléna précédait le cortège. Elle marchait la tête haute, l'œil fixe, sans une larme, sans un clignement de paupières. Une grande froideur se dégageait de toute sa personne, apparaissant aux yeux de tous presque comme de l'indifférence. Pourtant, quiconque l'aurait observée avec attention aurait perçu dans l'expression de son regard, dans ce tremblement qui la faisait chanceler à chaque pas, la douleur très vive qui l'habitait, sa profonde angoisse, mais aussi, sa détermination de continuer à vivre pour ces enfants dont elle serrait les mains avec force et qui pleuraient à côté d'elle.

Assise dans son banc, avec son épaule qui frôlait celle de Léon-Marie, Henriette ne pouvait s'empêcher d'admirer son courage, son stoïcisme. Cette femme la stupéfiait. «Qu'elle est forte, cette Héléna», se disait-elle. Comment pouvait-elle continuer à vivre après avoir perdu son homme pour se retrouver subitement le seul soutien de ses enfants? À cette pensée, un grand frisson la secoua tout entière. Épouvantée, elle s'appuya plus fort contre son mari.

Elle porta la main à sa poitrine. Une douleur sourde, oppressante, enserrait son cœur comme dans un étau. Depuis de longs mois, elle ressentait ce mal lancinant qui pénétrait en elle comme un voleur et la surprenait au moment le plus inattendu.

Au-dessus de sa tête, les chantres avaient entonné un requiem plaintif. Il lui apparaissait soudain si pathétique, si déchirant, que, malgré elle, des larmes voilèrent ses yeux. Ses deux mains pressées sur sa poitrine, elle tenta de refouler ses sanglots de même que cette contraction qui se faisait maintenant plus dure, plus insistante, presque insupportable.

Elle étouffait. Elle se leva. Penchée vers Léon-Marie, elle chuchota à son oreille:

— Je ne me sens pas très bien, je vais aller prendre un peu d'air frais dehors.

Le regard interrogatif, il la fixa sans parler.

— Ce doit être l'odeur de l'encens, souffla-t-elle encore pour le rassurer.

Il se leva à son tour et la suivit sur le portique de l'église.

En chancelant, elle avança jusqu'à la rampe de fer. La taille courbée vers l'avant, dans le froid vivifiant de l'hiver, une main aplatie sur la poitrine, elle fit de violents efforts pour retrouver son souffle.

Léon-Marie se précipita vers elle. Entourant ses épaules de son bras, il la considéra avec inquiétude. Ses joues étaient creuses. Son teint, habituellement d'un bel ambre rose, lui apparaissait bleuté, exsangue, et un large cerne violacé entourait ses grands yeux bleus dans lesquels il lisait la souffrance.

— Tu peux pas rester de même, faut que tu voies le docteur.

— Ce n'est rien, se défendit-elle, j'avais juste un peu mal dans la poitrine, mais je vais mieux maintenant. C'est à cause de ce deuil, j'ai tellement de chagrin pour cette pauvre femme.

Sans s'occuper de ses protestations, il l'entraîna vers l'autre côté de la route, vers la résidence du docteur Gaumont. Le regard chargé d'anxiété et d'impatience, il souhaitait de tout son être que le médecin soit chez lui.

Le praticien les accueillit lui-même à la porte. Il les dirigea aussitôt vers son bureau et fit asseoir Henriette sur une chaise d'examen recouverte de cuir noir. Son stéthoscope en bois sur l'oreille, il se tint de longues minutes penché sur elle. Enfin, se redressant, il l'invita à prendre place dans la salle des malades. Il avait à parler avec Léon-Marie, lui dit-il.

Lentement, en agrafant son jabot de dentelle, elle se dirigea vers la petite pièce étroite, chargée d'ombres, qui faisait face au bureau du médecin. Assise sur un siège dur et inconfortable, elle attendit patiemment. Sans comprendre pourquoi, elle se sentait apaisée. Peut-être aurait-elle dû s'interroger, craindre une collusion secrète entre les deux hommes dont elle percevait les chuchotements derrière la porte close. Curieusement, elle ne ressentait pas d'inquiétude. Aujourd'hui, elle se sentait heureuse, pleinement rassasiée, comme si, émergée d'un cauchemar, elle reprenait tout ce temps, ces jours, ces mois qu'elle avait perdus en vains regrets. Elle avait un époux qu'elle adorait, trois enfants qui étaient sa fierté, son Antoine surtout qui avait tant grandi et était devenu si raisonnable. Que pouvait-elle demander de plus? À l'inverse d'Héléna, la pauvre femme de l'artiste, elle dormait chaque soir auprès de son mari, dans la chaleur de son souffle. Peu lui importait ce que réservait demain. Elle vivait le moment présent et ce moment la remplissait de bonheur tranquille.

Assis sur le bout de sa chaise dans le bureau du docteur Gaumont, Léon-Marie ne cachait pas son tourment:

— Henriette a jamais été autant pleine de vie, docteur.

— Je le sais bien, répondit le médecin en maniant distraitement son coupe-papier. N'empêche que son cœur est très malade, elle souffre d'une importante insuffisance cardiaque. Elle a dépassé le stade d'hyposystolie. Tu n'as pas remarqué ses jambes enflées? Combien elle a peine à respirer? Malheureusement, je ne connais pas de traitement. Peut-être qu'une application de ventouses de temps en temps pourrait lui apporter un soulagement momentané, mais cela ne la guérirait pas.

Léon-Marie avait relevé la tête. Il saisissait peu de chose à la logique savante du médecin, mais dans sa longue expérience des hommes, lui qui avait décortiqué tant d'affaires difficiles, il se disait que moins il comprenait, plus la maladie d'Henriette devait être grave.

Extrêmement inquiet, il se pencha vers l'avant d'un mouvement décidé. Il était prêt à toutes les formes de thérapie, si elles pouvaient améliorer le sort de son Henriette.

— Je vas demander à Georgette, la femme de Jean-Baptiste, de s'en occuper, lança-t-il. Elle est bonne, d'habitude, dans ces histoires-là.

— Tu dois aussi lui éviter les efforts et tout choc émotif.

— Pour les efforts, ça va, mais les chocs émotifs, ça se contrôle pas comme on veut, prononça Léon-Marie sur un ton amer. Une femme qui perd deux enfants en un an et deux mois, on peut pas lui demander de pas en ressentir un choc.

Il se déplaça un peu sur son siège.

— Mais ce que j'arrive pas à comprendre, c'est que, depuis dix ans, depuis que les jumeaux sont au monde, elle a jamais été malade. Dans la famille, on était sûrs qu'elle était guérie.

— On ne guérit pas d'une insuffisance cardiaque, observa le médecin. Henriette n'a jamais été guérie. Tu as pris bien soin d'elle, c'est tout. La mort, coup sur coup, de ses deux enfants, a seulement réveillé les symptômes d'un mal qui était déjà là, latent.

— Voulez-vous dire par là qu'il y a danger que mon Henriette meure? s'alarma brusquement Léon-Marie.

— Je n'affirmerais pas ça. Si elle se comporte avec prudence et évite les efforts violents, elle peut vivre encore plusieurs années. Mais elle devra surveiller son alimentation et boire beaucoup de lait. Le lait est indiqué dans les cas d'insuffisance cardiaque.

— Pour ça, elle en manquera pas. Du lait, on en a en masse tout autour de chez nous, on est entourés de cultivateurs.

Il poursuivit avec émotion, les lèvres tremblantes:

— Le matin du jour de l'An, on avait l'impression de revenir comme à vingt ans, on se disait que la vie recommençait pour nous autres. Ç'a ben l'air qu'on a pas droit trop longtemps au bonheur. Le même matin, l'artiste meurt, pis astheure, on m'annonce que mon Henriette est ben malade. Des fois, je pense que je traîne un Jonas avec moé dans mon dos.

Il se redressa d'un geste brusque, ses yeux étaient embués.

— Ben qu'ils s'imaginent pas, eux autres en haut, qu'ils vont m'avoir comme un p'tit mouton. Mon Henriette, je vas la soigner, je vas la dorloter, pis elle va vivre, elle va vivre tellement vieille qu'elle va m'enterrer.

# 22

Assise dehors sur sa chaise droite près de la porte de la cuisine, Henriette aspirait à petites bouffées l'air frais du printemps. Autour d'elle, les ménagères avaient dégagé les catalognes et les vieux tapis poussiéreux, les avaient rabattus sur la rampe de la galerie et les faisaient aérer dans le vent. C'était le mois d'avril, le temps du grand ménage et n'eût été son cœur malade, c'est ce qu'elle aurait dû faire, elle aussi, comme toutes les autres femmes du hameau.

En même temps que la neige fondait, que les premières touffes de verdure pointaient dans les champs, elle avait espéré voir se calmer un peu la douleur qui étreignait sa poitrine, mais le mal persistait à la ronger. Pourtant elle avait observé scrupuleusement les prescriptions du médecin du village et, pendant tout l'hiver, long et interminable, elle avait à peine bougé, n'avait fait que regarder le temps filer, les yeux rivés sur les étendues blanches, dans le repos total qu'on lui avait imposé.

Toutefois, les quelques événements qui avaient secoué la Cédrière avec le début de l'année 1929 avaient un peu perturbé sa vie tranquille. D'abord, il avait fallu remplacer l'artiste. Désarçonné par son décès subit, Léon-Marie, qui avait l'habitude de planifier longuement ses choix, avait dû se résigner et avait engagé le premier homme qui lui avait offert ses services, un dénommé Octave Chantepleure, gringalet frais arrivé des vieux pays, célibataire et doctoral, qui affirmait posséder une connaissance approfondie dans la conception des portes et fenêtres, en plus de se doter du titre de décorateur.

Après beaucoup d'hésitation, Léon-Marie avait aussi adhéré à la demande du curé Darveau et embauché son neveu Lazare, en remplacement d'Anatole Ouellet qu'il avait cédé à Nestor Beaulieu pour sa fabrique de charbon de bois dans les Fardoches. Cet acte de soumission, inaccoutumé de la part de son mari, considéré comme un meneur d'hommes, un peu cabochard, l'avait surprise autant que son entourage. Pour s'en défendre, Léon-Marie n'avait pas manqué de souligner l'importance d'être «du bord du curé». «Le curé dans un village, c'est un personnage important, répétait-il. Vaut mieux l'avoir dans sa manche, sinon on a de grosses chances de tirer le diable par la queue.»

Anatole Ouellet avait déniché sans peine une petite maison dans les limites de la municipalité de Saint-André, non loin de son lieu de travail, et y avait rapidement aménagé avec sa famille, abandonnant son habitation de la Cédrière à son remplaçant Lazare Darveau qui en avait aussitôt pris possession avec sa femme Marie-Jeanne et ses six enfants.

— Le curé va être content, avait dit Léon-Marie à Angélina, non sans une petite allusion personnelle, un jour qu'elle était venue leur rendre visite. La femme d'Anatole Ouellet viendra pus le hanter à la messe, astheure qu'elle va être résidante de la paroisse de Saint-André.

— Rien l'empêchera de venir rôder du côté de la Cédrière, si c'est son bon vouloir, avait répliqué Angélina, la mine revêche. Saint-André, c'est pas le bout du monde, ça se fait facilement à pied.

Léon-Marie avait fixé sa belle-sœur en silence, en même temps que la ride qui séparait son front s'était approfondie. Son regard avait paru étrange, presque désapprobateur.

Dolente dans sa berceuse, Henriette les avait regardés tous les deux, avec étonnement, tandis qu'une légère pinçade tenaillait son cœur. Pour la première fois de sa vie, elle avait éprouvé une sensation étrange, comme une inquiétude.

Dressée vivement sur sa chaise, elle s'en était aussitôt défendue. Depuis les vingt ans qu'elle était mariée à Léon-Marie, elle s'était toujours abandonnée à lui avec une confiance aveugle et jamais n'avait douté de son intégrité. Pourtant... depuis ce jour gris de février, sans en rien laisser voir, elle ne pouvait s'empêcher de garder bien celé au fond de son cœur une sorte de tourment qui s'ajoutait à son malaise physique.

Souvent, elle s'était demandé quelle mouche l'avait piquée, pour qu'elle devienne soudainement ombrageuse, pour que son subconscient lui insuffle la vigilance, en même temps que l'incertitude. Bien sûr, sa constante fatigue et ses difficultés respiratoires l'avaient rendue vulnérable. Pourtant elle savait que jamais plus elle ne voudrait surprendre, dans le regard de son mari, cette expression fugitive qui avait un moment miné sa tranquillité, troublé sa douce quiétude enrobée d'assurance totale.

Une porte claqua dans la campagne paisible. Elle tourna les yeux vers sa gauche. Georgette, sa voisine, sortait de sa cour et pressait le pas vers sa demeure. On était lundi, c'était le jour convenu pour l'application de ses ventouses.

— Tu fais bien de profiter de cette belle journée, pis de prendre un peu d'air frais dehors, observa Georgette en franchissant la petite allée de sable. On est restés encabanés tellement longtemps cet hiver.

Son plus agréable sourire accroché à ses lèvres, elle avançait d'un pas déterminé, en faisant onduler sa jupe, avec ce déhanchement familier des êtres habitués aux aises de la maison.

Avec des petits soubresauts de sa chair qui rappelaient une masse de gélatine, elle grimpa les marches et alla la rejoindre sur le perron.

— Tu es prête? interrogea-t-elle sur un ton plutôt rapide, comme si son temps était compté.

Henriette se leva aussitôt, puis s'immobilisa. Une main sur le cœur, la taille ployée profondément vers l'avant, elle réprimait avec peine une quinte de toux sèche.

— Que j'aime donc pas ça t'entendre tousser de même, prononça Georgette avec des intonations d'infirmière. Comment ça va aujourd'hui? J'espère que tu t'es pas remise à rêvasser comme tu fais trop souvent? Tu le sais que c'est pas bon pour ton cœur que de ruminer comme ça.

Debout au milieu du perron, les doigts agrippés à la moustiquaire entrouverte, elle jetait de vifs regards du côté du petit bois, la mine inclémente, scrutait la campagne environnante.

— J'espère que c'est pas non plus la Clara Ouellet qui t'aurait inquiétée. Paraît qu'elle est dans l'coin aujourd'hui. Jean-Baptiste m'a rapporté qu'il l'avait entrevue tantôt après le dîner, en train de flâner autour de la scierie. Je trouve qu'elle vient dans not' bout pas mal trop souvent à mon goût, celle-là.

— Est-ce que ça te rendrait jalouse si Jean-Baptiste trouvait belle une autre femme? demanda Henriette à brûle-pourpoint, en pénétrant avec elle dans la cuisine.

— Tu parles d'une question! lança Georgette, frémissante d'indignation en se retournant vers elle. Ben je te dirai que je saurais pas te répondre, parce que jamais, comprends-tu, jamais Jean-Baptiste oserait seulement jeter un œil de l'autre bord de la clôture! Même pas dans le secret de son cœur! Jean-Baptiste, il a bien ses défauts, mais pour ça, on peut lui faire confiance, plus fidèle que lui, il s'en fait pas.

La bouche entrouverte, elle fixait Henriette.

— Mais pourquoi que tu me demandes ça de but en blanc de même après-midi? Tu me jures que c'est pas la Clara qui serait venue te voir de ses Fardoches, pis qui t'aurait mis des idées noires dans la tête?

— Clara Ouellet n'a rien à voir et je ne la crois pas si influente, prononça Henriette de sa voix douce, freinant son impétuosité. Je fais confiance à nos hommes. Ils sont amplement capables de décider de leurs pensées et de leurs actes.

— Bien si c'est rien que ça, trêve de bêtises, lança Georgette en la poussant vers la chambre. J'ai l'impression que ça presse plus que d'habitude aujourd'hui, que je t'installe tes ventouses.

— Au sujet de ces bêtises, comme tu dis, articula Henriette avec hésitation en s'étendant sur son lit, tu en souffleras mot à personne, n'est-ce pas? Pas même à Jean-Baptiste. Entre femmes, on se dit des choses qu'on dirait pas à nos maris.

— Tu sais bien que c'est pas dans mes habitudes d'aller colporter nos petites affaires; par contre, si quelque chose te chicote, tu penses pas que c'est avec ton mari plutôt qu'avec moi que tu devrais en parler?

— Ça n'a aucun rapport. Je fais entièrement confiance à Léon-Marie.

— À te voir, on le croirait jamais, dit Georgette. Depuis le temps que je te connais, tu peux pas me cacher grand-chose, tu sais.

Elle ne comprenait pas Henriette. Pourquoi ces cachotteries qui ne faisaient qu'entretenir le doute? À l'inverse d'elle, elle avait toujours eu horreur des tergiversations. Une bonne explication sur l'oreiller était ce qu'il fallait faire. Depuis les vingt et un ans qu'elle était mariée à Jean-Baptiste, elle avait toujours agi ainsi. Dans toutes les situations, chaque fois, elle avait prôné la franchise, la transparence, et elle vivait en paix.

Elle observa Henriette avec son petit air buté, ses lèvres serrées. La mine réprobatrice, elle se demandait si en agissant de la sorte, elle aimait autant son homme qu'elle l'affirmait, et s'il en était ainsi, elle se demandait pourquoi alors elle avait tant peur de regarder la vérité en face.

Penchée sur la table de chevet, elle craqua une allumette et mit le feu à la mèche du petit brûleur. Avec mille précautions, elle tourna les ampoules de verre au-dessus de la flamme.

— À tout garder pour toi, tu réussis qu'à te faire du mal, pis à empirer ta maladie, lui reprocha-t-elle encore en même temps qu'elle vérifiait la température des petits globes sur son poignet et les appliquait en demi-cercle sur sa poitrine. Quand on a un doute, on se fait pas accroire qu'on en a pas. On le sort, pis on en parle.

Elle ajouta, en même temps que d'un geste maternel elle tirait la couverture de coton jusqu'à son cou:

— Aujourd'hui, je vais te laisser tes ventouses un peu plus que dix minutes. J'ai l'impression que t'en as besoin plus que d'habitude.

Encore frémissante, les bras croisés sous son buste pesant, elle s'éloigna du lit. Debout devant la fenêtre, elle se demandait comment Henriette osait entretenir pareille incertitude dans son cœur, quand elle avait avec elle un époux de la trempe de Léon-Marie, qui lui portait une telle vénération.

Depuis les vingt ans qu'elle les regardait vivre, elle percevait encore dans leur regard cette complicité amoureuse, indéfectible, que l'on rencontre habituellement chez les jeunes mariés. Elle enviait la chance qu'avait cette femme-enfant, mais qui ne savait le reconnaître, d'être adulée comme elle l'était par son homme, de même qu'elle réprouvait le laxisme, la flexibilité de Léon-Marie qui n'avait de cesse que de combler tous ses caprices.

Elle laissa échapper un soupir. Ah! si Jean-Baptiste lui avait prodigué seulement la moitié de cette dévotion dont Léon-Marie enveloppait son Henriette, elle aurait savouré son bonheur jusqu'à la fin de ses jours sans jamais s'en plaindre. Bien sûr, Jean-Baptiste était un bon époux, mais il était différent. Il était ce qu'on appelait communément un brave homme. Travailleur honnête et sans malice, il se reposait entièrement sur elle et n'intervenait jamais dans les décisions de leur ménage dont il lui laissait l'entière responsabilité. C'était sa nature. Casanier et tranquille, quand il rentrait le soir, fourbu, empoussiéré jusqu'aux cils, il ne demandait qu'à retrouver ses chaussons et la tablette du poêle. Chaque samedi, il lui remettait son enveloppe de paie et lui laissait toute latitude pour en user à bon escient. Il fallait qu'elle gère tout, et la maisonnée et le portefeuille.

Elle fixa la route. Deux ombres s'y déplaçaient sans hâte. Elle reconnut Léon-Marie et, près de lui, son Jean-Baptiste. Les bras chargés de bâtonnets et de ficelles, les deux hommes discutaient ferme, s'arrêtant devant chaque maison, gesticulant de leur main libre, puis repartant pour s'arrêter un peu plus loin.

— Je me demande bien ce qu'ils complotent, ces deux-là, dit-elle d'une voix distincte.

— De qui parles-tu? s'enquit Henriette dans l'ombre de sa couchette.

— C'est plutôt intrigant, répondit Georgette en revenant vers la chambre. Je vois nos deux hommes qui se promènent au beau milieu du chemin avec des petits bâtons plein les bras, au lieu d'être à leur ouvrage.

— Ils doivent être en train de choisir l'emplacement pour le magasin général, l'informa Henriette. Jean-Baptiste t'en a pas parlé? Léon-Marie a l'intention de construire un magasin général au cours de l'été.

— Pourquoi perdent-ils leur temps à arpenter les chemins de même? Léon-Marie a qu'à le bâtir au bout de la quincaillerie, son magasin, c'est l'endroit le plus logique. Un magasin général, ça fait bon ménage avec une quincaillerie. Il a qu'à prendre l'exemple de mon cousin Louis Lepage à Saint-André, il a...

— Moi, j'aurais préféré qu'il le bâtisse ici, le magasin général, coupa Henriette. Dans notre cour, collé à notre maison, je m'en serais occupée.

— Tu y penses pas! se récria vivement Georgette. T'aurais pus eu la paix chez vous.

— Ce n'est pas mon avis.

Henriette ferma les yeux. Plongée dans ses rêves, elle s'imaginait, la taille serrée dans son grand tablier blanc de marchande générale, en train d'emballer des denrées alimentaires de toutes sortes et le tas de savons et de produits de nettoyage que pouvait nécessiter une demeure bien tenue.

Elle voyait déjà la belle cloche accrochée au-dessus de la porte et qui aurait résonné dans toute la maison chaque fois qu'un client serait entré dans le magasin. Aussitôt accourue derrière le comptoir, patiemment, elle aurait pesé une livre de sucre ou de cassonade... rempli des petits demiards de mélasse, soulevé des gros seaux de graisse bien blanche, ou encore distribué des bonbons «à la cenne» aux enfants.

— Voir si ç'a du bon sens, gronda Georgette, comme si elle devinait ses pensées illusoires. Avec ta petite santé, vouloir te mettre une tâche pareille sur le dos, c'est de la véritable inconscience.

— Tu te rappelles comme on s'amusait à jouer au magasin général, quand on était enfants? glissa Henriette avec un petit air entêté.

— Henriette L'Heureux! se fâcha Georgette. Tu sembles oublier qu'un magasin général, c'est pas comme jouer à la madame.

— C'est malheureusement l'avis de Léon-Marie. Quand je lui en ai parlé, il n'a rien voulu entendre. Je n'ai pas besoin de m'interroger longtemps pour deviner ce que Jean-Baptiste et lui sont en train de se dire à cet instant. Tu vas voir où il va choisir de le bâtir, son magasin général. Il va lui dénicher un emplacement au bout du monde, afin d'être bien sûr que je n'y mettrai jamais les pieds autrement que comme cliente.

\*\*\*

Léon-Marie et Jean-Baptiste avaient descendu la côte et s'étaient arrêtés face au rang Croche.

— Que c'est que tu penses d'icitte, Jean-Baptiste? demanda

Léon-Marie. On pourrait gruger un peu sur la terre à Joachim pis tracer un chemin de travers. En y offrant un bon prix, il refuserait pas, certain.

— Ben moé, je persiste à dire que la meilleure place, c'est encore au boutte de ta quincaillerie, répéta Jean-Baptiste pour la nième fois.

— Il y a aussi la terre du vieux Adalbert Perron qui serait une belle place, proposa encore Léon-Marie sans l'écouter. Le chemin communal, c'est plus passant que le chemin de Relais. Ça nous permettrait d'avoir la clientèle des artisans du bord du fleuve, pis par la même occasion, celle des voyageurs qui descendraient du train.

— Aspic, Léon-Marie, t'exagères pas un brin? Tant qu'à y aller gaiement, va donc le construire au village, collé dret sur celui de Cléophas Durand, ton magasin général.

— Si t'as ben remarqué, Baptiste Gervais, dans mes prévisions, j'ai pas dépassé la gare.

— Tant qu'à faire, bâtis donc un hôtel en plus, par la même occasion.

— C'est pas une méchante idée que t'as là, mon Baptiste! lança Léon-Marie dans un éclat de rire. Malgré qu'un hôtel, ça presse pas encore, je me réserve ça pour plus tard.

— Ben moé, je vas te dire que ça serait pas une bonne idée pantoute que de bâtir ton magasin sur la terre du vieux Perron. As-tu pensé qu'il y aurait pus seulement Joachim Deveault pis moé dans la confidence de tes manigances avec le père Perron? As-tu pensé que tout le monde comprendrait que c'est toé le propriétaire, pis que ç'en serait fini de ton secret bien gardé? À part ça, que ça serait du vrai gaspillage. T'oublies qu'elle te rapporte gros, c'te terre-là. Pis que t'es au-dessus de tes affaires, avec le petit Robert Deveault que t'as engagé pour la cultiver. As-tu pensé aussi combien ça serait une mine d'or une ferme comme celle-là en cas de coup dur? Je voudrais ben l'avoir à ta place, tu peux être certain que je songerais pas à la morceler de même. À part ça que t'as pas pensé à nos femmes. Les vois-tu s'esquinter à monter la côte avec leus gros paquets à bout de bras. Elles arriveraient à la maison, raides mortes.

— Ouais... j'avais pas pensé à ça, prononça Léon-Marie, songeur. T'as peut-être raison, c'est peut-être pas la meilleure place. Par contre, à côté de la quincaillerie...

Il se reprit aussitôt.

— Ah! et pis non, si un jour j'avais l'idée d'agrandir, je pourrais le regretter en barnache.

— Agrandir, agrandir, c'est pas encore bâti que déjà tu parles d'agrandir. T'agrandiras par en arrière, s'il faut que t'agrandisses un jour, mais avant que ça arrive, t'as le temps d'avoir des cheveux blancs, pis tes enfants aussi.

— Écoute-moi ben, Baptiste, rétorqua Léon-Marie, l'œil sévère. Quand on est en affaires, faut toujours prévoir, toute prévoir, pour des années à venir. Ça coûte cher, tu sais, démolir, pis rebâtir! Pis ça, mon Baptiste, on peut dire que ç'en est, du vrai gaspillage!

Ils étaient revenus sur leurs pas et passaient devant la petite école. Près d'eux, la porte toute sillonnée d'éraflures venait de s'ouvrir brusquement. Dans un babil confus, les enfants, leur sac sur les épaules, se bousculaient sur le seuil et s'en retournaient vers leurs maisons.

— Sais-tu, mon Baptiste, dit Léon-Marie soudain décidé, je vas faire un compromis avec toi. On va le construire à côté de la quincaillerie, le magasin général, mais on va plutôt le construire du bord de la côte, du côté de la cordonnerie pis des comptoirs de pain pis de viande.

— Tu me fais pas de compromis pantoute, coupa Jean-Baptiste, outré. C'est ce que j'arrête pas de te dire depuis une bonne heure qu'on parlemente ensemble au milieu du chemin.

— J'avais compris que tu parlais de le construire au-dessus de la côte, du bord de la maison à Éphrem Lavoie, le magasin général.

— Aspic! plus orgueilleux que toé, ça se peut pas.

Sans entendre la remarque de Jean-Baptiste, Léon-Marie se mit à arpenter la place. Les yeux remplis de projets, il regardait autour de lui, voyait déjà la large bâtisse englobant ses deux commerces rehaussés de grandes vitrines brillantes dans lesquelles se mirerait, en face, sa manufacture de portes et châssis. Il se représentait tout à côté, le chemin très droit qu'il ferait tracer et qui longerait son magasin pour s'enfoncer profondément dans les pâturages de Josaphat Bélanger. À mesure que de nouveaux commerces viendraient s'installer à la Cédrière, il les grouperait là, le long de cette voie qu'il désignerait sous le nom de rue Commerciale.

Il se redressa et, d'un regard souverain, enveloppa la campagne. Au loin sur la route, une charrette montait lentement la côte. Au-dessus de leur tête, les corneilles croassaient dans le ciel duveteux.

— Il commence à se faire tard, dit-il en étirant son ruban à mesurer. On est mieux de se dépêcher si on veut que les piquets soient plantés aujourd'hui.

Le soleil baissait à l'horizon quand ils réintégrèrent la scierie. Jean-Baptiste alla reprendre sa place dans l'atelier de coupe, tandis que Léon-Marie grimpait promptement à l'étage et occupait son siège derrière son bureau. Devant ses pieds, des rayons cuivrés jouaient sur les lattes de bois brut. Il étira le bras derrière lui, attrapa sur la plus haute tablette de l'étagère le gros rouleau de papier, gris de poussière, sur lequel il avait dessiné le plan de son magasin général, et le déroula devant ses yeux.

Penché sur le canevas, le front dans sa main, encore une fois, il révisait ce qu'il avait déterminé et tranché mille fois depuis des mois. Les yeux plissés par l'attention, patiemment, il reconsidérait les mesures, répartissait les comptoirs, les tablettes, l'emplacement des fenêtres, les cloisons. De temps à autre, sous le coup d'une inspiration, il gommait une ligne et, de la pointe de son crayon bien effilé, la traçait un peu plus loin. La mine songeuse, il écartait un moment son visage, puis à nouveau se courbait sur la feuille et afin de bien marquer ses exigences, de sa grosse écriture, griffonnait une note en travers de la marge. Les sourcils froncés, il jetait un regard d'ensemble, hochait la tête et reprenait son exercice.

Un craquement dans l'escalier le fit sursauter. Il leva brusquement les yeux.

Drapée dans ses vêtements de deuil, Héléna, la veuve de l'artiste, venait d'émerger en haut des marches. Silencieuse, elle avançait vers son bureau en faisant gémir les lattes.

Elle s'immobilisa devant le meuble, ouvrit lentement son réticule, puis, tendant sa main gantée de noir, laissa glisser sur la table trois coupures de dix dollars, proprement étalées en éventail.

— Je viens vous porter votre dû, prononça-t-elle simplement. Voici trente piastres. C'est le total des intérêts que je vous dois sur ma maison depuis le mois de janvier.

Déconcerté, il prit appui sur sa chaise.

— Me semblait vous avoir dit d'oublier ça pour quelques mois, le temps de vous retourner, on se serait-y mal entendus?

— J'ai pu m'organiser plus rapidement que prévu, répondit-elle en le fixant de son regard froid, et j'ai l'habitude d'être en règle. Aussi je vous apporte ce qui vous appartient. Je vous remercie d'avoir eu la bonté de m'attendre, vous n'y étiez pas obligé.

— Mais je vous l'avais donné, cet argent-là, insista-t-il en repoussant les billets. Je vous avais dit, en janvier quand j'étais allé vous voir, que je vous chargeais pas une cenne d'intérêts sur votre maison avant le mois de juillet.

— Je n'ai pas l'habitude d'être redevable envers quiconque, articula-t-elle avec fermeté en repoussant les billets à son tour. Et je n'ai pas besoin de votre charité.

Perplexe, il la dévisageait sans comprendre. Il ne pouvait s'empêcher d'être frappé par sa rigueur, par ce caractère d'herméticité, qui se dégageait de toute sa personne. Pourtant elle avait de beaux yeux, la veuve de l'artiste, de grands yeux bruns remarquables, intenses et chauds, qui contrastaient avec cette sécheresse, cette inaccessibilité qui faisaient d'elle cet être intimidant et individualiste qui n'attendait rien des autres. Malgré la ligne un peu oblongue de son visage et ses cheveux bruns retenus en toque derrière sa nuque, il ne pouvait s'empêcher de la trouver belle, très belle même, d'une beauté sculpturale, bien différente de l'exubérante Clara, la femme d'Anatole Ouellet avec ses yeux couleur d'ébène, vibrants comme des braises, sa peau invitante, dont il devinait les frémissements sous son corsage.

Elle était grande, la veuve de l'artiste, plus grande que la moyenne des femmes de sa génération, plus grande encore que Clara à qui il ne cessait de la comparer, tant les deux femmes étaient à l'opposé l'une de l'autre. Ses traits étaient réguliers, son nez un peu long était très droit et ses lèvres, minces. Peu loquace, invariablement polie, mais de rapport difficile, elle ne s'était liée d'amitié avec aucune des résidentes du hameau, depuis les douze mois qu'elle avait aménagé à la Cédrière. Impénétrable, de maintien austère, jamais sur son visage il n'avait surpris le plus petit trait de légèreté ou même de gaieté.

Comme fasciné, son regard demeurait rivé sur elle. Brusquement une onde d'irritation monta en lui. Sa rigidité, son stoïcisme l'exaspéraient. Sarcastique, il se demandait si dans les moments intimes, il lui arrivait seulement de tirer un peu les lèvres.

— Je vous avais dit d'oublier ça pour quelques mois, répéta-t-il. C'était entendu dans ma tête que je vous réclamerais pas ce montant-là, je vous le donnais en souvenir de l'artiste...

Gêné, il se reprit.

— Je veux dire... en souvenir de... Édouard...

— J'ai ma fierté, monsieur, articula la femme de son timbre froid. Ce que je dois, je le paie.

Il ne comprenait plus. Il se rappelait pourtant lui avoir dit, quand il lui avait rendu visite, le jour du décès subit de son mari, son intention de lui accorder une remise sur la dette de sa maison, équivalant aux intérêts pour les six prochains mois. Cette somme lui apparaissait comme une gratification bien méritée pour services rendus. C'était sa manière à lui de marquer sa reconnaissance envers l'artiste, un homme qu'il avait apprécié et qu'il regrettait.

— Reprenez votre argent, madame. Vous me devez pas une cenne, en tout cas, pas avant le mois de juillet. Je devais ben ça à l'artiste, je veux dire... à Édouard... Je m'étais attaché à lui, c'était un bon employé.

Troublée l'espace d'un instant, Héléna redressa vivement la tête. D'entendre ainsi prononcer le nom de son mari avait allumé une petite flamme dans son regard sévère. Un léger tremblement agitait ses lèvres. Dressée devant lui, très droite, elle le fixait, semblait incapable de proférer une parole.

L'air presque méfiant, Léon-Marie s'adossa sur sa chaise et la dévisagea encore. Le comportement énigmatique de cette femme ne cessait de le surprendre. Sa maturité, inhabituelle chez une personne de son âge, sa discipline, lui paraissaient déraisonnables. Qui était-elle donc? ne cessait-il de se demander.

Sans retenue, il scrutait son visage, cherchant à saisir, dans cette souffrance intérieure qu'elle exhalait bien malgré elle, ce sentiment indéfectible qui l'unissait à celui qu'elle avait perdu. Il se demandait s'il était possible qu'un cœur puisse battre d'amour sous ce masque rigide. Sous son apparence impassible, comme le feu qui couve, elle semblait dévorée par une passion exclusive, obstinée. Confondu, il ne pouvait détacher ses yeux de sa personne. Était-il possible que cette femme, froide, presque dure, puisse éprouver au fond de son être un quelconque sentiment s'apparentant à de la tendresse, qu'elle soit animée d'une passion vive, houleuse, à l'égal de l'émotion intense qu'il lisait dans ses yeux?

— Je ne veux pas de cet argent, madame Parent, prononça-t-il en lui remettant les billets avec fermeté. Je vous l'ai donné de bon cœur. Je sais que vous en avez besoin.

— Vous vous trompez, monsieur, reprit la femme avec sa froideur habituelle. Je n'ai pas besoin de votre argent. Bien que je sois le seul soutien de mes enfants, je gagne honorablement ma vie et je ne veux être redevable à personne. Avec le printemps, le temps de Pâques, j'ai vendu beaucoup de chapeaux. La petite somme que j'ai amassée m'a permis de payer mes dettes et, croyez-moi, j'en ai été bien soulagée.

Il tiqua de la joue. Cette remarque, qui avait jailli spontanément et qui traduisait une certaine douceur de vivre, résonnait à ses oreilles de façon étrange, lui apparaissait incompatible avec la réserve habituelle de cette femme. C'était à ses yeux le premier sentiment humain qu'elle exprimait ouvertement depuis qu'il la connaissait et il en éprouvait une certaine curiosité.

Enhardi soudain, il lança sans réfléchir:

— Je pourrais vous avoir le bureau de poste, quand il sera installé à la Cédrière, si vous voulez augmenter vos revenus.

— Je vous remercie, monsieur, répliqua-t-elle plutôt sèchement. M'occuper du bureau de poste ne m'intéresse pas.

Elle redressa le menton. Une étincelle de fierté animait son regard.

— Je suis chapelière, monsieur, modiste si vous le préférez. La chapellerie est un art. Je l'ai étudié auprès d'un maître et cela me plaît. À ma façon, je suis une artiste comme l'était d'ailleurs mon bien-aimé Édouard.

Rebuté, il arqua vivement la tête. Il éprouvait soudain un désagréable sentiment de distanciation. Malgré leurs efforts, cette femme ne cessait d'élargir l'écart qui la séparait des autres. Il se demandait ce qu'elle pouvait bien receler dans son entendement, pour être aussi énigmatique.

Pourtant, malgré la froideur de ses réparties, il ne pouvait s'empêcher de ressentir une sorte de désir de percer ses sentiments, en même temps qu'elle l'irritait jusqu'à lui faire perdre patience. Elle vivait en recluse dans ce lieu populeux qu'était la Cédrière, avec ses idées bien arrêtées, dans une sorte de cocon privilégié, hermétique, qu'il considérait comme un refus d'intégration à leur collectivité, et cette attitude l'agaçait souverainement.

Il se demandait comment l'artiste, cet être affable et sensible, avait pu s'attacher à elle, lui chuchoter des mots d'amour, lui faire deux enfants et partager ses pensées les plus intimes. Il se demandait comment il avait pu pénétrer le fond de son être, y trouver cette tendresse et cette compréhension dont il paraissait si avide. Il ne trouvait pas la réponse. À ses yeux, la femme de l'artiste était semblable à un bloc de glace, dur, si frigorifiant, que même le plus ardent soleil de l'été ne réussirait jamais à faire fondre.

— Je dois partir maintenant, monsieur, prononça la femme d'une voix neutre.

Abandonnant derrière elle les trois billets de banque étalés en éventail sur le bureau, elle fit lentement demi-tour, dans un bruissement léger, descendit les marches et se confondit avec la pénombre de l'ancienne meunerie.

À son tour, Léon-Marie se leva. Heurté par sa force tranquille, d'un mouvement brusque, il s'engagea dans l'escalier et sortit dehors. Il éprouvait soudain un besoin impérieux de prendre l'air, de se libérer de ce qu'il ressentait comme une sorte de contrainte mentale subie tout ce temps par cette femme stoïque et têtue, devant qui il n'avait pas réussi à faire entendre son autorité.

De l'autre côté de la route, la veuve de l'artiste regagnait lentement sa maison. Il apercevait sa silhouette rigide qui transparaissait à travers le petit bosquet de lilas et tournait dans sa cour.

# 23

Son repas de midi terminé, ainsi qu'il faisait chaque jour, Léon-Marie descendit les marches, fit quelques pas sur la route et alla s'arrêter au milieu de la chaussée.

Le magasin général était enfin construit et, tel que décidé, avait été érigé en prolongation à la quincaillerie, face à la manufacture de portes et châssis.

La nuque arquée vers l'arrière, le regard empreint d'une profonde satisfaction, il contemplait l'imposante bâtisse recouverte de bardeaux d'amiante, qui abritait, comme deux sœurs jumelles, ses deux commerces. Sous leur toit en pente douce, deux inscriptions pompeuses se côtoyaient. L'une était brunie par le temps, l'autre était encore pâle et toute fraîche: MAGASIN GÉNÉRAL LÉON-MARIE SAVOIE ET FILS, pouvait-il lire près de l'enseigne déjà patinée de la quincaillerie. Plus bas sur la façade, séparées symétriquement par deux portes, se découpaient quatre larges et belles vitrines qui laissaient entrevoir au regard des passants quelques spécimens des marchandises qu'il souhaitait leur offrir.

Il y avait un mois maintenant que le magasin était terminé, un mois que, chaque matin, la jeune Brigitte Deveault gravissait la côte du chemin de Relais pour aller s'installer derrière le comptoir et jouer son rôle d'épicière.

Le mois d'octobre était sur le point de finir. On était aujourd'hui le jeudi vingt-quatre et, en même temps que les belles couleurs de l'automne désertaient les arbres, les beaux jours tiraient à leur fin eux aussi. Déjà, les matins avaient commencé à être pénibles, le givre faisait craquer les herbes et le froid humide pénétrait dans les maisons. Bientôt arriverait l'hiver avec la neige qui emprisonnerait la campagne, bientôt l'année 1929 s'enfuierait pour céder le pas à une nouvelle décennie.

Le magasin avait été construit dans les délais prévus et aussitôt le dernier clou planté, on avait procédé à son inauguration.

Ce dimanche-là, comme s'ils venaient ajouter encore à la progression des affaires dans leur région, trois véhicules automobiles étaient venus s'aligner dans la cour du nouveau commerce, en plus des habituelles voitures à cheval. Le premier à s'amener avait été Donald McGrath, fier et pimpant au volant de son Oldsmobile toute neuve. Il avait été suivi du docteur Gaumont et du notaire Beaumier, venus eux aussi à l'inauguration, dans leur rutilant véhicule à moteur.

Léon-Marie se rappela combien les chevaux s'étaient affolés, quand étaient allés se garer près d'eux ces bolides chargés de chromes, bruyants, plus bruyants encore que tous les moteurs ensemble des ateliers de sa scierie.

— J'ai bien peur que nous n'ayons d'autre choix que d'adhérer à la mécanisation, avait soupiré près de lui le curé. Un de ces jours, je devrai moi aussi abandonner la voiture à cheval pour me doter d'un de ces engins tapageurs, hélas, tellement plus rapides que le quadrupède.

Il l'avait écouté en silence, en même temps que l'aventure de sa roue à godets avait surgi dans son esprit. Lui aussi devrait céder au progrès et s'acheter une automobile, avait-il pensé. Mais ce ne serait pas avant 1930 et seulement si les entreprises rapportaient gros.

Ainsi qu'avait fait l'Irlandais, il commencerait d'abord par se munir d'un téléphone. Avant l'achat d'un véhicule moteur, c'était à ses yeux l'objet qui lui apparaissait le plus utile. Il le ferait installer dans son magasin général dès le printemps, en même temps que les affaires reprendraient. Pour ses autres entreprises, la scierie, la manufacture de portes et châssis, la quincaillerie, la cordonnerie, il se disait que cela n'en valait pas la peine. S'il y avait lieu, un employé se chargerait de transmettre les messages aux différents ateliers.

«Ce n'est pas parce que l'argent coule d'abondance qu'il faut tout dépenser», raisonna-t-il avec sagesse.

Abandonnant son poste, il fit demi-tour et s'en retourna en direction de la scierie. Encore rêveur, la tête haute, il humait l'air frais de l'automne et écoutait le vent qui, dans un sifflement joyeux, allait s'abattre sur la montagne.

Lentement, il sortit de sa poche un gros havane qu'il avait pris dans son magasin et, avec mille précautions, le dégagea de son papier pelure. À petits coups, il fit glisser la fine bague au filigrane doré qui l'entourait comme une alliance, puis dans un geste protocolaire, les yeux brillants de volupté, l'éleva devant son visage. Aujourd'hui, il avait décidé de céder à une envie qui le tenaillait depuis longtemps. À quarante-trois ans, comme lorsqu'il était enfant et qu'avec ses camarades d'école il se cachait pour fumer de la barbe de maïs enroulée dans une page de la «gazette» familiale, il grillerait son premier cigare.

Il se disait qu'il l'avait bien mérité. Avec l'ouverture de son magasin général, il était devenu prospère et pouvait se permettre ce qu'il jugeait comme un privilège réservé aux bien nantis. Ainsi que le riche monsieur Atchisson qu'il avait vu, installé confortablement derrière son meuble en acajou, en train d'exhaler avec délectation des volutes de fumée grise qui tournoyaient dans l'air, il avait décidé aujourd'hui de s'accorder pareille fantaisie.

Il se rappelait combien il avait envié la fortune du vieil industriel, ce jour où il était entré dans son bureau, combien il avait été saisi d'un désir immodéré, en inhalant ce parfum suave, pourtant d'une âcreté à piquer les yeux, et combien aussi il avait souhaité s'imprégner de cette odeur d'homme, tenace, pénétrante, qui adhérait fortement aux vêtements.

D'un coup de dents, il trancha les deux pointes de tabac brun, les cracha devant lui et gratta une allumette sur sa cuisse. Les joues gonflées comme un écureuil, il aspira à puissantes bouffées, puis, la tête renversée vers l'arrière, lentement, rejeta l'air. Autour de lui, un petit nuage de fumée bleutée se dispersait en frôlant ses joues.

Le visage animé de plaisir, il recommença encore, pompa, puis les yeux à demi fermés, expira avec une lenteur délibérée. De temps à autre, avec des petits mouvements brefs de son auriculaire, il détachait quelques cendres aussitôt emportées par le vent, puis aspirait de nouveau. Encore une fois, avec une satisfaction profonde, il laissait exhaler son souffle.

Les yeux rivés vers un point vague, il se replongea dans sa réflexion. Avec la construction du magasin général, il avait atteint son but ultime. Les enfants grandissaient. Antoine qui était maintenant âgé de dix-neuf ans entreprenait, depuis le mois de septembre, sa rhétorique au petit séminaire. Il serait avocat, avançait-il, ou encore, afin de mieux appuyer son père, il serait ingénieur forestier. Mais quoi que son aîné choisisse, il était entendu dans ses projets qu'il lui réservait la direction de la scierie et de la manufacture de portes et châssis. Quant à son second fils, Étienne, qui n'avait encore que onze ans, il en ferait un bon commerçant. Au petit Étienne, il donnerait la responsabilité de la quincaillerie, du magasin général, de même que de la cordonnerie.

Chaque fois qu'il en avait l'occasion, afin de familiariser ses fils avec ses entreprises, il leur inculquait quelques notions des affaires. «Il est jamais trop tôt pour intéresser les jeunes au bien familial, disait-il. Faut pas attendre d'être mort avant de leur apprendre à gérer l'héritage.»

En bas, sur le chemin communal, un véhicule automobile s'amenait vers l'ouest en soulevant un tourbillon de poussière. Il reconnaissait Don McGrath, qui s'en retournait dans le rang Croche, après sa tournée quotidienne du côté du village.

La mine détachée il prit une bonne bouffée de son cigare et d'un pas nonchalant, longea sa maison. Soudain il s'arrêta net. Vivement, il revint sur ses pas. Quelque chose dans l'attitude de l'Irlandais l'agaçait, le perturbait. Qu'avait donc McGrath à conduire si vite. Exaspéré, les poings sur les hanches, il alla s'arrêter au milieu de la chaussée.

— Avec des gars qui se prennent pour d'autres, pis qui pensent que les chemins leur appartiennent, va falloir faire des lois pour les freiner un peu, grommela-t-il.

Don McGrath avait quitté la route communale. Dans un angle court, il s'était engagé dans le chemin de Relais. Derrière lui, une énorme poussière grise recouvrait les maisons d'un nuage opaque. Partout les résonances puissantes de son moteur s'abattaient sur la campagne.

Léon-Marie eut un sursaut d'indignation.

— Barnache! Il est pas obligé de mener son char à un train d'enfer rien que pour montrer qu'il en a un. De la manière qu'il conduit, un de ces jours, il va tuer quelqu'un.

Le véhicule de l'Irlandais avait dépassé le rang Croche. En cahotant à grands coups sur la voie creusée d'ornières, il gravissait la petite côte de la Cédrière. Son bruit, de plus en plus assourdissant à mesure qu'il se rapprochait, effrayait les oiseaux qui allaient se réfugier sur la montagne.

Outré, sur ses gardes, Léon-Marie le regardait foncer vers lui.

Brutalement, dans un long gémissement des freins accompagné d'une sorte de hoquet, le véhicule vint s'arrêter jusqu'à frôler ses jambes.

— Barnache, l'Irlandais! tonna-t-il en faisant un bond sur le côté de la route. Es-tu fou? Si je m'étais pas tassé, tu m'écrabouillais comme un crapaud.

— Godless! si tu connaissais la nouvelle que je m'en viens t'apprendre, tu te dirais qu'il y a des choses pas mal plus importantes que tes deux gros orteils.

Il paraissait nerveux, débridé. Ses petits yeux bleus délavés étaient remplis d'inquiétude et ses lèvres tremblaient. D'un geste rude, il tira le frein à main de son véhicule, extirpa ses longues jambes et se dressa de toute sa hauteur sur le marchepied. Courbant un peu les genoux, il allait sauter sur le sol. Soudain, il se redressa avec raideur. Choqué, il fixait Léon-Marie, l'œil rond de reproche.

— Godless! C'est le boutte du boutte! V'là que tu fumes astheure?

— Barnache, t'es ben chiâleux aujourd'hui. Dis donc ce que t'as à dire, au lieu de te mêler de ce qui te regarde pas.

— Ça me regarde peut-être pas que tu fumes le cigare comme un vieil Américain, mais j'ai ben peur que tantôt t'aies même pus le moyen de fumer du tabac du diable. Avec la nouvelle que je m'en viens t'annoncer, Savoie, tout le monde, toé y compris, va être obligé de se serrer la ceinture, pis en godless à part ça, tu peux me croire.

— Que c'est que t'es en train de me rabâcher là? La guerre serait-y poignée, qu'on l'aurait pas vue venir?

— La guerre, ça serait une pinotte à côté de ce qui nous arrive. Ce qui nous arrive aujourd'hui... c'est une vraie calamité. La guerre, au moins ça débloque de l'argent, ça donne de l'ouvrage, ça active l'économie, tandis que ça... godless!...

Il gesticulait avec ses longs doigts secs qui fouettaient l'air, son grand corps comme un échalas penché vers l'avant, sa tête qui vacillait. Autour d'eux, le vent s'était mis à tourbillonner.

Décontenancé, Léon-Marie le regardait sans parler. Il ne reconnaissait plus le patenteux. D'habitude si fendant, si sûr de lui, il lui apparaissait tout à coup comme déstabilisé, amputé de sa suffisance habituelle. Jamais auparavant il ne l'avait vu dans pareil état d'agitation. Il le découvrait soudain vieilli, avec ses joues d'un hâle grisâtre sillonnées de deux rides profondes, son épaisse chevelure brune parsemée de fils d'argent.

Malgré lui, il réprima un frisson.

— Que c'est qui se passe donc?

— Ce qui nous arrive aujourd'hui, c'est le contraire de la prospérité, articula sombrement l'Irlandais. Ce qui nous arrive aujourd'hui, c'est la misère, la dèche, la vraie noirceur. À partir d'aujourd'hui, Savoie, les riches vont être pauvres pis les pauvres vont être encore plus pauvres.

— Barnache! s'énerva Léon-Marie, vas-tu la dire enfin, ta nouvelle?

— Ça va te donner un choc, c'est certain.

Une petite crispation, brusquement, étreignit la poitrine de Léon-Marie. Pris d'une sourde angoisse, il n'insista pas. Il attendait en silence. Au loin, du côté du fleuve, les mouettes lançaient leur appel glauque. Devant lui, Don McGrath laissa échapper un soupir tragique.

— C'est le krach, Savoie, peux-tu comprendre ce que ça veut dire? Le krach. Un vrai fléau. Depuis à matin, la bourse américaine est en train de s'effondrer. C'est la pire crise que les États-Unis ont connue depuis les cent trente-sept ans que le marché existe, pire encore que la crise de 1896. Depuis à matin, Savoie, la bourse arrête pas de dégringoler. Depuis à matin, des actions qu'on payait cinq piastres, hier, valent pus cinq cennes.

— Ça se peut quasiment pas, une affaire de même! se récria Léon-Marie. Pareille dégringolade, ça se fait pas de la veille au lendemain. Ça va se r'parer. Je connais pas ben ben ça, mais ce que tu me racontes là, ça ressemble plus à un petit vent de panique qu'à un vrai krach.

— À Wall Street, c'est la débandade, poursuivait l'Irlandais, il y en aurait même qui se seraient suicidés. Si c'est rien qu'un petit vent de panique, pour ceux-là, il y aura pas de réveil ben fort demain matin.

— Barnache! faut être découragé pas ordinaire pour aller jusqu'à se suicider.

— Ces gars-là ont tout risqué à la bourse, observa l'Irlandais. Pour eux autres, c'est la ruine. Hier ils étaient millionnaires, aujourd'hui, ils sont dans la rue.

— Je veux ben les comprendre, dit Léon-Marie, mais de là à se suicider, pis à aller brûler chez le diable jusqu'à la fin des temps pour quelques piastres, me semble qu'il y a de l'exagération.

Soupçonneux soudain, il se rapprocha de l'Irlandais et le dévisagea avec attention.

— Coudon, toi, t'as ben l'air de prendre ça à cœur tout d'un coup, ce qui se passe à Wall Street. Ç'a beau être des Anglais comme toi, c'est quand même pas dans tes connaissances. Ça se pourrait-y que t'aies risqué gros, pis que t'aies perdu? Barnache! si c'est le cas, pour un gars qui se dit futé, tu me déçois pas mal.

— Anyway, je peux ben te le dire à toé, je perds un peu d'argent, avoua l'Irlandais, même que je perds une somme assez rondelette.

— J'espère que tu seras pas assez fou pour aller te suicider pour une couple de piastres comme les gars de Wall Street, coupa Léon-Marie sur un ton sévère.

— C'est pas dans mes intentions. Je perds peut-être une partie de mon avoir, mais anyway, c'est pas ça qui va m'empêcher de manger à ma faim. J'ai encore mon pouvoir électrique.

Il tourna son regard vers la campagne, puis au loin vers le petit village de Saint-Germain, avec ses cheminées et leurs spirales de fumée qui allaient rejoindre les nuages.

— As-tu pensé, par exemple, que notre chiffre d'affaires va baisser en godless, après une débandade pareille? Ça bâtira pas fort de ton bord, pis de mon côté, je pourrai pas m'attendre à ce que nos nouveaux pauvres aient le moyen de payer leur compte d'électricité.

Léon-Marie le fixa. Malgré lui, il ne pouvait s'empêcher de ressentir une crispation dans sa poitrine.

— Barnache, es-tu en train de me dire que le krach des Américains pourrait avoir des répercussions jusqu'icitte dans notre village?

— Godless, Savoie, ouvre-toé le cerveau, pis essaie de comprendre comment le système économique est organisé, s'énerva McGrath. L'économie, c'est mondial. Ça se connecte toute ensemble, ces affaires-là. Les transactions, ça se fait pas seulement entre les paroisses, pis les villes, mais avec les autres pays, aussi. Quand il y en a un qui va mal, tous les autres chambranlent. Rien qu'icitte, dans la paroisse, on est plus nombreux que tu penses, à s'être appauvris à la bourse aujourd'hui. Dis-toé qu'il y a ben de l'argent du Bas-du-Fleuve qui a été perdu dans ce krach-là. Depuis le temps que le notaire Beaumier nous engageait à acheter des actions.

— En tout cas, moi, j'ai jamais voulu embarquer là-dedans, lança Léon-Marie.

Il se rappelait le regard réprobateur du notaire Beaumier chaque fois qu'il lui annonçait qu'il allait investir le profit de son année dans la construction d'une nouvelle bâtisse, ou encore pour acheter une autre machine. «Garde-t'en un peu de côté, lui recommandait le notaire, c'est bien beau construire, mais si tu n'as rien à manger, tu vas trouver que de la pierre et du bois, c'est dur sous la dent.» Encore une fois, son entêtement lui avait été profitable.

— Comment il prend ça, le notaire? demanda-t-il soudain. Il doit être pas mal mortifié?

— Il prend ça ben mal. As-tu pensé, Savoie, à tout c't'argent que les chefs de famille allaient déposer sous sa garde, pour leurs vieux jours ou ben pour parer aux coups durs? As-tu pensé aux quelques cennes que tes employés économisaient, pis qu'ils s'empressaient d'aller porter dans son office pour les faire fructifier...

Il poursuivit sur un ton encore plus sombre, avec sa main longue et sèche qui dessinait des arabesques devant lui.

— Tout ce bel argent que le notaire avait placé précieusement pour eux autres, ben il a disparu. Envolées, les belles piastres gagnées à la sueur de leur front. En y pensant bien, les petites gens auraient mieux fait de garder leurs économies sous leur matelas.

— Ou ben faire comme j'ai faite, fit remarquer Léon-Marie avec arrogance. Mettre ça sur du roc, sur du solide, sur des bâtisses. Aujourd'hui, je le regrette pas, barnache non.

— C'est pas tout le monde qui a la capacité de faire ce que t'as faite, rétorqua Don McGrath. Pour bâtir des usines pis des commerces, ça prend plus que du bon vouloir, faut avoir du talent pis du cran aussi. Si les petites gens avaient tenu absolument à placer leur argent ailleurs que sous leur matelas, ils auraient été mieux avisés de le confier à c't'hurluberlu de Lévis, ce dénommé Desjardins qui a formé une petite coopérative. Paraît qu'ils sont pas trop touchés, eux autres, par le krach. Faut dire qu'ils jouent pas à la bourse, ils se prêtent leur argent quasiment entre voisins.

— Si tu veux mon idée, je le pense pas si hurluberlu que ça, c'te gars de Lévis, observa Léon-Marie. D'ailleurs, ç'a toujours été mon principe à moi aussi, d'avoir un œil sur mon argent. C'est pour ça que je l'investis jamais ben loin, pis que je le regarde profiter.

— Après ce qui vient d'arriver, je suppose que tu vas te dépêcher de faire rentrer une caisse populaire dans le hameau.

Léon-Marie hocha négativement la tête.

— Après ce qui vient d'arriver, je pense que je vais simplement jouer prudent et je vais attendre avant de faire d'autres projets.

Les mains enfoncées dans les poches, l'Irlandais se mit à arpenter la chaussée. Comme à son habitude, quand il était contrarié, il remuait les quelques pièces de monnaie qu'il trouvait au bout de ses doigts et les faisait tinter d'un geste machinal.

— N'empêche qu'en attendant, nos affaires vont baisser en godless, répéta-t-il, la mine funèbre. Oublie pas, Savoie, qu'on est tous les deux dans le même bateau. On va s'en réchapper ensemble ou ben on va sombrer ensemble. Dans les années passées, on a peut-être eu ben des différends, toé pis moé, même que des fois, je t'ai haï à m'en accuser à confesse, mais aujourd'hui, dis-toé qu'on a pas le choix, va falloir qu'on oublie nos chicanes pis qu'on se tienne les coudes.

— Quand je pense au curé qui arrêtait pas de me dire de confier mon argent au notaire, que j'étais pas prudent, que je prenais des risques en gardant mon magot dans ma maison. Barnache! Tu vois où ça m'aurait mené? Je me serais fait avoir comme vous autres.

L'Irlandais ne répondit pas. L'œil fixe, il observait la lente avancée d'une petite goélette chargée jusqu'à ras bord et qui remontait laborieusement le cours d'eau. Une nuée de goélands tournoyaient autour de l'embarcation, attirés par l'odeur des poissons.

Sa voix, soudain, vibra dans le silence.

— Anyway, on va s'en souvenir de ce 24 octobre 1929.

Pressé tout à coup, le profil dur, il alla se placer devant le nez de son véhicule et, d'un élan musclé, tourna la manivelle dans l'engrenage. La voiture sursauta, un claquement comme une pétarade cogna timidement, s'amplifia, puis déchira les airs. Le moteur s'était mis en branle.

D'un bond, il sauta sur le marchepied, prit place sur le siège et referma la portière. Dégageant sa tête, il lança encore sur un ton lugubre:

— On va l'appeler le jeudi noir, c'te 24 octobre-là, que j'en mettrais ma main au feu, godless!

Il activa le levier de vitesse. À larges coups de volant, avec son grand corps qui se balançait vers la droite, puis vers la gauche, il orienta son véhicule vers le rang Croche. Durement, il enfonça l'accélérateur.

Debout au milieu de la route, abasourdi, Léon-Marie le suivit des yeux tandis que, dans un nuage de poussière, il descendait la côte de la Cédrière. La voiture tourna vers l'ouest, se faufila entre les maisons des employés du pouvoir électrique, puis disparut à sa vue, cachée par le petit bois.

Déprimé soudain, il se retourna et, le pas lourd, fatigué, se dirigea vers la scierie. Son cigare finissait de se consumer dans sa main droite et lui brûlait les doigts. D'un geste rageur, il le lança sur le sol.

— La prospérité pis le p'tit bonheur, ç'a ben l'air que ça sera pas pour moi encore cette année, soupira-t-il.

Il pénétra dans l'atelier de coupe. Le bruit strident de la scie ronde écorchait l'atmosphère. Absorbé près de la crémaillère et mordillant un copeau d'épinette comme à son habitude, Jean-Baptiste coinçait un gros tronc au centre du chariot. Il sentit la présence de Léon-Marie, releva la tête et lui jeta un coup d'œil expressif.

Léon-Marie se détourna. La mine pensive, il se déplaça jusqu'au fond de la pièce et suivit les gestes d'Arthur Lévesque qui activait le couteau à bardeaux en émettant chaque fois, avec une précision rythmique, un petit bruit sec, comme une morsure. Non loin d'eux, dans un coin sombre, Omer Brisson s'appliquait à entasser de beaux madriers de sapin, frais coupés, encore gorgés de leur forte odeur de résine.

Du côté de l'ancienne meunerie, la raboteuse faisait entendre son grésillement continu. Par l'ouverture agrandie de la fenêtre, ils voyaient dégringoler les planches douces, embouvetées, aussitôt ramassées par un employé qui allait les porter dans la cour à bois.

Partout dans son usine, les ouvriers travaillaient avec célérité et les machines fonctionnaient à plein rendement, comme si rien ne s'était passé à des milles plus au sud, pouvant bouleverser leur existence.

Il observa autour de lui ses hommes à l'ouvrage et se demanda combien de temps encore il pourrait les garder tous occupés, ainsi qu'il les voyait en ce jeudi d'octobre, dans l'ignorance de ce qui se tramait dans le pays voisin. Il devrait consulter son carnet de commandes. Il se dit aussi qu'il lui faudrait vérifier avec Charles-Arthur, s'assurer que les contrats de construction déjà engagés seraient dûment payés. Avec la crise économique qui s'amorçait, il pressentait qu'il ne pourrait plus se permettre de faire crédit avec autant de libéralité qu'auparavant.

Tenaillé soudain, il traversa l'espace de l'ancienne meunerie, grimpa à l'étage et alla prendre place derrière son bureau. Tirant le bras derrière lui, il prit sur son classeur son grand livre de comptes et l'ouvrit à la première page. Une feuille blanche étalée tout à côté, son crayon à mine entre deux doigts, patiemment, il se pencha sur ses écritures. Il commençait à débrouiller ses débiteurs.

«Élie Lepage, lut-il, 36 $. Pauvre Élie, il tire le diable par la queue avec ses quatorze enfants, je peux pas y exiger ça, ça serait comme leur enlever le pain de la bouche. Joseph Doucet, 14 $, celui-là, c'est de la négligence, il pourrait me payer dret-là. François Naud 42 $, comme Élie, sa famille crève de faim. Honoré Vézina, 28 $, celui-là...» Il poursuivait, chaque fois griffonnant une note dans la marge, la renforçant d'un commentaire, ponctuant ses chiffres d'un symbole, tantôt un plus, pour identifier celui qu'il jugeait solvable, tantôt un moins, pour l'insolvable.

Sa liste terminée, il alla détacher une autre feuille de son cartable et recommença son énumération, faisant cette fois deux colonnes, l'une groupant les plus, c'est-à-dire ceux qu'il jugeait capables de payer, tandis que, dans l'autre, il dénombrait les moins, ceux qu'il avait classés parmi ses pauvres. Enfin, il tira un large trait, fit la somme des deux colonnes et en noircit le papier de sa grosse écriture malhabile.

Repoussant son crayon, il considéra les chiffres. La liste était longue, la colonne des plus, beaucoup plus courte que celle des moins. Il avait trop fait crédit, c'était sa faiblesse, il le reconnaissait aujourd'hui.

À nouveau, il se pencha sur son livre de comptes. Échafaudant cette fois les hypothèses les plus optimistes, il fit un second calcul. Il perdait au bas mot six mille dollars, sans compter ceux, parmi les solvables, qui se trouvaient aujourd'hui subitement dépouillés de leur avoir, à la suite du krach américain.

— C'est une grosse somme, murmura-t-il, il y a ben des sueurs là-dedans.

Il considéra encore la colonne des solvables. Brusquement, un pincement chatouilla sa gorge. Il se demandait lesquels, parmi ces riches, se retrouvaient à cet instant plus pauvres que son ami Élie Lepage.

Il décida d'en avoir le cœur net. Il irait s'en informer au notaire Beaumier, dès le lendemain matin, aux premières heures.

*\*\**

En même temps qu'il escaladait l'imposant perron de granit qui s'ouvrait sur la résidence du notaire Beaumier, il pensait à ce même geste qu'il avait accompli il y avait maintenant cinq ans, dans le jour à peine levé ainsi qu'il faisait aujourd'hui, quand il était venu acquérir la meunerie du défunt Philozor Grandbois, cet humble moulin à farine, à l'origine de son aisance actuelle.

Il se rappelait l'indignation de la vieille servante et combien elle l'avait sermonné, lui qui osait venir déranger monsieur le notaire à l'heure de son petit déjeuner. Il imaginait sans peine l'accueil qu'elle lui ferait, son exaspération, quand elle lui ouvrirait la porte.

Oubliant toute considération pour la vieille femme, une grimace déformant ses lèvres, il traversa le large palier de pierre et, sans hésiter, d'un mouvement énergique, fit vibrer la sonnette.

Il recula de surprise. La porte venait de s'ouvrir brusquement, toute grande. Soigneusement vêtu de son complet marine, cravate et veston, le notaire Beaumier se tenait dans l'embrasure et le regardait. Il avait le visage blême et ses conjonctives étaient injectées, comme celles d'un homme marqué par l'insomnie.

— Entre, Léon-Marie, prononça-t-il sur un ton funèbre, en s'écartant légèrement.

Déconcerté, à petits pas indécis, Léon-Marie pénétra derrière lui et s'immobilisa au milieu du corridor. Les yeux ronds de stupéfaction, il dévisageait le notaire, tentait de déceler sous son regard égaré, sous son masque nouveau de fatalisme, cette assurance, cette supériorité qu'il lui avait toujours connues. Vainement, il fouillait ses prunelles mornes. Il n'y retrouvait plus cette étincelle de connaissance qui identifiait le guide de bon conseil en qui ils mettaient leur confiance. En vain, il cherchait dans ses yeux cette force, cet esprit de décision qu'il avait manifestés jadis dans les circonstances les plus difficiles. Lui qui l'avait toujours considéré comme un être inébranlable, protecteur, comme les colonnes du temple, le décou-

394

vrait tout à coup accablé, vaincu, comme s'il avait d'ores et déjà renoncé à réagir, comme s'il courbait l'échine dans l'attente d'un autre coup du sort.

Malgré lui, il se sentait pris d'un profond sentiment de pitié.

— Je voudrais pas vous déranger, notaire.

— Tu ne me déranges nullement, Léon-Marie, murmura l'homme en l'entraînant vers le fond du corridor. Aujourd'hui, j'ai tout mon temps.

Son regard gris posé sur lui, il ajouta, en laissant longuement fuser son souffle:

— J'ai tout mon temps et tu peux rassurer le village: je n'ai pas l'intention de bouger de ma maison. Que tous sachent qu'à aucun moment il m'est venu à l'idée de me soustraire à mes responsabilités. Je suis décidé à y faire face, quelle qu'en soit la honte.

Il pénétra devant lui dans son étude. Embarrassé, Léon-Marie avançait derrière, en roulant sa casquette.

— Vous savez ben, notaire, que personne dans la paroisse oserait penser une affaire de même, émit-il après une courte hésitation.

— Permets-moi d'en douter, observa le notaire sur un ton rempli d'amertume. Je connais trop l'humain pour ne pas deviner la défiance que vous devez éprouver envers le malheureux qui a eu la maladresse de se faire avoir. J'imagine sans peine ce qui doit vous passer par la tête en ce moment. Mais rassurez-vous, je n'ai pas l'intention d'imiter certains de mes confrères qui ont sali l'image de ma profession. Vous pouvez dormir tranquilles, je ne fuirai pas mes obligations en allant me terrer dans un pays où la loi canadienne ne peut m'atteindre.

D'un geste machinal, il prit derrière lui, sur l'étagère, un épais registre recouvert d'un carton couleur lie de vin et renforcé aux coins par des triangles de métal. Son livre fermé devant lui, il fixa un moment Léon-Marie, puis, humblement, baissa la tête. Il paraissait plus triste encore.

— Avec ce qu'il vient d'arriver, personne à des lieues à la ronde ne me fera plus jamais confiance pour ses placements. Ma carrière en tant que conseiller financier a pris fin hier, en même temps que le krach de la bourse américaine. À l'avenir, je me contenterai d'exercer ma profession de notaire qui consiste à rédiger vos actes et contrats.

Se redressant, il poursuivit sur un ton devenu plus énergique:

— Mais je n'ai rien à me reprocher. Sache que j'ai toujours accompli honnêtement mon travail et jamais je n'ai spéculé avec l'argent des autres. Aussi, je suis prêt à ouvrir mes livres à ceux qui sont concernés. Chacun peut venir vérifier à son aise la valeur des actions qu'il a lui-même accepté d'acheter par mon entremise. Je n'ai volé personne et je ne dois rien à personne.

Il plongea son regard dans celui de Léon-Marie, ses prunelles étincelaient d'indignation.

— Est-ce cette information que tu es venu chercher, toi aussi?

Il se tut brusquement. Ses yeux étaient durs, ses lèvres tirées, amincies par la forte tension intérieure qu'il avait peine à contenir.

— Est-ce ce renseignement que tu es venu chercher, Léon-Marie? répéta-t-il, la voix frémissante.

Assis sur le bout de sa chaise, les épaules un peu courbées, Léon-Marie se redressa avec vigueur. Il serrait fortement sa casquette entre ses mains.

— Barnache, notaire! J'ai pas ce temps-là à perdre. Je suis pas venu icitte, à matin, juste pour vous entendre vous défendre contre une accusation que je vous ai pas faite. J'ai toujours eu confiance en votre honnêteté, pis pour ce qui est arrivé hier, ben tout ce que je peux vous dire, c'est que je suis ben navré pour vous.

Il ajouta dans un haussement d'épaules:

— Pour ce qui est du krach des Américains, personnellement, moi ça me touche pas ben gros.

— Le krach des Américains, comme tu dis, va toucher l'économie du monde entier, toi y compris, jeta le notaire sur un ton raffermi.

D'un coup, il avait repris toute sa verdeur d'antan, son ton doctoral. Le poing sur la table, il enchaîna:

— L'argent doit couler d'abondance pour que l'économie se porte bien. Sans argent, personne ne peut se permettre de dépenses superflues, ce qui amène un ralentissement dans les entreprises comme la tienne, qui à leur tour ajoutent au manque à gagner en mettant à pied leurs employés.

Il évoqua certains chômeurs de la paroisse, et comme une mise en garde, illustra combien ils étaient mauvais consommateurs, mauvais payeurs et combien, par leur incurie, ils pouvaient conduire une entreprise à sa ruine.

— Un nombre important de commerçants vont devoir faire faillite dans peu de temps, prédit-il. Heureusement, toi, tu as eu la sagesse d'acheter au comptant, tu n'as pas de dettes, c'est ça d'acquis.

— J'ai peut-être pas de dettes, mais je supporte pas mal de crédit, coupa Léon-Marie, s'apprêtant à amorcer la raison de sa visite. J'ai vérifié mes livres hier, je trouve que j'ai ben des comptes impayés.

Le notaire avait tendu son visage vers l'avant. Le sourcil levé, il le regardait, il avait oublié sa grande envolée oratoire.

— Puis-je t'aider en quelque point, Léon-Marie?

Léon-Marie sortit de la poche de sa veste une grande feuille proprement pliée en quatre et la lui tendit.

— Je suis venu vous demander d'examiner cette liste-là pour moi, notaire. Ben entendu, il y a bon nombre de comptes là-dedans que je sais déjà perdus, mais ceux-là, je le savais avant-hier, ça, c'est ma charité. Ce qui me chicote, c'est les autres, ceux qui tardent à me payer, pis qui sont supposés être solvables, du moins qui étaient supposés l'être avant hier.

Il s'était levé de sa chaise et, l'index pointé vers le papier, commentait sur un ton poli:

— La colonne que vous voyez là, avec le signe plus, c'est les solvables, en tout cas, ceux que je pense solvables; les autres, avec le signe moins, vous pouvez les oublier, je sais d'avance qu'ils sont perdus.

D'un coup d'œil rapide, le notaire parcourut le feuillet, puis le déposa sur son bureau. Le visage réprobateur, il considérait Léon-Marie.

— Comment peux-tu avoir laissé s'accumuler autant de comptes à recevoir? Toi d'habitude si avisé, je ne comprends pas ton imprudence. Tu aurais dû exiger d'être payé à trente jours, comme c'est normal. Le total de ton crédit dépasse dix mille dollars. C'est une somme considérable pour ce temps de misère. Sur ça, tu as six mille dollars de comptes perdus.

— Je le sais ben, convint Léon-Marie en baissant les yeux, comme pris en faute. Mais c'est pas toujours facile de refuser à quelqu'un quand il est dans le besoin, surtout quand le pauvre gars a fait sa petite école avec moi.

— Tout de même, Léon-Marie, tu n'es pas le secours direct. Enfin...

Il lui remit la feuille.

— Malheureusement, tu dois bien deviner que je ne peux pas t'aider.

— Je vous demande pas de m'ouvrir vos livres à la grandeur, insista Léon-Marie. Je veux seulement que vous me donniez quelques références, rapport aux noms qui sont sur ma liste, juste pour me guider un brin.

— Je ne peux pas dévoiler de noms, Léon-Marie, et tu le sais, répliqua fermement le notaire. Je suis lié par le secret professionnel. Bien sûr ce serait différent si tu me donnais le mandat de recouvrer tes comptes.

Une lueur, un court moment, aviva les prunelles de Léon-Marie, puis s'éteignit aussi vite.

— Ça me reviendrait à combien?

— Trente pour cent, c'est le tarif.

Mentalement, Léon-Marie fit un calcul rapide et conclut que c'était un peu cher. Il pensa aussi que si le travail venait à manquer, il aurait tout son temps pour courir après ses comptes.

— Je retiens votre offre, notaire, mais je dis pas oui tout de suite, je préfère y penser.

— À ton aise, prononça le notaire qui, sans s'en rendre compte, reprenait son naturel, redevenait l'homme décisif et indépendant qu'il avait toujours été. Si tu changes d'avis, tu n'auras qu'à me le faire savoir.

Léon-Marie se leva. Traînant le pas, il se dirigea vers la sortie.

— Ça allait trop ben. Quand je pense qu'il va falloir se serrer la ceinture. On était pus habitués à ça. On va trouver ça pas mal dur.

Surpris, le notaire arqua la tête. Un éclair, comme une sorte de sarcasme, faisait étinceler ses yeux.

— Qu'est-ce que tu racontes? Je ne suis pas du tout en peine pour toi. Tu seras bien le dernier citoyen dans tout Saint-Germain à devoir te serrer la ceinture. As-tu oublié la ferme du vieil Adalbert Perron dont tu es le propriétaire? S'il t'arrivait un coup dur, vous auriez amplement de quoi vous nourrir. Si tu te rappelles la crise de 1896, les fermiers avaient bien été les seuls à ne pas en ressentir les contrecoups.

— J'aurais mieux aimé pas aller jusque-là et vous savez pourquoi.

— C'est le risque que tu avais accepté de courir, observa le notaire. D'ailleurs, je t'avais mis en garde contre cette éventualité lors de la passation du contrat. J'ai toujours pensé que tu ne pourrais garder indéfiniment cette transaction secrète. Encore heureux que rien dans cette affaire n'ait transpiré jusqu'à aujourd'hui.

Léon-Marie fixa le sol. Il pensa combien ce jour-là il avait agi avec grande habileté. Officiellement, la ferme appartenait à Joséphine A. pour Adèle Lévesque, sa mère, qui lui avait aussitôt signé une donation en vigueur au moment de sa mort. Née Joséphine Adèle Lévesque, veuve de Napoléon Savoie, Léon-Marie avait choisi de l'identifier sous le moins usité parmi ses prénoms de baptême, ce qui était tout à fait légal, avait assuré le notaire.

Il avait engagé Robert Deveault pour gérer la ferme et, seuls les parents du jeune homme, Joachim et Philomène, de même que

Jean-Baptiste Gervais, connaissaient son secret. La vérité ne devait pas être connue, car, advenant le cas, la bonne relation qu'il entretenait avec le jeune Nestor Beaulieu risquait de se détériorer irrémédiablement.

— Des fois, je pense que je suis pas né pour connaître la paix, laissa-t-il tomber après un moment de silence. Après la construction de mon magasin général, je pensais couler enfin des jours tranquilles...

— Avec la chance que tu as eue à ce jour, coupa le notaire, j'ai l'intuition que tu vas plutôt sortir vainqueur de cette misère. Tel que je te connais, je devine que tu ne seras pas très marqué par cette débâcle économique, tandis que moi...

Ses yeux se remplirent de tristesse.

— Moi, j'ai cinquante-quatre ans... As-tu pensé que je vais devoir recommencer au bas de l'échelle?

Ils franchirent ensemble le seuil. Une bouffée d'air frais frappa leur visage. Debout dans l'embrasure, le notaire tourna la tête vers le fleuve qui se déployait comme un long ruban bleu, avec ses petits bateaux qui se déplaçaient de part et d'autre et troublaient ses eaux.

— Je n'ai jamais manqué de courage et tu le sais. Aujourd'hui, je suis encore sous le choc de cet événement terrible, mais je vais me ressaisir, je ne vais pas abandonner. Je vais faire face à la vie et je vais recommencer, quelles que soient les résistances. J'ai assez vécu pour savoir que la vie est une suite perpétuelle d'affrontements qu'il faut vaincre.

Sa figure morne, subitement, s'anima un peu.

— Et si mon exemple pouvait en aider d'autres à comprendre que, malgré les coups du sort, il y a une lueur au bout du tunnel, qu'il ne faut jamais fermer la porte à l'espoir, eh bien! même si je meurs avant d'avoir retrouvé toute ma fierté, si l'un d'entre vous a compris mon message, je considérerai que je ne me suis pas battu en vain.

Léon-Marie lui jeta un coup d'œil surpris. Ébranlé, sans une parole, il grimpa dans son boghei et orienta son cheval vers la route communale.

Pensif tout le long du chemin de retour, il avait abandonné les rênes et laissait le blond le mener tranquillement vers la Cédrière. Tour à tour optimiste, inquiet, il aurait donné gros, en ce matin froid d'octobre, pour savoir ce que leur réservaient les mois à venir. Profondément troublé, il se sentait incapable, comme il le faisait d'habitude, de planifier son lendemain. Cette visite chez le notaire Beaumier, loin de ranimer sa foi en l'avenir, de le rassurer, avait éveillé en lui des interrogations qu'il n'aurait jamais imaginées la veille. Si le notaire Beaumier avait pu lire à cet instant dans sa pensée, il n'aurait su dire s'il était un cartésien avec ses belles qualités de logique et de clarté d'esprit ou s'il n'était pas plutôt un petit homme hésitant et pusillanime.

Il arrêta son cheval devant la manufacture de portes et châssis.

En bras de chemises devant la façade, Octave Chantepleure, le remplaçant de l'artiste, s'affairait à laver les vitrines à grands coups de brosse de chiendent.

— Hé! Octave. Tu peux me dire combien de clients sont passés par la boutique depuis à matin?

— Il en est venu aucun, monsieur Savoie, répondit Octave avec son accent pointu. Il est un peu tôt, hein? Ils sont rares, les clients qui fréquentent les boutiques à cette heure de la matinée. De plus, c'est la mauvaise saison. Croyez mon expérience, il...

— Ça va, Octave, j'te cré, coupa-t-il avec impatience en insistant sur son accent québécois. Tu peux continuer ton netteyage de vitrines.

Il poursuivit sa route en pensant que, de tous ses employés, Octave Chantepleure, dernier arrivé, serait probablement le premier à partir.

Une porte claqua dans le silence. Oscar Genest venait de sortir de sa maison et s'engageait sur la route. Il avançait la tête basse, les poings profondément enfoncés dans ses poches.

— Que c'est qui se passe, Oscar? demanda Léon-Marie en arrêtant encore son cheval. Aurais-tu perdu un pain de ta fournée? T'as ben pas l'air dans ton assiette, à matin.

— Parle-moé-z-en pas, lança Oscar en levant vers lui son visage défait. Je suppose que tu sais la nouvelle, pour le krach de la bourse hier.

— Je suis au courant, McGrath est venu me rapporter ça, mais je vois pas en quoi ça te concerne.

— Ah! tu penses ça. Ben, dret comme t'es là, je viens de perdre quinze mille piastres. Quinze mille belles piastres, c'est les économies de toute une vie. Peux-tu imaginer? À cinquante ans me v'là obligé de recommencer à zéro, ç'a pas de bon sens pantoute. Le pire, c'est que je sais même pas comment ma Rosanna prend ça. Depuis hier, elle me parle pus.

# 24

L'hiver avait passé avec sa lenteur habituelle. Malgré les prévisions alarmistes des gens d'affaires, la vie à la Cédrière avait peu changé depuis le 24 octobre, depuis la chute de la bourse de New York supposée déclencher à travers le monde une importante crise économique.

Du côté des exploitations des frères Savoie, après avoir terminé la construction des maisons neuves, Charles-Arthur avait entrepris avec sa cadence coutumière les rénovations de l'hiver, et son carnet de commandes avait été rempli jusqu'au printemps. Pour sa part, Léon-Marie avait bien remercié temporairement quelques employés à l'usine en attendant la venue des beaux jours et la reprise des activités dans l'industrie du bois, mais il l'avait fait beaucoup plus par prudence que par réel besoin. Toujours par prudence, il avait aussi décidé de ne pas louer de lots boisés pendant la morte saison, pour y occuper ses menuisiers à titre de bûcherons, ainsi qu'il le faisait par les années passées. Il considérait qu'il y avait suffisamment de gros billots d'épinette et d'érable dans la cour à bois pour suffire à leurs besoins pendant toute l'année 1930. Et, surtout, jugeait-il, advenant une diminution des affaires, il ne devait pas surcharger l'inventaire.

Confinée dans sa maison en même temps que la froidure avait figé la terre, Henriette avait regardé ces dispositions d'un œil indifférent. Léon-Marie savait ce qu'il faisait et elle lui faisait entièrement confiance en ce qui concernait l'administration de ses biens.

Debout devant la fenêtre, en ce matin doux du mois d'avril, les bras croisés sur la poitrine, elle consultait la nuée de petits molletons gris qui masquaient le bleu du ciel. Il avait plu la veille et il pleuvrait aujourd'hui.

Partout l'herbe des champs était aplatie et jaune. De chaque côté de la route, les grands arbres défilaient comme une suite de longs squelettes, pétrifiés et noirs, les bras tendus vers les airs, comme une supplique.

Elle se demandait combien de temps encore elle devrait l'attendre, ce beau soleil qui redonnerait vie à l'herbe des champs et qui ferait bourgeonner les arbres.

Elle n'avait jamais aimé la période de transition entre le flamboyant automne et le blanc duveteux de l'hiver, puis cette tristesse qui revenait avant le réveil de la terre, avec les flaques d'eau sale qui couvraient les routes et cette humidité froide qui pénétrait les os. Chaque fois, son cœur se remplissait de mélancolie. Tout, autour d'elle, lui apparaissait démesurément triste et cafardeux.

Une foule de souvenirs douloureux affluèrent brusquement dans son esprit. Elle secoua vigoureusement la tête. Léon-Marie lui avait si souvent répété de ne pas remuer le passé. Dans un effort pour se ressaisir, elle s'éloigna rapidement de la fenêtre. Soudain elle revint sur ses pas. Une ombre bougeait un peu plus loin du côté du bosquet séparant la scierie de la manufacture de porte et châssis, une ombre semblable à celle qu'elle avait vue trop de fois rôder dans la Cédrière, pendant l'été précédent. Le regard figé, lentement elle colla son front contre la vitre et attendit. Un petit pincement étreignait sa poitrine. Elle n'avait pas besoin de s'interroger longtemps pour deviner de qui il s'agissait.

Depuis le mois de mai de l'an dernier, depuis que l'ouvrier Anatole Ouellet avait quitté la Cédrière avec sa famille pour aller vivre du côté de Saint-André près des Fardoches, on n'aurait plus dû la voir dans le hameau. Pourtant, était-ce le produit de son imagination tendancieuse? Combien de fois, dans les brumes du matin, avait-elle cru distinguer la silhouette de Clara, qui s'enfonçait furtivement dans le petit sous-bois face à la demeure de son beau-frère Charles-Arthur.

Elle eut un mouvement de recul. L'ombre se rapprochait de leur maison. Enveloppée dans une épaisse veste de laine grise, le dos courbé vers l'avant afin de se protéger du vent frais, elle tournait sans hésiter dans la cour.

Son cœur se mit à battre violemment. Dissimulée derrière le rideau de mousseline, les yeux ronds d'inquiétude, elle dévisagea l'intruse et, subitement, se détendit. Elle égrena un petit rire nerveux. Qu'elle était bête! Elle venait de reconnaître Angélina qui s'amenait chez elle. Elle courut lui ouvrir.

— J'espère qu'il se passe rien de grave chez vous, pour que tu sortes de bonne heure de même.

Angélina leva vers elle son visage terreux.

— Je sais que c'est pas une heure convenable pour venir déranger le monde chez eux, mais j'en pouvais plus, fallait que je parle à quelqu'un.

Elle s'avança dans la cuisine et alla s'arrêter près de la table. Avec des mouvements fébriles, elle tira une chaise et laissa exhaler un profond soupir. Un petit frémissement secouait ses épaules. Elle paraissait outrée.

— Qu'est-ce qu'il se passe donc? interrogea Henriette. La belle-mère serait-elle plus malade?

— La belle-mère est bien correcte, du moins, elle est pas pire que d'habitude. C'est pas elle qui est malade, c'est plutôt Charles-Arthur.

— Charles-Arthur... malade...

Le menton agité d'un petit tremblement, Angélina redressa vivement la tête.

— T'inquiète pas pour lui, il est pas malade où tu penses.

De son index, elle toquait sans ménagement sa tempe droite.

— C'est dans la tête qu'il est malade.

Raclant durement le parquet de sa chaise, elle se leva et, rageuse, les bras croisés sur la poitrine, se mit à arpenter la cuisine. Dans son emportement, elle paraissait plus maigre encore, plus sèche que d'habitude avec sa jupe grise en cotonnade épaisse qui laissait deviner les os saillants de ses hanches. Dans une virevolte brusque, elle revint s'arrêter juste devant Henriette.

— Tu pourras jamais deviner sa dernière folie. Imagine-toi donc qu'il a décidé de s'acheter une automobile, comme celle de Donald McGrath. Un gros char, comme il dit. Faut-il qu'il soit toqué en monde pour avoir des idées saugrenues de même, dans un temps de misère comme ce qui nous pend au bout du nez.

— Mais à quoi il pense? fit Henriette, choquée elle aussi. Il y a à peine deux ans, il s'est acheté un beau boghei, il est encore tout neuf.

— C'est bien ce que j'arrête pas de lui dire, jeta Angélina. Encore tantôt j'ai essayé de lui parler, mais il veut rien entendre. Une mule, une vraie mule. Paraît qu'il aurait trouvé une aubaine, une si bonne affaire qu'il peut pas la laisser passer.

— C'est un non-sens que de s'acheter une automobile, observa Henriette. Qu'est-ce qu'il voudrait bien faire de ça? Ses sorties se résument à aller au village.

— C'est bien ce que je lui ai dit.

— Lui as-tu demandé avec quel argent il va la payer, sa voiture?

— Penses-tu! Il me laissait pas la chance de parler. Il arrêtait pas de me dire que je fatiguais sa mère, que je la faisais mourir à force de crier après lui.

Henriette se tourna vers la fenêtre, ses lèvres esquissaient une moue dédaigneuse.

— Le bon moyen de ne pas se sentir coupable, c'est d'accuser l'autre de l'être, on a vu ça bien des fois.

Lentement, ses yeux revinrent se poser sur ceux de sa belle-sœur.

— Ma pauvre Angélina, je voudrais bien pouvoir t'aider, mais je ne vois vraiment pas ce que je pourrais faire.

— Tu veux pas en glisser un mot à Léon-Marie? demanda Angélina en la fixant avec espoir. Venant de son frère, peut-être que Charles-Arthur entendrait raison.

— J'en doute. As-tu oublié combien ils ont de la misère à s'entendre? Souvent, je me demande comment ils peuvent travailler ensemble. Comme dit souvent Léon-Marie, c'est bien seulement parce qu'ils ont la même mère.

Debout devant elle, Angélina se faisait suppliante.

Elle laissa échapper un soupir d'impuissance.

— Si tu y tiens tant que ça, je vais parler à Léon-Marie, mais faudra pas m'en vouloir si je ne parviens pas à le convaincre. D'un autre côté, c'est pas sûr non plus que Charles-Arthur va écouter son frère. Charles-Arthur, c'est toute une tête dure, tu es bien placée pour le savoir.

Immobile, ses mains crispées fermement sur le dos de sa chaise, Angélina hocha longuement la tête; elle paraissait dépassée. Enfin, silencieuse, l'échine ronde, elle se retourna et se dirigea vers la porte. Machinalement, elle serrait son lainage sur sa poitrine.

— En tout cas, vous aurez essayé. C'est pas comme dans certaines situations où tout le monde constate, mais peut rien faire.

Elle se retourna et lui fit face. Tout son visage disait sa déception.

— Tu as dû t'apercevoir que c'est pas fini cette histoire entre Charles-Arthur pis la Clara Ouellet.

— Cette femme trouble bien des hommes, murmura Henriette.

— Tu l'as remarqué toi aussi, s'écria Angélina sur un ton devenu subitement fiévreux. C'est pour ça que je mets pas tout sur la faute de Charles-Arthur. Cette femme-là, c'est toute une aguicheuse. Si tu l'avais vue comme moi faire du charme pis minauder chaque fois qu'un homme passait devant sa maison, ça t'aurait scandalisée toi aussi. Quand ça fait vingt-six ans qu'on est mariés comme Charles-Arthur et moi, puis qu'on a traversé un tas de misères, c'est normal que la passion soit éteinte un peu. Je vais dire comme on dit souvent: les hommes, c'est pas des statues de sel, faut pas faire exprès pour les aiguiser...

— Comment peux-tu parler ainsi? s'éleva Henriette. Un homme a beau ne pas être une statue de sel, ce n'est pas qu'à la femme à faire l'effort. Lui aussi doit être maître de ses actes.

Elle comprenait mal cette habitude qu'ils avaient tous, les femmes comprises, de fermer pudiquement les yeux sur la faiblesse des hommes. Pourquoi les femmes trop attirantes seraient-elles des corruptrices et les hommes, des petits garçons angéliques, incapables de répondre de leurs actes devant le péché de luxure? Elle se rappela l'attitude arrogante de Clara Ouellet, le jour où ils avaient fait bénir la quincaillerie, mais elle se rappela aussi la lueur libidineuse qu'elle avait vue briller dans le regard de tous les hommes présents, incluant son Léon-Marie.

— Je ne dénie pas à ces aguicheuses leur part de responsabilité, mais on ne viendra pas me dire que les hommes ne sont que des innocentes victimes. Tu ne t'es jamais demandé ce que ferait ton Charles-Arthur si Clara ne courait pas après lui? Je pense, moi, qu'il les ferait, les milles pour la rejoindre.

— Il aura jamais besoin de se poser la question, lança sèchement Angélina. La Clara a des grand' jambes pis elle s'en sert. Comme m'a dit monsieur le curé l'autre jour, Léon-Marie l'a pas envoyée assez loin.

Henriette acquiesça de la tête. Bien sûr, Léon-Marie aurait pu reléguer Anatole et sa famille à des lieues de leur village, mais au fond de son cœur, elle savait qu'il ne le souhaitait pas. Elle connaissait son homme. Retors comme d'habitude, il avait obtempéré à l'ordre de son curé. Mais en fin renard, il avait louvoyé juste assez pour éviter l'ire du vieux prêtre et esquiver l'excommunication pour désobéissance à l'Église. Ainsi personne ne pourrait rien lui reprocher.

— Sais-tu ce à quoi je pense? avança encore Angélina. Je me dis que c'est peut-être la Clara qui a suggéré à Charles-Arthur de s'acheter une machine. Elle est assez effrontée pour vouloir se promener à côté de lui, les dimanches après-midi pendant l'été prochain.

Perplexe, Henriette la regarda sans répondre. Elle tentait de comprendre cette hostilité d'Angélina qui sans cesse excusait son mari pour se dresser contre l'autre. Bien sûr elle aussi trouvait Clara offensante, mais son incompatibilité était différente. Elle lui enviait plutôt sa jeunesse, son allure robuste, ses rondeurs. Elle lui enviait surtout cette force, cette assurance insolente qui se dégageaient de toute sa personne. Elle ne lui avait jamais adressé la parole, mais elle la voyait ainsi, saine, sûre d'elle et sans cesse victorieuse.

Sa pensée se reporta sur Léon-Marie. Avec un peu de honte, elle se demandait quel démon la poussait parfois à douter de sa sincérité. Peut-être devraient-ils avoir une bonne explication sur l'oreiller, comme le lui soufflait à l'occasion Georgette. Elle hocha énergiquement la tête. Jamais elle n'oserait aborder avec lui pareil sujet, qu'elle considérait comme l'aveu de sa faiblesse. D'ailleurs, elle connaissait à l'avance sa réaction. Elle l'entendait déjà, se moquant d'elle et susurrant contre son oreille qu'il l'aimait plus que tout, qu'elle était la plus belle, la plus fine, qu'il...

— Faut que j'y aille, émit Angélina, pressée tout à coup, en se dirigeant vers la sortie. Ma lessive m'attend et puis je dois aussi m'occuper de mon petit Raymond. Je l'ai pas envoyé à l'école ce matin, je pense qu'il couve une grippe.

— Les jumeaux aussi toussent depuis quelques jours.

— Chaque printemps, faut qu'ils attrapent quelque chose, soupira Angélina. Je me demande ce que ça va être cette fois; ils ont attrapé presque tout ce qui court, à commencer par la coqueluche.

Elle ouvrit la porte.

— Oublie pas ce que je t'ai demandé, Henriette, je compte sur toi.

Une bourrasque glacée s'engouffra dans la cuisine. Son lainage serré contre sa poitrine, Angélina descendit les marches et s'engagea dans le chemin de Relais.

Frissonnante sur le seuil, Henriette suivit longuement des yeux la silhouette de sa belle-sœur qui s'enfonçait dans la grisaille. Elle ne pouvait s'empêcher d'être triste pour elle. Elle parlerait à Léon-Marie. De tout son cœur, elle espérait qu'il amène Charles-Arthur à entendre raison. Quelques gouttes s'égrenaient au-dessus de sa tête, la pluie avait commencé à tomber, une petite pluie froide poussée par le vent d'est.

Rapidement, elle rentra et se mit à l'ouvrage. Active, elle alla fouiller dans le garde-manger, empila dans un plat tous les légumes qu'elle put y trouver et les apporta sur la table. Assise au bout du panneau, dans le silence de sa cuisine, elle s'appliqua à préparer le dîner.

Derrière elle, sur sa tablette, l'horloge sonna midi. Aussitôt, la maison s'anima. Léon-Marie entrait, poussant devant lui les jumeaux qui revenaient de l'école. En même temps qu'elle servait le repas, sur un ton indigné, elle s'empressa de lui relater la visite que lui avait faite Angélina au début de la matinée.

— Charles-Arthur qui veut s'acheter un char astheure! fulmina-t-il. Il se prend-y pour un millionnaire? Quand je pense que je me suis refusé un petit cigare par jour, par mesure d'économie, pis que je me débats comme un diable pour protéger l'entreprise en cas de coup dur, même que je suis allé jusqu'à slaquer des hommes pour minimiser les dépenses.

Henriette lui jeta un regard lourd de sous-entendus avant de courber la tête et glisser sur un ton insidieux:

— Faut croire qu'il a dans l'idée d'épater quelqu'un...

— Charles-Arthur, épater quelqu'un? lança-t-il, sarcastique. Barnache, tu connais pas encore mon frère. La seule affaire qu'il voudrait ben épater, c'est sa face dans le miroir.

— Et si, pour une raison, il voulait aussi épater une personne, avança prudemment Henriette en déposant devant lui une assiettée de potage, tu ne verrais pas qui ce serait?

— Pantoute, pis ça m'étonnerait ben gros si...

Il se tut subitement. Pensif tout à coup, il caressait son menton.

— Barnache! en y réfléchissant ben... mais me semble que ç'a pas de bon sens, ça serait une raison ben trop futile.

— La vanité des hommes est sans limites, prononça sentencieusement Henriette.

— Il peut ben avoir tous ces défauts-là, j'y peux rien, moi.

— N'empêche que c'est de toi que monsieur le curé n'est pas content.

— Le curé a rien à redire de moi; il m'a demandé de la sortir de la Cédrière, c'est ce que j'ai faite. Barnache, qu'est-ce qu'il voudrait de plus?

— Il semble que tu ne lui aies pas obéi comme tu aurais dû le faire. Paraît que tu ne l'as pas envoyée assez loin.

— Aurait-y fallu que je l'envoie dans le fin fond de l'Afrique, c'te femme-là? explosa-t-il. C'est quand même pas une pestiférée.

— Entre le fin fond de l'Afrique et une distance suffisamment importante pour qu'elle ne puisse pas se déplacer à pied jusqu'au hameau, il y aurait eu lieu d'y songer, articula gravement Henriette.

Il ne répondit pas. Perplexe, les yeux baissés sur son assiette, il évitait, autant qu'il le pouvait, le regard de sa femme qu'il devinait désapprobateur.

— De toute façon, c'est pus de mon ressort astheure. Ça regarde le petit Nestor Beaulieu. C'est lui l'employeur d'Anatole. Sans compter que leur lieu de domicile, c'est Saint-André. Nous autres, on appartient à la paroisse de Saint-Germain.

— Il n'existe pas un moyen de se prémunir contre tout indésirable qui voudrait mettre le pied dans le hameau? interrogea Henriette.

— Je vois pas ce qu'on pourrait faire. Le chemin de Relais est un chemin public, ouvert à tout le monde, sans restriction. On peut pas se permettre de mettre une barrière au milieu, avec une pancarte «défense de trépasser» comme c'est écrit dans le layon chez McGrath.

— Eh bien! moi, je pense qu'il y a quelque chose que tu pourrais faire tout de suite! lança Henriette en coupant le rôti à grands mouvements énergiques. Ce serait de convaincre Charles-Arthur de ne pas acheter cette automobile, l'amener à raisonner comme un homme, ne serait-ce que pour apporter un peu de quiétude à cette pauvre Angélina.

— Tu sais bien que Charles-Arthur accepterait jamais que je me mêle de ses affaires...

Il prit un moment de réflexion avant de poursuivre:

— Je peux ben lui en glisser un mot. Mais je veux pas être blâmé si j'y arrive pas. Charles-Arthur, c'est pas d'aujourd'hui que c'est toute une tête de pioche.

Elle se tourna vers lui. Son visage radieux, son sourire, plus que des mots, disaient le soulagement qu'elle éprouvait.

Attendri, abandonnant là son repas, avec la sauce qui figeait dans l'assiette, il alla la retrouver près du poêle. Délicatement, il prit son visage entre ses mains et frôla sa joue de son doigt rêche.

— Dis-toi ben que si je le fais, c'est rien que pour toi, mon Henriette.

Il l'entoura de ses bras et la serra avec force.

— À toi, je peux rien te refuser. Je t'aime tellement... s'il fallait qu'un jour je te perde, je m'en remettrais jamais.

Il regarda par la fenêtre. Dehors, la pluie tombait dru et cognait durement sur les vitres.

— Ça va être une journée tranquille, chuchota-t-il près de son oreille. Si tu veux, on va se coucher de bonne heure à soir.

***

La grosse automobile marron de Charles-Arthur tourna dans la cour à bois et, dans un bruit strident des freins, alla s'arrêter près du perron de l'ancienne meunerie.

D'un mouvement leste, il sauta du marchepied. L'air prospère, avec son long manteau de gabardine rayée de brun, sa cravate, sa belle chemise de percale blanche, il attarda son regard sur son véhicule tout neuf avec ses ailes aux formes douces et ses chromes éclatants qui luisaient dans le soleil. Comme à regret, il détacha ses yeux pour se tourner vers la scierie de son frère. Les sourcils relevés, il considéra la grande bâtisse blanchie à la chaux avec son écriteau qui couvrait largement le haut de la façade. «LES ENTREPRISES LÉON-MARIE SAVOIE ET FILS», lut-il dans sa version corrigée, depuis qu'ils avaient scindé leurs entreprises.

Pendant un moment, immobile au milieu de l'entrée large et jonchée de bran de scie, l'oreille attentive, les lèvres tirées dans un sourire, il écouta les bruits obstinés des grosses scies électriques, qu'il percevait à travers les portes closes.

Autour de lui, la cour à bois grouillait d'activité. Grimpé sur une cage du côté de la rivière, Lazare Darveau maniait une longue perche. À ses pieds, Ludger Lévesque, un des menuisiers à la manufacture de portes et châssis, recueillait dans une brouette les belles pièces de pin blanc planées qu'il lui tendait avec précaution. À quelques pas d'eux, deux ouvriers s'interpellaient devant un client, en même temps qu'ils transportaient ensemble une pile de planches embouvetées. Plus bas, dans le chemin de Relais, trois charrettes s'amenaient encore, les unes derrière les autres.

Il enjamba les degrés de pierre de l'ancienne meunerie. La tête un peu arquée vers l'arrière, il poussa vivement la porte. D'un énorme coup de talon il la referma et gravit le petit escalier qui menait au bureau de son frère.

— Ouais, ç'a l'air d'aller en câlisse à matin, les affaires, lança-t-il sur un ton gouailleur, en même temps qu'il émergeait en haut des marches.

Penché sur ses écritures, Léon-Marie leva la tête.

— Veux-tu ben me dire de quoi c'est que tu parles?

Charles-Arthur tira une chaise devant le bureau et s'y laissa tomber de tout son poids.

— Je veux simplement te faire remarquer que, malgré la crise économique, pis la misère qui étaient supposées nous pendre au bout du nez l'automne passé, les entreprises des frères Savoie ont pas l'air de se porter mal pantoute. J'ai jeté un œil en passant, ça bourdonne de tous les bords dans c'te scierie-là que c'en est épeurant pour un début d'avril, pis tes hommes m'ont tous l'air d'être à l'ouvrage. C'est pas demain que ça va chômer icitte-dans. En tout cas, ça me fait pas regretter d'avoir acheté mon char.

— Pète-toi pas les bretelles trop vite, mon frère, le freina Léon-Marie. Faut être ben sur nos gardes, parce que c'est loin d'être fini, cette histoire-là. J'ai plutôt l'impression que va falloir surveiller les affaires en barnache si on veut passer à travers.

— Je suis ben d'accord avec toé, qu'après le krach de l'automne dernier, ça serait pas prudent de s'asseoir sur nos lauriers simplement parce que, sur le moment, les affaires marchent à plein, approuva Charles-Arthur.

Le profil obtus, il se tourna vers la fenêtre et fixa les arbres encore dépouillés de leurs feuilles. Il hochait la tête.

— C'est pour ça que j'ai décidé de faire ma part, pis de mettre toutes les chances de not' bord, si tu comprends ce que je veux dire.

Il frappa sa poitrine de son poing. Son regard était rempli de suffisance.

— Dret comme je suis là, si les contrats viennent pas à nous autres comme dans le temps, moé, ton frère, je vais y aller t'en chercher.

Involontairement, Léon-Marie émit un sursaut. Stupéfait, il se demandait quel vent avait pu autant changer son frère. Il se rappelait la veille, quand il avait tenté de le dissuader de s'acheter une automobile, leur fâcherie, puis son entêtement, lui qui, le même après-midi, était descendu au village sous la pluie, dans les chemins barbouillés de flaques d'eau, pour en revenir au volant d'une voiture toute neuve. Aujourd'hui, il se demandait s'il ne s'était pas trompé à son égard. Tout homme a des défauts qui pourraient bien être des qualités quand elles font l'affaire des autres, avait-il déjà entendu. Peut-être n'avait-il pas su comprendre son frère, à ses yeux plus enclin à la fainéantise qu'à l'ardeur au travail. Aussi en le voyant ainsi, dressé devant lui, le poing fermé sur la table, il en éprouvait un allégement profond.

— Je vas te dire une affaire, Charles-Arthur. Tu me fais plaisir en barnache, à matin, lança-t-il. Enfin, tu penses en homme avisé.

— J'ai toujours pensé en homme avisé, répliqua Charles-Arthur, mais t'étais ben trop occupé avec tes petites affaires personnelles pour me regarder aller. T'aimes pas qu'on te le rappelle, Léon-Marie, mais t'as jamais su reconnaître ce que les autres faisaient pour toé. Depuis qu'on travaille ensemble, j'ai toujours tout faite pour t'aider, mais toé, accaparé comme t'étais par quelqu' machin, ou ben à donner des ordres, tu voyais rien. Tiens, par exemple...

Lentement, à petites secousses précieuses, il détacha les boutons de son manteau et, dans un geste large, en dégagea les pans qui allèrent balayer le sol poussiéreux de chaque côté de lui. Un parfum de muguet des bois s'exhala dans l'air. Le dos arrondi, avec sa jambe gauche croisée sur son genou droit, il s'installa confortablement sur sa chaise.

— Par exemple... t'es-tu seulement demandé pourquoi je me suis acheté un char?

Léon-Marie dressa brusquement le menton. La mine redevenue sévère, il attendait en silence.

Conscient de l'impact que sa remarque avait produit sur son frère, Charles-Arthur fit une longue pause et le considéra d'un air condescendant.

— Si je me suis acheté un char, mon frère, c'est pas rien que pour me promener dans le village, comme tu m'en as fait le reproche. Si je me suis acheté un char, c'est plutôt pour te rendre service à toé, pis à nos compagnies. Il y a longtemps que je l'ai compris, moé, que si on veut faire des affaires compétitives, on a pas le choix que de se moderniser, pis être au niveau des autres. Avec un char, je vais pouvoir me déplacer plus vite, pis ben plus souvent qu'en boghei. Avec un char, je vais pouvoir parcourir la province de bord en bord pis te rapporter des contrats à la tonne, tellement que tu vas avoir rien qu'à piger dans le tas, prendre ce qui fait ton affaire, pis refuser le reste.

Léon-Marie avait froncé les sourcils. Son allégement de tantôt venait brusquement de faire place au scepticisme. Ce bel enthousiasme que déployait son frère l'inquiétait plus qu'il ne le convainquait. Il le connaissait depuis trop longtemps pour se laisser abuser par ses chimères. Charles-Arthur était un beau parleur, c'était connu. Trop souvent exalté, irréaliste, il n'avait de cesse que de nourrir ses rêves sans jamais bouger de sa place. De plus Léon-Marie se demandait s'il était tant nécessaire de parcourir la province, «de bord en bord», comme l'autre disait, pour décrocher des contrats de construction.

La ride séparant son front se creusa. Il se pencha sur son bureau.

— Je suis pas trop sûr que ce soit une bonne idée, ton affaire. Je nous imagine mal allant tordre le bras des clients éventuels quand ils ont l'idée de rester ben tranquilles chez eux. Si quelqu'un veut acheter du bois ou ben s'il veut se faire construire, il sait où nous trouver. D'ailleurs depuis le temps que je suis en affaires, ça s'est toujours passé de même. Même les gros industriels se sont toujours déplacés pour venir discuter dans nos scieries. Ils aiment ben voir à qui ils ont affaire, ça les met en confiance. Je vois pas pourquoi, parce qu'il y a une crise économique, que les mentalités changeraient tout d'un coup.

— Ben justement, lança résolument Charles-Arthur. Avec la crise économique, j'ai ben peur que la balle soit dans leur camp, que ça soit à not'tour de s'déplacer pis aller leur offrir not' produit. Avec la crise économique, tu pourras pus faire ton indépendant comme avant, pis attendre les contrats confortablement assis dans ton bureau.

Prenant un ton assuré, il toqua sa tempe droite de son index.

— Je suis renseigné plus que tu penses, mon p'tit frère. Imagine-toé pas, quand je descends au village pis que je m'arrête à l'auberge, que je m'en vas là rien que pour perdre mon temps. Non, monsieur! Quand je vas à l'auberge, c'est comme une sorte d'ouvrage que je m'en vas faire là. J'y vas pour prendre des nouvelles d'en dehors, savoir ce qui se passe, pis rencontrer du monde de bon conseil.

Léon-Marie prit son crayon entre ses doigts. Exaspéré, il le serra fortement jusqu'à le briser.

— Pis je suppose que ça te prend absolument un char pour faire ça.

— Ben certain que ça me prend un char, répondit Charles-Arthur, imperturbable. Me vois-tu me promener en boghei? Câlisse, ça serait pas long que mon cheval serait esquinté. Ce que je fais, ça s'appelle des dépenses de déplacement professionnel, lança-t-il fièrement.

Léon-Marie fit un bond.

— Ben moé, j'appelle ça des dépenses tout court. Professionnelles ou pas, c'est de l'argent qui sort de nos poches pis qui y rentre pas.

Charles-Arthur fit un grand geste d'impatience et fixa son frère. L'œil dur, l'air obtus, avec ses doigts qui roulaient son crayon, Léon-Marie lui rendait son regard. Las soudain, Charles-Arthur laissa échapper un long soupir d'impuissance. Enfin, patiemment, encore une fois, il se pencha. Un poing sur le bureau, il s'efforça de lui faire comprendre.

— En affaires, c'est pas ce que ça coûte qui compte, c'est ce que ça rapporte en bout de ligne. Coudon, Léon-Marie, vas-tu passer ta vie à te promener en boghei? Va ben falloir que tu te modernises un moment donné. Prends l'exemple de McGrath, il a pas eu peur d'innover, il a été le premier à s'acheter un char, pis il fait toutes ses affaires avec. Pourquoi qu'on ferait pas pareil? Penses-y une minute. Si j'ai pas de contrats de construction, parce que j'ai pas faite l'effort d'aller en chercher, tu vendras pas ton bois, pis il y aura pas d'ouvrage pour tes hommes ni pour les miens. T'as pas l'impression qu'à nous deux, on aura perdu pas mal plus d'argent que le p'tit quatre cents piastres que mon char m'a coûté?

— Tant qu'à ça, émit Léon-Marie, peu convaincu.

— Ces dépenses de déplacement-là, c'est un investissement pour de la belle argent qui va nous revenir à tous les deux.

— Tant qu'à ça, répéta Léon-Marie. Ton idée m'apparaît particulière, mais elle vaut la peine d'être étudiée.

— Enfin! Tu commences à comprendre le bon sens, lança Charles-Arthur.

Encouragé, il se pencha encore plus avant sur sa chaise.

— Justement, à ce propos-là, j'ai pensé qu'on pourrait peut-être s'entendre tout de suite sur un point.

Il se tut brusquement. L'air inquiet, comme s'il craignait de s'être aventuré trop loin et trop vite, il revint s'adosser sur son siège et attendit un moment. Devant lui, le regard fixe, Léon-Marie le considérait en silence. Enfin résolu, il se pencha encore et, choisissant ses mots, longuement, entreprit d'expliquer le fonctionnement des affaires.

— Faut que tu comprennes que, puisque ça va nous rapporter à tous les deux, il est normal qu'on en partage aussi les frais, conclut-il comme une évidence.

— Je peux savoir ce que t'entends par là? interrogea froidement Léon-Marie.

— Voyons, Léon-Marie, fais pas semblant de pas comprendre, reprit-il sans perdre son calme. T'as ben dû remarquer que j'ai déjà mis pas mal d'argent sur c'te char-là... Comme je vis pas de l'air du temps...

— Je vois pas encore ce que t'as tant faite avec ton char qui pourrait m'amener des contrats futurs. T'as pris la décision de t'acheter un char, il est à toi, ça fait que, paye tes dépenses.

— Sur quel ton je vas devoir te dire que si j'ai acheté c'te char-là, c'est pour faciliter mes déplacements quand je vais aller te chercher des contrats? s'impatienta Charles-Arthur. Si je travaille pour toé, me semble que c'est normal que tu payes ta part. Moé tout seul, aussi ben oublier les déplacements. J'ai pas une cenne pour supporter ça.

— Pour un gars qui se vante à tout venant de pas avoir manqué d'ouvrage de l'hiver, que c'est que t'as fait de tes rentrées d'argent?

— J'ai peut-être pas manqué d'ouvrage de l'hiver, mais t'oublies que j'ai des grosses dépenses. Six enfants à nourrir à la maison, ça coûte cher, sans compter la mère qui est toujours malade, t'as pas idée de ce qu'elle m'a coûté en visites du docteur pis en remèdes depuis six mois.

Appuyé sur sa chaise, Léon-Marie l'examinait de la tête aux pieds. Le regard lourd de désapprobation, il considérait sa cravate neuve, large, à la dernière mode, son col fortement empesé, d'une blancheur immaculée, son bel habit de serge fine, au pli parfait, ses chaussures délicates en cuir verni, les plus onéreuses qu'il avait remarquées au magasin général. Il hocha durement la tête.

— Je comprends, oui. Je comprends aussi que, malgré tes grosses dépenses à la maison, pis ton beau char qui t'a coûté une petite fortune, ça t'a pas empêché de te renipper à neuf.

413

— Le char, ça compte pas, mentionna Charles-Arthur, je l'ai acheté pour l'ouvrage. C'est la même chose pour mon habillement. Il y a un principe qui dit que si t'es ben habillé, si t'as l'air d'un monsieur, t'inspires confiance. Je peux pas aller frapper chez les clients habillé en guénillou.

Exaspéré, Léon-Marie se déplaça sur sa chaise.

— Bon, ça va faire. Après toutes ces excuses pis ces explications que tu viens de me déballer, je voudrais ben savoir ce qui t'amène icitte à matin?

— Qu'est-ce qui te prend tout d'un coup? fit Charles-Arthur, désarçonné soudain. Que c'est que t'as à t'énerver de même?

Subitement à court d'arguments, il prit un ton geignard:

— Me semble que t'aurais pu deviner tout seul que je peux pas supporter tous les frais, qu'il est rien que normal que tu me fasses une petite avance sur les contrats futurs que je vas aller te chercher pendant l'été. Tu dois ben savoir que c'est pas gratuit, ces déplacements-là. Je vais avoir la gazoline à payer, mes repas en dehors, mes couchers.

— C'est peut-être juste, ce que tu dis là, riposta Léon-Marie avec raideur, mais à ma connaissance, t'es pas encore parti, pis si je sais compter, t'en as encore pour un bon mois avant de commencer tes déplacements professionnels, comme tu dis. Aussi je vois pas ce qui te presse tant de me demander une petite avance. Le mois d'avril fait seulement commencer.

— Tu dois ben savoir qu'il y a des temps où on a plus de dépenses que d'autres, reprit patiemment Charles-Arthur. Moé, cet hiver, j'ai pas eu le choix que de me faire quelques dettes au village, chez le marchand général principalement. En plus de payer mon char, il a fallu que j'achète la gazoline pis encore, ça m'a coûté quelques cennes de réparations chez le forgeron. Ça, c'est en plus des dépenses ordinaires de la maison, la mère qui est malade, les...

— Je le sais! coupa Léon-Marie, excédé. La mère, tes six enfants, la vie quoi, comme tout le monde.

Heurté, Charles-Arthur se racla bruyamment la gorge. Il avait perdu sa belle arrogance. Lentement, il se leva et, les mains dans les poches, alla se placer devant la fenêtre. Pendant un long moment, la mine pensive, il se tint sans parler. Enfin, en même temps qu'il regardait au loin la campagne avec ses plaques de neige sale du chemin de Relais jusqu'à la route communale, le dos toujours tourné à son frère, il dit, hésitant:

— Je m'étais demandé, en m'en venant, si tu pourrais pas m'avancer un petit montant, je me disais, une couple de cents piastres par exemple. Ça m'aiderait un brin. Ça me donnerait la chance de me ramasser un peu de liquide pour mes voyages, tu comprends, faut que je prévoie d'avance.

— Barnache!

Léon-Marie avait repris son crayon entre ses doigts et, frémissant de colère le serrait jusqu'à le briser.

— Tu me demandes, comme ça, une couple de cents piastres? As-tu pensé ce que ça représente icitte dans la scierie, deux cents piastres? C'est quatre mois de salaire pour un de mes meilleurs hommes.

Charles-Arthur revint sur ses pas et alla reprendre sa place sur sa chaise. La mine embarrassée, il se tenait silencieux, du bout de son index, tapait sur le coin du bureau. Enfin, rompant le silence, il prononça à voix basse:

— En tout cas, tu peux dire que c'est grâce à moé si t'as pas manqué d'ouvrage cet hiver.

Léon-Marie fit un bond vers l'avant, ses yeux s'étaient durcis. Sans un mot, il fit pivoter sa chaise vers l'arrière et prit sur son classeur son livre de comptes. Dans un bruit sec, il le laissa tomber sur son bureau. D'une seule poussée de sa main droite, il l'ouvrit tout grand et le tourna vers son frère.

— V'là l'ouvrage que t'as faite l'hiver qui vient de passer, fit-il, la voix blanche. Il y a deux colonnes, dans l'une, c'est le compte que tu t'es monté à la quincaillerie, dans l'autre, c'est celui de la scierie. Si tu t'en souviens bien, Charles-Arthur, t'as fait de l'ouvrage chez onze clients entre le mois de novembre et le mois de mars, des individus supposément solvables qui t'ont demandé d'exécuter des réparations mineures dans leurs maisons. De tous ces travaux-là, pour tous les matériaux que je t'ai fournis, je te ferai remarquer que j'ai pas encore reçu une cenne noire.

D'un geste brusque, il referma le livre.

— Ils t'ont-y payé, ces gars-là? C'est pas toute que d'avoir de l'ouvrage, faut pas travailler pour rien non plus. Des entreprises qui fonctionnent à crédit par temps de crise, on peut pas appeler ça des entreprises prospères.

— C'est payé en partie, reconnut Charles-Arthur. Malgré qu'il y en a ben trois ou quatre qui m'ont donné rien qu'un acompte. Mais je suis pas inquiet, ils m'ont promis de me payer à l'été, quand l'ouvrage aura repris.

— Pis pour les sept ou huit autres qui t'ont payé, tout c't'argent que t'as retiré, qu'est-ce que t'en as fait, Charles-Arthur? T'as même pas trouvé le moyen de me payer une cenne noire de ce qui me revient.

— J'avais des priorités, se défendit-il avec âpreté. Câlisse! tu sais comment ça se passe dans la construction. Faut d'abord payer les salaires si on veut que les hommes continuent à travailler, pis avec ce qui restait, ben, j'avais pas le choix, fallait manger.

— Pis moi, le bois qui sort de ma scierie, je suppose qu'il m'a rien coûté? Je suppose que j'ai pas de salaires à payer non plus à la fin de la semaine, que j'ai pas de famille à faire vivre?

Charles-Arthur éclata d'un grand rire. La main levée jusqu'à son front, il fit le geste de chasser un moustique.

— Je suis pas en peine pour toé pantoute, tout le monde le sait que t'en as de collé. C'est pas pareil avec moé, avec tout ce que ça me coûte d'un bord pis de l'autre: Angélina, les enfants, la mère...

Les sourcils froncés soudain, il se mit à examiner Léon-Marie avec attention. La lèvre dédaigneuse, il détaillait sa vieille chemise à carreaux, sa salopette délavée et poussiéreuse qui allait s'attacher derrière son cou.

— Pis toé, lança-t-il brutalement, sors-lé donc, ton magot, pis renippe-toé donc un peu. Tu portes toujours le même vieux linge. À croire que tu vas chercher ça tout droit dans le quart à guenilles. C'est pas en te promenant dans le village avec ta vieille casquette de meunier que tu vas donner confiance au monde, pis avoir de l'ouvrage.

Il écarta largement ses basques en même temps qu'il gonflait puissamment le torse.

— Regarde-moé, ton frère, je suis habillé proprement, je fais sérieux. J'ai tout le temps une cravate, mon veston pis ma petite veste, pis je me promène dans un beau char neuf. J'ai l'air au-dessus de mes affaires, c'est ça avoir l'air prospère.

— C'est ça, jeta Léon-Marie l'œil méprisant à son tour, tout swell que t'es, pis tout ronflant dans ton gros char neuf, ça t'empêche pas de venir dans mon bureau à matin, pis me quêter deux cents piastres.

Il hurlait, en même temps qu'à petits coups, il brandissait son index sous son nez.

— Ben moi, je te répondrai que ça marche pas de même. Au lieu de te donner de l'argent, c'est plutôt toi qui vas me payer ce que tu me dois. Tu vas me payer jusqu'à la dernière cenne, sinon compte pus sur moi pour te fournir en bois ni en quincaillerie. Tu iras voir ailleurs, pis dis-toi ben que celui qui va accepter de t'approvisionner va être pas mal plus dur que moi. Il va exiger d'être payé à trente jours, comme ça se fait partout.

Insulté, Charles-Arthur se leva de sa chaise et se pencha au-dessus du bureau de son frère. Il le défia du regard. Il bouillait de colère.

— T'as l'air d'oublier que moé parti, ton chiffre d'affaires baisserait en câlisse.

— Ben barnache! explosa à son tour Léon-Marie. Un chiffre d'affaires qui se traduit uniquement par du crédit, j'en ai pas besoin. J'aime autant garder mon bois dans ma cour plutôt que de le donner à des quêteux montés à cheval qui vivent à mon crochet pis qui sont assez effrontés pour venir me dire que je suis mal habillé en plus.

— Ça veut-y dire que, malgré toute l'aide que je voulais t'apporter, tu veux pas me passer une cenne? gronda Charles-Arthur.

— Je te passerai pas une cenne, vociféra Léon-Marie en assenant un violent coup de poing sur la table, pas une cenne, compte pas sur moi.

Blême de rage, Charles-Arthur recula lentement vers l'escalier.

— C'est ça, renfonce-toé dans ton orgueil, pis laisse ton frère faire faillite sous tes yeux sans lever le petit doigt. C'est ça la parenté. Câlisse! Léon-Marie que t'as un cœur de pierre, pis la mère va le savoir. Elle qui arrête pas de te vanter, elle va changer d'idée sur ton compte avant la fin de la journée, je t'en passe un papier.

— Barnache, moi aussi, je suis capable d'aller la voir, la mère, pis y parler! rugit Léon-Marie à son tour. S'il avait fallu que j'écoute toutes les idées farfelues que tu m'as rabâchées depuis qu'on travaille ensemble, on serait déjà sur la paille, Charles-Arthur Savoie! Comprends-tu ça? Sur la paille!

— Que c'est qui se passe icitte? demanda, derrière eux, une voix moqueuse. Godless, allez-vous passer votre vie à vous chicaner, vous autres, les frères Savoie?

Ils se retournèrent ensemble. Sa haute stature émergeant par le trou de l'escalier, Donald McGrath venait de s'immobiliser en haut des marches. Arrivé par l'accès à l'atelier de coupe comme il le faisait d'habitude, il avança vers le bureau en faisant craquer pesamment les planches de bois brut.

Il alla s'arrêter tout près d'eux. Les mains dans les poches, avec ses longues jambes largement écartées, il dévisageait les deux frères de son regard amusé.

— Vous pouvez remercier le ciel de pas vous avoir raccordés comme des frères siamois, vous deux, parce que ç'aurait été pire que de la dynamite. Que c'est qui se passe encore icitte à matin?

— T'occupe pas de ça, McGrath, bougonna Léon-Marie encore furieux, c'est des affaires de famille qui regardent pas les étrangers,

surtout pas les Anglais comme toi qui comprennent rien aux manières des Français.

— Godless! t'es à pic à matin. Quand je pense que je suis parti
du boutte du rang Croche uniquement pour venir te rendre service.

Penché sur sa table, avec des petits gestes nerveux, Léon-Marie
s'affaira à mettre de l'ordre dans ses livres de comptabilité, en
même temps qu'il prononçait comme pour lui-même:

— Le premier ouvrage que je vas demander à Baptiste
aujourd'hui, ça va être de me construire un bout de mur, pis de
m'installer une porte en haut de l'escalier. J'ai envie d'en faire un
vrai bureau, de ce petit recoin-là. J'ai envie, à l'avenir, d'être capable
de discuter en paix avec mon monde, sans être dérangé par n'importe qui.

Insulté, Don McGrath arqua vivement la nuque.

— Godless, Savoie! Si t'aimes mieux me traiter de n'importe
qui, pis rester dans ton ignorance crasse, c'est ta business. Moé, j'ai
pus rien à faire icitte. La prospérité que je m'en venais t'offrir, ben
je vais aller la faire voir ailleurs.

Il fit aussitôt demi-tour et s'en retourna vers l'escalier. Décontenancé, Léon-Marie le héla promptement.

— Voyons, l'Irlandais, que c'est que t'as à prendre la mouche de
même? Si y a pus moyen de s'étriver astheure, ça vaut pas la peine
de vivre. Viens t'asseoir, viens me dire ce que je peux faire pour toi
à matin.

Don McGrath revint sur ses pas. L'air encore vexé, avec des
mouvements secs, il alla prendre place sur la petite chaise faisant
face au bureau.

— On va commencer par mettre une chose au point tout de
suite, Savoie. Je suis pas venu icitte à matin pour te demander un
service, je suis plutôt venu t'en rendre un.

Étonné, sur ses gardes, Léon-Marie se campa sur sa chaise.

Assis à son aise devant lui, l'Irlandais tendit ses longues jambes
sous la table de travail, puis amorça sans attendre:

— As-tu déjà entendu parler d'un dénommé McCormick? Je
veux parler du millionnaire américain qui exploite une partie de
nos forêts sur la rive nord du golfe. Il y a une dizaine d'années, ce
gars-là a obtenu une concession du gouvernement. Il y a installé une
importante usine de bois de pulpe quelque part en haut sur la côte,
pis il a construit un village juste à côté.

— Je sais de qui tu veux parler. Je lis la gazette moi aussi.

Sans manifester de ressentiment, l'Irlandais reprit aussi vite:

— J'ai entendu dire que McCormick est à la recherche d'une

usine de bois de sciage pour s'approvisionner en matériaux, y compris des portes et des châssis. J'ai pensé à toé, Savoie, je me suis dit que si tu réussissais ce coup-là, ton avenir serait assuré. Anyway, ça te mettrait peut-être pas millionnaire, mais avec la récession, c'est pas une manne à refuser.

Léon-Marie émit un petit sursaut. Bien sûr, pareille information l'intéressait. Courbé sur son bureau, il fixait McGrath sans répondre. Méfiant comme à son habitude, il se demandait ce que pouvait bien cacher cette considération subite de la part de «l'importé», reconnu comme un homme d'affaires égocentrique et redoutable, mais surtout il se demandait jusqu'à quel point il pouvait lui faire confiance.

Il connaissait trop l'homme pour ne pas avoir appris au fil de leurs négociations qu'il ne donnait jamais rien pour rien.

— Heureusement que le poisson d'avril vient de passer, sinon je me poserais des questions.

— Avec tout l'ouvrage que j'ai à mon pouvoir électrique, tu devrais savoir que j'ai pas de temps à perdre à te faire courir le poisson d'avril, lança sèchement Don McGrath. On est pus des enfants. C'est ben sérieux, ce tuyau-là que je viens d'avoir.

Léon-Marie se gratta la tête. Soupçonneux, il hésitait encore.

— Je me demande ben pourquoi t'as pensé à moi plutôt qu'à ton ami Atchisson des scieries Saint-Laurent, un Anglais comme toi.

— Atchisson, lui, il fait du bois pour l'exportation, il fait pas les portes et châssis, pis il a pas la vitrerie non plus.

Léon-Marie hocha la tête. C'était une explication logique. Tourné à demi sur sa chaise, il ouvrit un tiroir de son meuble et en sortit une grande feuille de papier vierge.

— Dis-moi où c'est que je peux y écrire, à ton McCormick, je vas lui dire de venir me voir. On va tâcher de s'entendre.

— Godless, Savoie! s'écria Don McGrath, les bras levés vers le plafond, tu y penses pas! Écrire à monsieur McCormick pis y demander de venir te voir, un big shot de son importance quasiment assis sur un trône, te rends-tu compte de ce que tu demandes? Tu sauras qu'on déplace pas monsieur McCormick. C'est toé qui vas aller lui offrir tes services. C'est comme ça que ça se passe dans le grand monde.

— Câlisse! Elles sont pas si farfelues que ça, mes idées! lança près d'eux Charles-Arthur qui, pendant tout ce temps, s'était tenu sans parler. C'est ce que j'ai pas arrêté de répéter depuis tantôt. Comprends-tu astheure l'utilité d'avoir un char?

— Je suis d'accord avec Charles-Arthur, répliqua Don McGrath.

Il est grand temps, Savoie, que tu fasses comme nous autres, pis que tu t'achètes un char. Faut que tu marches avec le progrès.

— Où c'est que je peux le rejoindre, ton big shot? demanda Léon-Marie sans relever son commentaire.

— Tu vas devoir aller à Shelter Bay pis te mettre sur la liste des fournisseurs, dit l'Irlandais. Je sais pas ce que ton Henriette va en dire, mais tu vas devoir passer quelques jours sur la Côte-Nord. Le conseil que je peux te donner, c'est d'y aller au plus vite parce que tu seras pas le seul soumissionnaire. Si j'étais toé, je serais au port de Rimouski de bonne heure demain matin, pis je prendrais le bateau de la compagnie. Je sais qu'il va être là, il est censé venir chercher des travailleurs.

Léon-Marie se grattait encore la tête, il était indécis.

— Ça m'adonne pas trop trop, les jumeaux ont commencé un rhume. J'aime pas ça laisser Henriette toute seule avec les petits quand ils sont malades.

— Voyons, Léon-Marie, objecta Charles-Arthur, les affaires passent avant les petites maladies des enfants. Câlisse, arrête de les dorloter de même. Tu peux être certain qu'à ta place, j'hésiterais pas une seconde, je serais à Shelter Bay pas plus tard que demain.

— Je vas aller rencontrer monsieur McCormick le plus tôt possible. Si je peux pas y aller demain matin, par le bateau de la compagnie, j'irai un autre jour par le traversier.

Il cingla son frère du regard.

— Pis crains pas, je te ferai pas honte, je vais mettre mon habit du dimanche, ma petite veste, pis mon chapeau melon.

# 25

Allongé sur le dos, les bras étirés jusqu'à toucher les barreaux de métal de la couchette, Léon-Marie laissa échapper un profond soupir.

— Barnache! que ça me tente pas d'aller là-bas. Deux nuits à dormir tout seul, sans t'avoir à côté de moi, ma belle Henriette, je vas trouver ça ben dur.

— À moi aussi, tu vas me manquer, mon amour, murmura Henriette, la tête appuyée sur sa poitrine. Je sais que tu dois aller à tes affaires et que c'est important, mais promets-moi de revenir bien vite, je me sens tellement perdue quand tu n'es pas là.

Tendrement, son bras passé autour de sa taille, il la tint serrée contre lui. Le regard rivé sur un point vague, clignant les paupières, il se dit qu'il ne s'éterniserait pas sur la Côte-Nord. Il n'y resterait que le temps nécessaire à régler ses affaires.

— Je suis inquiète pour les jumeaux, dit encore Henriette. Hier, ils ne faisaient que tousser et ils avaient un peu mal à la gorge, mais cette nuit, Étienne a vomi, j'ai dû me lever pour le soigner. Étiennette aussi a la nausée.

— Ça ressemble à la coqueluche, observa-t-il. Si je me rappelle ben, ils l'ont eue quand ils avaient six ans. Me semblait que ça s'attrapait pas deux fois, cette maladie-là?

Il se leva avec effort et, assis au bord du lit, commença à s'habiller.

— Une fois arrivé à la gare, je vais téléphoner au docteur Gaumont. Je vais lui demander de passer à la Cédrière après-midi pour les examiner.

— Tu sais bien que c'est inutile. Je sais trop ce qu'il va dire. Il va me recommander d'être patiente, que comme toutes les petites maladies de l'enfance, il faut que ça fasse son temps. Si les petits continuent à vomir, je te promets de courir chez Angélina. Je demanderai à Charles-Arthur de sortir sa grosse automobile et d'aller le chercher, malgré que je ne voudrais pas déranger ton frère sans raison.

— Tu penses? railla-t-il en enfilant son pantalon au pli proprement pressé. Pour une fois que ça servirait à quelque chose, c'te machine-là.

Dans un élan subit, il fit le tour du lit et alla la rejoindre. Penché vers elle, goulûment, il appuya ses lèvres sur sa bouche.

— Je suis pas encore parti que déjà tu me manques, ma belle Henriette. La première chose que je vais faire en revenant, ça va être de te redonner le sacrement. Deux nuits loin de toi, ça va m'avoir aiguisé l'appétit.

Les joues rouges d'embarras, elle éclata de sa petite cascade de rire.

— Grand fou, va! Quand donc vas-tu être sérieux.

À son tour, elle entoura son torse de ses bras et l'étreignit de toutes ses forces.

— Je t'aime, mon Léon-Marie, je t'aime tant.

— Barnache, pas déjà six heures! s'écria-t-il en jetant un coup d'œil sur le petit réveil de leur table de chevet. Il est temps de partir si je veux pas manquer mon train. Viens vite me préparer un casse-croûte pendant que je prends une bouchée.

***

Sa mallette de voyage à la main, proprement vêtu de son plus élégant costume sous son manteau neuf, son chapeau melon enfoncé sur la tête et fleurant la lavande, Léon-Marie s'engagea dans la petite allée de sable fin.

Henriette le suivit dehors et, debout sur la véranda, le regarda partir. Arrivé au bord de la chaussée, il se retourna, agita les doigts dans un baiser, puis tournant résolument le dos, descendit la côte. Marchant d'un bon pas, il croisa le rang Croche, traversa la route communale et continua vers le fleuve, vers les petites maisons des artisans. Parvenu devant un étroit embranchement pierreux, il bifurqua à sa droite et emprunta le raccourci qui tortillait vers les rails. D'un saut agile, il grimpa sur la plate-forme de bois qui couvrait largement les deux côtés et la devanture de la gare de Saint-Germain et s'immobilisa.

Quelques femmes étaient déjà là dans l'attente. Alignées en rangs serrés, l'air évasif, elles pressaient dans un même geste leur sac à marché sur leur hanche. Un peu à l'écart, assemblés en cercle, une dizaine d'hommes attendaient eux aussi en discourant à voix basse.

Au-dessus de leur tête, le soleil perçait timidement les nuages et couvrait la campagne d'une clarté rose. De temps à autre, le vent s'amenait à petits tourbillons, portant avec lui des effluves humides de la terre.

Un ronflement sourd se faisait entendre au loin, derrière les Fardoches qui limitaient leur paroisse de celle de Saint-André. Sans cesser leurs bavardages, lentement, les hommes vinrent se joindre à la file des femmes. Le train approchait. Subitement, la locomotive leur apparut, avec son gros œil rond comme un cyclope, en soufflant derrière elle son crachin noir.

Dans un glissement strident de ses roues, le convoi stoppa devant le petit groupe. Aussitôt, ils se bousculèrent sur la marche. Léon-Marie monta derrière les autres. Le dos appuyé sur un montant de bois, il regarda négligemment autour de lui, ne se donna pas la peine de trouver un siège. Le trajet était court jusqu'à la prochaine gare. Il attendit que le train ralentisse de nouveau quelques milles plus loin, puis d'un mouvement léger, sauta sur la plate-forme.

Sa mallette fermement enserrée dans sa main, promptement, il se glissa entre les maisons des ouvriers et dévala le raidillon qui menait au fleuve. Il poursuivit sa route dans l'étroit sentier qui serpentait sur la grève, en épousant les aspérités du roc et des dunes qui parsemaient les abords du cours d'eau.

Un courant d'air froid le saisit. Il approchait du grand quai avec ses goélettes amarrées, ses barges et leurs sirènes aux sons grêles.

Avec un peu d'anxiété, il scruta droit devant lui l'anse, large, avec l'onde qui allait se briser sur les grumes installées comme une escarpe du côté de la terre ferme. Soudain, il aperçut le bateau de la compagnie de bois de pulpe. Il était là. Il le distinguait au milieu des autres, balancé par la vague, comme s'il s'était disputé fermement une place.

— «Le Vaillant», lut-il écrit en lettres blanches sur la coque noire.

À l'arrière, sur le pont, s'activaient trois hommes à la barbe hirsute et au visage buriné. La pipe entre les dents, ils tiraient des câbles épais entre leurs mains calleuses et les enroulaient sur un piton dans un coin de la dunette.

Une longue passerelle fermée aux badauds par une barrière en treillis allait s'appuyer sur l'embarcadère pavé de pierres inégales. Figés devant, en file, des ouvriers en vêtements de travail, leur veste sur l'épaule, attendaient, la mine désœuvrée. Léon-Marie s'approcha à son tour. Patiemment, il alla prendre son rang derrière les autres.

Partout autour d'eux, une activité intense se déployait. Sans arrêt, les dockers croisaient leur petit groupe, s'interpellaient à grands cris rauques et avec des rires grivois. L'allure détachée, ils poussaient des brouettes remplies de boîtes ou de sacs de jute.

Enfin la barrière s'ouvrit, permettant l'accès du bateau aux passagers. Immédiatement, la petite file s'anima. Les hommes montèrent sur le pont en balançant les épaules. Dans un geste routinier, ils se dispersèrent de chaque côté, chacun allant occuper un des bancs libres fichés tout autour du petit traversier.

Léon-Marie choisit d'aller prendre place à l'arrière. Dans l'attente du départ, il appuya ses coudes sur le bastingage et, comme hypnotisé, fixa les grosses vagues qui, avec la régularité d'un pendule, allaient frapper contre la coque de l'embarcation et la faisaient tanguer.

Derrière, dans un grand bruit de bois qui s'entrechoque, les hommes d'équipage avaient levé la passerelle. L'heure du départ avait sonné. Le moteur se mit à gronder avec force, puis lentement, en craquant de toutes ses membrures, le petit bateau quitta le port et se déplaça vers le large. Comme s'il mordait dans la vague, il fit un écart, tourna vers l'est et mit le cap sur Matane où on devait prendre encore quelques passagers.

Léon-Marie laissa échapper un soupir. Le périple serait long jusqu'à Shelter Bay. D'après les dires, il durerait toute la journée. Il n'avait pas l'habitude de l'attente, aussi il en éprouvait une sorte d'ennui. Oisif, les mains serrées sur le parapet, encore une fois, il riva ses yeux sur l'onde, et afin de distraire un peu sa pensée de l'infini plat qui se déployait devant lui, il tenta de se représenter sa rencontre du lendemain avec l'important homme d'affaires. Il l'imaginait, tantôt strict et suffisant, tantôt débonnaire, tandis qu'assis devant lui, il se composait une attitude conforme à la sienne.

— Vous seriez pas par hasard monsieur Savoie, le propriétaire du moulin à scie? entendit-il demander derrière lui.

Il sursauta.

Un tout jeune homme, un adolescent, à peine plus âgé que son Antoine, se tenait près de lui, un bras appuyé sur la lisse. Les cheveux courts, coupés en brosse, il avait la peau basanée des travailleurs de la mer.

— Vous me reconnaissez pas? fit le garçon avec un petit rire amusé. Je suis Clément Gervais. Vous avez ben dû me voir à la Cédrière l'été dernier. J'ai passé une semaine chez mon oncle Baptiste qui travaille pour vous. Moi, je suis le garçon d'Honoré du rang Cinq. Me replacez-vous astheure?

— Astheure que tu me le dis, je te reconnais, ben sûr, le neveu de Jean-Baptiste. Mais veux-tu ben me dire que c'est que tu fais aujourd'hui sur le bateau de la compagnie de pulpe de la Côte-Nord?

— Je travaille à Shelter Bay depuis bientôt six mois, répondit fièrement le jeune homme. Comme il y avait pas grand ouvrage à Saint-Germain, j'ai appliqué, pis j'ai eu la job. Je suis ben content.

— Ça voudrait-y dire que tu travailles pour c't'Américain, qui est concessionnaire de presque toute la Côte-Nord? Comment il est monsieur McCormick?

— Je peux pas trop vous en dire, répondit tout de suite le garçon. Personnellement, je l'ai pas vu souvent. Depuis le temps que je travaille là, je me rappelle pas l'avoir vu une seule fois sur le chantier. Nous autres, les travailleurs, on reçoit plutôt les ordres des ingénieurs forestiers, monsieur Boisvert, monsieur Rivard.

Léon-Marie acquiesça d'un léger hochement de la tête. La mine pensive, il se remémora la remarque de Don McGrath et se dit qu'un homme de son importance, qui contraignait même les propriétaires des scieries à venir à lui, ne devait pas davantage faire chaque matin la tournée des ouvriers.

— Conte-moi un peu ce que tu fais par là, s'enquit-il encore.

— Il y a pas grand-chose à raconter, prononça le jeune homme, intimidé soudain. Moi, je travaille sur les convoyeurs à eau, du côté de la mer, je dirige les pitounes écorcées vers les barges avec une gaffe.

— Ah c'est donc ça! Me semblait aussi que t'avais l'air du large étampé sur la peau.

Le garçon éclata de rire.

— Ma mère aussi a trouvé que j'étais pas mal bronzé pour un mois d'avril.

— Je suppose que tout le monde là-bas dort dans des camps forestiers, hasarda Léon-Marie, revivant dans ses souvenirs les exploitations forestières de sa jeunesse.

— Ben non, le reprit le jeune Clément. Les camps forestiers, c'est pour des gars comme moi, qui ont pas de famille. Les autres vivent dans des maisons de la compagnie. Shelter Bay, c'est un vrai village, à la différence qu'il est privé. On a des maisons, un magasin général, une boulangerie, toutes les commodités, on a même un hôtel, le «staff house». C'est là que monsieur McCormick loge quand il vient dans la région.

— Je suppose que c'est là que je vas aller coucher moi aussi à soir, observa Léon-Marie. J'ai eu peur un moment de devoir partager ton camp.

Le jeune Clément riait de toutes ses dents.

— Vous allez être plus confortable au «staff house».

Le regard tourné vers le large, silencieux, Léon-Marie tenta de se représenter le millionnaire américain trônant dans un salon de son «staff house». Habitué qu'il était à négocier avec des gens de sa région, de son milieu social, il se demandait avec un peu d'inquiétude à quel degré de compréhension il devrait s'attendre de sa part.

— Paraît qu'il est d'avant-garde, vot' monsieur McCormick.

— Pour ça oui, acquiesça vivement Clément. En tout cas, il manque pas de projets. Il a idée de peupler toute la Côte-Nord. Il a déjà ouvert l'usine de Shelter Bay, pis bâti un village. Son intention, c'est d'en ouvrir encore tout le long de la côte pis de bâtir d'autres villages.

Léon-Marie lui jeta un regard rempli d'entendement. Penché au-dessus du parapet, pendant un moment, la mine songeuse, il suivit des yeux le long sillage que le bateau creusait dans la mer tranquille. Il ne pouvait s'empêcher de se sentir redevable envers Don McGrath qui l'avait incité à faire ce voyage et, pour une fois, ne tentait pas de taire le sentiment de gratitude qui montait en lui. Il était bon pour eux tous qu'il aille chercher un peu de cette manne qui se déferlait sur la Côte-Nord.

Il se disait qu'il en faudrait encore beaucoup des hommes de la trempe de cet Américain, pour exploiter les richesses qui pullulaient dans toutes les régions du Québec. S'il avait eu ses moyens et son audace, c'est ce qu'il aurait fait lui aussi.

Autour d'eux, les passagers s'agitaient. Déjà quelques-uns s'étaient levés et allaient s'accouder au bastingage. Ils approchaient de Matane.

Deux marins surgirent sur le pont. Comme ils avaient fait dans le port de Rimouski, avec de grands gestes, ils larguèrent les amarres, puis le temps d'y laisser monter une dizaine de travailleurs, déployèrent la passerelle. Prestement, ils la relevèrent, et les moteurs, qui n'avaient pas cessé de gronder, se remirent à ronfler avec puissance. Sans attendre, le bateau glissa vers le large et commença la longue traversée.

Retourné à sa solitude, le regard perdu vers le lointain, Léon-Marie contemplait l'immensité qui faisait se fondre l'eau et les nuages. Le petit bâtiment frémissait sous ses pieds et tanguait en fendant bravement la vague. Les mains fermement agrippées au parapet, il pensa qu'il méritait bien le nom de «Vaillant» sous lequel on l'avait désigné.

Le soleil était maintenant haut dans le ciel, il devait approcher midi. Derrière lui, une bonne odeur de soupe aux tomates s'exhalait à travers la porte close de la cabine centrale. Mis en appétit, il alla prendre place sur un bout de banquette, sortit de sa poche un sac en papier brun tout froissé et en extirpa deux tartines de pain beurré, au milieu desquelles Henriette avait glissé une épaisse tranche de jambon. Il prit encore dans sa poche un petit pot en verre avec couvercle, rempli de lait frais, qu'Henriette avait aussi pris soin de lui remettre juste avant qu'il ne quitte la maison.

À pleines dents, il mordit dans le pain tendre, but le lait à même le goulot et alterna ainsi jusqu'à la dernière bouchée. Enfin, machinalement, il allongea le bras au-dessus de l'eau, secoua son sac vers les goélands qui tournoyaient autour de l'embarcation, puis, s'appliquant à ne pas salir la beauté de la mer, en fit un bouchon serré et l'enfouit dans sa poche.

Un peu ensommeillé, il étira longuement ses membres, puis se leva pour se dégourdir un peu. Le regard chargé d'ennui, il se mit à déambuler de part et d'autre à travers l'embarcation. De chaque côté de lui, écrasés sur leurs bancs, les hommes s'étaient assoupis. En bâillant, il revint sur ses pas et décida d'aller retrouver son bastingage.

— C'est long, hein, monsieur Savoie? entendit-il au passage.

Debout près du rouf, le visage battu par le vent, le jeune Clément le regardait.

— Découragez-vous pas, on a plus que la moitié du chemin de fait maintenant.

Léon-Marie hocha la tête et poursuivit son chemin vers l'arrière. Rapidement, il alla occuper son banc, ferma les yeux et tenta de somnoler un peu lui aussi. De temps à autre, il ouvrait un œil et, repris d'ennui, fouillait l'horizon, cherchant à distinguer dans ce grand espace bleu, qui confondait le ciel et la mer, ce qui lui apparaîtrait comme la terre ferme.

Et soudain, il l'aperçut. Elle s'était dessinée brusquement, dans un trait lumineux, en même temps que le soleil entreprenait sa courbe vers l'horizon. Elle avait surgi comme une bande étroite, longue, au bleu profond presque violet, délimitant l'azur des eaux de celui des nues. Redressé sur son banc, l'œil fixe, il se tint un moment sans bouger. Enfin, il se leva et alla appuyer ses coudes sur le parapet. Comme fasciné, avec un soulagement profond, il regarda la côte se rapprocher, grossir, puis lentement se préciser.

Peu à peu, les grandes forêts du nord peuplées de sapins, de pins gris et d'épinettes efflanquées, se déployèrent sur le fond bleu du ciel, coupées de temps à autre par des bois hauts et secs comme des pieux, qu'il devinait être des bouleaux et des peupliers fauxtrembles, encore dépouillés de leur feuillaison.

Le bateau avait ralenti sa course. Dans un gargouillement laborieux, il glissait vers la côte. Lentement, en émettant des saccades, il orienta sa proue vers la longue enfilade de poutres équarries qui composaient le port et alla s'y appuyer avec douceur. Sur le pont, les hommes s'étaient levés de leurs bancs. Leur bagage sous le bras, encore une fois, ils avaient repris leur file disciplinée. La passerelle se déploya. Rapidement, comme s'ils étaient pressés de retrouver leurs habitudes, ils sautèrent sur le quai.

Léon-Marie descendit derrière les autres. Soudain, les yeux agrandis d'étonnement, il s'immobilisa au milieu du débarcadère. Planté entre les valises et les grosses boîtes en bois, dans cette fin d'après-midi encore fraîche du mois d'avril, il découvrait Shelter Bay. Dans la bousculade des voyageurs affairés, avec incrédulité, il considérait devant lui ce petit village à l'allure insolite, avec ses maisons toutes pareilles, recouvertes de peinture beige, ses fenêtres bordées de vert sombre, ses grands campements, tout aussi pareils, son «staff house», ses commerces, son église et son école. La poitrine gonflée d'émotion, il imaginait sa Cédrière, son hameau, son village à lui. Avec un petit frémissement dans sa gorge, il se disait que le millionnaire américain et lui-même, malgré des moyens différents, vivaient au fond le même rêve.

S'éloignant du quai, il escalada un tertre à pic et fangeux et se retrouva au milieu d'une rue étroite en terre battue. Le vent s'était levé et le cernait. Au-dessus de sa tête, le ciel s'était assombri. Il devait approcher six heures, bientôt la nuit serait tombée. Fatigué, éreinté, à force de s'être fait balancer pendant tout un jour sur l'inconfortable petit bateau, à grands pas, il se dirigea vers l'imposant bâtiment de style anglais dominant les maisons basses, qu'il voyait tout en haut de la côte et qu'il devinait être l'hôtel de la place, le «staff house».

La grande demeure nichée sur une éminence surplombait la mer et offrait vers l'est une vue superbe sur le golfe. Vivement impressionné, il s'avança jusque devant la façade et, pendant un long moment, se grisa d'infini. Avec émerveillement, il imaginait les splendides levers de soleil que devaient contempler monsieur McCormick et ses invités.

— Faudra que j'y amène Henriette un de ces jours, décida-t-il en pénétrant dans le hall.

Enfin harassé, après cette interminable journée d'inaction à laquelle il n'était pas habitué, il réserva sa chambre, prit un souper léger et, sans chercher à explorer davantage, se glissa dans son lit.

Le lendemain matin, réveillé avec l'aurore, il descendit à la salle à manger, avala son petit déjeuner et se pressa vers la grande usine de bois de pulpe. Sans comprendre pourquoi, un malaise indéfinissable l'assaillait depuis son réveil. Il avait soudain très hâte de s'en retourner dans son hameau. Il est vrai que cette immobilité totale à laquelle il avait dû se contraindre pendant toute la journée de la veille avait endolori ses muscles et il s'était éveillé le corps chargé de courbatures.

Malgré le matin frais qui fouettait son visage et le beau soleil qui miroitait sur la mer, il ne pouvait s'empêcher de ressentir une grande fatigue. Son chapeau melon planté sur sa tête, son paletot boutonné jusqu'au col, péniblement, il dévala la rue étroite qui rejoignait la rive, tourna à gauche et se dirigea vers la grande bâtisse sise au pied de la colline, qu'il devinait être l'usine de bois de pulpe.

D'un bond, il pénétra dans la cour spacieuse et morne, au sol raboteux, jonché de morceaux d'écorce. Curieusement, aucun arbre ne subsistait dans cet enclos large et profond qui, en proportion, n'équivalait qu'à une petite brèche dans la vaste étendue boisée. À sa gauche, un long convoyeur perçait la forêt pour disparaître à l'intérieur de la bâtisse dans un grand fracas de billots qui s'entrechoquaient. Un convoyeur semblable débouchait à l'autre bout de l'usine, donnant au profane l'impression de la traverser de part en part.

Malgré le vacarme des grumes, l'activité lui apparaissait encore au ralenti à cette heure matinale de la journée. Près de la grande bâtisse, un employé solitaire, muni d'une pelle, s'affairait à nettoyer les débris qui parsemaient les alentours. Il alla le rejoindre.

— Savez-vous si monsieur McCormick est dans son bureau? lui demanda-t-il.

L'homme repoussa la visière de sa casquette du revers de la main et le considéra, l'air étonné. Lentement, il tourna entre ses doigts un morceau d'écorce, le lança sur un monticule avec les autres, en même temps que du menton il indiquait une porte.

— Allez voir par là, on va vous renseigner.

Léon-Marie se dirigea vers l'endroit indiqué et s'arrêta devant un panneau étroit, en bois brut, recouvert d'une épaisse couche de peinture vert sombre, la même peinture dont étaient affublées toutes les petites habitations dans le village. D'un seul mouvement, il le poussa, enjamba le seuil et se retrouva au milieu d'un long corridor sans fenêtres, éclairé au plafond par une ampoule unique et blafarde.

Un peu décontenancé, pendant un moment il considéra autour de lui les murs vides et froids, et à ses pieds, le linoléum sans couleur. À sa gauche, dans une petite pièce à la porte entrouverte, un cliquetis rythmé se faisait entendre.

Assise devant sa table et penchée sur le clavier de sa machine à écrire, avec ses lunettes sur le bout du nez, une femme entre deux âges tapait avec dextérité sur les touches. Près d'elle une montagne de documents rejoignait presque son visage. Avec précaution, il s'avança dans l'ouverture.

À sa vue, elle s'arrêta net et leva les yeux.

— Monsieur?

Il entra dans la pièce. Aussitôt, son melon entre les mains, avec cette politesse mêlée d'un peu d'embarras qu'il réservait aux femmes, il entreprit brièvement d'expliquer la raison de sa venue dans la région.

— Mon nom est Léon-Marie Savoie des entreprises Savoie et fils de Saint-Germain du Bas-du-Fleuve, précisa-t-il. Je viens voir monsieur McCormick.

L'air affable, elle le fixait par-dessus ses lentilles.

— Venez avec moi, monsieur Savoie, émit-elle soudain en repoussant sa chaise.

Elle le précéda dans le corridor. Tout en actionnant ses jambes courtes, fortement arquées, elle bavardait sur un ton obligeant.

— Je vais vous faire rencontrer l'ingénieur Rivard. Vous comprenez, monsieur McCormick vient rarement dans la région. Ce sont les ingénieurs forestiers qui ont la charge de recevoir les fournisseurs.

Sans hésiter, elle s'arrêta devant une porte close, au fond du couloir, frappa de deux petits coups brefs, puis l'ouvrit toute grande.

— Monsieur Léon-Marie Savoie de la scierie Savoie et fils de Saint-Germain du Bas-du-Fleuve, annonça-t-elle sur un ton claironnant, avant de rapidement faire demi-tour vers son bureau.

Léon-Marie pénétra dans la pièce. Une agréable odeur de tabac parfumé flottait dans l'air.

Assis derrière son meuble, et penché sur un grand livre ouvert, l'ingénieur Rivard aspirait à puissantes bouffées dans le tuyau de sa pipe. Il avait un bon visage, avec des yeux rieurs, d'un brun très chaud et une épaisse mèche de cheveux bruns indisciplinés qui pendait sur son front.

Aussitôt, il retira sa pipe, la déposa dans un cendrier et tendit une main franche vers son visiteur.

— Prenez la peine de vous asseoir, monsieur Savoie.

Léon-Marie prit place dans l'un des deux fauteuils qui lui faisaient face. Son chapeau melon sur son genou, encore une fois, il exposa le but de sa visite.

L'ingénieur avait repris sa pipe entre ses dents. Adossé sur son siège, il l'écoutait avec attention. Enfin, à son tour, il décrivit le projet de son employeur, qui consistait à fonder, plus en amont du golfe et à différents postes, des usines de bois de pulpe sur une distance dépassant cent milles.

— C'est un projet énorme, observa Léon-Marie.

— Si nous parvenions à nous entendre pour la fourniture du bois de construction de nos villages, précisa l'ingénieur, ce serait un contrat très intéressant pour vous, considérant qu'il s'étendrait sur plusieurs années.

Il secoua sa pipe, à petits coups brefs, sur le bord de son cendrier.

— Bien entendu, ça dépendrait de votre capacité de production et aussi de la qualité de votre travail. Advenant une entente, je dois vous prévenir qu'il y aurait une clause d'annulation dans le cas où les fenêtres et les portes ne seraient pas de première qualité.

— Je comprends ça, fit Léon-Marie.

Satisfait, l'ingénieur prit dans son meuble le plan détaillé du projet et alla le dérouler sur sa table à dessin disposée devant la clarté vive de la fenêtre. Léon-Marie le rejoignit. Penché sur le papier, son carnet de notes à la main, il l'étudia longuement, avec attention. Enfin l'ingénieur fit un rouleau serré de l'épais document et l'invita à visiter les installations.

Avançant devant lui à un rythme énergique, dans son habitude de parcourir les bois pour l'exploration forestière, il l'entraîna dehors, vers le long convoyeur à eau qui transportait les billots de la montagne jusqu'à l'usine d'écorçage. Debout au milieu de la cour, le bras tendu vers la grande forêt verte, il entreprit de décrire comment le bois coupé était amené à sa phase de transformation.

— Chaque équipe œuvre dans un secteur défini près du lac Trente Milles ou du lac Quinze Milles, expliqua-t-il. Ils font de la coupe à blanc. Le bois bûché est sectionné en pitounes de quatre pieds avant d'être déplacé vers l'un des deux lacs les plus proches du chantier. De ces deux lacs, les pitounes tombent dans la rivière aux Rochers, où une autre équipe se charge de les diriger vers le convoyeur qui mène à l'usine.

Près de lui, vivement intéressé, Léon-Marie écoutait et hochait la tête. Lentement, ils revinrent sur leurs pas et pénétrèrent dans le grand bâtiment. Autour d'eux, les moteurs émettaient un fracas étourdissant.

— Ici, cria l'ingénieur, c'est la phase de l'écorçage.

Léon-Marie s'avança au milieu de la pièce. Impressionné, pendant un long moment, debout près d'une crémaillère, il suivit le travail laborieux d'une écorceuse. Il ne pouvait s'empêcher de comparer cette immense mécanique qui remplissait l'usine de bruits insupportables à sa petite crémaillère et à ses craquements timides tandis qu'elle amenait les billots, un à la fois, vers la scie ronde. «Si mes affaires continuent à progresser, faudra que je pense à grossir mes machines», se dit-il.

Ils sortirent de l'usine. L'ingénieur lui montra encore l'autre convoyeur à eau, celui qui amenait les billes écorcées vers les barges amarrées au bord du quai.

Autour du transporteur, les muscles tendus par l'effort, quelques travailleurs maniaient une gaffe. Au milieu d'eux, Léon-Marie reconnut le jeune Clément Gervais avec sa peau bronzée et ses cheveux en brosse qu'il devinait sous sa casquette grise.

— La barge que vous voyez là va transporter les pitounes jusqu'à l'usine de Thorold en Ontario, où elles seront transformées en papier, continuait à expliquer l'ingénieur Rivard.

Près de lui, Léon-Marie marquait son approbation. Il ne pouvait s'empêcher de louer les capacités de ce monsieur McCormick, cet homme mystérieux qu'il parait de toutes les vertus, tant il semblait vénéré des habitants du village. Il admirait son audace, son inventivité, sa puissante détermination. Il aurait tant voulu, comme lui, avoir la capacité d'introduire ses idées dans quelque coin oublié de la province pour en faire un lieu productif et fier, pareil à ce petit village de Shelter Bay qu'il venait de découvrir.

Derrière eux, la cloche de l'église sonnait l'angélus.

— Comme vous l'aurez remarqué, nous avons une église catholique, nota encore l'ingénieur Rivard. Monsieur McCormick se fait un devoir de respecter la religion de ses travailleurs.

Léon-Marie approuva encore de la tête. Cette considération pour les autres qu'il percevait chez le grand homme le lui faisait apprécier encore davantage, lui qui savait tenir compte des croyances particulières de ses employés.

Dans un geste de courtoisie, il invita l'ingénieur à partager son repas au «staff house», puis ils s'empressèrent de poursuivre leur tournée d'inspection à travers le village.

Pendant tout l'après-midi, calepin à la main, Léon-Marie fit l'inspection des petits logis et des camps forestiers, osant un commentaire, allant même parfois jusqu'à suggérer quelque amélioration.

Le soleil descendait derrière la forêt sombre quand ils terminèrent leur exploration.

— Je repars demain matin, dit-il en refermant son petit carnet et en l'enfouissant dans sa poche. Aussitôt rendu chez moi, je préparerai une soumission que je vous enverrai par le premier courrier.

— J'ai l'impression que nous allons nous entendre, prononça l'ingénieur en lui serrant la main.

Le bruit d'une sirène hurlant dans la brume réveilla Léon-Marie à l'aube, le lendemain. Reposé, il quitta rapidement sa chambre. Après avoir pris un copieux petit déjeuner, il alla sans perdre de temps prendre sa place derrière les quelques ouvriers qui faisaient déjà la file pour retourner sur la rive sud.

Il était impatient maintenant de retrouver Henriette et lui faire part de son entrevue avec l'ingénieur forestier.

Debout près de son bastingage, dans le ronron des moteurs, il se disait que si sa négociation avec le représentant de la compagnie de bois de pulpe se concrétisait, elle garantirait du travail pour ses menuisiers pendant de longues années. «Jusqu'en 1936», avait assuré l'ingénieur. La Cédrière tout entière oublierait la misère des autres, songeait-il encore. Le péril qu'ils avaient tant craint ne se réaliserait pas chez eux, et lui pourrait poursuivre son rêve. Dès l'an prochain, il construirait son église et son presbytère. Comme le petit village de Shelter Bay, la Cédrière serait plus qu'un hameau, elle deviendrait une vraie paroisse, comme les autres.

Le cœur rempli d'enthousiasme, pendant les longues heures que dura son retour, il regarda filer l'eau et le temps.

Enfin, ils accostèrent dans le port de Rimouski. Courageusement, comme il avait fait l'avant-veille, il escalada le raidillon jusqu'à la gare et alla attendre le train pour s'en retourner à la Cédrière.

Le soleil baissait à l'horizon quand il émergea du quartier des artisans au bord de la grève. Au loin sur la côte, la petite concentration de maisons qui était son œuvre lui apparaissait grisée de soleil. Devant lui, le chemin de Relais serpentait, gris, tranquille, comme engourdi dans le silence de la fin du jour. Tout lui paraissait étrangement calme en cette fin d'après-midi. Même les mouettes qui, tout le jour, déchiraient l'air de leur cri strident, avaient à cet instant déserté le grand fleuve. Tout y était paisible, trop paisible même.

Subitement, sans comprendre pourquoi, une angoisse indéfinissable le saisit, le heurta jusqu'à crisper sa poitrine. Pris d'une sourde inquiétude, il accéléra le pas et monta le chemin de Relais.

La petite route était déserte. À sa gauche, du côté des maisons des ouvriers, les portes étaient closes. Malgré le beau soleil qui dorait la campagne, les enfants ne s'ébattaient pas dehors, comme ils avaient l'habitude de le faire pendant que leur mère s'affairait à la préparation du souper. Il n'entendait pas davantage à sa droite le ronron habituel de ses usines. Dans la manufacture de portes et châssis, de même que dans la scierie, tous les bruits s'étaient éteints.

Il ne pouvait comprendre pourquoi, et son cœur se serra. Il n'était pas encore six heures, il le savait, il n'avait pas entendu sonner l'angélus. Il jeta un regard vers la cour à bois, y chercha vainement Lazare Darveau, toujours le dernier à quitter les lieux, mais là aussi, c'était le silence. Avec une vague inquiétude, il se demandait ce qu'il pouvait bien s'être passé en son absence pour que toute vie semble s'y être arrêtée d'un coup.

Il avançait nerveusement en même temps qu'il fouillait les alentours. De chaque côté de lui, ses entreprises se dressaient comme à l'habitude, solides, massives, comme de gros molosses au repos. Il se rassura de ses craintes habituelles; le feu n'avait pas décimé la scierie ni ses commerces.

Enfin, il était arrivé devant sa maison. Un peu plus haut, en allant vers la montagne, non loin du domicile de Jean-Baptiste, il apercevait l'automobile du docteur Gaumont stationnée près d'une clôture. Il n'en était pas surpris. Il y avait tellement d'enfants malades dans le hameau, avec ces épidémies qui couraient chaque année quand s'amorçait le printemps. D'un pas rapide, il tourna dans la cour. Si malheur il y avait, ils l'oublieraient vite, il apportait une si bonne nouvelle et il avait une telle hâte d'en faire part à Henriette.

Le visage éclairé d'un large sourire, il poussa la porte et, d'un grand saut, franchit le seuil. Devant lui, la cuisine était silencieuse. Dans son coin d'ombre, au pied de l'escalier qui menait à l'étage, le poêle ronflait doucement. Sur le rond le plus large, une pleine marmite d'eau bouillonnait en laissant monter vers le plafond une petite buée blanche. Près de la fenêtre gisait le tricot d'Henriette, abandonné là, avec ses longues aiguilles qui perçaient de part en part la pelote de laine.

— Henriette! lança-t-il sur un ton joyeux. Je suis revenu.

Un craquement se faisait entendre dans la chambre, puis un chuchotement; suivit un bruit de pas très lents, comme hésitants. Étonné, il tendit l'oreille.

— Henriette...? appela-t-il à nouveau, la voix étreinte.

Déconcerté, il attendit un moment sans comprendre. Soudain, pris d'une profonde appréhension, il se rua vers le petit corridor qui menait à la chambre. Alarmé, il l'appelait de toutes ses forces.

— Henriette, tu es là, Henriette?

Devant lui, la porte grinça, s'ouvrit à peine, puis le docteur

Gaumont apparut dans l'embrasure. La main tendue, il le repoussa doucement.

— Viens avec moi dans la cuisine, Léon-Marie, j'ai à te parler, articula-t-il à voix basse.

Le médecin prit place sur une chaise et, pendant un moment, le fixa en silence. Ses avant-bras étaient appuyés sur la table et il serrait fortement le bois de son stéthoscope.

— Il va te falloir beaucoup de courage, avança-t-il enfin dans un soupir.

Les yeux ronds d'inquiétude, Léon-Marie le regardait. Subitement, son cœur se mit à battre avec violence.

— Du courage, docteur? Les jumeaux seraient-ils plus malades?

— Tes jumeaux ne sont pas plus malades, répondit le médecin, malgré que je ne te cacherai pas que leur état est grave. Mais tu n'as pas à t'en faire pour eux. Pour le moment, ta belle-sœur Angélina est à leur chevet.

— Si c'est pas les jumeaux, d'abord ça veut dire que...

Très pâle soudain, il secouait la tête.

— Henriette...? Vous voulez pas dire... Henriette...?

Il avait agrippé la main du médecin, ses ongles enserraient ses paumes, s'enfonçaient dans sa peau.

— Je veux savoir ce qu'a mon Henriette!

Sa voix s'était enflée, prenait des intonations criardes.

Les yeux remplis de tristesse, le docteur Gaumont le regardait sans parler, ses lèvres tremblaient. Enfin il ouvrit la bouche, hésita, puis rapidement laissa fuser dans un souffle:

— Henriette est morte, Léon-Marie.

Courbant la tête, il répéta, la gorge nouée:

— Ta belle Henriette est... morte, Léon-Marie...

Léon-Marie fit un bond vers l'avant. Une douleur fulgurante avait traversé sa poitrine. Rompu, les mains sur son cœur, il sentait comme une énorme déchirure qui s'étendait de son ventre jusqu'à son cou. Pétrifié, incapable d'émettre un son, il fixait le médecin. Il se leva. Derrière lui, sa chaise tomba à la renverse. Il titubait.

Le docteur Gaumont se leva à son tour et posa sa main sur son épaule.

— Ressaisis-toi, Léon-Marie. Le curé Darveau va venir te parler tantôt, il est avec elle dans la chambre, il termine les prières.

Effondré, Léon-Marie enfouit son visage dans ses mains et tomba à genoux. Subitement, il se mit à pleurer à chaudes larmes. Sans cesse, il secouait la tête.

— Il y a longtemps qu'elle était malade, expliqua doucement le médecin. Aujourd'hui, son cœur a flanché. Depuis ton départ, les jumeaux n'ont pas cessé de vomir et elle s'est occupée d'eux, jour et nuit.

Il poursuivit à voix contenue.

— C'est arrivé il y a à peine deux heures. J'étais venu faire une visite aux petits et je l'ai vue mourir. Ça s'est fait très vite, je n'ai rien pu faire. Son cœur s'est arrêté de battre comme s'il était arrivé à son terme. Angélina et Georgette étaient avec moi. Elle s'est affaissée devant nous, dans la cuisine, sans un mot, sans une plainte. J'ai essayé de la ranimer, mais en vain, tout était fini.

D'impuissance, il se détourna. Il y eut un long moment de silence.

Soudain Léon-Marie se redressa. Agité, les poings fermés, il bougeait la tête à petits mouvements convulsifs.

— Je veux la voir, docteur, je veux voir mon Henriette.

— Attends, Léon-Marie! lança le médecin en plaquant fermement ses deux mains sur ses épaules, je n'ai pas terminé. Il faut que tu saches que tes jumeaux aussi sont très malades. Ils souffrent d'une gastro-entérite causée par je ne sais quoi. Tout ce que je puis te dire, c'est que c'est fortement contagieux. Deux enfants chez Théophile souffrent du même mal, de même que le petit dernier de Lazare Darveau. C'est une vraie épidémie qui est en train de se répandre dans tout le hameau et c'est très grave. Les enfants vomissent tout ce qu'ils avalent. Ils se déshydratent. Si les vomissements persistent, ça peut leur être fatal.

Il prit appui sur la table, il paraissait épuisé tout à coup.

— Léon-Marie, je n'ai pas le droit de te cacher la vérité. Il y a trois jours maintenant que tes deux enfants vomissent sans arrêt. Malgré ton grand malheur, je te demande de penser à eux.

— Mon Henriette, pis astheure mes jumeaux... gémit Léon-Marie.

De toutes ses forces, il se cambra. Un éclair de révolte allumait ses prunelles. Les poings pressés sur ses tempes, il se mit à crier:

— Ça se peut pas, réveillez-moi quelqu'un, dites-moi que je suis en train de faire un cauchemar, un cauchemar épouvantable!... Barnache! si Dieu existe, qu'est-ce qu'il Lui prend de m'écraser de même?

— Ne blasphème pas ton Dieu, Léon-Marie, entendirent-il gronder dans le noir du petit corridor.

Le curé Darveau venait de sortir de la chambre. Les deux mains serrées sur son étole violette, le visage sévère, il avançait dans la cuisine.

— Ce que Dieu décide est bon et ses vues sont impénétrables. Remercie plutôt ce bon Dieu que tu outrages de t'avoir laissé ton Henriette pendant vingt-deux ans, quand elle avait le cœur aussi fragile.

— Mais elle aurait pu vivre encore cinquante ans, gémit Léon-Marie. Henriette avait seulement quarante-deux ans.

— Je sais, Léon-Marie, quarante-deux ans, pour toi, c'est bien jeune, mais tu ne dois pas discuter les desseins de Dieu. Le temps que nous avons à passer sur la terre est établi dès notre naissance, et Henriette était arrivée à son terme. Tu dois te soumettre à sa Sainte Volonté.

Son visage s'adoucit subitement.

— Maintenant, tu vas aller la voir et lui demander de t'aider à comprendre. Elle le peut désormais. Elle possède l'omniscience de l'au-delà.

Léon-Marie essuya ses yeux du revers de la main et se redressa pesamment. En tremblant, la respiration saccadée, la démarche pénible, il se dirigea vers la chambre. Lentement, le corps penché vers l'avant, il s'approcha de la porte. Craintif soudain, comme si tout à coup il appréhendait cette confrontation avec la mort, il retint son geste. Enfin, tout doucement, il poussa, agrandit l'ouverture et, le regard rempli d'une incommensurable tristesse, pénétra dans la pièce.

Étendue sur la courtepointe, dans sa plus jolie robe noire, avec ses mains croisées sur son ventre, ses paupières closes, Henriette semblait dormir.

Près du lit se tenait Georgette. Assise sur une chaise droite, son chapelet enroulé entre ses doigts, elle marmonnait une prière.

Le craquement derrière elle la fit se retourner. Elle se leva vivement. Ses yeux étaient rougis, humides.

— Je lui ai mis sa plus belle robe, murmura-t-elle, elle m'a déjà dit que c'était celle-là qu'elle aurait voulu porter si...

Léon-Marie ne répondit pas. Le regard fixe, il considérait son Henriette. Désespérément, il s'acharnait à nier l'évidence. Enfin, tout doucement, sur la pointe des pieds, comme s'il craignait que le bruit de ses pas ne la fasse sursauter, il s'approcha du grand lit.

Un son rauque, comme un sanglot douloureux, s'échappa de sa gorge. Brusquement, il s'agenouilla près de la couche et, réprimant un long frisson, appuya son front sur le corps déjà raidi de la morte.

— Henriette... ma belle Henriette... sanglota-t-il, je suis revenu. Parle-moi, mon Henriette. T'as pas le droit de t'en aller de même, tu m'avais promis de m'attendre.

Il prit sa main dans la sienne et la posa sur sa joue. Il bredouillait à travers ses larmes.

— Ma belle Henriette, je peux pas t'avoir perdue pour toujours, dis-moi que c'est pas vrai, que je rêve. Pourquoi que t'es partie sans même me dire un adieu. On était ensemble depuis vingt-deux ans. Ma si belle Henriette... que j'ai jamais cessé d'adorer comme au premier jour...

Penché sur elle, il se gavait de son doux visage, avec son profil si pur, son teint de nacre, ses beaux cheveux blonds lissés derrière sa nuque. Avec émotion, il se rappelait ce jour lointain où il l'avait aperçue pour la première fois dans la crique à German. Il revoyait ses grands yeux bleus pleins de rires qu'elle dissimulait sous son ombrelle, son corps alangui sur son rocher, comme une sirène... Henriette L'Heureux des Aboiteaux, la plus belle fille de Saint-Germain, sa femme...

— Mon Henriette... pourquoi la vie est-elle ainsi faite que l'un part pour laisser l'autre tout seul, déchiré comme je le suis aujourd'hui.

Une main, délicatement, pressa son épaule.

— Tu ne dois pas lui faire de reproches, chuchota le curé. Henriette est allée rejoindre sa Marie-Laure et son Gabriel. Ils sont ensemble maintenant. Avec eux, elle a accédé aux joies célestes.

— Henriette, c'était une partie de moi-même, dit Léon-Marie dans un sanglot. Sans mon Henriette, je suis plus capable de rien faire. Toutes mes réalisations, c'était pour elle que je les faisais, rien que pour elle...

Désespéré, il la contemplait en silence. Ses lèvres frémissaient. Soudain, comme dans un sursaut, il se redressa. Vivement il leva vers le vieux prêtre son visage mouillé de larmes.

— Faut avertir Antoine, monsieur le curé. Devant un malheur pareil, j'ai besoin de tous mes enfants autour de moi.

— L'abbé Jourdain a téléphoné la nouvelle à son séminaire, assura le curé. Je le lui ai demandé avant de partir du presbytère. Si ton Antoine a réussi à trouver un transport, il sera bientôt près de toi.

438

# 26

Le petit Étienne mourut le premier, tout juste une semaine après l'enterrement de sa mère. Étiennette le suivit trois jours plus tard.

Accompagné de son fils Antoine, Léon-Marie précéda les cortèges et, le cœur brisé chaque fois, regarda s'ouvrir comme un épouvantable arrachement le petit tertre de leur lot familial au cimetière. Comme assommé, sursautant à chaque coup de pelle du fossoyeur, il observait, l'œil figé, les grosses mottes de terre noire qui tombaient dru sur les tombes dans lesquelles dormaient pour toujours les êtres qu'il aimait.

Entre-temps, dans la maison de Théophile, la petite Rosa était morte elle aussi, tandis que Damien, leur autre enfant malade, âgé de dix ans, se remettait difficilement de la terrible maladie.

Le lendemain de l'enterrement d'Étiennette, Jean-Louis, l'enfant de Lazare Darveau mourut à son tour. La fatalité s'abattait sur le hameau.

Il y avait trois semaines maintenant que ces événements s'étaient produits, et le mois de mai venait de débuter.

Assis dans la berceuse d'Henriette, près de la fenêtre, encore anéanti, Léon-Marie avait rivé son regard vers le sol. Le dos arrondi, avec ses mains calleuses abandonnées sur ses genoux, il était comme le chêne terrassé. Ses yeux étaient secs, sa bouche dure, ses dents serrées. La tête un peu inclinée sur le côté, il n'avait de cesse que d'écouter le silence, ce silence trop lourd qui couvrait toute sa maison.

Dans son coin d'ombre, près de l'escalier, le poêle était éteint. Il ne l'avait pas allumé. Ce geste qui habituellement faisait partie des tâches d'Henriette lui rappelait trop son absence, lui faisait mal, si mal, que comme la veille et les jours précédents, il ne s'était pas senti la force de le faire lui-même. Georgette s'en chargerait tantôt, en même temps qu'elle lui apporterait son repas du midi.

À la suite de tous ces malheurs qui s'étaient abattus sur lui, cette succession de coups du sort qui avaient décimé en quelques jours la presque totalité de sa famille, il n'était pas retourné à la scierie. Il n'en avait pas le courage. Devoir affronter ses ouvriers, entendre leurs paroles consolatrices, surprendre leur regard rempli de sollicitude équivalait à ses yeux à un constant réveil de sa douleur. De plus, il n'éprouvait aucun désir de se replonger dans un travail pour lequel il avait perdu tout intérêt.

Combien aujourd'hui il comprenait Henriette et la mélancolie morbide dans laquelle elle s'était enfermée, comme dans un cloître, après la mort de Marie-Laure et de Gabriel, et combien aujourd'hui il regrettait son manque d'indulgence, lui qui n'avait pas saisi sa souffrance.

Écrasé sur sa chaise, tristement comme elle, il ne souhaitait que mourir et aller la rejoindre, ainsi que leurs quatre enfants.

Pourtant, dans son malheur, il reconnaissait qu'il n'était pas abandonné à l'immense solitude; il lui restait Antoine, son aîné. Dans moins de deux mois, il rentrerait à la Cédrière pour les vacances de l'été, apportant avec lui un peu de cette fraîcheur, de cette jeunesse qui, il y avait si peu de temps encore, ébranlait leur demeure.

Ce dernier enfant qui lui restait ne mourrait pas comme les autres, se dit-il en serrant les poings avec puissance. Il veillerait sur lui, il le préserverait de tout danger et ils vivraient ensemble, paisibles dans le souvenir de ceux qui étaient partis.

Autour de lui, les habitants de la Cédrière l'entouraient de leurs attentions. Chaque jour, Georgette, la femme de Jean-Baptiste, venait à la maison et en plus de lui apporter un plat chaud pour le dîner, en profitait pour ranger un peu la cuisine. Angélique, la femme d'Évariste, et Angélina venaient, elles aussi, en milieu d'après-midi, et nettoyaient les autres pièces du rez-de-chaussée. Une fois la semaine, elles faisaient ensemble la lessive.

C'était l'arrangement auquel ils avaient dû se plier. Josaphat Bélanger avait bien offert les services de sa grande fille Colombe, âgée de dix-neuf ans, mais le curé Darveau s'y était fermement opposé. Il n'était pas convenable, avait-il dit, qu'une jeune fille nubile s'occupe de la maison d'un homme seul.

Léon-Marie avait eu un sursaut de révolte. Comment le curé pouvait-il imaginer qu'il puisse seulement songer à remplacer Henriette dans ses appétences, même après sa mort.

On frappait à la porte. Lentement, il se retourna et fixa le petit rideau de dentelle.

On frappa de nouveau, avec plus d'énergie cette fois, puis la porte s'entrebâilla doucement.

— Léon-Marie? T'es là?

Jean-Baptiste avait passé la tête dans l'ouverture, puis lentement, le soleil forma une large tache sur le parquet de la cuisine. Il s'était dressé sur le seuil.

— Je peux rentrer? Je viens te porter le dîner que Georgette t'a préparé, elle avait pas le temps de venir à matin.

Les yeux animés de plaisir, sans attendre l'invitation de Léon-Marie, il s'avança dans la cuisine.

— Aspic, mon Léon, tu vas te régaler à midi. Georgette t'a faite un de ces pâtés chinois, il y a rien qu'elle qui est capable d'en faire du bon de même.

Planté devant lui, il passait et repassait le plat devant son visage.

— Sens-moé ça, mon Léon. Si tu reprends pas de la vigueur avec ça, je donne mes deux bras à couper. Moé, rien que de le tenir dans mes mains, ça me donne déjà du pep.

Il alla vers le poêle et le déposa sur un rond. Saisi soudain, il se retourna d'un brusque mouvement.

— Aspic, Léon-Marie, j'ai-t-y ben vu? Le poêle est fret comme la glace. On dirait que tu l'as pas allumé, pis c'est pas chaud dans ta maison non plus. Arrange-toé pas pour attraper une plumonie en plus.

Il revint vers lui. Avec douceur, il posa sa main sur son épaule.

— Voyons, Léon, ç'a pas de bon sens de rester caduc de même. On sait ben que c'est triste ce qui t'est arrivé, mais le monde a pas arrêté de tourner parce que t'as eu des malheurs.

Offensé, Léon-Marie redressa vivement la tête.

— Mêle-toi de tes affaires, Jean-Baptiste Gervais, jeta-t-il, la voix cassée par l'émotion. Je te défends de me parler de même. Ma douleur, elle est à moi, à moi tout seul. Je permets à personne de tripoter le souvenir de mon Henriette pis de mes enfants qui sont morts.

— Prends pas ça de même, protesta Jean-Baptiste, j'ai pas voulu dire ça pour te faire de la peine, je voulais seulement te retrousser un brin. Ça fait plus que trois semaines que t'es renfermé dans ta maison pis que t'en sors pas. C'est pas correct que de te cloîtrer de même, pis de te désintéresser de tout ce qui se passe autour de toé. Regarde aujourd'hui par exemple, ça fait un gros dix minutes que je suis devant toé, pis que je tourne autour du pot, tu t'es même pas demandé à savoir comment les affaires marchent dans TA scierie, TA manufacture de portes et châssis, TA quincaillerie, TON magasin général, TA cordonnerie.

Délibérément, il martelait ses mots.

— Heureusement que t'es entouré d'une aspic de bonne équipe, sinon, en plus de tes malheurs, tu pourrais ajouter une belle faillite. Quand je pense qu'il y a pas si longtemps, c'est toé-même qui arrêtais pas de me rabâcher que, pour réussir en affaires, fallait tout le temps avoir l'œil dessus.

Léon-Marie laissa échapper un soupir rempli de lassitude et le regarda sans répondre. Si seulement Jean-Baptiste avait pu saisir ce qui se passait dans sa tête, comprendre combien il était secoué, combien il n'avait pas la force de réagir, combien il était incapable de seulement songer à se pencher sur un projet.

— Laisse-moi tranquille, j'ai besoin de réfléchir à mon avenir.

Dressé devant lui, Jean-Baptiste sursauta. Il frémissait de colère.

— Comment ça, réfléchir à ton avenir? Aspic, il est pas question de changer quoi que ce soit, icitte à la Cédrière. Comprends-tu ça, Léon-Marie Savoie? Pas question! T'as l'air d'oublier que depuis les cinq ans que t'as parti ta scierie, t'as soulevé pas mal de poussière, pis t'as déplacé pas mal de monde icitte au pied du mont Pelé. T'as pas le droit de nous abandonner de même, simplement parce que tu vis un deuil. On a tout laissé, nous autres, pour venir s'installer à côté de toé. On a pas décidé tout ce branle-bas-là, pour qu'il en reste rien pantoute au bout de cinq ans!

— Pourquoi que tu me tortures de même? gémit Léon-Marie. Je veux pas discuter de ça aujourd'hui. Pour tout de suite, je veux seulement penser à mon Henriette pis à mes petits que j'ai perdus.

— Aspic! que c'est qu'il faut que je te dise pour que tu comprennes le bon sens?

— On voit ben que t'as jamais enduré ce que j'endure.

Excédé Jean-Baptiste se retourna. À grandes enjambées, il marcha vers le fond de la pièce puis il revint sur ses pas. Le regard réprobateur, il s'arrêta juste devant lui.

— Si, comme toé, j'avais eu le cœur de me lancer dans autant d'entreprises, aspic! j'aurais le cœur de respecter mes engagements, quelles que soient mes misères.

Penché vers lui, la voix haletante, il ajouta encore:

— T'es pas un homme ordinaire, Léon-Marie Savoie, t'es un chef de file. T'as entrepris quelque chose de ben gros pis astheure que t'as commencé, tu peux pus reculer. Il y a derrière toé une cinquantaine d'hommes qui comptent sur toi pour gagner leur pitance. T'oublies que c'est toé qui es venu nous chercher, les uns après les autres. On a accepté de te suivre parce que tu nous apportais notre gagne-pain. On a amené nos familles, on s'est organisés en petit village, on vivait tranquilles. Tout d'un coup, v'là-t-y pas qu'il t'arrive un malheur, aussitôt tu t'effondres pis tu décides en même temps que tout doit s'effondrer avec toé, comme dans le vieux temps des Pharaons quand le chef mourait, pis que

442

fallait que tout le monde aille s'emmurer avec lui. Ben je pensais que t'avais plus de cœur que ça, Léon-Marie Savoie.

Son visage prit une expression fielleuse.

— Aspic, je me demande si Charles-Arthur a pas raison quand il dit de toé que t'es rien qu'un égoïste.

— Je suis pas un égoïste! Je vous demande seulement de me laisser pleurer mes morts.

— Pleure autant que tu voudras. N'empêche que t'aurais pu nous demander notre aide, au lieu de laisser tes entreprises péricliter comme tu fais depuis trois semaines. Personne icitte aurait hésité à te donner un coup de main, en autant par exemple que tu sortes de ton trou, pis qu'on sache ce que tu veux.

— C'est toi-même, Baptiste, qui disais tantôt que j'ai une bonne équipe. Je sais que vous êtes capables de vous organiser sans moi, en tout cas, le temps de me remettre de mes malheurs. D'ailleurs les commandes affluent pas dans ce temps-citte. À part ça que de la manière que tu mènes l'atelier de coupe, tu sais plus que moi ce qu'il y a à faire.

— C'est pas toute que de savoir couper du bois, objecta Jean-Baptiste. Si tu veux être capable de nous payer notre douze piastres à la fin de la semaine, faut aussi trouver à le vendre, ce bois-là.

— De ce côté-là, t'as pas à te plaindre. Jusqu'astheure, vous avez été payés rubis sur l'ongle, Charles-Arthur s'en est occupé. Ça fait que, laisse-moi tranquille.

— Non, je te laisserai pas tranquille, s'entêta Jean-Baptiste. Je te laisserai pas tranquille parce que t'as pas le droit de nous abandonner de même. Charles-Arthur, c'est Charles-Arthur, il a ben ses qualités, mais c'est pas toé. Nous autres c'est à toé qu'on a fait confiance, c'est toé qui nous as entraînés dans cette aventure-là, t'as des devoirs envers nous autres, tu dois tout faire pour que ça continue, sinon vends ton entreprise à quelqu'un qui va poursuivre ce que t'as commencé.

Enhardi, il enchaîna sur un ton acéré:

— Prends par exemple ton voyage sur la Côte-Nord, on sait même pas comment ça s'est passé. Ç'a-t-y marché ou ben si ç'a pas marché? Si ç'a marché, me semble qu'il serait temps que tu le dises, pis qu'on fasse quelque chose, ça fait un mois de ça. Si tu y réponds pas, à ton monsieur McCormick, il va se tanner, pis il va regarder ailleurs.

— Barnache, Jean-Baptiste! lança Léon-Marie tordant ses mains avec désespoir. Vas-tu arrêter de me tourmenter? Quand je suis revenu de là-bas, mon Henriette venait de mourir, tu le sais pourtant.

Replongé brutalement dans ses souvenirs, il enfouit son visage dans ses paumes et éclata en sanglots.

— J'arrivais avec une si bonne nouvelle. Une ère de prospérité assurée pour le hameau, pendant les six prochaines années. Il me restait qu'à préparer ma soumission, j'étais sûr qu'il était à moi, ce contrat-là, l'ingénieur me l'avait presque confirmé. J'avais une telle hâte de raconter ça à Henriette... Je suis entré dans la maison, je l'ai appelée, elle m'a pas répondu... elle le pouvait pas, elle était...

Il renifla bruyamment puis essuya ses yeux du revers de la main.

— Tout était fini pour elle, pis en même temps, tout était fini pour moi aussi.

— Ben aspic, gronda Jean-Baptiste, je regrette ben gros de te contredire, mais c'est pas fini, pis c'est loin d'être fini. Je vas t'en préparer, moé, une soumission, pis toute une! Je t'passe un papier, qu'un de ces jours, tu vas me remercier de t'avoir secoué le ciboulot.

Il tendit sa main droite.

— Tel que je te connais, t'as ben dû prendre des notes. Envoye, perds pas de temps, va me le chercher ce petit boutte de papier-là.

Léon-Marie fit l'effort de se lever.

— Il doit être dans ma mallette, je l'ai pas défaite depuis que je suis revenu de là-bas.

Il retomba aussitôt lourdement sur sa chaise.

— Ah! et pis non, j'ai pas le courage de déballer ça tout de suite. Tu peux pas savoir ce que ça me fait de remuer des souvenirs de même. Si tu veux, j'irai plutôt te porter ça à la scierie après le dîner.

Tristement, ses yeux se tournèrent vers la fenêtre. Encore anéanti, il murmura comme pour lui-même:

— Revenir à la maison par un bel après-midi plein de soleil, être si heureux, pis tomber sur pareil malheur, c'est assez pour faire une crise du cœur, pis mourir à son tour.

— Je sais ben que ç'a dû être pénible pour toé, accorda Jean-Baptiste sur un ton radouci en s'en retournant vers la porte. Je t'ai peut-être parlé un peu fort, mais c'était important que je te re-trousse un brin. Prends le temps qu'il te faut, tu viendras me porter tes notes à l'usine après dîner. Pis aie pas peur de me laisser ça entre les mains. Je vas t'arranger ça comme si c'était ma business à moé. Quand ce sera prêt, je vais demander à Georgette de me copier ça au propre de sa belle écriture d'ancienne maîtresse d'école.

Il franchit le seuil puis revint sur ses pas.

— Je voulais te dire aussi... les hommes vont être contents en aspic de te voir à l'usine. À les voir heureux de même, j'ai idée que ça va te redonner le goût de rentrer dans le rang avec nous autres.

Ça va t'aider à comprendre que l'ouvrage, c'est pas mauvais pantoute quand on a besoin d'oublier.

— Baptiste.

Jean-Baptiste se retourna.

— Dis-moi, Baptiste. Georgette était-elle si occupée que ça qu'elle pouvait pas venir me porter mon repas aujourd'hui.

— Je peux ben te l'avouer astheure, prononça Jean-Baptiste, les yeux embués. Je me suis forcé un peu les méninges pour y trouver de l'ouvrage.

— Ça va, Baptiste, marmonna Léon-Marie, ému à son tour. Je vais traverser du côté de l'usine sitôt après le dîner.

\*\*\*

Léon-Marie s'arrêta devant les grandes portes de l'atelier de coupe. Il venait de remettre son calepin à Jean-Baptiste. Il avait accompli ce geste presque furtivement, sans ajouter aux détails déjà notés, comme s'il se déchargeait d'une promesse durement consentie. Devant lui, la campagne était inondée de soleil. L'herbe reverdissait et la brise était chargée des parfums des premières fleurs du printemps. Le cœur gros de douleur, il gardait ses yeux rivés sur l'autre côté de la route. Il ne pouvait s'empêcher de penser aux siens qui étaient partis et qui ne goûteraient plus jamais la douceur du mois de mai. Malgré lui, il scrutait la véranda, y cherchant la silhouette d'Henriette, penchée sur son ouvrage, en même temps qu'il prêtait l'oreille aux bruits du hameau, tentant de discerner, à travers les cris des autres enfants, les éclats joyeux de ses petits.

La gorge nouée, il fit quelques pas dans la cour.

Partout autour de lui, les ateliers grouillaient d'activité. Du côté de l'ancienne meunerie, par les fenêtres ouvertes, il entendait les voix des hommes que couvrait le grésillement des machines. Les ouvriers dirigés par le menuisier Éphrem Lavoie s'affairaient autour de la raboteuse et de la scie à ruban. Par la large ouverture près de la porte, les planches douces glissaient les unes après les autres, attrapées aussitôt par les employés de la cour qui allaient les empiler en cages.

Il pensa à ce contrat avec la Côte-Nord et se dit que s'il l'obtenait, il permettrait à la scierie de poursuivre ses activités ordinaires sans rien y changer. Malgré la crise économique mondiale, il n'aurait pas à faire de débauchage parmi ses travailleurs, leur emploi serait même assuré pour les six prochaines années. Sa scierie subsisterait par delà la misère des autres.

Brusquement, un flot de tristesse l'envahit. Que valait la survie de ces familles qui dépendaient de lui, quelle importance cela avait-il pour lui, maintenant qu'il avait perdu son Henriette et ses quatre enfants? «T'as encore Antoine», lui avait rappelé tantôt Jean-Baptiste.

Bien sûr, il avait Antoine, mais Antoine était presque un homme. Il aurait vingt ans dans moins de deux mois, et il lui ressemblait tellement. Il savait qu'il devrait freiner ses élans et ne pas trop reporter sur lui la tendresse qu'il vouait à ceux qui n'étaient plus là. Il devrait prendre bien garde de ne jamais l'étouffer. Comme lui au même âge, Antoine avait besoin de liberté. Il n'accepterait pas que son père l'écrase de son affection parce qu'il était le seul enfant qui lui restait.

Il avança plus avant dans la cour. Autour de lui, les arbres dépliaient timidement leurs bourgeons vert tendre; partout, la nature renaissait. Saisi d'un sentiment de révolte, il ne pouvait s'empêcher de s'insurger contre cette vie qui s'était éteinte avec l'automne et qui osait resurgir quand les siens s'étaient enfuis pour toujours.

Refrénant sa peine, il se dirigea vers les cages de bois dur. Tout près, penché sur un monticule de planches, Lazare empilait les unes sur les autres de belles pièces de chêne embouveté.

À son approche, il se redressa. Machinalement, sa casquette entre deux doigts, il se gratta la tête.

— J'ai l'impression qu'on s'est fait voler quelqu' planches, ces derniers temps.

— Combien qu'il en manque?

— Une bonne dizaine certain, répondit Lazare en faisant un calcul rapide.

— C'est pas énorme, raisonna Léon-Marie. On peut pas éviter de se faire voler un peu de temps en temps. La cour est ouverte à tout venant, jour et nuit. Si t'as réussi à faire le compte avec ce qui reste, oublie ça, c'est pas pour une dizaine de planches...

Lazare marqua sa surprise. Il ne comprenait plus son employeur, lui qui était si pointilleux d'habitude en ce qui concernait l'inventaire de son bois.

— Mais c'est vot' bois importé, monsieur Savoie, votre beau bois de chêne que vous aviez acheté de l'Ontario, pis qui vous avait coûté si cher.

— Je sais ben, mais que c'est que tu veux qu'on y fasse. Faut s'attendre à ça avec la crise. Ç'a été pareil en 96. Si un individu est pas capable de se payer quelque chose, pis qu'il a la conscience un peu élastique, il va venir le prendre. De notre côté, ça coûte moins cher de supporter le vol de quelques planches que d'engager un gardien de nuit comme a fait monsieur Atchisson aux scieries Saint-Laurent.

— On pourrait installer une clôture autour de la cour à bois, suggéra Lazare, avec une barrière devant l'entrée pis un gros cadenas comme ceux que j'ai vus sur les tablettes de votre quincaillerie.

— Si quelqu'un tient à voler, ça sera pas plus difficile pour lui de sauter par-dessus la clôture.

— En ce cas-là, je vois rien qu'un chien de garde.

— Peut-être ben. Je vas y penser.

L'air distrait, il se mit à déambuler devant les cages, repoussant du pied un bout de planche, une pierre plate, un morceau d'écorce, comme si tout autour de lui l'indifférait. Enfin, brusquement, il revint se placer devant Lazare.

— Pis chez toi, comment ça va?

Lazare le regarda, puis courba la tête. Il prit le temps de moucher son nez avant de répondre, sur un ton rempli de tristesse.

— Je voudrais ben pouvoir vous dire que tout va pour le mieux, mais depuis que notre petit Jean-Louis est mort, la maison est pus comme avant. Marie-Jeanne s'en remet ben mal. Heureusement que mon oncle curé vient faire son tour de temps en temps, ça la remonte un peu.

— Pourtant, toi, il t'en reste, fit-il remarquer sur un ton sombre.

— C'est vrai qu'on en a encore cinq, mais quand il y en a un qui part, c'est curieux, pour la mère, c'est comme si y en avait rien que pour celui-là.

Léon-Marie opina de la tête. Il se rappelait le chagrin d'Henriette quand ils avaient perdu d'abord leur Marie-Laure, puis ensuite leur Gabriel. Il revoyait sa détresse devant les enfants des autres, son désintérêt pour tout ce qui n'était pas ses petits disparus. Combien de fois il lui avait reproché son apathie, sa morbidité dont elle était incapable de s'extraire. Aujourd'hui, il comprenait sa souffrance. Son cœur se serra douloureusement. Plus que jamais, à cet instant, il ressentait le vide que son départ avait laissé dans sa vie.

Le galop d'un cheval se faisait entendre en bas, sur le chemin de Relais. Un claquement de sabots, sec, sonore, qui allait se répercuter en écho sur le mont Pelé. C'était pour les autres les activités journalières, la vie qui se poursuivait, tandis que lui s'enfonçait dans sa solitude.

Oppressé soudain, il regarda autour de lui. Subitement, il n'avait plus la force de rester dehors, loin de sa maison, loin de ses souvenirs qui maintenaient sa communion profonde avec son Henriette. Nerveux, comme assoiffé brusquement, il se précipita vers l'autre côté de la route. Il lui tardait de rentrer chez lui, de s'accrocher à sa présence, marcher dans ses pas, effleurer de ses doigts ces petits objets qui étaient les siens et s'abreuver à tout ce qui rappelait sa mémoire.

— Léon-Marie? entendit-il derrière lui.

Il sursauta. Le curé Darveau avait arrêté son cheval au bord de la chaussée et le fixait, le regard rempli de sollicitude.

— Comment vas-tu?

— Je vais comme je peux, monsieur le curé, répondit Léon-Marie en baissant la tête. C'est ben dur. C'est un malheur que je souhaite à personne.

Le curé noua les rênes sur un montant de son boghei, en descendit avec effort et alla le rejoindre.

— Je ne te ferai pas le reproche de pleurer ta belle Henriette ni tes jumeaux, lui dit-il avec douceur. Tout le monde autour de toi compatit à ta peine. D'autre part, souviens-toi que tout passe dans la vie et que, dans pareil cas, l'oubli est loin d'être un défaut.

Il fit une pause et parut réfléchir avant de poursuivre:

— Tu vas prendre le temps qu'il te faut pour te remettre de la blessure de ton âme et ensuite, quand tu seras guéri, tu viendras me voir. Je vais avoir besoin de toi, de toutes tes forces physiques et mentales.

Une lueur de triomphe brillait dans ses yeux.

— Mon cher Léon-Marie, je suis venu te dire une nouvelle qui va te plaire grandement. D'après le recensement pour l'année 1930, la Cédrière et le rang Croche ont atteint le chiffre de huit cents âmes. Ça signifie que vous avez obtenu votre statut de paroisse. Depuis le temps que tu en parles, tu vas enfin l'avoir, ton église.

Perplexe, Léon-Marie le regardait. Malgré sa peine, il ne cachait pas son intérêt.

— Ça voudrait dire que vous avez obtenu l'autorisation de l'évêque?

— J'ai effectivement reçu une lettre de l'évêque, elle est arrivée ce matin. Comme quoi il n'y a pas que des malheurs pour t'accabler.

Son regard de vieillard fatigué embrassa la vaste étendue qui s'étirait du mont Pelé jusqu'au chemin communal.

— J'ai pensé à toi, Léon-Marie, pour choisir le meilleur emplacement pour votre église, un endroit digne de la maison du bon Dieu. Considérant la crise économique et le chômage, je souhaite vous voir construire une église modeste, avec un clocher unique et sans trop de fioritures. Il sera toujours temps d'ajouter de l'ornementation quand la fabrique sera plus riche; l'important aujourd'hui, c'est qu'elle soit libre de dettes.

Léon-Marie redressa fièrement la nuque. D'un seul coup, ses prunelles s'étaient animées d'une flamme vive. Sans s'en rendre compte, l'homme d'action qu'il avait toujours été avait repris vie. Un sang neuf, exaltant, subitement, courait dans ses veines.

— Je vais commander un beau chemin de Croix en quatorze tableaux, sculpté dans le bois, articula-t-il, pis je vais le payer de ma poche. Ce sera mon don à l'église. Sous chaque station, il y aura une plaque commémorative sur laquelle je vais faire inscrire le nom de mon Henriette et de mes quatre enfants qui sont morts.

— Ce sera tout à ton honneur.

— L'évêque a-t-il décidé qui il va nommer à la cure? interrogea Léon-Marie, sur un ton rempli d'espoir. Vous peut-être, monsieur le curé?

Le vieux prêtre releva vivement le menton. Malgré lui, il laissa poindre un mouvement d'humeur.

— Franchement, Léon-Marie, tu ne t'assagiras donc jamais! As-tu pensé qu'en novembre prochain, il y aura seize ans que je dessers la paroisse de Saint-Germain et que je puisse être attaché à mon ministère? De plus, j'aurai bientôt soixante-cinq ans. J'accepte que nous demeurions affiliés, mais je crois préférable de laisser à un jeune prêtre le soin d'organiser votre nouvelle paroisse. Je suis trop âgé pour ce genre de problèmes.

Les yeux plissés de malice, il ajouta:

— Sans compter que d'avoir à t'affronter tous les jours, avec ton vilain caractère, je pense que je n'aurais plus cette patience.

Pour la première fois depuis quatre longues semaines, les lèvres de Léon-Marie esquissèrent un sourire.

— Je sais que tu aimes bien l'abbé Jourdain, poursuivit le curé. Je vais suggérer à mon évêque de vous le déléguer. Je le crois maintenant suffisamment aguerri pour flairer tes ruses.

Léon-Marie releva la tête. Une petite lueur animait ses prunelles. Subitement, il avait repris sa détermination, toute sa vigueur d'antan.

— Quand voulez-vous que la construction commence, monsieur le curé?

— Aussitôt que tu t'en sentiras capable. En autant que l'église soit terminée pour l'été 1931, je serai satisfait.

Le visage tourné vers le fleuve, le vieux prêtre suivait le vol des mouettes qui se croisaient au-dessus de l'eau. Absorbé dans ses pensées, il précisait, comme pour lui-même:

— Nous organiserons une grande fête de bénédiction et nous inviterons monseigneur l'évêque à venir célébrer une messe solennelle avec diacre et sous-diacre. Je demanderai à nos chantres d'interpréter la belle messe *Assumpta est* de Palestrina ou peut-être choisirons-nous la *Messe du Couronnement* de Mozart, mais quel que sera notre choix, Antoine sera l'un des solistes. Ce sera un grand honneur pour la nouvelle paroisse, il a une si belle voix. Suivra un dîner champêtre et, dans l'après-midi, la chorale d'enfants de Saint-Germain nous offrira un concert. Ton Antoine y participera encore. Je vais lui demander d'interpréter pour moi *Souvenir d'un vieillard* que j'aime tellement entendre. Le reste ira selon tes préférences.

Pressé tout à coup, comme s'il s'éveillait d'un rêve, il se dirigea vers son boghei.

— Je dois m'en aller maintenant, je me suis déjà trop attardé. J'avais promis à ma nièce Marie-Jeanne de m'arrêter chez elle en passant et j'ai aussi quelques petits malades à bénir dans le hameau. Heureusement, pour nous tous, cette terrible maladie est en phase de régression, ajouta-t-il avec un soupir de soulagement. Rendons grâce au Seigneur qui a écouté nos prières.

À son tour, Léon-Marie s'engagea dans la petite allée menant à sa maison. Le pas alerte, il éprouvait soudain une agréable sensation dans sa poitrine, comme une sorte de bien-être qu'il n'avait pas ressenti depuis longtemps.

D'un saut agile, il franchit le seuil et se retrouva au milieu de la cuisine.

Pendant un moment, avec une satisfaction profonde, il se remémora les paroles de son curé, sa sagesse et, involontairement, une petite étincelle de vanité chatouilla sa poitrine. Ah! si Henriette avait pu être auprès de lui pour participer à cette expression palpable de sa réussite. Hélas, même si sa pensée était constamment accrochée à elle, de toute son âme, seul le vide profond enrobait la grande demeure. Attristé soudain, il écouta le lourd silence. Son cœur, encore une fois, s'oppressa. La petite lueur d'espoir, qui avait brillé pendant un trop court instant dans son regard, venait de s'éteindre. Ses yeux se mouillèrent de larmes.

Il se représentait, ainsi qu'il y avait si peu de temps encore, sa maison résonnant sous les rires de tous ses enfants réunis. Comme autant d'ombres imprécises, il voyait près de la table Henriette, jetant un regard paisible sur les jumeaux en train de faire leurs devoirs. Plus loin, près du poêle, il imaginait Marie-Laure devenue grande et assistant sa mère, avec, accroupi près d'elle, Gabriel, son petit cordonnier, penché sur quelque bricole qu'il cherchait à réparer comme il avait fait tant de fois.

De toutes ses forces, il refusait ce calme, cette insupportable sensation d'abandon qui avait envahi sa vie.

Enfin, peu à peu, il se contint. Traînant le pas, il s'arrêta devant la fenêtre et fixa devant lui la campagne qui vibrait sous les rayons du soleil. Il pensa à la future église, à son toit pointu, à sa petite cloche qui sonnerait l'angélus, puis il imagina le beau chemin de Croix qu'il ferait sculpter par un artiste de renom. Sous chaque station, une plaque de cuivre rappellerait le souvenir d'Henriette et de ses enfants décédés.

Il essuya énergiquement ses yeux. Les êtres qu'il aimait étaient partis pour toujours, mais leur mémoire, elle, survivrait, il se le jura. Elle resterait à jamais gravée dans leur église.

Il traversa la cuisine, pénétra dans sa chambre et alla s'asseoir au bord du lit. Précieusement, il prit sur la table de chevet le petit chapelet de nacre d'Henriette, le serra dans ses mains et, avec ferveur, y posa ses lèvres.

## 27

Antoine poussa la porte de l'ancienne meunerie. Les yeux brillants d'excitation, il escalada quatre à quatre les degrés qui menaient au bureau de son père et courut se pencher sur son meuble. Il exhibait entre ses doigts une large enveloppe blanche.

— Le postillon vient de passer, pôpa, il a laissé une lettre de la Côte-Nord, ça doit être la réponse.

Calmement, Léon-Marie déposa son crayon au milieu de son grand livre de comptes et prit le pli de la main de son fils. À petits coups de son index, il déchira l'enveloppe, puis, lentement, se pencha sur l'écriture dactylographiée.

— Barnache!

Prenant appui sur le devant de sa chaise, à nouveau il posa ses yeux sur le feuillet. Les paupières plissées, les lèvres agitées d'un léger sifflement, il lut encore, en secouant la tête, scandant les phrases et articulant à haute voix les mots qu'il considérait comme les plus déterminants.

Enfin, il se redressa et tendit la lettre à Antoine. Tout son visage était empreint d'une profonde satisfaction.

— Prends connaissance de ça, mon gars, et prends ça comme exemple. Ça, ça s'appelle faire des affaires.

— Ça veut-y dire qu'ils ont accepté votre soumission, pôpa? s'enquit Antoine.

— On a obtenu le contrat. C'est écrit noir sur blanc là-dessus, même qu'ils nous demandent un premier chargement de madriers pis de deux par quatre par le prochain bateau.

Il se tut. Brusquement, son regard avait perdu son éclat. Devenu grave tout à coup, il avait appuyé ses coudes sur son bureau et croisé ses mains sous son menton.

— Faudra penser à remercier ta mère pour cette bonne fortune qui nous tombe du ciel, murmura-t-il avec un frémissement dans la voix. Faut pas oublier que c'est elle qui nous a guidés d'en haut.

Le visage chargé d'émotion, pendant un moment, il tint ses yeux rivés vers le sol. Enfin, bruyamment, il se racla la gorge.

D'un élan déterminé, il fit pivoter sa chaise, prit dans son classeur son cahier d'inventaire et l'ouvrit au-dessus de son livre de comptes. Avec le doigt unique de sa main gauche qui glissait sur les longues colonnes, il commença à faire le décompte du travail fait. Il parcourait nerveusement les lignes, avait peine à freiner son agitation. «On a pas trop de fenêtres de prêtes, marmonnait-il, on a pas trop de pin blanc non plus, pour en fabriquer autant qu'ils en demandent.»

Rapidement, il dégagea une feuille vierge du tiroir de sa table et posa tout à côté la plume et l'encrier. Pendant de longues minutes silencieuses, avec l'application d'un écolier, il la noircit de sa grosse écriture malhabile. Puis il la sécha avec un buvard, la plia dans une enveloppe qu'il cacheta d'un grand coup de langue.

— Tu vas aller me maller ça au village sans faute après-midi, dit-il à Antoine, en lui confiant le pli. Je viens de commander du pin blanc à mon fournisseur. S'il peut me l'envoyer par le prochain bateau qui va descendre le fleuve, on devrait recevoir ça d'ici une semaine.

Penché encore sur son livre d'inventaire, il entreprit cette fois d'étudier la capacité de production de sa manufacture. L'air soucieux, il notait comme pour lui-même: «Florent pis Ludger pourront jamais suffire tout seuls à remplir les contrats. Va falloir que j'engage deux autres menuisiers. Je me demande même s'ils seront assez de quatre pour satisfaire à la tâche.»

— Vous avez pas pensé à moi, pôpa, proposa Antoine qui piétinait d'impatience devant le bureau. J'haïrais pas ça aider à la manufacture pendant mes vacances au lieu d'empiler du bois à la journée longue avec Lazare.

— Je croyais que t'aimais ça, travailler dans la cour.

Étonné, il regardait son fils. Dans un but louable, il avait convenu, au cours de l'été, de ne faire faire à Antoine que des travaux légers. Il étudiait fort pendant l'année et il considérait que deux mois de vacances, c'était bien court pour libérer son esprit de dix mois de contraintes scolaires.

— C'est ben sûr que ça peut devenir ennuyant à la longue de monter des cages de planches toute la journée sans s'arrêter, mais as-tu pensé que faire des fenêtres, c'est un ouvrage qui demande ben de la précision, puis ben des ajustements aussi? J'ai idée que tu finirais par trouver ça pas mal plus ennuyant encore que de corder des planches.

Redevenu silencieux, il continuait à dévisager son fils, la mine indécise, un tic creusant sa joue. Devant lui, Antoine avait pris un air suppliant.

— Si t'aimes pas trop corder des planches, proposa enfin son père, je peux faire un arrangement avec toi. Qu'est-ce que tu dirais, avec le mois de juillet qui commence, de travailler avec Lazare pendant l'avant-midi seulement? L'après-midi, tu prendrais congé, tu irais t'amuser dans la cour de l'école avec ton ami Alexis Dufour.

Les lèvres souriantes, il l'interrogeait avec des yeux de gros chien de berger, remplis d'indulgence. Pour ce seul fils qui lui restait, il était prêt à toutes les concessions, même à augmenter ses frais en engageant un autre étudiant pour aider Lazare.

— Mais pour la manufacture, pôpa, insistait Antoine, en attendant d'avoir trouvé vos hommes...

— T'as pas à t'en faire pour la manufacture. Ça sera pas long que je vais trouver deux chômeurs à engager. En même temps que tu vas descendre au village tantôt pour maller ma lettre, tu vas placarder ma demande sur le mur du bureau de poste. Demain à la première heure, tu vas voir, je vais avoir des postulants, comme ça.

Son regard paisible s'immobilisa sur la fenêtre, puis plus loin, sur la fabrique de portes et châssis dont il distinguait le toit en pente douce au-dessus des piles de bois proprement alignées. Pareil contrat ferait non seulement travailler leur monde, il dérouillerait aussi les machines, se disait-il, en se rappelant combien peu souvent les deux toupies avaient tourné ensemble depuis l'automne précédent.

Ses yeux revinrent se poser sur son fils. Comme chaque fois qu'il en trouvait le prétexte, il en profita pour lui faire sa recommandation:

— Souviens-toi, mon gars, que chaque fois qu'une machine fonctionne pas, c'est de l'argent perdu. Si on veut pas mettre la clef dans la porte, faut éviter ça le plus possible. C'est pour ça que faut pas hésiter à parcourir la province pis aller chercher les contrats, comme j'ai fait avec le millionnaire de la Côte-Nord.

Il avait parlé avec détermination, les poings fermés sur son bureau. Sans s'en rendre compte, il reprenait mot à mot la suggestion de son frère Charles-Arthur qu'il avait tant décriée quelques mois auparavant. Aujourd'hui, il comprenait la nécessité d'agir. Les acheteurs étaient rares, la concurrence, féroce. S'ils voulaient survivre, ils n'avaient d'autre choix que d'aller solliciter la clientèle potentielle avant qu'un autre ne le fasse à leur place.

— Dans toute exploitation, faut se battre constamment avec la compétition, poursuivait-il. Faudra t'en souvenir, mon fils, quand je serai plus là, pis que tu auras pris les rênes de nos affaires. Si j'étais seul au monde, tout ça aurait pas d'importance, mais tu es là et, le moment venu, je tiens à te céder des entreprises florissantes. Je veux pas que tu commences en bas de l'échelle, en petit cordonnier, pis en meunier, comme j'ai fait, avant de devenir un industriel prospère. Je veux que tu t'installes sur des assises solides. C'est pour ça que je travaille si fort pour préparer ton avenir.

— Faut pas vous empêcher de vivre non plus, pour que je m'assoie sur mes lauriers quand vous serez parti, le retint Antoine.

Léon-Marie l'observa en silence. Un soupçon d'inquiétude, l'espace d'un instant, ternit son regard. Bien sûr, en voulant tout aplanir sur son passage, éviter à son fils la moindre secousse, il savait qu'il s'aventurait sur une pente dangereuse et remettait en cause une façon de faire qu'il avait critiquée bien souvent. En cherchant à trop préserver son enfant, il s'opposait à lui-même. «La vie est une suite d'embûches. Faut apprendre de bonne heure à se battre, si on veut être capable de les affronter», aimait-il à dire. Pourtant, aujourd'hui il ne pouvait s'empêcher de surprotéger son fils. Antoine était tout ce qui lui restait au monde.

Las soudain, il laissa échapper un soupir. Profondément affligé par cette sorte d'abandon, de désœuvrement qui avaient suivi la perte d'autant d'êtres chers à la fois, personne, ni même Antoine, ne pouvait comprendre combien il avait besoin d'une raison d'être, d'une implication personnelle, s'il voulait continuer à s'accrocher à la vie.

— C'est peut-être pas des choses à avouer, prononça-t-il à voix contenue, mais depuis que je suis tout seul pendant l'année, tu me manques ben gros, mon gars.

— Je veux travailler avec vous dès maintenant, lança subitement Antoine.

— Prends d'abord le temps de finir ton cours classique et choisis bien ta profession, le tempéra son père.

— Je pensais faire un avocat ou bien un ingénieur forestier, poursuivait Antoine dans un même élan. Mais je vais plutôt choisir d'être comptable. Si nos affaires continuent à progresser de même, vous aurez besoin de quelqu'un pour tenir vos livres.

Léon-Marie ne répondit pas. Pendant un long moment, la poitrine gonflée de fierté, il considéra son fils.

Enfin il se leva. Pressé soudain, il fit le tour de son bureau et, passant près de lui, tapota affectueusement son épaule.

— Il te reste encore deux ans pour décider, prends tout ton temps pour faire un choix judicieux. Pense aussi que c'est pas toute que de faire plaisir à pôpa. Faut que tu sois heureux dans ta profession. En attendant, viens avec moi, on va aller rapporter la bonne nouvelle de la Côte-Nord à Jean-Baptiste, on lui doit ben ça après ce qu'il a fait pour nous autres. Après on va aller manger le bon rôti de lard chaud avec des patates brunes que Georgette est censée nous avoir préparé pour le dîner.

***

Georgette alla prendre une nappe immaculée dans le tiroir du buffet et la déplia sur la table. Le buste incliné vers l'avant, du plat de ses deux mains, elle la lissa proprement jusqu'aux bords. Elle s'activait avec une surprenante agilité, malgré sa poitrine lourde emprisonnée sous son corsage de coton, et son tour de taille chaque jour plus impressionnant.

— On voit bien que tu l'as pas vue comme je l'ai vue avant-midi, articulait-elle en même temps, sur un ton revêche.

Debout devant la fenêtre, masquant le soleil de sa large carrure, Léon-Marie secoua les épaules d'impuissance.

— Ma pauvre Georgette, je veux ben te croire, mais que c'est que tu veux que j'y fasse. Le hameau est un endroit public, je peux pas y interdire, il y a pas de loi pour ça.

Avec ses deux mains qui enserraient fermement à la verticale deux couteaux et deux fourchettes comme une menace, Georgette alla se poster devant lui. Le souffle court, oppressée par la chaleur de juillet, elle marquait son indignation.

— Comme de raison, tu voudras rien entendre. Vous autres, les hommes, vous êtes ben tous pareils. Mais si je te disais que le feu pourrait bien reprendre un de ces jours, dans ton tas de bois, ça t'aiderait-y à comprendre pis à te bouger un peu?

— Quoi?

Léon-Marie avait sursauté. D'un bond, il s'était encore rapproché d'elle.

— Que c'est que tu veux dire par là, Georgette? Pourquoi qu'aujourd'hui, tu me parles du feu dans les croûtes? Il y a bientôt trois ans que ça s'est passé. Depuis le temps, j'ai eu beau me retourner la cervelle dans tous les sens, j'ai jamais compris qui c'est qui aurait pu faire ça. Ça serait-y que toi, tu sais des choses que je sais pas?

Revenue vers la table, Georgette hocha négativement la tête. Avec des petits gestes nerveux, elle coupait le pain sur la planche.

— Je serais bien trop contente. Malheureusement, cette sorte de monde-là est trop habile pour se laisser piéger aussi facilement. N'empêche que j'ai toujours eu des doutes. Jean-Baptiste aussi d'ailleurs. On en a parlé souvent ensemble, mais on avait pas de preuves, c'est pour ça qu'on a pas osé dire tout haut ce qu'on pensait tout bas.

Elle se redressa, ses yeux lançaient des éclairs.

456

— Mais si on avait pas eu peur de recevoir une action en libelle diffamatoire, il y a longtemps que t'aurais su tout ce qu'il y avait à savoir dans cette histoire-là.

Léon-Marie s'éloigna de la fenêtre. Traînant le pas, la mine songeuse, il avança dans la cuisine. Il parlait à voix basse, comme si subitement il se plongeait profondément dans ses souvenirs.

— Dans les mois qui ont suivi le feu, j'ai fait une sorte de message à Clara par l'entremise de Charles-Arthur. Le même jour, elle est montée me voir dans mon bureau. Elle m'a juré qu'elle avait rien à voir avec ça. Elle se serait pas déplacée uniquement pour venir me mentir.

— Elle était pas pour venir te dire qu'elle y était pour quelque chose! lança vertement Georgette. Elle est pas si folle.

Les poings sur les hanches, elle alla encore se placer devant lui.

— Mais elle fume, Léon-Marie, qu'est-ce que ça te prend de plus pour comprendre? Clara Ouellet fume la cigarette comme un homme. Je l'ai vue de mes propres yeux, ce matin même. Je suis arrivée face à face avec elle, il y a pas une heure, dans le petit bois. Bien entendu, elle s'est empressée de cacher sa cigarette derrière son dos, mais ça m'a pas empêchée de l'apercevoir pareil.

— De là à mettre le feu dans les croûtes...

— Ben certain, ç'a pu être un accident, persifla Georgette. Quand on est pressé, pis un peu énervé, pis surtout quand on veut pas se faire voir, on lance sa cigarette n'importe où, dans un tas de bois sec, par exemple.

— J'aime donc pas ça t'entendre parler de même, pis accuser sans preuves, lui reprocha Léon-Marie.

Agacé, il se reprit à arpenter la cuisine.

— J'ai toujours eu pour principe de jamais pointer personne sans être certain de ce que j'avance. Faut pas oublier qu'on est comme une grande famille icitte à la Cédrière. S'il fallait tout le temps qu'on se cherche des poux, ça serait pas vivable. Clara Ouellet faisait partie de cette grande famille-là. Je reconnais que c'est pas une sainte femme, mais de là à mettre le feu à l'entreprise qui employait son mari, tu l'as dit toi-même, elle doit pas être si folle. Quant à moi, je la crois trop intelligente pour lancer un mégot de cigarette dans un tas de bois sans s'inquiéter des conséquences.

Georgette leva lentement la tête. Le menton tendu vers l'avant, elle lui jeta un long regard ombrageux.

— Je pense que si Henriette avait été avec nous autres aujourd'hui, elle aurait pas aimé t'entendre défendre la Clara Ouellet comme tu le fais, émit-elle avec aigreur.

Surpris, il se retourna vivement.

— Qu'est-ce que ma défunte Henriette vient faire dans cette histoire?

— Rien, prononça Georgette en baissant la tête, rien pantoute.

Les yeux étincelants, à grands pas il alla s'immobiliser devant elle. Son visage frôlait le sien.

— Georgette, articula-t-il sur un ton de sommation, tu vas me dire ce qu'Henriette t'a dit à propos de cette femme.

Nerveuse, Georgette secoua les épaules. Elle avait le sentiment d'être allée trop loin, d'avoir donné une importance trop grande aux propos d'une femme malade et vulnérable.

Enfin, elle lança dans un débit rapide, comme si elle cherchait à atténuer la portée de ses paroles:

— J'ai seulement voulu dire que, comme toutes les femmes au hameau, Henriette non plus l'aimait pas tellement, la Clara Ouellet. C'était pas un genre de sujet qu'on abordait ensemble, mais une fois, elle m'en a glissé un mot.

— Henriette haïssait pas la femme d'Anatole, elle la plaignait, c'est pas pareil. Elle me l'a dit bien des fois.

— Entre femmes, il arrive qu'on se confie des choses qu'on dirait pas à nos maris, glissa encore Georgette, communiquant ses informations avec parcimonie. Henriette a jamais été une placoteuse, mais je peux affirmer sans me tromper qu'elle l'aimait pas pantoute, la Clara Ouellet.

La mine rêveuse, elle poursuivait:

— Ce jour-là, elle m'avait dit une petite phrase, qui m'avait donné à penser. Elle était dans un de ses mauvais jours, une de ces fois que son cœur lui faisait plus mal, pis qu'elle se sentait un peu déprimée...

— Et qu'est-ce qu'elle t'a dit, Henriette? demanda encore Léon-Marie.

Georgette étira les bras dans l'armoire, prit deux assiettes et les posa sur la table.

— Henriette m'avait fait promettre que ça resterait entre nous.

— Peut-être qu'Henriette t'avait fait promettre que ça resterait entre vous, jeta durement Léon-Marie, mais astheure que t'as commencé, tu vas aller au bout de ta pensée, Georgette.

Georgette hésita encore un moment, puis, se décidant enfin, lança dans un souffle:

— Elle m'avait dit, si elle venait à mourir, qu'elle voudrait pas que ça soit Clara qui vienne s'occuper de sa maison, bon!

— C'est toute? fit Léon-Marie avec un soupir de soulagement.

C'est vraiment toute? Je vois pas pourquoi Henriette aurait dit une chose pareille. Elle savait pertinemment qu'un veuf peut s'intéresser qu'à une femme célibataire ou ben à une veuve. Clara a un mari ben en santé, une potée d'enfants, pis elle manque pas d'ouvrage dans sa propre maison... T'as dû mal comprendre.

Il prit un ton sarcastique:

— Si c'est ce qu'elle a voulu dire, elle devait être dans un ses mauvais jours certain. Heureusement, ça lui arrivait pas souvent.

Exaspéré, il se retourna avec raideur.

— De toute façon, c'est des bêtises, tout ça, parce que jamais je me remarierai. Je l'ai juré à Henriette sur sa tombe. Pendant toute notre vie ensemble, j'ai jamais considéré une autre femme qu'elle, je lui ai toujours été fidèle et j'ai décidé de lui rester fidèle même dans la mort. Jamais une autre femme viendra s'installer dans sa maison, dans ses affaires, comprends-tu? Jamais! À mes yeux, ça serait comme profaner sa mémoire.

Georgette leva vers lui un regard rempli d'indulgence. Lentement, ses lèvres s'entrouvrirent dans un sourire sceptique.

— Je te comprends de parler de même, après seulement trois mois de veuvage, mais faudrait pas que tu jures trop fort non plus. Je connais bien des veufs, mais j'en connais pas beaucoup qui sont restés tout seuls longtemps.

— À la différence que moi, je suis pas tout seul, proféra-t-il. J'ai mon Antoine, mon ouvrage, pis mes employés. Tant que ça restera de même, j'aurai besoin de personne dans ma maison.

Il avait parlé fort, sur un ton déterminé. C'est ainsi qu'il avait décidé. Sa vie était remplie par son fils et par le travail. Il y trouvait là un engagement complet, une raison d'être.

Il alla s'appuyer sur le rebord de la fenêtre. Devant lui, la route était animée du rire de ses ouvriers qui sortaient de l'usine. Il les regarda se disperser et regagner leurs demeures. Ils paraissaient rassasiés, lui semblait-il, et ils avaient raison de l'être, car dans les jours à venir et pendant une longue période, six ans peut-être, malgré la redoutable crise économique, ses entreprises ronronneraient comme au beau temps des années prospères.

Au loin, l'angélus sonnait à la petite église de Saint-Germain. Il tourna le dos à la fenêtre et revint poser ses yeux sur Georgette.

— Il arrive midi. Antoine va rentrer bientôt. Si tu veux on va parler d'autre chose.

— Je vais plutôt aller servir son repas à Jean-Baptiste, répondit Georgette sur un ton encore pincé, en se dirigeant vers la porte.

Le dîner terminé, tandis qu'Antoine allait rejoindre ses amis dans la cour de la petite école, Léon-Marie traversa la route vers la scierie. Il marchait vite. Il avait beaucoup à faire s'il voulait réussir, pendant les quelques heures de l'après-midi, à planifier le transport du bois vers la Côte-Nord, en plus de réorganiser les ateliers en fonction de l'important contrat.

Partout à travers l'usine, les grosses machines avaient repris leur vacarme assourdissant. Il prêta l'oreille. Était-ce l'effet de son imagination? Il lui semblait les entendre bourdonner avec plus d'ardeur que d'habitude, maintenant que ses ouvriers étaient instruits de la bonne nouvelle. Autour de lui, les hommes paraissaient libérés, semblaient vaquer à leur tâche avec une vaillance plus grande encore.

Aiguillonné à l'instar des autres, rapidement, il longea, près de la meunerie, la charrette et l'attelage du cheval blond, escalada les marches du petit escalier et alla réintégrer sa place derrière son bureau.

Sans attendre, il prit dans son classeur son grand livre de comptes et l'ouvrit sur sa table de travail. Son crayon entre les doigts, il se pencha sur ses écritures.

Un long soupir s'échappa de ses lèvres. Oh! combien à cet instant il aurait souhaité partager sa bonne fortune avec Henriette ainsi qu'il le faisait quand elle était vivante. Il ne pouvait s'empêcher de ressentir lourdement son absence, en même temps qu'il éprouvait un tel contentement pour ses ouvriers. De toutes ses forces, il tentait de se convaincre qu'elle était auprès de lui, dans le fluide de l'air, qu'elle suivait ses gestes, qu'elle l'approuvait de son paradis. Hélas, il devinait bien que cette impression, toute transcendante et surnaturelle qu'elle était, ne valait pas sa présence. Il aurait été tellement plus tranquille si elle avait été tout près de lui, si elle lui avait infusé la chaleur de son souffle, si elle avait serré sa main dans la sienne et lui avait glissé quelques paroles d'encouragement comme elle savait si bien le faire.

Il repoussa son crayon. Abattu soudain, le cœur gonflé de chagrin, il appuya son bras sur sa table et y laissa reposer sa tête.

— On se permet une petite sieste? entendit-il du haut de l'escalier.

Il sursauta. D'un geste furtif, il essuya ses yeux. Grimpé sur ses longues échasses, Don McGrath avançait vers son bureau et le regardait, l'air moqueur.

— Ah! c'est toi, McGrath. Prends la peine de t'asseoir une

minute, malgré que c'est pas l'ouvrage qui manque pour nous autres, aujourd'hui.

Planté devant lui, l'Irlandais le dévisageait, l'air plus amusé encore.

— J'ai plutôt l'impression de te déranger dans tes jongleries que dans ton ouvrage.

— C'est vrai que je jonglais un peu, avoua-t-il. Tu dois ben t'imaginer que c'est difficile de pas penser à mon Henriette de temps en temps. Surtout aujourd'hui, après la nouvelle que je viens d'avoir, j'aurais donné gros pour l'avoir à côté de moi.

— J'ai appris ça, fit l'Irlandais en tirant une chaise près du bureau. Comme ça, tu l'as eu, le contrat de McCormick. Ben laisse-moé te dire que t'es chanceux en godless, parce que je sais de bonne part que t'étais loin d'être tout seul dans la course.

— Comment ça se fait que tu sais déjà ça, toi? s'étonna Léon-Marie.

— Je l'ai su de mon électricien Honoré Doucet qui est venu acheter un bout de planche avant le dîner. C'est Lazare, ton homme de cour, qui le lui a rapporté. Anyway, tes ouvriers ont l'air contents un peu rare.

Pressé comme à son habitude, il bougeait sur sa chaise et regardait autour de lui d'un air fouineur, avec ses longues mains sèches qu'il faisait glisser sur ses genoux. Sous leurs pieds, ils entendaient le grondement assourdi des moteurs.

— As-tu deux minutes? Faudrait qu'on discute de la petite église qu'on doit faire construire. Le curé m'a accosté hier après la messe, il m'a demandé de t'aider à y trouver une belle place, ben en vue pour qu'elle soit repérable de tous les bords.

Léon-Marie leva vivement la tête. Il avait peine à cacher son mécontentement.

— Me semblait que c'était à moi que le curé avait confié cette responsabilité-là.

— Peut-être ben, mais tu dois comprendre que la construction d'une église, c'est une affaire de paroisse. Il est juste que tous les paroissiens donnent leur avis, répliqua Don McGrath.

— J'ai pourtant pas perdu mon temps depuis un mois que le curé est venu me voir. J'ai même repéré un site, sur le bout de rue qui fait le coin de ma maison, dépassé l'habitation de la veuve de l'artiste, pis celles des menuisiers de la manufacture. Il y a là un grand champ ben plane qu'on pourrait organiser en place, avec une rue qui irait déboucher en bas sur la route communale.

— Godless! Y as-tu pensé?

Choqué, les bras levés vers le ciel, McGrath agitait à grands coups ses longues mains sèches.

— Godless, Savoie! À t'entendre, on croirait que c'est rien que pour la Cédrière qu'on la bâtit, cette église-là. L'église doit être accessible à tous les paroissiens également. Pour ça, elle doit être construite au centre du village. Tu nous vois, nous autres, dans le rang Croche, monter le Relais chaque fois qu'on irait à la messe? Pourquoi qu'on s'allongerait de même, quand il y a de la place en masse en bas, proche de l'école?

Penché vers lui, il tendait un index menaçant.

— T'es mieux de pas nous manigancer le même coup que la dernière fois quand on avait décidé pour la petite école, parce que c'te fois-citte, je te laisserai pas faire.

— Prends pas la mouche, l'Irlandais, le calma Léon-Marie. Je t'ai donné mon idée. Si t'en as une meilleure, y est toujours temps, les fondations sont pas encore creusées.

— Tant qu'à ça, fit Don McGrath un peu apaisé, en reprenant sa place sur le dos de son siège. Je pourrais te retourner ton idée, pis suggérer d'acheter un bout de champ d'Isaïe Lemay dans la partie nord du rang Croche, un mille dépassé le petit bois, pis la bâtir là, l'église. Elle serait encore plus centrale pour tout le monde qu'à côté de ta maison.

— Pour qu'à notre tour, on soit obligés de faire des milles à pied pour aller à la messe le dimanche? Barnache, tu le fais exprès.

— L'endroit le plus central pour les deux rangs, c'est à côté de la petite école, face au rang Croche, trancha Don McGrath.

— Il y a pas assez de place à côté de la petite école, rétorqua Léon-Marie. Si on décidait un jour de construire un couvent de sœurs pis un collège de frères, comment veux-tu qu'on planque trois grosses bâtisses de même, en ligne sur le chemin de Relais.

— T'as ben dit un collège de frères, pis un couvent de sœurs! éclata Don McGrath.

Ses traits s'étaient élargis. Les deux mains à plat sur ses genoux, il avait peine à contenir son hilarité.

— Godless! C'est pas demain matin qu'il va y avoir assez d'enfants dans le hameau pour remplir un couvent de sœurs pis un collège.

— Faut penser plus loin que le boutte de notre nez! lança Léon-Marie. Une église, une fois que c'est bâti, ça se tasse pas comme on veut.

— Anyway, pour ta première suggestion à côté de ta maison, oublie ça. Jamais je consentirai à cet emplacement-là. Tu le sais

462

peut-être pas, mais j'ai mon mot à dire. J'ai l'intention de faire un don important à l'église.

— Toi, McGrath, tu veux faire un don à l'église?

Étonné, il le fixait avec de grands yeux incrédules, les lèvres légèrement écartées. Il ne savait s'il devait se gausser ou adhérer à son dire. Soudain, il fronça les sourcils. Sa bouche s'était refermée. Inquiet subitement, il lui jeta un long regard.

— J'espère que c'est pas le chemin de Croix que t'as l'idée d'offrir, parce que c'est déjà fait. Je l'ai commandé, il y a un mois, à un sculpteur du Bas-du-Fleuve, pis je peux t'assurer que ça sera pas un autre que le mien qui va être installé sur les murs de l'église.

— Ton chemin de Croix, tu peux le garder, prononça l'Irlandais sur un ton de suffisance. Moé, c'est le retable que je fais sculpter, pis tout un, à part ça, avec des dentelles, des dorures pis des petites niches pour y mettre les statues des saints.

— Un retable... répéta Léon-Marie avec un hochement de tête, pis des petites niches pour mettre les statues des saints... ouais... des petites niches...

L'air moqueur, il considérait l'Irlandais, imaginait son imposante œuvre d'art, un ensemble chargé avec, ornant le faîte, un grand tableau un peu évanescent représentant le ciel. Plus bas, il supposait la prédelle, portant, comme il se devait, une inscription aux armes de l'Irlande. Peut-être s'enhardirait-il et ferait-il ajouter deux petites toiles représentant, à gauche sa grande face d'Irlandais, et, à droite, celle, replète, de sa grosse Grace?

Soudain son visage s'éclaira. Une idée venait brusquement de traverser son esprit, une idée peut-être saugrenue, mais qui risquait d'être valable.

— Je viens de décider que je ferais un autre don à l'église. J'ai décidé d'acheter une belle statue de saint Léon, mon patron, pis si t'as pas d'objection, on va la mettre dans une de tes niches.

— J'ai pas d'objection, émit Don McGrath sur un ton magnanime.

Il poursuivit aussitôt, le plus sérieusement du monde:

— C'est d'ailleurs mon intention, à moé aussi, de commander une statue de mon patron, saint Donald, pis la mettre dans une de mes niches.

Léon-Marie sursauta et fixa l'Irlandais. L'air sceptique, il fouillait l'expression de son visage, tentait de percer, dans son regard impassible, la plus petite trace d'humour. Enfin, penché sur son meuble, il débita lentement, sur un ton railleur:

— À la condition qu'il existe un saint Donald. Moi, je me

rappelle pas avoir jamais entendu parler d'un saint pareil, tandis que saint Léon, je sais qu'il existe, même que c'est un pape.

— On voit que tu connais pas mon pays, rétorqua vivement l'Irlandais. En Irlande, on prie autant saint Donald que saint Patrick. Saint Donald, c'est peut-être pas un pape, mais anyway, c'est un grand saint pareil.

— Ben je regrette de te décevoir, fit Léon-Marie catégoriquement, mais ton saint Donald est pas connu par chez nous. Personnellement, j'ai jamais vu de saint Donald dans le catalogue des saints, pis je suis un catholique comme toi. Ça fait que, comme j'ai jamais vu de saint Donald, pis ni le curé non plus, j'en mettrais ma main au feu, je vois pas ce qu'un saint pareil viendrait faire dans une église canadienne-française du Bas-du-Fleuve. Ça serait assez pour que la chicane poigne entre saint Jude pis saint Christophe.

— Tant qu'à penser que t'es tout seul à avoir un saint patron, exige donc que la place de l'église porte ton nom, reprit l'Irlandais sur un ton maussade. Saint Léon-Marie, ora pro nobis. Godless, je veux ben en gober un boutte, mais faudrait pas que tu pèses trop fort sur le crayon à mine.

Le visage rond de malice, Léon-Marie se tortilla sur sa chaise.

— Puisque tu me le fais remarquer, c'est peut-être pas une mauvaise idée. Comme faut y trouver un nom de saint à c't'église-là, pourquoi pas Saint-Léon de la Cédrière, hein? Je vais dès demain en faire la suggestion au curé. Pis par la même occasion, comme tu l'as proposé toi-même, on nommerait la place de l'église «Saint-Léon», comme de raison.

— Pis la rue, «rue Savoie» peut-être?

— C'est ça, la rue, «rue Savoie», acquiesça Léon-Marie, pince-sans-rire.

Exaspéré, Don McGrath se leva de sa chaise.

— Ben godless! J'en ai assez entendu pour aujourd'hui, je m'en vais. Moé, je suis pas assez orgueilleux pour exiger que le rang Croche change de nom pour s'appeler rang McGrath. J'aime mieux mettre mon nom sur des réalisations plutôt que sur un boutte de chemin qui veut rien dire.

Se ressaisissant, il alla reprendre sa place sur sa chaise.

— Anyway, comme je veux pas passer tout l'après-midi icitte à t'écouter vanter tes mérites, revenons-en donc à la question qui nous occupe, l'emplacement de l'église.

— Qu'est-ce que tu dirais si on ouvrait un chemin un peu en haut de l'école? proposa Léon-Marie, redevenu sérieux. Un chemin qui ferait le coin avec mon magasin général pis ma quincaillerie, pis qui s'enfoncerait dans le pacage à Josaphat Bélanger. On aurait tout ce grand champ-là pour y construire l'église pis d'autres bâtisses aussi, même qu'on pourrait descendre jusque dans le pâturage de Joachim Deveault. Je sais que ça le dérangerait pas. Depuis un bout de temps, ses vaches broutent plus bas, sur la terre qui appartenait autrefois au vieux Adalbert Perron.

Don McGrath paraissait indécis.

— Je suis pas sûr que ça soit une bonne idée, ton affaire, malgré que c'est plus intelligent qu'à côté de ta maison. Well, empiéter sur le pâturage de Joachim Deveault... Reste à savoir ce qu'en penserait c'te femme mystérieuse, la veuve Joséphine A. Lévesque qui a acheté la terre du vieux Adalbert. Elle accepterait-y ça longtemps, elle, que les vaches à Joachim aillent tout le temps pacager dans son champ?

— Pas de doute, surtout que c'est le petit Robert, le plus vieux à Joachim, qui a charge de cultiver sa terre. Faut dire aussi qu'on la voit pas souvent dans le boutte, la femme Lévesque.

— Aussi ben dire qu'on la voit jamais, observa sèchement McGrath.

L'air songeur, il caressa son menton de ses longs doigts étiques.

— Des fois je me dis que c'est une affaire ben curieuse, que c'te vente-là, tu trouves pas? À part ça que personne a l'air de la connaître, c'te Joséphine A. Lévesque (il insistait sur l'initiale) qui a acheté la terre du vieux Adalbert, en même temps qu'elle a coupé l'herbe sous le pied au petit Beaulieu qui voulait y implanter sa fabrique de charbon de bois.

Un flot de sang envahit le visage de Léon-Marie et monta très haut, jusqu'à couvrir son crâne lisse. Il baissa les yeux.

— Paraît que c'est une vieille femme qui l'a achetée pour établir son garçon, articula-t-il, surpris lui-même de la franchise de sa remarque.

— Anyway, je dirai pas ce que je pense, mais il y aurait anguille sous roche dans c't'affaire-là, que je mettrais ma main au feu. Même que t'aurais ton mot à dire là-dedans, Savoie, que j'en serais pas surpris.

— En ce cas-là, garde tes suppositions pour toi, jeta Léon-Marie avec humeur, il y a assez de rumeurs folles qui courent dans le hameau dans ce temps-citte sans ajouter celle-là en plus.

— Pour ça, c'est vrai, acquiesça l'Irlandais. Il y a pas mal de ragots qui courent dans ton boutte. Je pense par exemple à la femme de ton ancien homme de cour. Tu sais qu'elle traîne encore autour de ta propriété après-midi.

De son index, il montrait la fenêtre.

— Je la vois justement d'icitte, en train de se faufiler derrière les cages de planches du côté de la rivière. Le savais-tu, toé, que cette femme-là rôde tout le temps par chez vous?

— Je suis pas aveugle, je l'ai vue comme toi. Comme le chemin de Relais est à tout le monde, je voudrais ben savoir ce que tu ferais à ma place.

L'Irlandais s'avança sur sa chaise. Penché vers l'avant, avec ses yeux bleus délavés, pétillants sous la lueur vive du soleil qui frappait son visage, il avança avec une lenteur délibérée:

— Comme toé, j'ai un beau bois, une rivière, pis j'ai aussi un beau grand pouvoir électrique. Malgré tout ça, j'ai jamais vu cette femme-là rôder par chez nous...

— Ça veut simplement dire qu'il y a rien d'attrayant pour elle dans ton boutte, lança Léon-Marie.

— Peut-être ben, mais si y avait quelque chose d'attrayant pour elle dans mon boutte, comme tu dis, en tant que propriétaire des lieux, je me gênerais pas pour aller y demander ce qu'elle vient faire sur mes terres.

— Es-tu en train de dire que je fais pas mon devoir de propriétaire des lieux?

— Tu m'as demandé ce que je ferais à ta place, j'ai répondu à ta question. Astheure, demande-moé pus rien, t'es assez vieux pour savoir ce que t'as à faire.

Pressé soudain, il se leva. Avec sa brusquerie coutumière, sans ajouter une parole, il fit demi-tour et s'enfonça dans l'escalier.

Piqué au vif, Léon-Marie descendit les marches derrière lui et se retrouva dans la cour. Tandis qu'au volant de sa voiture, l'Irlandais disparaissait dans le chemin de Relais vers le rang Croche, résolument, il se dirigea vers la rivière. Il avançait sans plaisir, poussé par les autres, une grimace déformant ses lèvres. Autour de lui, l'après-midi était paisible, c'était une belle journée chaude du mois de juillet. Il s'engagea dans une allée étroite au milieu des cages. Au fond, absorbé devant une pile de bois brut, Lazare faisait encore une fois le décompte de leur inventaire.

— Comment ça se passe dans la cour après-midi? lui demanda-t-il en passant près de lui.

Lazare souleva légèrement sa casquette.

— Tranquille, monsieur Savoie. Heureusement que ça va se r'parer dans pas grand temps. Tout le monde icitte est ben content pour le contrat de la Côte-Nord.

— Et pour le bois de chêne, le compte y est?

— Il y a pas l'air d'en manquer plus que ce que je vous ai dit.

Léon-Marie poursuivit sa marche vers la rivière et alla s'arrêter au bord du versant. Les pieds enfoncés dans l'herbe haute, il suivit un moment le débit du cours d'eau, presque tari à cette période de sécheresse. Puis l'air méditatif, ses yeux allèrent se poser un peu plus haut, sur la dalle, longue, étroite, qui recueillait comme un calice le filet d'eau pure qui dégringolait de la montagne.

Converti à l'électricité depuis maintenant un bon moment, il se demandait quand il se déciderait à débarrasser la rivière de cette machinerie encombrante, ainsi que de la grande roue. Il ne s'y résignait pas. Cet ancien système lui rappelait ses débuts difficiles, était pour lui comme une relique, le souvenir d'un passé ardu, de sa lutte pour implanter les entreprises qui étaient siennes et qui aujourd'hui s'étendaient largement au pied du mont Pelé.

Au-dessus de la bâtisse de pierre, il distinguait, pointant vers le ciel, le tas de dosses qui s'accumulaient toujours d'abondance pendant l'été, les femmes n'en ayant besoin que pour la cuisson des aliments. Une petite crispation chatouilla sa poitrine. C'était sa hantise. Il savait qu'il ne pourrait s'en guérir, il aurait toujours peur du feu. Excédé, d'un mouvement brusque, il tourna le dos à la rivière, scruta les alentours et, creusant le sol de ses talons, sans hésiter, orienta ses pas vers le petit bois.

Une silhouette se dessinait dans le clair-obscur des arbres. Il reconnaissait Clara. Elle était là, assise sur le sol, et oisive, mordillait un brin d'herbe.

Hésitant encore, il fit le geste de s'en retourner sur ses pas. Mais aussitôt, l'œil sévère de Georgette surgit dans sa pensée, celui de Don McGrath, du curé Darveau et enfin celui de tous les autres qui lui avaient reproché de manquer à son devoir. Il fit un violent effort. Rapidement il traversa le sentier, se dirigea tout droit vers l'ombre qu'il distinguait à travers les troncs sombres et s'arrêta à l'orée du bois.

— On peut savoir ce qui t'amène du côté de la Cédrière, Clara? demanda-t-il aussitôt sur un ton délibérément rude.

— Le beau temps, monsieur Savoie, répondit la femme sans cesser de mordiller son brin d'herbe, seulement le beau temps.

Interloqué, il la regarda un moment sans parler. Il n'avait pas l'habitude de traduire ainsi son autorité et, surtout, il n'aimait pas ce devoir qu'on lui imposait. Peu habitué non plus aux situations délicates, maladroit à saisir le comportement des femmes, il ne savait trop quoi dire.

— En venant rôder par ici, tu sais que tu fais marcher bien des langues? lui fit-il remarquer. Ça te dérange pas?

La bouche de Clara se durcit l'espace d'un moment. Elle leva vers lui son regard noir, plein de flammes, le temps pour lui d'entrevoir la sourde colère qui animait ses prunelles, puis elle abaissa les paupières.

Du bout de ses doigts, d'un geste vif, qui faisait s'agiter ses seins ronds et fermes sous son corsage de soie, elle secouait les aiguilles de sapin qui s'étaient collées à sa jupe.

— Ça me dérange pas, si vous voulez le savoir. Je fais ce que je veux, quand ça me plaît et j'ai pas l'habitude de me soucier de ce que les autres peuvent penser, même quand ça vient du curé.

— Tu es irrespectueuse, Clara, observa-t-il. Sais-tu que tu es sur ma propriété et que si je le voulais, je pourrais te demander de t'en aller?

— Si vous me demandiez de m'en aller, je m'en irais, répondit effrontément la femme, mais j'aurais pas à aller bien loin avant de me retrouver sur la terre qui appartient à tout le monde, j'aurais qu'à descendre un peu plus bas, dans le layon qui longe la rivière.

Elle baissa la tête sur sa poitrine opulente. Ses lèvres étaient entrouvertes sur ses dents longues et saines. Lentement, elle tourna les yeux vers lui; elle avait pris un air enjôleur.

— Mais je sais que vous me demanderez pas de partir. Vous êtes venu seulement parce que les autres ont insisté.

Décontenancé par son audace, par sa perspicacité aussi, le menton dressé, il la regarda un long moment sans répondre.

— Tu es insolente, Clara, émit-il enfin. Ce n'est pas le comportement d'une dame. De plus, il paraît que tu fumes en cachette, que tu lances tes mégots n'importe où, on dit même que, des fois, tu les lances sur des tas de bois sec.

Son regard s'était électrisé. Subitement, il avait repris son assurance. Il se mit à parler vite, sur un ton de reproche:

— À cause de toi, Clara, il n'y a pas une nuit, depuis deux ans et demi, où je me suis pas réveillé en sursaut, où j'ai pas regardé par la fenêtre de l'autre côté de la route pour voir si le feu était pas pris dans mon usine. À cause de toi, Clara, je vis dans la crainte perpétuelle de voir s'envoler en fumée le travail de toute ma vie...

Furieuse, Clara se dressa vivement sur ses pieds.

— Si vous faites allusion au feu dans les croûtes, ben vous avez tort. Combien de fois je vais devoir vous répéter que c'est pas moi qui ai mis le feu dans ce tas de bois-là.

— Il y a pas mal de monde dans le hameau qui pense le contraire.

— Ben ils se trompent.

Elle le regardait fixement, avec, dans ses yeux sombres, une petite lueur mouvante. Léon-Marie, qui l'observait avec attention, n'aurait su dire si c'était la colère qui animait ainsi étrangement ses prunelles, ou bien...

— Toi, Clara, tu sais quelque chose, risqua-t-il, et tu vas me le dire.

Exacerbé, il pointa son index dans sa direction.

— Tu sais ce qui s'est passé ce jour-là, quand le feu a pris dans les dosses et aujourd'hui tu vas me le dire.

Le visage tendu vers lui, elle croisa fermement ses mains sur son ventre. Imperceptiblement elle hochait la tête. Elle ne dirait rien. L'ancien employeur de son mari aurait beau insister, se faire menaçant, elle ne dirait rien. Même si elle savait, elle ne dirait rien...

Rompue tout à coup, elle courba son front. Fermant les yeux, elle évoqua dans sa pensée ce jour de septembre...

Comme il lui arrivait souvent, ce matin-là, Anatole s'était éveillé avec sa douleur à l'estomac. De mauvaise humeur, il avait commencé dès son réveil à l'accabler de reproches. Ils s'étaient disputés dans leur chambre, en même temps qu'ils enfilaient leurs vêtements, et ils avaient continué à le faire encore pendant le petit déjeuner.

Il n'irait pas travailler, avait-il décidé, et c'est elle qui irait à la scierie afin d'en aviser Jean-Baptiste et lui dire qu'il était malade.

Elle avait aussitôt claqué la porte et couru prévenir Jean-Baptiste dans l'atelier de coupe. Puis afin de se calmer un peu, elle avait continué sa promenade du côté de la rivière. Elle en profiterait pour fumer en cachette, loin des regards désapprobateurs de tout le hameau.

Sûr de la surprendre dans les bras de Charles-Arthur qu'il soupçonnait d'être son amant, Anatole était sorti à son tour et, se tapissant de son mieux, avait surgi devant elle, non loin du tas de dosses. Habituellement placide, il était devenu agressif, l'avait bousculée, avait arraché sa cigarette et l'avait lancée à l'aveuglette.

C'était un accident. Conscients de leur imprudence, ils avaient cherché longtemps aux alentours sans parvenir à retrouver le mégot. Enfin, ils s'étaient résignés, avaient abandonné leurs recherches et étaient retournés vers leur maison en empruntant la petite passerelle qui s'élevait au-dessus de la rivière, derrière la meunerie.

Peu de temps après, une fumée dense s'était échappée du tas de bois. Affolée, convaincue que la cigarette égarée en était la cause, elle avait couru dehors, où elle avait rencontré Charles-Arthur.

Plus tard, quand le feu avait été éteint, Jean-Baptiste les avait surpris et parce que, nerveux, soulagés, ils avaient ri ensemble, plaisanté sans conséquence, des bruits avaient couru...

Mais de tout cela, elle ne dirait rien, jamais elle n'avouerait qu'elle savait. D'ailleurs cela n'avait plus d'importance. Pareil incident ne risquait pas de se reproduire. Aujourd'hui, Anatole était à son ouvrage, loin du côté des Fardoches, et ils avaient quitté le hameau.

Elle se leva. D'un pas assuré, avec sa jupe de cotonnade, ample, et qui ondoyait sur ses hanches, elle alla s'immobiliser devant lui. La tête haute, son regard plongé dans le sien, elle débita sur un ton égal:

— J'ai pas idée de qui aurait pu mettre le feu dans votre tas de dosses, monsieur Savoie, j'ai pas idée pantoute.

L'œil défiant, elle demeurait là, sans bouger, et le regardait, avec son visage qui frôlait le sien. Il eut un mouvement de recul. Autour d'elle, le vent tourbillonnait et agitait sa longue chevelure. Un parfum sucré d'églantine courait dans l'air. Elle fit un pas en avant. La poitrine frémissante, elle le dévisageait de son regard intense avec ses lèvres rouges, charnues, qui l'invitaient. Troublé, saisi d'une sorte de curiosité irrépressible, il lui rendit son regard, en même temps que, lentement, sa main se déplaçait, montait vers elle pour s'arrêter à la hauteur de son cou. En tremblant, de la pulpe de ses doigts, il frôla sa peau. Le cœur battant, comme hypnotisé, il l'effleura encore, longuement cette fois, du plat de sa paume qui fouillait sous son corsage. Brusquement, il sursauta et, d'un seul coup, comme coupable d'un sacrilège, s'éloigna d'elle. Devant lui, les yeux animés comme des braises, elle attendait, la bouche entrouverte. Il distinguait entre ses dents sa langue rose, mouillée de salive et qui brillait. Soudain, dans un mouvement imprévisible, vigoureux, elle saisit son poignet, brutalement, l'appuya sur son sein dur et, avec ses ongles qui s'enfonçaient dans sa peau, le retint de toutes ses forces. Il écarta vivement sa main. Il haletait. Bouleversé, il la fixa un long moment, puis sans une parole, se retourna et à grandes enjambées s'enfonça à travers les cages.

# 28

La porte de la cuisine se referma avec raideur et le «vlan» qu'elle produisit résonna jusque sur la montagne dans le silence du matin. Léon-Marie émergea sur le perron, dévala les marches et s'engagea dans le chemin de Relais vers la manufacture de portes et châssis. Il était nerveux. On était samedi et le lendemain, premier dimanche du mois de juillet, ils inaugureraient en grande pompe la nouvelle église de la Cédrière.

Il s'était éveillé avec l'aurore, s'était aussitôt habillé et s'était hâté de prendre son petit déjeuner. Il pressentait qu'il aurait beaucoup à faire en cette veille de la grande fête. En plus de ses tâches habituelles à la scierie, il devrait être partout à la fois, voir aux derniers préparatifs et, surtout, il aurait à parer aux imprévus.

L'église était maintenant entièrement terminée. Le retable de Don McGrath trônait au-dessus du maître-autel et le beau chemin de Croix en bois qu'il avait commandé à un artiste sculpteur ornait les bas-côtés. En même temps que les ouvriers avaient fixé les quatorze tableaux de la passion de chaque côté de la nef, il avait lui-même veillé à ce qu'ils disposent entre la quatrième et la cinquième station, de même que de l'autre côté, entre la onzième et la douzième station, une plaque commémorative, en cuivre, gravée à la mémoire d'Henriette L'Heureux Savoie, son épouse bien-aimée, et de ses quatre enfants décédés: Marie-Laure, Gabriel, Étienne et Étiennette.

L'hiver précédent, avec l'aide de Don McGrath, il avait aussi convoqué des assemblées de citoyens. Ensemble, ils avaient longuement épilogué, afin de faire de cette fête un succès. Ils voulaient que tous se souviennent longtemps de ce 5 juillet 1931, jour où le petit hameau et le rang Croche seraient unis pour devenir une paroisse instituée conformément aux autres divisions ecclésiastiques.

Machinalement, tout en avançant vers la côte, il jetait un coup d'œil à sa droite, sur les petites maisons de ses employés, anormalement paisibles en ce matin chaud de juillet. Il n'était pas surpris. Aujourd'hui, les femmes du hameau n'iraient pas dehors, elles seraient toutes occupées dans leur cuisine à préparer sandwichs, gâteaux et petits légumes crus pour la fête du lendemain.

Une crispation, subitement, étreignit sa poitrine. Le doux visage d'Henriette venait de s'imposer dans son esprit. Il y avait plus d'un an maintenant qu'elle était morte. Il songea que si elle avait vécu, elle aussi aurait participé à la corvée des femmes. Il fit un violent effort pour refouler sa peine. Il n'avait pas le droit aujourd'hui d'assombrir leurs festivités avec le rappel de ses malheurs.

Il était arrivé devant la manufacture. Au milieu de la galerie de bois brut, grimpé sur un escabeau, Octave Chantepleure faisait comme d'habitude son entretien matinal. L'air de bonne humeur, un seau d'eau dans une main, de l'autre, il frottait les vitrines de sa façon coutumière, à grands coups de brosse de chiendent.

— N'est-ce pas qu'il fait beau temps, monsieur Savoie, observa-t-il aimablement, en découvrant sa denture proéminente.

— Pas mal pantoute, répondit Léon-Marie en escaladant rapidement les marches. Ludger est-y là?

— Il est dans l'atelier avec les autres. Vous n'entendez pas les machines? Elles tournent fort ce matin.

Léon-Marie opina de la tête. Sans attendre, il pénétra dans la salle de montre et poursuivit son chemin vers l'arrière-boutique.

Le temps d'une seconde, son regard se posa sur les étalages élégants d'Octave répartis harmonieusement à travers la pièce. Il ne pouvait s'empêcher de reconnaître les aptitudes particulières du Français. Même s'il l'irritait parfois avec son accent pointu, ses gestes maniérés, il lui concédait un sens inné de l'esthétique. Ses arrangements étaient dignes des plus grands magasins. Il se dit qu'il lui en ferait compliment un de ces jours, quand il en aurait le temps.

Il était arrivé devant la porte. Par le carreau, il distinguait ses quatre menuisiers à l'œuvre, avec leurs salopettes lourdement empoussiérées de fines particules de bois. L'activité était dense. Les deux toupies tournaient en même temps et faisaient gicler le bran de scie, assombrissant l'espace de travail d'un nuage gris, malgré les hauts panneaux largement ouverts sur la forêt derrière.

Ludger se tenait dans la clarté du jour, au milieu de l'embrasure. Le niveau dans l'œil, un genou sur le sol, il ajustait un châssis avec un rabot. Léon-Marie pénétra dans le local et se dirigea rapidement vers lui.

— Je suis venu m'assurer que t'es organisé pour demain, prononça-t-il sur un ton nerveux. As-tu rejoint tout ton monde?

Ludger se releva lentement de sa position inconfortable et prit appui sur le cadre de bois. Il dit avec sa lourdeur d'ouvrier:

— Vous inquiétez pas, monsieur Savoie. J'ai vu à toute moé-même. Même qu'ils m'ont promis d'être là une bonne demi-heure avant la grand-messe.

Le visage de Léon-Marie se détendit. En tant qu'ancien membre de la chorale de Saint-André, il avait confié à Ludger la tâche de disposer les choristes dans l'espace exigu du plus haut jubé. Avec un peu d'inquiétude, il se demandait par quel miracle il réussirait à grouper autour du petit harmonium tous les adultes requis pour l'exécution de cette magnifique *Messe du Couronnement* de Mozart qu'avait commandée le curé.

Pour l'occasion, le chœur serait accompagné par l'organiste du village de Saint-Germain. De ce côté, il était rassuré. Avec le talent qu'il lui connaissait, mademoiselle Gauthier parviendrait à extraire des sons divins du petit instrument acheté à vil prix d'une communauté religieuse.

Plus tard, songea-t-il, quand ils en auraient les moyens, ils remplaceraient l'harmonium par un orgue majestueux, un orgue puissant dont les accords rempliraient l'église pour aller se perdre dans la voûte.

— As-tu réussi à nous trouver une organiste? s'enquit-il soudain.

— De ce bord-là, ç'a pas marché tout à faite comme j'ai voulu, répondit Ludger en se raclant la gorge. La femme à Josaphat Bélanger, à qui j'avais offert le poste, ben elle a refusé. Elle a trop d'ouvrage avec ses enfants, qu'elle m'a dit, pis aussi, elle a peur de se tromper, ça fait trop longtemps qu'elle a pas pratiqué.

— Ouais, ça complique notre affaire, fit Léon-Marie marquant son ennui. On pourra pas avoir mamzelle Gauthier tous les dimanches, elle a sa tâche au village. D'un autre côté, nos chantres peuvent pas chanter non plus sans être accompagnés, surtout pas pour la grand-messe. Sans compter que si on a acheté un harmonium, c'est pas pour que la clef reste dans le couvercle.

— En tout cas, on aura pas ce problème-là demain, observa Ludger, vous allez voir que mamzelle Gauthier va nous accompagner ben comme il faut. Pour ce qui est des autres dimanches...

Il souleva légèrement sa casquette et lui jeta un coup d'œil rapide en même temps qu'il se grattait la tête, dans le geste habituel qui exprimait son incertitude.

— C'est ben certain que je vas continuer à chercher... mais en attendant... j'aurais peut-être une suggestion. Ça se pourrait ben que j'en connaisse une qui pourrait nous dépanner, le temps de trouver une vraie organiste, juste pour pas que la clef reste dans le couvercle, comme vous dites.

Embarrassé, il se grattait la tête avec plus de vigueur encore.

— Ça me coûte un peu de vous proposer ça, vous comprenez,

quand c'est dans la famille, c'est ben délicat... Ben entendu, ça serait juste en attendant, pour nous dépanner. Je veux parler de ma sœur Ange-Aimée, celle qui reste à Saint-André. Ça lui arrive de toucher l'orgue là-bas. Elle joue pas toujours juste, mais ça serait mieux que de pas avoir de musique pantoute.

— C'est pas que je suis contre, répondit Léon-Marie, mais comme tu dis, ta sœur reste à Saint-André. On peut pas déplacer quelqu'un de son patelin chaque dimanche, juste pour venir tenir l'harmonium chez nous.

— Justement, de ce côté-là, ça serait pas un problème, repartit Ludger. Ange-Aimée est veuve, elle a pas d'enfants, pis dans le moment, elle vit chez not' père. Si elle faisait votre affaire, ma femme pis moé, ça nous dérangerait pas de la loger chez nous, le temps de trouver une vraie organiste comme mamzelle Gauthier.

— Ouais, mon Ludger, je te trouve d'arrangement pas ordinaire.

— Elle perdrait pas son temps avec nous autres, assura Ludger. Avec la famille qui s'agrandit d'un rejeton par année, ça permettrait à mon Yvonne de souffler un peu. C'est pas parce que c'est ma sœur, mais c'est une personne ben honnête pis ben sérieuse. Elle a eu trente-cinq ans il y a pas longtemps. Elle est dévouée, travaillante, pis pas laide, à part ça. Si vous voulez, je peux vous la présenter après-midi, elle est en visite dans le hameau. Ma femme l'a invitée pour la fête de demain.

Léon-Marie éclata d'un grand rire. Pressé soudain, il lança, en même temps qu'il se dirigeait vers la sortie:

— Elle a pas besoin d'avoir toutes ces qualités-là pour toucher l'orgue. D'abord qu'elle donne la note de temps en temps, c'est toute ce que je lui demande.

Le visage encore amusé, il franchit le seuil et s'engagea dans le petit sentier à travers bois pour aboutir dans le chemin de Relais. Tout en marchant, il énumérait ses tâches. Il devrait d'abord passer par l'église, puis il irait rassembler les petits gars du hameau. Il avait décidé que c'était leur tour de dépoussiérer les bancs. «C'est pas rien qu'aux adultes à faire leur part pour le bon Dieu», marmonnait-il en descendant rapidement la côte. Il approchait de la jonction du rang Croche. La nouvelle route en terre battue menant à l'église s'ouvrait à sa droite, comme une prolongation du même rang qui allait s'éteindre dans le pâturage de Joachim Deveault.

Avec un peu de déplaisir, il songea que cette petite rue constituait une autre concession à Don McGrath, à la demande du curé Darveau. «Afin d'acheter la paix», avait dit le vieux prêtre, agacé par les éternelles mésententes entre les deux hommes qui, pour gagner quelques pas de leur côté, prenaient un malin plaisir à repousser la proposition de l'autre.

Son rêve à lui aurait été d'ouvrir, un peu en haut de l'école, un court chemin qui aurait fait angle avec son magasin général, ainsi qu'il l'avait maintes fois expliqué au curé. L'église, construite à la suite de ses commerces, au milieu du grand pacage de Josaphat Bélanger, aurait permis d'embrancher un quadrilatère qui aurait rejoint vers la montagne la rue dans laquelle était établie la chapellerie de la veuve de l'artiste.

Les yeux fermés, il imaginait les clients y déambulant le dimanche, après la messe. Il se représentait, pendant que les maris procédaient à leurs achats dans les magasins établis le long du chemin de Relais, les femmes poussant leur randonnée derrière l'église jusqu'à la rue de la modiste, afin de s'informer des goûts du jour, tout en s'offrant quelque fanfreluche. Mais le curé en avait décidé autrement.

Laissant échapper un soupir, il s'engagea dans le bout de rue qui menait à l'église. La chaussée était vilaine, striée d'ornières creusées par le passage fréquent des charrettes. «On peut pas laisser monseigneur l'évêque passer par une route pareille, se dit-il. Il va croire qu'on est pas encore colonisés.» Il devrait voir à la faire réparer avant le lendemain. Il n'avait pas prévu. C'était une tâche à ajouter par-dessus les autres, avant la fin de la journée.

Il était arrivé devant la petite église. Pendant un moment, immobile sur la place, il la regarda, l'œil admiratif. Il ne pouvait s'empêcher de la trouver coquette et combien invitante, avec ses pierres des champs, ses fenêtres romanes, son clocher unique qui s'élevait au-dessus de la façade.

Ils y avaient tous apporté leur contribution; les habitants du hameau, de même que ceux du rang Croche et, chaque fois qu'il en avait été capable, il avait lui aussi joint ses efforts à ceux des autres.

Demeuré seul dans sa maison en septembre, après le départ d'Antoine pour le séminaire, il avait trouvé sa solitude bien grande et bien insupportable. Aussi, en attendant le dimanche après-midi, jour où il allait retrouver son fils au parloir du collège, il avait employé ses moments libres à ériger des colombages dans la petite église.

L'hiver venu, ils avaient requis les services d'ouvriers spécialisés qui s'étaient enfermés derrière les murs. Pendant un temps interminable, sculpteurs et doreurs avaient fignolé la nef et le chœur de colonnes à volutes, de têtes d'anges, de dentelures et d'entrelacs. Enfin, leur veste sur l'épaule, leur coffre à outils sous le bras, artistes et artisans avaient quitté les lieux. L'église était prête: le mois de juin 1931 était sur le point de se terminer.

Il ne restait plus que le presbytère à construire. Les travaux commenceraient sous peu et il serait habitable en septembre.

Mais aujourd'hui, il avait de tout autres préoccupations. Il devait voir au bon déroulement des préparatifs pour la fête du lendemain. Il fit un pas vers le portique. Soudain il s'immobilisa de surprise. Devant lui, les deux portes centrales à battants venaient de s'ouvrir dans un grand souffle. Un petit groupe de femmes en émergeaient, vadrouilles et chiffons à la main.

Sorti brusquement de son rêve, il les fixa, l'air hébété.

— Qu'est-ce que tu fais là, toi, comme en adoration? lui demanda Angélique.

Presque toutes les femmes du hameau étaient présentes. Près d'Angélique se tenaient Georgette, Angélina, Rosanna Genest, Rébecca Dufour, Philomène la femme de Joachim et combien d'autres qui le considéraient toutes, l'air moqueur.

— On dirait que vous sortez d'une assemblée des dames de sainte Anne, fit-il remarquer sur un ton caustique.

— Pendant tout l'automne dernier et l'hiver, ç'a été la corvée des hommes, déclara Angélique. Aujourd'hui on a décidé que c'était la corvée des femmes.

— Justement, c'était mon idée d'organiser une corvée de ménage, mais je pensais plutôt faire faire ça par les garçons qui sont en vacances. Ça les occuperait, ils passent leur temps à jouer au baseball.

— Bien, ça sera pas nécessaire, observa Georgette. L'église est propre, propre. Elle sent seulement l'huile de lin pis le vernis frais.

— Et demain, elle va sentir l'encens, ajouta Angélique avec un petit rire en cascade qui lui rappela douloureusement son Henriette.

— J'espère que vous avez pas oublié qu'il y a les victuailles à préparer aussi, dit Léon-Marie avec un peu d'anxiété dans la voix.

— T'inquiète donc pas, lui reprocha Angélina. Il y a pas seulement les hommes qui savent décider comment faire l'ouvrage.

— Angélina a raison, renforça Rosanna. Toi, Léon-Marie, occupe-toi donc plutôt de faire mettre un peu de gravier dans le chemin, puis de faire passer la gratte, sinon nos dignitaires vont avoir tout un tour de rein demain, à force de se faire brasser le derrière dans leur char. Monseigneur l'évêque, c'est pus un jeune homme.

Elles éclatèrent de rire. Derrière elles, Yvonne, la femme de Ludger Lévesque, se frayait un chemin avec sa cousine, la femme d'Arthur. Toutes deux entouraient une inconnue.

— Je voudrais vous présenter ma belle-sœur Ange-Aimée, dit Yvonne en indiquant du menton la jeune femme toute menue, les lèvres entrouvertes dans un sourire, qui se tenait sagement près d'elle. Elle est en visite au hameau.

Il lui tendit poliment la main.

— Ludger m'a parlé de vous. Paraît que vous accepteriez de toucher l'orgue en attendant qu'on se trouve une organiste.

— J'espère que mon frère n'a pas oublié de vous dire que je ne joue pas très bien, le prévint la jeune femme, le visage empourpré.

Il éclata d'un petit rire rempli de sollicitude.

— Il y a pas manqué, mais je suis certain que vous devez pas être si mauvaise. Ça doit être de la modestie de votre part.

Il souriait encore, en même temps qu'il l'examinait sans retenue. C'est vrai qu'elle était jolie, la petite Ange-Aimée Lévesque. Mince, le geste gracieux, elle avait de belles joues roses et rondes, avec de grands yeux verts qui le fixaient timidement sous sa frange de cheveux aux reflets cuivrés.

Brusquement, il se raidit. Il avait cessé de sourire. Mais elle n'était pas aussi jolie que son Henriette. Aucune femme d'ailleurs ne pourrait jamais avoir la beauté, la finesse, l'élégance et l'assurance tranquille de son Henriette.

Devant lui, la petite Ange-Aimée rougissait, se tortillait de gêne. Il se tança avec vigueur et détourna son regard. Il se savait d'une telle intransigeance, qu'inconsciemment, il devait mettre toutes les femmes mal à l'aise. Se reprenant, il fit un effort pour se montrer agréable:

— Qu'est-ce que vous diriez de nous jouer un petit morceau sur l'harmonium, demain après-midi, après le concert de la chorale d'enfants? J'ai comme l'impression que vous allez nous surprendre.

— Ça m'inquiète un peu, prononça la jeune femme en contenant le tremblement de sa voix. Toute la paroisse va être présente, de plus il va y avoir des invités de marque. J'espère que je ne vous décevrai pas.

— Faites-vous-en pas pour ça. Quant à moi, j'ai ben hâte de vous entendre.

Plantées sur le portique, Angélique, Georgette, Angélina et Rosanna échangèrent un clin d'œil complice.

— Nous autres aussi, on a ben hâte, glissèrent-elles sur un ton rempli de sous-entendus.

***

477

Léon-Marie arriva à pied à l'église. Revêtu de son plus élégant costume et accompagné de son fils Antoine, il était parmi les premiers à pénétrer dans l'enceinte de la petite place.

Partout autour d'eux, sur les routes de campagne, les chevaux trottaient allègrement et remplissaient l'air du claquement de leurs sabots. Ils filaient tous vers le même point de rencontre, chacun ralentissant à la croisée du chemin de Relais et du rang Croche, pour emprunter vers l'est la rue nouvelle, recouverte de gravier fraîchement épandu de la veille.

Les uns à la suite des autres, les bogheis allaient s'aligner autour de la cour. Aussitôt rangés, dans la touffeur du jour encore privée de l'ombre des arbres, les hommes s'empressaient de dételer les bêtes, puis, d'une petite tape sur la croupe, les envoyaient s'ébattre un peu plus bas, dans le grand pacage de Joachim Deveault, prêté à l'église pour la circonstance.

Les yeux plissés sous sa main en visière, Léon-Marie interrogeait le ciel. Le soleil brillait de tous ses feux et pas un nuage n'obscurcissait les nues. Ils auraient une belle journée, sans grisaille, avec la messe, le repas champêtre, les discours, les chants et les jeux.

Il avait été entendu que la soirée se terminerait par un immense feu de joie. La veille, Jean-Baptiste et Omer avaient apporté des quantités importantes de planches, qu'ils avaient disposées en cône et dressées dans le pacage de Joachim Deveault, derrière l'église, loin des habitations, afin d'éviter que des particules incandescentes n'atteignent les toits de bois sec.

Plus tard, en même temps que le soleil quitterait l'horizon, ils s'assembleraient autour du feu et écouteraient crépiter les flammes, tandis que les tisons éclateraient en mille petites étincelles joyeuses.

— V'là que tu te permets de rêvasser, un jour comme aujourd'hui, entendit-il contre son oreille.

Il se retourna. Donald McGrath se tenait près de lui. Endimanché et arrivé tôt comme lui, il avait garé son véhicule luisant de chromes au milieu des bogheis aux brancards pendants.

— C'est une bonne idée que t'as eue de faire verser un tombereau de gravier dans la petite rue, dit rapidement Don McGrath, sinon je risquais de m'embourber avec mon char, au point que j'aurais été obligé de marcher jusqu'icitte.

— J'ai pas fait ça pour ton bon plaisir, lui fit remarquer Léon-Marie, les yeux pointus. Je l'ai faite en considération pour monseigneur l'évêque pis pour monsieur le curé. Quant à toi, un peu d'exercice t'aurait pas fait de tort. Depuis quelque temps, je remarque que t'as une petite bedaine, même que t'amollis un peu.

— On commencera pas à se chicaner un jour pareil, hein, Savoie? jeta Don McGrath avec humeur.

— Surtout que t'es au-dessus de tes affaires astheure que t'as réussi à convaincre le curé Darveau de faire bâtir l'église trois arpents en bas de l'endroit que j'avais prévu, commença Léon-Marie.

— Pis toé, t'es pas en manque, répliqua l'Irlandais. J'ai pas rechigné quand on a installé ta statue de saint Léon dans une de mes niches.

Penchés l'un vers l'autre, ils se mirent à parler à voix basse, chacun se donnant la réplique, dans un débit rapide.

— Ben entendu, il a fallu qu'on mette de l'autre côté la statue de saint Donat qui s'est trouvé à remplacer ton patron Donald, vu qu'on a pas réussi à trouver de saint Donald, ni dans le martyrologe ni dans le catalogue de tous les saints d'Irlande.

— C'est parce que c'est pas un nom français, pis que tu connais pas ma langue. Donat ou ben Donald, pour moé c'est pareil.

Devant eux, une limousine noire, haute, longue, venait de s'engager dans le petit chemin qui menait à l'église et faisait crisser les cailloux. Mené par un chauffeur en livrée, le cortège de monseigneur l'évêque arrivait.

La voiture vint s'arrêter devant le parvis. L'évêque en émergea le premier, suivi du curé Darveau, puis des deux vicaires, qui avaient pris place sur un strapontin face à eux.

Dans un bruissement silencieux, la foule se rapprocha aussitôt et fit cercle.

Entièrement revêtu de ses habits violets, avec sa calotte de la même teinte, sa large ceinture qui glissait un peu sur ses hanches, l'évêque escalada le perron de pierre. Il avançait en avant des autres, le dos arrondi, dans un froufrou léger qui rappelait aux femmes leurs robes en taffetas des jours de fête. Le curé et les deux vicaires venaient derrière. Tous les trois avaient endossé leur plus belle soutane noire et portaient avec un peu de raideur leur coiffure d'ecclésiastique.

Redevenus raisonnables, Léon-Marie et Don McGrath cessèrent leur offensive et, à l'instar des autres paroissiens, leur emboîtèrent le pas.

Le curé Darveau avait, le dimanche précédent, réservé de longues minutes de son prône afin de bien faire comprendre à ses ouailles cette cérémonie exceptionnelle qu'était la bénédiction solennelle d'une église. À la condition que le nouveau temple soit libre de dettes, l'évêque procéderait lui-même à la liturgie, avait-il dit.

Les dignitaires poursuivirent leur marche dans l'allée centrale jusqu'au transept.

Avec tout le décorum dévolu à sa fonction, l'évêque alla s'arrêter près de la balustrade, revêtit les vêtements sacerdotaux chamarrés de rouge et d'or et coiffa la mitre sur sa toque violette.

En haut dans le dernier jubé, le petit harmonium égrenait des sons grêles.

Sans attendre, précédant le cortège des prêtres et des enfants de chœur, son livre de prières ouvert dans sa main gauche, deux doigts de sa droite levés dans un geste de bénédiction, le prélat défila autour de la nef, s'arrêtant douze fois pour enduire, d'un filet de saint chrême, douze petites croix de bronze clouées sur les murs à cette intention. Enfin il retourna vers l'autel.

Léon-Marie et Don McGrath, qui avaient pris place à l'avant dans le banc réservé aux marguilliers, tenaient la tête un peu arquée vers l'arrière. Les bras ballants de chaque côté de leurs hanches, comme deux frères dans leurs habits du dimanche, ils paraissaient profondément absorbés.

«Kyrie eleison», entonna le chœur dans l'église bondée jusqu'à l'arrière.

La messe commençait. Léon-Marie ferma les yeux et se grisa de la belle voix de son Antoine qu'il entendait résonner jusqu'à la voûte de la petite église en bois, à l'acoustique étonnante. Le cœur rempli d'émotion, il pensait combien il aurait souhaité partager sa fierté avec son Henriette, la savoir dans le banc familial avec autour d'elle tous leurs enfants recueillis et écoutant chanter leur frère. Il laissa échapper un douloureux soupir. Le destin n'avait pas voulu qu'il en soit ainsi.

Puis ce fut le prêche de l'évêque. Assis au milieu du sanctuaire, dans le fauteuil d'apparat, sa mitre sur la tête, sa crosse dans la main droite, sur un ton égal, il rappela aux fidèles combien ils étaient bénis de Dieu de posséder leur lieu de culte et combien ils devaient s'en enorgueillir. Sur le même ton égal, il dit combien aussi ils ne devaient pas craindre de s'y réfugier et profiter de son cadre tranquille pour se consoler dans l'épreuve ou recouvrer l'apaisement de leur âme.

Le curé Darveau parla à son tour. Dans un exposé plutôt long et monotone, patiemment il déclina la hiérarchie administrative d'une paroisse, définit ses fonctions et les obligations de ses dépendants, insistant chaque fois sur le respect et la fierté qui devaient animer chacun des membres de cette grande communauté.

Enfin, changeant subitement de ton, il ferma son cahier. D'une voix dans laquelle perçait un certain plaisir, il annonça sans préambule:

— Monseigneur l'évêque ici présent a nommé l'abbé Marcel Jourdain, curé intérimaire de votre paroisse.

Dominant les murmures qui couvraient l'espace, il enchaîna aussitôt:

— Dans toute structure ecclésiastique, on se doit aussi de nommer un saint patron. Nous avions pensé en premier lieu à l'un de ces deux grands saints qui occupent les niches du retable. D'abord saint Léon. Pape, confesseur et docteur de l'Église, connu sous le nom de Léon le Grand, défenseur de l'orthodoxie, rigoureux défenseur de Rome, on lui doit que cette ville ne fut pas brûlée sous le règne d'Attila. Nous avions pensé aussi à saint Donat. Saint Donat, évêque d'Arrezzo, a été martyrisé sous Julien l'Apostat et il est lui aussi un grand saint.

Son regard sévère parcourut la nef jusqu'à l'arrière, avant de revenir vers le premier banc et se poser tour à tour sur Léon-Marie et Donald McGrath qui le fixaient, le visage tendu par l'attention.

— Nous avons décidé, pensant que personne n'oserait reprocher à nos morts l'hommage que nous voulons leur rendre, de consacrer la paroisse de la Cédrière à un autre grand saint.

Se redressant encore, il débita sur un ton déclamatoire:

— Digne empereur au dixième siècle, confesseur, modèle pour l'humanité, époux de sainte Cunégonde, ce saint a propagé la religion catholique et les bonnes mœurs à travers l'Europe, en plus de conserver la virginité dans son mariage. Votre paroisse portera le nom de Saint-Henri de la Cédrière. Ce saint patron rappellera à Donald McGrath et à Léon-Marie Savoie, tous deux généreux donateurs à votre église, l'un, le souvenir de son père feu Henry McGrath, l'autre celui de son épouse aussi décédée, Henriette L'Heureux.

Enorgueilli, Léon-Marie gonfla puissamment le torse et laissa longuement fuser son souffle. Penché vers Don McGrath, il chuchota à son oreille:

— C'est un bel hommage que monsieur le curé a voulu rendre à mon Henriette. Je lui en suis reconnaissant.

— Moé aussi, je lui en suis reconnaissant, répéta mot pour mot Don McGrath. C'est un bel hommage qu'il a voulu rendre à mon défunt père.

— Le curé a dit ça rien que pour sauver la face, souffla Léon-Marie. Ton père a rien à voir avec notre paroisse, ça fait plus que trente ans qu'il est mort, pis il a toujours vécu en Irlande.

— Ce saint Henri-là, je le considère autant à moé qu'à toé, s'entêta Don McGrath.

Derrière eux, les grandes portes centrales venaient de s'ouvrir. L'office religieux terminé, les fidèles se retrouvaient dehors. Après le recueillement et le silence des lieux saints, ils avaient repris leurs bavardages.

Léon-Marie jeta un regard froid sur son compagnon et, allongeant le pas, suivit la foule qui s'orientait à gauche de l'église, vers une plate-forme érigée au milieu d'un carré de terre battue, où déjà les femmes, chapeautées, revêtues de leur plus jolie robe de soie, déballaient les victuailles et s'affairaient à servir le dîner champêtre.

— Redescends donc sur terre au lieu d'achaler les saints du ciel avec tes prétentions, disait près de lui Don McGrath, tandis qu'ils se groupaient autour de la table. Tu verrais qu'il y a de quoi de pas mal plus intéressant à regarder. Godless, es-tu aveugle? On dirait que tu vois pas la flopée de veuves pis de célibataires qui te courent après depuis que t'es veuf. Rien qu'aujourd'hui, tu t'es pas demandé ce que la belle Ange-Aimée Lévesque venait faire par icitte? Pis mamzelle Gauthier, l'organiste, qui passe son temps à se trouver de l'ouvrage du côté de la Cédrière, pis la maîtresse d'école du rang Cinq, pis les trois sœurs d'Alcide Thériault? Toutes des femmes regardables, pis instruites à part ça.

— Il y a pas de comparaison possible avec ma défunte Henriette, articula Léon-Marie, les yeux fixés sur le lointain. Elles sont toutes sèches comme des clous. D'ailleurs, ces femmes-là m'intéressent pas. Jamais je me remarierai. Je l'ai juré à Henriette sur sa tombe.

— Même pas avec la belle Ange-Aimée Lévesque, la petite sœur à Ludger? Si tu me demandais mon avis, je te dirais que c'est celle-là que je préfère. Elle est loin d'être sèche comme un clou, elle ressemble plutôt à une bonne pomme mûre, ben appétissante, pis elle a pas été mariée longtemps, son mari est mort de l'appendicite, à peine six mois après leur mariage. Elle est encore comme une fine fleur.

— Comment ça se fait que t'es au courant de tout ce placotage-là, toi? lança Léon-Marie, outré.

— Je trouve que tu prends la mouche pas mal vite pour un gars qui m'accuse de débiter des placotages, répliqua Donald.

Du côté de la place, les jeunes garçons de la paroisse, en culottes courtes, défilaient vers le parvis de l'église. Ils s'apprêtaient à présenter le spectacle qu'ils fignolaient depuis de longs mois.

Un frère du collège fermait la marche dans un grand froufrou de sa soutane. L'allure un peu rigide, sous son épaisse touffe de cheveux blancs, il s'arrêta devant les élèves. Tourné vers eux, il sortit de sa poche un petit diapason de référence, roucoula un «la» et leva les bras.

Don McGrath mordit dans un petit triangle de sandwich et, poursuivant sa pensée, lança sur un ton moqueur:

— À propos des veuves, je pourrais te présenter aussi...

Agacé, Léon-Marie le coupa d'un geste.

— Astheure, j'espère que tu vas me laisser écouter chanter mon Antoine.

Figé devant le vieux frère, les bras pendants de chaque côté de ses hanches, Antoine entonnait *Le souvenir d'un vieillard*. Il chantait a cappella accompagné des voix cristallines des enfants.

Penché sur sa chaise, une main sur la table, Léon-Marie avait peine à retenir son émotion.

Antoine interpréta encore *La chanson des blés d'or* et *Le petit mousse* qu'il dédia à son père, cette complainte qu'il aimait tant entendre. Puis, ce fut le silence. Les garçons se dispersèrent et se pressèrent vers l'école dont l'arrière-cour joignait le terrain de l'église. Ils allaient disputer une partie de baseball, pendant que dans l'enceinte de la petite place, le repas terminé, les adultes deviseraient ensemble.

Resté seul sur le parvis de l'église, le vieux frère rappela la foule à l'attention. De sa voix fatiguée, il les invita à aller entendre de la belle musique d'orgue interprétée par mademoiselle Gauthier, sur l'harmonium de l'église.

Léon-Marie et Donald se regardèrent. Pour une fois, dans un même accord, ils laissèrent échapper un soupir.

— Ç'a ben l'air qu'on a pas le choix, dit Donald en se levant.

— Moi qui voulais aller regarder la partie de baseball, grogna Léon-Marie en se levant à son tour.

— Anyway, mamzelle Gauthier, célibataire, est plus importante que la partie de baseball des petits gars, prononça Donald, un soupçon d'ironie dans la voix.

Exaspéré, Léon-Marie se retint de répliquer. La démarche raide, il se dirigea vers l'église. L'Irlandais prit le bras de sa femme et le rejoignit. Tous trois marchaient lentement en regardant autour d'eux, le cou allongé, humant l'air à grandes goulées, semblant regretter le beau soleil qui cuisait la campagne, le vent doux et le parfum de varech qui s'exhalait du grand fleuve.

Léon-Marie jeta un regard d'envie du côté de la cour de la petite école. Tout autour, les estrades étaient remplies de spectateurs enthousiastes. Installé à son poste, près d'un but, sa casquette sur la tête, son gant dans la main gauche, Antoine s'apprêtait à attraper la balle.

Avec un soupir, Léon-Marie gravit le perron de pierre pour aller s'enfermer dans l'ombre, sous l'odeur prenante de l'encens.

Mademoiselle Gauthier s'était attardée près du portique. Haussée sur ses chaussures d'organiste à larges talons, avec sa démarche un peu oscillante, elle accorda son pas au sien.

— J'aurais aimé vous interpréter *La toccate et fugue en ré mineur*, de Jean Sébastien Bach. C'est une œuvre grandiose que j'ai plaisir à jouer, mais sur un harmonium, ce n'est pas possible. Je n'ai connu qu'une seule personne capable de l'exécuter avec brio sur un petit instrument, et encore, c'était un petit orgue à deux claviers. C'est une religieuse, elle était mon professeur de musique.

— Elle devait être ben bonne, laissa tomber aimablement Léon-Marie, sans trop comprendre.

Ils entrèrent ensemble dans l'église. Mademoiselle Gauthier prit le chemin du jubé, tandis que Léon-Marie allait rejoindre Don McGrath et sa femme Grace, déjà assis dans un banc.

— Que c'est qu'elle t'a dit, s'enquit Donald avec un petit air futé. Me semble que vous avez jasé pas mal longtemps ensemble.

Léon-Marie lui jeta un regard furieux.

— Rien d'intéressant, on a parlé de toi.

L'Irlandais éclata de rire et détourna la tête.

— Je vais vous interpréter *La cantate 147*, de Jean Sébastien Bach, entendirent-ils mademoiselle Gauthier déclamer du haut du jubé. Et si vous n'êtes pas trop fatigués de m'entendre, je vous interpréterai aussi une sonate de Corelli et un *Ave Maria*, celui de Bach-Gounod.

Résigné, Léon-Marie croisa les mains sur son ventre et regarda droit devant lui. Bien sûr, il était déçu de ne pouvoir assister à la partie de baseball, mais il avait pris le parti d'apprécier ce qu'on lui ferait entendre. Il avait toujours aimé la musique sacrée. Combien de fois, à l'église Saint-Germain, s'était-il attardé après la grand-messe, avec Henriette et les enfants, afin d'entendre la pièce d'orgue qui clôturait l'office. Il y comprenait peu de choses, mais il aimait, c'était tout.

Au-dessus de sa tête, un accord plaqua la dernière note. À l'égal de son professeur de musique dont elle avait vanté les mérites, mademoiselle Gauthier était, elle aussi, une grande musicienne.

L'organiste se penchait encore au-dessus de la balustrade. Cette fois, de sa petite voix flûtée, lointaine, elle annonçait madame Ange-Aimée Lévesque-Roy, qui avait accepté de desservir la paroisse Saint-Henri de la Cédrière, le temps de trouver une organiste professionnelle. Elle interpréterait pour eux, *Le largo* de Haendel.

Les sourcils levés, Léon-Marie porta une attention particulière à l'interprétation de la petite Ange-Aimée. Elle jouait bien, la petite sœur de Ludger, elle avait une touche délicate, un peu hésitante, mais juste. Il se demanda s'ils auraient tant besoin de chercher une autre organiste. Avec le temps et un peu de pratique, la jeune femme pourrait faire amplement leur affaire.

Il écoutait avec délectation, peu à peu s'engourdissait, s'enfonçait dans son banc.

Soudain il sursauta. Derrière eux, la porte de l'église venait de s'ouvrir dans un grand coup de vent, faisant jaillir un flot de lumière vive dans la nef assombrie par les vitraux. Des hommes entraient et avançaient rapidement dans l'allée centrale.

— On cherche Léon-Marie Savoie, prononça tout haut Jean-Baptiste, malgré l'interdit de ce lieu de prières.

Interloqué, Léon-Marie se dégagea rapidement de son siège et lui fit face.

— Je suis là, Jean-Baptiste, qu'est-ce qui se passe?

Jean-Baptiste soufflait bruyamment.

— On a besoin de toi dans le champ de baseball. Il est arrivé un petit accident.

— Barnache!

Il pâlit.

— Antoine...

En proie à une indicible angoisse, sans entendre le reste, il se rua dehors. Durement, sans égard pour les hommes autour de lui qui freinaient sa marche, il les écarta. De toutes ses forces, il se fraya un passage. D'un bond, il dévala le parvis de l'église et retomba sur les cailloux de la place. Derrière lui, Jean-Baptiste et les autres avaient peine à le suivre.

— Aspic! criait Jean-Baptiste. Puisque je te dis que c'est rien qu'un p'tit accident. Avoir su que tu te serais énervé de même, je serais jamais allé te chercher...

D'un mouvement rude, Léon-Marie poussa la barrière qui séparait la petite école de l'église et se retrouva dans la cour arrière.

Au fond, du côté du champ gauche, il distinguait un petit attroupement près de la clôture de perche. Au milieu d'eux, deux hommes étaient penchés sur le sol. Il reconnut le docteur Gaumont et Charles Couture, qui, chacun leur tour, tentaient de réconforter un grand jeune homme couché dans l'herbe. Entre leurs silhouettes il distinguait une touffe épaisse de cheveux bruns, un front lisse, une main fine et longue qui se déplaçait. Antoine...

Une douleur atroce étreignit sa poitrine. Le cœur serré comme dans un étau, il se mit à courir. Durement, il bouscula les autres et, les épaules soulevées de sanglots, alla s'agenouiller près de son fils.

— Antoine, mon p'tit gars, que c'est qui t'est arrivé donc? demanda-t-il, la voix haletante. Que c'est qui s'est passé?

— C'est rien, pôpa, le rassura Antoine.

Sur un ton apaisant, il expliqua comment, arrivé devant le deuxième but, une balle courbe frappée par Loyola, le garçon de Théophile, l'avait atteint sur la tempe.

— Une balle dure sur la tempe! s'écria Léon-Marie dans un grand frisson. Barnache! ç'aurait pu te tuer.

Il regarda les autres. De grosses larmes coulaient de ses yeux.

— Que c'est qui se passe donc avec moi? La guigne va-t-y me lâcher un jour? Que c'est qu'il me veut, le Jonas en haut, il veut-y m'arracher jusqu'à la dernière goutte de mon sang?

Près de lui, secoué lui aussi, Charles pressa son bras.

— Ne crois pas ça, Léon-Marie, tu ne vas pas les perdre tous.

Léon-Marie le fixa sans répondre. C'était la première fois qu'il revoyait Charles dans le hameau depuis le décès d'Henriette. Il savait le chagrin que lui avait causé sa mort. Il avait compris, le matin de ses funérailles, combien il l'avait aimée lui aussi, de toute son âme, quand il l'avait vu penché sur son cercueil, recueilli dans un dernier adieu. Il détourna son visage. Aujourd'hui, il ne lui en ferait pas le reproche.

— Antoine n'est qu'un peu commotionné, dit le docteur Gaumont.

— Vous êtes ben sûr qu'il a rien? demanda-t-il brutalement. Faut me le dire s'il a quelque chose de grave.

— Le docteur Gaumont a raison, Antoine n'a qu'une petite commotion, renchérit Charles. Demain il n'y paraîtra plus. Tu peux me croire, Léon-Marie, je ne t'ai jamais caché la vérité.

— Vous voyez bien que j'ai rien, pôpa, dit Antoine en tentant de se relever. Je suis correct. Maintenant, faut que je retourne jouer, la partie est pas finie.

Affolé, Léon-Marie l'empoigna par les épaules, il hurlait presque:

— Oh non, Antoine! il est pas question que tu finisses cette partie-là. C'est assez joué pour aujourd'hui.

— Mais, pôpa, protesta Antoine, on était en train de gagner la game.

— Ton père a raison, prononça calmement Charles. Tu vas t'en retourner à la maison. Tu vas mettre des compresses d'eau froide sur ton front et tu bougeras le moins possible, jusqu'à ce que tu n'aies plus mal à la tête.

— Je vais vous ramener dans ma voiture, offrit le docteur Gaumont.

Le visage défait, Léon-Marie monta sur la banquette arrière auprès de son Antoine. Pour lui, la fête était finie. Jean-Baptiste s'occuperait du feu de joie. Il avait eu si peur pour son fils, qu'il ne se sentait plus le courage de participer aux festivités qui devaient se poursuivre jusqu'à la nuit. Après Antoine, il n'avait plus personne. Jamais comme aujourd'hui il ne l'avait ressenti avec autant d'acuité. S'il devait le perdre, il n'aurait plus qu'à mourir lui aussi.

Cet incident avait quelque peu refroidi le plaisir des autres. Monseigneur l'évêque, de même que le curé Darveau, avait depuis longtemps quitté les lieux. Tous deux étaient partis dès après le concert de la chorale d'enfants, et il ne restait, parmi les officiels, que les jeunes prêtres et quelques frères qui participaient aux jeux des garçons dans la cour de l'école.

Le soleil dardait des rayons fauves du côté de l'ouest. L'air avait fraîchi subitement. Au-dessus du fleuve, les mouettes lançaient leur appel rauque.

Installé sur le banc moelleux dans la voiture du docteur Gaumont, Léon-Marie serrait la main de son fils.

Comme lui, quelques voisins s'en retournaient chez eux. Ils dépassèrent Angélique et Évariste Désilets, qui, marchant d'un bon pas, se pressaient d'aller traire leurs vaches. Plus loin, ils croisèrent Oscar Genest et sa femme Rosanna. En haut de la côte, avançant au milieu de la route, Léon-Marie reconnut la veuve de l'artiste, toute de noir vêtue et tenant ses deux enfants par la main. À quelques pas en avant d'elle, la tête basse, il distinguait Marie-Jeanne, la femme de Lazare, vêtue de noir, elle aussi.

Brusquement, une inquiétude profonde l'envahit, comme si un danger latent planait au-dessus de sa tête. Ces femmes en noir lui rappelaient la mort, sans cesse présente autour de lui et qui était venue ravir les êtres qu'il aimait à des âges tendres de leur vie.

Aujourd'hui, Antoine venait d'atteindre ses vingt et un ans. Léon-Marie se raidit de toutes ses forces. Cette fois, la mort ne lui arracherait pas le seul être qui lui restait, il y veillerait. Il protégerait son Antoine, il vivrait, celui-là, il vivrait, il se le jura.

# 29

Léon-Marie repoussa son crayon et essuya ses yeux fatigués. Appuyé sur le dos de sa chaise, il tourna son regard vers la fenêtre ouverte et écouta le piaulement des oiseaux qu'il voyait se gaver de petits fruits dans les arbres. Le mois de septembre venait de se terminer. C'était l'automne et la gent ailée faisait sa halte annuelle avant de reprendre son long périple vers les pays chauds.

Il y avait un mois maintenant qu'Antoine était retourné au collège et Léon-Marie était à nouveau seul dans la grande maison. Heureusement pour lui, il ne voyait pas filer le temps. Occupé par la construction du presbytère, le contrat de la Côte-Nord et bien d'autres encore, il passait la majeure partie de ses journées et de ses soirées dans son bureau à l'étage de la scierie et ne rentrait à la maison que pour y dormir.

Pendant les derniers jours de septembre, un temps froid inhabituel, accompagné de vilaines pluies, s'était abattu sur la campagne. Mais ce matin, le soleil était revenu et il brillait de tous ses feux. La nuque appuyée sur sa chaise, Léon-Marie savourait le ciel sans nuages et cette bouffée d'air chaud que le vent très doux lui soufflait à travers le grillage de la fenêtre.

Le vrombissement d'une voiture automobile qui entrait dans la cour fit s'envoler les oiseaux, puis la porte de l'ancienne meunerie se referma avec raideur.

— Câlisse!

Charles-Arthur montait rapidement les marches et s'introduisait dans son bureau dans un grand froissement de sa gabardine.

— Que c'est qui se passe encore!

Exaspéré, Léon-Marie laissa échapper un soupir et brandit vers lui sa main gauche amputée de trois doigts.

— Depuis qu'on travaille ensemble, les jours où je t'ai vu de bonne humeur, je peux les compter sur c'te main-là.

— Fais donc pas ton smart, jeta Charles-Arthur. Quand la business marche, je viens pas t'achaler, ça fait que tu peux pas savoir que je suis de bonne humeur.

— Pis aujourd'hui, ça marche pas.

— Non, ça marche pas! As-tu pensé qu'on vient de mettre le dernier clou dans notre dernière construction de l'année, pis que le

mois d'octobre fait rien que commencer. Mon carnet de commandes est vide. J'ai pas un seul contrat en vue pour l'hiver.

Écartant largement les bras, il poursuivit sur un ton funèbre:

— Aujourd'hui, moé ton frère, je vais connaître ce que c'est que
la crise, la vraie crise.

La mine tragique, il se mit à arpenter la pièce, martelant le
parquet du fer de ses talons, avec son manteau entrouvert, son
veston, sa cravate et le pli parfait de son pantalon. Tour à tour
révolté et résigné, il avançait le cou raide, une expression désabusée
crispant son visage, comme un être bien né, outrageusement spolié
de ce qui lui était dû.

— Quand je pense que j'ai pas un seul contrat devant moé pour
l'hiver, gémissait-il. À partir d'aujourd'hui, je vas être obligé de
mettre mes hommes en chômage. Même ton ami Ignace va être
obligé de chômer. Pour ma famille, ça veut dire qu'il rentrera pas
une cenne noire dans la maison pendant des mois. Pas une cenne
pour payer l'épicerie, habiller les enfants, pas une cenne non plus
pour payer les remèdes de la mère, les visites du docteur...

Un peu penché sur le bout de sa chaise, les mains croisées sur
son pupitre, Léon-Marie le dévisageait en silence, sans que dans son
cœur s'allume la plus petite étincelle de pitié.

Il ne pouvait s'empêcher d'évoquer l'empressement avec lequel
son frère dilapidait l'argent qu'il gagnait, passant le plus clair de son
temps à trôner comme un richard dans ses habits neufs, sans cesse
offrant la tournée au village, n'hésitant pas à satisfaire toutes ses
envies. Il se rappelait avec quelle hâte Charles-Arthur avait couru
s'acheter un boghei neuf, tout reluisant de chromes, certain jour où
il lui avait versé sa part annuelle de dividendes. Et quand la folie de
l'automobile avait atteint le village, n'avait-il pas été le premier,
après Don McGrath et les notables de la place, à en acquérir une? Il
pensa à cette petite fable de La Fontaine, apprise pendant ses
années d'école et qui l'avait beaucoup marqué: «La cigale et la
fourmi.» Avec un sourire caustique, il se demandait, en considérant
son aîné planté devant lui, avec ses longues basques sombres qui
retombaient de chaque côté de ses hanches comme les ailes noires
d'une cigale, en train de lui raconter ses déboires, s'il ne devrait pas
lui répondre à l'égal de la fourmi: «Eh bien! dansez maintenant...»

— Tu viens de finir la construction du presbytère. Je sais que
t'as reçu un bon montant de la fabrique. Que c'est que t'as fait de
cet argent-là?

— Cet argent-là, comme tu dis, a servi à payer mes factures, pis
les salaires de mes hommes, lança brutalement Charles-Arthur.

— Il a ben dû t'en rester un brin, je connais pas de business qui font pas au moins un petit profit.

— T'oublies que j'ai mes dépenses d'opération, pis j'ai aussi mon char qui me coûte pas mal cher.

Léon-Marie fit un geste d'impatience. Il avait peine à se retenir d'exprimer le fond de sa pensée.

— Après le krach économique, tu m'avais proposé d'aller chercher des contrats partout dans la province dans ta machine. Quand j'en ai compris l'importance, j'ai trouvé ça ben correct, même que j'ai été prêt à te payer une partie de tes dépenses. Qu'est-ce que t'attends pour y aller?

Volontairement, il lui rappelait son enthousiasme, ses belles promesses, ses fanfaronnades. Heureusement, à l'époque il ne s'était pas laissé emporter par l'emballement de son frère. De tempérament rationnel, en vrai cartésien, il avait attendu avec prudence. Il connaissait Charles-Arthur, il savait trop combien ses beaux rêves n'avaient toujours été que des mots, que des mots.

— Il y a aussi les trois cents piastres que je t'ai données quand j'ai racheté ta part dans la scierie. Que c'est que t'en as fait? Ce petit capital-là aurait pu t'être ben utile en cas de coup dur.

— Tu peux pas savoir la pauvreté qu'il y a partout dans la province depuis que 1931 est commencé, reprenait Charles-Arthur sans répondre à sa question. C'est pire qu'en 29. Dans les villes surtout, c'est la misère noire, à croire que ça finira jamais. Tu vois pas ça, toé, icitte dans ta scierie, t'es assis sur une mine d'or. Tu sais pas combien t'es chanceux d'avoir une entreprise qui marche à plein rendement comme la tienne dans pareil temps de crise. Tu fais tellement d'argent, que tu sais pas où le mettre. Ah! t'es ben chanceux.

— Chanceux? Moi?

Léon-Marie avait durci son regard. Il avait peine à retenir le frémissement de ses lèvres. Le cœur gonflé d'indignation, il ouvrit la bouche. Lentement, sa voix profonde, amère, vibra dans le silence:

— T'appelles chanceux, un homme qui a perdu presque toute sa famille? Ç'a commencé avec ma petite Marie-Laure qui s'est noyée, pis ç'a été le tour de Gabriel, ensuite ç'a été mon Henriette, pis les jumeaux... Tous ces malheurs qui ont pas arrêté de me débouler sur la tête depuis cinq ans, t'appelles ça de la chance, toi?

— Mais t'as jamais manqué d'argent.

Exacerbé, Léon-Marie s'agita sur sa chaise.

— L'argent! l'argent! qu'est-ce que c'est l'argent quand ma femme pis quatre de mes enfants sont rendus dans le cimetière? Qu'est-ce que ça vaut, l'argent, quand tu te retrouves tout seul dans ta maison, soir après soir? L'argent, ça me parle pas quand je rentre chez nous, l'argent c'est rien que du papier.

Il fit une pause. Un peu calmé, il reprit sur un ton raffermi:

— Si j'ai jamais manqué d'argent, c'est pas que je suis chanceux, c'est simplement que je dilapide pas tout ce que je gagne à mesure. Je suis pas un gaspilleux, moi, Charles-Arthur. J'ai jamais privé ma famille, mais j'ai jamais dépensé pour rien non plus. Je m'en suis toujours tenu à ce qui était nécessaire pour leur bien-être. J'ai pas d'automobile, pas de radio, pas de téléphone, pas de boghei neuf. Mon cheval commence à vieillir, il avance plus lentement, mais je l'enverrai pas à l'abattoir pour ça. Ce que je possède aujourd'hui, j'appelle pas ça de la chance, j'appelle ça avoir du cœur au ventre, pis savoir compter. Si, malgré ça, t'appelles de la chance ce que j'ai amassé jusqu'à aujourd'hui, ben je te dirai que je donnerais gros pour pas avoir eu cette chance-là, si ç'avait pu m'éviter les épreuves qui me sont tombées dessus depuis 1926, quand ç'a commencé à débouler avec ma Marie-Laure. Voir pleurer ma femme tous les jours, la voir si malheureuse, si désemparée, tu peux pas t'imaginer combien ça me crevait le cœur chaque fois... J'étais pas capable...

Sa voix s'éteignit subitement. Presque aussitôt, son ton s'envenima. Il parlait vite, ses yeux étaient injectés, son visage était gris de chagrin contenu.

— T'as jamais connu ça, toi, Charles-Arthur, la mort d'un de tes enfants. Tu sais pas ce que ça peut faire dans le cœur d'un père, de voir partir ses petits, les uns après les autres, pis de perdre sa femme en plus... Tu sais pas ce que c'est...

Il poursuivait sans chercher à se taire. Pour la première fois de sa vie, il vidait son cœur de sa hargne, de ses malheurs, de tout ce qui avait soulevé sa révolte, de son désespoir.

Ébranlé, Charles-Arthur revint vivement vers le bureau.

— Voyons, Léon-Marie, calme-toé, que c'est que t'as à partir en peur de même?

Penché sur lui, il le regardait avec inquiétude, paraissait sincèrement navré d'avoir provoqué pareil rappel. Bien sûr, il ne s'entendait pas toujours avec son frère, mais il n'était pas malintentionné. En s'immisçant dans ses affaires, il n'avait pensé qu'à l'attendrir un peu, l'amener à comprendre ses propres difficultés et, ainsi, obtenir son appui.

— Je sais ben que les épreuves t'ont pas manqué depuis quelq' années. Aussi, c'était pas dans mes intentions, en m'en venant icitte à matin, de creuser dans la plaie, pis de sortir tes morts des boules à mites. Ça m'a secoué, moé aussi, quand t'as eu tes deuils. Mais que c'est que tu veux, comme dit la mère, riche ou pauvre, tu les aurais eus pareil, ces malheurs-là. La mort, c'est le lot de la vie.

— C'est pour ça que je permets à personne de venir me dire que je suis un homme chanceux. Je suis pas chanceux. Si j'ai réussi, c'est à force de bras, pis de courage. Le jour où je mettrai pus mes bras pis mon courage de l'avant, j'en aurai pus d'argent, pis il y en aura pus d'entreprises.

— Je comprends tout ça, fit Charles-Arthur sur un ton apaisant. C'est pas ça non plus que je suis venu réveiller à matin. Tout ce que je voulais que tu saches, c'est que j'ai pas une cenne devant moé pour passer l'hiver. Si personne m'aide, je vas être obligé d'emprunter.

— Que c'est que tu veux que j'y fasse? s'agita Léon-Marie. Moi non plus, j'ai pas trop d'argent pour mes liquidités. J'ai mes fournisseurs à payer, je supporte ben du crédit, pis malgré ça, chaque samedi, j'ai pas le choix que de payer les salaires de mes hommes, sans jamais y manquer.

— Tu peux pas m'avancer une petite somme? demanda brusquement Charles-Arthur.

— Barnache, Charles-Arthur! Je fais peut-être un peu d'argent, mais ça veut pas dire que j'ai le moyen de faire vivre deux familles. Après tout ce que je t'ai donné il y a un an quand j'ai déchiré les factures pour le bois que je t'avais fourni pour tes rénovations d'hiver, tu trouves pas que ça fait pas mal d'argent? Je peux pas croire que ça t'a pas laissé un petit lousse.

— Pour un ben petit bout de temps, après ça, tu m'as obligé à payer comptant tout le bois que je t'achetais pour mes constructions. C'est à cause de ça que je suis toujours au bout de la cenne.

— T'es un dépensier, Charles-Arthur, prononça Léon-Marie sur un ton impassible, reprenant sa verdeur. J'y peux rien.

Insulté, Charles-Arthur se pencha sur le pupitre. Un parfum de muguet s'exhalait de ses habits neufs.

— Accable-moé de tous les noms si tu veux, ça donnera pas à manger à not'mère pis à mes six enfants l'hiver prochain.

Léon-Marie le considéra en silence. Il connaissait son frère. Ses humeurs ne l'intimidaient pas. Il décelait bien là, dans son allusion à la mère et à ses enfants, l'une de ses manœuvres habituelles pour faire appel à sa pitié.

— J'aurais besoin d'un petit deux cents piastres, lança encore Charles-Arthur.

— Deux cents piastres?

Léon-Marie s'était redressé. Il bouillait d'indignation.

— Tu me demandes, comme ça, deux cents piastres? Barnache! tu y vas pas avec le dos de la cuiller. Je suppose que ça te prend ça pour t'acheter des habits neufs, pis de l'essence pour ta machine? Il en est pas question, Charles-Arthur. Après, tu viendras te pavaner devant moi, pis tu me diras que je suis pas fier, que je m'habille comme un guénillou, comme tu t'es pas gêné de me dire en pleine face l'année passée. Cet affront-là, je suis pas près de l'oublier.

— Comme ça, à cause de ton câlisse d'orgueil, tu regarderais ton frère crever de faim sans bouger le petit doigt! fulmina Charles-Arthur.

Léon-Marie laissa filtrer un petit rire sardonique. Doucement, avec une lenteur délibérée, il hochait la tête, à droite puis à gauche.

— Oh non! Charles-Arthur, tu crèveras pas de faim, t'es ben trop débrouillard pour crever de faim.

— T'as pas peur que le bon Dieu te punisse d'être aussi dur avec le monde? jeta méchamment Charles-Arthur. T'as jamais faite la charité de ta vie, t'es un vrai peigne de corne.

— Je fais la charité à qui je veux bien la faire, répondit Léon-Marie sur un ton sec. Donner à quelqu'un qui me prend à la gorge pour me soutirer de l'argent, j'appelle pas ça faire la charité.

Charles-Arthur arqua durement la nuque. Exaspéré, d'un mouvement rageur, il pivota sur ses talons. Sans une réplique, il se dirigea vers l'escalier.

— Câlisse, l'entendit Léon-Marie siffler entre ses dents, tandis qu'il dévalait les marches.

La porte de l'ancienne meunerie se referma avec fracas. Pendant un moment, le regard rivé sur l'escalier, Léon-Marie écouta les petites oscillations du chambranle qui se projetaient en écho sur les murs. Enfin, avec un calme apparent, il reprit son crayon entre ses doigts et se pencha sur ses écritures. Par la fenêtre ouverte, il entendait son frère qui tournait furieusement la manivelle de son démarreur. Le moteur vrombit, émit quelques pétarades puis la voiture sortit de la cour. Il distinguait, à travers le bosquet de grands arbres, son véhicule carré qui cahotait dans le chemin de Relais. Il le vit dépasser sa maison puis descendre la côte. Il s'en allait vers le village.

— Il s'en va noyer sa rage à l'hôtel, murmura-t-il. C'est pas croyable comme il en trouve de l'argent quand il a soif, celui-là.

Désabusé, il referma ses livres. Il ressentait soudain un fort besoin de respirer un peu d'air frais. Sa conversation avec son frère

493

l'avait ébranlé plus qu'il ne l'avait laissé paraître et il en éprouvait comme un goût d'amertume dans la bouche.

Tandis qu'il avançait dehors, il ne pouvait s'empêcher de s'élever contre l'injustice de ses propos. Il savait faire la charité. N'avait-il pas fourni une forte somme pour la construction de l'église? Et tous ces dons en bois d'œuvre qu'il consentait aux pauvres de la région? Charles-Arthur lui dirait qu'il était pauvre lui aussi, que la charité commence par les proches quand ils sont démunis, mais son frère n'était pas démuni, il était dépensier, ce n'était pas la même chose. La moindre somme qu'il lui verserait serait vite dissipée dans l'une ou l'autre de ses folies. «Qu'il pâtisse un peu, se dit-il, si ça peut l'aider à comprendre la valeur de l'argent.»

Pourtant, il ne pouvait s'empêcher d'en être tourmenté. Il pensait à Angélina, aux enfants, à la mère, qui seraient automatiquement éclaboussés par le gaspillage éhonté de son frère. À cause de son inconséquence, ils risquaient d'être privés de nourriture pendant l'hiver. Son cœur se crispa d'ennui. Il n'avait jamais accepté de voir les autres souffrir de la faim, surtout pas les enfants.

De l'autre côté de la route, il distinguait Angélina sur la véranda de sa cuisine. Grise et maigrichonne dans son large tablier blanc, comme chaque matin, elle étendait sa lessive sur la corde.

Déterminé soudain, il sortit dans le chemin de Relais, traversa la chaussée et entra dans la cour de la maison de son frère. Rapidement il longea le côté de la bâtisse et alla s'arrêter devant sa belle-sœur, près du petit perron de bois.

— Si c'est Charles-Arthur que tu cherches, dit Angélina, haussée sur la pointe des pieds sans lever les yeux, je viens de le voir descendre au village. Demande-moi pas ce qu'il est allé faire là, il m'en a rien dit.

— Je le sais, rétorqua Léon-Marie en montant les marches. Il vient de sortir de mon bureau.

Un fichoir dans la main, elle le fixa avec inquiétude.

— Ne me dis pas que vous vous êtes encore chicanés.

— Pas vraiment, mais comme tu nous connais, tu dois ben te douter qu'on s'est dit quelques gros mots.

Il balaya l'air du revers de la main.

— Mais c'est pas à propos de ça que je suis venu te voir à matin. Je voulais seulement savoir comment tu t'organisais avec ta maisonnée, la mère...

Elle le dévisagea un moment, les lèvres avancées dans une moue inquiète.

— V'là que tu t'intéresses à ma besogne maintenant? Charles-Arthur se serait-il plaint de moi?

— Penses-tu? Je l'aurais pas laissé faire. Je lui aurais suggéré de commencer par se regarder un peu, c'est pas les défauts qui lui manquent.

— D'après ta mère, il en a pas de défauts, ton grand frère, laissa-t-elle tomber sur un ton sarcastique. C'est un ange.

— La mère est vieille, elle veut pas les voir, les défauts de son Charles-Arthur, elle est pas capable, tu comprends. Charles-Arthur, c'est son garçon.

Il poursuivit avec un sourire acide.

— Quand je pense que Charles-Arthur reproche à la mère de me trouver parfait. Il dit qu'il y a rien que moi qui compte à ses yeux. C'est ben toujours pareil dans les familles. Les mères en ont rien que pour leurs enfants, mais les enfants, eux, s'en rendent pas compte.

Angélina se pencha vers le sol, péniblement ramassa son panier à linge vide, puis leva vers lui son petit visage étroit, fatigué.

— C'est bien beau tout ça, mais défauts ou pas défauts, Charles-Arthur, c'est mon mari. Je suis mariée avec lui pour le meilleur et pour le pire. Je lui ai juré fidélité et obéissance au pied de l'autel, j'ai juré de le servir jusqu'à ma mort et, crois-moi, c'est pas toujours facile. Des fois, je me demande pourquoi le bon Dieu est pas venu me chercher, au lieu de t'enlever ton Henriette.

Attendri, il plongea son regard dans le sien.

— Tu es malheureuse, n'est-ce pas, Angélina?

Il secoua les épaules avec raideur.

— Ben quoi qu'en dise la mère, elle a pas lieu d'être fière de son plus vieux. C'est-y vrai ce qu'il raconte, qu'il a pas une cenne en réserve pour passer l'hiver?

— Je sais pas si c'est vrai, mais c'est ce qu'il nous serine à nous autres aussi, sans arrêt.

Choquée soudain, elle arqua vivement la tête.

— Dis-moi pas qu'il est allé se plaindre à toi? J'espère qu'il a pas eu le front de te demander de l'argent? Comme si tu lui avais pas rendu assez de services...

— C'est pas la première fois qu'il vient m'en demander, Angélina, mais t'inquiète pas, aujourd'hui j'ai pas cédé. C'est pour ça qu'il était si furieux, pis qu'il est descendu au village. J'ai refusé de lui prêter la moindre cenne. Il a eu beau me traiter de peigne de corne, j'ai refusé pareil. Je le connais trop. Je sais trop qu'il irait tout gaspiller dret-là, pis que demain, il viendrait m'en redemander.

Charles-Arthur, c'est un trou pas de fond. Tant qu'il en a, il en dépense. Je me disais que ç'avait pas de bon sens de tout le temps lui céder comme ça. D'autre part, je me disais aussi que j'aimerais pas davantage que sa famille souffre à cause de son insouciance. Ça fait que, il m'est venu une idée. J'ai trouvé une manière pour que personne crève de faim chez vous pendant l'hiver qui s'en vient, pis en même temps, je fais en sorte qu'il rentre pas une cenne noire dans la poche de mon frère.

Il se rapprocha d'elle. Ses prunelles brillaient d'une petite flamme magnanime en même temps qu'inclémente.

— V'là ce que j'ai décidé. À partir d'aujourd'hui, jusqu'à ce que l'ouvrage reprenne dans la construction, chaque fois que t'auras besoin de quelque chose, tu iras te servir dans mon magasin. Tu prendras tout ce qui te sera nécessaire, pis t'auras rien à payer, ni aujourd'hui ni plus tard.

Angélina se redressa, une vive rougeur colorait son visage terne.

— Voyons, Léon-Marie, je veux pas, tu me mets bien trop à la gêne.

— Tu iras te servir, insista-t-il, sa main pressant son bras. Tu demanderas tout ce que tu voudras, mes employés tiendront aucun répertoire.

Nerveuse, elle tortillait ses doigts sur le rebord de son panier à linge.

— Tu me fais pas un peu trop confiance? Faudrait bien que tu saches au moins ce que j'ai pris, t'assurer que j'abuse pas de ta générosité.

— Je sais que t'abuseras pas, Angélina.

— Pourquoi fais-tu ça? demanda-t-elle encore.

Il haussa les épaules. Il savait qu'il ne le faisait ni pour les uns ni pour les autres. Lui dont la table avait toujours été abondamment garnie, ne tolérait tout simplement pas de voir des enfants affamés, des enfants qui le regardaient sans parler, avec leurs grands yeux remplis de souffrance.

— J'y mets toutefois une condition. Ça devra rester entre nous. T'en souffleras mot à personne, Angélina, tu m'as ben compris? Pas un mot à la mère, encore moins à Charles-Arthur. Ça sera notre secret.

— Mais pourquoi? Ça leur permettrait de reconnaître un peu tes bontés et peut-être que ta mère arrêterait enfin de tout le temps vanter son beau Charles-Arthur.

— Vaut mieux que ça reste un secret entre nous deux, Angélina. Parles-en pas.

Songeur tout à coup, il tourna son regard vers la campagne tranquille. Quelques vaches paissaient en bas dans le pâturage d'Ovila Gagné. Autour d'elles, le vent doux agitait les feuilles rougies d'un grand arbre. Du côté de la route, grimpé sur sa bicyclette, avec sa soutane relevée jusqu'à mi-jambe, son pantalon noir retenu aux chevilles par un cercle de métal, l'abbé Jourdain pédalait avec effort et montait la pente du chemin de Relais. Installé depuis peu dans son presbytère, il vaquait à son ministère.

La nuque raide, avec ses mains serrées sur les poignées du guidon, le jeune curé passa devant la maison de Charles-Arthur, ralentit son allure et, sans hésiter, tourna dans la cour de la scierie.

Debout l'un près de l'autre sur le perron de bois, un peu intrigués, Léon-Marie et Angélina suivaient ses gestes. Le prêtre descendit de sa bicyclette et s'approcha de Lazare. Les deux hommes émirent quelques hochements de tête, puis l'abbé Jourdain remonta rapidement en selle et traversa la route en ligne droite vers la petite allée menant à sa résidence.

— Barnache, on dirait ben que c'est moi qu'il cherche.

Vaguement inquiet, abandonnant là Angélina, vivement il dévala les marches et se pressa vers sa maison.

Le jeune curé était descendu de sa bicyclette et le regardait s'approcher, le visage marqué d'incertitude. Soudain, avec une nervosité de novice, il laissa choir son véhicule dans le gazon et courut à sa rencontre. Il paraissait essoufflé.

— Je vous cherchais, monsieur Savoie, cria-t-il. Je viens de recevoir un coup de téléphone du petit séminaire, Antoine est malade et...

— Antoine...

Léon-Marie s'immobilisa au milieu de la chaussée. Les lèvres entrouvertes, il dévisageait le jeune prêtre. Il était soudain très pâle.

— On vous a dit si c'était grave?

— On ne m'a pas dit précisément de quoi il souffrait, mais j'ai cru comprendre qu'il avait une forte fièvre. On vous demande de vous rendre là-bas immédiatement.

— Immédiatement...

Son cœur, soudain, bondit dans sa poitrine. Incrédule, il demeurait là, au milieu de la route et secouait énergiquement la tête. Antoine ne pouvait être malade. Il l'avait vu le dimanche précédent, il paraissait solide, il débordait de vitalité.

— L'abbé directeur vous demande de vous rendre là-bas immédiatement, répéta tout bas le jeune curé.

Léon-Marie sursauta. Désemparé, il jetait des coups d'œil nerveux autour de lui. Sa jugulaire battait dans son cou.

— Pis Charles-Arthur qui est pas là. Pour une fois que sa machine m'aurait été utile.

— Allez revêtir vos habits propres et descendez au village en boghei, suggéra l'abbé avec sollicitude, vous trouverez bien là une automobile pour vous conduire au petit séminaire.

Léon-Marie leva un regard amorphe vers le jeune prêtre. Sans s'arrêter, sa tête oscillait dans un mouvement mécanique.

— C'est ça, dit-il en même temps, je vais aller mettre mon habit propre, pis après je vais aller atteler le blond.

Comme assommé, anéanti, il restait là sans bouger, sans cesse répétant de sa voix éteinte ce qu'il aurait à faire.

— C'est ça, pis après je vais aller atteler le blond...

Près de lui, dans l'attente, le jeune abbé le fixait avec étonnement. Il ne reconnaissait plus en cet homme brisé, tel le grand chêne terrassé, celui qu'il avait toujours considéré comme un géant bâtisseur, robuste, immuable, le maître absolu de la Cédrière. Malgré lui, il en éprouvait une immense tristesse.

— Allez vous habiller, monsieur Savoie, insista-t-il avec douceur. Pendant ce temps-là, je demanderai à Lazare d'atteler votre cheval et je vous accompagnerai au village.

L'air hagard, Léon-Marie revint poser ses yeux sur lui. Comme s'il s'éveillait d'un rêve, sa bouche s'ouvrit à peine et un son rauque sortit de sa gorge. Enfin, il baissa la tête et rentra dans sa maison.

Il en ressortit peu de temps après, revêtu de son habit sombre, avec son chapeau melon et ses chaussures vernies. Le cheval était déjà attelé au boghei et attendait devant l'entrée de la cour, avec l'abbé Jourdain assis sur le siège avant et tenant les rênes.

Sans une parole, il grimpa près de lui, s'empara des guides et, d'un mouvement nerveux, activa le cheval. Il était pressé maintenant. Il lui tardait d'arriver à la ville, de voir son fils et se rassurer, de calmer enfin cette angoisse indescriptible qu'il ressentait dans tout son être et qui le rendait incapable de réagir.

En même temps qu'ils descendaient la côte, il jeta un regard vers le jeune prêtre assis près de lui, avec sa carrure de paysan, lourde, placide, ses yeux rivés sur la route, ses mains fortes croisées sur sa soutane. La fatalité voulait que ce soit ce jeune homme un peu rustre qu'il trouvât sur son chemin, chaque fois qu'il avait besoin d'aide. Aujourd'hui encore, il l'accompagnait au village. Il lui en était reconnaissant. Sa présence silencieuse, sa sincérité étaient pour lui un réconfort.

Sa pensée se reporta sur Antoine. Il se remémora la visite qu'il lui avait faite, le dimanche précédent. Son petit gars lui avait paru si robuste, si plein de santé. Pendant tout le temps qu'ils étaient restés ensemble, il n'avait pas cessé de parler longuement et sur un ton enthousiaste de ses projets futurs.

Il était impossible qu'Antoine soit très malade, se disait-il, tentant d'apaiser ses craintes. Il avait dû attraper une mauvaise grippe comme il arrivait fréquemment aux étudiants à l'automne, surtout après un temps maussade comme celui qu'ils avaient connu.

Puis, de nouveau, une morsure endolorit son cœur. Si Antoine n'avait souffert que d'une simple fièvre, il se demandait pourquoi alors les prêtres du séminaire avaient exigé sa présence. Depuis le temps qu'ils œuvraient auprès des jeunes, ils devaient bien avoir l'habitude des petits maux de leurs pensionnaires...

Il secoua durement la tête. Son Antoine ne pouvait disparaître lui aussi, comme sa femme et tous ses autres enfants. Il n'accepterait pas ce nouveau coup du sort. De toutes ses forces, il refuserait pareille calamité. Il se révolterait. Il maudirait le ciel, il maudirait la terre, il cesserait de croire qu'il y a un Dieu au-dessus de sa tête et que ce Dieu est bon et miséricordieux.

Un grand frisson le parcourut tout entier.

Près de lui, l'abbé Jourdain posa lentement sa main sur son bras.

— Pourquoi vous inquiéter comme ça, monsieur Savoie? Attendez donc d'avoir vu Antoine, vous verrez ensuite.

Ils étaient entrés dans le village.

— Il y a Hercule Lepage qui habite en face du barbier Léonidas Brisson, le renseigna le jeune curé. Il a une automobile et je sais que, parfois, il fait office de taxi. Vous pourriez aller le voir.

Il remua les rênes sur le dos de son cheval. Ils longèrent le presbytère, puis l'église et enfin l'hôtel de la place. À l'exception d'un boghei qui attendait devant la façade, l'enclos leur semblait vide. Le cheval avançant au trot, ils dépassèrent le large établissement. Soudain Léon-Marie fit un mouvement brusque. Il venait d'apercevoir la voiture de Charles-Arthur. Dissimulée au fond de la cour, comme une grosse ombre carrée d'un noir profond, elle était garée très loin, près de l'entrée de la cuisine et était presque camouflée sous un vieil érable.

Il ne put s'empêcher d'en ressentir un profond désenchantement. Quelle absurdité était la vie! Lui qui avait un urgent besoin d'un véhicule, lui qui avait cédé à son frère une dette équivalente à la valeur de ce véhicule et même davantage, il le voyait là, inutilisé au fond d'une cour, tandis que son propriétaire se tenait dans une petite pièce enfumée et dépensait l'argent qu'il n'avait pas en débitant des vantardises.

Excédé, il secoua énergiquement les rênes. Il avait soudain très hâte de s'éloigner de ce lieu.

L'abbé Jourdain sursauta. Vivement, il le retint d'un geste.

— C'est bien la voiture de votre frère Charles-Arthur que je vois là, dans la cour de l'hôtel? Votre frère pourrait, lui, vous conduire à la ville.

— À l'heure qu'il est, il doit être déjà pompette, répondit Léon-Marie sur un ton méprisant. Je le vois pas chauffant une machine jusqu'à la ville. Je suis pressé, moi, je tiens à arriver au séminaire avant demain.

— Qui vous dit qu'il est déjà pompette, si tôt dans la matinée? prononça l'abbé sur un ton de reproche. Ce que vous dites n'est pas très charitable. On devrait plutôt aller voir.

Résigné, Léon-Marie tendit les rênes et orienta son cheval vers la cour.

Près d'eux, sur le côté de la bâtisse, une petite porte basse venait de s'ouvrir dans un long grincement. Quelques hommes en sortaient. Joyeux, l'œil égrillard, ils parlaient haut et fort. Au milieu du groupe, entouré de chômeurs du village, s'agitait la tête chauve de Charles-Arthur. Plus grand que les autres, avec ses habits neufs, sa belle chemise immaculée, sa cravate, il trônait parmi ces ouvriers à la tignasse hirsute, vêtus de défroques sales et sans couleur. Léon-Marie devinait sans peine la satisfaction profonde que devait éprouver son frère devant la considération servile et outrancière que lui prodiguaient ces pauvres hères.

Soudain, comme interloqué, Charles-Arthur s'immobilisa. Il venait d'apercevoir le boghei de son frère. Se ressaisissant, rapidement il avança dans la cour et, l'air allègre, prenant à témoin ses comparses qui l'encadraient comme des supporteurs, lança sur un ton sarcastique:

— Si c'est pas mon petit frère Léon-Marie. Dis-moé pas que t'as décidé de fréquenter l'hôtel, à moins que tu t'ennuies de moé.

Autour de lui, les hommes explosèrent de rire. En jacassant comme des oiseaux de basse-cour, ils s'approchèrent de la voiture.

— Que c'est que t'attends pour descendre, Léon-Marie? l'invitaient-ils. Viens prendre une tasse avec nous autres.

Appuyé sur le dos de la banquette, le curé Jourdain qui, jusqu'à cet instant, s'était dérobé à leur vue, se pencha vers l'avant et les darda de son regard sévère.

— Monsieur le curé Jourdain! s'écria Charles-Arthur, une pointe d'inquiétude dans la voix. Que c'est qui vous amène icitte? Il serait-y arrivé un malheur dans ma maison à moé aussi?

— Votre femme et vos enfants se portent bien, le rassura tout de suite le prêtre avec dans son timbre des intonations qui rappelaient celles du curé Darveau. Mais votre frère a besoin de votre aide. Vous devez sans tarder le conduire au petit séminaire.

Charles-Arthur fit un pas en avant. Il n'avait plus envie de rire. Angoissé soudain, il avait rivé ses yeux sur Léon-Marie.

— Câlisse, pas ton Antoine astheure.

Dégrisé subitement, il courba la tête. Il paraissait sincèrement peiné.

— Câlisse! que c'est que t'as ben pu faire au bon Dieu pour qu'il s'acharne sur toé de même?

— Allez plutôt démarrer votre automobile, le coupa l'abbé Jourdain, reprenant encore une fois les sèches intonations du curé Darveau. Et plutôt que de jurer, conduisez donc sans tarder votre frère au petit séminaire, c'est urgent.

Il était devenu incisif, étrangement autoritaire pour un jeune homme de son âge. Il se tourna vers Léon-Marie.

— Allez vous installer dans la voiture de votre frère. Je ramènerai votre cheval à la Cédrière.

Abasourdi, Charles-Arthur alla retirer la manivelle sous son siège. Une main appuyée sur le nez de son véhicule, de l'autre, il fit pivoter l'axe du moteur.

— Antoine astheure... Câlisse, j'osais pas le dire tout haut, mais ç'a ben l'air que c'est vrai, la guigne te court après.

— Je t'en prie, Charles-Arthur, le freina Léon-Marie en s'assoyant sur la banquette avant du côté passager, mets-en pas plus que le client en demande, Antoine est malade, il est pas mort.

Le dos appuyé sur le siège, la nuque renversée, il se tint silencieux. Tandis que la voiture cahotait vers la ville, il palpait dans sa poche le petit chapelet de nacre d'Henriette qu'il avait pris avec lui avant de quitter la maison. Plongé dans sa réflexion, il se laissait ballotter en même temps que, les yeux rivés sur la campagne qui défilait autour de lui dans le soleil, sa pensée rejoignait son Antoine. De toutes ses forces, il espérait. Presque apaisé, il l'imaginait, couché dans le petit lit blanc de son dortoir, un peu remis et le regardant, avec son beau sourire si semblable à celui de son Henriette, pour lui dire que son malaise n'avait été que passager, qu'il se sentait mieux, qu'on avait dérangé inutilement son père, mais qu'il était content de le voir.

Autour d'eux, les maisons s'étaient rapprochées. Ils étaient entrés dans la ville. La voiture de Charles-Arthur s'engagea sur un petit pont de bois, puis emprunta à droite la rue étroite qui longeait la rivière. Dans une suite de pétarades, ils gravirent la pente jusqu'en haut, puis tournèrent à gauche. Ils parcouraient maintenant la belle avenue riante, large et ombrée de grands arbres qui menait au petit séminaire. Tout au bout d'une allée proprement définie, la grande bâtisse en pierre s'élevait avec majesté, avec ses fenêtres nombreuses, hautes, invitantes, et ses trois clochers qui éblouissaient de soleil au-dessus de ses cinq étages.

À leur droite, un beau parc entouré d'érables rougeoyants délimitait la cour des petits. Du côté gauche, un peu à l'avant de la grande bâtisse, était la cour des grands, avec un vaste espace agrémenté de bancs de bois qui servaient aux activités sportives. C'est à cet endroit qu'il aimait s'asseoir, le dimanche, quand il venait rendre visite à Antoine.

Devant la façade, au-dessus des deuxième et troisième étages, se dressaient les passerelles des prêtres. Chaque dimanche après-midi, tandis qu'il parcourait dans son boghei la longue allée qui menait au collège, il les voyait s'y promener en récitant leur bréviaire.

Il regarda autour de lui. Il pouvait identifier chaque coin de ce vieil établissement, le connaissait par cœur, tant il l'avait arpenté, toutes les semaines, pendant les sept années qu'il s'y était emmené avec sa famille pour visiter Antoine. Ils y étaient venus en boghei, en carriole et chaque fois, ç'avait été, pour lui, Henriette et les enfants, une agréable randonnée.

Charles-Arthur avait stoppé le moteur. Un grand calme régnait autour d'eux. Pas le moindre souffle de vent, pas le plus léger friselis pour agiter les feuilles dans les arbres. Partout, c'était le silence. Même les oiseaux s'étaient tus. Le soleil miroitait sur le gazon jauni et les fenêtres étaient closes devant la façade du vénérable bâtiment.

Le cœur étreint, Léon-Marie écoutait cette paix profonde, inusitée pour lui, entouré qu'il était à la Cédrière par les bruits incessants de la scierie.

Soudain, il se raidit. Ce silence impressionnant, ce recueillement le saisissaient comme un présage. Subitement son cœur se mit à battre violemment dans sa poitrine. En proie à une vive inquiétude, il descendit du véhicule et, courant presque, se rua à l'intérieur. Il haletait.

— Je suis le père d'Antoine Savoie! cria-t-il à travers le guichet du portier en secouant vigoureusement le chambranle. Je viens voir mon garçon, il est malade.

Le portier se leva. Sans un mot, avançant à pas feutrés, dans le cliquetis de ses clefs, il entraîna les deux frères vers le corridor des élèves au bout duquel s'accrochait un escalier en colimaçon qui menait aux étages. Ils se suivaient à la file, avec Charles-Arthur qui fermait la marche, en roulant son chapeau melon. Les degrés, minces, en bois verni, craquaient sous leur poids, émettant un petit bruit sec qui leur apparaissait sinistre dans la vaste maison enveloppée de silence.

Ils se retrouvèrent au dernier étage. Face à eux s'ouvrait le grand dortoir des élèves avec ses rangées de lits tout blancs. Le portier y jeta un regard, bifurqua à droite, y parcourut le corridor jusqu'au bout pour s'arrêter devant une porte épaisse et close, qu'ils devinèrent être l'infirmerie.

Une forte odeur de camphre et de menthol saisit brusquement leurs narines. Ils pénétrèrent en hésitant dans la pièce longue, étroite, vivement éclairée d'un côté, par deux fenêtres donnant sur le sud. Devant eux, le mur du fond était entièrement dissimulé derrière une haute armoire vitrée remplie de petites fioles toutes pareilles. Un pilon de pharmacien et un verre à eau traînaient sur la tablette. Au milieu de la chambre, un vieillard revêtu d'une soutane élimée était assis sur une chaise droite et veillait tout en récitant son bréviaire. À leur approche, il leva les yeux et les abaissa encore, puis ses lèvres se remirent à murmurer. Il poursuivait sa prière.

Sur le mur de gauche, face à la fenêtre, s'alignaient trois petits lits blancs, avec leur courtepointe proprement repliée et leur oreiller sans un faux pli, d'une blancheur immaculée. Soudain, le cœur de Léon-Marie se crispa d'angoisse. Il venait d'apercevoir tout au fond, près de l'armoire, une silhouette couchée, inerte, semblable à un gisant de pierre.

— Antoine... murmura-t-il dans un son étouffé.

La poitrine gonflée d'émotion, sur la pointe des pieds, il avança vers le petit lit blanc, en fer, étroit comme celui d'un moine, dans lequel était couché son Antoine. Silencieusement, en prenant bien soin de ne pas l'éveiller, il se pencha vers lui. Son petit gars reposait, les yeux fermés, les bras de chaque côté de son corps, et semblait plongé dans un profond sommeil. Son visage tout près du sien, le regard soucieux, il scrutait ses traits et écoutait sa respiration lente. Antoine lui apparaissait si pâle, si émacié, avec ses cheveux qui collaient à son front et ses joues creuses sous son petit duvet de barbe.

— Antoine, mon p'tit gars, articula-t-il enfin, je suis là, je suis venu aussi vite que j'ai pu.

Étendu sans bouger, Antoine gardait ses paupières fermement closes.

— Il dort ben dur, dit près de lui Charles-Arthur.

— Mon p'tit Antoine... répéta Léon-Marie avec un peu plus de force, surpris de ne déceler aucune réaction de la part de son fils.

Soudain il se raidit. Profondément angoissé tout à coup, il posa sa main sur la sienne. Il ne faisait plus d'effort pour être silencieux. Tremblant de tous ses membres, il souhaitait maintenant qu'il s'éveille, qu'il ouvre grand les yeux et qu'il s'assoie dans son lit. Il voulait l'entendre parler, l'entendre lui dire qu'il se portait bien, qu'il n'avait rien de grave, que ce petit air maladif qu'il affichait n'était pas autre chose que la fièvre.

Il secoua son bras avec vigueur.

— Antoine, mon p'tit, réveille-toi, c'est pôpa, je suis là.

Il attendit un moment, le regard rivé sur son visage, y cherchant le plus petit réflexe, mais Antoine gardait ses paupières obstinément closes.

Affolé, il se redressa. Il jetait autour de lui des regards tourmentés.

— Qu'est-ce qu'il a, donc, Antoine, qu'il se réveille pas?

— Antoine ne peut vous entendre, entendit-il près de la porte.

L'abbé directeur venait de pénétrer dans l'infirmerie. De forte taille, ventru, avec sa tête ronde sous ses cheveux blancs clairsemés, il avançait en faisant bruisser sa soutane sur ses jambes. Il s'arrêta au pied du lit et, l'air affligé, fixa Antoine, en même temps qu'il serrait fortement les barreaux de fer dans ses paumes.

— Depuis quelques jours, Antoine couvait ce qui semblait être une simple grippe, amorça-t-il avec ménagement, mais hier il a commencé à faire une forte fièvre. Nous avons fait venir le médecin...

Il fit une pause. Les lèvres entrouvertes, il hésita un long moment avant de poursuivre à voix contenue:

— Le médecin a diagnostiqué... une méningite...

Léon-Marie bondit, aussitôt leva vers lui un regard incrédule. Une souffrance indéfinissable se lisait sur son visage.

— Une méningite... mais c'est une maladie ben grave, il peut en mourir.

Le prêtre opina lentement de la tête.

— Antoine nous a dit avoir reçu une balle dure sur la tempe au cours de l'été. Depuis son arrivée en septembre, il se plaignait fréquemment de douleurs à la tête.

— C'est exact, murmura Léon-Marie. C'est arrivé le jour de

l'inauguration de notre église. Antoine faisait une partie de baseball...

Il se redressa vivement.

— Mais ça peut pas être ce coup-là qui...

— Non, nous ne le croyons pas, nous non plus, mais ce coup aurait pu déclencher une fragilité... Ce matin, quand l'abbé infirmier a voulu prendre sa température, il s'est aperçu qu'il délirait, puis il n'a plus parlé, il s'est comme endormi. Le médecin est revenu... il a dit qu'il était... dans le coma.

— Le coma... souffla bruyamment Léon-Marie, ça veut dire... que c'est fini...

Effondré, il appuya sa tête près de son Antoine et se mit à pleurer sans retenue. Les muscles raidis, de toutes ses forces, il frappait l'oreiller de ses poings fermés. Il refusait de perdre son fils, de toute son âme, il résistait, il avait tant besoin de lui, Antoine était sa seule raison de vivre, sa seule raison d'oublier les autres...

La poitrine soulevée dans un long gémissement, avec ses doigts rêches, brunis par le labeur, croisés au-dessus de sa tête, il ne pouvait comprendre. Tout son corps était secoué de tremblements. Il tremblait de ses bras, de son torse, de ses cuisses, de tout ce qui pouvait s'exprimer en lui. Révolté, il se demandait ce que valait la générosité, la vaillance, l'abnégation, le courage, toutes ces qualités qui faisaient de lui un père aimant qui avait tout donné. Que valait tout cela, quand il était en train de tout perdre... de perdre le dernier lien qui le rattachait à la vie?

— Parle-moi, Antoine! hurlait-il. Dis-moi un mot, juste un petit mot, t'as pas le droit de t'en aller de même sans rien me dire comme a fait ta mère... T'as pas le droit...

— Ressaisissez-vous, monsieur Savoie, ordonna fermement le prêtre derrière lui. Vous ne devez pas faire de reproches à vos morts. Ce qui arrive aujourd'hui est la Volonté de Dieu. Espérez plutôt qu'Il nous accorde le miracle que nous Lui demandons. Nous avons organisé des exercices de prières. Nous nous relayons à la chapelle. Il y a constamment quelqu'un qui prie pour lui dans la maison.

— Je voudrais rester près de lui, bredouilla Léon-Marie d'une voix chevrotante. J'espère que c'est possible.

— Nous le souhaitons nous aussi, articula le prêtre sur un ton de commisération. Installez-vous dans le lit voisin, vous ne dérangerez personne, l'infirmerie est vide en ce moment.

Le visage empreint d'une infinie tristesse, Léon-Marie se tourna encore vers Charles-Arthur:

— Je sais que t'as autre chose à faire, tu peux t'en aller si tu veux.

Il prit un temps avant d'ajouter sur un timbre résigné, éteint:

— Le moment venu... je vous ferai avertir... par le curé Jourdain.

Ébranlé, Charles-Arthur essuya une larme qui perlait au coin de ses paupières et posa sa main sur l'épaule de son frère.

— Prends ton temps, pis inquiète-toé pas pour les affaires, je vas m'en occuper comme quand t'as perdu ton Henriette. Je vas voir à ce que tout marche à ton goût. T'auras rien à redire de moé, je te le promets.

— Les usines, les magasins, les maisons, à quoi ça sert, si je les perds tous? soupira Léon-Marie. C'était seulement pour eux autres que je faisais ça.

— Mais on est là, nous autres, tenta de le réconforter Charles-Arthur, la mère, tes frères, tes sœurs, Angélina, les enfants, on te laissera pas tout seul, on va se mettre tous ensemble pis on va t'aider.

Léon-Marie leva vers son frère son visage mouillé de larmes, puis, sans un mot, lourdement, revint poser ses yeux sur son fils.

***

Antoine mourut dans la nuit qui suivit sans reprendre conscience. Pendant tout le temps qu'avait duré l'agonie, Léon-Marie était resté auprès de lui et avait tenu sa main. Assis sur une chaise droite, inconfortable, serrant avec force le petit chapelet de nacre d'Henriette, il avait gardé ses yeux rivés sur son visage et avait demandé un miracle. Intensément, il s'était penché sur lui, avait tenté de lui insuffler sa propre vigueur, sa propre robustesse qui auraient pu lui permettre de lutter contre son mal et recommencer à vivre.

Avec acharnement, il avait refusé d'obéir à ses paupières qui se fermaient de sommeil, il voulait rester éveillé. De tout son être, il voulait saisir chaque minute de cette chaleur, de ce souffle de vie qu'il percevait dans le corps de son fils et s'en abreuver jusqu'à la souffrance.

Au milieu de la nuit noire, à l'heure où la pendule de l'infirmerie égrenait les demies, un prêtre avait gratté à la porte et lui avait offert une tasse de thé ou encore simplement un peu d'eau, mais chaque fois, il avait hoché la tête. Il ne désirait ni boire ni manger, il refusait ce privilège. Il se sentait incapable d'user de sa verdeur, de ses forces vitales, quand, tout près de lui, son fils perdait les siennes et se mourait.

Le matin venu, il avait ramené son enfant à la Cédrière.

Étourdi de douleur, pendant les trois jours qu'avaient duré les visites de condoléances et les rites funéraires, il était resté près du cercueil, comme estomaqué, incrédule, sans bouger, sans manger. Encore acceptait-il difficilement le verre d'eau que lui tendaient Angélina ou Georgette, éplorées elles aussi et incapables de l'amener à écouter la voix de la raison.

Les obsèques eurent lieu dans l'église de la Cédrière. C'étaient les premières funérailles à survenir depuis l'inauguration de leur petit temple dédié à saint Henri, et les habitants du hameau en étaient profondément attristés. Qui parmi eux aurait pu prédire, lors de la bénédiction de leur nouvelle église, que le jeune Antoine Savoie, vingt et un ans, futur avocat, serait le premier à y pénétrer dans la mort.

Puis on alla l'enterrer auprès de sa mère et de ses quatre frères et sœurs dans le lot familial du cimetière de Saint-Germain.

Anéanti, comme s'il supportait la masse de la terre sur ses épaules, Léon-Marie avait réintégré sa demeure. Oubliant de manger, oubliant le repos, pendant tout l'après-midi, il avait arpenté la cuisine et écouté les bruits de sa maison, tentant de s'imprégner et de comprendre le silence des voix, ce silence sans espoir, sans jamais de délestage, ce silence qui serait le lot de sa vie. Tout était fini pour lui, sa vie était finie, ses rêves étaient finis. Il n'avait plus de raison de poursuivre son travail. Sa maison était désertée de ceux qu'il aimait, elle était vide, immensément vide, comme son âme était vide, comme sa tête était vide. En partant à son tour, Antoine avait amené avec lui sa dernière raison de vivre.

De grosses larmes brouillaient ses yeux. Il avait ébauché tant de rêves, il avait tant travaillé, lutté, espéré pour ses enfants, pour leur avenir. Avec quelle fierté il montrait ses installations, désignait qui hériterait de l'une, qui posséderait l'autre. Aujourd'hui, il se retrouvait seul. Il avait tout offert, tout donné, mais ils n'avaient rien pris, les uns après les autres, ils s'en étaient allés.

Il alla s'arrêter devant la fenêtre et regarda dehors. Partout dans la Cédrière, un silence prenant enveloppait ses industries fermées pour la journée en signe de deuil. «Mes belles exploitations florissantes», se dit-il avec amertume, toutes surmontées de cette fière inscription: «LES ENTREPRISES LÉON-MARIE SAVOIE ET FILS».

Serrant les poings de chaque côté de ses hanches, il arqua durement la nuque et découvrit à la clarté du jour ses joues ruisselantes de larmes. La colère et la révolte, puissamment, montaient en lui. Ses yeux lançaient des éclairs. Brusquement, dans un élan irraisonné, il franchit le seuil et se retrouva dehors. À grandes enjambées dans la fraîcheur de l'automne, avec les manches relevées de sa chemise neuve, qui découvraient ses bras, il avança dans la petite allée de la maison, traversa la route et entra dans la cour à bois. La poitrine soulevée de sanglots, dans le silence de l'après-midi qui déclinait, d'une seule main, il tira la grande échelle de la remise et alla l'appuyer sur la bâtisse de la scierie. Armé d'un pied-de-biche, rapidement, il grimpa. Le souffle dru, dans un mouvement rageur, il décrocha la longue enseigne sur laquelle il avait écrit lui-même, en grosses lettres ronflantes, dans les temps heureux, le cœur rempli d'enthousiasme, l'appartenance de ses entreprises à son nom et à celui de ses trois fils.

D'un geste rude, il la lança sur le sol.

Il courut chercher l'égoïne, en haletant, la buta sur le morceau de bois. Aussitôt il scia, rapidement, durement, méchamment, à grands mouvements saccadés, jusqu'à ce qu'il eût détaché le bout du panneau sur lequel il pouvait lire «ET FILS», ces deux mots si délectables, qu'avec tant d'orgueil il avait écrits de sa main. Puis, les yeux gonflés de larmes amères, il alla le jeter sur le tas de dosses. Son échelle d'une main, ses outils de l'autre, il se rendit à la manufacture et fit de même pour l'enseigne qui couvrait la largeur des vitrines. Il poursuivit ensuite sa route jusqu'à la quincaillerie, puis alla appuyer son échelle au-dessus de la porte du magasin général. Éplorés, les habitants du hameau le regardaient faire sans rien dire.

Le lendemain, en même temps qu'il faisait sa tournée des installations, Jean-Baptiste ramassa par terre les enseignes au nom de son employeur, amputées de leur descendance comme une large déchirure et, sans un mot, les recloua à leur place.

Dans les jours qui suivirent, sous le gris de l'automne, avec les feuilles qui se détachaient des arbres et le vent violent chargé de pluie froide qui fouettait son visage, chacun voyait la silhouette un peu trapue du maître de la scierie, qui déambulait à travers la Cédrière. Traînant son chagrin, il empruntait le petit chemin de Relais et descendait vers la route communale. Parfois, il s'aventurait jusqu'au fleuve où il prenait place sur une pierre. Le regard sec, il passait de longues heures, dans une immobilité totale, à regarder filer l'eau et le temps.

Un jour froid de novembre, alors qu'il était assis sur sa pierre plate, tristement plongé dans ses pensées, une main ferme se posa sur son épaule. Le vieux curé Darveau était descendu sur la grève et l'avait rejoint.

— Tu as assez pleuré, lui dit-il, tu dois maintenant rentrer au hameau. Ce petit bourg, si joyeux d'habitude, est aujourd'hui un endroit sinistre et c'est à cause de toi.

— J'ai tout perdu, monsieur le curé, gémit Léon-Marie, j'ai tout perdu...

— Tu n'as pas tout perdu, prononça le curé à voix basse. Tu n'as qu'à regarder autour de toi pour t'en rendre compte. Tu manques au hameau, Léon-Marie. Tes gens comprennent ta peine et n'attendent que l'occasion de te prodiguer leur affection.

Le regard rivé sur le lointain, Léon-Marie essuya ses yeux humides; il marmonnait comme pour lui-même:

— Je demandais pourtant pas grand-chose à la vie, je demandais seulement d'avoir une famille comme tout le monde, élever mes enfants, les faire instruire et les préparer pour en faire des citoyens respectables.

— Tu m'as souvent entendu dire que les vues de Dieu sont impénétrables, reprit gravement le curé. Notre destin relève de notre Créateur et même s'il apparaît parfois inexplicable à notre humble entendement, sache que dans tout malheur il ressort quelque chose de bon.

Il tendit ses doigts secs, perclus d'arthrite.

— La vie est comme ce grand fleuve que tu regardes avec tant d'attention depuis un mois. Tu vois cette eau qui coule, elle passe et ne revient pas. La vie est ainsi. Hier, tu étais entouré de ta famille, tu n'étais pas ce que tu es devenu aujourd'hui dans la souffrance, et demain tu seras un autre. Comme cette eau qui fuit, chaque jour, chaque événement nous change, et on ne redevient jamais semblable.

Dressé comme un chêne, avec sa vieille soutane qui battait dans le vent, son manteau noir, à mi-hanches, usé aux manches, il regardait la mer. Ses yeux d'un bleu intense perçaient le lointain, allaient s'accrocher loin, plus loin encore que cette eau qui descendait vers l'est. Ils crevaient l'horizon, pénétraient dans l'immensité, dépassaient les limites de la terre.

— Aujourd'hui, tu te demandes pourquoi Dieu est venu chercher, les uns après les autres, les êtres que tu chérissais avec ton cœur grand comme le monde. Dieu avait d'autres vues pour toi. Depuis que les tiens sont partis, tu as connu la solitude, tu as appris à écouter le silence, et sans t'en rendre compte, cette situation a fait de toi un autre homme. Ta pensée est autre, plus profonde, plus philosophique. Avec l'épreuve, sans que tu comprennes pourquoi, tu as acquis une maturité plus grande qui te servira.

Il redressa énergiquement la tête.

— La douleur grandit, Léon-Marie, le savais-tu? Tu es un bâtisseur, je te l'ai toujours dit. Tu as encore beaucoup à donner à ceux qui t'entourent et tu vas donner avec une force morale supérieure, d'autant plus que tu auras connu le silence. Dieu a décidé que tu poursuivrais ta lutte seul. Il l'a fait parce qu'Il te réserve de grandes responsabilités, celle, entre autres, d'être le père spirituel de cette petite commune que tu as fondée. Pour le reste, à mesure qu'Il te parlera, tu sauras déchiffrer son message. Où qu'ils soient, tes morts te soutiendront, ils t'aideront à distribuer la grande richesse de ton cœur. Ils le feront davantage que s'ils avaient été auprès de toi, en chair et en os. Mets ta confiance en Dieu et dis-toi que si tu ne l'abandonnes pas, Lui non plus ne t'abandonnera pas.

Sa voix prit une intonation profonde, respectueuse.

— S'il est dit que la croix est lourde dans la grande loi de la mort, je voudrais que tu retiennes cette réflexion que j'ai faite mienne: «Si tu sais bien supporter cette croix, tu n'auras pas à la porter, elle te portera.»

Il l'aida à se relever et l'entraîna vers le hameau.

— J'ai laissé mon presbytère aux soins de l'abbé Fleury et j'ai décidé de te consacrer le reste de ma journée. Je voudrais en profiter pour visiter tes entreprises, et ensuite, je veux m'inviter à souper avec toi.

— Vous me demandez d'oublier que j'ai tout perdu, monsieur le curé, vous me demandez d'être héroïque, je voudrais bien vous écouter, mais de ça je pense que j'en suis pas capable, murmura Léon-Marie dans un sanglot.

— Le notaire Beaumier, que tu admires, a perdu tout son avoir dans le krach économique, en plus de perdre son honneur dans la ruine des autres, observa le curé. Et il ne s'est pas laissé abattre. Aujourd'hui, il remonte la pente. Que son exemple te serve de leçon. Comme disait ma mère quand elle nous voyait abattus, démoralisés, tu vas retrousser tes manches, mon garçon, et tu vas dès aujourd'hui te remettre à l'ouvrage.

# 30

La mine revêche, dans le matin sombre de sa chambre, Léon-Marie attachait un à un les boutons de sa chemise à carreaux.

— Trente et un mars, lut-il en même temps sur le petit calendrier qui ornait le mur près de lui. Le mois d'avril commence demain, c'est pas trop tôt.

Avec un soupir, il considéra, dehors, les bancs de neige qui s'affaissaient avec une lenteur désespérante. Le printemps s'était amorcé depuis quelques semaines, dans un mois de mars qui n'avait pas cessé d'être pluvieux. Cette constante grisaille qui cernait la montagne le déprimait. Jamais dans toute sa vie il n'avait trouvé l'hiver aussi long, aussi détestable. Il lui semblait que, malintentionné, le temps s'étirait, s'étirait méchamment, tardait à dessein à passer, en même temps qu'il se plaisait à accumuler les nuages noirs au-dessus de sa tête.

Chaque jour, depuis qu'il était seul, il pressait le temps, l'exhortait à filer promptement vers le lendemain, à s'ouvrir sur un autre jour et encore un autre, comme une poulie folle à laquelle il aurait lui-même imprimé le mouvement de rotation vers la finalité. Hélas, il savait bien que sa hâte n'arriverait pas à faire avancer les heures. Pourtant il ne pouvait s'empêcher d'être fébrile, impatient qu'il était de voir fuir la vie, de se soustraire enfin à cette existence sans but, devenue pour lui insipide et totalement absurde.

Pendant tout l'automne et l'hiver, le curé Darveau lui avait rendu de fréquentes visites et avait essayé de l'amener à entendre une autre voix qu'il appelait celle de la raison. Patiemment, il lui avait rappelé le noble destin qui était le sien, cette vocation arrêtée par Dieu qui le vouait aux êtres qui l'entouraient, mais Léon-Marie était sceptique, et surtout, il avait perdu cette belle confiance qu'il avait eue en la vie. Trop souvent et trop durement éprouvé, devenu indifférent et fataliste, il n'avait plus le courage de réagir.

Ce matin, plus encore que d'habitude, il se sentait nerveux, morose, hargneux même, avec cette brume épaisse qui, sans relâche, coiffait le mont Pelé d'un capuchon de plomb.

Il sortit de sa chambre et entra dans la cuisine en traînant le pas. Comme un automate, il prit dans l'armoire un morceau de pain sec, puis alla ouvrir tout grand la porte extérieure. Debout au milieu de l'embrasure, avec l'humidité froide qui pénétrait la pièce et le saisissait jusqu'aux os, il mâchonna son croûton sans plaisir. Autour de lui, le hameau était encore endormi dans le silence de l'aurore. Partout jusqu'à l'horizon, de gros nuages noirs couvraient le bleu du ciel et déversaient leur crachin luisant. Les champs, de même que la route, étaient sillonnés de rigoles qui perçaient la neige et couraient vers les fossés.

Il agrippa sa veste de toile qui pendait sur un crochet près de la porte et l'endossa sans ardeur. Pesamment, avec la pluie glaciale qui toquait sur ses épaules, il descendit les marches, traversa la route et alla s'arrêter devant l'entrée de la cour à bois.

Le regard rempli de lassitude, il considéra autour de lui ses entreprises qui se dressaient, fières, robustes, comme une longue file, jusqu'à la côte.

— À quoi bon tout ça? se dit-il.

Son cœur s'étreignit douloureusement; il se sentait si malheureux et abandonné en ce froid matin de mars, dans le jour à peine levé, seul au milieu de ses installations, sans famille, sans espoir. Combien, à chaque moment de sa vie, il ressentait l'absence des siens, redoutait les repas enrobés de silence, les longs dimanches tranquilles et cette obscurité lugubre quand il rentrait le soir, dans le calme absolu de sa vaste demeure vide.

La nuit venue, ses rêves se peuplaient cruellement de clameurs et de rires qui résonnaient dans sa tête, ainsi qu'ils faisaient, avant que leur belle Marie-Laure ne meure. Chaque nuit, sans y manquer, il rêvait de sa famille réunie, voyait ses enfants animés autour de lui, entendait leurs pas qui ébranlaient le parquet de l'étage. Ses oreilles bourdonnaient encore du bruit de leur babillage et des exhortations à la tranquillité que leur faisait leur mère.

Du revers de sa main, il essuya ses yeux embués. Près de lui, les portes de la salle de coupe venaient de s'ouvrir. Encore engourdis de sommeil, les hommes rentraient au travail en petits groupes silencieux. Au pied de la côte, la cloche de l'église sonnait l'angélus de six heures. Pour la scierie, c'était le début d'une autre journée.

Une indicible angoisse, encore une fois, crispa sa poitrine. Il éprouvait une sensation de vide, d'isolement insupportable. Un flot de révolte, brusquement, monta en lui.

— À quoi bon tout ça, répéta-t-il à haute voix.

Soudain, dans un mouvement irrésistible, il pivota sur lui-même et s'engagea au milieu du chemin de Relais. À grands pas pressés, avec l'eau sale qui éclaboussait ses jambes, il dépassa la quincaillerie, se dirigea vers le magasin général et escalada résolument le perron.

Brigitte Deveault, la fille de Joachim, arrivait derrière lui. C'était l'heure de prendre son quart de travail. Il pénétra avec elle dans la longue bâtisse, sans un mot poursuivit sa marche, et fila jusqu'au fond de la pièce, vers le téléphone tout neuf, accroché au mur depuis à peine une semaine.

Avec des gestes vifs, bourrus, il décrocha et tourna la manivelle. Le récepteur sur l'oreille, en même temps qu'il attendait la voix de la téléphoniste, il se tourna vers Brigitte.

— Je veux que tu racontes à personne ce que je suis venu faire icitte à matin. Tu m'as ben entendu, Brigitte, tu vas garder ça secret.

Sans entendre les protestations de la jeune fille, promptement, il se retourna face au mur. Planté sur ses jambes, la tête un peu arquée vers l'arrière, il attendait, marquant son impatience en tapant à petits coups brefs de son index sur la tablette de bois verni.

La semaine précédente, il avait fait installer le téléphone au magasin général. Il s'était enfin décidé. Après la lourde épreuve de la maladie d'Antoine et sa mort, sans vouloir accuser les autorités du collège de négligence, il se disait que s'il avait eu le téléphone, il aurait été averti plus tôt de l'affection de son fils. Il serait arrivé à son chevet avant qu'il ne sombre dans le coma, il lui aurait parlé et peut-être qu'aujourd'hui, il comprendrait mieux pourquoi le destin le lui avait arraché, lui aussi.

Un grésillement se faisait entendre à l'autre bout du fil.

— Mettez-moi en communication avec le journal l'*Écho du Bas-du-Fleuve*, cria-t-il dans l'appareil, c'est pour une annonce.

Après un long moment d'attente, il ouvrit à nouveau la bouche. Sous le regard navré de Brigitte, arquant encore la nuque, les jambes écartées, dans son attitude décisive habituelle, il articula d'une voix égale, en pesant chacun de ses mots, comme si, sans égard pour les idéaux de sa vie, il se délestait d'un revers de main de tout ce qui lui avait donné un sens:

— «Commerces à vendre, scierie, portes et châssis, quincaillerie, magasin général, cordonnerie, bonne clientèle, prix raisonnable.» Ajoutez que c'est urgent. Je voudrais que ça passe dans la gazette de samedi, sans faute.

L'oreille attentive, il écouta à son tour, hocha la tête à petits coups rapides, puis raccrocha.

Derrière son comptoir, Brigitte le regardait avec ses grands yeux bruns qui brillaient d'une petite flamme hardie dans son visage mobile.

— Vous allez penser que c'est pas mon affaire, prononça-t-elle sur un ton un peu effronté, mais je peux pas m'empêcher de vous dire que c'est pas correct ce que vous venez de faire là.

— T'as ben beau penser ce que tu voudras, ma fille, répondit-il du tac au tac en se dirigeant vers la porte. Correct ou pas correct, va falloir que tout le monde s'y fasse. De toute façon, je suis pas éternel, tout de suite ou ben dans dix ans, ça change pas grand-chose.

Il se retrouva dehors. Allégé, malgré le ciel gris et la pluie froide qui s'était remise à crachoter, rapidement, il se dirigea vers la scierie.

Au-dessus du mont Pelé, la brume s'était encore épaissie. Les yeux levés vers le ciel noir, il pensa qu'une fois de plus, cette autre journée qui débutait serait triste comme un glas. Il ne pouvait s'empêcher d'en ressentir un profond désagrément. Il ralentit son allure. À nouveau, son cœur se serrait. Cette constriction pénible, cette angoisse qui l'avaient abandonné un court instant, le temps d'échafauder un rêve, subitement, recommençaient à torturer ses entrailles. Il avait perdu son courage.

Sans ardeur, il entra dans la cour de l'usine. Partout l'air était rempli du grondement sourd des moteurs électriques. Du côté de la rivière, avec la pluie lourde qui s'abattait sur leurs épaules, des ouvriers de l'atelier de coupe s'affairaient à déplacer des troncs de douze pieds à l'aide de crampons. Ils exécutaient aujourd'hui une commande spéciale; ils devaient fabriquer les grosses poutres qui supporteraient la charpente des petites maisons du millionnaire de la Côte-Nord.

Ils étaient assemblés en cercle, trois hommes robustes: Arthur, Omer et Jean-Baptiste, le visage enjoué, plaisantant comme s'ils allaient procéder à un de leurs joyeux concours de force et d'endurance dans la cour du collège, se lançant le défi de soulever une de ces énormes billes aux arômes forts, ruisselantes d'eau de pluie.

Leurs rires lui faisaient mal. Il les fixait, l'œil réprobateur, comme s'ils se permettaient un acte d'irrévérence grave, eux qui osaient se réjouir dans son entreprise devenue sanctuaire de recueillement et d'austérité.

— Que c'est qui se passe icitte? interrogea-t-il sur un ton revêche en allant les rejoindre.

Étonnés, ils se retournèrent. Jean-Baptiste se dégagea des autres.

— Les billots m'ont l'air jammés ensemble, expliqua-t-il en mordillant son copeau d'épinette. On arrive pas à les mouvoir avec notre can-dog. On a eu beau essayer à trois hommes, ça m'a l'air poigné ben dur. Mon idée qu'il va nous falloir un palan.

Afin d'appuyer ses dires, d'un mouvement sec, il piqua son

crochet dans une grosse bille. Les muscles tendus, il tenta de toutes ses forces de l'en faire bouger.

— Comme tu vois, ça remue pas pantoute.

— Jammés ben dur que tu dis, répéta Léon-Marie.

Il gonfla la poitrine. Une sève nouvelle, brusquement, montait dans ses veines. Il songea qu'il n'était pas venu, le temps où une pièce de bois, si grosse soit-elle, lui résisterait à lui. D'un geste rude, il les écarta. D'une longue enjambée, il s'avança encore. Tous les muscles de son corps fortement durcis, les avant-bras arqués, il enfonça ses talons dans le sol. Il était redevenu le belligérant qu'ils avaient connu dans les beaux jours. D'un seul mouvement, il empoigna le tronc énorme. Le visage congestionné, avec une puissance décuplée, de toutes ses forces, il le bougea de son enclave, d'un élan déchaîné le souleva et, brutalement, le laissa chuter à leurs pieds. Autour d'eux la terre vibra le temps d'une seconde.

— C'est là que tu le voulais, ton billot? rugit-il à l'adresse de Jean-Baptiste, sans laisser transparaître le moindre sentiment de suffisance. Ben il est rendu. Astheure, mettez-vous à l'ouvrage, pis que ça roule. Vous avez perdu assez de temps.

Sans un regard vers ses ouvriers éberlués, il leur tourna le dos et se dirigea vers l'ancienne meunerie.

— Aspic! Il est pas à prendre avec des pincettes à matin, entendit-il Jean-Baptiste s'écrier derrière son dos.

Il haussa les épaules. Immobile près de la porte, la main sur la poignée, il prit le temps de retrouver un peu son souffle. Son cœur martelait sa poitrine. À profondes bouffées, il inspira l'air humide, le front levé, avec la pluie froide, rafraîchissante, qui mouillait son visage. Enfin, un peu remis, il regarda autour de lui, machinalement tendit l'oreille et écouta les bruits. C'était sa façon habituelle de surveiller les affaires et, sans bouger de sa place, s'assurer du bon fonctionnement de ses ateliers.

Partout les fenêtres étaient ouvertes. Dans l'atelier de coupe, la scie ronde faisait entendre son gémissement strident. La machine à bardeaux avait repris son tic tac mécanique. Du côté de l'ancienne meunerie, la scie à ruban émettait son cliquetis léger.

Soudain, encore une fois, il prêta l'oreille. Quelque chose n'allait pas, il lui semblait que l'accord n'était pas parfait. L'atelier de finition aurait dû être couvert du ronron des deux machines. Il n'entendait pas tourner le moteur de la raboteuse.

Par un carreau, il voyait le gros dos d'Éphrem, le menuisier en chef de la salle de planage. Il distinguait nettement ses muscles forts qui se tendaient, son bras droit qui s'agitait devant la machine et assenait des coups solides à l'aide d'un matoir.

Puis Éphrem arrêta de frapper. Dans un geste de colère, il lança brutalement son outil sur le sol.

— Maudit tabarnacle de câlisse, c't'hostie de cochonnerie mal emboîtée, pas moyen d'y crisser un coup qui a de l'allure.

Interdit sur le petit perron de pierre, la main crispée sur la poignée, Léon-Marie inspira bruyamment. Outragé, comme si l'insulte l'avait frappé en plein visage, il leva la tête avec raideur.

Son regard dur se tourna sur sa gauche, vers son enseigne morcelée de sa descendance par un vilain trait de scie, puis alla s'arrêter juste au-dessous, sur le cadre supérieur de la petite porte de l'atelier de coupe. Pour la nième fois, il relut cette inscription ternie, à la peinture noire écalée qu'il avait lui-même accrochée là, au début de ses opérations: «Défense de sacrer».

Il y avait longtemps que cette inscription dominait la Cédrière. Elle datait de ce jour lointain de septembre, où son Antoine avait quitté la maison pour entrer au collège. Il avait toujours refusé qu'on l'enlève. C'était pour lui un principe, il interdisait formellement à quiconque de sacrer dans ses établissements. Il en avait suffisamment avec Charles-Arthur, se disait-il, parce qu'il était son frère et qu'il se plaisait à enfreindre ses ordres.

D'un geste rageur, il enfonça profondément sa casquette sur sa tête, poussa la porte de l'ancienne meunerie et se retrouva au milieu de l'atelier de planage.

Devant lui, les ouvriers avaient abandonné leurs tâches. L'air désemparé, ils entouraient la grosse machine.

— Que c'est qui marche pas icitte à matin? demanda-t-il rudement.

— Les couteaux de la raboteuse coupent pus pantoute, expliqua Éphrem. À cause de ça, on a perdu une bonne demi-douzaine de belles planches de pin.

— C'est toute ce que t'as à dire, Éphrem? demanda Léon-Marie en le dardant de son regard noir.

Abasourdi, Éphrem redressa la tête, il frémissait de colère.

— Me semble que c'est ben assez, tabarnacle. Tu m'as demandé du rendement, c'est pas avec des outils de même que je vas être capable de t'en donner.

Bouillant de colère à son tour, Léon-Marie s'approcha de son ouvrier jusqu'à frôler son visage.

— Ben moé, je vas te dire rien qu'une chose, Éphrem Lavoie. On a fait not' petite école ensemble, pis ça fait proche six ans que tu travailles pour moé. Depuis le temps, t'as ben dû t'apercevoir que quand je mets une défense, je mets une défense, pis c'est pas pour les trous de marmottes dans le flanc de la côte. Tu sais lire, t'as ben dû le voir au moins une fois dans ta vie, ce qui est écrit au-dessus de la petite porte de la salle de coupe?

Il prit un temps avant de lancer d'une voix forte:

— «Défense de sacrer» que c'est écrit, Éphrem. «Défense de sacrer», tu sais ce que ça veut dire? Pis ça vaut pour tout le monde, tout le monde, toi y compris, ça fait que...

Frappant énergiquement du talon, il se dirigea vers le coin sombre de la pièce où était rangé le lourd coffre à outils d'Éphrem. D'un geste vif, il le prit par terre, le souleva comme une boîte légère et, du même élan, le lança rudement par la fenêtre.

Les outils allèrent s'éparpiller en bas sur le sol dans un fracas de clochettes qui se répercuta en écho jusque sur le mont Pelé.

— Astheure, Éphrem, tu vas aller rejoindre tes outils, articula-t-il d'une voix blanche. T'es dehors.

Estomaqué, Éphrem le regardait sans bouger.

— T'es dehors, Éphrem, répéta Léon-Marie. Dehors! Va-t'en! Je veux pus jamais te voir la face icitte. C'est-tu clair?

Au milieu des hommes hébétés, l'œil noir, les narines vibrantes, il respirait avec force, ne tentait pas de contenir sa fureur. Sa jugulaire battait dans son cou.

— T'enverras ta femme chercher ta paye après-midi, parce que moi vivant, jamais tu remettras les pieds dans mes entreprises, jamais!

— Voyons, Léon-Marie, se défendit Éphrem, t'es pas sérieux, tu peux pas me faire ça rien que pour un petit sacre. Tu sais ben que c'est des mots qu'on dit sans conséquence, qu'on envoye de même, pour se défouler.

— Dehors, Éphrem! gronda Léon-Marie en lui indiquant la porte d'un index féroce. Dehors!

Devant lui, incrédule, Éphrem se faisait implorant. À l'exemple de Charles-Arthur, il lui rappelait ses obligations familiales, ses huit enfants, sa femme, sa vieille mère, qui, eux, n'étaient pas responsables de ses sacres.

— Dehors, Éphrem! répéta Léon-Marie sur un ton sans réplique. Dehors!

Résigné, Éphrem serra les lèvres. Les épaules appesanties, il laissa échapper un profond soupir et commença à détacher les bretelles de sa salopette. Lentement, l'une après l'autre, il dégagea ses jambes, fit un bouchon serré de son vêtement de travail et le retint sous son bras.

La mine consternée, il se tourna encore vers Léon-Marie et le fixa un long moment avant de franchir la porte.

— J'espère que tu vas avoir le bon sens de revenir sur ta décision, si c'est vrai qu'il te reste un peu de bonté dans le cœur.

— Dehors! cria Léon-Marie d'une voix puissante, le bras raidi vers lui. T'as pus rien à faire icitte, Éphrem Lavoie, dehors!

Ameutés, malgré les bruits assourdissants de la grande scie ronde, les ouvriers de la salle de coupe étaient sortis dans la cour.

Inquiet, Jean-Baptiste abandonna les autres et se précipita dans l'ancienne meunerie. Immobile près de la porte, pendant un moment, il regarda autour de lui, en même temps que, consterné, il lorgnait par la fenêtre Éphrem, courbé vers le sol et qui ramassait ses outils.

— Aspic, Léon-Marie, j'ai-tu ben vu? Tu viens de mettre Éphrem dehors? As-tu ben pensé à ton affaire? Éphrem, c'est le responsable du planage, c'est ton meilleur homme.

— Il y a personne d'irremplaçable dans la vie, lança sèchement Léon-Marie en lui tournant le dos.

Pour lui, la question était close. Le visage encore blême de colère, il alla rejoindre les autres ouvriers groupés autour de la machine et qui attendaient en silence, stupéfiés, les bras ballants.

— Astheure, où c'est qu'il est le problème?

— Éphrem voulait aiguiser les couteaux du planeur, avança craintivement un des jeunes ouvriers, mais il était pas capable de les détacher, il disait qu'ils étaient jammés dans le bran de scie.

— À ma connaissance, ç'a jamais pris un cours classique pour démonter des couteaux de raboteuse, fit-il sur un ton méprisant.

Redevenu très calme, il se pencha sur la machine-outil, repéra les écrous, et à l'aide d'un tournevis, tourna lentement. Les uns après les autres, sans difficulté, les couteaux tombèrent dans sa main.

— C'est comme ça qu'il faut travailler, disait-il en même temps. Pas tout casser pis vider l'église par la même occasion. Des vis, ça se défait avec un tournevis, pas à coups de marteau. Astheure, il reste pus qu'à les affûter.

Il prit avec lui un plein seau d'eau grise et se dirigea au fond de la pièce, vers la machine à aiguiser rangée sous une fenêtre. Dans un grand jet, il éclaboussa la pierre meule en même temps qu'il marmonnait comme un ultime avertissement:

— Tenez-vous-le pour dit, vous autres aussi, les jeunes. Souvenez-vous que j'endure personne à sacrer à l'intérieur de mes bâtisses.

Incliné sur la machine, de son pied il actionna lentement le mécanisme et, peu à peu, fit tourner la meule d'un mouvement continu. Chacun leur tour, il appuya les couteaux sur l'affiloir. Autour d'eux, un petit bruit aigu, exacerbé, perçait l'air. Léon-Marie travaillait avec minutie. De temps à autre, il relevait la tête et frôlait la lame de son pouce, puis, courbé à nouveau, patiemment, reprenait son geste. Il recommença ainsi, aussi longtemps qu'il n'eut pas reconstitué le tranchant le plus net, le plus fin possible.

Enfin, il revint se placer devant la raboteuse, remit les couteaux en place et les vissa solidement les uns après les autres.

— Astheure, mon jeune, tu peux repartir la machine, prononça-t-il à l'adresse d'un ouvrier.

Pendant un moment attentif, il observa la rotation des couteaux qui tournaient à vide et écouta leur cliquetis léger. Étirant le bras, il prit près de lui une belle pièce de bois brut qu'il plaça au milieu du chariot. Penché vers l'avant, le regard empreint de plaisir, il suivit longuement le mouvement des couteaux qui mordaient les angles de la planche, les reformaient en lignes douces, tandis qu'un petit nuage de bran de scie volait dans l'air de chaque côté. Enfin satisfait, il releva la tête.

— Ça va aller comme ça, les p'tits gars, vous pouvez continuer tout...

Soudain un claquement brusque se fit entendre, en même temps qu'un sifflement dur, rapide, frôlait son oreille, puis ce fut un choc, comme un violent coup de hache sur une bûche. Il sursauta vivement et recula.

L'air éberlué, il regardait de chaque côté de lui.

Jean-Baptiste, qui allait partir, revint en courant sur ses pas et se planta devant lui. Les poings sur les hanches, il le fixait, les yeux agrandis d'horreur.

— Aspic! Léon-Marie, te rends-tu compte de ce qui vient de t'arriver?

Léon-Marie se tourna vers lui, puis examina tout autour. Enfin il aperçut derrière son dos un couteau de la raboteuse qui s'était détaché de son habitacle pour aller se loger dans le mur.

— C'est pas ben grave, dit-il calmement, il y a personne de mort, ni de blessé. J'ai dû oublier de serrer une vis, c'est des choses qui arrivent.

— Aspic, mais t'es devenu fou, Léon-Marie Savoie! s'énerva Jean-Baptiste. Prendre à la légère un accident de même. C'est pas qu'un petit oubli ordinaire, que de manquer de serrer une vis. Si t'avais été un doigt plus proche, tu te faisais tuer ben net.

— Exagère pas, quand même, fit Léon-Marie avec agacement.

— Moé, j'exagère?

Vibrant d'indignation, Jean-Baptiste se rapprocha encore de lui. Dans un geste de colère, il lui arracha rudement sa casquette de meunier et la brandit sous ses yeux.

— Moé, j'exagère? T'as vu ta casquette? T'as vu ta visière? Ben cherche-la pas, parce que tu la trouveras pas. Elle a pris le bord. Le couteau, en passant, l'a coupée ben net.

Léon-Marie attrapa son couvre-chef. L'air encore sceptique, il le tournait entre ses mains. Soudain, les yeux agrandis de stupeur, il arrêta son geste.

— Barnache! On dirait ben que t'as raison.

— Ça t'a pris du temps à t'en apercevoir, reprit Jean-Baptiste sur un ton caustique. Depuis quelque temps, je te trouve pas mal nerveux, Léon-Marie Savoie. Je pense que va falloir qu'on ait une petite conversation ensemble. Sois pas surpris si un de ces soirs, Georgette pis moé, on vient cogner à ta porte.

— Faut dire que je dors pas trop trop ben dans ce temps-citte, prononça Léon-Marie, ébranlé.

— En ce cas-là, tu vas t'en retourner à la maison, ordonna Jean-Baptiste en l'entraînant dehors, pis tu vas aller faire un petit somme. J'ai le sentiment à matin que t'en as drôlement besoin.

Docile, Léon-Marie le suivit dans la cour. Lentement, comme assommé, il poursuivit son chemin vers sa demeure. Il était perplexe. Il ne s'expliquait pas lui non plus son comportement depuis quelque temps: ses réactions vives, imprévisibles, son intransigeance vis-à-vis de son personnel. Il ne comprenait pas davantage cet instinct de survie qu'il découvrait et qui le faisait trembler après cet accident qui aurait pu l'emporter, lui qui, il y avait si peu de temps encore, appelait la mort qui le réunirait aux êtres qu'il avait perdus.

Au loin sur la route, du côté de l'école, une ombre se profilait, montait rapidement la côte. Les yeux plissés par l'attention, il ralentit sa marche, puis, agacé, se pressa vers la maison. Il venait de reconnaître Aglaé, la femme d'Éphrem, qui avançait vers lui à grands pas déterminés.

— Attends-moi, Léon-Marie, cria-t-elle en se mettant soudain à courir, j'ai affaire à toi.

— Si c'est pour la paye d'Éphrem, lança-t-il sans aménité, j'ai pas eu le temps de la préparer, reviens après-midi.

— Je suis pas venue chercher la paye d'Éphrem, dit-elle, essoufflée, en se rapprochant de lui. C'est à toi que je veux parler, Léon-Marie.

De gros nuages noirs couraient dans le ciel, emprisonnant le jour dans une sorte de pénombre. La pluie s'était remise à tomber dru.

— En ce cas-là, fais ça vite parce que j'ai reçu ma charge d'eau froide sur la tête pour la journée, pis j'ai pas de parapluie.

— Moi aussi, j'ai reçu ma charge d'eau froide pour la journée, pis moi non plus, j'ai pas de parapluie, répliqua sèchement Aglaé. Rentrons dans ta maison si tu veux ou, si tu préfères, on va aller se parler dans ton bureau, parce que pluie, pas pluie, tu vas devoir m'écouter.

Il la dévisagea sans surprise. Il connaissait Aglaé, il la connaissait depuis son enfance. Petite femme nerveuse, décidée, les yeux et les cheveux très noirs, elle arborait fièrement le sang indien qui coulait dans ses veines. D'un courage et d'un aplomb proches de l'impertinence, caractéristiques qu'elle considérait comme un trait de sa race, elle ne craignait personne et savait être tenace.

— Puisqu'on est rendus de l'autre bord de la route, aussi ben aller dans ma maison, se résigna-t-il en l'entraînant dans la cuisine.

Elle pénétra résolument derrière lui. Aussitôt, les yeux agrandis de curiosité, elle s'immobilisa sur le seuil.

— Ouais, c'est pas mal beau chez vous, fit-elle, moqueuse, en examinant autour d'elle. Pis propre à part ça, pour un homme tout seul.

— Pourquoi que tu dis ça? interrogea-t-il, ennuyé. C'est pourtant pas la première fois que tu mets les pieds icitte.

— Non, c'est pas la première fois, repartit-elle nullement démontée par la brusquerie de son ton, mais les fois que j'y suis venue, c'était à l'occasion de tes deuils. Quand on entre dans une maison avec l'idée de consoler quelqu'un, on pense pas à regarder la couleur de la tapisserie puis des rideaux.

Il attarda ses yeux sur elle. Son cœur, subitement, était rempli de ses souvenirs. Il y eut un moment de silence.

— Ça m'a fait de la peine, à moi aussi, la mort d'Henriette, de tes jumeaux, pis pour finir celle d'Antoine, poursuivit-elle avec gravité, surtout que t'avais rien fait pour mériter ça... Tandis qu'Éphrem, lui, il méritait que tu le remettes à sa place.

Dans un geste machinal, elle serra les revers de sa veste sur sa poitrine.

— J'haïs ben ça, moi aussi, cette habitude qu'il a de sacrer tout le temps, pour tout et pour rien. Ce que t'as fait ce matin, ça va lui donner une bonne leçon.

Elle avança dans la pièce. Abattue soudain, elle baissa la tête.

— Sauf que mémère Lavoie, Jacqueline, ma plus vieille, ses frères, ses sœurs, jusqu'au petit dernier Ti-Paul, ils sacrent pas, eux autres. Ils s'occupent plutôt de grandir. Pour ça, faut qu'ils mangent. Comme c'est pas gratuit, leur père doit gagner leur croûte, surtout qu'à la fin de l'hiver comme dans ce temps-ci, il reste plus grand légumes en réserve dans la cave, pis les cent livres de sucre pis de farine sont pas mal épuisés.

— On se connaît depuis plus de quarante ans, Éphrem pis moi, répliqua Léon-Marie. Il sait que j'endure pas qu'on sacre dans mes entreprises. Depuis cinq ans, chaque matin, chaque après-midi, il est passé devant la petite porte de la salle de coupe. Il sait lire? S'il regardait pas la pancarte chaque fois, il devait ben la sentir au-dessus de sa tête. Il savait ce qu'il y avait d'écrit dessus. As-tu pensé aux trois jeunes ouvriers qui travaillent avec lui, as-tu pensé à l'exemple qu'il leur donnait?

— Ce que tu dis là, c'est vrai, dit encore Aglaé, mais si t'étais aussi généreux que tu veux bien le laisser croire, tu lui donnerais une chance. T'as jamais péché, toi? S'il avait fallu qu'on te donne pas l'occasion de t'amender, je pense pas que tu serais aujourd'hui le gros propriétaire que t'es devenu.

— Je pense que t'as pas compris, Aglaé, je peux pas supporter qu'un pareil incident se répète.

— J'ai très bien compris, coupa Aglaé, mais j'ai aussi compris qu'il y a pas grand chance que ça se répète de la part d'Éphrem. Crains pas, il a eu sa leçon. Si t'avais vu son air quand il est rentré à la maison tantôt. D'un autre côté...

La tête inclinée, elle le regardait, la mine réprobatrice.

— D'un autre côté, toi non plus, t'es pas sans reproche. Je trouve que tu y es allé pas mal fort. T'es sorti de tes gonds, puis t'as fait une fournée de pain d'un petit pet de nonne.

— Sacrer, c'est plus qu'un petit pet de nonne, Aglaé, sacrer c'est un péché grave.

— Sacrer, c'est un péché qui fait de mal à personne, c'est juste pas beau à entendre. C'est moins pire que de dire des méchancetés sur les autres ou de faire souffrir des innocents. D'un autre côté, ça défoule son homme. Si tu voyais ça de même, Léon-Marie Savoie, tu prendrais tes principes moins à cœur et tu serais plus tolérant.

Elle avait parlé sur un ton autoritaire, avec sa franchise un peu brutale comme à son habitude. Pensif, il la fixait. Il ne pouvait s'empêcher d'admirer cette Aglaé de son enfance, ce petit bout de femme, courageuse, remplie de bon sens, qui élevait d'une main ferme une ribambelle d'enfants en plus de garder sous son toit, avec une infinie bonté, la mère d'Éphrem reconnue comme une vieille malcommode. S'il cédait, se disait-il, il ne le ferait que pour elle. Enfin, en même temps qu'il laissait échapper un long soupir, il lança dans un souffle:

— Tu diras à Éphrem qu'il peut revenir à l'ouvrage, que je l'attends après dîner avec son coffre à outils. Mais dis-y ben aussi que faudra pas qu'il recommence, parce que c'te fois-là, il y aura pas de revenez-y.

— Il recommencera pas, assura Aglaé avec, dans ses yeux noirs, une petite lueur mordante. Tu peux compter sur moi.

Elle tira la porte, puis, tournée vers lui, éclata d'un petit rire joyeux.

— Tiens! les nuages sont partis. Le soleil va se remettre à briller.

*** 

Assis devant la table, le menton appuyé sur ses coudes, Léon-Marie avala une dernière bouchée de hachis. D'un geste mécanique, il se leva, prit son assiette vide et alla la poser sur le comptoir.

Sept heures sonnaient à la petite horloge de la cuisine. Le soleil baissait à l'horizon, l'ombre, lentement, envahissait la pièce.

Subitement angoissé, il s'empressa d'aller pousser le commutateur.

Depuis la mort d'Henriette et des enfants, il ne pouvait supporter la pénombre. Cet espace très court, ce moment rempli de silence qui précédait la nuit noire l'étreignait douloureusement, le remplissait chaque fois d'une nostalgie intolérable.

Il alla chercher un vieux journal sur l'étagère. Dans un effort pour oublier la solitude prenante de sa demeure, il retourna s'asseoir devant la table et se plongea dans sa lecture.

On toquait doucement à la porte. Le panneau s'ouvrit presque aussitôt, à peine, puis Georgette passa la tête dans l'entrebâillement.

— On te dérange, Léon-Marie? glissa-t-elle d'une petite voix pointue, dans laquelle perçait l'indulgence.

Sans attendre sa réponse, en habituée de la maison, sa veste jetée négligemment sur ses épaules, elle franchit le seuil, avec son pas lourd qui faisait craquer le plancher, son souffle court, sa poitrine opulente qui frémissait sous son corsage. Jean-Baptiste suivait derrière.

— Je te l'avais pas promis pour à soir, mais Georgette a décidé que fallait pas tarder, ça fait qu'on est venus veiller.

— Comment t'as passé la journée? s'enquit Georgette sur un ton qu'elle voulait compréhensif, en tirant une chaise près de la table.

— Pas différente que d'ordinaire, répondit Léon-Marie plutôt froidement, comme une riposte à cette attitude condescendante dont elle usait parfois avec lui et qui lui déplaisait souverainement.

— Sauf qu'il s'en est fallu d'un cheveu pour que tu soyes pus avec nous autres à soir, lui rappela Jean-Baptiste sur un ton caustique. Aspic! que tu nous as fait peur.

— Si tu veux parler du couteau de la raboteuse, depuis le temps que tu travailles dans une scierie, tu dois ben savoir que c'est inévitable que ça arrive de temps en temps, des affaires de même.

— Pis je suppose que si t'étais mort, à l'heure qu'il est, tu serais en train de raconter aux saints du ciel que c'est inévitable que ça arrive de temps en temps, des affaires de même, que c'était la première fois, pis que tu leu promets que ça t'arrivera pus, répliqua sentencieusement Jean-Baptiste.

— Jean-Baptiste a raison, renchérit Georgette, tu n'as pas été bien prudent, Léon-Marie.

— Vous pensez quand même pas que je l'ai fait exprès?

— Justement! s'écria Jean-Baptiste. Tu l'as pas fait exprès. C'est pour ça qu'on a tenu à venir te voir tout de suite à soir.

— On s'est dit que ça pouvait pas continuer de même, enchaîna Georgette. On s'est dit qu'un jour il pourrait t'arriver un autre accident, un vrai celui-là, pis que cette fois-là, il y aurait pas de rémission.

— Que c'est que vous voulez que je fasse de plus?

— Prendre la vie autrement, modérer tes transports.

— Modérer mes transports, modérer mes transports, c'est plus facile à dire qu'à faire. Avec tous les malheurs qui m'ont déboulé sur la tête, j'en connais ben d'autres qui se seraient suicidés depuis longtemps à ma place.

— Ç'aurait pas été la solution, dit Georgette sur un ton offensé.

— En ce cas-là, je vois pas d'autre façon de passer à travers mes épreuves que de continuer à faire ce que je fais. Encore chanceux que j'abandonne pas toute, pis que je rentre pas chez les moines en attendant de mourir.

— Ben nous autres, on en connaît une autre, solution, laissa tomber Jean-Baptiste, prenant Georgette à témoin. Pis ça serait pas mal plus intéressant pour toé que de te faire moine en attendant de mourir.

Ils se regardèrent un moment, un sourire conquis illuminant

leur visage. Le corps penché vers l'avant, ils lancèrent ensemble dans un même souffle:

— Tu vas te remarier, Léon-Marie.

— Quoi?

Arc-bouté sur sa chaise, il avait peine à freiner sa colère.

— Barnache! vous êtes malades!

— On est loin d'être malades, rétorqua Jean-Baptiste avec enthousiasme. C'est la chose la plus sensée qui pourrait t'arriver. Tu vas refaire ta vie, Léon-Marie, tu vas recommencer comme si t'avais vingt ans. T'as rien que quarante-six ans, t'es pas si vieux. Tu peux te choisir une femme jeune, capable de te donner une bonne dizaine d'enfants. Pense à Joseph Parent qui s'est marié deux fois, pis qui se retrouve astheure avec deux familles, quatorze enfants, sept du premier lit, sept du deuxième. Pourquoi que tu ferais pas pareil, tu peux pas vivre tout seul jusqu'à ce que t'aies quatre-vingts ans, pas plus qu'on t'imagine arrivé à cet âge-là habillé en soutane.

— On va t'aider à te trouver une bonne femme, dit Georgette à son tour, on va chercher pour toi. Tu vas voir, on va te trouver une femme douce, avenante, quelqu'un dans le genre d'Henriette.

— Mon Henriette est pas remplaçable, jeta-t-il durement.

— Tu la remplacerais pas, convint patiemment Georgette, mais on pourrait te trouver une femme convenable, capable de tenir ta maison, de partager ton lit, puis de te donner une dizaine d'enfants. T'aurais d'autres petits héritiers, Léon-Marie, d'autres petits Savoie à qui tu donnerais la cordonnerie, la quincaillerie, le magasin général, la scierie.

— Ça te prendrait au moins quatre garçons, décida Jean-Baptiste.

Effaré, Léon-Marie déniait vivement de la tête. Le cœur gonflé d'émotion, il avait peine à freiner les larmes qui brouillaient ses yeux.

— Ajoutez-en pas, vous me faites trop mal.

— Si t'avais trois, quatre petits mousses qui tournaient autour de toé en t'appelant pôpa, à soir, ça te ferait pas mal de même, gronda Jean-Baptiste. Ça t'aiderait plutôt à oublier, pis en aspic à part ça. Ça te permettrait de vivre pour quelqu'un, vu que ç'a l'air tellement important pour toé, la famille.

— C'est pas comme ça que le curé Darveau me voyait. Il me voyait tout seul, distribuant mon bien autour de moi.

— Laisse faire le curé Darveau! lança Jean-Baptiste. Lui, il voudrait faire de tous nous autres des prêtres sans soutane. Si t'as pas la vocation, comme t'es pas faite en bois, si tu comprends ce que je veux dire, une affaire de même, ça peut devenir pas mal fatigant à la longue.

— Laissez-moi y penser un brin avant de vous lancer dans les grandes recherches, les retint-il en essuyant ses yeux avec son mouchoir. Mon intention était de passer ma vie dans le souvenir de mon Henriette pis de mes enfants. Je peux pas me retourner de bord de même.

— Il manque pas de femmes célibataires autour de nous autres, dit encore Jean-Baptiste. Pense seulement à Brigitte, la fille à Joachim, elle s'en va sur ses vingt-deux ans, elle est solide, ça te ferait une bonne femme.

— Tu y penses pas? s'éleva-t-il. Marier une femme qui a la moitié de mon âge. Tu veux me faire passer pour un vieux vicieux comme le grand-père à Éphrem Dubé? Tout le monde au village disait de lui qu'il s'était payé une petite fille.

— T'énerve donc pas, le contint Georgette. Tu sais bien que Jean-Baptiste était pas sérieux. Il disait ça pour te donner un exemple.

Elle poursuivit sur un ton avisé:

— C'est bien certain que te faire proposer ça, de but en blanc de même, c'est normal que ça rebute un peu, mais crois-en mon expérience, avec le temps, l'idée va faire son chemin toute seule. Tu sauras me le dire.

# 31

Son dîner terminé, Léon-Marie sortit sur le petit perron de la cuisine. Un genou sur la rampe, il aspirait l'air doux, chargé des arômes de varech qui montaient du grand fleuve. Le mois de juin venait de finir. Il faisait beau temps et la campagne était tranquille, égayée par les grillons et les cigales qui mêlaient leur cri joyeux au ronron incessant de la grosse scie ronde de l'autre côté de la route.

Malgré la crise économique, tandis que bon nombre d'entreprises fermaient leurs portes, l'usine de bois de sciage de la Cédrière fonctionnait comme aux plus beaux jours, et les commandes ne cessaient d'affluer. Aujourd'hui encore, les ouvriers étaient fort occupés à scier de gros billots d'épinette afin de fournir en bois de charpente un important constructeur de la grande ville.

Il y avait aussi ces nouvelles clientes qui avaient envahi le hameau depuis ce soir de mars où Georgette et Jean-Baptiste étaient venus lui rendre visite. Composées uniquement de célibataires ou de veuves, curieusement, elles avaient éprouvé le besoin de faire réparer une porte mal jointe, le mastic d'une fenêtre ou encore elles s'étaient décidées, comme ça, avec le printemps, de rafraîchir un coin de leur demeure.

Chaque fois, l'œil ironique, il les avait fixées tandis qu'elles reluquaient autour de son bureau en lui adressant de larges sourires. Campé sur sa chaise, la mine songeuse, il devinait sans peine l'intervention de ses voisins Georgette et Jean-Baptiste.

La première à se présenter à la Cédrière avait été mademoiselle Gauthier, l'organiste du village. Elle était entrée dans la cour de la scierie, un peu avant l'angélus de midi, le lundi qui avait suivi la visite de Georgette et de Jean-Baptiste. Montée directement à son bureau, elle venait lui expliquer, sur un ton piteux et avec moult détails, ce petit souffle de froidure qui pénétrait, l'hiver, par la fenêtre de sa salle de musique et engourdissait ses doigts. Mademoiselle Landry, l'institutrice du rang Cinq, avait suivi l'après-midi du même jour, portant précieusement dans ses mains un carreau ouvrant que ses élèves avaient brisé. Quelques jours plus tard s'était amenée la nouvelle maîtresse d'école des Quatre-Chemins qui avait fait le choix difficile d'une planche solide pour y accrocher les gobelets à eau de ses élèves. Étaient venues ensuite la maîtresse de poste, la présidente des enfants de Marie et tant d'autres...

La belle Ange-Aimée Lévesque comptait parmi les assidues. Chaque après-midi, il la voyait apparaître devant l'entrée de la cour à bois, promenant dans son landau le petit dernier de son frère Ludger.

Une matinée pleine de soleil, ce fut au tour de la sœur du notaire Beaumier à monter à la Cédrière aux rênes de son boghei. C'était une veuve, jeune, charmante, raffinée. Vêtue avec élégance, elle lui était apparue comme un rai de lumière et, pendant un court instant, avait ébranlé ses convictions. Mais très vite, le doux profil d'Henriette s'était dessiné devant ses yeux et il avait hoché la tête.

Enfin, un jour du mois de mai, Georgette n'était pas venue lui porter son habituel repas de midi. Elle avait plutôt délégué une femme, jeune, bien en chair comme elle, sa cousine célibataire qui profitait du printemps pour visiter sa famille. Amusé encore une fois, Léon-Marie l'avait regardée sans rien dire.

— Aspic! que t'es dur à caser, lui avait reproché par la suite Jean-Baptiste.

— C'est Georgette pis toi qui vous êtes mis dans la tête de me trouver une femme. Même si je trouve aimable de votre part de penser à moi de même, je voudrais quand même pas me sentir obligé au point de m'engager avec la première venue qui se présente sur mon chemin.

— La première venue, la première venue, avait maugréé Jean-Baptiste. Aspic, on a ratissé tout Saint-Germain pis Saint-André pour toé, pis t'oses appeler ça la première venue qui se présente sur ton chemin? Que c'est que ça te prend de plus?

À partir de ce jour, les veuves et les célibataires avaient cessé d'affluer à la scierie. Et c'était bien ainsi. Cette frivolité, ces jupons qui virevoltaient autour de lui lui faisaient perdre son temps, l'agaçaient plus qu'ils ne lui faisaient plaisir.

De plus, avec l'arrivée de l'été et le beau mois de juillet, pour eux le mois le plus occupé de l'année, ses entreprises grouillaient d'activité. Aussi, il se disait qu'il avait bien autre chose à penser.

Une porte venait de claquer à sa droite, du côté de la maison de son frère. Il sortit brusquement de sa rêverie. Charles-Arthur descendait les marches. Les mains dans les poches, il s'en venait tranquillement vers lui.

Depuis le décès d'Antoine, depuis qu'ils s'étaient rendus ensemble au petit séminaire, leur relation s'était quelque peu améliorée. Était-ce la gravité de la mort, le vide qui entoure les deuils ou encore la perte d'un être qu'il aimait lui aussi, qui avait ainsi changé son frère? Il ne pouvait se l'expliquer. Il lui apparaissait différent, c'était tout. Moins arrogant, il lui semblait plus à son écoute, plus accommodant aussi.

Charles-Arthur avait tourné dans la cour et le rejoignait sur la véranda.

— As-tu une minute? J'aurais un point à voir avec toé, au sujet de la business.

— Je pensais que tes affaires marchaient numéro un.

— Tu sais ben qu'avec la crise, les affaires peuvent pas marcher numéro un.

Il secoua les épaules avec impatience.

— Mais c'est pas pour te parler de ça que je suis venu te voir après-midi. Ce qui me chicote aujourd'hui, c'est mes liquidités. D'ailleurs même quand les affaires marchent à plein, les liquidités, c'est toujours un problème pour un entrepreneur.

Planté en haut des marches et pénétré de son importance dans ses vêtements soignés, il faisait tinter quelques pièces de monnaie dans la poche de son pantalon.

— Pour faire des affaires, ça prend un peu d'argent dans la petite caisse. Au risque de répéter tout le temps la même rengaine, je te ferai remarquer que tu m'as pas donné grand chance de ce côté-là, depuis les deux ans que tu m'obliges à payer à mesure tout le bois que tu me fournis. Comme je supporte du crédit, pis que l'argent pousse pas dans les arbres, je suis tout le temps serré que le diable.

— Je pense plutôt que c'est une bonne entente qu'on avait prise, rétorqua tout de suite Léon-Marie. Je te rends service en te faisant payer tes comptes à mesure. Ça te permet de voir à tes affaires, pis mieux calculer tes finances.

— N'empêche que ça serait pas mauvais d'avoir un petit lousse de temps en temps, observa Charles-Arthur, j'ai de la misère à boucler mes fins de mois sans bon sens.

Il tourna son regard vers les grands pâturages d'Évariste Désilets qui allaient se perdre du côté de la montagne en même temps qu'il reprenait sur un ton geignard:

— C'te fois-citte, c'est la veuve de l'artiste qui est venue me voir à l'heure du dîner pour me demander de lui faire des tablettes pour son magasin de chapeaux. Avec tout ce que ça m'a coûté en bois pour construire la maison du garçon d'Isaïe Lemay, j'ai pas une cenne devant moé pour te payer ce bois-là d'avance, aussi je me demandais...

— Il en est pas question, coupa aussitôt Léon-Marie. On a pris une bonne entente pis ça va rester de même. Demande plutôt au garçon d'Isaïe de te donner un acompte. Ça serait rien que normal, avec la misère qu'on a dans ces temps-citte à faire des affaires.

— Il m'a déjà payé la moitié de la construction, je peux pas y en demander plus.

— Il pourrait faire encore un boutte.

— Ça serait pas plus simple si tu m'avançais le bois pour c'te fois... émit patiemment Charles-Arthur. Je risquerais moins de me mettre ma clientèle à dos.

— Pis moi, ça m'arrangerait quoi? Me semble que j'ai assez de mon crédit à supporter, sans devoir supporter le tien en plus. Sinon, ça va devenir un engrenage, pis on s'en sortira jamais. Tes clients te payent pas, tu me paies pas, je paie pas mes fournisseurs...

— Je le sais ben, admit Charles-Arthur, mais Rosaire a promis de me rembourser sitôt que sa maison sera finie, ça veut dire jeudi en huit, je suis ben obligé d'attendre. Rosaire, c'est un bon client, surtout que l'année prochaine, il va avoir une grange à faire construire, je veux pas le choquer non plus.

— En ce cas-là, t'as qu'à dire à la veuve Parent que tu feras ses étagères jeudi en huit.

— C'est ce que j'avais pensé, mais elle veut pas attendre. Elle insiste pour que ça soit installé avant le 6 juillet. Elle m'a dit qu'elle les commanderait à son cousin du Bic, si je pouvais pas les faire pour cette date-là. Comme j'ai déjà pas trop d'ouvrage en train, j'ai pas le goût de perdre ce contrat-là en plus...

— Faut dire que la veuve Parent, c'est une femme ben pointilleuse, soupira Léon-Marie, marquant son ennui. Quand elle veut quelque chose, celle-là, c'est pas pour l'année prochaine. Si elle est si pressée, elle a qu'à payer son bois d'avance.

— Demande-lui donc toé-même, si t'en as le courage! rugit Charles-Arthur. Une femme qui a à cœur de gagner sa vie, la veuve de l'artiste en plus. Je te trouve pas mal dur, Léon-Marie Savoie.

— Mais c'est pas mon problème. Je sais ben que la veuve de l'artiste a du mérite de faire ce qu'elle fait, mais c'est pas à elle que tu me demandes de faire une avance, c'est à toi, pour que toi, t'aies l'air généreux à la face du monde. Pendant ce temps-là, moi en arrière, tu me demandes d'assumer tes risques, pis en plus tu te gênes pas pour me traiter de sans-cœur.

— Tu dois quand même admettre que t'es pas le premier à avancer la main pour faire la charité, mentionna Charles-Arthur sur un ton entendu.

— Je fais la charité à ma façon, mais je suis pas le secours direct. Depuis la crise, ça arrête pas de quémander. Quand c'est pas d'un bord, c'est de l'autre. C'est ben beau, aider le monde, mais faut pas abuser non plus. Si je donne tout ce que je gagne à mesure, va venir un temps où je vais être raide pauvre, moi aussi. Non seulement je pourrai pus fournir une cenne à personne, mais je vas devoir quêter à mon tour.

Planté devant lui, Charles-Arthur leva fièrement la tête.

— En tout cas, c'est pas à moé, ton frère, que tu vas faire le reproche d'avoir abusé de tes bontés. Si tu te rappelles ben, l'automne dernier, juste avant que tu perdes ton Antoine, j'étais allé te voir, pis je t'avais demandé de me prêter une petite somme pour passer l'hiver. T'avais refusé net! Ben on s'est arrangés. Je suis passé par le magasin général la semaine dernière et j'ai demandé à Brigitte combien on te devait. Elle m'a dit qu'on te devait pas une cenne. Angélina a toute payé à mesure. On te doit pas une cenne, Léon-Marie. En sortant, je me suis dit qu'en fin de compte, on pouvait s'arranger sans toé, ça fait que...

Une petite étincelle animant ses yeux, Léon-Marie se garda bien de répliquer. Angélina avait préservé le secret de leur entente comme il le lui avait demandé et c'était bien ainsi.

L'air évasif, il détourna son regard et fixa au loin, sur le chemin communal, une grosse voiture sombre qui avançait vers l'ouest en dépliant dans son sillage un nuage de poussière grise. Le véhicule ralentit, emprunta le petit chemin de Relais, puis gravit en cahotant la côte qui menait à la Cédrière.

— De loin, je pensais que c'était McGrath, marmonna-t-il, les yeux plissés de soleil. Ç'a m'a ben l'air que c'est pas lui.

— Je savais que c'était pas McGrath, lança Charles-Arthur. McGrath a une Oldsmobile, celui-là c'est un Ford T. Ça doit être encore un gros client pour ton moulin.

Il fit un geste large.

— Câlisse que t'es chanceux en affaires!

Excédé, Léon-Marie haussa les épaules. Le visage tourné vers l'autre côté de la route, il suivit les soubresauts du gros véhicule qui entrait dans la cour de la scierie, avançait jusqu'au petit perron de pierre et s'arrêtait dans un long grincement des freins.

Les deux portières s'ouvrirent. Deux hommes en sortirent. Aussitôt, d'un pas assuré, ils se dirigèrent vers les piles de bois qui séchaient au soleil. Avec un peu d'insolence, ils regardaient autour d'eux en faisant de grands gestes qu'ils appuyaient de leurs observations. Sans cesse, à longues foulées enthousiastes, ils se déplaçaient et, d'un œil connaisseur, avec un sentiment d'appartenance, supputaient l'ensemble. L'un des deux hommes avait sorti de sa poche un petit calepin au cartonnage brunâtre, et, d'un coup de crayon rapide, en noircissait les pages.

Intrigué, Léon-Marie descendit les marches. Avec Charles-Arthur sur ses talons, il traversa la route.

En même temps qu'il avançait vers la cour à bois, les sourcils froncés, il examinait les deux hommes. Ils ne lui semblaient pas inconnus. Lui qui se faisait fort de ne jamais oublier un visage, il se demandait où il avait bien pu rencontrer cet individu à la large carrure, avec son épaisse touffe de cheveux bruns, ses traits un peu gros, bronzés par le grand air. Il ne reconnaissait pas davantage, près de lui, cet autre homme, de petite taille, avec ses lunettes rondes, ses cheveux luisants, très noirs et lissés sur le côté.

— Vous vous rappelez pas de nous autres, monsieur Savoie? demanda l'étranger à la forte carrure, en s'empressant vers lui, la main tendue.

Un éclair, subitement, traversa l'esprit de Léon-Marie.

— Vous seriez pas, par hasard, les deux forestiers qui m'avaient proposé de partir une usine d'allumettes? Ah ben barnache! s'exclama-t-il en secouant leur main avec force. Il y a ben cinq ans de ça. Pis, l'avez-vous partie enfin, votre manufacture?

— Eh non! fit le plus grand des deux hommes. On a changé nos plans. C'était pas réaliste. Sur le coup, quand vous avez refusé de vous associer avec nous autres, on était furieux, mais on a vite compris que c'était vous qui aviez raison.

L'air futé soudain, il se rapprocha de Léon-Marie.

— Aujourd'hui, on a un autre projet. On est acheteurs, monsieur Savoie.

— Acheteurs...

— Mais oui, on a vu votre annonce dans l'*Écho du Bas-du-Fleuve* le printemps dernier. Paraît que vos industries sont à vendre? Ben on est intéressés à acheter la scierie et la manufacture de portes et châssis. Si on est venus aujourd'hui, c'est pour voir votre bilan et vous faire une offre.

Estomaqué, Charles-Arthur, qui attendait un peu en arrière, bondit. Il bouillait de colère. Sans égard pour les étrangers qui le regardaient avec surprise, il proféra sur un ton dur:

— Que c'est que j'entends là? Tu décides de vendre ton usine, pis tu m'en souffles pas un mot? Tu claironnes à toute la province que tu veux vendre, quand je suis juste à côté de toé, prêt à reprendre le collier, pis tu m'en dis rien? T'avais rien qu'à lever le doigt, rien qu'un, pis je te l'achetais dret-là, ta scierie!

Courroucé, Léon-Marie le coupa d'un geste.

— Si tu veux, Charles-Arthur, on discutera de ça quand on sera tout seuls.

Il reprit tout de suite, dans le but évident de le repousser vers ses occupations:

— À propos de ce que tu m'as demandé pour la veuve Parent, je tâcherai de trouver une minute en milieu d'après-midi pour aller la voir. Je verrai ce que je peux faire.

Rapidement, il lui tourna le dos et entraîna les deux hommes vers son bureau dans l'ancienne meunerie.

— Câlisse que t'as le cœur dur! explosa derrière lui Charles-Arthur, en secouant vigoureusement les bras. Que c'est que je pourrais ben te dire pour t'amener à t'attendrir un peu?

Les forestiers le suivirent à l'étage. Sans attendre l'invitation du maître des lieux, ils prirent aussitôt place sur les chaises qui faisaient face à la table, ces deux mêmes chaises droites qu'ils avaient occupées un matin d'été, cinq ans plus tôt, quand ils étaient venus présenter leur projet pour une usine d'allumettes. Très à l'aise, une jambe croisée sur leur genou comme à leur habitude, avec ce parfum sucré de tabac frais qui émanait de leur personne, ils sifflotaient du bout des lèvres, en même temps qu'ils regardaient autour d'eux.

Tourné vers son classeur, Léon-Marie avait ouvert les tiroirs et empilait méthodiquement, sur son bras, son grand livre des opérations générales, son livre de comptes à recevoir, celui des recettes, de la paie, ainsi que son carnet de commandes.

Derrière son dos, avec un peu d'impatience dans l'attente, de temps à autre, les deux hommes s'inclinaient l'un vers l'autre et passaient tout bas leurs commentaires.

Sans se préoccuper de leurs chuchotements, il se retourna et laissa tomber pêle-mêle sur son pupitre la pile épaisse de ses livres de comptabilité.

— Comme vous voyez, j'ai pas de cachettes. Prenez le temps qu'il vous faut, on est pas pressés.

— On pourrait savoir la raison de la vente? s'enquit subitement le plus petit des deux hommes.

Léon-Marie sursauta. Debout près de son meuble, il attendit un moment sans répondre. Son regard s'était terni. Enfin, lentement, il prit place sur sa chaise et les fixa en silence. Il respirait vite.

— Vous devez savoir que j'ai perdu toute ma famille, fit-il d'une voix sombre. J'ai perdu ma femme... mes cinq enfants... Je suppose que ça doit être une bonne raison...

— Vous excuserez mon associé, émit le forestier à la large carrure, mais vous devez comprendre que c'est une question qu'on devait poser.

Pressés tout à coup, ils rapprochèrent leurs chaises, saisirent chacun un grand livre et, penchés sur le bureau, rapidement, entreprirent d'éplucher les chiffres. De temps à autre, ils se concertaient, hochaient la tête d'un air entendu, puis s'emparaient d'un autre livre et encore d'un autre. Le plus petit des deux hommes avait ouvert son calepin au cartonnage brunâtre. Sans s'arrêter, il dressait de longues colonnes qu'il additionnait en mouillant le bout de son crayon sur sa langue. Enfin, l'analyse terminée, il tendit le petit carnet à son compagnon qui le consulta un long moment à son tour, avant de lever les yeux vers Léon-Marie.

— On va jouer franc-jeu avec vous, monsieur Savoie. On vous fera pas accroire qu'on avait pas une petite idée de l'offre qu'on allait vous faire, mais à l'examen de vos livres, voilà ce qu'on vous propose. Cinquante mille piastres comptant, plus vos comptes à recevoir, qu'on rachèterait pour vingt pour cent de leur valeur. On prendrait possession de l'usine le premier août.

— Seulement vingt pour cent pour mes comptes à recevoir! s'écria Léon-Marie, déçu. Barnache! il y en a pour presque trente mille piastres, là-dedans!

— Une bonne partie de ces comptes vous sont dus depuis plus de deux ans, fit remarquer le forestier. Vous devez savoir que les comptes impayés qui dépassent deux ans sont considérés comme perdus.

— En vous offrant d'acheter vos comptes à recevoir, renchérit le petit homme à son tour, on vous libère de tout ce qui regarde l'entreprise et on prend à notre charge la collection de votre mauvais crédit.

— Ça vous permet aussi de faire en sorte que l'ancien propriétaire garde pas le contact avec la clientèle, ne put s'empêcher d'observer Léon-Marie avec un peu de dépit.

— Le premier août, lança le plus grand des deux sur un ton enthousiaste, évitant de relever son propos, quand le contrat sera passé, vous aurez un beau cinquante-six mille piastres dans vos poches. Vous serez riche comme Crésus. Vous pourrez vous retourner de bord et pas penser à autre chose qu'à profiter de la vie.

— Trente mille piastres de comptes à recevoir que je vous céderais pour six mille piastres, répétait Léon-Marie comme un thème. Barnache! c'est pas une décision à prendre sur un coup de tête.

— C'est des comptes perdus qu'on vous achète, insista le petit homme. C'est comme si on vous achetait votre usine pour cinquante-six mille piastres comptant. C'est une belle somme.

— Ben moi, je calcule pas ça de même. Mes comptes à recevoir font pas partie de mon entreprise. Ils ont leur valeur en propre. C'est le fruit de mon labeur, c'est un revenu.

— Cinquante-six mille piastres comme ça dans vos poches, répétait le petit homme. Après le premier août, vous vous retournez de bord, pis finis les problèmes.

L'air indécis, Léon-Marie scrutait leur visage. Il ne pouvait s'empêcher d'être tiraillé entre cette solution facile qu'ils lui proposaient et cette lutte constante qu'il menait et qui lui rappelait cruellement sa famille disparue sur laquelle il avait fondé tous ses espoirs.

Avec un soupir, il tira vers lui son grand livre de comptes. Penché sur la table, dans son geste habituel, il fit glisser le doigt unique de sa main gauche le long des colonnes.

— Ouais, c'est ben certain que je perdrais une jolie somme si j'acceptais votre offre telle quelle, marmonnait-il, incapable de se rallier à leur proposition. D'après moi, ces comptes-là sont loin d'être perdus. J'espère que vous me demanderez pas de vous donner une réponse dret-là, que vous allez me laisser y penser un brin.

— Prenez le temps qu'il vous faut, dirent ensemble les deux hommes en se levant. Nous reviendrons dans deux jours, est-ce trop tôt?

Encore irrésolu, Léon-Marie descendit les marches derrière eux et les suivit jusqu'à leur voiture.

— Deux jours, ça va me donner le temps de me faire une idée, décida-t-il tandis qu'ils actionnaient le moteur. C'est ça, venez chercher votre réponse après-demain.

Debout au milieu de la cour, la mine songeuse, il observa le bruyant véhicule qui descendait en cahotant la côte du chemin de Relais. Un malaise indéfinissable, brusquement, l'avait envahi. Leur regard presque triomphant, leur air d'appartenance lui faisaient mal. Las soudain, il se retourna. Avec un soupir rempli d'ennui, il examina l'ensemble de ses entreprises.

À sa gauche, devant l'ouverture de la salle de coupe, Jean-Baptiste et Omer soulevaient un gros tronc d'érable. Joyeux, l'air dégagé, ils vaquaient à leur tâche, comme à l'ordinaire, sans se douter de rien. Au fond de la cour, Lazare était penché sur une pile de bois. Aidé d'un étudiant en vacances, il faisait un tri consciencieux de belles planches embouvetées. Il procédait lui aussi à son travail coutumier, dans la quiétude, avec l'insouciance de l'ignorance. Du côté de l'ancienne meunerie, les machines ronflaient avec puissance dans l'atelier de planage. Par la fenêtre ouverte, il distinguait le gros dos d'Éphrem, son chef d'équipe, devenu si calme et exemplaire depuis leur altercation.

Une brûlure, comme un remords, tourmenta sa poitrine. D'habitude loyal et transparent vis-à-vis de ces hommes qui étaient ses amis, ses compagnons d'enfance, il lui semblait aujourd'hui qu'il était coupable de duplicité. Il en éprouvait un profond sentiment d'impuissance et de déplaisir. Il fixait chacun de ses ouvriers qui se dévouaient pour lui, dépendaient de lui, la plupart depuis le début de l'entreprise, et il saisissait soudain l'ampleur de la décision qu'il allait prendre.

Il se mit à déambuler dans la cour, effleurant de sa main les planches rudes dans lesquelles il devinait le labeur des autres, son labeur à lui aussi. De toutes ses forces, il tentait de se raisonner, de se convaincre que la scierie survivrait sans lui, que ses employés sauraient continuer avec d'autres, qu'ils grandiraient même. Il avait tant de fois répété que personne n'est irremplaçable.

Il approchait de la manufacture de portes et châssis. Devant la façade, un cheval attelé à un boghei patientait, la tête basse. Au-dessus de lui, les vitrines d'Octave, proprement nettoyées, éblouissaient de soleil.

D'un saut agile, il enjamba le petit perron.

— Hé, Léon-Marie!

Il se retourna. Charles-Arthur, qui l'épiait de sa véranda, descendait rapidement les marches et allait le rejoindre à grands pas nerveux. Ses traits tirés, ses yeux noirs disaient son inquiétude.

— Câlisse, Léon-Marie, que c'est qui se passe dans ta tête, je te reconnais pus pantoute. Dis-moé que c'est pas sérieux c't'idée que t'as, de vendre tes industries. As-tu ben pensé à ton affaire? As-tu ben pensé à ce qu'il va advenir de nous autres, toé parti?

Léon-Marie le regarda sans répondre. Et lui, se disait-il, pourquoi fallait-il qu'il piétine sans cesse son cœur pour assurer la survie des autres? Pourquoi n'aurait-il pas le droit d'abandonner à son tour, de fuir cette vie de désenchantement qui débordait de souvenirs malheureux?

Il se demandait comment trouver les mots, comment faire comprendre à son frère qu'il n'avait plus aucune raison personnelle de demeurer le maître de la Cédrière, maintenant qu'il avait perdu sa famille.

Charles-Arthur aurait beau lui répéter qu'ils étaient tous avec lui dans l'épreuve, la mère, les autres membres de sa famille et lui qui faisait tant son possible pour l'entourer de sa patience. Malgré leur bon vouloir, aucun autre que lui ne pouvait saisir cette impression de laissé-pour-compte qu'il éprouvait, qu'il vivait sans confident, partout, toujours. Personne, si proche soit-il de lui, ne pouvait comprendre l'ampleur de sa solitude. En vendant ses entreprises, il s'en irait ailleurs, il changerait ses habitudes, il n'aurait plus constamment devant ses yeux le rappel de son Henriette, de ses enfants, de son passé heureux.

— Combien qu'ils t'ont offert? demanda brusquement Charles-Arthur.

— Cinquante mille piastres plus vingt pour cent pour mes comptes à recevoir, répondit-il sans hésiter. Ce qui fait cinquante-six mille piastres en toute, pour la scierie pis la manufacture de portes et châssis. La quincaillerie les intéresse pas, mes autres commerces non plus. Je les vendrais plus tard.

— Câlisse! Cinquante-six mille piastres, c'est donné.

— Je pense au contraire que cinquante-six mille piastres, c'est pas à négliger. Ça me suffirait largement pour vivre sans travailler le restant de ma vie. Ils m'ont donné deux jours pour y penser. J'avais idée de leur faire une contre-proposition, surtout pour les comptes à recevoir que je trouve pas ben ben élevés, mais après réflexion, je pense que j'en ferai pas. Je vais accepter leur offre telle quelle.

— Câlisse, Léon-Marie, que c'est qui te prend tout d'un coup, s'éleva Charles-Arthur, tu sais pus compter? T'as proche trente mille piastres de comptes à recevoir, pis les deux tiers sont récupérables en totalité. Il y a pas dix mille piastres de comptes perdus là-dedans. Ça veut dire que, parce que t'es tanné, t'auras sué sang et eau, pis payé tes hommes pour un beau vingt mille piastres que tu vas laisser aller dans la poche de deux étrangers. Avec une perte sèche pareille, c'est comme si tu vendais ta scierie trente-six mille piastres. Pas cinquante-six mille, trente-six mille, Léon-Marie. Sais-tu combien ça vaut ailleurs, une grosse entreprise comme la tienne?

Sa voix s'enflait:

— Trente-six mille piastres pour un empire de même, c'est donné, c'est comme si tu t'en débarrassais pour une pinotte.

— Mais la collection, ça coûte quelque chose, protesta Léon-Marie. Le notaire Beaumier m'avait proposé de me la faire un moment donné. Il me demandait trente pour cent de sa valeur.

— Pis aujourd'hui, au lieu d'avoir soixante-dix cennes dans la piastre, t'en auras à peine vingt, jeta Charles-Arthur. T'aurais dû accepter l'offre du notaire Beaumier dans le temps, ça t'aurait été plus profitable. Toé qui as l'habitude d'être toujours le premier à saisir la bonne affaire, c'te fois-citte, je te trouve pas mal dur de comprenure. Que c'est que c'est, que d'aller à la messe à Saint-Germain, un dimanche sur deux, de faire le tour de ceux qui te doivent, pis de les collecter?

Léon-Marie secoua les épaules d'impatience. Il savait depuis toujours qu'il est plus avantageux de percevoir soi-même ses comptes, en cela, son frère ne lui apprenait rien. Encore fallait-il qu'il ait la force morale pour le faire? Charles-Arthur ni personne ne pouvaient comprendre ce besoin de fuir qu'il éprouvait avec une telle violence. Comment leur décrire sa lassitude, son désœuvrement devant cette vie monotone qui était la sienne, comment leur faire comprendre combien cette ambition si forte, qu'il avait du temps de sa famille, avait perdu toute sa dimension.

Bien sûr, il se ralliait à sa logique qu'il ne fallait pas se montrer trop expéditif dans une affaire de cette importance, qu'il devrait plutôt établir une longue négociation avec ses futurs acquéreurs au lieu de bâcler la transaction comme il s'apprêtait à le faire, au risque de le regretter. Mais il ne prenait pas cette décision par plaisir. Fatigué comme un vieillard au bout de son âge, il ne pouvait qu'être pressé d'en finir, et cela, Charles-Arthur aurait dû le comprendre.

— Si tu tiens tant que ça à te débarrasser de tes affaires, t'as qu'à lever le p'tit doigt pis je te les achète toutes dret-là, tes industries pis tes commerces, lança Charles-Arthur.

Léon-Marie détourna la tête. Charles-Arthur aurait beau insister, il savait pertinemment qu'il ne lui céderait jamais ses entreprises. Cela aussi serait une imprudence. Charles-Arthur aurait vite fait de tout dilapider, lui qui vivait déjà comme un millionnaire avec ses faibles ressources. «Lui vendre mes exploitations équivaudrait à rester attaché par la patte», se dit-il. Il risquerait de les reprendre cent fois, faute de paiement. Bien sûr, Charles-Arthur était un homme entreprenant qui savait être vaillant à l'ouvrage quand il était sobre, et n'eût été sa prodigalité et son alcoolisme, il aurait fait un excellent homme d'affaires. Mais il avait cinquante et un ans. Léon-Marie savait qu'on ne change pas un homme quand il a atteint cet âge.

— As-tu pensé à nous autres? se désola Charles-Arthur. As-tu pensé à ce qu'on va devenir si les forestiers amènent leur gang, pis nous mettent dehors?

— Ça te touche pas directement, objecta Léon-Marie, t'es à ton compte. T'auras qu'à faire comme tu fais avec moi, tu iras les voir et tu débattras tes conditions pour l'achat de ton bois.

— Câlisse que t'es un homme dur, répéta Charles-Arthur en frappant du talon avec colère. Je le dirai jamais assez.

— Si tu veux, on discutera de ça une autre fois, laissa tomber Léon-Marie en faisant le geste de s'en retourner dans son bureau. J'ai une montagne d'ouvrage qui m'attend sur ma table, en plus de t'avoir promis d'aller rencontrer la veuve de l'artiste au milieu de l'après-midi.

Soudain, dans un mouvement impulsif, il revint sur ses pas.

— Et pis! Tiens donc! Je vais aller la voir dret-là, la veuve Parent, ça fera une affaire de réglée.

Sans attendre, abandonnant son frère au milieu de la cour, il s'engagea dans le chemin de Relais. Les mains dans les poches, résolument, il s'enfonça dans la petite rue qui séparait sa demeure de celle de Jean-Baptiste, longea à sa gauche la touffe de lilas qui dissimulait l'humble habitation blanchie à la chaux de l'artiste et, d'un saut alerte, escalada le perron.

Il n'était pas entré souvent dans la maison de la veuve Parent, peut-être deux fois. Il se rappelait, le jour du décès subit de l'artiste, puis quelques semaines plus tard, quand il avait offert son aide à la pauvre femme désemparée à la suite de son épreuve.

«Frappez et entrez», lut-il sur une petite plaque de cuivre clouée au centre du panneau. Il haussa un sourcil. L'espace d'un instant, il avait oublié qu'il allait pénétrer dans une boutique réservée aux femmes et à leurs fanfreluches.

D'un bond décidé, il franchit le seuil. Brusquement, il s'immobilisa de surprise.

Le grand salon de la maison avait été entièrement transformé en chapellerie. Partout autour, au milieu de la pièce, le long des murs, s'alignaient une quantité importante de chapeaux, de châles, de rubans et de parures de toutes les formes et nuances. Ici et là, des socles, des colonnes ou de simples trépieds supportaient des toques en feutre, des bibis à plumes, des chapeaux cloches et des capelines en paille mince, ornées de bandes de satin doux ou encore de taffetas changeant.

Il connaissait peu de choses aux ornements des femmes; pourtant, sans comprendre pourquoi, tout dans cet assemblage rempli de couleurs et de fragrances charmait ses yeux, lui rappelait sa mère dans son enfance paisible, avec son parfum de muguet, le dimanche avant la messe.

Il prit une inspiration profonde et laissa exhaler lentement son souffle. Il se sentait rassuré. Projeté dans un microcosme douillet, harmonieux, il avait l'impression d'effectuer un voyage dans le passé, un passé immensément calme et sécurisant. Il n'éprouvait plus maintenant ce désir qui l'animait en entrant, de bâcler l'affaire pour s'en retourner sans tarder à ses occupations. Dans cet espace différent, il oubliait sa vie difficile, il se sentait délesté du marasme coutumier qui habitait sa solitude. Pour la première fois depuis de longs mois, il éprouvait une agréable sensation d'équilibre.

Un craquement se faisait entendre de l'autre côté de la cloison, puis une ombre, lentement, se dessina au milieu de la porte grande ouverte. Très digne dans ses vêtements de deuil, la veuve de l'artiste venait d'apparaître dans l'embrasure.

Étonnée, elle émit un petit mouvement des épaules, à peine perceptible et, pendant un temps très bref, un clignement furtif de ses paupières anima son visage impassible.

Rapidement, elle reprit son expression austère. Le front levé, avec ses mains fines et longues croisées sur son ventre, elle fit un pas dans la pièce, en même temps qu'elle interrogeait de son timbre froid:

— Que puis-je pour vous, monsieur Savoie?

Il sursauta. Comme pris en faute, il retira vivement sa casquette. Pour la première fois de sa vie, il perdait son assurance.

— Je viens vous voir au sujet des tablettes, marmonna-t-il avec embarras.

— Vous voulez parler des tablettes que j'ai commandées pour mes chapeaux, reprit-elle sur un ton calme. Je croyais que cette affaire concernait votre frère.

— Ça me regarde un brin, rétorqua-t-il, reprenant sans s'en rendre compte le ton sec, habituel, qu'il arborait quand il faisait des affaires. C'est lui qui bâtit, mais c'est moi qui fournis le bois.

Déjà, il avait retrouvé son aplomb. Il fit un pas en avant. La tête légèrement inclinée sur le côté, dans cette attitude condescendante qu'il adoptait avec les femmes quand elles venaient discuter avec lui dans son bureau, il allait lui faire comprendre qu'elle devrait payer son bois à l'avance, si elle voulait que le travail demandé soit exécuté dans le délai voulu.

— Voyez-vous, madame, en affaires...

D'un imperceptible petit mouvement cassant, la femme avait redressé le menton. Les lèvres minces, avec son regard froid rivé sur lui, elle le fixait sans parler.

Décontenancé encore une fois, il se tut. Enfin, faisant un effort, il se racla la gorge. À nouveau il leva les yeux vers elle.

— Ce que je voulais dire, madame...

Il se tut encore. Agacé, il sentait au fond de lui comme une contradiction qui divisait son cœur et sa raison. Malgré son bon sens qui lui en dictait la règle, subitement, il ne souhaitait plus faire à la veuve de l'artiste cette demande qui était le but de son immixtion dans les affaires de son frère. Dressé au milieu de la pièce, avec ces parures qui l'entouraient comme un jardin fleuri, il n'aspirait plus maintenant qu'à lui offrir son assistance.

Gaillard, la bouche ouverte, il fit un pas vers elle.

— Que c'est que vous diriez si on vous faisait des belles étagères en pin blanc? D'habitude, pour les tablettes, on se sert de bois d'épinette, mais...

Devant lui, le visage fermé, la veuve de l'artiste le considérait avec surprise.

Intimidé, il abaissa son regard. Son visage était cramoisi et son front ruisselait de sueur.

— Je ne comprends pas le pourquoi de votre intervention, monsieur Savoie, observa la femme de son timbre neutre. Il me semblait pourtant m'être bien entendue avec votre frère et n'avoir rien exigé de compliqué. Tout ce que j'ai demandé, ce sont quelques planches d'épinette, coupées, installées et peinturées avant le six juillet, c'est tout.

— Avec toutes les belles fanfreluches que je vois dans votre salon de modiste depuis que j'y ai mis le pied, émit-il avec un petit rire gêné, j'oserais pus proposer de vous installer des tablettes ordinaires en bois d'épinette, rugueuses pis pleines de nœuds, comme a dû vous suggérer mon frère. Ce qu'il vous faut, c'est du beau bois, ben doux, qui risquera pas d'érafler les rebords de vos chapeaux.

Enhardi soudain, il lança dans un souffle:

— En tout cas, je trouve que vous avez ben du goût, madame Parent.

— Vous trouvez? s'écria-t-elle spontanément, d'une voix soudain vive et claire.

Elle le fixait, presque joyeuse, les lèvres entrouvertes dans un sourire.

Rapidement, comme si elle regrettait cet instant de faiblesse, son regard se ternit. Elle redressa énergiquement la tête. D'un seul coup, elle était redevenue la femme stoïque et froide qu'il connaissait.

— Concernant les planches en pin, avant d'accepter votre offre, j'aimerais savoir combien elles me coûteraient. Vous devez comprendre que je n'exploite qu'un tout petit commerce. Je ne peux pas me permettre d'extravagances.

— Inquiétez-vous pas pour ça, la rassura-t-il. Ça vous reviendrait pas plus cher que du bois d'épinette. Je vous les ferais au prix de mon fournisseur, je prendrais pas de profit.

Interloquée, elle le fixait sans parler, le regard interrogateur. Il se dirigea vers la porte. À ses yeux, la décision était arrêtée. Sans entendre ses protestations, il franchit le seuil d'une longue enjambée.

— Je vais tout de suite aller mettre de côté les plus belles planches de pin que je vais trouver dans la cour à bois, pis si ça vous dérange pas, je reviendrai après le souper pour reprendre les mesures avec vous, pour être ben certain de savoir ce que vous voulez.

— Je ne voudrais pas vous déranger en dehors de votre temps de travail, dit-elle, confuse. Le soir après le souper, je suppose que vous prenez un repos bien mérité.

Il s'immobilisa au milieu de la porte ouverte. La poitrine douloureuse, la main crispée sur la poignée, il se retourna lentement. Il avait perdu son élan. La voix remplie de tristesse, il prononça tout bas:

— Le soir, après le souper, ma maison est grande, plus grande encore que le jour parce que tous les bruits se sont éteints. Elle est lugubre aussi, vu qu'il fait noir. Je vis tout seul, l'avez-vous oublié?

Troublée, elle détourna les yeux.

— Je sais... je vous demande pardon...

Vivement elle redressa la tête. Avivée tout à coup, comme si elle souhaitait effacer cette impression de malaise qui s'était installée entre eux comme un mur, elle avança rapidement:

— Ici, après le souper, la maison est plutôt agitée, même que parfois j'aimerais la voir un peu plus silencieuse. C'est l'heure où les enfants sont rentrés et ils sont bien turbulents, surtout mon David qui a quinze ans. J'ai aussi une grande fille de dix-sept ans, ma Cécile. Elle est sage d'habitude, mais quand son frère et elle sont ensemble, ils n'arrêtent pas de se chamailler. On croirait qu'ils n'ont pas dix ans à eux deux.

Elle babillait en remuant ses mains longues et fines, ponctuant ses mots de petits fous rires, avec ses yeux bruns qui éclataient de lumière.

Figé devant elle, l'air ébahi, il l'écoutait sans rien dire. Elle lui apparaissait soudain différente. Il ne voyait plus en elle cette masse de glace, émanant des contrées froides, à laquelle il l'avait tant de fois identifiée. Il la découvrait plutôt détachée de sa banquise, délicate et belle, en train de fondre au soleil de l'été jusqu'à devenir une eau vive, rafraîchissante.

Son expression malicieuse, son air détendu l'auréolaient d'un éclat nouveau, inhabituel. Elle se révélait un être vivant, comme tous ceux de la terre, avec son visage rieur, sa taille fine qui se courbait, son corps qui se libérait, en même temps qu'elle lui racontait les menus incidents de son quotidien.

Elle bavarda un long moment encore, puis, embarrassée, un doigt sur ses lèvres, comme si elle regrettait d'avoir usurpé le temps de l'autre, elle se tut.

L'œil rêveur, frappé d'admiration, il prit un temps avant d'entendre le silence. Enfin, comme s'il s'éveillait d'un songe, il lança très vite:

— Je vais revenir après le souper, sans faute.

Sans entendre sa réponse, d'un élan fougueux, il se retrouva dans l'allée.

***

Les oiseaux pépiaient depuis longtemps dans les arbres, le lendemain matin quand il sortit de sa maison. Le visage empreint d'une douce béatitude, il s'avança au milieu du petit perron et, les paupières mi-closes, aspira à profondes bouffées l'air pur chargé des arômes de l'été.

Pour la première fois depuis les longs mois pendant lesquels il avait passé ses nuits d'insomniaque à ressasser son passé heureux, il avait dormi d'un sommeil de plomb, sans même s'éveiller une seule fois pour écouter les bruits, comme il avait l'habitude de faire dans sa solitude.

Le regard perdu vers le lointain, il se remémora sa soirée de la veille. Il s'était rendu chez la veuve de l'artiste, il l'avait rencontrée dans son quotidien, dans sa cuisine, et il avait fait la connaissance de ses enfants.

Bien sûr, les jeunes Parent n'étaient pas des inconnus. Comme tous les adolescents du hameau, il les voyait rôder autour de la scierie, il les apercevait aussi à l'église avec leur mère, mais il ne les avait jamais vraiment distingués des autres.

Le jeune David, surtout, lui avait plu. Âgé de quinze ans, il lui rappelait son Gabriel. Doux comme lui, travailleur, ingénieux, il se disait que si son petit cordonnier avait vécu, il lui aurait ressemblé au même âge. Cécile, la grande fille de dix-sept ans, lui avait paru un peu plus réticente, mais avec le temps, il en était persuadé, ils apprendraient à se connaître et sauraient s'apprécier.

Car déjà, il caressait son rêve. Il l'avait décidé dès son retour à la maison. La veuve de l'artiste possédait toutes les qualités qu'il recherchait pour remplacer son Henriette et il ne tarderait pas à lui demander sa main. Il la lui demanderait tantôt, en même temps qu'il irait lui porter lui-même ses planches de pin proprement taillées et prêtes à être installées dans son salon de modiste.

Il ne pouvait s'expliquer la raison de cet engouement subit pour la veuve de l'artiste, cette obsession violente qui grandissait en lui à chaque minute. Elle n'était pourtant pas une étrangère. Il la connaissait depuis plus de quatre ans, l'accueillait chaque début de mois, dans son bureau, froidement, expéditivement, quand elle venait lui remettre l'argent de l'hypothèque. Chaque fois, il la voyait s'avancer vers lui, réservée, l'air distant, sans jamais sourire, comme si elle était pressée de se débarrasser de cette tâche contraignante. Jusqu'à ce jour, il ne l'avait jamais considérée autrement que comme une débitrice, au même titre que les autres, une femme sèche et intimidante qui vivait en recluse dans un passé qu'elle refusait d'abandonner, immergée dans le noir de ses vêtements de deuil qu'elle arborait encore depuis les trois ans que son mari était décédé.

Pourtant, aujourd'hui, il la voyait avec des yeux différents. Il lui semblait découvrir en elle une personnalité pleine de charme et de gentillesse, chaleureuse et douce, avec ce noir qui lui seyait si bien et qui ajoutait encore à son allure distinguée.

Il n'y avait pas si longtemps, il n'avait pas manqué de la considérer comme une femme froide et insaisissable. Combien de fois, la lèvre dédaigneuse, s'était-il demandé comment l'artiste, jeune homme au goût raffiné, à l'âme sensible, plein d'émotions et de tendresse, avait pu la désirer au point de lui faire deux enfants. Aujourd'hui, il était prêt à reconnaître son erreur. La veuve de l'artiste était capable d'une vie affective intense. Passionnée et forte, elle recelait en son être une profondeur, un courage et une capacité d'aimer qu'il n'avait décelés chez aucune femme ailleurs.

Son premier regard aimable l'avait séduit. Dès l'instant où elle avait esquissé un sourire, il avait compris qu'il l'aimait et avant même de rentrer à la maison, la veille au soir, il avait décidé de l'épouser.

Ce matin, à son réveil, en même temps qu'il ouvrait les yeux, une bouffée d'espoir avait rempli son cœur. D'un seul coup, il avait retrouvé sa raison de vivre. Il recommencerait. Il revivrait ses luttes quotidiennes, ses rêves et, plus que tout, il aurait d'autres enfants. La veuve de l'artiste n'avait que trente-sept ans, elle était solide, ils auraient ensemble une ribambelle de petites filles et de petits garçons bruyants et en santé. Et si par la fatalité de Dieu ils ne pouvaient en avoir, il adopterait les deux enfants qu'elle avait et il en ferait ses héritiers.

Un flot, comme une joie immense, submergea sa poitrine. Au-dessus de sa tête, le soleil brillait avec force et faisait ciller ses yeux, l'éblouissait tant qu'il lui semblait qu'il éclatait, illuminait la terre comme jamais il ne l'avait fait auparavant.

D'un élan enthousiaste, il descendit les degrés pour s'engager dans la petite allée de sable. Marchant d'un bon pas, il traversa la route, mais n'entra pas dans son bureau, il bifurqua plutôt à droite, vers la cour. Les lèvres arrondies dans un sifflement joyeux, résolument, il s'enfonça entre les cages de bois à sécher qui s'étendaient en enfilade jusqu'à la rivière, avança tout au fond et alla s'arrêter près d'un tas de belles planches blondes qu'il avait triées et dissimulées sous un fourré la veille à l'intention de la veuve de l'artiste, afin de les bien cacher à la vue des autres.

Ainsi qu'il avait fait l'après-midi précédent, il se pencha sur la pile. Encore une fois, de la pulpe de ses doigts, il effleura le grain doux, y cherchant la moindre aspérité qu'il aurait pu oublier lors de sa première inspection. Plus exigeant que pour lui-même, pendant un long moment l'œil critique, il les tourna dans tous les sens, en évalua la solidité, le velouté, les veines délicates.

Enfin satisfait, il alla atteler le blond à la charrette. Avec mille précautions, il déposa les planches de pin à l'arrière, sur la benne, puis, d'un saut agile, grimpa sur le banc étroit du conducteur. Il sifflait comme un rossignol en secouant les rênes.

— Aspic, Léon-Marie, où c'est que tu t'en vas de même? lui cria Jean-Baptiste qui s'affairait près des grandes portes. T'es-tu faite piquer par une abeille ou quoi...

La tête haute, Léon-Marie ne répondit pas. Ballotté par son cheval au petit trot, il traversa la route, s'engagea dans la rue transversale et alla s'arrêter devant la maison de la veuve de l'artiste.

Derrière lui, un bras appuyé sur le gros tronc qu'il avait approché pour la coupe, Jean-Baptiste avait soulevé sa casquette et se grattait la tête.

— Aspic, il y a de quoi là qui se passe certain, je m'en serais jamais douté.

Léon-Marie sauta à bas de la charrette. Rapidement, avec la légèreté d'un adolescent, il traversa l'allée étroite proprement bordée de pétunias et grimpa les marches. «Frappez et entrez», lut-il encore, avant de toquer de trois petits coups brefs et pousser la porte.

Agenouillée devant un socle en bois verni, la taille cintrée dans sa robe noire, la veuve de l'artiste était occupée à dresser un étalage. À sa vue, elle se redressa vivement sur ses jambes et marqua sa surprise.

— Monsieur Savoie! Je ne vous attendais pas si tôt.

— Je pensais que ça vous ferait plaisir que je revienne de bonne heure à matin, fit-il en égrenant un petit rire. Avoir su que je vous dérangeais...

Le menton levé, avec ses mains fines croisées sur son ventre dans son attitude habituelle, elle le regarda poliment sans sourire.

— Vous ne me dérangez nullement, c'était une simple remarque.

Embarrassé, sans un mot, il s'enfonça plus avant dans la pièce et, la mine pensive, regarda autour de lui. Enfin, dans un effort, il revint vers elle. Il paraissait indécis, ses yeux se déplaçaient dans leur orbite.

— Vous vous demandez pas pourquoi je suis revenu aussi vite? émit-il avec un petit tremblement dans la voix. J'ai pas coutume d'avouer ça, mais je m'ennuyais déjà de vous. Depuis hier, je sais pas ce qui m'arrive, mais j'arrête pas de penser à vous.

— Ne dites pas de bêtises, monsieur Savoie, protesta-t-elle, le visage empourpré. Vous me mettez bien mal à l'aise.

— Vous devez me connaître depuis assez longtemps pour savoir que c'est pas dans mes habitudes de débiter des menteries, prononça-t-il avec douceur.

Il s'approcha d'elle et la dévisagea avec intensité.

— Aujourd'hui, je veux que vous sachiez une chose. Je veux vous dire que j'ai dormi comme un loir cette nuit. J'ai dormi tranquille comme j'ai pas dormi depuis des années. Ça vous surprend peut-être, mais moi pas. Je sais ben pourquoi j'ai passé une si bonne nuit. J'ai bien dormi parce que j'ai pas arrêté de penser à vous. Vous avez des si belles qualités. Vous êtes forte pis en même temps vous êtes si reposante, j'avais seulement à m'imaginer vos beaux grands yeux bruns qui me regardaient pour me sentir rassuré comme un enfant.

— Monsieur Savoie, je vous en prie...

Rouge de confusion, sans arrêt, elle secouait la tête.

— Je sais pas ce qui se passe en moi, poursuivait-il sans l'entendre, mais depuis hier, depuis que je vous ai vue dans votre chez-vous, ça tourne pus pareil dans ma tête. Ça m'est arrivé rien qu'une fois dans ma vie, une affaire de même, c'est quand j'ai rencontré ma défunte Henriette pour la première fois. Je peux pas m'expliquer pourquoi, mais ça recommence avec vous aujourd'hui. C'est pourtant pas la première fois que je vous vois, mais c'est comme si, à mes yeux, vous étiez pus la même... Comme si vous m'aviez découvert quelque chose de vous que je connaissais pas... à moins que ce soit moi qui vous voie autrement.

Troublé, il lui tourna le dos et s'éloigna encore une fois vers le fond de la pièce. Fébrile tout à coup, il revint vers elle, en même temps qu'il lançait brusquement, dans un souffle:

— Je me demandais, en m'en venant, si vous accepteriez pas que je vienne vous voir de temps en temps, pour le bon motif. Pis plus tard, quand on se connaîtrait mieux, on pourrait se marier.

Inconsciemment, elle fit un bond vers l'arrière, ses yeux s'étaient agrandis de stupeur. Elle redressa la tête. D'un seul coup, elle avait repris sa fière allure, sa réserve qui le glaçait tant.

Gêné, il fixa le sol devant lui.

— Excusez-moi, je sais pas ce qui m'a pris, je m'étais imaginé...

— Ça n'a pas d'importance, fit-elle de son timbre impassible. Tout être humain est vulnérable et peut avoir ses défaillances.

— Est-ce à dire... bredouilla-t-il, incapable de cacher sa déception, est-ce que je dois penser... que vous êtes pas intéressée à me fréquenter?

— Vous devez comprendre que ça ne dépend pas que de moi. J'ai deux enfants, ils comptent eux aussi dans ma vie.

— Ah c'est seulement ça! s'exclama-t-il en laissant échapper un profond soupir de soulagement. Vous devez bien savoir que j'ai jamais pensé vous prendre autrement que tous les trois.

Il ajouta, la voix tremblante d'émotion:

— J'aime ben gros les enfants. J'en ai eu cinq et j'aurais donné une fortune pour les avoir encore tous à côté de moi aujourd'hui.

Un sanglot noua sa gorge. Il se tut. Pendant un moment, un lourd silence s'établit entre eux.

— Je sais que vous n'avez pas manqué d'épreuves, dit-elle enfin, mais...

Il redressa vivement la tête.

— Ça veut-y dire... qu'il y a un autre problème...

— Je ne sais comment vous expliquer, formula-t-elle avec embarras, mais dans une décision pareille, vous devez comprendre que mes enfants ont eux aussi leur mot à dire. C'est leur père que vous proposez de remplacer. Ma fille, surtout, accepterait mal que je ne sois pas fidèle à la mémoire de son père. Et puis, vous êtes si différent de mon défunt Édouard.

— Différent...

Interloqué, il avait froncé les sourcils. Il se sentait soudain profondément vexé. De nature orgueilleuse, il n'avait jamais accepté d'être confronté à un autre, même venant de la femme qu'il aimait. Chaque homme est une entité différente et recevable, avait-il l'habitude de penser. L'expérience de la vie lui concède un acquis qui lui donne sa valeur propre et, de ce fait, rend toute comparaison odieuse.

— Je suis différent! Ben je l'espère ben! Je me demande pourquoi il faudrait absolument que je sois identifié à leur père, pour être agréé de vos enfants!

— Je vous demande pardon, je n'avais pas à vous faire pareille remarque, reconnut-elle, honteuse, en baissant les yeux. Ce que j'ai dit ne doit pas vous influencer. Ce sont des raisons futiles, des détails par-dessus lesquels je devrais passer.

— Des détails? Quels détails?

Il la regardait avec insistance.

— Quels détails? répéta-t-il.

Nerveuse tout à coup, elle pressa ses petites mains sur ses lèvres.

— Vous ne devez pas porter attention à mes paroles, ce ne sont que des stupidités dont vous ne devez pas tenir compte, des détails déraisonnables, comme le fait de ne pas avoir de cheveux. Mon défunt Édouard avait une si belle chevelure, épaisse, frisée et puis il n'élevait jamais la voix.

— Tandis que moi, j'ai une grosse voix, émit-il, mortifié. C'est vrai aussi que j'ai pas de cheveux sur la tête, j'ai rien qu'une petite couronne sur les oreilles comme un capucin. En plus, vous l'avez pas dit, mais vous avez ben dû le remarquer, il me manque trois doigts de ma main gauche.

Attristé tout à coup, il détourna la tête.

— Malgré tous ces défauts que vous me trouvez, je suis un homme de cœur et je peux tout faire pour ceux que j'aime. J'ai peut-être une voix rude, mais ça m'empêche pas d'être un tendre. J'ai jamais frappé personne, même pas mon cheval, surtout pas mes enfants et encore moins ma femme à qui je vouais comme un culte. Mes trois doigts, c'est un accident que j'ai eu en 25, pis mes cheveux, ben je les regrette ben gros, moi aussi. J'avais toute une toison quand j'avais vingt ans. Mes cheveux étaient épais, frisés comme ceux de l'artiste, mais avec le temps, je les ai perdus...

Courbant la tête, il ajouta, la gorge nouée de chagrin:

— Je les ai perdus... comme j'ai perdu tout ce que j'aimais le plus au monde... ma femme, mes cinq enfants...

Bouleversée, malheureuse, elle se rapprocha de lui et posa sa main sur son bras.

— Je vous en prie, oubliez ce que j'ai dit, je n'aurais tellement pas voulu vous faire de la peine. C'était enfantin de ma part, ce n'étaient pas des choses à dire.

— Au contraire, vous avez été honnête, émit-il dans un reniflement. C'est pas quand on a fait un bout de chemin ensemble qu'il est temps de dire ce qu'on aime pas chez l'autre. À ce moment-là, il est trop tard, mieux vaut se taire à jamais.

— J'ai été impulsive, s'accusait-elle encore, mais vous devez me comprendre, je m'attendais si peu à pareille demande.

— C'est vrai que j'ai dû vous brusquer un peu. C'est un autre de mes défauts. Quand je veux quelque chose, je sais pas attendre. Habitué comme je suis à mener des affaires avec des hommes, je connais pas trop la délicatesse non plus.

— Donnez-moi un peu de temps, le pria-t-elle. Je suis si abasourdie. J'avais juré sur la tombe de mon Édouard de lui rester fidèle même dans la mort. Vous devez comprendre aussi...

Elle hésita un moment avant de poursuivre.

— Vous devez comprendre aussi, que je n'éprouve pas ce que vous dites ressentir à mon égard. D'ailleurs, je le voudrais que je ne le pourrais pas, ce n'est pas dans ma nature. Je suis de ces êtres qui s'attachent lentement, à force de reconnaître la valeur des autres... Mon amour est d'autant plus profond qu'il a mis du temps à naître...

— Ça veut-y dire que vous m'aimez pas... pantoute....

L'air infiniment malheureux, il avait courbé la tête. Cet espoir de recommencement, cette vie entourée d'amour à laquelle il aspirait de toutes ses forces, tous ces beaux rêves qu'il avait nourris depuis son réveil venaient de s'effriter d'un coup.

— Ne soyez pas déçu, dit-elle, navrée.

Effondré, à pas lents, il marcha vers la sortie et descendit les marches. Le dos voûté comme s'il portait le poids de la terre sur ses épaules, il monta dans sa charrette. Plus que jamais, il se sentait profondément misérable et abandonné de tous. Assis sur le banc de bois, les mains pendantes, le visage empreint d'une tristesse infinie, il demeurait là, sans bouger, sans énergie, sans même avoir le courage de saisir les guides. Le cheval attendit un moment et hennit doucement. Enfin, par la force de l'habitude, la bête repartit au petit trot avec les courroies qui traînaient entre ses limons et le mena vers la scierie.

Ballotté dans sa charrette, Léon-Marie pensait combien la vie était difficile et combien le destin s'acharnait sur lui. Il était si heureux, tantôt, avant de s'introduire dans la maison de la veuve de l'artiste. Il croyait tant que la fatalité, enfin, allait faire place au bonheur paisible. Puis d'un seul coup, il avait perdu ses espoirs. Autant le soleil brillait à son réveil, autant il le trouvait terne en ce milieu de matinée. Il se demandait par quel mauvais sort tant de femmes s'accrochaient à lui, quand la seule qui avait attiré son attention le repoussait. Il avait une voix rude, il lui manquait trois doigts de sa main gauche, il était chauve... Toutes des raisons futiles, comme l'avait dit elle-même la veuve de l'artiste.

Subitement, il se redressa, son regard brillait de colère.

— Que vaut le physique quand le cœur est bon? Le bon Dieu m'a bâti de même. Si je pouvais corriger quelqu' chose, barnache! ça serait déjà fait.

La charrette s'était arrêtée à sa place habituelle devant la façade de l'ancienne meunerie. Incapable de se ressaisir, il demeurait là, assis, comme inhibé, les mains crispées sur le rebord de son banc.

Soudain, furtivement, un petit tremblement agita sa joue: une idée, lentement, germait dans sa tête. Son regard s'anima. Tous ses espoirs n'étaient pas perdus. Cette idée issue de sa pensée malheureuse était peut-être saugrenue, mais il se dit qu'elle valait d'être tentée avant de sombrer dans le découragement profond.

Il avait retrouvé son ressort. Ravivé, il sauta de la charrette, alla prendre dans la remise la bicyclette d'Antoine et s'engagea dans le chemin de Relais. Pédalant avec vigueur, il descendit la côte, tourna à droite sur la route communale et se dirigea vers le village. Sans cesser d'activer le pédalier, rapidement, il pénétra dans la rue principale, dépassa les maisons des ouvriers, le presbytère, l'église puis l'hôtel jusqu'à une petite habitation en bardeaux d'amiante, avec, près de la porte, son poteau jaspé de rouge et de vert.

Abandonnant sa bicyclette au milieu du gazon, essoufflé, il escalada les deux marches et tira la moustiquaire.

— Hé! Léonidas, je peux-tu te parler?

Occupé près d'un jeune garçon, des ciseaux dans une main, un peigne dans l'autre, le barbier Léonidas Brisson le fixa avec un sourire moqueur.

— Que c'est qui t'amène icitte à matin, Savoie? Me semblait avoir coupé ta frange ben comme il faut, il y a pas une semaine. Ça serait-y que ton poil est trop long sur ta tête, pis qu'il te cache les yeux?

— Ce que j'ai à te demander est trop important pour que j'aie le goût d'entendre tes farces plates, jeta Léon-Marie en allant le rejoindre.

— Wow là, «mossieur» Savoie! s'écria le barbier Léonidas. Ç'a l'air que t'es pas à prendre avec des pincettes à matin.

Il se reprit à couper les cheveux du jeune garçon.

— Va t'assire sur le banc, je finis avec mon client, pis je suis à toi.

*\*\*\**

Léon-Marie poussa lentement la moustiquaire, jeta un regard circonspect de chaque côté de la rue, puis s'extirpa du salon de barbier. Promptement, avec sa casquette fermement enfoncée sur sa tête en ce jour chaud du mois de juillet, il enfourcha sa bicyclette et se dirigea vers la Cédrière. Le visage rouge de gêne, le profil raide, sans un regard vers les villageois ébahis, qui s'arrêtaient sur son passage et le dévisageaient, il roula vers la sortie du village. Fendant le vent, le dos arrondi, il fila sur la route communale, s'engagea dans le chemin de Relais et entra dans la cour de la scierie. Abandonnant son petit véhicule sur le sol, au pas de course, il escalada l'escalier et se rua dans son bureau.

Hors d'haleine, la tête appuyée sur le mur comme s'il était poursuivi, il attendit un moment, le temps de reprendre son souffle. Enfin, un peu apaisé, il réintégra sa place derrière sa table de travail, ouvrit son grand livre de comptes et se pencha sur ses écritures.

Il repoussa son crayon presque aussitôt et laissa exhaler son souffle. Il n'avait plus le cœur à l'ouvrage. Courbé sur son bureau, il prit sa tête entre ses mains et massa vigoureusement ses tempes. Il se demandait quel diable lui avait suggéré pareille idée ridicule.

Devant lui, le petit escalier émettait des craquements prudents. Une silhouette se dessinait dans l'ouverture.

— Je te dérange, Léon-Marie?

Sans attendre sa réponse, Jean-Baptiste atteignait la dernière marche.

— Je t'ai vu passer il y a une minute, avança-t-il avec ménagement, pis j'ai trouvé que t'avais l'air pressé en aspic. C'est pas dans tes habitudes non plus, que de laisser traîner ton bécycle en plein milieu de la cour comme tu viens de faire. Depuis à matin que je t'observe, Léon-Marie, je te trouve bizarre, pis ça m'inquiète. C'est pour ça que j'ai laissé l'ouvrage, pis que je suis monté te voir. T'avais l'air faraud comme un coq d'église quand t'es allé porter son bois à la veuve Parent, pis quelque temps après, quand t'es revenu, t'avais toute une face de beu. Tout de suite après, tu prends le bécycle d'Antoine pis tu descends au village. Que c'est qui se passe, Léon-Marie? J'ai comme le sentiment depuis hier que tu nous caches

551

quelque chose. Aspic, je vas te le dire franchement, j'aime pas ça pantoute.

— Inquiète-toi pas pour moi. Je suis rien que comme d'habitude. J'avais besoin de réfléchir un brin, c'est toute. Astheure que t'as vu qu'il se passe rien, tu peux t'en retourner travailler sans crainte.

— Pourtant, aspic, je suis pas fou, insista Jean-Baptiste. Il se passe de quoi certain, je le sais! Des fois je me sens comme une femme, j'ai comme qui dirait des pressentiments.

Planté devant lui, il restait sans bouger et s'interrogeait. Le visage grimaçant, il le dévisageait, tentait de percer cette intuition ou peut-être ce petit quelque chose de différent qu'il lui trouvait depuis qu'il était entré dans la pièce et qu'il ne pouvait identifier.

— Il se passe de quoi certain. Aspic, si je pouvais voir ce qui me chicote.

Soudain son regard s'éclaira.

— Ah ben, par exemple!

D'un bond rapide, il se rapprocha jusqu'à se pencher sur la table de travail. L'index tendu vers lui, il indiquait sur sa tête sa casquette profondément enfoncée sur ses oreilles.

— Coudon, Léon-Marie, as-tu fret? On est en plein été, c'est quasiment les canicules. Que c'est que tu fais avec ton casque sur la tête? Je comprendrais, si tu travaillais à la journée longue dans le bran de scie comme nous autres, pis encore, le mois de juillet est commencé.

Léon-Marie laissa échapper un soupir méfiant. Lentement, il leva les yeux vers lui, puis les abaissa. Il hésitait. Avec prudence, il se demandait jusqu'à quel point il pouvait faire confiance à Jean-Baptiste. Il le connaissait depuis son enfance, il n'avait pas oublié son impertinence, ses interminables plaisanteries de Gaulois. D'ores et déjà humilié, il l'imaginait, riant à gorge déployée comme à son habitude, en même temps qu'il ne manquerait pas de raconter son geste à travers tout le hameau.

D'autre part, il savait bien qu'il ne pourrait indéfiniment garder sa casquette enfoncée sur sa tête, qu'un jour ou l'autre, il n'aurait d'autre choix que de se révéler à la face du monde. Il se dit qu'il était peut-être préférable de s'exécuter tout de suite et subir le persiflage de Jean-Baptiste comme un préambule, ce qui lui permettrait par la suite de s'aguerrir en attendant les autres.

Résigné, il recula brusquement son siège.

— De toute façon, va ben falloir que ça se sache un jour.

D'un mouvement rapide, il souleva sa casquette et découvrit sa tête recouverte d'une élégante perruque d'un noir d'ébène, avec une belle ondulation juste au-dessus du front.

— Ah ben aspic!

L'index tendu, la bouche ouverte, Jean-Baptiste freinait son fou rire comme s'il se retenait d'éternuer.

— Aspic! Si je m'attendais à ça.

Soudain, il s'esclaffa. Plié en deux, il se tordait, ses épaules tressautaient, ses yeux se mouillaient de larmes hilares. Toute la pièce était remplie de son petit rire aigu. Il avait sorti son mouchoir et, avec de grands gestes, essuyait ses yeux humides en même temps qu'un petit hoquet fusait de sa gorge.

— Reviens-en! lança brutalement Léon-Marie.

— Ça se peut-tu! répétait Jean-Baptiste. Léon-Marie avec une tarte sur la tête. Veux-tu ben me dire que c'est qui t'a pris? Il y aurait une femme en dessous de ça, que je mettrais ma main au feu.

— Ben tu t'es pas trompé, coupa Léon-Marie avec raideur. Il y a une femme. T'es content? C'est pas toi qui me disais, il y a pas si longtemps, que j'étais pas facile à caser. Ben, mon choix est faite. Reste à savoir astheure, si d'avoir l'air fou de même, ça va l'aider à comprendre que je tiens à elle.

Encore hilare, Jean-Baptiste découvrit son visage.

— Comme ça, c'est ben vrai, t'as fait ça pour une femme.

Il ajouta, en rangeant son mouchoir dans sa poche:

— Ben aspic, je suis content pour toé, Léon. J'ai peut-être ri un peu, mais faut me comprendre, si tu te voyais la tête.

Encore une fois, incapable de se contrôler, la nuque arquée vers l'arrière, il recommença à rire.

Devant lui, l'œil sévère, Léon-Marie le considérait en silence.

Jean-Baptiste essuya ses yeux du revers de sa main.

— Bon, j'ai assez ri. On peut savoir astheure qui c'est... la chanceuse qui t'est tombée dans les bras.

— Justement, elle m'est pas tombée dans les bras, jeta-t-il sèchement. Madame a ses hésitations. Le toupet, c'est pour elle, pis elle le sait pas encore.

— Pis tu penses qu'elle va t'aimer pour ton toupet. Si c'est rien que ça, au lieu de se bâdrer d'un homme, elle aurait qu'à s'en acheter un, le mettre sur l'autre oreiller dans son lit, pis dormir avec.

Incapable de se contenir, encore une fois il éclata de rire. Sa bouche était grande ouverte, ses épaules se soulevaient, il avait repris son mouchoir et il essuyait ses yeux.

— Me semble que tu pourrais te calmer un peu, pis attendre avant de te moquer, lui reprocha Léon-Marie. Ça se pourrait qu'elle aime ça. En tout cas, je vas le savoir dans pas grand temps; j'ai l'intention d'aller la voir après le dîner.

— Tu vas aller lui montrer ta tête neuve, tout de suite de même, sans savoir comment elle va prendre ça, sans même faire un peu ton indépendant?

Jean-Baptiste fit un grand geste marquant sa compétence dans la matière.

— C'est pas de mes affaires, mais connaissant les femmes comme je les connais, si j'étais à ta place, j'irais pas la voir après-midi, ni même à soir. Je la ferais patienter un brin, j'irais la voir rien que demain, pis à l'heure de l'ouvrage à part ça, avec ton habit propre, pis une petite goutte de parfum sur le menton. Juste une petite goutte, les femmes aiment ben ça d'habitude. Pis j'irais pas la voir seulement pour la voir, je me trouverais une excuse, comme une sorte de commission, pis j'y dirais pas un mot à mon sujet, j'attendrais qu'elle le remarque, qu'elle fasse les premiers pas.

— Une petite goutte de parfum sur le menton, prononça Léon-Marie en hochant la tête d'un air entendu. Barnache, j'aurais pas pensé à ça.

— Juste une petite goutte, les femmes aiment ben ça d'habitude.

***

Debout devant lui, avec son regard froid, ses mains croisées sur son ventre, la veuve Parent le dévisageait en silence. Soudain un petit mouvement anima son visage, ses paupières clignèrent, sa bouche s'entrouvrit et un petit frémissement secoua tout son corps. Incapable de se contenir, elle posa son poing sous son menton et, brusquement, une petite cascade de rire coula de ses lèvres. Ses yeux ne découvraient plus qu'une toute petite fente.

— Ç'a pas l'air de vous plaire, dit-il sur un ton déçu. Quand je pense que j'ai dépensé un beau cinq piastres juste pour vous faire plaisir.

Elle s'approcha de lui et, dans le geste habituel qu'elle esquissait auprès de ses clientes quand elles procédaient à l'essayage d'un chapeau, elle retira la perruque de sa tête et la lui remit dans la main.

— Je ne pense pas qu'un homme va m'intéresser davantage parce qu'il a décidé de porter une moumoute. Restez tel que vous êtes, monsieur Savoie, et laissez-nous le plaisir de vous apprécier pour ce que vous valez.

— Comme ça, j'ai tout fait ça pour rien. Qu'est-ce que je pourrais ben faire pour vous amener à me considérer un tout petit brin.

Accablé, il lui tourna brusquement le dos et sans attendre davantage s'enfuit dehors. Rien de ce qu'il avait tenté n'avait réussi à ébranler la veuve de l'artiste, ni la perruque ni même la petite goutte de parfum suggérée par Jean-Baptiste. Profondément malheureux, il s'en retourna vers la scierie. Il ne lui restait maintenant qu'à chercher l'oubli dans le travail, jusqu'à ce qu'il quitte cet endroit qu'il se surprenait à haïr.

Une voiture était garée près de la porte de l'ancienne meunerie. Il pressa le pas. Il reconnaissait le véhicule des forestiers. Les deux jours étaient passés, ils venaient chercher la réponse.

Il accéléra son allure. «Oh! ils seront contents, se disait-il en même temps, l'œil méchant, ils seront contents», car il était fermement décidé. Il accepterait leur offre. Il l'accepterait sans tergiverser, sans faire la plus infime contre-proposition. Il leur céderait son usine, il quitterait la Cédrière, il s'éloignerait de cet endroit exécrable où il n'avait connu qu'épreuves et désagréments.

Les deux hommes étaient descendus de leur véhicule et arpentaient la cour à bois. En l'apercevant, ils revinrent sur leurs pas et se pressèrent à sa rencontre.

— C'est la réponse que vous venez chercher? leur lança-t-il avec une petite flamme dans les yeux. J'ai ben réfléchi, v'là ce que j'ai décidé...

— Monsieur Savoie! criait derrière lui une petite voix. Monsieur Savoie! Attendez, je vous en prie. Pourquoi être parti si vite? Vous ne m'avez pas laissé le temps de m'exprimer. Monsieur Savoie... Je voulais vous dire...

La veuve de l'artiste courait vers lui. La main sur le cœur, elle haletait, elle avait peine à reprendre son souffle.

— Je voulais vous dire... Je m'appelle Héléna... C'est comme ça que je voudrais que vous m'appeliez à l'avenir... Et pour la vie... Léon-Marie, bien entendu, si vous voulez encore de moi.

— Si je veux encore de vous? éclata-t-il, la poitrine gonflée d'émotion. Vous me demandez si je veux encore de vous?

Un long frisson parcourut tout son être. Les bras tendus, il s'élança vers elle et la pressa contre sa poitrine. Ses yeux étaient embués de larmes.

— Si je veux encore de vous? répétait-il en la serrant de toutes ses forces. Si je veux encore de vous, Héléna... Vous pouvez pas savoir...

— Je vous promets de ne jamais plus vous comparer à Édouard, dit-elle avec un petit accent de regret. Jamais plus je ne le citerai devant vous.

— Et moi, je vous promets de jamais évoquer mon Henriette non plus. On gardera nos deuils ben enfouis au fond de nos cœurs. On tournera le dos au passé. Ensemble on avancera vers l'avenir.

Sa main soutenant son bras, il l'amena avec lui rejoindre les deux forestiers.

— Et puis, monsieur Savoie? interrogea le plus grand des deux hommes. On peut connaître votre décision?

— Ma décision?

Les yeux brillants, il se pencha avec amour vers Héléna.

— L'usine n'est plus à vendre, messieurs. Je la garde pour ma femme et pour mes enfants. Si vous êtes encore intéressés dans une vingtaine d'années, vous pourrez toujours revenir. À ce moment-là, mes héritiers vous diront ce qu'ils ont l'intention de faire. Mais pour moi aujourd'hui, c'est tout décidé, je recommence...

Il riait, de grosses larmes coulaient de ses yeux.

— Je recommence...

FIN

# Glossaire

Achaler : *importuner*
Apse : *asthme*
Bâdrer : *importuner*
Baquer : *reculer*
Barre à clou : *pied-de-biche*
Betôt : *bientôt*
Beu : *bœuf*
Boutte : *bout*
Breaker : *brisant*
Can-dog : *grappin à crochet courbe utilisé dans les scieries pour déplacer les billots. On dit aussi «cant hook».*
Carriage : *chariot à crémaillère*
Chiâleux : *grognon*
Chocatif : *soupe au lait*
Clairer : *congédier*
Comprenure : *intelligence*
Craque-potte : *cinglé*
Embouveté : *à bouvets*
Étriver : *agacer, taquiner*
Feluette : *fluet*
Fille engagère : *fille engagée*
Foreman : *contremaître*
Fret : *froid*
Game : *partie*
Gazoline : *essence*
Jammé : *coincé*
Jarnigoine : *intelligence*
Jonas : *mauvais esprit*
Jongler : *réfléchir*
Larron : *trappe qui permet de faire dévier le cours d'eau vers le sommet de la grande roue*
Litte : *lit*
Lousse : *répit / aisance financière*
Mangeux de balustres : *faux vertueux*
Malvat : *mauvais sujet*
Mouiller : *pleuvoir*

Nanacle : *tabernacle*
Netteyage : *nettoyage*
Plumonie : *pneumonie*
Prayer : *de «to pry», soulever avec un levier*
Régimenter : *mener*
Roulière : *trace dans un chemin non pavé*
Sciotte : *scie à cadre pour tronçonner les billes de bois*
Se fréquenter : *se faire la cour*
Shaft : *arbre de transmission*
Slaquer : *congédier ou encore ralentir*
Slowly : *lentement*
Smart : *subtil*
Spello : *temps de repos*
Starter : *démarrer*
Swell : *élégant*
Traversier : *bateau-passeur*
Trépasser : *déformation de passer*
Voyagement : *transport*
Waguine : *voiture de ferme*

## DISTRIBUTEURS EXCLUSIFS

*Distributeur pour le Canada et les États-Unis*
LES MESSAGERIES ADP
MONTRÉAL (Canada)
Téléphone: (514) 523-1182 ou 1 800 361-4806
Télécopieur: (514) 521-4434

*Distributeur pour la France et les autres pays*
HISTOIRE ET DOCUMENTS
CHENNEVIÈRES-SUR-MARNE (France)
Téléphone: (01) 45 76 77 41
Télécopieur: (01) 45 93 34 70

*Distributeur pour la Suisse*
TRANSAT S.A.
GENÈVE
Téléphone: 022/342 77 40
Télécopieur: 022/343 46 46

*Dépôts légaux*
3ᵉ trimestre 1999
Bibliothèque nationale du Canada
Bibliothèque nationale du Québec